HISTOIRE
DES
JEUX FLORAUX.

TOME PREMIER.

CLEMENCE ISAURE
INSTITUTRICE
DES JEUX FLORAUX

MÉMOIRE

POUR SERVIR A L'HISTOIRE

DES JEUX FLORAUX,

Par M. POITEVIN-PEITAVI, ancien Avocat, Secrétaire perpétuel de l'Académie des Jeux Floraux.

TOME PREMIER.

Contenant l'histoire générale du Collége de la gaie science, de l'institution de Clémence Isaure, et des JEUX FLORAUX avant et depuis leur érection en Académie.

A TOULOUSE,

Chez **M.-J.** DALLES, Imprimeur de l'Académie des Jeux Floraux.

M. DCCC. XV.

Avec permission.

LISTE ACADÉMIQUE.

M. DCCC. XV.

Le ROI, Protecteur.
Monseigneur le CHANCELIER.

MAINTENEURS des Jeux Floraux.

1770. M. MARTEL (Guillaume), Avocat, Maître des Jeux Floraux, Doyen.

1770. M. JAMME (Alexandre-Auguste), Avocat, Maître des Jeux Floraux, Chevalier ès-Lois, Professeur en Droit, Recteur de l'Académie Royale de Toulouse, Membre du Collége Electoral du Département.

1778. M. de LALO (Jean-Gui-Marie), ancien Conseiller au Parlement de Toulouse.

1782. M. le Marquis de L'ATRESNE (Jean-Jacques-Claire), ancien Avocat Général au Parlement de Toulouse.

1783. M. Jérôme de BELMONT-DE-MALCOR, Conseiller d'Etat, ancien Conseiller au Parlement de Toulouse.

1785. M. POITEVIN-PEITAVI (Philippe-Vincent), ancien Avocat, *Secrétaire perpétuel.*

4

1787. M. le Marquis d'ESCOULOUBRE (Louis-Gaston-
François), ancien Colonel d'Infanterie , Membre du
Collége Electoral du Département.

1787. M. l'Abbé St. JEAN (Jean), Professeur émérite
du Lycée de Toulouse, et Officier de l'Université.

1789. M. DE LAVEDAN (Jean-Baptiste), Membre
du Collége Electoral du Département.

1806. M. PICOT DE LAPEYROUSE (Philippe),
Chevalier de la Légion d'Honneur, ex-Maire de Tou-
louse, Doyen et Professeur à la Faculté des Sciences,
Membre du Collége Electoral du Département.

1806. M. l'Abbé JAMME (Jean-Gabriel-Xavier-Auguste),
Professeur en Théologie, Conservateur de la Bibliothèque dite du Clergé, Chanoine honoraire de la Métropole, ancien Prieur de Montdardier, de St. Martin-
d'Usez, Dignitaire de Maubourguet et Chanoine de
Simorre:

1806. M. Le Comte PRIMAT (Claude-François-Marie),
Archevêque de Toulouse, Commandant de la Légion
d'Honneur.

1806. M. HOCQUART (Mathieu-Louis), ancien
Avocat Général à la Cour des Aides de Paris, Membre
du Collége Electoral du Département.

1806. M. le Baron DESAZARS (Guillaume-Joseph-
Jean-François), Premier Président de la Cour Royale
de Toulouse, Officier de la Légion d'Honneur,

1806. M. le Marquis DE VILLENEUVE (Pons-Louis-
François), Préfet des Hautes-Pyrénées.

1806. M. DE MALARET (Joseph-François-Magdeleine),
Maire de Toulouse, Membre du Collége Electoral du
Département.

1806. M. DRALET (Etienne-François), Conservateur des Eaux et Forêts.

1806. M. d'AYGUESVIVES (Felix), Conseiller à la Cour Royale de Toulouse , Membre du Collége Electoral du Département, *Secrétaire perpétuel , en survivance avec exercice* , et Secrétaire des Assemblées.

1806. M. le Baron GARY (Alexandre – Gaspard), Membre de la Légion d'Honneur.

1807. M. le Baron DESMOUSSEAUX (Antoine-François-Erhard-Marie-Catherine), Commandant de la Légion d'Honneur.

1807. M. le Baron DE CAMBON (Alexandre), Conseiller à la Cour Royale de Toulouse , Membre du Collége Electoral du Département.

1807. M. CARRÉ (Pierre-Laurent), Maître des Jeux Floraux , Professeur à la Faculté des Lettres.

1808. M. l'Abbé REYNIÈS DE ROZIERES (Pierre-Antoine) , Chanoine , Grand-Vicaire de M. l'Archevêque de Toulouse.

1809. M. le Marquis D'AGUILAR (Melchior - Louis), ancien Capitaine de Cavalerie.

1809. M. JOUVENT (Barthélemi) , ex-Législateur , Professeur et Doyen de la Faculté de Droit.

1809. M. PINAUD (Jean-Joseph-Thérèse), Avocat en la Cour Royale , Docteur en Droit , Membre du Collége Electoral du Département.

1810. M. GAULDREE-BOILLEAU (Denis-Charles-Henri); Commissaire-Ordonnateur.

6

1811. M. D'ALDÉGUIER (Thérèse-Joseph-Hippolyte),
Président de la Cour Royale de Toulouse.

1811. M. SERRES DE COLOMBARS (Jean-Antoine-
Louis-Auguste), Substitut du Procureur général près
la Cour Royale de Toulouse.

1812. M. DANTIGNY (Pierre-François), Secrétaire
général de la Préfecture de la Haute-Garonne.

1813. M. CARNEY, Professeur de Mathématiques à
l'Ecole Royale d'Artillerie de Toulouse.

1814. M. DE LAMOTHE (Léon).

M. le PRÉFET du Département de la
Haute-Garonne,   } Académiciens-
M. le MAIRE de Toulouse, }   nés.

MAITRES ÈS JEUX FLORAUX.

1780. Madame D'ESPARBÈS.
1790. M. TRENEUIL.
1806. M. le Comte DE FONTANES.
1806. M. le Cardinal MAURI.
1807. M. PILHES.
1809. M. l'Abbé SICARD.
1810. M. le Comte REGNAUD, de St.-Jean-d'Angeli.
1811. M. le Comte DARU.
1814. M. SOUMET.

AU ROI

Protecteur de l'Académie

DES JEUX FLORAUX.

SIRE,

L'HISTOIRE des Jeux Floraux que Votre Majesté a daigné me permettre de lui dédier, serait plus digne de paraître sous ses Auspices, si je l'avais entreprise trente ans plutôt; mais alors les occupations du Barreau ne m'en laissaient pas le loisir, et quand je les abandonnai, à l'instant même où l'on supprima le Parlement de Toulouse, l'Académie se dispersa, et ses archives tombèrent au pouvoir de ses persécuteurs. Écarté du temple de la justice et du sanctuaire des Muses, SIRE, je ne fus pas un serviteur inutile. Après l'insurrection Royale de 1798, et son issue malheureuse, j'attaquai la compétence d'un Conseil de Guerre qui envoyait à la mort les fidèles Sujets de VOTRE MAJESTÉ, entassés dans les Prisons d'Auch et de Toulouse. Quinze avaient déjà été fusillés quand je m'élançai dans cette arène sanglante. Je sauvai tous les autres au nombre de plus de mille qui, sans le succès de mon zèle, auraient péri jusqu'au dernier, et moi vraisemblablement avec eux. J'avais droit à la couronne de chêne; mais une plus grande récompense m'était réservée. J'ai vu la France rentrer sous l'obéissance de son légitime Souverain, et le Trône de Saint Louis raffermi par les dernières convulsions de l'anarchie.

Je suis avec le plus profond respect,

SIRE,

DE VOTRE MAJESTÉ,

Le très-humble, très-obéissant et très-fidèle sujet et serviteur,

POITEVIN-PEITAVI.

MÉMOIRE

POUR SERVIR A L'HISTOIRE

DES JEUX FLORAUX.

INTRODUCTION:

IL n'y a guères plus de cent ans, que les Jeux Floraux ont été érigés en académie de belles-lettres.

La dénomination même de *Jeux Floraux* ne remonte pas aux premiers actes de la fondation de Clémence Isaure, faite à la fin du 15.ᵉ siècle, dans le collége du *gai savoir*. Mais ce collége avait déjà en 1323, une antique existence.

Par les mots *de gai savoir et de gaie science*, nos devanciers désignaient la poësie, soit parce qu'elle entretient une douce satisfaction dans l'ame de ceux qui la cultivent, soit par le contraste des belles lettres avec l'austérité des autres études.

La poësie portait encore le nom *d'amors*, à cause du goût qu'elle inspire à tous ceux dont l'ame est sensible, et l'esprit bien fait. Les règles de la poësie s'appelaient *lois d'amors ou fleurs du gai savoir*; les exercices poëtiques, *l'art joyeux de faire des vers*; on appelait *fin aimant*, celui qui ayant remporté *la violette*, avait donné par là, une preuve de la finesse de son goût; cette fleur principale s'appelait *la joie de la violette*. Les troubadours eux-mêmes s'intitulaient le *gai consistoire*, *l'excellemment gaie compagnie des sept trobadors de Toulouse*, *les main-teneurs du gai savoir*. Ils exhortaient les auteurs à fuir la tristesse, et à faire de beaux vers, afin, disaient-ils, *que tout le monde fût plus disposé à la joie et à la vertu*.

L'histoire de cette antique institution, se divise en trois parties déterminées par trois époques principales. La première embrasse les temps antérieurs à la fonda-tion de Clémence Isaure, c'est-à-dire, l'histoire du collége de la gaie science, depuis 1323, jusques vers la fin du 15.ᵉ siècle. Alors commence la seconde épo-que, marquée par la fondation de Clémence qui re-donna l'existence à ce collége antique, et le ranima par des libéralités commencées pendant sa vie, et dont elle assura la durée, par son testament. Cette seconde époque embrasse un espace de deux cens ans.

Le collége de la gaie science, qui bientôt après la mort de Clémence, prit le nom de Jeux Floraux, ré-duit à une simple fête, allait périr, lorsque Louis XIV, l'érigeant en académie, rétablissant ses assemblées particulières, et augmentant le nombre de ses main-teneurs, lui fournit les moyens de résister, sous sa protection, aux nouvelles contradictions qu'il pour-rait éprouver.

Là commence la troisième époque, de notre his-toire, sous le régime académique que nous suivons, et dont chaque jour nous confirme la sagesse.

C'est à Laloubère que les *Jeux Floraux* durent ce nouveau régime. Il y avait un autre grand service à leur rendre; celui d'en écrire l'histoire. Il y préluda par un petit traité, sur l'origine des Jeux Floraux; et son extrême vieillesse l'empêcha de continuer. M. le président de Rességuier qui entreprit cette histoire, après la mort de Laloubère, mourut lui-même bientôt après. Ses manuscrits laissés au père Théodore Lombart, Jésuite, pour les mettre en ordre, périrent entre ses mains. Cette perte devait être réparée par M. de Ponsan qui passa quarante ans de sa longue vie, à faire des recherches et à écrire sur le Collége de la Gaie Science et les Jeux Floraux. Nous lui devons sur les deux premières époques, plusieurs dissertations successivement insérées dans les recueils de l'Académie, et dont quelques exemplaires furent réunis dans un seul volume. En 1774, le détracteur le plus violent des *Jeux Floraux*, M. Lagane, chargé par le Conseil de ville de faire *un Factum*, contre l'Académie, dans un procès pendant au Conseil du Roi, le publia sous le titre de *Discours contenant l'histoire des Jeux Floraux et celle de Dame Clémence Isaure.* L'Académie le réfuta victorieusement; mais son mémoire nécessairement polémique ne pouvait ni par sa forme, ni par son objet, tenir lieu d'une histoire des *Jeux Floraux*, que l'Académie désirait depuis si long-temps. On espéra l'obtenir bientôt, quand on sut que M. de Ponsan avait légué ses nombreux manuscrits à M. de Montégut, celui de nos confrères, qui était le plus capable d'écrire cette histoire, avec soin, avec sagesse, avec élégance et correction. Sa mort prématurée frustra nos espérances : Il fut compris dans la proscription générale du parlement de Toulouse.

Sans avoir les ressources de M. de Montégut, j'aurais essayé d'écrire cette histoire intéressante pour nous, pour la ville de Toulouse, pour nos provinces méridionales, et même pour toute la France littéraire; mais la considération de ma vieillesse a modéré ce premier mouvement. Au lieu d'une histoire qui se serait trop ressentie de l'affaiblissement de mes forces, je me suis borné à rédiger un simple mémoire qui pourra servir un jour à celui de mes successeurs, qui, avec plus de talent et moins d'âge, aura, pour écrire l'histoire de notre institution, l'attachement actif et désintéressé dont se compose mon zèle académique.

PREMIÈRE ÉPOQUE.

Institution du Gai Consistoire et de la Gaie Science.

Les premiers monumens de cette institution sont deux registres en velin, écrits en langue romance ; et un autre registre ou recueil en papier, d'une écriture également ancienne, où se trouve la pièce qui fut couronnée en 1324, et quelques-unes de celles qui le furent ensuite, ou qui furent seulement distinguées dans les concours suivans.

Catel et après lui Lafaille, parlant des deux registres en velin, disent qu'ils sont les plus anciens de tous ceux que l'on conserve dans les archives de l'hôtel de ville. Caseneuve, autre historien de Toulouse, ajoute que durant la célébration des Jeux Floraux, on étale ces vieux registres avec une espèce de vénération. Ils ne contiennent au fond, dit Laloubere, que des traités de *Gaie Science*, appelés *Lois d'Amors*, *Fleurs du Gai savoir*. Le plus ancien est divisé, en trois sections. La première détermine à quelle partie de la philosophie appartient la poësie, considérée comme une dépendance de la rhétorique ; la seconde donne des règles de la versification rimée et de petits poëmes qui ne sont plus en usage ; la troisième est une grammaire.

»Je dois dire, en passant, ajoute Laloubere, que »les règles de la versification rimée y sont fort bien »expliquées, et que parmi plusieurs choses que l'auteur »compte comme des fautes, il met le bâillement, »c'est-à-dire la rencontre de deux voyelles sans élision ; »de quoi les poëtes français ne se sont apperçus, que »beaucoup plus tard. »

Le second registre, au lieu de trois parties, en

(9)

contient cinq, dans lesquelles on voit avec plus d'étendue, tout ce que le premier enseigne sur la grammaire
et la versification. Il a de plus un traité et une explication fort ample des figures de rhétorique. Je me
proposais d'en donner ici une analyse ; mais l'Académie devant bientôt publier cette poëtique avec la traduction qui en a été faite par deux de mes confrères,
M. d'Escoûloubre et M. d'Aguilar, je renvoie à l'ouvrage même, ceux qui voudront en prendre connaissance. C'est un monument littéraire précieux, le seul
qui puisse bien constater l'état de la langue et de la
poësie romance, au quatorzième siècle.

A la tête du premier de ces deux registres, est un
préliminaire historique, dont l'objet est de faire connaître en quel temps, à quelle occasion, comment et
par quels moyens, cette poëtique fut projettée, composée et publiée. Il faut avoir peu d'égard au récit de
l'auteur, qui n'est ni entier, ni parfaitement exact.
Mais les pièces qu'il rapporte sont très-intéressantes.
C'est là le fondement et la base de cette première partie de notre histoire.

Je ne citerai qu'un seul exemple de l'inexactitude,
de ce récit : l'auteur dit qu'en 1323, la compagnie
des sept poëtes de Toulouse, avait intention de *trouver
la gaie science* ; ce qui annoncerait, dit Laloubere,
une entreprise tout à fait nouvelle ; et le texte de la
première pièce qu'il rapporte, parle du dessein de *perfectionner une chose* déjà établie, et dont on s'occupait
depuis long-temps, avec zèle et assiduité.

Cette première pièce est une lettre circulaire, un
programme, pour annoncer un prix de poësie. Les
autres sont relatives au régime et aux exercices du
Collége ; à la rédaction de la poëtique, et à la publication qui en fut faite en 1356.

CHAPITRE PREMIER.

PROGRAMME *d'un Concours poëtique, adressé en* 1323 *aux Poëtes de la langued'oc.*

»Au temps passé, dit l'éditeur du premier registre,
»en la noble et royale cité de Toulouse, sept savans
»distingués par la sagesse et la finesse de leur esprit,
»*voulant trouver* la science de faire de bons poëmes,
»envoyèrent dans les diverses contrées de la langue
»d'oc, *per diversas partidas de la lengua d'oc*, la
»lettre circulaire suivante.

»La très-gaie compagnie des sept poëtes de Tou-
»louse, aux honorables seigneurs, amis et compagnons
»qui possèdent la science d'où naît la joie, le plaisir,
»le bon sens, le mérite et la politesse; salut et vie
»joyeuse.

»Notre plus grande attention et nos désirs les plus
»ardens sont de nous réjouir, en récitant nos vers et
»nos chants poëtiques.... Puisque vous avez le savoir
»en partage, et que vous possédez l'art de la *gaie*
»*science*, venez nous faire connaître vos talens.....
»Nous sept qui avons succédé *au corps des poëtes qui*
»*sont passés*, nous avons à notre disposition, un
»jardin *merveilleux* et *beau*, où nous allons tous les
»dimanches, lire des ouvrages nouveaux; et en nous
»communiquant nos lumières, nous en corrigeons toutes
»les fautes. Pour accélérer le progrès des sciences,
»nous vous annonçons que, le premier jour de mai
»prochain, nous nous assemblerons dans ce charmant
»verger. Rien n'égalera notre joie, si vous vous y
»rendez aussi. Ceux qui nous remettront des ouvra-
»ges, seront favorablement accueillis, et l'auteur du
»meilleur poëme recevra, en signe d'honneur, *une*
»*Violette d'or fin.*

»Nous vous lirons, de notre côté, des pièces de

»poësie que nous soumettrons à votre critique ; car
»nous nous faisons gloire de nous rendre à la raison ;
»mais vous devez croire que nous justifierons ce que
»nous aurons avancé.

»Nous vous requérons et supplions, de venir, au
»jour assigné, si bien fournis de vers harmonieux et
»d'un bon sens, que le siècle en devienne *plus gai ;*
»que nous en soyons plus disposés *à nous réjouir*, et
»que le mérite soit justement honoré.

»Ces lettres furent données, au fauxbourg des Au-
»gustines, dans notre verger, au pié d'un laurier, le
»mardi après la fête de la Toussaint, l'an de notre ré-
»demption 1323. Et afin que vous ajoutiez une foi
»entière à nos promesses, nous avons fait mettre notre
»sceau, à ces présentes lettres, en témoignage de vé-
»rité. »

Cette lettre est écrite en vers. Elle prouve incontestablement qu'en 1323, il y avait à Toulouse une compagnie littéraire, composée de sept poëtes, ayant un
établissement fixe, des exercices réguliers, un sceau
commun, un lieu d'assemblée qu'ils tenaient de leurs
devanciers, ainsi que la règle de leurs exercices. Ce
corps littéraire était-il alors très-ancien ? Avait-il été
fondé par l'autorité publique ou seulement par les
troubadours qui le composèrent d'abord ? Comme
l'origine de cette institution se perd dans la nuit des
temps, cette obscurité la rend plus respectable. Sans
nous livrer à des conjectures toujours incertaines, dans
cette ignorance absolue des faits antérieurs, nous nous
bornons à dire qu'il serait injuste d'assigner une époque
trop voisine du quatorzième siècle, à *ce corps* de
poëtes qui tiennent leur établissement *du corps* des
poëtes qui sont passés, et qui, en parlant de leurs
droits, dans un article de leurs statuts qu'on verra
bientôt, disent que les prix doivent être adjugés *par
ceux* qui *depuis très-long-temps et par un ancien*

usage, *LONGAMEN ET DE ANTIQUA COSTUMA* les ont toujours adjugés ; sur quoi Laloubere remarque que la violette *d'or fin* dont il s'agit ici, était sans doute le plus beau ; mais non pas le plus ancien prix adjugé par les sept poëtes de Toulouse.

Quoi qu'il en soit de l'époque à laquelle cet établissement prit naissance, Toulouse aura toujours la gloire d'avoir élevé un temple aux muses, et d'avoir répandu le goût et l'amour *du gai savoir*, dans le midi de la France, long-temps avant que l'Europe sortît de la barbarie.

Il est à remarquer que les troubadours qui écrivirent cette lettre, avaient le sentiment de leur dignité et qu'ils parlaient avec une sorte d'autorité. Leur sceau qu'ils donnent pour garantie de leur promesse, prouve que la connaissance de leur institution et de leurs *joyeux exercices*, n'était pas renfermée dans la ville et la banlieue de Toulouse. (1)

Cette invitation eut tout le succès qu'ils en pouvaient attendre. Au jour indiqué, le 1.ᵉʳ mai 1324, des poëtes arrivèrent de tous côtés, et se rendirent au concours ouvert dans le jardin de la *gaie science*. Ils y furent reçus par les sept troubadours qui les y avaient appelés. Le registre qui a conservé la mémoire de cet événement, nous a aussi transmis les noms de ces troubadours intéressans, et cette liste prouve que la gaie science était cultivée à Toulouse, dans toutes les classes de citoyens.

Le premier est Bernard de Panassac Damoiseau.

Le second, Guillaume de Lobra, bourgeois (c'est-à-dire ancien Capitoul) ; viennent ensuite Berenguier

---

(1) Caseneuve traduit *Nostre Sagel*, qui est au singulier, par le pluriel, *nos Sceaux*, comme si c'étaient les sceaux particuliers des sept poëtes. Un sceau commun suppose un chancelier ; et il entrait dans le plan de Caseneuve de dire que la compagnie des sept poëtes, n'avait eu un chancelier, que plusieurs années après.

de St.-Plancat et Pierre de Mejanasserra , banquiers ;
Guillaume de Gontaut, et Pierre Camo (1) , négocians ;
le septième est Bernard Oth , greffier de la cour du
viguier de Toulouse.

Le premier jour fut employé , matin et soir, à recevoir les ouvrages. Le lendemain , les sept troubadours, après avoir entendu la messe, s'assemblèrent,
pour examiner ces ouvrages , et choisir le meilleur.
Le troisième jour, fête de Ste. Croix, ils prononcèrent
leur jugement, et donnèrent *la joie de la violette* à
maître Arnaud Vidal de Castelnaudari.

L'intérêt et la nouveauté du spectacle avaient attiré
au jardin de la *gaie science* , avec ce concours de
poëtes étrangers, un grand nombre d'habitans de Toulouse. Les personnes les plus considérables par leur
rang , leurs grades , leurs lumières et leurs offices , y
avaient été invitées , entr'autres les Capitouls de l'année , et plusieurs anciens Capitouls. Ils furent tous si
enchantés de l'ouverture brillante de cette fête poëtique , qu'après la première séance , le conseil de ville , de-
libera que dorénavant *d'aqui en avant*, la joie de la violette qui excitait une si grande émulation , serait payée
des revenus de la ville. Ce qui a été fait, dit l'historien., se fait encore , et se fera, s'il plaît à Dieu.

Catel part de là , pour assurer que les Capitouls de
1324 instituèrent cette fête et fondèrent le Collége
de la gaie science. Caseneuve ajoute qu'ils résolurent
d'en faire tous les frais. Le texte du registre est contraire à ces assertions. C'est assez pour les Capitouls de

---

(1) Le dictionnaire historique en 13 volumes dit que Camo était un
des sept présidens de l'Académie du Gai-saber et qu'il reste de lui quelques chansons. On lit., dans la biographie universelle , qu'il est un des
sept fondateurs de l'Académie des Jeux Floraux; que la violette d'or était
promise à celui qui aurait le mieux traité *un sujet pieux* ; que le souci
était appelé *la joie.* Ces légères inexactitudes et les autres que nous re-
lèverons., viennent de ce que nous avons fait connaître si tard notre antique institution.

(14)

s'être associés à la gloire de cette institution, en dis-
posant ainsi, pour l'avenir, d'une partie des revenus
de la ville. Leurs noms ne doivent pas être oubliés
dans notre histoire. Ces Capitouls étaient ceux qui
avaient été mis en place le Dimanche après la Toussaint
en 1323 et qui ne sortirent de charge, qu'au mois de
novembre en 1324 : c'étaient
Bertrand Barreau, Seigneur de Mervila,
Pons Durand,
Pierre Embrin,
Raimond de Roaix, Écuyer,
Raimond-Arnaud de Villeneuve,
Guillaume Pons de Morlanes, Écuyer,
Raimond de Fontanes,
Beranger Raymond,
Raimond d'Escalquens,
Aldric Maurand, Seigneur de Belvese,
Hugues Joannis, Seigneur de Bruyeres,
Arnaud Joannis, Seigneur de Gargas. (1)

L'ouvrage qui fut couronné a été conservé dans le
troisième de nos registres. En voici le titre littérale-
ment traduit. *Sirventes la quelle fit Arnaud Vidal de
Castelnaudari, et il gagna la violette d'or à Toulouse,
la première qui s'y donna ; ce qui fut en l'an 1324.*

On trouve dans le même recueil et à la suite du
poëme d'Arnaud Vidal, la pièce qui obtint la seconde
violette d'or fin, fournie par les Capitouls en 1325,
c'est une Ode (*Cansó*) de Raymond d'Aleirac, prêtre
de l'albigeois, et *il gagna*, porte le registre, *la violette d'or à Toulouse, la seconde fois*, en l'année 1325.

***

(1) L'auteur du préliminaire historique, nomme six des douze Capitouls
de 1324 ; n'ayant pas fait attention que leur nomination étant du mois
de novembre, un acte d'administration du mois de mai 1324 ne pouvait
appartenir qu'aux Capitouls nommés le mois de novembre précédent.
Nous avons déjà averti qu'il fallait peu compter sur le récit du rédacteur,
et s'en tenir aux pièces qu'il rapporte.

On y trouve encore un calendrier en vers, *au moyen duquel*, y est-il dit, *on connaît l'astre de la lune première, et il gagna la violette d'or à Toulouse en* 1333. Il est inutile de détailler les autres pièces conservées dans ce recueil et dans les suivans; mais je ne dois pas négliger de dire que, dans le courant de la même année 1324, Arnaud Vidal qui sans doute était Bachelier, obtint le grade de Docteur en gaie science, pour avoir fait un nouveau Cantique en l'honneur de la Vierge, *per una noëla Canso que es hat faita, de nostra Dona.*

CHAPITRE SECOND.

Ordonnances des sept Mainteneurs de la gaie science.

Ces ordonnances, (c'est ainsi que les sept poëtes appellent leurs statuts.) règlent tout ce qui regarde les mainteneurs, leurs devoirs, leurs prérogatives, les conditions du concours, et l'adjudication des différentes *joies;* sur quoi il faut remarquer que, bientôt après. l'institution de la violette d'or fin, on adjugea deux prix d'argent; l'églantine et le souci; et quelques fois, un troisieme prix de moindre valeur, (l'œillet) pour les poëtes novices, à titre d'encouragement.

On établit aussi d'autres fêtes, où l'on donnait des prix extraordinaires. Mais la fête du trois mai fut toujours la principale. On l'appelait quelquefois la fête de la violette; parce que la violette était toujours la plus éminente de toutes les fleurs distribuées le 3 mai. Un autre objet de ces ordonnances était de régler la réception des Bacheliers et des Docteurs, et celle du Bedeau qui était alors un personnage considérable. On y parle aussi des *patrons francs et libéreaux des différentes fêtes.*

Article premier

Concernant les Mainteneurs, et les conditions du Concours ;

1.º Les mainteneurs jureront de juger bien et loyalement en écartant tous les sentimens de haine ou de faveur, de considération ou de crainte ; de tenir le jugement secret jusqu'à ce qu'il soit publié ; et d'approuver ce qui aura été jugé à la pluralité des voix, contre leur avis particulier. 2.º Ils jureront de ne corriger aucun ouvrage destiné au concours, ou de le déclarer, quand on en viendra au jugement. On peut cependant, pour l'instruction de celui qui a fait un ouvrage, lui en faire connaître les fautes, pourvu qu'on ne les corrige pas.

3.º On ne doit adjuger aucun prix à une personne absente, à moins qu'elle ne soit constituée en grande dignité, comme par exemple un Roi, un fils de Roi, un Duc, un Comte, etc.

4.º Personne ne peut obtenir une *joie*, ni les grades de Docteur ou de Bachelier, ni aucun office du gai Consistoire, contre la volonté des sept mainteneurs, ou du plus grand nombre d'entr'eux.

5.º Seront exclus dudit consistoire ceux qui parleront mal de la fête de la violette, et des jugemens des sept mainteneurs.

6.º On ne doit adjuger ni donner aucune desdites *joies*, à une femme présente ou absente, si elle n'est d'une grande honêteté de mœurs, et constituée en grande dignité ; encore faudrait-il qu'elle fût, par son esprit et par ses connaissances, à l'abri du soupçon, d'avoir composé son ouvrage avec l'aide d'autrui. Mais, dit le registre, où pourrait-on trouver une telle femme ?

En rapportant cet article, je me hâte de prévenir

que,

que, dans la suite, il fut modifié par les progrès de la civilisation et par Clémence Isaure.

7.° On ne doit adjuger aucune *joie* à un homme dont l'ouvrage a été fait dans des vues criminelles ; moins encore à un homme diffamé, ou de mauvaise vie, faux, traître ou blasphémateur.

Suivant les idées d'alors, les juifs, les sarrasins, les excommuniés sont également exclus du concours.

8.° Celui qui aura obtenu *une joie*, pour son bel ouvrage, ne pourra obtenir la même qu'après trois ans ; et pour l'obtenir alors, il faudra qu'il ait assisté, tous les ans, à la fête ; qu'il y ait récité quelque ouvrage. Dans cet intervalle, il pourra obtenir quelqu'autre *joie*.

9.° Celui qui présentera un *dictat* ancien, en tout ou en partie, (un ouvrage précédemment présenté,) dans l'intention de gagner *une joie*, sera exclu de la fête, pour tout le temps que les mainteneurs jugeront à propos.

10.° Celui qui voudra recevoir la *joie* qui lui a été adjugée pour son *dictat*, doit jurer qu'il l'a fait nouvellement, et sans le secours d'autrui. (C'est-à-dire qu'il n'avait pas été publié, que personne ne lui a aidé à le corriger ; qu'il ne la point pris de quelque ouvrage ancien.)

Nous ne regardons pas comme un *plagiat*, de reproduire des pensées connues ; pourvu qu'on n'emploie ni les mêmes paroles, ni les mêmes rimes.

11.° Les hiatus sont de plus grandes fautes, avec une même lettre, qu'avec des lettres différentes.

12.° Dans l'adjudication *des joies*, il faut principalement examiner la bonté et la beauté du sujet ; si le langage est bon romain, et orné de belles expressions. Entre deux ouvrages qui sont également bons, il faut juger en faveur de l'ouvrage qui traite un meilleur et plus grand sujet. S'il y a parité à cet égard,

il faut examiner lequel des deux sujets était plus difficile à traiter, et avoir égard à la bonté des rimes, et
à l'harmonie des mots. S'il y a encore égalité de mérite dans cette partie des deux ouvrages, et que les
deux auteurs soient également instruits en la science
du *gai savoir*, la préférence sera donnée à celui qui
attend depuis plus long-temps, et qui a plus souvent
orné la fête par ses ouvrages. Si encore tout était
égal à cet égard, et que l'un d'eux eût obtenu autrefois *la joie* dont il s'agit, la préférence sera donnée à
celui qui ne l'a jamais obtenue ; et enfin si tout absolument était égal, ce qui arrivera bien rarement, on
prendrait en considération la naissance et la dignité
des personnes.

13.º Un *dictat* bien composé en bon romain, et
avec un bel ornement de paroles, si le sujet est commun, sera regardé comme vil et méprisable, encore
que les vers soient sonores.

14.º Les seigneurs qui jugent les ouvrages et qui
donnent *les joies ;* ceux qui sont créés et reçus par
eux, sont nommés *mainteneurs* du *gai savoir*, ou
d'amors, ou du *jeu d'amors.*

16.º S'il arrivait qu'une *joie* ou plusieurs ne pussent pas être données, on pourra réserver ces *joies*
pour l'année suivante, ou les donner au maître autel
de Notre Dame de la Daurade, ou des Carmes, ou
des Dominicains, ou des Cordeliers, ou des Augus-
tins, suivant l'avis des sept *seigneurs mainteneurs,*
ou de la plus grande partie de ceux qui alors seront
présens.

17.º Personne ne peut être fait bachelier, si pre-
miérement il n'est examiné et reconnu *fin aimant,*
pour avoir gagné, une ou plusieurs fois, la *joie principale.* Les *fins aimants* doivent jurer, quand ils seront
faits bacheliers, de maintenir de tout leur pouvoir,
et de bonne foi, *le gai, honoré et noble consistoire,*

leurs bonnes et honnêtes opinions, *et de garder les lois d'amors*. Il leur sera donné pouvoir d'enseigner, de publier nos lois, et de disputer, *sans décider* les questions douteuses.

18.º Ceux qui font des ouvrages rimés, comme vers, chansons, descors, danses, sirventes ou autres, sont nommés *Trobadors*. Car ils les trouvent dans leur cœur et dans leur esprit, sans emprunter le secours d'autrui. Trobador prend son nom de *Trouver*. Trouver c'est faire *un dictat nouveau* en langage romain, fin et bien composé.

19.º Qui est-ce qui doit adjuger les prix ? à qui et comment ? Nous répondrons que ce sont ceux qui depuis très-long-temps et par un ancien usage *longamen et de antiqua costuma*, ont adjugé ces prix, quels qu'ils soient, tant par eux, que par leurs ancêtres, et ceux qui par eux sont duement reçus et députés.

20.º Aucun poëme ne sera scellé qu'il n'ait été examiné par le consistoire et signé *par le chancelier*.

Article second.

Réception des Bacheliers et des Docteurs.

Dans ces réceptions, on observe toutes les formes usitées dans les différentes facultés des universités, et les sept mainteneurs, dans leurs lettres, et dans la publication de leurs lois et ordonnances, les adressant à toutes les puissances de la terre, prennent le même ton d'autorité, que les autres corps enseignans dont les prérogatives étaient les plus étendues. Cette considération et leur existence politique portent à croire que le collége de la gaie science avait été établi, par la même puissance qui avait fondé l'université de Toulouse. On peut s'étonner seulement que ce corps enseignant qu'on peut appeler *la faculté des lettres*, fût isolé et n'appartînt pas à l'université ; mais cela même n'est pas sans exemple. La faculté de médecine de Montpellier, avait aussi son chancelier particulier, et se regissait indépendamment du régime de l'université.

Pour être reçu bachelier, dit le registre, il faut avoir obtenu un des prix principaux, et avoir été examiné par les sept mainteneurs, ou par la plus grande partie d'entr'eux, en présence de leur chancelier et de toutes les autres personnes, dont les mainteneurs voudraient prendre conseil. Les bacheliers nouvellement reçus jureront publiquement, le jour de la fête de la violette, d'observer dans leurs vers, *les fleurs et les lois du gai savoir*; d'assister, tous les ans, à la fête principale, à moins de légitime empêchement; et s'ils demandent des lettres de bacchalauréat, on les leur accordera scellées du scel dudit consistoire, en cire verte, pendant à un cordon de soie de même couleur.

Pour parvenir au grade de docteur, il faut être bachelier; avoir obtenu les trois prix principaux; savoir parfaitement la grammaire; subir un examen sur les lois de *la gaie science*, et être en état de résoudre toutes les difficultés et les doutes qu'on proposera sur cette matière; avant tout, il faut être honnête homme, et d'une probité reconnue.

Le candidat doit, le jour de la fête principale, lire en public, une loi qui lui sera assignée par les mainteneurs; répondre à deux ou trois argumens; et lorsqu'il aura été admis, il faut que, tout de suite, il demande, en beaux vers faits exprès pour cette occasion, *la chaire, le livre, le bonnet.*

Après cela un des mainteneurs qui en aura la commission, l'installera sur la chaire, placera devant lui le livre; lui mettra sur la tête un bonnet vert; et à chaque cérémonie, ce mainteneur prononcera des vers faits exprès; ils doivent être polis et obligeans pour le nouveau docteur.

On voit, dans cette réception, les mêmes dénominations, les mêmes formes qu'aux universités, un examen particulier, un acte public, une loi assignée sur laquelle il fallait répondre à des argumens; et après l'admission, des complimens mutuels, pour lesquels, dans le consistoire de la gaie science, devait être employé le langage des dieux, *Paraulas, Rimadas et Graciosas.*

Les lettres de bachelier et de docteur sont les mêmes, avec cette différence seulement, qu'on y donne aux docteurs le droit *de décider*; ce qui n'est pas permis aux bacheliers.

Formule des Lettres de Bachelier.

»Aux savans, discrets, francs, libéraux et bien-
»appris, dont le cœur est gai, fidèle et véridique, et
»à tous ceux qui verront les présentes lettres Salut en
»Dieu, et bonne vie en tout temps; et à ceux qui
»sont grands, preux et loyaux, qui aiment la droiture,
»et tiennent le monde en défense, honneur et humble
»révérence.

»De part nous sept, mainteneurs des joyeuses *lois*
»*d'amors*, de la noble cité de Toulouse..... le jour de
»Sainte Croix de mai, en présence d'un grand nombre
»de *poëtes gais*, nous avons examiné N. sur l'art
»joyeux de trouver; il nous a disertement répondu, et
»a fait serment d'observer *les lois et les fleurs* du *gai*
»*savoir.*

»En conséquence, présent notre chancelier, nous
»l'avons créé bachelier, ayant déjà reçu en signe
»d'honneur *la joie* d'une telle fleur. Ayez créance en
»lui, quand il lira en public nos *lois d'amors; sans*
»*pourtant rien décider*, car son pouvoir ne s'étend pas
»jusques là. »

B 3.

ARTICLE TROISIÈME.

Réception du Bedeau.

Les statuts s'occupent des devoirs et des émolumens du bedeau, et des qualités qu'il doit avoir.

Le bedeau, y est-il-dit, jouira des émolumens accoutumés ; il aura tous les ans, une robe d'une seule couleur, que doivent fournir les *francs et libéraux seigneurs, patrons de la fête.* Ceux-ci changent tous les ans ; les anciens patrons élisent les nouveaux, pour l'année suivante. On publie leur élection, le jour de la distribution de la violette d'or.

Le bedeau doit recevoir du *fin aimant,* (celui qui remporte la violette) dix sols toulousains ; de celui qui gagne l'églantine, ou le souci, cinq sols tournois, et autant de celui qui gagne le prix du petit poëme, (l'œillet).

Lors de l'élection du bedeau, on s'informe s'il est de bonne vie et mœurs, et s'il est retenu dans ses paroles. Il fera serment de s'acquitter loyalement de ses fonctions ; de ne pas révéler les secrets de la compagnie ; il enregistrera les principaux poëmes.

Quand il prendra possession de son office, on lui remettra la verge d'argent, avec la houpe de soie au bout.

Les lettres pour le bedeau portent :

»Attendu que N., par sa conduite irréprochable, »a mérité l'estime générale, dont plusieurs de nous »sont certains, nous l'avons fait notre bedeau ; et afin »qu'il en puisse faire les fonctions, nous lui avons »mis en main la verge d'argent, ayant au bout une »fort belle houpe de soie verte. Il a fait serment de »nous être fidèle, et de rapporter fidélement toutes »choses sur nos registres ; de tenir secret ce qui ne »devra pas se dire, de s'acquitter de son devoir et de

»faire bon service, loyalement et de bonne foi. En
»conséquence nous prions qu'on ajoute foi à ce qu'il
»dira, de notre part. »

Article quatrième.

Des Patrons francs et libéraux.

A propos des fêtes dont il est parlé dans l'article
précédent, on a demandé si les capitouls n'en étaient
pas les *patrons francs et libéraux*. Le registre ne le
dit point ; mais il ne dit pas le contraire. La plus
grande libéralité était le don de la violette d'or, distribuée le trois mai. Les mainteneurs la recevant des
mains des capitouls, auraient-ils donné à d'autres
qu'eux, le nom de *patrons libéraux* de cette fête qui
fut toujours la principale ? Quand même l'églantine,
le souci et l'œillet d'argent auraient été fournis par
d'autres, que par les capitouls ; ceux-ci fournissant
toujours la violette, auraient du moins été compris
dans le nombre *des francs et libéraux patrons*, et
eussent été nommés les premiers. Il y a plus ; en
voyant qu'en 1399, et pendant presque tout le quinzième siècle, les trois fleurs étaient fournies par les
capitouls, sans que rien indique qu'en aucun temps,
elles aient été fournies par d'autres, la présomption
n'est-elle pas qu'eux seuls les ont toujours fournies,
et que les *francs et libéraux patrons* dont parle le
registre, n'étaient autres, que les capitouls ?

Voici qui achève de le démontrer : il est dit, au
même endroit que ce sont les *francs et libéraux patrons* qui doivent fournir la robe du bedeau, et nous
voyons cette robe constamment fournie par les capitouls.

On a objecté que ces *patrons* étaient annuels ; qu'en
sortant de charge le 3 mai, ils proclamaient leurs
successeurs ; et comme au 3 mai, on ne connaissait

pas quels seraient les capitouls de l'année suivante, dont la nomination ne devait se faire qu'au mois de novembre, on en a conclu que les *francs et libéraux patrons* ne pouvaient pas être les capitouls.

La solution de cette difficulté est dans le quatrième registre de l'académie, appelé, registre de Galhac. On y lit, à la première page, que les bayles de l'an 1461, pour donner la violette et les autres fleurs, sont ceux de la Daurade, de St.-Barthelemi, et de St.-Pierre des cuisines. Pour l'année suivante, St-Etienne, le pont vieux et St.-Sernin ; puis la Dalbade, la Pierre, St.-Geraud, et St.-Pierre des cuisines.

On trouve à la troisième page, que les bayles qui doivent donner les *joies* chaque année, sont, deux de la cité, et un du bourg, lequel donne l'églantine, changeant chaque année de capitoulat.

Ceux qu'on appelle Bayles dans le quinzième siècle, sont évidemment les mêmes qu'on appelait *Patrons* dans le siècle précédent, puisque leur office est le même, de fournir les fleurs qu'on distribuait le 3 de mai. *Ces patrons ou bayles* devant être pour l'année suivante, les titulaires de tel ou tel autre capitoulat, pouvaient fort bien être proclamés le 3 mai, quoiqu'on ne connût pas encore à quels individus ces titres appartiendraient ; enfin, et ceci tranche toute difficulté, le registre de 1513, contient une délibération de 1555, dans laquelle les trois capitouls chargés des préparatifs de la fête, sont appelés *bayles et patrons*. Ainsi l'objection tombe absolument, et il reste vrai que les *patrons francs et libéraux* n'étaient autres que trois capitouls, qui, sous le nom de bayles, ont continué de faire, à peu près les mêmes fonctions, tant avant que depuis la fondation de Clémence Isaure.

Ce n'est que pour l'exactitude historique, que nous nous sommes arrêtés sur ce fait long-temps controversé, et devenu indifférent. Mais quand il y aurait

encore des capitouls, et qu'ils pourraient tirer quelque avantage de cet aveu, la justice et la vérité ne
permettraient pas de le retenir, ou de le dissimuler;
la seule chose qu'il importe de savoir, est que les
maintencurs, en acceptant ces libéralités, pour l'honneur de la ville, et pour l'avantage de leurs concitoyens, conservèrent toute leur indépendance, et cu-
rent grand soin de déclarer, lorsqu'ils publièrent leur
poëtique et leurs ordonnances, qu'eux seuls sont juges
du concours; que c'est uniquement par leur suffrage,
que sont distribuées les fleurs d'or et d'argent fournies
par les *patrons francs et libéraux.*

CHAPITRE TROISIÈME.

Rédaction de la poëtique du Gai savoir.

Il manquait au gai consistoire, dit le registre, un
livre élémentaire, où fussent recueillies et bien fixées
les règles que les mainteneurs devaient suivre dans
leurs compositions, dans le jugement des ouvrages
d'autrui, et dans l'examen des candidats qui se présentaient pour être reçus aux grades de bachelier et de
docteur. N'ayant que leur goût, et leurs traditions,
pour se diriger, et pour diriger les autres, il arrivait
de là, dit l'historien, qu'en corrigeant beaucoup, ils
enseignaient peu.

La commission de rédiger cette poëtique, fut donnée au chancelier Molinier qui devait y travailler avec
l'aide de Barthelemi Marc, à condition, que sur tous
les points qui leur paraîtraient douteux, ils consulte-
raient le gai consistoire; ce qui s'exécuta, dit le registre. Il ajoute que, quand ces règles qui exigeaient
beaucoup de travail et d'étude, eurent été rédigées en
partie, les sept seigneurs du gai consistoire voulurent
qu'elles fussent appelées *lois d'amors.*

Cette première commission donnée de vive voix est

suivie d'une autre donnée par écrit, dans laquelle il
est dit que, si le chancelier trouvait à propos d'assembler les sept mainteneurs, pour résoudre quelque
difficulté, il fera cette convocation par écrit, afin
qu'ils soient plus exacts à se rendre à leur verger.

Le cas arriva en 1348. Le chancelier Molinier écrivit
aux sept mainteneurs, le 6 septembre, pour que le
dimanche suivant, ils se rendissent *dans leur beau
verger fleuri*, à l'effet d'examiner certaines questions
difficiles, et d'en résoudre les difficultés. Voici sa
lettre :

» Aux ornés et discrets seigneurs mainteneurs du gai
» savoir, salut en Dieu, et vie toujours pleine d'hon-
» neur.

» Celui qui ne parle et n'agit qu'avec un bon conseil,
» ne se repent jamais et ne s'expose point au blâme.
» Il convient d'examiner certaines questions et divers
» doutes subtils qui regardent notre *gaie science*, et il
» importe de les décider au plutôt, et de se déterminer
» de telle façon, que personne n'ait lieu de rire de nos
» décisions ; ce qui ne sera pas à craindre, quand vous
» aurez discuté la matière, et que vous m'aurez donné
» là dessus vos conseils bons et certains.

» C'est pourquoi je vous prie de vouloir bien vous
» rendre, dimanche prochain, dans notre beau verger
» fleuri, où vous avez souvent été pour corriger divers
» poëmes ; et là, sans vaquer à autre chose, vous vous
» occuperez des doutes que je vous proposerai, et vous
» les déciderez de telle façon, que je n'aurai plus à
» craindre de méprise, et que je serai sûr de ce que
» j'aurai établi.

» Les présentes lettres furent données dans l'agréable
» et bonne cité de Toulouse, qui donne de bons con-
» seils, et dans notre maison de *Buladas*, après le
» souper, la nuit s'approchant, le sixième jour de sep-
» tembre l'an 1348 ; elles furent scellées de l'authenti-

»que et agréable sceau du gai consistoire, par votre
»humble chancelier, mentionné ci-dessus, Guillaume
»Molinier. »

Cette lettre est en vers, comme toutes les pièces
officielles. On y voit que Molinier demeurait, rue des
Chartreux, appelée alors rue des *Baladas.* A cette
époque on soupait de très-bonne heure, puisque le 6
septembre, Molinier avait déjà soupé, lorsqu'il signa
cette lettre, aux approches de la nuit.

Le registre qui est notre guide, ne rend pas compte
des séances, où l'on s'occupa des doutes proposés;
mais dans une commission donnée à Molinier, pour
la prompte publication des lois du *gai savoir,* il est
prié de mettre en ordre ce qui a été dit, sur cette matière, dans un grand conseil tenu avec *gens notables,
raisonnables et subtils.*

On lui laisse la liberté de s'adjoindre, pour cette
rédaction, les personnes qu'il jugera à propos. Il est
inutile de répéter que cette commission est en vers.

*COMMISSION des sept Mainteneurs du Gai savoir,
pour mettre les Lois d'amors en bonne forme.*

A notre fidèle et aimé écrivain de grande subtilité,
fontaine et minière du gai savoir, vraie lumière, et
qui suit toujours le droit sentier, Maître Guillaume
Molinier, notre vrai ami et notre vieux chancelier,
salut véritable, et vie qui plaise à Dieu, suivie d'une
bonne fin.

»De par nous sept dont le cœur est droit, main-
».teneurs de la gaie science, qui distribuons, dans le
»temps connu, *des joies* d'or et d'argent aux meilleurs
»poëtes, nous vous faisons savoir qu'il s'est tenu un
»grand conseil avec gens notables, fort raisonnables
„et subtils; et que d'un commun consentement nous
„avons pris la délibération d'achever, réformer et cor-
„riger les lois du gai savoir. Mais comme cet ouvrage

„doit être fait sans délai, et que nous ne pouvons pas
„y vaquer promptement ; nous vous prions par la
„grande confiance que nous avons en votre profond
„savoir, d'écrire et mettre en ordre ce qui a été dit sur
„cette matière : vous prendrez conseil de qui vous vou-
„drez, et vous avancerez ce travail le plus qu'il sera
„possible.

„Les présentes lettres ont été données dans Toulouse,
„noble et gracieuse cité, signées par chacun de nous,
„et ensuite scellées du sceau du gai consistoire. „

Molinier répondit en vers. Sa lettre est modeste et
respectueuse ; en voici la traduction.

„Les notables lettres des sept mainteneurs du gai
„savoir, gens d'état et honorables, qui contiennent
„ma commission, m'ayant été présentées, je les ai
„agréablement reçues tête inclinée, avec révérence et
„d'un cœur humble. Après les avoir lues et enten-
„dues, j'ai vu qu'il n'y a pas en moi ce qu'on pense,
„ni le quart de ce qu'on dit : la bonne opinion qu'on
„a de moi est si grande, que j'en suis ébahi.

„Pour tâcher d'y répondre, je ferai comme l'abeille
„qui prend le suc de plusieurs fleurs, pour ourdir le
„rayon de miel ; je prendrai conseil de gens capables,
„et je discuterai les matières avec des personnes enten-
„dues. C'est par la dispute, qu'on éclaircit la vérité,
„et qu'on résout tous les doutes. Je ferai encore com-
„me la lune, qui jamais ne luit sur la terre, et qui
„n'a aucune clarté, si elle ne la prend du soleil. Je
„lève les mains au ciel, et humblement et de bon
„cœur je prie Dieu, qui est la vraie lumière, qu'il
„m'accorde la science nécessaire pour m'acquitter di-
„gnement de ce qui m'est commis. „

A la suite de cette lettre, on trouve consignées dans
le registres, les précautions que Molinier se propose
de prendre pour s'acquitter dignement de sa commission. Elles consistent à choisir pour conseil, dans la

rédaction ultérieure de la poëtique, cinq personnes parmi lesquelles sont quatre mainteneurs, et quand son ouvrage sera fini, il le soumettra à onze autres personnes parmi lesquelles sont les trois autres mainteneurs.

„Comme j'entreprends, dit-il, un ouvrage de con„séquence, je prendrai conseil de M. Barthelemi Jsal„guier, hardi chevalier, soutien du gai savoir; de „M. Jean de Seyra, qui répond subtilement à tout ce „qui regarde la gaie science; de maître Raimond Ga„barra qui dit toujours d'excellentes choses, et dont „les ouvrages sont vertueux; du preux Germain de „Gontaut si gracieux, si beau parleur, si ingénieux „dans l'art de trouver, et auquel nul défaut n'échap„pe. „

Voilà les quatre mainteneurs. "Le cinquième per„sonnage, ajoute-t-il, est un grand homme; il tient „un grand état; et par sa subtilité, il est digne de „toute louange. Il est si savant en droit, qu'on le voit „en continuelle occupation, toute la journée; mais je „ferai mon possible pour obtenir son secours. Je pour„rai, ajoute Molinier, ayant d'excellens conseils, „achever dans peu mon ouvrage, et lui donner toute „sa perfection. Dès qu'il sera fini, je le montrerai aux „nobles docteurs, Guillaume Bragosa, etc. Je le mon„trerai surtout, (voici les trois autres mainteneurs) „au noble poëte Cavayer de Lunel, conservateur „*d'amors*, très-haut possesseur du gai savoir; à M. „Pierre Laselva, et au preux Gentilhomme Bertrand „del Falgar, le *confesseur d'amors*. „

Nous voyons par là qu'en 1355, il ne restait aucun des sept poëtes qui avaient annoncé en 1323 et adjugé en 1324 *la violette d'or fin*. Guillaume Molinier avait vu le gai consistoire se renouveller en entier; c'est vraisemblablement pour cela, que ceux qui le composaient alors, l'appellent notre *vieux notre antique chancelier*.

Pour réclamer les conseils de l'inconnu dont il a parlé avec tant de distinction, Molinier lui adresse une épître en vers, sans le nommer, ou pour mieux dire, en noyant son nom qui n'a que six lettres, dit-il, dans un mot barbare qui en a douze et qui se compose de trois mots latins qui ne forment aucun sens. *Res costa mens.*

Cette espèce d'anagramme qui n'était pas énigmatique pour les contemporains de Molinier, est pour nous d'une obscurité absolue. Nous y perdons de ne pas connaître le nom d'un homme qui, outre sa science du droit, avait un véritable mérite littéraire, si nous en jugeons par sa réponse à l'invitation du chancelier Molinier.

Celui-ci, lui dit dans sa lettre, " à vous qui n'avez „pas votre pareil dans la composition d'excellens ou-„vrages, dont le nom est renfermé dans ce mot *res costa* „*mens* et dont l'esprit élevé est toujours dirigé par la „sagesse. Accordez-moi le secours de vos conseils, „pour la perfection de l'ouvrage dont le gai consistoire „m'a chargé.

„J'attends de votre bonté une gracieuse réponse, „en priant le seigneur de vous donner une vie comblée „de joie et de biens. „

Cette lettre a été dictée dans le verger délicieux, et donnée dans la cité excellente et joyeuse de Toulouse, par Guillaume *Erinlimo.* Ce mot est l'angramme de Molinier.

Cette manière de signer une pareille lettre, paraît bien peu grave. Pour en bien juger, il faudrait connaître, l'esprit et le ton du siècle et du pays, où elle fut écrite, et peut-être aussi la tournure et le goût de celui à qui elle fut adressée. Après tout, le siècle des lumières et des calembourgs doit être indulgent pour tous les jeux de mots auxquels on attachait quelque mérite, dans un siècle d'ignorance et de barbarie.

Le savant inconnu répond :

„A Maître Guillaume dont le surnom est Molinier
„premier acteur (auteur rédacteur) du gai savoir,
„savant, discret, fidelle ami, soutien et source vive
„de la gaie science, salut.

„Le gai savoir charme à la fois le clerc et le laïque,
„le noble et le bourgeois, l'artisan et le villageois. Il
„n'y a qu'un homme d'une opinion sauvage, qui puisse
„le mépriser.

„Quel plaisir d'entendre chanter d'un son mélodieux
„et gai, des chants bien versifiés, célébrant de beaux
„faits et des mots notables, qui pénètrent l'ame d'une
„bonne doctrine. Savoir dicter (1) est œuvre bonne
„et douce. Ne l'a qui veut : mais celui seulement à
„qui Dieu veut bien la donner. Le gai savoir nous
„vient *du fin amour* qui n'est autre chose que le goût
„de la poësie et de la vertu, et cet *amour* est le con-
„seil et l'aide *des fins aimans*, auxquels nous adju-
„geons *nos joies*.

„C'est pourquoi le portier qui garde le *palais* du
„noble consistoire, tient une massue levée, menaçant
„de frapper sur la tête ceux qui apporteraient, ou des
„vers d'un amour malhonnête, ou des poëmes calom-
„nieux et outrageans.

„Il n'y a que l'envie ; il n'y a que des ignorans,
„des insensés et des idiots, qui puissent mal parler du
„gai savoir qui est doux, loyal et vertueux. Suivez
„bien ces gens-là ; s'il leur arrive, un jour, de bien
„faire, ils se démentent le lendemain. Je suis bien
„loin de penser comme eux ; je vous réponds franche-
„ment et dans toute la joie de mon cœur, que, toute
„affaire cessant, je vaquerai à ce dont vous me priez.
„Le fils de Dieu vous donne sa bénédiction.

„Les présentes lettres ont été données à Toulouse,

____

(1) Faire des ouvrages de poësie.

„sous mon cachet, l'an 1355, au trois des nones de
„mai, temps gai, (5 mai) par moi dont vous avez
„enveloppé et obscurci le nom. „

En parlant *des fins aimans*, l'auteur de cette lettre
ajoute *auxquels nous adjugeons nos joies*. Comme il
n'était pas un des sept mainteneurs, on peut augurer
de là, qu'il était *docteur en gaie science*, ayant en
cette qualité droit de décider, c'est-à-dire de venir
prendre place parmi les juges du concours. Il est plus
essentiel de remarquer qu'il parle du *palais du gai
consistoire*. Il était bien à croire que les mainteneurs
ne tenaient pas leurs séances d'hiver, sous les berceaux
et dans les allées de leur beau jardin ; mais il est toujours bon d'en avoir la preuve positive, dans la mention expresse d'une maison assez vaste, pour mériter
le nom de *palais*.

Après avoir reçu cette lettre, Molinier s'occupa sérieusement et avec diligence de sa commission, puisque la poëtique telle que nous l'avons, fut rédigée et
examinée, dans le cours de l'année suivante 1356.

Cette poëtique, lorsqu'elle sera imprimée formera
l'équivalent de deux volumes, in-4°. Et nous osons
dire qu'on sera étonné que Molinier ait pu, dans ce
temps d'ignorance et de profondes ténèbres, si bien
ordonner et développer un tel ouvrage. Rien de pareil
encore n'avait été produit, depuis que les lettres grecques et latines s'étaient éclipsées, et que l'esprit humain privé de leur secours, cherchait en lui-même
les méthodes qui devaient le diriger. En voyant cette
poëtique rédigée deux fois dans un espace de temps
qui n'est pas très-long, on ne pourra qu'applaudir à
la justesse de jugement qui dirigeait les délibérations
du gai consistoire. Ces sages troubadours avaient senti
qu'un bon ouvrage ne peut être que le résultat d'une
méditation sérieuse, d'un travail suivi avec ardeur par
un esprit libre dans sa marche, et qui puisse revenir

sur

sur ses pas, changer ou modifier ses premières conceptions, agrandir ou restreindre son plan. Ils avaient
vu clairement que, s'ils entreprenaient de travailler
en commun à la poëtique projetée, leurs séances se
perdraient en discussions, et que les difficultés toujours
renaissantes refroidiraient et finiraient par éteindre leur
zèle. Ils firent donc sagement de confier la rédaction
de leur poëtique à celui qu'ils en croyaient le plus capable ; se réservant toutefois de la revoir, et de ne
l'adopter qu'autant qu'elle remplirait leurs vues.

CHAPITRE QUATRIÈME.

Publication de la poëtique.

Ce fut en 1356, que les sept poëtes de Toulouse
publièrent leur poëtique. Dans leur lettre de publication qui, comme on comprend, est écrite en vers,
prenant les mêmes formes, et le même ton d'autorité,
que les universités, ils adressent leur ouvrage non seulement aux savans, aux amis de la gaie science ; mais
aux souverains, rois, princes, ducs, marquis, comtes,
dauphins, etc. «Nous sommes en droit, disent-ils,
»et notre devoir nous presse de publier au loin, et
»près de nous, *les lois d'amors* et les *fleurs du gai*
»*savoir*, afin de les maintenir, et d'en rendre l'intel-
»ligence facile à ceux qui voudront les apprendre ; la
»science n'étant difficile, qu'autant qu'elle n'est pas
»clairement exposée, et cependant son excellence et
»sa valeur exigent qu'elle soit répandue.

»C'est pourquoi les sept mainteneurs vous font sa-
»voir que, dans *les lois et les fleurs* ci-après écrites,
»vous apprendrez l'art de traduire et de composer.
»C'est une fontaine abondante, pour les savans, ainsi
»que pour ceux qui commencent ; les uns et les autres
»y pourront puiser de belles et agréables pensées. Les
»comparaisons et les autres figures rendent un écrivain

»supérieur, pourvu que son ouvrage renferme un
»grand sens, soit bien ordonné, et qu'on n'y emploie
»jamais des paroles obscures. Qu'on se garde surtout
»d'approcher de cette fontaine, avec un cœur inique
»ou faux, avec un esprit sans politesse, sans vigueur,
»sans lumières et sans étendue; car cette eau serait
»amère pour de tels écrivains. Les preux, vaillans,
»francs, libéraux, gais et subtils trobadors la trouvent
»douce et délicieuse.

»Les ruisseaux qui en proviendront dirigés par eux,
»feront reverdir et fleurir les prés, les bois, les vergers
»et les jardins; et les oiseaux les charmeront par leurs
»chants mélodieux.

»Nous vous faisons savoir que nous confirmons la
»noble fête qu'on célèbre, suivant la coutume, au
»commencement de mai, où nous donnons, pour mar-
»que d'honneur, au plus excellent poëte qui aurait
»fait la meilleure Ode (Canso) une *violette d'or fin.*
»Pour augmenter la solennité de cette fête, nous don-
»nons une fleur de *souci d'argent fin,* à *une danse*
»dont le son gai répande l'allégresse. Nous donnons
»aussi une *églantine d'argent,* à celui qui fera le
»meilleur *sirventes,* ou pastorale, bergerie, ou autre
»poëme de cette espèce; pourvu que ces ouvrages
»soient achevés, et que leur son ne nous déplaise pas.
»Mais il est temps de conclure, en vous disant que
»Dieu vous aide et vous ait, en tout temps, en sa
»grace. Fait dans notre charmant verger garni de
»fleurs et d'herbes odoriférantes, d'arbres fruitiers ou
»verts toute l'année, sur lesquels divers oiseaux vien-
»nent chanter. C'est là qu'on entend aussi les sons
»harmonieux de nos divers poëmes. Aucun sophisme
»n'est admis dans nos disputes. Nos argumens sont
»vrais, et l'expression en est toujours élégante.

»C'est dans ce verger, que les présentes lettres furent
»dictées, écrites et données en la cité de grande noblesse,

»fidélité et loyauté, l'abondante et gracieuse Toulouse.»

La date en est singuliérement énoncée. Les lettres numérales qui la composent sont distribuées dans ces deux vers :

> *C* laramen poudets haver l'an
> Per *C*rots, *M*arc, *LVC* et per *J*oan.

Elles sont tracées en caractères majuscnles. On y voit un M, trois C, un L, un V et un I. qui rangés et mis en ordre, font mil trois cent cinquant-six. M. CCC. LVI.

Cette manière énigmatique d'indiquer les époques était sans doute à la mode ; et cette mode dura long-temps. L'Arioste qui écrivait son *Orlando furioso* cent trente ou cent quarante ans après, désigne d'une manière à peu près semblable, l'année de la naissance du Cardinal Hippolyte d'Est, dans la quatrième stance de son trente-cinquième chant. Astolphe, avant de quitter la lune, demande à St. Jean, quand commencera la belle vie qu'il voit figurée par un fuseau plus brillant que l'or le plus pur ? Saint Jean lui répond que ce sera vingt ans avant que l'ere de l'incarnation soit marquée par un M et par un D ; c'est-à-dire en 1480, vingt ans avant 1500. (M. D.)

> *Che venti anni principio prima avrebbe*
> *Che con l' M e col D fosse notato*
> *L'anno corrente dal Verbo incarnato.*

Les lettres de publication de la poëtique, furent scellées non de l'ancien sceau, employé en 1323, et dans le temps intermédiaire ; mais d'un autre nouvellement choisi, et qu'on employait alors pour la première fois. Les sept poëtes ont grand soin d'en avertir.

Nous scellons les présentes, disent-ils, de notre sceau, nouveau.

> »*Sagellam.*
> »*Las présens, de nostre Sagel*
> »*nouvel.* »

Et pour qu'on ne s'y trompe point, ils en font la

description portant qu'il est de forme ronde ; que dans le milieu est une dame nommée *Amors* (Poësie) qui accueille les poëtes et leur distribue ses joyanx. (1)

Dans la légende est écrit : *S. des sept mainteneurs de la violette de Toulouse.*

C'est sous la garantie de ce sceau et de la confiance qu'il inspirait , que la poëtique de nos devanciers fut envoyée de tous côtés, pour étendre l'empire des lettres , de la morale et de la raison.

CHAPITRE CINQUIÈME.

ÉTAT du Collége de la gaie Science, depuis 1356 *jusqu'à la fin du quatorzième siècle.*

Tandis que ces zélés troubadours réglaient la discipline de leur école, et qu'ils exécutaient l'entreprise très-grande alors (cent ans avant l'invention de l'Imprimerie) de répandre leur poëtique et de multiplier ainsi l'instruction autour d'*eux et au loin* , un événement funeste leur enlevait leur palais et ce jardin si renommé dont le nom était toujours accompagné d'épithètes qui en expriment l'agrément. Une menace de guerre et la crainte d'un siège portèrent les Capitouls à détruire, pour la défense de la ville , le fauxbourg des Augustines qui occupait le quartier appelé aujourd'hui St. Aubin, entre la porte neuve et la porte St. Etienne. Il fallait sans doute une indemnité à ceux dont on détruisait ainsi les habitations, pour sauver celles de leurs concitoyens. Ce qui pressait le plus, pour les mainteneurs, était d'avoir un azyle, où ils pussent continuer de donner leurs leçons , conférer les grades du *gai savoir* et vaquer à leurs autres exercices. Ils trouvèrent cet azyle dans le Capitole. Quelque hono-

---

(1) Le texte porte *juels* qui veut dire joyaux. Au lieu de *joya* qui veut dire joie. Laloubère a confondu ces deux expressions qui sont pourtant bien distinctes. Cette remarque est de M. de Ponsan.

rable que fût cette indemnité, elle ne pouvait pas leur représenter la propriété qui leur était enlevée. Ils n'y renoncèrent point ; ils ne perdirent jamais l'espoir de la recouvrer, et l'on verra que cet esprit de retour s'est perpétué dans leur descendance.

Pour exprimer ce desir, et pour conserver une image des séances qu'au retour du printemps, ils tenaient dans leur beau jardin, ils s'assemblaient tous les ans le premier et le trois de mai, sous un orme, dans la cour du collége St. Martial ; et les capitouls de leur côté, en mémoire de la translation du gai consistoire dans le capitole, leur envoyaient une garde d'honneur précédée de fanfares, et venaient eux-mêmes au devant d'eux. Ce cérémonial a été observé, pendant plus de quatre cens ans, depuis 1357 jusqu'en 1773 inclusivement. On verra plus bas que ce fut l'Académie qui en demanda la suppression, pour mettre fin aux difficultés qu'occasionnait trop souvent l'humeur des individus honorés du capitoulat, dont quelques-uns attachaient un grand prix à ne pas dépasser la porte du capitole, ensuite à s'arrêter en deçà, enfin à n'avancer que jusqu'au milieu de la cour ; et même à ne pas aller tous jusqu'à la pierre indicative qui, par l'effet d'une transaction, avait été placée au milieu de la première cour du capitole. Revenons aux mainteneurs de 1356.

L'envoi qu'ils avaient fait de leur poëtique aux souverains étrangers, ne fut pas une vaine formalité. Zurita, historien espagnol, rapporte, dans ses annales d'Aragon, qu'il a écrites en espagnol, et dans son histoire latine, *rerum ab Aragoniæ regibus gestarum*, qu'en 1388, Jean, roi d'Aragon, y puisa le desir et l'émulation d'avoir aussi, dans ses états, une école de *gaic science*. A cet effet, il envoya à Charles VI, roi de France, une ambassade solennelle ; pour lui demander des poëtes de Languedoc, qui, sur l'assurance des honneurs et des récompenses qu'il leur pro-

C 3

mettait , allassent dans ses états, où l'on parlait aussi la langue romance, fonder une institution de *gai savoir*. *Ut studia poëtices quam GAYAM SCIENTIAM vocabant, instituerentur. His vero quorum ingenium in eo artificio elucere videbatur, magna præmia, industriæ et honoris insignia monumenta que laudis esse constituta.*

Cette ambassade eut le succès qu'il en attendait. Giovianni Andrès, dans son ouvrage italien intitulé *De l'origine, des progrès et de l'état actuel de toute la littérature*, raconte que le roi d'Aragon obtint deux académiciens de Toulouse qui fondèrent *la gaie science* à Barcelonne ; d'où se détachèrent dans la suite plusieurs poëtes qui allèrent faire un pareil établissement, à Tortose. M. de Laborde, dans son itinéraire descriptif de l'Espagne, parle de ces deux colonies littéraires qui reconnaissaient Toulouse pour leur métropole. Il ajoute que vers la fin du quinzième siècle, l'Académie de Barcelonne commençant à déchoir, Ferdinand le Catholique en donna la direction à Don Henri, marquis de Villena qui, pour la ranimer, composa son livre de *la gaie science* dont il ne reste que des fragmens, publiés de nos jours par Don Gregoire *de Mayans*.

A la même époque, la gaie science qui languissait aussi à Toulouse, reçut des encouragemens plus grands et plus efficaces. Mais n'anticipons pas sur l'ordre des temps. Qu'il nous suffise de dire que les fleurs distribuées le trois mai, étaient étrangement dégénérées. La violette n'était plus *d'or fin*; elle était d'argent, ainsi que l'églantine et le souci. Elle conservait le nom de *fleur souveraine*; mais elle ne valait qu'un franc de plus, que chacune des deux autres. La dépense pour les trois fleurs était fixée à un marc et un franc d'argent. Nous ignorons l'époque de ce changement ; nous savons seulement qu'il est antérieur à la fin du quatorzième siècle. Une ordonnance de Colard d'Estouteville, sénéchal de Toulouse, pnbliée le 6 juin 1399, porte (article 29) qu'on fut d'avis que pour le fait de la *violette*, de *l'églantine*, et du *souçi*, on fasse, suivant la coutume ; savoir, qu'elles pesent toutes trois un marc d'argent. Et pour la violette, outre le marc ; un franc de plus, attendu que c'est la fleur souveraine : *que pesen totas tres, hun marc d'argen; et per la violetta, otra le marc, hun franc, per la flor sobrana.*

Il paraît que déjà à la fin du quatorzième siècle, les mainteneurs ne s'assemblaient plus, pour se communiquer leurs ouvrages, et pour donner des leçons de poësie. N'ayant dans l'hôtel de ville aucun emplacement pour leurs assemblées particulières, et pour l'enseignement, tout se réduisait de leur part, aux assemblées publiques des premiers jours de mai , consacrés à recevoir les ouvrages, à les examiner et à distribuer des prix. L'enseignement étant supprimé, il n'y eut plus d'examen pour les grades de bachelier et de docteur; on devint docteur, en remportant les trois prix ; et sans doute bachelier, lorsqu'on en remportait un ou deux, sans autre examen.

Pour être moins trompés, dans cette distribution, les sept mainteneurs voulurent s'assurer qu'au moins ceux qui venaient leur présenter des ouvrages de poësie, n'étaient pas étrangers à ce genre de culture. A cet effet ils exigeaient que chaque concurrent, composât, sous leurs yeux, une petite pièce de vers qui était ordinairement un sonnet. Par là s'introduisit l'usage de leur donner à dîner ; « et les capitouls, dit Lalou-»bère, achevant d'en faire les honneurs, prièrent à »ce repas tout le corps des Jeux Floraux, et quelques »autres personnes de distinction ; mais en même temps »ils devinrent plus ménagers sur les prix. »

CHAPITRE SIXIÈME.

État du Collége de la Gaie Science, depuis la fin du quatorzième siècle, jusqu'en 1484.

La fleur souveraine, en conservant ce nom magnifique, éprouva au commencement du quinzième siècle, un autre degré de déchéance. Déjà en 1404, elle était réduite à la même valeur, que l'églantine et le souci.

On voit par un mandement de cette année fourni par les capitouls sur le trésorier de la ville, (imprimé par M. Lagane,) que la matière des trois fleurs coûtait six livres seize sols trois deniers. Qu'un florin qu'on achetait pour les dorer, coûtait un franc, et la façon, trois francs ; ce qui faisait en tout dix livres seize sols trois deniers.

D'autres mandemens dont la suite va ju'en 1461 , prouvent que cette dépense ne varia presque point, et qu'on dépensait à peu près autant pour le repas.

Pour connaître les travaux et le régime du collége de la gaie science , pendant le quinzième siècle, notre ressource unique est le quatrième recueil ou registre que nous devons au zèle d'un des mainteneurs de ce temps-là. Il est en velin. On trouve à la troisième page, que M. Guillaume de Gailhac, licencié ès lois, capitoul , maître et mainteneur de la gaie science , fit faire ce registre, le 26 avril 1458, *pour y mettre et enregistrer les poësies qui gagnent les fleurs.*

Cette collection contient cinquante-neuf pièces dont la première est sous la date de 1345 , et la dernière sous celle 1484. Les cinq premières sont du quatorzième siècle. Les autres du quinzième. On y voit que Guillaume de Gailhac remporta l'églantine en 1446 par un sirventes ; la violette en 1453, et une autrefois, sans dire l'année, un autre prix qui n'est pas non-

plus spécifié, mais qui sans doute était le souci, puisqu'il avait remporté les deux autres. Ce troisième
triomphe doit être antérieur à l'année 1453, puisqu'alors Guillaume de Gailhac était déjà maître et
mainteneur. Il serait superflu de mentionner ici les
noms de tous les auteurs dont les pièces couronnées
sont transcrites dans ce registre; mais je ne dois pas
passer sous silence celui de Madame de Villeneuve; *la
Dona de Vilanova* qui en 1463 *fec un dictat d'amors,*
(fit un ouvrage de poësie.) Nous la verrons reparaître
en 1496, d'une manière plus intéressante pour notre
histoire.

Dans la publication de leur poëtique, les mainteneurs de 1356 avaient dit que la violette était destinée
à une canso (*ode*); l'églantine, à un sirventes; le souci,
à une danse. On voit dans ce registre, que cette destination a été exactement suivie, excepté une fois, où
l'églantine fut donnée à une canso.

A la première page de ce registre, on voit la liste
des sept mainteneurs, et à leur tête se trouve le chancelier, qui jusqu'alors avait été étranger aux délibérations du gai consistoire. Le nom de Molinier, dont le
mérite était si éminent, ne parut point dans la publication de la poëtique qu'il avait rédigée. Traité par le
gai consistoire avec la plus grande considération, il
suivait les instructions qui lui étaient données par les
mainteneurs, et leur soumettait respectueusement son
travail qu'ils corrigeaient ou réformaient à leur gré.
Son influence pouvait être grande sur l'esprit des mainteneurs; mains son suffrage n'était pas compté, dans
leurs délibérations. J'ignore par quels degrés, et à
quelle occasion, le chancelier devint non-seulement
partie intégrante, mais chef du gai consistoire. Le
registre de Gailhac, sans en rien dire, se borne à placer
son nom avant tous les autres, Cette liste est ainsi
dressée.

(42)

M. Gailhard Daus (d'Aussi.)
M. Jean de Seisses.
M. Bernard de Goyrans.
M. Jean Amic.
M. Pierre Ysalguier.
M. Raymond de Puybusque.
M. Guillaume de Gailhac.
M. Hugues de Pagese.

Sur cette liste M. *Gailhard Daus* n'a pas le titre de chancelier ; mais on voit à la page 30 qu'en 1453, M. de Gailhac ayant remporté la violette, fut reçu maître, et mainteneur de la gaie science par M. *Gailhard Daus*, chancelier, et par les autres seigneurs mainteneurs de la *science gaie*. A la page 102 on voit que le 1.er mai 1464, M. *Gailhard Daus* étant mort, on nomme à sa place de chancelier, M. Jean de Seisses (de Saxis) un des sept mainteneurs, et la place de mainteneur qu'il laisse vacante est donnée à M. Bernard Marsalis.

Il est à remarquer que les capitouls, quoique présens, ne prennent aucune part à la nomination de M. Bernard Marsalis ; et qu'ainsi on observe ce qui est dit dans les statuts de 1355, (article 14)., que les mainteneurs sont créés et reçus par les seigneurs qui jugent les ouvrages et qui donnent les joies ; et M. Bernard Marsalis, prête serment entre les mains du nouveau chancelier (M. Jean de Seisses) suivant *le vouloir et le consentement des mainteneurs* , sans qu'il soit fait mention des capitouls. Mais la nomination de ce nouveau chancelier avait été faite d'une manière bien étrange. Les capitouls y concoururent. L'assemblée se composa de cinq capitouls et de six mainteneurs, et comme Guillaume de Gailhac, était à la fois et capitoul et mainteneur, il est porté sur les deux listes ; sur celle des capitouls, où il complette le nombre de cinq, et sur celle des mainteneurs qui, lui compris, est composée de six électeurs.

Il serait aussi difficile d'indiquer le motif de cette réunion, que de dire comment le chancelier qui n'était qu'un officier subordonné du collége de la gaie science, en était devenu le chef,

Le procès-verbal de la nomination du chancelier Jean de Seisses, et de Bernard Marsalis, est un acte authentique écrit en latin, reçu et souscrit par un notaire, greffier de la gaie science. *Ut lector, et officiarius, dictæ scientiæ etiam scriba, signé VALADE lector.*

Toutes les pièces de poësie inscrites dans ce recueil, sont en langue romance, avec cette particularité, qu'en 1471, M. Pierre de Janillac, natif de Paris, bachelier en droit, étudiant à Toulouse, remporta un prix, *quoique français*, est-il dit dans le registre, parce qu'il composa ses vers en langage *toulousain*. C'était un de ces prix extraordinaires dont nous avons parlé plus haut, et qui donnaient lieu à d'autres fêtes, moins solennelles, que celle du trois mai.

Ici finit la première époque de notre histoire, où l'on a vu que les capitouls loin d'être fondateurs du collége de la gaie science, n'y parurent qu'en 1323, pour assister aux fêtes du mois de mai, ayant été compris dans l'invitation que les mainteneurs avaient adressée à tous les notables habitans de Toulouse.

Ils s'associèrent à la gloire de cette institution, 1.° En fournissant dans la suite, et la violette et les autres fleurs que les mainteneurs distribuaient, 2.° En leur donnant un azyle dans le capitole ; en y faisant célébrer la fête du trois mai ; mais ils ne firent jamais partie du *gai consistoire* ; la reconnaissance qui leur était due n'alla jamais plus loin, qu'à les déclarer *francs et libéraux patrons* ou *bayles de la fête*. On les voit une seule fois prendre part aux délibérations du gai consistoire ; ce n'est ni pour l'élection des mainteneurs, ni pour l'adjudication des prix; mais seulement pour la nomination du chancelier.

Après son établissement au capitole, l'école du gai savoir se dénature, les mainteneurs cessent bientôt de s'assembler, pour leurs joyeux exercices. Cette institution se réduit à une simple fête bien déchue de sa première splendeur ; mais qui cependant entretenait toujours l'émulation des lettres dans la ville palladienne ; et l'obligation, on ne peut pas se le dissimuler, en est due non-seulement aux mainteneurs ; mais au corps municipal.

Jusqu'ici (en 1484) il n'a pas été question de *Clémence Isaure*. C'est un point essentiel, sur lequel il faut bien se fixer. Une révolution va s'opérer dans le collége de la gaie science. Clémence Isaure va paraître ; nous allons la voir relevant, par ses libéralités, la fête poëtique du trois mai ; remplir le midi de la France de la gloire de son nom, transmis et recommandé à la postérité non-seulement par l'admiration des auteurs ses contemporains, orateurs, historiens, jurisconsultes, mais encore par les monumens que la patrie reconnaissante, élève en son honneur.

MÉMOIRE

Pour servir a l'Histoire

DES JEUX FLORAUX.

SECONDE ÉPOQUE

SECONDE ÉPOQUE.

Depuis la fondation de CLÉMENCE ISAURE *jusqu'aux Lettres-patentes de 1694.*

IL paraît qu'après le concours de 1484, qui est le dernier dont parle le registre de Gailhac, la fête des fleurs fut supprimée ou suspendue, soit à cause de la peste qui se manifesta à Toulouse, vers la fin de cette année ; soit à cause du désordre des finances de la ville, ou des troubles qui, dans les années suivantes, y excitèrent une sorte de guerre civile. (Voyez les annales de Lafaille.)

Alors parut Clémence Isaure qui rétablit cette fête; distribua elle-même et à ses dépens, de fleurs qu'on appela *nouvelles*, parce qu'elles remplaçaient les fleurs anciennes que les capitouls avaient cessé de fournir. Cette institution faite de son vivant, confirmée par son testament et consolidée par une riche dotation; fut regardée comme une création; on la proclama *fondatrice* du collége de la gaie science ; ce qui était vrai en regardant, comme un nouveau collége, celui qu'elle ranimait et qui lui devait sa nouvelle vie et son activité ; mais ce mot de *fondatrice de la gaie science*, pris dans toute l'étendue de son acception, égara Catel en ce qu'il crut qu'on attribuait à Clémence la fondation du gai consistoire, qui avait déjà une antique existence, en 1323.

Plein de cette idée, il alla chercher Clémence Isaure dans le douzième et le treizième siècles, et n'en trouvant aucune trace, il en conclut qu'elle n'avait jamais existé. C'est là l'origine de tous les doutes qu'on a élevés sur l'existence de Clémence Isaure ; c'est de ce

misérable argument, que les capitouls prirent prétexte, pour s'attribuer la fondation des Jeux Floraux,
après avoir reconnu pendant plus de cent-cinquante
ans qu'ils étaient légataires de Clémence, chargés par
son testament, d'administrer les revenus de cette fondation.

Caseneuve et Lafaille qu'on compte parmi les détracteurs de Clémence, n'ont pas eu une opinion bien
prononcée. Le grand contradicteur, je pourrais dire
le grand ennemi de Clémence et de son institution,
fut M. Lagane ancien Capitoul et membre du conseil
municipal, qui publia en 1774, un discours violent,
sous le nom d'*histoire de l'Académie des Jeux Floraux*. L'Académie repoussa cette attaque, et il ré-
sulta de son mémoire, qu'aucun fait historique un peu
ancien, n'est ni mieux prouvé ni plus clairement établi
que celui de la fondation de Clémence. Depuis ce mémoire, publié en 1775, nous avons acquis de nouvelles preuves, qui pourraient me dispenser de ramener ici celles que nous avions alors ; mais comme on
pourrait croire que ce qui est aujourd'hui démontré,
était douteux en 1775, la dignité de l'Académie exige
que je fasse connaître la justice et la solidité de ses motifs, dans la défense qu'elle employa avec tant de supériorité et d'avantage.

CHAPITRE PREMIER.

PREUVES *de la fondation de* CLÉMENCE ISAURE.

Je vais les présenter avec ordre, en commençant par
celles qui nous montrent Clémence Isaure distribuant
pendant sa vie, les fleurs qu'elle avait fondées. Je
rapporterai ensuite les témoignages des auteurs contemporains, et de ceux qui forment après eux, la chaîne
non interrompue de cette tradition. On verra quel appui lui donnent les aveux et la conduite des capitouls;

et

et les monumens érigés par eux en l'honneur de Clémence. Quand j'aurai rempli cet objet, les argumens
de Catel, de M. Lagane, et des autres contradicteurs
de notre institution, tomberont d'eux-mêmes.

ARTICLE PREMIER.

Preuves positives.

Nous ignorons en quelle année Clémence fit la première distribution de ses fleurs. Mais nous savons qu'il
y en eut une en 1496 et une autre en 1498. Nous en
avons la preuve positive dans un recueil qui se lie à
celui de Gailhac. Il est écrit aussi en langue romane
ou romance, et lui ressemble, par la forme de l'écriture et la qualité du velin. Il avait été enlevé du greffe
de l'hôtel de ville (le collège de la gaie science n'avait
pas d'autres archives); il a été trouvé depuis peu, au
pied des pyrénées, dans une abbaye de bénédictins,
à *Saint-Savin*, vallée d'Argelès, sur la route de Tarbes
à Barèges. Un littérateur livré à des recherches d'érudition, M. Dumège membre de l'Académie des sciences, inscriptions et belles-lettres de Toulouse, en fit
l'acquisition, et le céda à M. d'Escouloubre, l'un de
nos mainteneurs, qui en a fait présent à l'Académie.

Ce recueil n'est pas entier; le commencement et la
fin y manquent; tout n'y est pas nouveau; il contient
quelques pièces que Gailhac avait aussi recueillies; mais
parmi les autres, il en est deux qui, pour notre histoire, sont inappréciables.

La première est une ode (*canso*) présentée au concours de 1496. *Madame de Villeneuve*, y est-il dit,
dicta (récita) *cette canso*, l'an 1496. *Aquesta canso
dictet la Dona de Villanova* l'an M. CCCC. LXXXXVI.

La seconde pièce est aussi une *canso* présentée deux
ans après par M. Bertrand de Roaix.

Dans la première *canso*, Madame de Villeneuve

s'adresse directement à Dame Clémence , comme fondatrice de nouvelles fleurs , et dont la protection doit
être puissante en faveur de ceux qu'elle honore de son
suffrage. Une strophe entière est consacrée à cette
invocation directe.

»Reine de .poësie, puissante Clémence, j'ai recours
»à vous, pour fixer mes incertitudes, et trouver le
»repos de l'espérance. Si les vers que je dicte, obtien-
»nent votre suffrage , j'aurai la fleur qui est un de vos
»bienfaits, et qui vous doit sa naissance. »

> *Reina d'amors , poderosa Clamença,*
> *A vos me clam , per trovar le repaus.*
> *Que si de vos mos dictatz an un laus*
> *Aurei la flor que de vos pren naissença.*

Quant à l'autre *canso*, il suffit d'en copier le titre :
*Canso per laqual Mossen Bertrand de Roaix gazanhet
l'englantina NOVELLA que foc dada per Doña Clamença
l'an M. CCCC. LXXXXVIII.*

*Ode par laquelle Monsieur Bertrand de Roaix gagna
l'églantine NOUVELLE qui fut donnée par Dame
Clémence l'an 1498.*

Voilà Dame Clémence qui , en 1498, dans la fête
des fleurs , donna à M. de Roaix, pour prix de son
ode, une églantine qui n'est pas celle que fournis-
saient les Capitouls , mais une *églantine NOUVELLE*
dont elle faisait la dépense. La fondation de Clémence
Isaure était donc alors récente ; nous sommes donc
bien surs de ne pas nous tromper , en la fixant aux
dernières années du quinzième siècle, postérieurement
à l'année 1484.

Nous avons une autre ode également adressée à
Clémence Isaure ; mais celle-ci est une pièce isolée. Il
est évident qu'elle fut récitée dans une séance publique du trois mai, en sa présence ; mais il nous est
impossible de dire en quelle année.

C'est un récit animé, de l'expédition de Duguesclin

en Espagne, où il fut suivi par quatre cens nobles toulousains qui partirent en 1365. Elle commence ainsi :

»Dame Clémence, si vous le permettez , je vous »raconterai fidélement tous les événemens de la guerre »entre Pierre roi de Léon, et Henri son frère roi d'Ara- »gon, secondé par Duguesclin. Je vous y parlerai des »toulousains dont un grand nombre périt dans cette »guerre. Un accueil favorable est l'unique objet de »mon ambition. Je n'aspire point aux fleurs que dis- »tribue votre main libérale ; mes vers ne méritent pas »un tel prix ; il me suffit d'obtenir votre bienveillance. »

Les quatre strophes qui précédent la dernière , sont consacrées à célébrer les toulousains qui périrent dans cette guerre, au nombre de plus de deux cens. On y parle encore des pertes qu'y fit aussi la noblesse de Normandie, de Bretagne, de Gascogne, etc. en ajoutant qu'on ne peut entendre un tel récit, sans que le cœur soit navré de douleur et de tristesse. « C'est »pourquoi je m'arrête, dit le poëte en finissant, m'ap- »percevant, *Dame Clémence*, que vous souffrez d'en- »tendre raconter la mort de tant de braves gens. »

Cette ode intitulée, *la Bertat*, (la Vérité) dont l'auteur est inconnu, fut trouvée dans les papiers d'un contemporain de Clémence Isaure, Cazaveteri (Casevieille) avocat et capitoul, auteur d'un commentaire latin sur la coutume de Toulouse. Elle fut conservée par M. de Josse, conseiller au parlement, descendant d'un des guerriers qu'on y célèbre. Lafaille qui s'était chargé de la faire imprimer dans ses annales, craignit en l'y insérant, de déplaire aux Capitouls de qui il attendait un grand service, et qui déjà cherchaient à s'attribuer la fondation de Clémence Isaure ; et cependant comme il s'était engagé à la publier, en la recevant de M. de Josse, il la donna à un éditeur des Œuvres de Godolin (Goudouli) ; elle fut impri-

D 2

mée deux fois dans cette collection, avec la date du 1.er avril 1367.

M. Lagane a prouvé que cette date était fausse, attendu qu'on parle dans cette ode de la bataille de Nardre, du voyage de Henri de Transtamare à Bordeaux, de son entrevue avec Duguesclin, et du combat de Monthiel, événemens postérieurs ; à quoi nous ajoutons que Clémence Isaure, à qui cette ode fut adressée, ne vint au monde qu'environ quatre-vingts ans après cette date.

M. Lagane a prouvé encore, contre l'avis de Lafaille, que le langage de l'ode n'est ni le pur roman, ni le patois toulousain du quatorzième et du quinzième siècles, mais un mélange de gascon et de catalan. C'est pour cela sans doute, que l'auteur déclare qu'il n'aspire point aux fleurs que Dame Clémence distribue, et qu'il lui suffit d'obtenir un regard de bienveillance.

Quoi qu'il en soit à cet égard, la contexture de l'ode prouve qu'elle fut récitée dans la fête des fleurs, en présence de Clémence Isaure, et dès-lors elle ne peut dater que de la fin du quinzième siècle.

Qoiqu'elle soit écrite en vers, c'était une pièce sérieuse, et qui n'était pas sans importance, puisque Casevieille homme de sens et de mérite, l'avait conservée avec soin, et après lui M. de Josse homme de lettres très-estimable qui la regardait comme un monument honorable pour sa famille, et pour la ville de Toulouse. Je crois ajouter à l'idée de son importance, en remarquant que Dom Vaissette et Dom Lobinau l'ont employée, l'un à l'appui de l'histoire de Languedoc, l'autre à l'appui de l'histoire de Bretagne. Ainsi recommandée, cette ode, fût-elle isolée, serait pour nous, une preuve historique ; à plus forte raison, lorsqu'elle vient à la suite des odes de Madame de Villeneuve et de M. de Roaix.

Voilà donc bien prouvée et fixée à la fin du quinzième siècle, l'existence de Clémence Isaure présidant à la distribution des fleurs qu'elle avait fondée. Voyons les preuves de cette fondation confirmée par son testament.

ARTICLE SECOND.

Témoignage des Auteurs.

I.° Le premier de tous, parmi les contemporains de Clémence, est Guillaume Benoît, jurisconsulte célèbre, né en 1455, et qui par conséquent avait plus de quarante ans, lorsque Clémence distribuait elle-même les fleurs de sa fondation. Benoit d'abord professeur en droit à Caors, puis conseiller au parlement de Bordeaux, et en 1500 conseiller au parlement de Toulouse, est auteur d'un traité, où il enseigne qu'il est permis par les lois romaines, de faire un legs à une ville, non-seulement pour la décorer et pour enrichir ses habitans, mais encore pour y célébrer, tous les ans, *des jeux et des fêtes :* sur quoi il cite l'exemple de *Dame Clémence,* très-riche citoyenne de Toulouse, qui, pour exciter la jeunesse à parler avec élégance, a laissé à la ville, certains revenus desquels on fait, chaque année, trois fleurs d'argent doré ; une églantine, une violette et un souci ; *prout illustris mulier illa fecit* DOMINA CLEMENCIA, *ditissima civis Tolosana, quæ ad juvenes incitandum ornatè cultò que sermone loqui, non nullos reliquit civitati redditus è quibus, anno quolibet, tres fiunt argentei flores, scilicet anglentina, violeta, et gaudium, deaurata.*

Il ajoute que la publication s'en fait au capitole, le trois de mai par le chancelier des Jeux ; il parle aussi de la marche triomphale des poëtes couronnés qui se promenaient à cheval, dans la ville, le jour de l'Ascension.

D 3

Benoit dont la famille existe encore à Toulouse, et qui était à peu près de l'âge de Clémence, atteste cette fondation, et l'exécution de la volonté de Clémence, non comme une opinion, comme une tradition, un ouï-dire ; mais comme un fait certain, dont il avait une connaissance personnelle, ayant été sans doute plusieurs fois témoin de la fête des fleurs. C'était un homme grave et réfléchi, un jurisconsulte judicieux qui n'aurait pas voulu compromettre son jugement et sa considération, en étayant d'un conte populaire, un texte du droit romain.

Les termes qu'emploie Benoit annoncent que Clémence était déjà morte, lorsqu'il parlait de sa fondation : *non nullos reliquit civitati redditus.* Le mot *reliquit* énonce un legs, une libéralité testamentaire, et nous verrons qu'à propos de cette libéralité, il sera continuellement question d'un legs et de l'exécution de son testament.

Benoit mort en 1520, travaillait à ce traité de jurisprudence, dans les dernières années de sa vie, car il cite deux arrêts rendus par le parlement de Toulouse, au mois de juin et au mois de juillet 1514. En supposant même que Clémence Isaure fût morte bientôt après la distribution des prix de 1498, sa fondation confirmée par son testament, était un fait très-récent, et cette circonstance rend irréfragable le témoignage du magistrat jurisconsulte qui rapporte cet exemple, comme il cite les arrêts qui appuient sa doctrine.

En 1527 et en 1530, la mémoire de Clémence Isaure était encore récente ; tous les toulousains qui avaient plus de quarante ans, pouvaient l'avoir connue. C'est au milieu de cette population nombreuse de ses contemporains, que Dolet, connu dans l'histoire littéraire par ses talens et par ses malheurs, et Jean Boissoné, professeur en droit à Toulouse, célébrent en vers latins et en vers français, les bienfaits de Clémence et les Jeux Floraux.

Le poëme de Dolet porte ce titre : *De muliere quâ-dam quæ LUDOS litterarios Tolosæ constituit*, et dans le corps de l'ouvrage il lui fait dire, *æternum ingeniis posui certamen.*

Dans les vers de Jean Boisoné, on trouve les deux passages suivans :

Quantùm libet floralia munera
Clementiæ jactare velit suæ,
Magnas quæ opes sic collocavit,
Tempore, ut hæ nequeant perire.

Mais les beaux Jeux que Clémence a dressés
Du temps jamais ne seront oppressés.

Quarante ans après la mort de Clémence, il devait exister encore un grand nombre de ceux qui l'avaient connue, dans leur jeunesse ou même dans l'âge mûr, et quand je les porterais à trois mille, dans une population de cinquante mille ames, ce calcul ne paraîtrait pas exagéré. Réduisons à mille ces contemporains de Clémence Isaure et à cent ceux qui fréquentaient assidû-ment la fête des fleurs. C'est au milieu de ces contem-porains de Clémence, dans l'assemblée du 3 mai 1540, que fut lue une requête en vers, présentée par plusieurs Dames toulousaines, demandant d'être admises au concours, suivant la volonté de Dame Clémence, *laquelle les trois fleurs donna.*

Cinq ans auparavant, (en 1535) Jean Voulté ('Vulteïus) n'ayant pas remporté un prix qu'il croyait mériter, en exprimait ses plaintes, dans deux pièces de vers latins. On trouve les deux vers suivans, dans la première :

Lege subhac moriens ludos Clementia fecit
Ut tandem partas victor haberet opes.

Peut-il rester quelque doute sur l'existence de Clé-mence et de sa fondation, à la vue de ces témoignages

non contredits, de ces hommages rendus à sa mémoire, en présence d'un grand nombre de ses concitoyens qui l'avaient vue et connue, et d'un nombre
infini d'autres qui avaient passé la première moitié de
leur vie avec ses contemporains. Il faudrait renoncer
à toute preuve testimoniale, si celles que je viens de
détailler, n'étaient point admises.

II.º On doit encore quelque confiance aux auteurs qui
venus dans l'âge suivant, parlent de Clémence, d'après
les instructions qu'ils avaient reçues de ses contemporains. De ce nombre est Tresabot qui devenu maître
des Jeux Floraux, avait lu, dans l'assemblée publique
de 1540, la requête des Dames toulousaines, et dont
il est dit dans son épitaphe, que la beauté de ses compositions avait ajouté à la célébrité des Jeux de Clémence.

> *Clementiæ qui fœminæ tam nobilis*
> *Ornaverat ludos, suisque versibus*
> *Hos fecerat celebriores.*

Dans cette seconde classe se range aussi Antoine
Syphrien de Toulouse, qui dans l'édition des Pandec-
tes Florentines, publiée à Lyon en 1550, imprima,
à la marge de la loi 16 *de usu et usufructu*, ces propres mots : *Memorabile hujus rei exemplum est
Tolosæ, ex legato Clementiæ nobilissimæ fœminæ.*

III.º Les témoignages postérieurs qui continuent
cette chaîne n'ont pas la même autorité; mais ils ne
sont pas sans valeur. Cette suite de traditions non in-
terrompues et qui ont été constamment jugées dignes
de foi, donne une sorte de sanction, aux témoignages contemporains et en assure l'autorité ; surtout lorsque ces traditions ont été adoptées par des hommes
dont le suffrage a du poids, et dont le nom est respecté dans l'histoire des lettres et des sciences.

Ils sont en trop grand nombre, pour que je rapporte ici ce qu'ils disent de notre institution. Il suffit

de nommer les principaux. Pierre Borel, Jean Bodin, Daudrius, le président Bertier, Pierre Dufaur, Alexandre Baudins, Papire Masson., le président de Grammont, du Boulai, et Godolin dont les œuvres furent dédiées aux capitouls, et imprimées aux dépens de la ville.

Je relève cette circonstance, parce que c'est principalement contre les capitouls, que nous avons eu à défendre Clémence Isaure et sa fondation. Croiroit-on que nos plus fortes preuves traditionnelles sont prises de leur conduite et de leurs aveux?

ARTICLE TROISIÈME.

Aveux et conduite des Capitouls.

Nous avons encore ici à remercier la providence qui, par une autre espèce de miracle, nous fit recouvrer, en 1774, un autre registre, connu sous le nom de registre rouge, (1) que Catel avait vérifié, au greffe de l'hôtel de ville, et qui depuis a été égaré pendant plus de cent ans. Ce registre n'est postérieur que de quinze ans à la séance publique de 1498, présidée par *Dame Clémence*; ainsi le premier procès-verbal qu'on y trouve sous la date de 1513, touche, à peu près, à l'époque de sa mort. Il existait un registre antérieur où se trouvaient les ordonnances de cette illustre fondatrice. Il en est plusieurs fois question dans celui-ci; on y voit qu'on avait recours à ces ordonnances, pour terminer les différends qui s'élevaient touchant le régime du nouveau collége de la gaie science.

Le registre rouge n'est pas entier. On n'y trouve que quatre procès - verbaux, dans l'intervalle de 1513 à 1539. (2) Malgré ces lacunes, notre histoire y est assez

____

(1) Il est couvert de velours cramoisi.

(2) Les premiers greffiers du collége dressaient leurs procès-verbaux, dans des cahiers séparés, comme font encore les notaires, pour les relier ensuite, lorsqu'il y a de quoi former un volume. Ce ne fut qu'en 1550, qu'on s'occupa de cette réunion. Cette négligence fut cause de la perte d'un très-grand nombre de ces actes.

suivie, pour tout ce qui concerne les aveux et la conduite des capitouls, relativement à l'exécution du testament de Clémence Isaure. Aussi avons-nous moins
à regreter les procès - verbaux intermédiaires, que
ceux qui précédèrent l'année 1513. Nous verrions
dans ceux-ci, comment se fit l'installation du nouveau
collége. Il serait doux d'y lire que le nouvel ordre
prescrit par les ordonnances de *Dame Clémence*, s'établit de bon accord, entre les mainteneurs et les capitouls, au lieu que la première page de ce registre ne
commençant qu'en 1513, nous les montre en état de
guerre, et nous apprend qu'il y avait eu précédemment
d'autres contestations.

I.º Les capitouls étant administrateurs des revenus de
la fondation, trois d'entr'eux, sous le nom de *bayles*,
étaient spécialement chargés de cette administration,
et c'était le collége qui nommait ces *bayles*. Leur charge
principale était de faire les préparatifs de la fête et
d'exécuter les délibérations des mainteneurs, relativement aux dépenses de la fondation. Ce qui prouve
bien, que leur administration était subordonnée au
collége.

Les trois capitouls bayles que ces fonctions rappro-
chaient du collége, avaient déjà obtenu en 1513, voix
délibérative dans les élections, à raison des soins qu'ils
se donnaient pour la célébration de la fête. Mais en
l'accordant, le collége avait spécifié qu'ils n'y avaient
aucun droit, et que *c'était par permission et non autrement*, et tout porte à croire que cet arrangement eut
lieu à la suite d'une contestation.

Celle qui s'éleva en 1513, fut vive et violente. Un
mainteneur étant mort (M. Ysalguier), les capitouls
nommèrent à sa place, M. Solages, en gagnant de vitesse
le collége dont les assemblées étaient limitées au premier avril, et aux trois premiers jours de mai.

Le collége informé de cette entreprise, annulla cette

nomination; nomma M. d'Aurival, et l'installa dans
le banc des mainteneurs, pour être juge du concours.
Les capitouls appelés par le chancelier, pour être ouïs
sur leur entreprise; déclarèrent qu'ils avaient effectivement nommé M. Solages, prétendant en avoir le
droit *comme chefs et principaux administrateurs de la
gaie science;* ils essayèrent de l'installer, en le plaçant
de voie de fait au bout du banc des mainteneurs, et
déclarèrent qu'ils voulaient prendre part au jugement
des ouvrages, et concourir à l'adjudication des fleurs;
mais à l'aspect des ordonnances dont la connaissance
leur fut donnée par les commissaires du collége, ils
prirent condamnation, et promirent de renoncer à
jamais, à leurs prétentions, si l'on voulait terminer
cette querelle de manière qu'il ne *fut fait deshonneur à
personne.* Les conditions proposées et acceptées furent
que *M. d'Aurival* et *M. Solages,* seraient regardés
comme mainteneurs, tant qu'ils seraient tous deux
en vie, et qu'à la mort de l'un d'eux, l'autre serait
effectivement mainteneur, sans autre nomination.

On étendit au jugement des ouvrages et à l'adjudication des prix *la permission* qui avait été donnée aux
trois capitouls-bayles, d'opiner dans les élections;
attendu qu'ils prenaient grand peine, pour les préparatifs de la fête.

Moyennant cela, porte la transaction, *toutes les
parties étant consentes, inhibitions* furent faites aux
capitouls, *tant présens que avenir, de soi ingérer, élire
à aucuns des offices vacans, sur la peine,* est-il ajouté,
*de cinquante marcs d'argent, appliqué au profit et uti-
lité de ladite science.*

Ainsi dès l'entrée du registre rouge, nous trouvons
une preuve de la fondation de Clémence Isaure, résul-
tant des aveux et de la conduite des capitouls; car il
est à remarquer que la qualité qu'ils se donnent *d'administrateurs,* annonce une fondation étrangère, et

non une propriété municipale. On doit y voir une administration subordonnée, puisque les trois capitouls-bayles; spécialement chargés de cette administration, sont nommés par le collége; exécutent les délibérations du collége, et que c'est *par permission et non autrement*, qu'ils prennent part aux délibérations; et enfin puisqu'ils consentent *aux inhibitions* qui leur sont faites, et se soumettent, en cas de contravention, à la peine d'une amende, *au profit de la fondation*. Ces derniers mots seuls annonceraient une fondation étrangère aux capitouls. Car on ne les anrait pas menacés d'une amende qu'ils auraient dû se payer à eux-mêmes. J'y trouve encore la preuve que la fondation dont il s'agit, est de Clémence Isaure, puisque le point contesté se décide par ses ordonnances, et que dans les concessions que fait le collége, on a grand soin de dire que c'est *sans préjudice desdites ordonnances*, et que les capitouls *suivront lesdites ordonnances sur ce faites et autorisées*.

▸ II.° Une autre preuve plus énergique encore de leurs aveux et de leur conduite, est prise de la cérémonie de la semonce.

Avant la fondation de Clémence Isaure et jusqu'à l'époque où finit le registre de Gailhac (1484), les capitouls étaient *francs et libéraux* patrons de la fête des fleurs qui étaient fournies *de l'émolument de la ville*. C'était de leur part, une libéralité que le collége recevait avec reconnaissance; mais qu'il n'était pas en droit de réclamer. Clémence Isaure meurt; les capitouls, de bienfaiteurs qu'ils étaient, deviennent administrateurs des bienfaits d'autrui. Les fleurs qu'on n'avait aucun droit d'exiger, sont réclamées comme une dette; les capitouls reconnaissent qu'en les fournissant, ils ne font que remplir *un devoir*. Cette réclamation ou sommation qui, dans les rapports du collége avec les capitouls, porte le nom de *semonce* est faite avec une solennité imposante.

Un mois avant la célébration des Jeux, le premier jour d'avril, les mainteneurs et les maîtres partent de la maison du chancelier qui marche à leur tête ayant devant lui, le bedeau, en robe, portant la masse d'argent. Avant d'arriver au capitole, ils s'arrêtent au collége Saint-Martial, d'où ils envoient le bedeau prévenir les capitouls de leur prochaine arrivée. Les capitouls vont les recevoir, à la première porte, au bruit des hautbois et des trompettes d'argent ; les accompagnent dans la salle de leur grand consistoire, et là quand chacun a pris sa place, le chancelier parlant avec l'autorité d'un créancier, somme les capitouls, de faire les préparatifs de la fête ordonnée par feue *Dame Clémence ;* ils répondent par l'organe de leur chef, qu'*ils connaissent la volonté de Dame Clémence ; et qu'ils feront leur devoir.*

Nous ne connaissons par la date précise de la première semonce. Nous savons seulement que cette assemblée publique du premier avril avait déjà lieu en 1508. Il en est parlé dans un mandat des capitouls cité par M. Lagane ; il n'y avait pas dix ans encore que Clémence Isaure était morte.

La sommation ou semonce, la réponse des capitouls, la publicité et la solennité de cette cérémonie, prouvent évidemment que le testament de Clémence était un événement public, notoire à toute la ville. Sans cela, comment concevoir que les capitouls se fussent soumis à cette interversion de rôles ? Comment même l'idée en serait-elle venue à personne ? Et quand on voit que la réponse des capitouls est toujours la même, pendant près de deux cens ans, n'est-on pas fondé à dire que ces aveux, dont la chaîne n'a été interrompue, ni altérée par aucune contradiction, ont toute la force des traditions humaines les plus respectées.

.Que sera-ce, si l'on considère qu'ils ne se sont pas toujours bornés à cette réponse générale; car leur réponse de 1598 porte en termes exprès, qu'*ils ont vu n'a guères le testament de ladite Dame.*

III.º Ce n'est pas seulement quand ils sont ainsi *semoncés*, qu'ils parlent de ce testament. Ils l'invoquent pour établir une de leurs prétentions ; disant (en 1584), que par une nomination faite en leur absence, *on avait fait brèche à leur autorité, ÉTANT LES HÉRITIERS de Dame Clémence, et les dispensateurs de son intention et volonté;* et là on reconnaît le langage qu'ils avaient tenu en 1513 lorsqu'ils voulaient nommer aux places de chancelier et de mainteneurs, en qualité *de chefs et principaux administrateurs de ladite science.*

Dans les comptes du trésorier de la ville, la dépense des Jeux Floraux est ainsi exposée ; *pour l'entretenement de la fondation de Dame Clémence qui a laissé par légat, à la ville, les revenus de la place de la Pierre, etc. qui ne sont biens et deniers communaux, ni dons et octrois du roi, ains du patrimoine laissé à la ville, par ladite Dame, à la charge de fournir, pour les fleurs.*

En 1540, Gailhard syndic de la ville, chargé de fournir devant le commissaire du roi, le dénombrement des biens dont la ville jouit, fait une classe à part de ceux qu'elle tient des comtes de Toulouse, d'un comte d'Armagnac et de Dame Clémence. Parmi ceux qui proviennent des libéralités de Dame Clémence, il dénombre *la place de la Pierre*, et cent ou cent vingt arpens de communaux, et ces communaux étaient inscrits sous le nom de Clémence Isaure, dans le cadastre de 1478.

En 1535, les capitouls poursuivent un arrêt du parlement, qui leur permette de renforcer leur garde, *le trois de mai*, jour auquel on célèbre *publiquement les Jeux Floraux de Clémence*. Dans un accord qu'ils passent en 1568, avec les mainteneurs, ils reconnaissent *que le collége de poësie française a été institué à Tolose par Dame Clémence Isaure, qui a laissé par institution, légat et donation faite à la ville, plusieurs grands et notables revenus.*

Ce n'est pas tout ; le trois mai de chaque année, ils entendent l'éloge de Clémence Isaure. Ils vont à l'église de la Daurade, où elle fut ensevelie, chercher les fleurs qu'elle a fondées ; et dans cette marche solennelle, ils prennent une place subordonnée à celle des mainteneurs et des maîtres des Jeux Floraux. Cette circonstance seule, n'annonce-t-elle pas une fondation étrangère au capitole ? Si les fleurs qu'on allait chercher à la Daurade, avaient appartenu aux capitouls, auraient-ils souffert que les mainteneurs les reçussent des mains du prêtre qui en avait fait la consécration ? Se seraient-ils réduits à un acte de simple présence et d'une présence subordonnée ? Et si les individus, honorés du capitoulat, avaient pu trahir les droits de la ville, et rabaisser ainsi leur magistrature, le conseil de ville l'eut-il permis ? n'eut-il pas fermé le trésor de ses libéralités ? Et de quel front, sans cause et sans motif, dans une fête dont la solennité attirait toute la ville, au mépris des usages anciens et de la notoriété publique, aurait-on proclamé une fondation supposée, une fondation imaginaire, des libéralités inconnues et qu'il eût été impossible de constater ?

IV°. Mais ce n'est pas seulement le silence du conseil de ville, qui nous fournit cet argument; c'est son acquiescement exprès; car il alloue les dépenses faites pour l'exécution de cette fondation ; même les dépenses extraordinaires qu'il plaît aux mainteneurs d'ordonner. Par exemple en 1540, le collége délibère qu'on refera la masse d'argent du bedeau; qu'on y placera les armes des mainteneurs, *aux dépens des fonds don-*

nés par Clémence, avec injonction aux capitouls d'exécuter la délibération. Ils répondent qu'*ils feront leur
devoir.*

En 1554, le collége des Jeux Floraux délibère de
donner à Ronsard, une fleur qui fut, par une délibération postérieure, convertie en une Minerve d'argent.

En 1586, le collége délibère de faire le même honneur à Baïf, de lui envoyer un Apollon d'argent, attendu le rang qu'il tient entre les poëtes ; et comme
bientôt après, il publia une traduction en vers des
pseaumes de David, le collége délibera de lui envoyer,
au lieu d'un Apollon, un David d'argent.

En 1638, le collége délibère de donner un prix
extraordinaire au poëte Maynard, aux frais de la fondation.

La même année deux fleurs sont données à M. Nicolas de Grille, évêque d'Usez; et pour ne pas priver des
prix, les auteurs qui les avaient remportés, on charge
les capitouls de faire fabriquer *deux autres fleurs, aux
dépens des revenus de la fondation des Jeux* ; ce qu'ils
promirent d'effectuer.

En 1555, en 1563, en 1575, en 1576, en 1577,
1581, 1582, 1584, 1585, 1587, 1629, en 1630,
en 1631 ; époques malheureuses de troubles religieux,
de peste ou de famine, le collége interrompt la célébration des Jeux et dispose en faveur des pauvres, ou
de certaines églises ; non-seulement des fleurs, mais
de l'argent destiné au banquet : *sans entendre préju-
dicier à la fondation et volonté de Dame Clémence
Isaure* ; et cela s'exécute.

En 1564, Durand capitoul (c'était le célèbre
Duranti qui depuis fut premier président du parlement;
et une des plus déplorables victimes des fureurs de la
ligue), vint dire au collége *que les capitouls, après
avoir consulté aucuns notables personnages, avaient
trouvé*

*trouvé bon d'intermettre cette année , comme la précé-
dente , les Jeux Floraux , et d'employer le prix des
fleurs et du banquet en œuvres pies. On lui répond :
qu'il n'appartient qu'au collége , de traiter tel fait et
autres appartenant aux Jeux Floraux ; on arrête que
les Jeux Floraux seraient continués , comme de coutume , néanmoins le reste des deniers accoutumés être
employés au banquet, sera distribué en aumônes ; faisant les injonctions accoutumées auxdits capitouls de
pourvoir à faire les fleurs et autres choses accoutumées,
suivant ladite fondation ; et lesdits sieurs capitouls ont
offert de faire leur devoir.*

L'exécution de ces dispositions extraordinaires toujours soumises au conseil de ville qui seul pouvait
allouer les dépenses faites par les capitouls, nous montre que la fondation de Clémence Isaure célébrée
par les auteurs contemporains , fut constamment
avouée , reconnue et exécutée , non-seulement par les
capitouls , mais par le conseil de ville ; et cette preuve
acquiert un degré de force immense , quand on considère , comme on le verra en son lieu , que pendant le
cours de cette seconde époque qui embrasse deux cens
ans , l'hôtel de ville et les Jeux Floraux furent presque
toujours en opposition , et dans une sorte d'état de
guerre.

Parmi les aveux des capitouls et du conseil de ville,
rien n'est plus saillant et plus énergique que les monumens érigés en l'honneur de Clémence. Leur importance exige que je leur consacre un article particulier.

ARTICLE QUATRIÈME.

Monumens.

Ces monumens sont les statues et l'épitaphe de
Clémence Isaure.

E

§. Premier.

Statues.

I.º Le premier et le plus remarquable de tous ces monumens, est la statue de marbre blanc, qui fut placée dans le grand consistoire de l'hôtel de ville, par les soins des capitouls. Elle avait décoré le tombeau de Clémence Isaure, dans l'église de la Daurade. C'était une figure sépulcrale, ornée d'un chapelet, ayant les mains jointes, et un lion à ses pieds. On ignore l'époque précise de cette translation. On sait seulement qu'avant 1549, cette statue fut placée sur un piédestal dans un angle de la salle du grand consistoire, et qu'en 1627, le conseil de ville trouvant qu'elle n'était pas en lieu assez éminent, la fit placer dans une niche, sur la porte du greffe, ainsi que la table d'airain sur laquelle était gravée l'épitaphe de Clémence Isaure. A cet effet, on fit restaurer la statue par deux artistes appelés Pacot et Affre qu s'obligèrent *à racommoder et blanchir la figure de Dame Clémence, à lui ôter le chapelet, à refaire les bras, à mettre à la place dans sa main droite, les quatre fleurs, à couper le lion qui était sous ses pieds, et en faire une plinthe, et repolir la table antique.* Le bail passé à ce sujet, fut retenu par Courdurier, notaire, le 7 août 1627. Les deux sculpteurs s'y obligent d'avoir fait leur ouvrage avant le 15 septembre.

Au registre de 1513 et dans le procès-verbal de 1549, est inscrite une balade que Pierre de St. Anian toulousain récita, dans la séance publique du 3 mai. Cette balade signée de lui, porte en titre : *Balade sur l'épitaphe de Dame Clémence Isaure, trouvée à son sépulcre à la Daurade, qui institua les Jeux Floraux à Tholose, de laquelle avons la statue de marbre, céans apportée dudit sépulcre.*

La statue de Clémence et son épitaphe étant là, *céans* c'est-à-dire dans la salle du grand consistoire, où il récitait son ouvrage ; et nul autre témoignage ne contrariant ce qu'il disait de la translation de cette statue qui était un fait public, il faut tenir pour certain, qu'elle avait été effectivement apportée, de la Daurade à l'hôtel de Ville. Sur quoi j'observe qu'un cri général se serait élevé contre cette assertion, s'il n'eut été certain et bien notoire, que la statue avait été tirée de l'église de la Daurade, et avait appartenu au sépulcre de Clémence Isaure. Notez que dans cette balade, le poëte n'oublie pas de parler de l'épitaphe, circonstance essentielle et qui seule prouverait que c'était une statue sépulcrale. Il dit expressément que, sur ce marbre, on avait gravé les vertus de Clémence, la durée de sa vie, passée dans le célibat, ses libéralités confiées au capitole, pour l'émulation et la riche récompense des savans écrivains.

> »Mais la vertu que ne veut méconnaître
> »L'imitation, fit sur son monument,
> »Graver son loz sur marbre exquisement ;
> »Par cinquante ans chaste la fit connaître,
> »Puis elle étant d'une si noble race ; ....
> »Fait de son bien le capitole maître ;
> »A cette fin d'en évidence mettre
> »Doctes esprits écrivans doctement,
> »Les prémiant de trois prix richement.

En effet, son épitaphe porte que Clémence née de la race illustre des Isaures, *ex clarâ Isaurorum familiâ*, étant morte à cinquante ans passés dans la pureté d'un rigoureux célibat, *quum in perpetuum celibatum, castèque, annis quinquaginta vixisset,* léga la halle au blé, etc. à la ville de Toulouse, à condition de célébrer, tous les ans, les Jeux Floraux. *Forum fru-*

mentarium, etc. capitolinis populoque Tolosano lega-
vit, hâc lege, ut quot annis, ludos florales celebrent.
Nous reviendrons sur l'épitaphe. Occupons-nous des
statues.

II.° Celle qui fut apportée de la Daurade, n'était pas
la seule que la reconnaissance de nos pères eût élevée à
l'institutrice des Jeux Floraux. La halle au blé appelée
place de la Pierre, étant une des principales proprié-
tés léguées à la ville par Clémence Isaure, les capitouls crurent devoir y ériger un monument de leur
reconnaissance, avec l'attention de rappeler la mémoire de ses bienfaits, dans les occasions essentielles.

Ainsi, lorsque Charles IX fit son entrée à Toulouse
en 1563, ils ne crurent pas pouvoir lui donner un
spectacle plus intéressant, qu'une représentation des
séances littéraires, où Clémence Isaure distribuait elle-
même les fleurs qu'elle avait fondées. Le procès-verbal
de ce grand événement, qu'on peut lire dans le second
volume des annales de Lafaille, porte « qu'à l'endroit
»*de la Pierre* y avait un théatre, à la mode rustique,
»auquel étaient peintes les neuf muses, tant pour le
»respect du roi amateur des muses et disciplines, que
»aussi en mémoire de Dame Clémence Isaure, la-
»quelle n'a été moins en Toulouse, que Minerve à
»Athènes, s'étant dédiée aux lettres; et néanmoins
»*institua les Jeux Floraux.* Au dessus dudit théatre
»y avait un piédestal, et sur icelui la statue *de Dame*
»*Clémence, tenant à sa main*, le fleurs par elle ordon-
»nées, savoir, *l'églantine, la violette, et le souci.*
»Audit piédestal, étaient écrits ces quatre vers.

> »*Divitiis nostram cumulavit Isaura Tolosam.*
> »*Et moriens musis præmia constituit.*
> »*Ditavit rebus ditavit pallada, cives,*
> »*Utro plus urbi pro fuit illa modo?*

»En même endroit, il y avait une grande nuée, de
»laquelle sortait un globe composé de grand artifice,
»dans lequel il y avait une jeune enfant habillée en
»nymphe, pour présenter lesdites fleurs. Étant en pré-
»sence du roi, elle le salua par quatre vers français, et
»ensuite lui présenta les trois fleurs que le roi prit,
»après quoi la nymphe s'envola par le même arti-
»fice. »

Pour affaiblir la preuve qui résulte de cette seconde
statue de Clémence, érigée dans le lieu même dont
elle avait légué la propriété à la ville, M. Laganc pré-
tendit en 1774, qu'on avait transporté à la Pierre la
statue du capitole; mais Duboulai, dans son histoire
de l'université de Paris, parle de la statue de Clémence,
qu'on voyait au milieu de la ville, à la place de la
Pierre, *in ingressu fori venalium, quod Petræ vocant,
media urbe siti.*

Pierre Dufaur, dans son *Agonisticon,* parle de l'une
et de l'autre. Celle de l'hôtel de ville était une statue
sépulcrale, qui n'avait pas encore été restaurée, dont
les mains étaient jointes et tenaient un chapelet. Les
bras n'en furent refaits qu'en 1627; ce ne fut qu'alors,
qu'elle put tenir les fleurs à la main. Or celle qui était
à la place de la Pierre, les y tenait en 1563; ce n'était
donc pas la même qui, de l'église de la Daurade, avait
été transportée au capitole. Au demeurant cette observation, si elle était fondée, serait sans objet, puisque
dans l'un et l'autre cas, la mémoire des bienfaits de
Clémence aurait été solennellement rappelée, et consacrée par le don fait au roi, des fleurs qu'elle avait
fondées.

III.º La statue qui était à la Pierre, en a été enlevée depuis long-temps; mais il n'est pas indifférent de
savoir que, vers le milieu du dernier siècle, les capitouls la remplacèrent par une autre. Ayant fait recons-
truire la façade du capitole, ils la placèrent sur le

pavillon, où est la salle du trône. On peut l'y voir tenant les fleurs à la main.

IV.° Les objections ne manquent jamais contre les, vérités les mieux établies.

On a dit que le costume de la statue ne se rapporte pas à celui du temps, où nous plaçons l'existence de Clémence Isaure. Cependant ce costume est le même, que celui de la reine Jeanne première femme de Louis XII, qui vivait en 1498. On peut voir son portrait, dans l'édition *in-folio* de l'histoire de France par Mézerai.

On a dit que le lion qui était aux pieds de la statue ne prouve pas qu'elle fût sépulcrale ; mais cette circonstance ne prouve pas le contraire. Celle des mains jointes, celle du chapelet et de la forme de la statue applatie par derrière dans toute sa longueur, ajoutent un poids considérable aux témoignages que nous avons recueillis , et si l'on y joint la table de marbre, où était gravée l'épitaphe de Clémence Isaure, il n'est pas douteux que cette statue n'ait été une statue sépulcrale. Ces circonstances se concilieraient au contraire difficilement avec l'idée d'une telle statue debout sur le corps d'un lion qu'elle comprimerait d'une manière sensible, si elle ne l'écrasait pas.

On a dit encore qu'il n'y avait jamais eu de sépulcre dans l'église de la Daurade; qu'il avait fallu une bulle du pape, pour que les comtes de Toulouse pussent avoir un cimetière auprès de cette église; et qu'effectivement les tombeaux des comtes de Toulouse étaient dans le cloître des bénédictins à qui cette église appartenait.

L'objection manque dans le fait. Lorsqu'on démolit l'ancienne église de la Daurade, on trouva plusieurs tombeaux, non-seulement dans la nef, mais encore dans les chapelles souterraines du sanctuaire.

Dans le cloître des bénédictins, il n'y avait aucun tombeau des comtes de Toulouse : mais seulement l'épitaphe d'un fils d'Alphonse, mort en bas âge, **et** cette épitaphe qui était précédemment dans l'église, avait été transportée, après coup, dans ce cloître.

On objecte enfin que les bénédictins n'auraient pas permis qu'on enlevât un tombeau de leur église ; sans faire attention qu'il n'est pas question ici d'un tombeau, mais des ornemens de ce tombeau. Ces ornemens n'étaient pas plus privilégiés que l'épitaphe qui décorait le tombeau du fils d'Alphonse comte de Toulouse. Si cette épitaphe fut tirée de l'intérieur de l'église, pour être placée ailleurs; il n'est pas étonnaut qu'on en ait fait disparaître l'épitaphe et la statue de Clémence Isaure.

En adoptant ce qu'on dit de la défense, mal observée jusqu'alors, d'enterrer personne dans cette église, ne pourrait-on pas conjecturer que, pour la remettre en vigueur, et pour ôter tout prétexte à de nouvelles transgressions, les bénédictins voulurent faire supprimer tous les indices des sépultures précédemment accordées? Il n'y a que ce motif général qui puisse expliquer pourquoi l'épitaphe du fils d'un comte de Toulouse fut déplacée ; et dès-lors il était tout simple qu'on ne conservât pas, dans cette église, les ornemens indicateurs de l'inhumation de Clémence Isaure. Il était naturel que les capitouls réclamassent ces ornemens ; qu'ils en décorassent la salle où se célébraient les jeux fondés par Clémence Isaure, afin que cette statue y rappelât le souvenir de sa fondation, puisqu'elle ne pouvait plus conserver la mémoire de ses funérailles et du lieu qui renfermait sa dépouille mortelle.

Cette conjecture que je soumets au lecteur judicieux, trouve un appui dans un sonnet de Pierre Garros, rapporté par Catel, et inscrit dans le *registre rouge*.

E 4

Tolose avait dressé un tombeau que les mains
Plus doctes de ce temps et plus industrieuses
Avaient fait surmonter les œuvres somptueuses
Des vieux assyriens et des riches romains.

Et jà d'Isaure avait la cendre et les os saints
A ce marbre voué, reliques précieuses,
Pour être en un repos éternel glorieuses,
Par une suite d'ans prisées des humains.

Lorsqu'Appollo marri voir son Isaure aux nombres
Des hommes qui jà sont devenues noires ombres,
A Tolose parla d'un sourcilleux dédain ;

Plus cruelle que n'est le scyte ni le maure,
Rue ce jaspe bas, et mets ce marbre au coin ;
Veux-tu mettre au tombeau celle qui vit encore.

Il n'est pas question ici de la manière dont Jean
Garros a rendu son intention poëtique. La perfection
du style n'ajouterait rien à l'exactitude de l'expression ;
et les vers, quoiqu'ils manquent de noblesse et d'élégance, n'en célébrent pas moins la démolition des
ornemens du tombeau et la translation de la statue
dans un des angles du grand consistoire.

En déplaçant ainsi ces ornemens, il fallait qu'un
autre genre de solennité appellât sur la tombe de
Clémence, l'équivalent des honneurs funèbres qu'elle
avait prescrits, et que la religion purifiât la cérémonie un peu profane, d'aller y jetter des roses. Quelle
autre origine pourrait-on donner à l'exposition des
fleurs d'or et d'argent, dans l'église de la Daurade?
Le capitole n'a jamais été compris dans la conscription
de cette paroisse. S'il n'avait été question en général
que d'une consécration religieuse, on eut donné la
préférence à la métropole, qui était l'église paroissiale du capitole, ou à la collégiale, objet d'une grande
dévotion par le grand nombre de reliques qu'elle ren-

ferme, par celles surtout de St. Sernin, premier évêque de Toulouse. Mais cette cérémonie remplaçant l'hommage que Clémence Isaure avait voulu qu'on rendît à sa tombe; c'était dans l'église, où ses cendres reposaient, que devait se renouveller la solennité annuelle de notre reconnaissance, le jour même, où se renouvellaient, pour l'émulation de nos Jeux, les fleurs qu'elle avait fondées. Je ne sais si je m'abuse; mais il me semble que cette preuve morale ajoute infiniment aux preuves d'un autre genre, qui constatent que la statue dont il s'agit est véritablement celle qui couvrait le tombeau de Clémence Isaure.

§. II.

Épitaphe de Clémence Isaure.

I.º De toutes les explications que nous avons de cette épitaphe, celle que Marianne Saluste en donna en 1584 mérite une attention particulière, attendu qu'elle est consignée dans les annales manuscrites de l'hôtel de ville, registre troisième, commencé en 1569, et finissant en 1586. Saluste qui fut cinq fois capitoul, l'était alors pour la première fois : il était pourvu d'un office de conseiller au parlement et devint ensuite maitre des requêtes. Il déclare *que les capitouls ses confrères et autres personnes de considération l'avaient prié de rechercher les antiquités de Jeux Floraux, institués par Dame Clémence.* Le résultat de ses recherches est à la page 200 de ce registre, *verso,* sous ce titre.

DES JEUX FLORAUX ET TESTAMENT DE DAME CLÉMENCE.

Ce titre est remarquable, en ce qu'on donne à l'épitaphe le nom de testament de Clémence. On con-

fondait ces deux dénominations , attendu que l'épitaphe n'était qu'un précis de testament. A ce titre qui dit
tout, le capitoul Saluste ajoute : « ce que nous lisons
»de la volonté de Clémence, écrit au tableau de bronze
»qui est au pied de la statue, élevée en marbre blanc
»au coin du grand consistoire de la maison de *céans*,
»me semble qu'il se doit entendre et lire ainsi au
»plong, sauf meilleur jugement. »

Il est inutile de copier ici son explication qui est, à
peu de chose près, la même que M. de Ponsan a donnée, et qu'on va voir dans un moment. Nous obser-
vons seulement qu'à cette époque (1584) le testament
de Clémence Isaure était encore dans les archives de
l'hôtel de ville, puisque quatorze ans après, les capitouls
de 1598, déclaraient l'y avoir vu *n'a guères*. Il n'est donc
pas étonnant qu'assurés de l'exactitude de ce qui en
était rapporté sur la table de bronze ou d'airain, les
capitouls de ce temps-là, aient donné à cette table, le
nom de testament de Dame Clémence.

On n'a pas craint de dire que cette épitaphe avait été
composée en 1557 par le capitoul GASCONS qui la
plaça aux pieds de la statue, à l'insu de ses confrères et
du conseil de ville : sans songer que huit ans auparavant en 1549, Pierre de Saint-Anian, avait lu
dans la séance publique du 3 mai la balade qui, comme
on a vu, détaille les objets principaux de cette épitaphe ; et s'il était vrai que Gascons l'eût composée,
l'eût fait graver sur une table d'airain et l'eût placée
aux pieds de la statue; c'eut été nécessairement en exécution d'une délibération de l'hôtel de ville, puisque
personne ne s'éleva contre cette entreprise, et que
l'épitaphe fut adoptée et conservée par les capitouls,
comme un monument de leur reconnaissance pour les
bienfaits de Clémence.

Une autre objection également frivole consiste à
dire que l'épitaphe a dû être composée dans le sei-

zième siècle, étant écrite d'un style très - élégant ; mais Clémence Isaure étant morte dans l'intervalle de 1498 à 1508 , son épitaphe n'a pas pu être faite plutôt.

Une autre objection est prise de l'ordre que les fleurs occupent sur la table d'airain. L'églantine y est placée la première, au lieu que ce premier rang devait appartenir à la violette, et l'on conclut de là, que l'épitaphe est une pièce controuvée.

Mais on sait que depuis long-temps la violette n'était plus la *fleur souveraine.* Tout rang entr'elles disparut, lorsque la poësie française fut introduite dans le collége de la gaie science ; et comme alors on ne couronna que des balades et des chants royaux, et que trois ouvrages de même genre purent remporter les trois fleurs, il n'y eut pas lieu aux distinctions attachées aux trois poëmes de la langue romance, *la canso, la danse, le sirventes.*

On objecte encore que l'épitaphe n'indique point la date de la mort de Clémence Isaure. Cette omission lui est commune avec d'autres épitaphes recueillies dans les églises de Toulouse par le père Percin.

On objecte enfin qu'avant la fondation de Clémence, la fête des fleurs était précédée d'un festin, et qu'ainsi c'est faussement qu'on en attribue la fondation à Clémence Isaure. Mais avant cette fondation, on distribuait les mêmes fleurs ; ce qui n'empêche pas que Clémence Isaure n'ait fondé celles qu'elle distribuait elle-même. D'ailleurs Clémence n'a pas prescrit le festin. Elle veut seulement que ce qui restera de ses revenus, après les dépenses de la fête, soit employé à un festin, plutôt que d'être détourné à d'autres usages.

Ce sont là les objections assurément bien faibles, qui ont été faites contre l'épitaphe que je joins ici copiée figurativement avec l'explication de M. de Ponsan.

EPITAPHIVM CLE. ISAV.

CLE. ISAV. L. ISAV. F. EX. PRÆCLARA ISAV.
FA. QVVM IN. PP. CAELI. OP. VITA. DELEGI.
CAST. Q. ANNIS. L. VIXI. FOR. FRV. VINA. PISCA.
ET. HOLITO. P. S. IN. PVB. VSVM. STATVIT. C. P.
Q. T. LG. HAC LEGE VT QUOT ANNIS LVDOS FLO.
IN. AEDEM PVB. QVAM IPSA SVA IMPENSA
EXTRVXIT CAELEBRENT RHOSAS AD M. EIVS
DEFERANT ET DE RELIQVO IBI EPVLEN. QVOD
SI NEGLEXE. SINE ƆO. FISCUS. VENDICET
CONDITIONE SVPRA DICTA. H. S. V. F. M.
VBI R. I. P.   V. F.

EPITAPHIUM CLEMENTIÆ ISAURÆ.

Clementia Isaura Ludovici Isauri filia ex præclara Isaurorum familiâ, cùm in perpetuum cœlibatum optimam vitam delegisset, castèque annis quinquaginta vixisset, forum frumentarium, vinarium, piscarium et olitorium patriæ suæ in publicum usum statuit, capitolinis populoque Tolosano legavit, hâc lege : ut quotannis ludos florales in ædem publicam quam ipsa suâ impensâ extruxit, celebrent, rosas ad monumentum ejus deferant, et de reliquo ibi epulentur ; quod si neglexerint, sine controversiâ fiscus vendicet conditione suprà dictâ. Hîc sibi voluit fieri monumentum ubi requiescit in pace. Vivens fecit.

Clémence Isaure, fille de Louis Isaure de l'illustre

famille des Isaures, passa toute sa vie dans la pureté du célibat qu'elle choisit comme l'état le plus parfait, et vécut cinquante ans. Elle établit pour l'usage public de sa patrie, des marchés au blé, au vin, au poisson et aux herbes, et les légua aux capitouls et aux citoyens de Toulouse, à condition qu'ils célebreraient, tous les ans, les Jeux Floraux, dans la maison publique qu'elle avait fait bâtir à ses dépens; qu'ils iraient jeter des roses sur son tombeau, et que ce qui resterait des revenus de ce legs serait employé à un festin. Si l'on néglige d'exécuter sa volonté, que le fisc s'empare de ce legs, sans aucune forme de procès, en exécutant la fondation. Elle a voulu qu'on lui érigeât dans ce lieu un tombeau où elle repose en paix. Cette fondation a été faite de son vivant.

L'épitaphe de Clémence fut d'abord gravée sur le marbre qui couvrait son tombeau, et Pierre de Saint-Anian en parle dans sa balade.

Cette table enlevée du capitole, ne fut point perdue. Papire Masson à qui elle parvint, la conserva précieusement. Après sa mort, M. Nicolas de Verdun, premier président du parlement de Paris, qui n'avait quitté que depuis environ un an la première présidence du parlement de Toulouse, informé de cette découverte, et sachant combien elle devait être précieuse pour les toulousains, engagea l'abbé Masson, frère et héritier de Papire, à renvoyer cette épitaphe aux capitouls. L'abbé Masson suivit ce conseil, et accompagna son envoi d'une lettre aux capitouls, dans laquelle il explique tout le prix que son frère attachait à la possession d'un pareil monument. Marianne de Saluste qui s'était occupé, avec tant d'intérêt, de cette épitaphe était, cette année là, capitoul pour la seconde ou la toisième fois. On peut augurer de là, que cette table de marbre fut reçue avec reconnaissance. Mais comme il en existait une d'airain, où l'on avait gravé la même épitaphe, celle de marbre fut négligée ; se perdit de nouveau, et n'a pas été retrouvée.

Le testament de Clémence qui était le prototype de cette épitaphe étant aux archives du capitole, il était indifférent que la table qui en retraçait les dispositions, fût de marbre ou d'airain. Celle-ci même était préférable, par la plus grande résistance qu'elle devait opposer à la lime du temps ; peut-être est-ce là ce qui fit négliger l'autre. Le testament de Clémence s'exécutait alors sans contradiction ; on jouissait de ses bienfaits, on les célébrait à l'envi, et cet accord des capitouls et du collége, au milieu des contradictions et des contestations les plus vives, sur d'autres objets, dura jusques vers le milieu du dix-septième siècle. Comment donc fut-il troublé ? On ne le croirait pas, si je me bornais à le dire ; si je ne rapportais pas les propres paroles de celui qui séduisit quelques lecteurs inattentifs ; ou plutôt qui s'étant trompé de bonne foi et bien misérablement, fournit à la chicane un prétexte d'attaquer l'institution de Clémence Isaure.

ARTICLE CINQUIÈME.

Argument de Catel contre l'existence de Clémence Isaure.

Catel, conseiller au parlement de Toulouse, compilateur laborieux, avait publié une histoire des Comtes de Toulouse, qui avait quelque réputation, avant la grande histoire de Languedoc, que nous devons aux recherches et à la critique de Dom Vaissette, savant bénédictin.

Lorsqu'il mourut en 1626, on trouva les matériaux d'un autre compilation historique sur le Languedoc. Il y a peu d'ouvrages posthumes, lorsque la dernière main n'y a pas été mise par l'auteur, dont la publication ne soit une irrévérence, et une sorte d'outrage fait à sa mémoire. J'ai à relever dans cette œuvre de

Catel, une inadvertence si étrange, qu'il est impossible de croire, qu'il l'eût laissée subsister s'il avait publié ses mémoires de Languedoc, ou qu'il les eût revus
avec l'attention que l'on doit à tout écrit que l'on livre
au public.

Au troisième livre de ces mémoires, page 396,
Catel s'exprime ainsi :

»C'est une ancienne tradition, tant dans Toulouse
»que ailleurs, que Dame Clémence Isaure a institué
»les *Jeux Floraux* qui se font tous les ans, au mois
»de mai dans Toulouse, et que pour subvenir aux
»frais et dépens qu'il convient à ces fins faire, elle a
»légué par son testament plusieurs biens à ladite ville,
»desquels les capitouls ont l'administration ; pour des
»revenus qui en proviennent, payer ce qui est néces-
»saire, pour l'entretenement de cette fondation et ins-
»titution. C'est pourquoi, en reconnaissance de cette
»libérale et louable institution, on a accoutumé, tous
»les ans, au commencement du mois de mai, dans la
»maison de ville, de publier ses vertus, et de réciter
»une oraison latine à sa louange.

»L'institution des *Jeux Floraux* faite par Dame
»Clémence a été si bien reçue par tous, que plusieurs
»beaux esprits, ont voulu écrire ses louanges, tant en
»prose qu'en vers. *Papirius Masso* qui a si doctement
»et élégament composé l'histoire des Rois de France,
»a fait imprimer un petit livre en latin à la louange
»de Dame Clémence, intitulé : *Elogium Clementiæ*
»*Isauræ.*

»Ce docte premier président du parlement de Tou-
»louse, messire Pierre Dufaur, seigneur de St.-Jori,
»au chapitre 31 du second livre de son Agonistique,
»remarque qu'on a accoutumé, dans la maison de ville
»de Toulouse, de prononcer une oraison latine, au
»commencement du mois de mai, tant à l'honneur de
»Dame Clémence, instauratrice de ces jeux, que des

»bonnes lettres ; et au chapitre 20 du livre 3 , il fait
»un particulier discours de ces *Jeux Floraux* , louant
»la libéralité de Dame Clémence qui les a institués.

»Cette ancienne tradition des Jeux Floraux, semble
»*être suffisamment vérifiée* , tant par les registres qui
»sont dans la maison de ville et par ceux qui ont parlé
»d'elle , que par sa statue de marbre blanc qui se
»trouve à un des coins du grand consistoire de ladite
»maison de ville, remise depuis, en un autre endroit
»du même consistoire, et par une table d'airain qui est
»gravée au piedestal de ladite statue, contenant un
»sommaire de son testament....

»Et bien que ces conjectures et témoignages soient
»de quelque considération , néanmoins je crois que
»jamais Dame Clémence que l'on dit fondatrice de ces
»jeux, n'a été au monde... Et ce qui me fait penser
»*qu'il ne se parle pas de Dame Clémence depuis long-*
»*temps* , (Catel veut dire , *qu'il n'y a pas long-temps*
»*qu'on parle de Dame Clémence*), c'est que j'ai chez
»moi un grand tome écrit à la main, de lettre fort
»antique, contenant les poëmes de cent vingt poëtes
»qui ont écrit en langage provençal ou de ce pays de
»Languedoc, depuis l'an 1200, jusqu'en l'an 1300,
»entre lesquels il y en a plusieurs qui se disent être de
»Toulouse ou des environs, qui n'eussent pas oublié,
»dans leurs poëmes, de parler de cette belle institu-
»tion , faite par Dame Clémence, ou bien de Dame
»Clémence elle-même, si elle eût vécu, avant qu'ils
»eussent écrit leurs poëmes. »

A cela Catel ajoute qu'en 1323 lorsque la violette
d'*or fin* fut annoncée comme prix de poësie, il ne
fut question que des sept poëtes toulousains , et nul-
lement de Clémence Isaure ; et cette considération
vient appuyer son argument.

Nous avons vu que Clémence Isaure ne fonda pas
une institution littéraire ; elle ne fit que redonner la
vie

vie au collége de la gaie science, et en assurer la durée et l'activité, par une riche dotation, et par quelques accessoires qui devaient augmenter la solennité de la fête.

Le collége resta composé, comme auparavant, d'un chancelier, de sept mainteneurs, et des poëtes devenus maîtres par trois couronnes obtenues dans les concours.

Le collége n'avait pas même changé de nom, quarante ou cinquante ans après la mort de Clémence Isaure.

Le titre du registre rouge, dont on rassembla les parties éparses en 1550 est ainsi conçu : *Registre des délibérations, et autres actes faits au collége intitulé de l'art et science de la rhétorique autrement dit de la gaie science.* (1)

Clémence avait fondé les fleurs nouvelles et par conséquent le concours des poëtes appelés à les conquérir. Des vers latins l'avaient célébrée comme ayant institué : *Ludos litterarios, floralia munera;* de là vient la dénomination de *Jeux Floraux* dont on pouvait dire avec vérité qu'elle était fondatrice, ainsi que du nouveau collége de la gaie science. En distinguant les objets, il aurait fallu, pour s'exprimer correctement, dire que Clémence Isaure était *restauratrice* du collége de la gaie science *et institutrice des Jeux Floraux.*

Catel qui était plus capable que personne de faire cette précision, prit la qualité de *fondatrice* dans toute

---

(1) Il y avait près d'un siècle que les mots *rhétorique* et *gai savoir* étaient devenus synonymes. Le programme, ou comme on s'exprimait alors, la citation de 1468, qu'on trouve dans le registre de Gailhac, commence ainsi :

De mandamen de Messenhors
Chancelier et mantenedors
à tots scribans en l'art de rectorica
Et bulgarmen appellat SAVER GAI.

F

l'étendue de la signification de ce mot, et sans même considérer que la qualification de *Jeux Floraux* était une dénomination nouvelle, il supposa que Clémence Isaure avait dû vivre dans le douzième ou le treizième siècle. Il ne lui vint pas en idée que l'institution de Clémence Isaure pût être postérieure, et que les premiers auteurs qui en parlent pouvaient être ses contemporains. La dénomination même si récente de *Jeux Floraux* ne le ramena pas au seizième siècle. S'il avait lui-même publié son ouvrage, la moindre attention donnée à un second examen, lui eut montré le point fixe qui concilie tout; il eut vu que cette tradition qu'il trouvait *suffisamment vérifiée*, avait tous les caractères que la raison et le bon sens puissent desirer, pour l'établissement d'un fait historique.

Dans sa préoccupation, Catel observe comme une chose essentielle, que le testament de Clémence Isaure ne se trouvait point aux archives de l'hôtel de ville; mais il y avait été. Catel qui connaissait le registre rouge, avait pu y lire qu'en 1598, les capitouls sommés de faire les préparatifs de la fête *conformément aux volontés de Dame Clémence*, répondirent qu'ils feraient leur devoir, *ayant vu n'a guères le testament de ladite Dame;* sur quoi les auteurs de l'histoire de Languedoc remarquent que ce testament pouvait avoir été égaré; et les capitouls, ajoutent-ils, *avaient peut-être leurs raisons pour ne pas le montrer.*

Cette conjecture devient une vérité incontestable, quand on sait ce qui arriva au commencement du siècle dernier : le capitoul Montaudier, chef du consistoire en 1719, répondant à la semonce, déclara qu'il avait vu inscrits, sous le nom de Clémence, dans le cadastre de 1478, les communaux dénombrés par le syndic de la ville. Montaudier cessa d'être capitoul; quand on voulut vérifier sur le cadastre son assertion très-positive, on en eut arraché les feuillets du capitoulat St. Pierre, dans lesquels ces biens avaient été inscrits.

La donation de l'Exarchat de Ravene que Pepin le Bref fit au pape Étienne II ne se trouve plus ; mais ce pape en ayant parlé dans ses lettres à Pepin, et Anastase le bibliothécaire assurant qu'il en avait vu l'original, aucun homme raisonnable et désintéressé n'oserait élever un doute sur la vérité de cette donation. Pourquoi donc ne tirerait-on pas la même consé‑quence des aveux que la force de la vérité arrache aux capitouls, aveux si précis, si multipliés et qu'accom‑pagne l'exécution constante de ce testament ?

Plus on approfondit cette question, plus on re‑grette, pour la mémoire de Catel, qu'il n'ait pas assez vécu, pour revoir et publier lui-même, ses mémoi‑res du Languedoc.

ARTICLE SIXIÈME.

Sentimens de Caseneuve, Lafaille et de Laloubère, sur l'origine des Jeux Floraux.

I.º CASENEUVE. Il s'agit encore ici d'un ouvrage posthume, publié par un héritier à qui l'on est en droit de faire plus d'un reproche. Caseneuve mourut avec la réputation bien méritée de savant et laborieux écrivain. Dom Vaissette et Dom Devic dans leur pré‑face de la grande histoire de Languedoc, rendent jus‑tice à son zèle et à son érudition ; mais ils le relèguent ainsi que Catel, parmi les auteurs dont les traités sur les matières relatives à l'histoire de cette province, ne méritent pas beaucoup d'attention.

Outre les romans, les livres de piété, et les traités historiques que Caseneuve publia pendant sa vie, il laissa plusieurs manuscrits tous imparfaits. Le plus considérable était *son traité sur les origines de la lan‑*

(84)

gue française, imprimé à la suite de la seconde édition du dictionnaire étymologique de Ménage, à
Paris 1649, *in-fol.* L'éditeur, Simon de Val-Hébert
nous apprend que Caseneuve en avait revu à peine le
quart, et que la suite avait été rédigée par une autre
main, avec peu d'exactitude. M. François-Fulcrand
Tournier, neveu par alliance et héritier de Caseneuve,
ayant vendu ce manuscrit à M. de Foucaud qui alors
était intendant de Montauban, chercha à tirer éga-
lementent parti d'un autre manuscrit, intitulé : *traité
de l'origine des Jeux Floraux.*

Il était trésorier de la ville, emploi lucratif qu'il
tenait de la confiance des capitouls et dont la conservation dépendait de leur bienveillance. C'était dans le
temps, où le doute de Catel, récemment publié, leur
avait inspiré le dessein de s'attribuer la fondation des
Jeux Floraux, en niant l'existence de Clémence
Isaure. François-Fulcrand Tournier saisit cette occasion
de se rendre agréable, en leur dédiant le traité que
son oncle leur avait destiné, dit-il. »D'ailleurs » ajoute-
t-il, » *la gloire que les ignorans* ou les ennemis de
»votre nom tâchent à vous dérober en attribuant à une
»pure fable l'origine des Jeux Floraux, ne me permet
»pas de retenir plus long-temps, un livre qui détruit
» cette imposture... Le crédit que la fabuleuse Clémence
»avait usurpé jusques dans votre capitole, obligea
»Caseneuve à élever votre gloire, sur les ruines de cette
»invention chimérique et à faire triompher la vérité
»du mensonge, dans le même lieu, où vous rendez les
»oracles de la justice.... De tous ses doctes ouvrages,
»il n'en est point pour lequel il eut plus de complai-
»sance, que celui qui n'a pour objet, que votre hon-
»neur.... Lorsqu'il s'est servi de son grand savoir, pour
»le soutien de vos intérêts, il a été mû par la seule
»inclination, et l'unique désir qu'il avait de rétablir les

»droits et les prérogatives d'honneur qui vous appar-
»tiennent. »

Dans la préface qui suit cette épître dédicatoire, François-Fulcrand Tournier dit que son oncle voulait faire imprimer ce traité, et qu'il en fut détourné par M. de Berthier, qui étant premier président du parlement et chancelier des Jeux Floraux, craignit *que la publication de ce livre ne portât quelque préjudice aux intérêts d'une compagnie à laquelle il présidait.*

On croirait, après avoir lu cette préface et l'épître dédicatoire, que le traité de Caseneuve est dirigé contre Clémence Isaure, et que ses *doctes recherches* tendent à détruire les preuves plus ou moins directes de sa fondation; point du tout; il n'y est pas question d'elle; son nom ne s'y trouve pas une seule fois.

Les capitouls dont les vues ne se portaient pas plus loin, enchantés des phrases adulatrices du neveu, firent imprimer l'ouvrage de l'oncle, aux dépens de la ville; et l'éditeur pour suppléer à ce que son oncle n'avait pas dit, ajouta à ce traité, le fragment des mémoires de Catel, dont nous venons de nous occuper.

Il avait raison; car il fallait bien qu'il fût au moins parlé de Clémence Isaure, dans le volume dont les capitouls ne payaient l'impression, que pour y voir détruire de fond en comble la tradition de Clémence Isaure. (1)

---

(1) L'auteur de l'article CASENEUVE, dans la Biographie universelle, ayant remarqué que Caseneuve, dans son traité, ne fait aucune mention de Clémence Isaure, dit que l'éditeur a ajouté, à la fin du volume, *des pièces* qui prouvent que Clémence Isaure n'a jamais existé. C'est le nom que l'on donne à l'extrait de Catel dont je viens de parler, qui certes n'est pas une *pièce probante.* Cette légère inadvertence dans un ouvrage composé de tant d'articles, n'a rien qui doive étonner ; je la relève, pour l'intérêt des autres éditions, où pont le supplément de celle dont nous avons déjà dix volumes.

F 3

Il n'est pas inutile de relever une méprise de Caseneuve. Ayant vu, dans notre ancien registre, les mots
amors, *leys d'amors*, *fin aimant*, *fis aimans*, il ne
sut pas qu'*amors* signifie aussi poësie : que les règles
à observer pour composer des poëmes, s'appellent *leys
d'amors* ; et que par un *fin aimant*, on n'entendait
autre chose qu'un bon poëte. J'en ai parlé dans la première partie de ce mémoire, et Caseneuve s'en serait
convaincu, en lisant quelques pages du registre dont
il s'occupa. Mais il n'attacha au mot *amors* qu'une
seule signification, et dès-lors *les fins aimans* ne furent que des amoureux; les règles de l'art poëtique,
se transformèrent en maximes de galanterie. Quand il
en fut là, il en conclut que le collége de la gaie
science n'avait été autre chose qu'une *cour d'amour*,
tenue par les capitouls, à l'imitation de celles qu'avaient
tenues tant de rois, tant de grands seigneurs, tant de
grandes dames ; et comme il n'en fallait pas tant aux
érudits, de cette époque, pour étaler le trésor de leurs
recherches, le voilà traitant amplement des anciennes
cours d'amour, des arrêts rendus par les cours d'amour,
et souvent prononcés par les dames ; sans songer que
les capitouls n'avaient pu tenir aucune espèce de cour,
ni sous les comtes de Toulouse, ni depuis la réunion
de la comté de Toulouse à la couronne ; sans songer
qu'en 1323, les mainteneurs *d'amors* ou du gai savoir,
avaient leurs assemblées non au capitole, mais dans un
jardin leur appartenant, et qu'ils tenaient de leurs
devanciers ; sans songer même que ces mainteneurs
étaient peu galans ; qu'aucune question de galanterie,
ne s'agitait dans leurs assemblées ; sans songer qu'aucune cour d'amour n'a eu la forme d'un corps enseignant, d'une faculté conférant les mêmes degrés que
les universités ; qu'il n'en est aucune qui ait institué des prix de poësie et qui ait invité les poëtes à un
concours poëtique.

En jettant ses idées sur le papier, Caseneuve qui
menait de front plusieurs ouvrages, et compilait, comme font tous les érudits, en attendant d'examiner
ces matériaux pour les mettre en ordre, n'aurait certainement pas imprimé l'absurde origine d'une cour
d'amour, tenue par de simples officiers municipaux,
tels que les consuls et les échevins, des autres grandes
villes; il aurait corrigé d'autres inexactitudes; il n'aurait pas transporté à l'année 1325, la première distribution de la violette; il eut vu que les sept mainteneurs composaient un corps politique, qui portait le
nom de *collége*, de *gai consistoire*; que ce collége avait
un sceau commun, et par conséquent un chancelier;
que les capitouls invités à la fête, comme les autres
citoyens considérables, ne délibérèrent de fournir dans
la suite la *violette d'or fin*, qu'après avoir vu, au premier mai 1324, le concours nombreux et brillant des
poëtes que l'espérance de remporter ce prix, avait atti-
rés, de toutes les parties de la langue d'oc.

Et quand il serait vrai que le collége de la gaie
science avait été plus anciennement, qu'il était même
encore en 1323, une *cour d'amour*, on n'en pourrait
rien conclure contre la fondation de Clémence Isauré:
car enfin Clémence *ayant fait sa fondation* à la fin du
quinzième siècle : et l'ayant faite en rétablissant le
collége de la gaie science; son institution n'en serait
pas moins certaine et positive. Au demeurant Caseneuve
ne peut pas être compté parmi les auteurs qui ont combattu l'existence de Clémence Isaure. Quant à l'épître
dédicatoire et à la préface de son neveu, tout ce qu'on
en pourra conclure, c'est que les capitouls de 1659,
placèrent mal leurs libéralités, et s'il était permis de
s'exprimer ainsi, furent pris pour dupes, en consen-
tant à faire les frais d'impression de cet ouvrage, sur
la parole de leur trésorier.

II.º Je ne placerai pas Lafaille sur la même ligne, que François-Fulcrand Tournier ; mais il était syndic de la ville, et il avait un neveu auquel il voulait faire transmettre son emploi. Il était impossible que dans ses annales de Toulouse, imprimées aux dépens de la ville, il contrariât l'opinion que les capitouls auraient voulu faire adopter, concernant l'origine des Jeux Floraux. Il faut le plaindre de s'être trouvé dans des circonstances qui le mirent à la gêne ; ses véritables sentimens percent malgré son affectation de nier l'existence de Clémence Isaure. Aussi M. Lagane en est-il mécontent, et n'hésite pas à le ranger dans la classe des partisans de Clémence Isaure qu'il soutient, dit-il, après l'avoir combattue.

III.º Laloubère sentit en homme sage, que pour réussir dans le projet de faire ériger les *Jeux Floraux* en Académie, il ne fallait pas se mettre en querelle avec les capitouls, sur l'existence de Clémence Isaure. Il suffisait que rien ne fût changé dans le culte annuel qui lui était publiquement rendu, pendant la fête du 3 mai ; qu'on y prononçât son éloge ; qu'on exposât les fleurs d'or et d'argent sur le maître autel de l'église de la Daurade ; que dans leur marche pompeuse et solennelle, les mainteneurs et les maîtres allassent les chercher, accompagnés des capitouls-bayles, et qu'ils les distribuassent avec la même solennité, comme un bienfait de Clémence Isaure. Or Laloubère pourvut à tout, d'un seul mot, en faisant régler par les statuts annexés aux lettres patentes, de quelle manière devait être fait l'éloge de Clémence Isaure.

D'ailleurs Laloubère n'ayant pas le projet d'écrire l'histoire des Jeux Floraux, mais seulement de faire connaître leur origine, n'avait pas à parler de Clémence Isaure qui vint au monde si long-temps après l'époque dont Laloubère s'occupait uniquement.

Article septième.

Expédient de M. Lagane contre les conséquences qui résultent de la conduite, des aveux et des déclarations spontanées des capitouls.

Il exhuma du greffe un arrêt du parlement que tous les historiens de Toulouse avaient eu l'attention d'y laisser enseveli, par égard pour le corps municipal, et pour plusieurs familles considérables.

Cet arrêt, dit-il, *mit la consternation dans le corps municipal, et lui donna des secousses violentes.* Il s'éleva des contestations très-vives entre le parlement et le corps de ville qui furent portées devant le roi. *La ville s'attachant à tout, pour soustraire son administration économique à la jurisdiction du parlement, commença par dénaturer une grande partie de ses fonds, en les présentant comme des biens donnés par Clémence, et assujettis à l'entretien de la fondation de cette fille. Ce fut donc l'arrêt de 1523*, ajoute-t-il, *qui détermina le corps de ville à embrasser l'opinion de Clémence, quoiqu'elle (la ville) reconnût le mensonge ; et depuis 1526, elle inséra chaque année, dans l'état de ses dépenses, tous les biens à elle laissés par Dame Clémence, pour l'entretenement de sa fondation. Parmi ces biens sont les revenus de la place de la Pierre, qui ne sont deniers communs ou dons et octrois du roi ; ains du patrimoine laissé à la ville par ladite Dame.*

En prenant au pié de la lettre ce que dit M. Lagane, il s'ensuivrait que les capitouls de 1523, voulurent perpétuer les abus qui venaient d'être si sévérement punis ; mais ce moyen eût-il été bien sûr? le parlement, ayant à justifier son arrêt, eut-il été dupe de ce stratagême? n'eut-il pas repoussé une fable inventée pour le besoin du moment ; une fable si mal ourdie ; car enfin d'où que vinsent *ces revenus,* ne dèvaient-ils pas être fidélement administrés ; et l'arrêt eut-il été moins juste, quand même l'accusation aurait uniquement porté sur la dilapidation des biens dont Clémence Isaure avait confié l'administration aux capitouls?

L'Académie s'éleva avec force contre cette manière de défendre une mauvaise cause ; et pour pousser l'orateur du conseil de ville, jusques dans ses derniers retranchemens, elle lui disait, dans le mémoire, qu'elle publia en 1775, vous prétendez que c'est pour la première fois, en 1526, qu'il est parlé des biens de *Clémence Isaure,* sur l'état des dépenses de la ville ; sur les mandats donnés au trésorier de fournir aux dépenses de la fête du 3 mai. Produisez ces états et les mandats antérieurs, en remontant jusqu'en 1500. Vous les avez tous ; ils sont à votre disposition ; vous les produirez donc, s'il est vrai qu'il n'y est point parlé de la fondation de Dame Clémence. Votre honneur y est intéressé ; car si malgré cette sommation vive et pressante, vous refusez de les produire, il sera plus clair que le jour, que les comptes antérieurs parlent de cette fondation, dans les mêmes termes, qu'on en parla, après l'arrêt de 1523. Produisez, lui disait-on encore, les mémoires que la ville fournit au conseil du roi dans son procès contre le parlement en 1523, pour qu'on puisse savoir quelles preuves les capitouls y donnaient de la fondation de Dame Clémence?

M. Lagane ne répondit point à ce défi ; les archives de l'hôtel de ville furent fermées plus soigneusement que jamais aux commissaires de l'Académie ; dès-lors tout le monde dut être convaincu que la fondation de Clémence Isaure énoncée dans les états de dépense postérieurs à l'année 1526, l'était également dans ceux des années précédentes ; et que s'il avait été parlé de la fondation de Clémence Isaure, dans le procès contre le parlement, on y avait produit les preuves de cette fondation. Et comment concevoir que dans un procès aussi grave, on eût allégué, pour défense, une fable, jusqu'alors inouie, et que cette invention eût été concertée avec le chancelier et les mainteneurs de la gaie science ?

Cet accord si étrange supposerait au moins que le collége et les capitouls vivaient ou vécurent dès-lors en bonne intelligence. Loin de là. Ils avaient été et ils continuèrent d'être dans un état de guerre entretenu, du côté des capitouls par l'esprit de domination qui ne les abandonna jamais, et de la part du collége par le sentiment de son indépendance, qui se ranimait chaque fois qu'on voulait y porter atteinte.

Cette opposition, cette lutte dont on a vu quelle était la violence en 1513, on la verra se renouveller avec le même acharnement jusqu'à la fin du dix-septième siècle. En faudrait-il davantage pour démontrer combien était mal combiné le système de M. Lagane; car enfin si les capitouls avaient inventé ou adopté, pour le besoin du moment ce qu'il appelle *la fable de Clémence Isaure*, l'orage étant passé et leur esprit de domination subsistant toujours, ils se seraient empressés de dévoiler la fourberie concertée, et de se dire fondateurs de cette institution.

CONCLUSION.

La fondation de Clémence Isaure est prouvée par sa présence aux fêtes du trois mai; par le témoignage des auteurs contemporains; par les monumens du capitole et les aveux des capitouls.

Descendait-elle des comtes de Toulouse? appartenait-elle à une autre famille, ou n'était-elle qu'une simple citoyenne? Chacun peut, à cet égard, croire ce qu'il voudra. Benoit qui était à peu près de son âge, dit qu'elle était très-riche. *Ditissima*, et l'on ne lui contestera pas, comme dit encore Benoit, d'avoir, par ses grandes vues, et par le noble usage de ses richesses, acquis une gloire immortelle, *illustrissima mulier*. Si le livre de ses ordonnances qui précède immédiatement le registre rouge, nous est jamais rendu, nous y trouverons peut-être quelques notions sur sa famille. Je dis, *peut-être*, parce qu'alors il arrivait souvent qu'on n'énonçait que le nom de baptême. Aussi dans nos registres l'appelle-t-on indifféremment *Dame Clémence* ou *Clémence* ISAURE.

Quoi qu'il en soit de ce surnom qu'on lit dans son épitaphe et dont elle est en possession, il est toujours vrai que Toulouse a donné le jour à une femme illustre nommée Clémence, qui employa une partie de ses grandes richesses à exciter et à entretenir, dans sa patrie, l'amour et l'émulation des belles-lettres.

CHAPITRE SECOND.

Composition et régime du Collége de la gaie science, pendant la seconde Époque.

ARTICLE PREMIER.

COMPOSITION DU COLLÉGE.

I.° Clémence Isaure n'en changea ni la constitution, ni le titre. Elle le laissa composé comme auparavant, d'un chancelier, de sept mainteneurs et des maîtres en gaie science. Le bedeau fut conservé, mais pour n'être qu'un serviteur ; les fonctions qu'il avait dans l'origine de dresser les procès-verbaux et d'enregistrer les ouvrages, furent confiées à un greffier, notaire ou lecteur, institué à titre d'office. Le bedeau perdit jusqu'à son nom. Après le procès-verbal de 1513, où l'on trouve le mot *vedel*, on ne l'appelle plus que *verguier*. Ce nom est pris de la masse ou verge d'argent, signe distinctif de son état.

Les maîtres représentant les anciens docteurs en gaie science, n'avaient droit de suffrage, que dans le jugement des ouvrages. Clémence le ieur donna encore dans les élections. On a vu que le Collége *permit* aux trois capitouls bayles d'avoir, comme les maîtres, voix délibérative, dans les élections et les jugemens des ouvrages. Ce sont les principales innovations qu'il y ait à remarquer dans la composition du Collége.

Il est parlé dans le registre rouge d'un vice-chancelier. Mais ce n'était qu'un simple titre qu'on donnait, pour un temps limité, à un des sept mainteneurs, pour représenter le chancelier, en son absence.

ARTICLE SECOND.

RÉGIME DU COLLÉGE.

Depuis que le Collége n'avait plus d'assemblées particulières, son régime consistait uniquement dans les élections soit du chancelier soit des mainteneurs, dans le concours, et dans la distribution des prix.

§. PREMIER.

Élections.

Après les sacrifices qu'avait faits le collége, et la promesse des capitouls de ne plus s'ingérer dans les élections, on pouvait croire que ce sujet de querelle ne se renouvellerait plus; mais le collége éprouva que, dans ces sortes de luttes, la faiblesse des uns encourage les entreprises des autres, et que les concessions illégales que l'on fait *pour cette fois seulement et sans tirer à conséquence*, ont presque toujours des conséquences funestes.

Le collége avait exécuté la transaction de 1513; M. Solages pour qui les capitouls avaient demandé qu'on ne lui *fit pas déshonneur*, fut regardé comme mainteneur, et ce ne fut qu'à sa mort arrivée en 1519, que cette place dont le titulaire était éventuel, fut définitivement acquise à M. d'Aurival. C'est ce que nous apprenons par le second procès-verbal du registre rouge, qui est de l'année 1519. Le troisième qui est de 1535, constate que les capitouls renouvellèrent alors l'entreprise sur laquelle, ils avaient pris condamnation si solennellement.

M. de Chavanac, chancelier, étant mort, ils s'empressèrent de prévenir le collége, et nommèrent à la place vacante M. Pierre Dufaur, conseiller et depuis président au parlement, l'un des sept mainteneurs. C'était le meilleur choix qu'on pût faire, et le collége avait en vue le même M. Pierre Dufaur, *comme étant*, dit le registre, *le plus apparent idoine et suffisant de la présente ville.* Mais ce n'était pas aux capitouls de le nommer. On ne devait donc ni laisser subsister leur nomination, ni se priver des avantages qui devaient résulter du choix d'un tel chancelier. Pénétré de cette double vérité, le collége cassa la nomination faite par les capitouls, et nomma le même M. Pierre Dufaur qui fut installé tout de suite; et sa place de mainteneur que cette installation rendit vacante, fut donnée à M. Michel Dufaur qui vint en prendre possession, et prêta serment entre les mains du nouveau chancelier.

Les capitouls loin de s'arrêter, continuèrent leurs entreprises, en nommant à la place de mainteneur qui venait d'être remplie, un de leurs collègues M. Daffis qui eut le courage de se présenter, pour être installé. Il fut hautement repoussé par le chancelier qui lui fit défenses de se dire mainteneur. M. Daffis ne pouvant pas s'introduire ainsi dans le collége, voulut au moins

y prendre place comme capitoul, et même y présider.
On lui répondit que les capitouls n'avaient aucun droit
de séance dans le collége ; et pour lui ôter tout prétexte d'argumenter du droit de suffrage accordé aux
trois capitouls bayles, on rappela qu'ils n'étaient là
que *par permission*, *sans aucune jurisdiction*, et par
égard pour la peine que leur donnait *l'exécution du
testament*. Le capitoul Daffis n'insista pas ; il se borna
à demander qu'on lui donnât acte du refus qu'il
essuyait ; *ce qui lui a été octroyé*, dit le registre, *par
M. le chancelier*.

Les capitouls prirent encore condamnation sur ces
deux objets de leur constante ambition ; mais on dut
s'attendre que leurs prétentions revivraient à la première occasion favorable. En effet, ils saisirent la
circonstance des troubles de religion, pour faire une
entreprise plus extraordinaire. Aucune place ne vaquait
dans le collége ; mais le président Dufaur, chancelier,
et plusieurs mainteneurs, avaient été forcés de quitter
la ville, pour leur sûreté. Les capitouls en prirent
prétexte, pour nommer aux places de ceux qui s'étaient
ainsi absentés. Celle du chancelier fut donnée par eux
à M. de Latomi, président du parlement. Le président
Dufaur fit casser cette nomination par un arrêt du
conseil du Roi. Quant aux mainteneurs qui avaient
été forcés de s'absenter aussi, il ne fut pas besoin de
recourir à ce grand moyen ; lorsqu'ils reparurent avec
le chancelier à leur tête, les remplaçans intrus se re-
tirèrent, et renoncèrent si absolument à la nomination
des capitouls, qu'ensuite lorsqu'il y eut des places
vacantes, on les vit solliciter la nomination du collége.
Quelques-uns furent effectivement reçus, entr'autres,
le même président de Latomi que les capitouls avaient
nommé chancelier, et qui s'estima très-heureux d'obtenir du collége, une place de mainteneur, vacante
par la mort de M. *de Cepet*.

Ne pouvant réussir à se rendre maîtres de la nomination des chanceliers et des mainteneurs, les capitouls
n'élévèrent-ils pas les prétentions de nommer le bedeau?
On a vu qu'en 1564, ils avaient délibéré de suspendre
la célébration des jeux; précédemment ils avaient
voulu aller seuls, chercher les fleurs à la Daurade;
ensuite ils prétendirent que c'était à eux de les recevoir des mains du prêtre, et de les porter jusqu'au
collége St.-Martial. Ces prétentions tombèrent, et
l'ordre se rétablit par la seule menace de se pourvoir
au parlement, attendu *qu'ils faisaient contre la volonté
et disposition de Madame Clémence.*

En 1583, ils ne craignirent pas de dire qu'ils voulaient recevoir le serment du chancelier et des mainteneurs. Ce vain propos n'eut pas de suites; mais ils
cherchèrent à gêner la distribution des prix, en demandant que sur trois fleurs, il n'y en eût que deux
pour les toulousains; demande absurde et bizarre qui
provoquait des jugemens injustes, dans tous les cas,
où les trois prix auraient été mérités par des toulousains, et en ce qu'elle tendait à affaiblir parmi eux,
l'émulation qui était l'unique objet de la fête des fleurs.
Une autre délibération du conseil municipal, plus
bizarre encore et qui, si elle avait été exécutée, eût fait
dire qu'à Toulouse, la civilisation avait rétrogradé,
voulait faire exclure les femmes du concours, au mépris de l'usage, de la volonté de Clémence, et d'un
sentiment de respect et de bienveillance qu'on peut
regarder comme inné dans l'ame des français. Ils demandaient encore qu'aucun poëte ne pût être reçu
maître des Jeux Floraux avant d'avoir remporté les trois
prix, quel que fût son mérite.

C'est en fatigant le collége par de pareilles demandes, et par les intrigues dont ils les accompagnaient,
qu'ils espéraient étendre leurs précédentes usurpations.

En

En effet en 1584, une délibération du collége accueillit leurs demandes, entr'autres celle du droit de suffrage
dans les élections, qui leur avait été constamment refusée, depuis la mort de Clémence Isaure. Il est vrai que
cette délibération enlevée par surprise ou par violence,
fut comme non avenue. Les capitouls eurent beau la
faire renouveller en 1625, elle resta toujours sans
exécution. Pour se soustraire à cette voix délibérative
de huit capitouls, dans les élections, on adopta le
mode des résignations. Ces résignations étaient un abus
sans doute; mais par l'attention qu'avait chaque mainteneur de ne faire aucun choix qui ne convînt à la
compagnie, ce mode de remplacement était salutaire,
et l'on dut s'y attacher, en considérant que l'influence
des capitouls, si elle n'était pas ainsi contrariée, dé-
naturerait cette antique institution, et que le collége
de la gaie science, ne serait bientôt qu'un bureau
municipal.

Ne pouvait-on pas mieux faire ? les capitouls avaient
été contenus, toutes les fois que le collége leur avait
opposé une résistance franche et vigoureuse; la simple
menace d'un recours judiciaire avait même suffi. Mais
était-ce par faiblesse ou par prudence que les mainteneurs employaient ces palliatifs ? Quoi qu'il en soit,
on doit leur savoir bon gré d'avoir entretenu, dans
le Collége le sentiment de leur indépendance; d'avoir
constamment célébré la gloire et les bienfaits de
Clémence Isaure; d'avoir garanti les concours des
conditions gênantes que les capitouls voulaient imposer à l'adjudication des prix. Ils furent constamment
délivrés à ceux qui les méritaient; et comme ces concours étaient principalement composés de toulousains,
il arriva très-souvent qu'ils remportèrent les trois prix.
M. de Grille, évêque d'Usès, fut reçu maître, quoiqu'il n'en eût remporté qu'un; des lettres de maître.

furent également données à Ronsard, à Bayf et à Maynard, quoiqu'ils n'eussent jamais paru dans les concours des Jeux Floraux.

Malgré l'étrange délibération des capitouls, contre les femmes, pour les exclure d'un concours fondé par une femme qui elle-même y avait accueilli Madame de Villeneuve, le collége couronna Mademoiselle de Calage (Marie Pech) qui, sans être supérieure à son siècle, faisait mieux les vers que la plupart de ses concurrens, et écrivait d'un ton simple et naturel, et même avec une sorte d'élégance.

La composition du collége resta la même, et continua d'être bonne, malgré le vice des élections. Les concours moins garantis de l'influence des capitouls, tombèrent dans un état de dégradation pitoyable.

§. II.

Concours.

J'ai déjà dit qu'il s'ouvrait, le premier avril, par la *Semonce* que le chancelier, à la tête des mainteneurs et des maîtres, allait solennellement faire aux capitouls, au nom de Clémence Isaure, de préparer ce qui était nécessaire pour la fête ; à quoi ils répondaient toujours qu'ils feraient leur devoir, *conformément aux volontés de ladite Dame.*

J'ai parlé aussi de la solennité de cette cérémonie, et j'ai dit de quelle manière le collége se présentait et était reçu au capitole.

Il était impossible qu'un corps littéraire se bornât à prononcer la formule, en quoi consistait toute la semonce. On y célébrait les avantages que procure la culture des lettres ; on y développait des principes littéraires, pour l'instruction des jeunes poëtes qui se présentaient au concours ; et quelquefois le chef du consistoire dissertait aussi sur le goût des lettres, et sur les avantages de l'émulation littéraire ; le tout accompagné de complimens mutuels, suivant les formes de la politesse française.

S'il y avait quelque arrangement à prendre touchant les détails de la fête, on allait en conférer, dans la salle du petit consistoire ; après quoi le corps des Jeux Floraux se retirait, dans le même ordre, et avec les mêmes cérémonies, accompagné par les capitouls, jusqu'à la dernière porte.

Le premier jour du mois de mai, les mainteneurs et les maîtres se réunissaient comme au premier avril dans la maison du chancelier, ou de celui qui tenait sa place. On en partait à sept heures du matin, pour l'hôtel de ville, en s'arrêtant toujours au collége de St.-Martial, pendant que *le verguier* allait avertir les capitouls de la prochaine arrivée du corps des Jeux Floraux. Ils venaient le recevoir à la première porte, et l'on se rendait à la chapelle. Après y avoir entendu la messe, on allait prendre séance au grand consistoire, où commençait la lecture des chants royaux et *autres poësies.* Cette séance était publique Depuis le milieu du seizième siècle, le *chant royal* était la seule pièce exigée dans les concours, pour remporter chacune des trois fleurs ; mais les concurrens y joignaient d'autres pièces de différens genres, même des poësies gasconnes, ou des traductions d'auteurs latins, pour faire preuve de talens variés, et ajouter à l'impression favorable du chant royal. Le soir il y avait une pareille séance, et s'il restait quelques ouvrages à lire, on s'en occupait le surlendemain 3 mai, dans les premières heures de la matinée.

Le 3 mai, jour de la fête, le corps des Jeux Floraux, toujours convoqué dans la maison du chancelier, partait de là, et en mémoire du jardin de la gaie science, objet de regrets éternels, on allait tenir un simulacre de séance sous un orme placé au voisinage du Capitole, dans la cour du Collége St.-Martial. C'est de là qu'on envoyait le bedeau annoncer aux capitouls l'arrivée du Collége. Si tout avait été lu le jour précédent, on passait tout de suite dans la salle du petit consistoire, où, en séance particulière, on choisissait ceux d'entre les concurrens qui devaient être admis à l'essai.

Cet essai était une seconde épreuve à laquelle on soumettait les auteurs dont les poëmes avaient été distingués. Enfermés dans une salle particulière, il fallait qu'ils fissent tout de suite, en vers alexandrins, un sonnet dont le sujet était libre, mais qui devait être terminé par un vers qu'on leur dictait, renfermant ordinairement une pensée pieuse, ou une maxime morale. Cette composition tenait un peu de l'industrie qui, dans le chant royal, consistait à en bien placer le refrein ; et dans un concours où il étoit possible que quelqu'un vînt présenter et lire les vers d'un autre, il était assez sage de s'assurer que les concurrens n'étaient pas étrangers à ce genre de culture.

Après dîner, on vérifiait, en séance particulière, tous ces essais, et l'on choisissait les chants royaux auxquels les trois fleurs devaient être adjugées. (1) Aussitôt que l'adjudication des prix était faite, trois mainteneurs ou maîtres, accompagnés des trois capitouls-bayles, allaient en grande pompe chercher les fleurs exposées sur le maître autel de la Daurade. A leur retour, la séance publique commençait et s'ouvrait par l'éloge de Clémence Isaure qu'on prononçait en

----

(1) Nous avons vu ailleurs que depuis long-temps la violette avait perdu sa souveraineté. Dans sa première déchéance, elle devint, pour la valeur, égale aux deux autres ; elle perdit ensuite sa place d'honneur, et enfin en 1542. elle essuya l'outrage d'être nommée la dernière, et le premier rang fut donné au souci.

latin. On en chargeait ordinairement un étudiant en
droit, ou, comme on disait alors, un écolier qui recevait un honoraire aux dépens de la fondation. Dans
ce discours ou *sermon* littéraire, car c'est ainsi qu'on
l'appelait, devait se trouver nécessairement l'éloge de
Clémence Isaure. Souvent sans doute on n'y célébra
que ses bienfaits, et ce discours fut appelé éloge de
Dame Clémence. C'est encore le nom qu'on lui donne
aujourd'hui , quoique les louanges de Clémence,
suivant nos statuts, n'y doivent être célébrées qu'en
passant et d'une manière épisodique. La séance finis-
sait par la distribution des prix; le chancelier , les
mainteneurs et les maîtres se retiraient, et les capitouls
les reconduisaient, leur faisant les honneurs de l'hôtel
de ville, avec les mêmes cérémonies et la même étiquette,
que dans les séances précédentes. On dressait un procès-verbal très-détaillé de toutes ces séances; l'on y
insérait les chants royaux qui avaient été couronnés,
et les auteurs y apposaient leurs signatures. Dans les
derniers temps, chaque auteur faisait imprimer non-
seulement le *chant royal* qui avait remporté le prix,
et le sonnet qu'il avait composé pour l'essai , mais les
autres pièces qu'il avait présentées : un compliment
adressé au chancelier et à la compagnie qu'il présidait,
des églogues, des complaintes amoureuses, des traductions de quelques odes d'Horace , et tous les vers
de félicitation qui lui avaient été adressés , tant par ses
rivaux, que par d'autres poëtes.

M. Méja a conservé plusieurs de ces recueils publiés,
depuis 1680, jusqu'en 1694; ils ont pour titre, suivant
le prix que l'auteur avait obtenu : *Triomphe de la
Violette, — de l'Eglantine, — du Souci.* Il y en a un
qui est intitulé : *Triomphe de l'Œillet;* c'était le prix
inférieur qu'on donnait à des enfans. Il fut remporté
en 1687, par M. Colomès, que les vers de félicitation

appellent un jeune enfant ; et cependant on voit qu'il avait fait aussi un *chant royal*, un sonnet pour l'essai, deux complimens en vers; et ces vers ne sont pas inférieurs à ceux des poëtes plus avancés en âge.

Ce jour là, 3 mai, consacré à la fête des fleurs, entre les séances du matin et du soir, il y avait, puisqu'il faut aussi en parler, un grand repas donné, par les capitouls, dans une des galeries des l'hôtel de ville. Là étaient dressées trois tables, pour la compagnie des Jeux Floraux, pour les personnes considérables que les capitouls avaient invitées, et pour les officiers de l'hôtel de ville, syndic, trésorier, assesseurs, greffier, etc. C'est autour de ces tables que les jeunes poëtes, admis à l'essai, venaient, à mesure qu'ils avaient fini, régaler de cette lecture les convives qui répondaient à leur politesse, en les faisant participer au festin. Clémence Isaure ne l'avait pas ordonné. Elle avait voulu seulement que les entiers revenus de sa fondation, fussent employés à la célébration des Jeux; et afin qu'on n'en détournât rien pour d'autres objets, elle avait dit que tout ce qui resterait de ces revenus, après la fête, serait employé à un festin, *de reliquo epulentur.* Les capitouls, exécuteurs de son testament, firent de cette indication éventuelle et subordonnée, l'objet principal de la fête.

Pour l'achat des prix, la dépense était modique; pour le reste, elle était énorme. Outre le festin, on distribuait trois cents boîtes de confitures, plus de deux mille quatre cent gateaux, treize cents bouquets dorés ou argentés; et ce qu'on ne devinerait pas, on distribuait jusqu'à dix-neuf veaux dont chaque invité emportait une pièce.

Quelle valeur n'aurait-on pas donnée aux fleurs d'or et d'argent, si l'on eût supprimé ces folles et fastidieuses dépenses qui constrastaient tant avec l'idée qu'on se forme, par-tout, d'une fête poëtique ? On ne conçoit pas que M. Lagane ait pu dire, dans son discours, (page 80) que *la Ville rehaussa la magnificence des Jeux, par l'augmentation des frais, des festins et des collations.*

Laloubere en pensa bien autrement. Lorsqu'il revint à Toulouse, après trente ans d'absence, il fut révolté que la fête des fleurs ainsi dénaturée, eût dégénéré en une espèce d'orgie, où l'on pouvait douter si les poëtes qui assiégeaient les tables, avaient travaillé pour la gloire, ou pour la part qu'ils pourraient prendre à la somptuosité de ces festins. Colbert, ce puissant ami des arts, ce zélé protecteur des établissemens qui tendaient à favoriser la culture de l'esprit et l'émulation des lettres, n'eût trouvé rien d'excessif dans les dépenses des capitouls, si elles avaient été consacrées à exciter dans ces concours une plus grande ambition des succès littéraires ; mais les fleurs de Clémence Isaure disparaissant au milieu de ces viandes entassées, et dans une assemblée où l'on ne pouvait voir que des convives, il fit réduire, par un arrêt du conseil, les dépenses de la fête à quatorze cents francs.

Cette somme consacrée à des objets vraiment académiques, pouvait suffire, à la fin du 17.e siècle, pour fournir des prix aussi riches que ceux que les autres corps littéraires avaient à distribuer. C'est ce que pensa Laloubere, en même temps qu'il voyait l'impossibilité de réclamer avec succès la dotation entière des *Jeux Floraux.* Par un heureux concours de circonstances, le consistoire des capitouls se trouva composé, en 1694, d'hommes raisonnables et modérés ; et à leur tête était un maire qui, par sa naissance, ses lumières et ses hautes fonctions de magistrat, devait avoir une grande prépondérance dans les délibérations de l'hôtel-de-ville. Ce maire, M. Daspe, conseiller au parlement, sentit et persuada au conseil de ville la nécessité de dégager une société littéraire si ancienne et si célèbre, de cet alliage de festins qui la ravalait et lui ôtait tout son lustre. Les capitouls adoptèrent le projet de requête qui avait été dressé par Laloubere, pour être présenté au Roi, et qui devait former le préambule des lettres-patentes, portant érection des *Jeux Floraux* en Académie de Belles-Lettres.

Ici finit la seconde époque de notre histoire, époque heureuse et brillante par la riche dotation du Collége, par l'intérêt et la plus grande solennité de ses fêtes ; mais déplorable et désastreuse, par les nombreuses oppositions dont j'ai rapporté une partie, et parmi lesquelles on doit compter les folles dépenses des capitouls *en festins et collations*. Hâtons-nous de passer à la troisième époque qui commence par les lettres-patentes de 1694.

MÉMOIRE
Pour servir a l'Histoire
DES JEUX FLORAUX.

TROISIÈME ÉPOQUE.

TROISIÈME ÉPOQUE.

Érection des Jeux Floraux en Académie de Belles-Lettres.

LES lettres-patentes qui relevèrent ainsi l'institution des Jeux Floraux, furent données à Fontainebleau, au mois de septembre 1694, et enregistrées au parlement de Toulouse le 8 janvier 1695. Le projet en avait été concerté entre le corps des Jeux Floraux et le corps Municipal, par l'entremise de Laloubere qui en fut le rédacteur. Dans cette rédaction, le premier objet dut être de prévenir les discussions qui s'étaient si souvent reproduites pendant deux siècles. A cet effet, il fallait que la nouvelle Académie acquît plus de consistance ; que le nombre de mainteneurs fût augmenté ; qu'ils fussent pris parmi les citoyens considérables, non-seulement par leurs lumières et leurs talens, mais encore par leur rang, leur naissance, leurs professions et leurs emplois ; qu'ils eussent, comme dans les autres Académies, des assemblées régulières, pour leurs exercices intérieurs, tandis qu'on conserverait aux assemblées publiques toute leur pompe, et le caractère particulier qui rappelait les souvenirs intéressans des deux époques précédentes.

Il est essentiel de transcrire ici ces lettres-patentes, dont le préambule est un abrégé sommaire de la première époque de notre histoire.

« *LETTRES-PATENTES données à Fontainebleau, au mois de septembre* 1694.

»Comme les Belles-Lettres tiennent le premier rang »entre tous les arts, d'autant qu'éclairant l'esprit et

»élevant les sentimens, elles sont également propres
»à la paix et à la guerre, nous avons cru les devoir
»favoriser, soit en gratifiant de nos libéralités plusieurs
»personnes qui se sont distinguées par leurs études,
»tant dans nos états, que dans les pays étrangers, soit
»en permettant et autorisant l'établissement de plu-
»sieurs Académies de divers genres de littérature, dans
»plusieurs villes de notre obéissance. Ces dispositions
»que nous avons toujours témoignées, ont porté les
»chancelier, mainteneurs et maîtres des Jeux Floraux
»de notre ville de Toulouse, les maire et capitouls de
»ladite ville, à nous représenter que les belles-lettres
»et surtout la poësie y ayant été toujours cultivées, la
»coutume y est établie depuis plusieurs siècles de célébrer
»tous les ans, le premier et le troisième jour de mai, une
»fête poëtique sous le nom de *Jeux Floraux*; que tous
»les poëtes y sont reçus à y réciter leurs vers publique-
»ment, et que l'on y donne trois fleurs d'argent, sa-
»voir : une violette, une églantine et un souci, aux
»trois poëtes qui, au jugement desdits chancelier, main-
»teneurs et maîtres, y ont porté les meilleurs poëmes;
»que néanmoins ces jeux n'ont pas été de tout temps
»une simple fête, comme aujourd'hui, mais une vé-
»ritable École ou Académie, où l'on faisait des ba-
»cheliers et des docteurs en poësie qu'ils appelaient *la*
»*gaie science*; que cette École ou Académie était plus
»ancienne que l'an 1323, comme il paraît par un re-
»gistre qui commence en ladite année, conservé dans
»l'hôtel de ville, ce qui en doit faire rapporter l'ori-
»gine à la naissance des Universités, et des titres de
»bachelier et de docteur; que les professeurs de cette
»École étaient les mainteneurs, dont le nombre a
»toujours été limité à sept; et qu'à l'exemple de toutes
»les Universités, ils avaient non-seulement leur chan-
»celier et autres officiers, mais encore une maison
»publique dans un des faubourgs de ladite ville, où ils

»tenaient leurs assemblées ordinaires, jusqu'à ce que
» cette Ecole eût passé, de cette maison *qui lui était*
»*propre*, à l'hôtel de ville; et ce, peu après l'an 1356,
»environ lequel temps les faubourgs de la ville furent
»détruits, en conséquence d'une délibération publique,
»à cause de la guerre avec les anglais alors maîtres de
»la Guienne; que néanmoins elle n'interrompit pas
»d'abord ses exercices ordinaires, après avoir été reçue
»dans l'hôtel de ville, mais qu'elle les y continua et
»même avec éclat, puisque trente-deux ans après;
»savoir : en 1388, Jean, Roi d'Aragon, envoya une
»célèbre ambassade au Roi Charles VI, comme pour
»ses plus grandes affaires, pour lui demander des
»poëtes de Languedoc, qui, sur l'espérance des ré-
»compenses et des honneurs qu'il leur promettait,
»allassent établir des écoles de *gaie science* dans ses
»états. Ainsi lesdits chancelier, mainteneurs, maîtres,
»maire et capitouls, voyant que ces Jeux ont été ré-
»duits, d'une académie ordinaire, à une simple fête,
» et considérant d'ailleurs que cette fête a souvent *reçu*
»*des oppositions qui ont failli à la détruire*, nonobstant
»sa grande ancienneté, et l'émulation qu'elle a toujours
»inspirée aux meilleurs esprits des provinces de Lan-
»guedoc et de Guienne, et quelquefois aux plus célèbres
»du royaume : ils ont cru devoir prévenir les contradic-
»tions encore plus grandes auxquelles lesdits Jeux
»pourraient être exposés dans la suite, si nous n'y
»pourvoyions de remède convenable, et si nous n'ache-
»vions ce que nous avons commencé, par l'arrêt de
»notre conseil du 4 décembre 1671, en conséquence
»d'un réglement fait par nos commissaires le 22 no-
»vembre de la même année, par lequel nous aurions
»jugé à propos de permettre la dépense de quatorze
»cents livres par an, à prendre sur les revenus ordi-
»naires de la ville de Toulouse, pour la célébration
»desdits Jeux. Et dans cette vue, il nous ont très-

»humblement supplié de leur accorder nos lettres ,
»pour affermir de plus en plus lesdits Jeux et leur
»rendre leur premier lustre. Sur quoi *ayant égard à*
»*l'utilité et à l'ancienneté d'un établissement si hono-*
»*rable aux belles-lettres*, dont la réputation s'est éten-
»due depuis près de trois siècles chez les étrangers; et
»inclinant à la très-humble supplication desdits chan-
»celier, mainteneurs et maîtres, maire et capitouls....»
»Nous avons de notre grâce spéciale, pleine puis-
»sance et autorité royale, approuvé et autorisé, ap-
» prouvons et autorisons par les présentes, signées
»de notre main , lesdits Jeux Floraux de Tou-
»louse...... Avons rétabli et rétablissons les assemblées
»ordinaires desdits chancelier et mainteneurs en forme
»d'Académie; et pour les rendre plus utiles, avons
»augmenté et augmentons jusqu'à trente-cinq le nom-
»bre des mainteneurs (1). A cet effet lesdits maire et
»capitouls prêteront auxdits Jeux, selon la coutume,
»*autant qu'il plaira auxdits chancelier et mainteneurs,*
»le grand consistoire de l'hôtel-de-ville , pour y faire
»*la semonce*, pour y entendre réciter les ouvrages, de
»vers et de prose, composés pour les prix, et pour
»distribuer lesdits prix. Les capitouls y assisteront sous
»le nom de *Bayles des Jeux*, dans l'ordre et au nom-
»bre accoutumés, *pour y recevoir et accompagner ceux*
»*du corps des Jeux Floraux, leur faire les honneurs*
»*de l'hôtel de ville*, comme il a été pratiqué ci-devant;
»de quoi le maire de la ville sera dispensé, étant
»*mainteneur-né* desdits Jeux; et en cette qualité, aura
»en tout et par-tout, rang, séance et suffrage parmi
»les autres mainteneurs, comme l'un d'entr'eux, sans
»néanmoins y porter aucune marque de distinction
»ou robe de cérémonie, ni autre ornement appartenant
»à ladite charge de maire. Prêteront en outre lesdis

(1) Il fut porté à quarante, y compris le chancelier, par d'autres
lettres-patentes de 1725.

»maire et capitouls, dans deux ans au plus tard, après
»la présente guerre, *et autant qu'il plaira auxdits*
»*chancelier et mainteneurs, une salle dans ledit hôtel*
»*de ville qui soit commode*, pour y tenir leurs assem-
»blées particulières et à huis clos, qu'il conviendra
»tenir pour lesdits Jeux, la meubleront et entretien-
»dront des meubles et des réparations nécessaires, aux
»frais de ladite ville; et dès-à-présent et par provision,
»fourniront, ainsi meublée et entretenue, *celle qui*
»*est au bout de la galerie appelée des Hommes Illustres*,
»et destineront un serviteur dudit hôtel de ville, pour
»faire les fonctions de bedeau desdits Jeux. Fourniront
»lesdits maire et capitouls, tous les ans et à perpétuité,
»des revenus ordinaires de ladite ville, la somme de
»quatorze cents livres, suivant la modération qui en
»a été faite par l'arrêt de notre conseil du 14 dé-
»cembre 1671, pour les frais *des Jeux*, sans que, pour
»quelque cause que ce soit, ladite somme de 1400 liv.
»puisse être divertie, ni en tout, ni en partie, à d'autres
»usages, mais seulement employée comme s'ensuit ;
»savoir : 300 liv. aux frais courans desdites assemblées
»ordinaires, et onze cents livres à l'achat de quatre
»fleurs, pour servir de prix, et seront lesdites fleurs,
»une amarante d'or, que nous instituons pour être le
»premier prix, une violette, une églantine, un souci
»d'argent, qui sont les prix ordinaires, l'une desquelles
»sera le prix d'un ouvrage en prose, pour exciter l'étude
»de l'éloquence dans les Jeux. Auront lesdits Jeux un
»scel dont la marque et l'inscription seront expliquées
»dans les statuts, et seront lesdits statuts exactement
»observés suivant leur forme et teneur. Et en cas de
»contestation sur le contenu desdits statuts ou des
»présentes, voulons qu'elle soit incessamment réglée
»par la grand'chambre de notre cour de parlement de
»Toulouse....... Et afin que ceux qui composeront ledit
»corps des Jeux Floraux soient connus, tant ceux que

»nous avons confirmés, que ceux que nous avons nom-
»més, nous les avons tous compris dans notre brevet
»ci-attaché, sous le contre scel de notre chancellerie.»

Le brevet dont parlent les lettres-patentes porte en
tête les noms du chancelier et des sept mainteneurs des
anciens Jeux Floraux; ils sont confirmés dans leurs
places. Viennent ensuite les vingt-huit mainteneurs
nommés par le Roi, y compris le maire de Toulouse,
académicien-né. Quatre de ces mainteneurs avaient été
pris parmi les maîtres des Jeux Floraux. Les vingt autres
maîtres furent confirmés et inscrits dans le brevet
suivant leur rang d'ancienneté.

On n'y comprit point les capitouls-bayles, parce
qu'ils n'appartenaient pas aux corps des Jeux Floraux;
on crut qu'il suffisait de leur continuer *la permission
d'assister aux séances*, pour qu'il y eût une différence
entr'eux et les *maîtres* dont le droit de suffrage, dans
les concours, remontaient aux premiers temps du
Collége de la gaie science. Ce droit qui, pendant la
seconde époque, avait été étendu aux élections du
chancelier et des mainteneurs, fut restreint et renfermé
dans ses anciennes limites.

Les statuts qui furent attachés aux lettres-patentes,
règlent, en trente-cinq articles, le régime de la nouvelle
Académie. Je vais faire connaître ce régime ; je pré-
senterai ensuite la Biographie des mainteneurs, que
l'Académie a perdus depuis son érection.

PREMIÈRE PARTIE.

Régime de l'Académie.

L'Académie proprement dite, ne se compose que du
chancelier et des mainteneurs. A eux seuls appartient
ce qui concerne l'administration littéraire et l'administration économique. *Les maîtres des Jeux Floraux*

ne

ne sont qu'un accessoire, intéressant sans doute, mais non essentiel à l'existence de l'Académie. Leur nombre n'est point limité; mais il pourrait se faire qu'il n'y en eût point du tout, sans que les exercices académiques en souffrissent. Dans ce moment, aucun maître des Jeux Floraux ne réside à Toulouse; depuis plus de huit ans, il n'en a paru aucun dans les séances du concours, où ils partagent nos travaux. L'Académie eût profité de leurs lumières, et en eût reçu quelque soulagement. Nous y avons suppléé en redoublant de zèle, et nos vœux sont toujours de les voir se multiplier, ne fût-ce que pour l'intérêt des élections; car autant que les circonstances pourront le permettre, l'Académie nommera toujours un maître des Jeux Floraux préférablement à tous autres aspirans.

On appelle *Corps des Jeux Floraux*, la réunion des mainteneurs et des maîtres. J'en parlerai après avoir fait connaître l'Académie proprement dite.

CHAPITRE PREMIER.

Académie proprement dite.

Ce chapitre se divise en deux sections. La première comprend ce qui concerne les élections, les installations, les exclusions et les démissions. Dans la seconde, je parlerai des officiers, des travaux et de l'administration de l'Académie.

SECTION PREMIÈRE.

Concernant les élections, les installations, les destitutions et les démissions.

ARTICLE PREMIER.

Des Élections.

Pour être éligible, il faut avoir un caractère sociable, des mœurs douces et honnêtes, des talens reconnus;

un grand amour pour les lettres, et être âgé au moins de 22 ans. Il faut encore être d'un état libre et indépendant, être domicilié à Toulouse, où , comme disent les statuts de 1694 , *être de condition, à passer sa vie dans Toulouse* ; (1) ce qui a toujours fait exclure les religieux , et ceux-là même qui , sans être liés par aucun vœu , appartenaient à des congrégations enseignantes, et pouvaient être déplacés de Toulouse par leurs supérieurs. Les aspirans éligibles ne peuvent être proposés, qu'autant qu'ils en ont fait la demande , adressée directement au modérateur ou à celui qui doit le représenter. Le motif de cette règle est sensible. Il ne serait ni sage , ni convenable de nommer à une pareille place quelqu'un qui pourrait absolument ne pas l'accepter. L'Académie l'éprouva une fois, sans qu'il y eût de sa part , aucune imprudence. A la mort de M. d'Orbessan, en 1736 , son fils qui n'avait pas encore vingt-deux ans, se présenta parmi les aspirans, et l'Académie en donnant la préférence à un autre, manifesta l'intention de lui ouvrir ses portes, lorsqu'il aurait l'âge requis, également déterminée par le mérite du père et par les espérances qu'on pouvait concevoir des talens du fils et de son application. Trois ans après, sans nouvelle demande de sa part, il fut nommé à la place que la mort de M. Delherm laissait vacante. M. d'Orbessan, informé de sa nomination par M. le chevalier d'Aliez, secrétaire perpétuel, lui répondit qu'ayant eu précédemment le tort de demander qu'on enfreignît pour lui les statuts de l'Académie, il voulait s'en punir, en refusant la place à laquelle il avait été nommé. L'Académie fit un autre choix, et quatre ans après, M. d'Orbessan, qui avait voyagé et s'était formé dans le commerce du monde, connaissant mieux les égards

---

(1) Deux places seulement peuvent être données à des littérateurs domiciliés dans des villes voisines.

et les convenances, se présenta à la mort de M. de Lopez, et l'Académie ne regarda pas comme irrémissible, une faute de jeunesse suffisamment expiée par cette démarche. Sans rien perdre de sa dignité, elle acquit un mainteneur, qui par sa conduite et par ses travaux a contribué à sa gloire, et s'est montré constamment, parmi ses confrères, le plus doux et le plus poli de tous les hommes.

Voici la marche prescrite pour les élections.

A la mort de chaque mainteneur, sa place doit être déclarée vacante, dans la prochaine assemblée ordinaire. On y délibère qu'il sera fait un service pour le repos de son ame; et l'on renvoie à trois semaines, autrement dit, au vingt-unième jour, la nomination de celui qui doit lui succéder (1).

Le vingt-unième jour arrivé, on vérifie le nombre de ceux qui ont droit de suffrage. Pour avoir ce droit, il faut avoir assisté à une des trois assemblées immédiatement précédentes; et chacun doit pouvoir affirmer sur son honneur, qu'il n'a pas promis sa voix.

Ces préalables remplis, on lit l'éloge de l'académicien qu'on a perdu; après quoi on procède à l'élection par la voie du scrutin. Quel que soit le nombre des aspirans, il faut, pour être nommé, avoir réuni plus de la moitié de tous les fuffrages. Il y a une exception en faveur des *maîtres*. La moitié des suffrages suffit, pour qu'il y ait élection en leur faveur; et il y a partage, s'ils ont un suffrage de moins que la moitié; ainsi pour l'emporter sur un *maître*, dans ce

____

(1) En 1807, nous fîmes célébrer un service solennel dans l'Eglise de la Daurade, pour le repos des confrères que nous avions perdus depuis notre dispersion. Leurs familles y furent invitées. Ce fut un jour de grand deuil pour presque toute la Ville, et une occasion de lrmes toujours bien amères pour les parens de ceux que la révolution avait dévorés.

concours, il faut nécessairement avoir deux suffrages au-dessus de la moitié.

On a remarqué autrefois, et avec une sorte d'improbation, que dans ces élections, les choix de l'Académie tombaient, le plus souvent, sur des gens de robe, magistrats ou avocats. Mais il faut considérer qu'avant la révolution, Toulouse était, à proprement parler, une ville de parlement; qu'en général les talens distingués se trouvaient parmi les hommes de loi qui composaient la haute magistrature ou le barreau. C'était donc là que devait être la principale ressource de l'Académie pour réparer ses pertes; et cependant il n'y eut jamais guère plus de la moitié des académiciens qui fussent gens de robe; et il n'a jamais existé, dans les autres états, un habitant de Toulouse ayant les qualités nécessaires, à qui les portes de l'Académie aient été fermées.

Cette forme d'élection prescrite par les statuts de 1694 et de 1773, fut toujours exactement observée avant la révolution. En 1806, quand nous crûmes devoir nous réunir, après quinze ans de dispersion, nous n'étions à Toulouse que sept mainteneurs. Il en était mort vingt-quatre : les autres étaient infirmes ou absens.

Devions-nous déclarer la vacance de vingt-quatre places, pour y nommer dans trois semaines, conformément aux statuts ? Les aspirans n'auraient pas manqué; mais cette affluence même aurait écarté une partie de ceux qui pouvaient nous convenir. Nous crûmes donc, sur cet objet et sur plusieurs autres, devoir suspendre l'exécution rigoureuse de nos statuts, et adopter un mode qui fût compatible avec notre position, nous borner d'abord à un petit nombre de nominations, et avant de déclarer aucune place vacante, savoir à qui nous la donnerions. Après six élections ainsi faites, dans le mois de février, nous en fîmes trois, au mois de mai, deux au mois de juillet, une au mois d'août. Nous avons ainsi continué, sans avoir entièrement réparé nos anciennes pertes, et celles que nous avons faites depuis.

Lors des six premières élections, nous ne pûmes pas prononcer les éloges de ceux qu'on remplaçait; mais ce devoir n'a pas été négligé; nos recueils en font foi.

Parmi nos dettes les plus sacrées, il en était une bien privilégiée qu'il ne nous fût pas possible d'acquitter. Le nom de notre auguste protecteur avait aussi disparu de notre liste; comment manifester notre douleur, dans la solennité d'une séance publique, comme on l'avait pratiqué à la mort de Louis XIV et de Louis XV ? Mais si nos regrets ne pouvaient pas s'exhaler ainsi, ils purent être aperçus dans la réserve et les précautions de notre conduite passive. Les noms des mainteneurs que nous avions perdus, se remplaçaient successivement sur la liste académique : la place éminente que le nom de Louis XVI y avait occupée, ne fut remplie par aucun autre nom.

Lorsque Louis XVIII, remontant sur le trône de ses pères, a daigné, comme eux, prendre l'Académie sous sa protection, nous avons payé un juste et précieux tribut d'éloges à la mémoire de Louis XVI et de Louis XVII; et le nom du Roi, éclipsé pendant l'orage, brille à la place que nous lui avons soigneusement conservée.

ARTICLE SECOND.

Des installations.

Ce n'est que par l'installation qu'on est académicien, qu'on prend son rang sur la liste académique, et que sont expédiées les lettres de mainteneur.

Après l'élection, le secrétaire perpétuel en donne avis à celui qui a été nommé, et le prévient qu'il faut qu'il se concerte, pour le jour de son installation, avec le modérateur. Les statuts indiquent le huitième jour après l'élection; ce terme est de rigueur, le délai de huit jours étant nécessaire à celui qui vient d'être élu, pour faire ses visites et pour composer son remercîment. Le modérateur en a besoin aussi pour préparer sa réponse au discours du récipiendaire.

Rien ne pouvant être lu dans une assemblée publique, sans avoir été soumis à l'Académie, il faut qu'il y ait, entre la nomination et l'installation, une séance particulière, dans laquelle le modérateur lise sa réponse au remercîment du récipiendaire, et déclare à l'Académie qu'il a pris connaissance de ce remercîment et n'y a rien trouvé qui blesse aucune convenance (1). Ainsi les installations ne se font guère avant le quinzième jour.

L'éloge de l'académicien déjà lu, dans une séance particulière, devant être prononcé le jour de l'installation, le récipiendaire n'a pas cette ressource, pour le fonds de son discours de réception. Il faut nécessairement qu'il traite un sujet littéraire, ou qu'il se borne à des complimens qui ne peuvent sortir de la sphère des lieux communs, que par le bonheur de quelque circonstance particulière.

Les statuts de 1694 portaient qu'il n'y aurait aucun discours de réception. C'était une dispense plutôt qu'une prohibition. M. de Pompignan l'interpréta ainsi, et l'Académie sentant combien cette manière de se présenter était convenable et propre à exciter une utile émulation, encouragea ceux qui voulurent suivre

____

(1) Si le modérateur avait quelques doutes là-dessus, il en ferait part à l'Académie, qui nommerait une commission, ou entendrait elle-même la lecture du discours, et prescrirait les changemens qu'il y aurait à faire.

cet exemple. L'usage s'en introduisit ; et pour qu'il ne se perdît point, l'édit de 1773 en fit un devoir.

ARTICLE TROISIÈME.

Des exclusions ou destitutions et des démissions.

I.º Touchant les destitutions, les anciens statuts s'exprimaient ainsi : « Si quelqu'un de ces corps »(art. XXXII) devient d'un commerce honteux, en »quelque manière que ce puisse être ; ou si par ses »paroles ou par ses déportemens, il trouble ou décrédite »les Jeux ou les exercices, ou s'il offense grièvement le »chancelier ou quelqu'un des mainteneurs ou des »maîtres, il pourra être justement exclu du corps ; mais «soit pour ces causes ou pour quelqu'autre, car on ne »peut les prévoir toutes, personne ne pourra être »exclu que par une assemblée composée au moins de »vingt-quatre personnes, où les deux tiers des suffrages »soient pour l'exclusion. »

Par l'édit de 1773, il suffit que l'assemblée soit composée de dix-huit personnes. S'il s'agissait de l'exclusion d'un maître, il faudrait une assemblée générale.

Plus heureuse que l'Académie française, celle des Jeux Floraux n'a jamais exercé ouvertement, et dans toute sa rigueur, cet acte de justice. On verra que, dans la circonstance d'une offense grave, et d'une obstination invincible, sa sagesse lui fit adopter un tempérament qui la mettait à l'abri des récidives, sans recourir à l'extrémité d'une destitution éclatante (1).

II.º Les démissions ne peuvent avoir lieu que dans

---

(1) Voyez ci-dessous dans la Biographie l'éloge de M. Laloubere, année 1729, n.º 39.

un seul cas exprimé dans l'art. 12 du titre premier de l'édit de 1773.

«S'il arrivait, y est-il dit, que plusieurs mainteneurs »s'absentassent pendant cinq ans, sans paraître à l'Aca-»démie, et sans qu'on puisse espérer leur retour, à »moins qu'ils ne fussent retenus par des raisons d'état, »on pourra leur demander et recevoir leur démission. »Sur leur refus, on leur fera trois sommations, après »quoi on nommera à leurs places. C'est le seul cas où »les démissions puissent avoir lieu.»

SECTION SECONDE.

Des officiers, des travaux et de l'administration de l'Académie.

Les officiers nommés par les lettres-patentes étaient, 1.º un chancelier, 2.º un modérateur et un sous-modérateur, 3.º un secrétaire des assemblées et quatre réviseurs, 4.º trois censeurs, 5º. un dispensateur et trois économes, 6º. un secrétaire perpétuel.

Le chancelier qui, dans l'origine, n'était pas membre essentiel dans les délibérations, et n'y prenait même aucune part, était devenu, dans le 15.ᵉ siècle, chef du Collége de la *gaie science.*

Le besoin de protection fit souvent donner cette place à un président du parlement; et ce besoin subsistant encore en 1694, les lettres-patentes ordonnèrent qu'à chaque vacance de cet office, qui était à vie, on y nommât un président du parlement, dût-on le prendre hors de l'Académie.

Cette prééminence blessait l'égalité académique, et il était dans le vœu de ceux même à qui elle était attribuée, de la faire supprimer aussitôt que les circonstances le permettraient.

En 1773, l'occasion parut favorable, M. de Niquet, qui était premier président du parlement et chancelier de l'Académie, demanda lui-même cette suppression, et la réformation de quelques autres abus. Par cette suppression de son office, M. de Niquet redevint simple mainteneur. On lui conserva néanmoins, pendant sa vie, la présidence des assemblées publiques.

La garde des sceaux fut confiée au secrétaire perpétuel, avec le droit d'expédier et de signer les lettres du grand sceau.

Les réviseurs recevaient du secrétaire des assemblées la rédaction des conférences, l'examinaient et la soumettaient ensuite à l'Académie. Cet examen intermédiaire n'était qu'un embarras et une cause de retard. Les réviseurs étaient depuis long-temps sans fonctions, lorsque l'édit de 1773 les supprima.

L'emploi des revenus de l'Académie se partageait entre les économes et le dispensateur. Ils étaient chargés de l'achat des fleurs, et le dispensateur, des dépenses courantes. L'édit ne conserva que le dispensateur, et supprima les économes.

Les officiers conservés sont, 1.º le modérateur et le sous-modérateur ; 2.º le secrétaire des assemblées ; 3.º deux censeurs ; 4.º le dispensateur ; 5.º le secrétaire perpétuel. Par les fonctions de chacun de ces officiers, que je vais faire connaître, on verra en quoi consistent les travaux et l'administration de l'Académie.

ARTICLE PREMIER.

Du modérateur et du sous-modérateur.

L'article premier des statuts de 1694, parlant des assemblées particulières, porte que ceux qui y assisteront, y prendront place sans distinction, à mesure qu'ils entreront dans la salle, et que néanmoins on y élira quelqu'un, *au sort*, pour y maintenir l'ordre, y faire les propositions nécessaires, et y recueillir les sufrages, sans pourtant y occuper aucune place, aucun siége de distinction; l'article 19 lui donne le nom de modérateur.

L'Académie alla plus loin dans ses délibérations. Il y en a une du 15 février 1743, qui prie ces officiers de ne pas affecter une place particulière, mais de se tenir à celle qu'ils auront prise en entrant; afin qu'aucune espèce de distinction ne paraisse attachée à l'exercice de leurs fonctions.

Ces fonctions ne durent que trois mois. Pour que le hasard même n'en puisse pas prolonger la durée, l'édit de 1773 veut, qu'après le trimestre échu, le nom du modérateur qui sort de place, ne puisse être remis dans l'urne que six mois après; afin que, si le sort devait l'appeler encore, il y ait au moins trois trimestres d'intervalle entre les deux nominations. Depuis l'édit de 1773, et la mort de M. le premier président de Niquet, le modérateur préside l'Académie dans les séances publiques. C'est là seulement qu'il est président, sa place étant fixe à l'extrémité du fer-à-cheval.

Cette nomination, par le sort, se fait le premier vendredi des mois de janvier, d'avril et de juillet. Dans la dernière séance du mois d'août, l'Académie prenant ses vacances, tire au sort le modérateur du trimestre d'octobre.

Chaque fois on nomme aussi un sous-modérateur, c'est-à-dire, qu'on tire deux noms de l'urne. Celui dont le nom sort le premier, est modérateur; l'autre est sous-modérateur. Celui-ci n'a de fonctions qu'en l'absence du premier; ces fonctions, en l'absence de tous deux, appartiennent au premier censeur, et à son défaut, au second; et à défaut des censeurs, au plus ancien mainteneur. On appelle premier censeur, celui des deux qui est plus ancien mainteneur.

C'est le modérateur, ou celui qui exerce son dévolu, qui préside les commissions de l'Académie proprement dite ; et pour celles qui sont accidentelles, il en nomme les membres.

C'est le modérateur qui est chargé de faire l'éloge des académiciens qui meurent pendant son trimestre, et qui répond au remercîment des récipiendaires, lors de leur installation. Ce n'est que pour ces installations, et pour quelques cas extraordinaires, que l'Académie proprement dite a des assemblées publiques. Les autres appartiennent au corps des Jeux Floraux; j'en parlerai au chapitre suivant. M. le président de Montbrun fut nommé par les lettres-patentes modérateur du premier trimestre, et M. de Bertier, sous-modérateur.

Article second.

Du secrétaire des assemblées particulières, et du travail de ces assemblées.

Les lettres-patentes nommèrent aussi, pour la première fois, M. l'abbé d'Auterive, secrétaire des assemblées. Ses fonctions ne devaient durer qu'un an; mais il pouvait être réélu. Depuis l'édit de 1773, il est toujours nommé pour trois ans, et il peut être réélu à l'expiration de chaque troisième année.

D'après l'article 22 des statuts de 1694, l'exercice des assemblées particulières devait être une lecture, et une étude assidue des originaux grecs et latins, des poëtes et des orateurs qui ont excellé dans notre langue, pour y chercher principalement leurs beautés; car il faut plus de connaissances et de goût pour les connaître et les apprécier, y est-il dit, que pour apercevoir des défauts. L'objet de cette étude était de se former à la critique sage et lumineuse, dont on a besoin dans le jugement des ouvrages mis au concours.

Le devoir du secrétaire était, comme je l'ai déjà dit, de recueillir les remarques faites dans chaque assemblée et de les rédiger, de les soumettre d'abord aux quatre réviseurs, et ensuite à l'Académie. L'article des statuts qui prescrivait ce travail , défendait de s'occuper, d'aucun autre ouvrage. Il faut considérer qu'à cette époque , il y avait peu de bons critiques. Pour avoir de bons juges en éloquence et en poësie, il fallait les former, ou pour mieux dire, il fallait qu'ils se formassent eux-mêmes par l'étude assidue des maîtres de l'art, et par la méditation des chefs-d'œuvre, où l'art avait puisé ses règles ; il fallait qu'ils missent leurs réflexions en commun, pour qu'il y eût de l'accord dans leurs principes , et dans leur manière de voir et de sentir.

Ces conférences animées par la présence de Laloubere qui en avait tracé le plan , furent soigneusement rédigées par M. l'abbé Laborie, qui succéda à M. l'abbé d'Auterive. Nous ne saurions trop regreter la perte d'un registre qui contenait le résultat de ces travaux jusqu'en 1712.

Pour entretenir cette émulation , on avait cru nécessaire d'augmenter le nombre des académiciens. Déjà en 1701 , on avait nommé, par anticipation , quatre mainteneurs qui, sous le nom de survivanciers, participaient à tous les droits, à toutes les prérogatives, à toutes les fonctions des mainteneurs titulaires , et devenaient titulaires à leur tour. Les années suivantes il y en eut jusqu'à six. En 1714 , on crut pouvoir se dispenser d'en nommer d'autres; mais dix ans après , on en nomma quatre.

C'était contrevenir aux statuts , et il paraît qu'alors on sentit mieux la nécessié de les observer rigoureusement, puisqu'on s'adressa au Roi, pour faire porter à quarante le nombre des académiciens. C'est ce qui fut fait par les lettres-patentes de 1725 , qui, en créant quatre nouvelles places de mainteneurs, les donnèrent aux quatre survivanciers nouvellement nommés.

L'Académie fut dès-lors aussi nombreuse qu'elle

pouvait et devait l'être. Cependant comme les mauvais exemples sont contagieux, une petite intrigue, car il s'en forme toujours dans les sociétés les mieux composées, essaya trente trois ans après, d'introduire, presque furtivement, six survivanciers dans l'Académie, sous prétexte que les assemblées, tant publiques que particulières, n'étaient pas assez nombreuses.

Le 9 juin 1758, dans une assemblée qu'on appelait générale, et qui n'était composée que de quatre académiciens, après qu'on eut réglé quelques objets économiques, il fut dit, dans le procès-verbal, qu'on prorogeait *l'assemblée générale*, au vendredi suivant 16 juin, *sans autre convocation*.

Ce jour là (16 juin) au lieu de quatre, ils se trouvèrent six, et là furent nommés six survivanciers. Cette nomination, lorsqu'elle fut connue, excita une réclamation très-vive. Une assemblée extraordinaire convoquée exprès réprima cette entreprise. La délibération du 16 juin fut annullée. Deux mois après, le 6 août 1758, on proposa d'établir une classe d'académiciens honoraires ; l'Académie rejetta cette absurde proposition.

Je reviens au secrétaire des assemblées. M. le chevalier d'Aliez, qui succéda à M. l'abbé Laborie, fut continué dans cette place, lors même qu'il fut devenu secrétaire perpétuel, et ces doubles fonctions qu'il remplit sans interruption, furent ensuite également confiées à M. Delpi, son successeur.

Rien n'indique, dans nos registres, que la rédaction soigneusement faite par M. l'abbé Laborie, ait été continuée après lui ; et il ne faut pas être surpris que l'objet de ces conférences soit insensiblement tombé en désuétude.

En recueillant les traditions de la génération précédente, j'ai appris que l'examen des odes d'Horace y donna lieu. Il était impossible qu'on s'y bornât à faire les analyses et les observations que les statuts

prescrivaient. Chacun, suivant son goût et ses talens ,
y ajoutait une traduction en vers ou en prose , ou
même des imitations plus ou moins rapprochées de
l'original.

Cette légère infraction en amena d'autres ; et comment concevoir que des hommes qui faisaient leurs délices
de l'étude des belles-lettres , ne consultassent pas leurs
confrères, sur des compositions étrangères à l'objet des
conférences ? Les connaissances qu'on y avait acquises
rendaient moins nécessaire le travail borné que les
statuts de 1694 avaient exclusivement prescrit ; bientôt après on le jugea inutile. Une délibération du 17
janvier 1755, donna à chacun la liberté de lire l'ouvrage qu'il jugerait à propos , de prosé ou de vers ,
d'imagination ou de critique, et cette liberté fut confirmée par l'édit de 1773 (art. 21.)

Les fonctions du secrétaire des assemblées se bornant dès-lors à recueillir ces ouvrages et à en faire la
résumption , les réviseurs furent supprimés , comme
n'ayant plus de fonctions. On aurait peut-être supprimé aussi le secrétaire des assemblées ; mais l'édit
de 1773, considérant que le secrétaire perpétuel n'avait
pas d'adjoint, voulut que le secrétaire des assemblées
le soulageât dans ses fonctions, ou même le remplaçât
au besoin.

L'Académie tient ses assemblées particulières tous les
vendredis , depuis le commencement de janvier jusqu'à la fin du mois d'août, excepté pendant le temps
que le corps des Jeux Floraux s'occupe du jugement
des ouvrages, et pendant la quinzaine de Pâques.

L'assiduité aux assemblées particulières a toujours
été soigneusement recommandée, et pour rendre plus
efficaces ces recommandations, plusieurs corps littéraires y ont joint l'attrait d'un léger intérêt. Avant la
révolution, l'Académie avait des jetons. Elle en a rétabli la distribution ; non qu'aucun de nous puisse

être excité à remplir ses devoirs, par la considération de quelques jetons, dont la valeur, pour le plus assidu et le plus laborieux, ne peut jamais aller à trente francs par an, mais c'est pour les enfans d'Isaure un témoignage de la part plus ou moins active qu'ils ont prise aux travaux académiques. Nos jetons représentent le buste de Clémence Isaure ; et sur le revers, les fleurs qu'elle a fondées.

Le travail de nos assemblées ne se borne pas à de simples lectures. Rien ne se lit dans l'Académie, qui ne soit soumis à un examen sérieux. Chacun opine, à haute voix, sur le mérite et sur les défauts de l'ouvrage; et dans ces opinions, où tous les égards de la bienséance et de la politesse sont soigneusement observés, personne ne voulant compromettre ni son goût, ni son jugement, la vérité se montre toujours, ou toute nue, ou sous des enveloppes qui l'adoucissent, mais ne la masquent jamais.

Les ouvrages ainsi lus et examinés appartiennent à l'Académie, et le secrétaire des assemblées a soin de les recueillir. Cependant si l'auteur veut y retoucher, en profitant des observations de ses confrères, ou d'après ses propres réflexions, il en a la liberté. Il peut même ne pas le faire imprimer dans le recueil. A cet égard, on ne fait violence à la modestie des auteurs, que pour les ouvrages qui font partie de l'histoire de l'Académie, tels que la semonce, l'éloge de Clémence Isaure, les éloges des académiciens morts, les discours de réception et les réponses à ces discours.

Ces communications littéraires et les conversations qu'elles font naître, ont un charme qui ne peut être senti que par ceux chez qui l'amour des lettres a été entretenu par une culture assidue. Elles sont une source d'instructions intéressantes, pour ceux même qui ont vieilli dans le commerce des muses. Là s'entretient la bienveillance qui unit toujours ceux qui ont la passion des mêmes études. Les hommes livrés aux dissipations qu'on appelle les plaisirs de la vie, traînent souvent dans le monde leur ennui qui s'accroît par celui des autres. On ne sort jamais au contraire d'une séance littéraire qui a été bien remplie, sans éprouver le désir et une sorte d'impatience de s'y retrouver. Pour leur conserver ce charme, nos statuts en écartent tout ce qui est étranger à la littérature. Les objets d'économie et d'administration sont renvoyés à des assemblées extraordinaires qui doivent être convoquées exprès.

Suivant nos statuts, aucun étranger ne peut assister aux séances de nos travaux intérieurs. Il n'y a d'exception qu'en faveur des Princes du sang, et d'autres personnes éminentes en dignité, ou connues par leur grand amour pour les lettres. Depuis que Louis XIV nous traça ce réglement, aucun Prince du sang n'avait encore honoré de sa présence la cité Palladienne, lorsqu'en 1777, Monseigeur le Comte de Provence MONSIEUR, frère du Roi, daigna s'y arrêter plusieurs jours, et admettre la grande députation de l'Académie, qui fut reçue immédiatement après celle du parlement, et introduite avec le même cérémonial. M. l'abbé d'Aufrery, chargé de porter la parole, s'exprima ainsi :

« MONSEIGNEUR,

» L'Académie des Jeux Floraux doit à la protection » dont vous honorez les lettres, la distinction flatteuse » d'être admise à vous présenter l'hommage de son » profond respect et de sa vénération.

» Ce corps littéraire éclairait les peuples de ces » contrées ; il décernait des couronnes aux talens, lors- » que les ténèbres de l'ignorance et de la barbarie cou- » vraient encore toute l'Europe. Les premiers Princes » de l'auguste maison de France, encourageaient nos » travaux naissans : nous venons ajourd'hui, MON- » SEIGNEUR, sous les auspices de cette protection anti-

» que

»que et respectable , réclamer celle d'un de leurs
»plus illustres rejettons.

»Appui du trône et par les droits de la naissance ,
»et par les lumières d'une sagesse prématurée , vous
»puisez, MONSEIGNEUR , dans cette source féconde ,
»les moyens d'assurer le bonheur des peuples. Ce n'est
»qu'en les voyant de près, que les Princes peuvent
»connaître leurs caractères, leurs mœurs et leurs
»besoins.

»Animé de ce désir si noble et si consolant pour
»l'humanité, vous parcourez, MONSEIGNEUR , de vastes
»provinces; vous vous plaisez à comparer entr'eux les
»différens peuples qui les habitent. Les villes qui
»s'offrent à vos regards sont distinguées , les unes par
»leur opulence , les autres par leur industrie , celles-ci
»par leur goût pour les sciences ou par léur succès dans
»les arts ; mais toutes unies par un lien commun, sont
»embrasées du même amour pour le sang adoré de nos
»Maîtres; toutes, MONSEIGNEUR, sont pénétrées, à votre
»aspect, du même transport d'admiration et de joie.

»Les arts sublimes que nous cultivons mêleront aussi
»leur voix aux vives expressions de l'allégresse publi-
»que. C'est à l'éloquence et à la poésie à vous peindre,
»MONSEIGNEUR , faisant , dans l'âge des plaisirs, vos
»plus chères délices de la retraite et de l'étude, parta-
»geant ce goût enchanteur avec l'illustre princesse dont
»les vertus réunies font le bonheur de vos jours; écartant
»des avenues du trône, la flaterie et le mensonge; y
»ramenant la vérité si souvent bannie des cours; im-
»primant enfin par la force de l'exemple, ce saint
»respect pour les mœurs, d'où dépendent la gloire des
»nations, et la stabilité des empires.

»Tel l'histoire a déjà dépeint l'auteur de vos jours ,
»ce prince objet éternel de nos regrets, dont vous nous
»offrez, MONSEIGNEUR, la constante image. L'équitable
»postérité se plaira à confondre les traits de l'un et de

I

» l'autre, et la reconnaissance unissant votre nom aux
» noms chéris des BOURBONS bienfaiteurs de l'humanité,
» gravera dans le cœur de tous les Français, Louis-
» Stanislas, à côté de son auguste père, de Henri IV et
» de Louis XVI. »

La réponse de MONSIEUR porte l'empreinte de sa
bonté : « Je remercie l'Académie des Jeux Floraux des
» sentimens qu'elle me témoigne. Je connaissais depuis
» long-temps sa célébrité. Vous confirmez, Monsieur,
» l'idée que j'avais de ce corps; il peut compter sur ma
» protection. »

C'était le 20 du mois de juin; le lendemain 21,
MONSIEUR visitant le capitole, entra dans la salle où
l'Académie était assemblée. Il vit et examina en détail,
et avec complaisance, chacune des fleurs d'or et d'argent que l'Académie distribue. Après cet examen, et
plusieurs questions relatives à nos règles et à nos usages,
MONSIEUR témoigna qu'il serait bien aise d'entendre
quelqu'un des ouvrages qui occupent nos séances ordinaires. Il s'assit; et les personnes de sa suite, ainsi que
les académiciens, étant restés debout, M. Rafin lut
trois odes de M. de Reganhac, maître des Jeux
Floraux, imitées des odes d'Horace. Il fut aisé de
s'apercevoir qu'Horace était un des auteurs favoris de
MONSIEUR. Il applaudit à plusieurs morceaux de l'imitation pleins de verve, et qui ne sont pas étrangers à
cette grace de tournure et d'expression qui fait le charme
des poësies d'Horace, et le désespoir de ses tra-
ducteurs.

La bourse des jetons académiques était là. MONSIEUR
daigna permettre que le modérateur eût l'honneur de
la lui présenter; il eut la bonté plus grande encore d'en
prendre quelques-uns, après quoi il sortit de la salle
suivi de tous les académiciens.

Une autre faveur nous était réservée. MONSIEUR
voulut bien répondre favorablement au vœu que l'Aca-

démie lui exprima d'obtenir son portrait, pour le placer dans la salle de ses exercices, et consacrer ainsi le souvenir de la séance du 21 juin 1777. L'inauguration de ce portrait fut faite le 3 mai 1778, pendant la solennité de la fête des Fleurs. Hélas ! en 1793, écartés depuis deux ans du lieu de nos séances, et dipersés dans différentes prisons, nous ne pumes ni défendre, ni cacher ce portrait précieux. Les forcenés qui nous persécutaient, négligèrent des peintures vulgaires, et détruisirent ce tableau et celui de Louis XIV, qui attestaient les bontés et la protection de nos Maîtres légitimes, notre amour et notre dévoucment à leur auguste famille.

ARTICLE TROISIÈME.

Des Censeurs et des Recueils académiques.

I.° Les censeurs étaient au nombre de trois. Ils n'étaient appelés à ces fonctions ni par le sort, ni par le choix de l'Académie ; chacun devait être censeur à son tour, suivant l'ordre du tableau, et en faire les fonctions pendant un an. C'étaient les censeurs qui convoquaient les assemblées extraordinaires ; ils devaient faire observer les statuts, s'opposer à toute innovation, convoquer, tous les dix ans, une assemblée générale dans laquelle on devait dénoncer les abus et y remédier.

L'édit de 1773 a réduit les censeurs à deux, et leur a donné plus d'occupation et des fonctions plus essentielles. Ils sont membres nés de toutes les commissions ; ils doivent veiller à l'observation des règles académiques, dénoncer les abus ; et pour cela, convoquer une assemblée extraordinaire tous les trois mois, s'il y a lieu. Ils doivent vérifier toutes les dépenses et tous les comptes. Aucun ouvrage ne peut être imprimé, au nom de l'Académie, que de leur consentement donné par écrit.

Les fonctions de la censure, concernant l'impression des ouvrages, ne sont ni aussi pénibles, ni aussi délicates, qu'il pourrait paraître d'abord. Rien ne s'imprime dans le recueil, qui n'ait été lu dans une séance particulière, et qui n'ait déjà subi la censure de l'Académie; de sorte que, dans leur plus grande sévérité, les censeurs n'ont jamais qu'à faire exécuter une délibération académique. D'ailleurs ils peuvent s'étayer de l'avis d'une commission toujours existante. En outre, quel est celui d'entre nous, qui ne se trouve pas heureux d'avoir ce secours d'une critique éclairée, dont chaque examen est un acte de bienveillance et une preuve d'intérêt ?

Et quand il serait vrai que la critique est trop sévère, et que les censeurs sont trop exigeans; l'intérêt personnel de l'auteur doit disparaître; son opinion particulière doit être subordonnée à celle de la commission, pour l'édition des ouvrages qui, d'après nos règlemens, appartiennent à l'Académie, dès qu'elle les a adoptés. Si c'est un ouvrage de surérogation, et que l'auteur aime mieux le laisser inédit ou le publier autrement, que sous la garantie des Jeux Floraux, il il en sera toujours le maître.

Les censeurs sont élus tous les ans; et, s'ils y consentent, on peut les élire de nouveau, d'année en année indéfiniment.

II.° Les premiers recueils que l'Académie fit imprimer, ne contiennent que les pièces couronnées, ou distinguées dans le concours. Il y a même une délibération du 3 février 1713, qui porte qu'on n'imprimera ni les semonces, ni les éloges de Clémence Isaure; qu'on les écrira seulement dans un registre particulier. Cette prohibition fut levée six ans après. Le 16 juillet 1717, on délibéra de faire imprimer dans le recueil, la semonce prononcée par M. le chevalier d'Alicz, et l'éloge de Clémence, prononcé par M. le chevalier de Catellan. En 1723, on y fit imprimer l'éloge de

Campistron. On commença bientôt après à y insérer des ouvrages particuliers, lus dans les séancees publiques, ou par les mainteneurs ou par les maîtres. Depuis l'édit de 1773, on y imprime les discours de réception et les réponses du modérateur.

Le premier de ces recueils est de 1696. Nous en avons la suite année par année jusqu'en 1790, sans autre interruption que pour les trois années 1700, 1701, 1702. Cette interruption eut lieu, d'abord par la négligence de l'imprimeur ; ensuite par celle des commissaires que l'Académie chargea plusieurs fois de compléter cette collection. Il m'a été impossible de retrouver les pièces qui devaient la composer. Je n'en connais que deux discours dont nous devons l'édition au mécontentement d'un auteur qui les fit imprimer, en avertissant qu'au bureau-général, en 1700, son discours était resté à la seconde classe, tandis que celui de son heureux rival était monté à la première, et avait obtenu le prix.

J'ai lu ces deux discours que M. Méja a recueillis. Le sujet est celui-ci : *la réputation la mieux établie tombe, si l'on ne prend soin de l'augmenter par un nouveau mérite.*

L'auteur mécontent ne se nomme point, et ne nomme pas son concurrent. Les deux discours sont médiocres. La question n'y est qu'effleurée. On traita favorablement l'auteur couronné ; mais la faveur aurait pris un caractère d'injustice, si la couronne eût été donnée à celui qui eût le courage d'en appeler au public, en mettant les deux discours en regard.

Relativement au concours de 1701, M. Méjà a trouvé dans le Mercure-Galant du mois de mai 1702, une élégie qui avait remporté le souci.

Depuis notre réunion, en 1806, le recueil académique a été régulièrement imprimé tous les ans, excepté la présente année (1814), où Toulouse, devenant un des théâtres de la guerre, le concours académique a été suspendu, et la distribution des prix renvoyée à l'année prochaine.

ARTICLE QUATRIÈME.

Du dispensateur,

C'est le nom qne les lettres-patentes de 1694 donnent au trésorier de l'Académie.

L'édit de 1773 ayant supprimé les trois économes, le dispensateur reçoit l'entière dotation de l'Académie, et en fait l'emploi sur les mandats du secrétaire perpétuel. Ils ont chacun une clef du coffre à deux serrures. Les fonctions du dispensateur ne durent qu'un an. Son année expirée, il rend ses comptes; et il ne peut être réélu que pour l'année suivante.

ARTICLE CINQUIÈME.

Du secrétaire perpétuel.

Les statuts de 1694 l'appellent *secrétaire des Jeux*. L'article 28 dit qu'il sera à vie ; qu'il sera nommé par scrutin à la pluralité des voix ; qu'il ne pourra être pris que parmi les mainteneurs.

L'édit de 1773 ajoute qu'il ne pourra donner sa démission, ni demander un adjoint, que dans une assemblée générale dont la cause sera indiquée sur les billets de convocation. Son concours est nécessaire, pour tout ce qui regarde le recouvrement des finances, et les dépenses ordinaires et extraordinaires de l'Académie.

Depuis que l'office de chancelier a été supprimé, le secrétaire perpétuel a la garde des sceaux. Il signe tout ce qui s'expédie au nom de l'Académie; il scelle les expéditions du grand sceau, et en cire verte, comme le pratiquaient les chanceliers , même dans l'ancien temps.

Il est chargé de la correpondance. Il lui est recommandé de l'entretenir avec les autres Académies, avec les journalistes et les auteurs ; afin de suivre les progrès des connaissances de l'esprit humain. *Il n'oubliera point*, ajoute l'article 9 du titre trois, *qu'un secrétaire attentif est l'ame d'une Académie, et qu'il peut contribuer, plus que personne, à lui procurer tout le lustre dont elle est susceptible.*

Le secrétaire perpétuel est membre de toutes les commissions; c'est lui qui convoque les assemblées extraordinaires de l'Académie, et les assemblées générales, après s'être concerté, à ce sujet, avec le modérateur. Il doit faire désigner , de bonne heure, les mainteneurs ou les maîtres qui doivent prononcer la semonce et l'éloge de Clémence Isaure. Si l'un ou l'autre manquaient, ce serait au secrétaire perpétuel , et à son défaut, au secrétaire des assemblées, de le remplacer; l'Académie devant toujours avoir un orateur dans ces deux séances solennelles. Il doit faire renouveller, tous les ans, le tableau de tous ceux qui composent le corps des Jeux Floraux.

Le secrétaire perpétuel a encore d'autres fonctions relatives au concours. Je les ferai connaître au chapitre suivant.

M. Lafaille fut le premier secrétaire perpétuel de l'Académie. Il n'y a rien dans nos registres, qui indique de quelle manière il en remplissait les fonctions. À sa mort en 1711 , la plume académique, confiée à M. le chevalier de Catellan, ne fut pas oisive entre ses mains. On voit, dans ce qui nous reste de lui, l'empreinte d'un esprit sage, d'un homme de goût, d'un homme instruit, qui faisait ses délices de l'étude et de la culture des lettres.

Quand l'âge et les infirmités lui rendirent trop pénibles les fonctions de secrétaire perpétuel , il pria l'Académie de recevoir sa démission. Elle se refusa à cette demande, et le pria de conserver son titre, en lui donnant pour adjoint - survivancier M. le chevalier d'Aliez, qui marcha sur ses traces, et remplit pendant vingt-cinq ans, avec un zèle soutenu, les deux offices de secrétaire perpétuel et de secrétaire des assemblées.

Au déclin de ses jours, l'Académie pénétrée des mêmes sentimens qu'elle avait témoignés à son prédécesseur, obtint de lui qu'il conservât son titre, et lui donna aussi un adjoint qui le soulageât dans ses fonctions.

M. Delpy, qui fut cet adjoint, et qui lui succéda en 1759, a vécu jusqu'en 1792 ; mais depuis plus de vingt ans il s'était retiré à la campagne, et les fonctions de son office avaient été confiées successivement à M. le marquis de Belesta, à M. l'abbé d'Aufrery et à M. Castilhon.

Quand nous nous réunîmes en 1806, après quinze ans de dispersion, M. Delpy étant mort, ainsi que M. Castilhon, destiné à lui succéder, l'Académie me confia l'office de secrétaire perpétuel. Je l'acceptai, en attendant qu'elle pût faire un autre choix, ignorant si mon âge et ma santé me permettraient de prolonger mon séjour à Toulouse.

Un de mes premiers soins fut de renouer nos anciennes correspondances, et d'en former de nouvelles. Ces relations se sont étendues autant qu'il le faut, sans que mes prévenances aient jamais compromis la dignité de l'Académie. J'ai recueilli avec soin les pièces de cette correspondance, que je dépose tous les ans à la bibliothèque, après en avoir fait la matière d'un rapport. Ces rapports ajoutent toujours à nos motifs d'émulation, par la comparaison de nos travaux avec ceux des autres sociétés littéraires.

J'ai fait également tous les ans un autre rapport ,

dans la séance publique du 3 mai, pour faire connaître aux personnes éclairées qui nous honorent de leur présence, les pièces de vers et de prose qui ont été distinguées dans le concours, en rappelant, sur chaque genre d'ouvrage, le principes moraux et littéraires que l'Académie professe, et qui sont la base de ses jugemens.

Tous les ans, le recueil académique a été publié, à l'issue de la séance du 3 mai, et ensuite a été répandu à Paris et dans les provinces, autant qu'il est nécessaire pour entretenir l'émulation des jeunes écrivains que les concours littéraires intéressent.

L'Académie m'ayant chargé de poursuivre le rétablissement de sa dotation, je suis parvenu, par degrés, à obtenir la même valeur qui fut fixée par Louis XIV, lorsque le marc d'argent n'était qu'à vingt-six francs. Le conseil municipal et M. Desmousseaux, Préfet de la Haute-Garonne, s'y portèrent d'autant plus volontiers, que cette dotation n'est pas une libéralité de la ville, mais l'acquit d'une dette, ou pour mieux dire, l'acquit d'une partie de ce qui nous est dû, sur ce qui reste des biens de la fondation de Clémence Isaure. Le ministre, conseiller d'état, qui autorisa cet article du budjet, nous trouva modérés dans nos demandes, surtout lorsqu'il sut que là somme qui nous est adjugée suffit à peine à nos dépenses indispensables, et que nous pourvoyons à la dépense des jetons, sans toucher à la faible dotation qui est portée sur le budjet de la Ville.

En me chargeant de la plume académique, j'ai regardé comme un de mes premiers devoirs, d'étudier l'histoire des *Jeux Floraux*, que personne encore n'avait bien connue. C'est en me rendant compte de cette étude, que j'ai rédigé ce mémoire, sans autre prétention que de recueillir des matériaux qu'un autre

pourra, quelque jour, mettre en ordre plus heureusement.

Je l'avais terminé, lorsqu'à la fin de 1812., j'effec-
tuai ma retraite que je méditais et que j'avais préparée
depuis long-temps. Etabli loin de Toulouse, dans le
le lieu de ma naissance, au département de l'Hérault,
ayant dépassé mon quatorzième lustre, et prévoyant
que je ne retournerais plus à Toulouse, ou que je n'y
ferais que de courtes visites, j'envoyai ma démission,
en priant l'Académie de me donner un successeur. Le
modérateur, à qui j'adressai ma lettre, me répondit,
de la part de l'Académie, qu'elle ne voulait pas renoncer à me revoir dans ses séances, moins encore aux
services que je pouvais lui rendre : que pour me laisser
toute liberté de prolonger mon séjour à la campagne, elle
m'avait donné pour adjoint survivancier M. d'Ayguesvives, sécrétaire des assemblées, qui me remplaçait
ordinairement, pendant mes absences momentanées.
C'était de tous les choix celui qui pouvait m'être le
plus agréable. Nous nous sommes partagé les fonctions du secrétariat ; partage bien inégal, puisque je
n'ai pu me charger que de la correspondance extérieure
que j'entretiendrai avec soin, par goût et par habitude,
autant que par devoir, tant que mes forces pourront
me le permettre.

CHAPITRE SECOND.

CORPS DES JEUX FLORAUX.

C'est ainsi que s'appelle la réunion des mainteneurs
et des maîtres, dans les assemblées publiques et particulières, qui sont relatives au concours.

OBSERVATIONS PRÉLIMINAIRES

Sur le concours.

I.° Les lettres-patentes qui établissaient la nouvelle Académie, avaient prévu que le concours ne pouvait être ni ouvert, ni annoncé assez tôt, pour que la fête des fleurs fût célébrée le 3 mai 1695. Ce jour-là on se borna, après l'éloge de Clémence Isaure, à publier la constitution de la nouvelle Académie, et le programme pour le concours de 1696, dans lequel on proposa, pour sujet du discours, *le bon usage de la parole*.

Ce premier concours dut être très-nombreux, si nous en jugeons par la quantité des pièces imprimées ; six odes, six poëmes, cinq discours, cinq élégies, trois églogues, une idylle ; et dans l'avertissement, on prie ceux dont les ouvrages ne se trouvent pas dans ce recueil, (de 1696) de considérer que, s'il avait fallu ne mécontenter personne, un gros volume n'aurait pas suffi. Il n'y avait encore que trois prix de poësie, *l'amaranthe, la violette et le souci*. L'églantine qui était le prix du discours, ne valait alors que deux cent cinquante francs. M. Soubeiran-de-Scopon, en porta dans la suite, la valeur à quatre cent cinquante francs, et M. de Malepeire fonda le lis, quatrième prix de poësie. Ces fleurs d'or et d'argent attirèrent l'attention de tous ceux qui entraient dans la carrière littéraire, avec l'espérance de s'y distinguer, et de ceux-là même qui s'y étaient déjà fait un nom. La première amaranthe fut remportée par Mlle. Bernard, dont les œuvres poëtiques se confondirent souvent avec celles de Fontenelle. M. l'abbé Abeille, M. l'abbé Asselin, le poëte Roi, Lamonnoie, le président Hénaut, obtinrent de pareils succès, dans divers genres, et cédèrent quelquefois la palme, à Madame la baronne d'Encosse, à

Madame la présidente Druillet, au père Cléric, jésuite,
au père Lamic, doctrinaire, et à Mademoiselle de
Catellan. Le plus redoutable de ces premières athlètes,
celui qui, dans tous les genres, obtint des succès plus
nombreux, est Lamothe-Houdard, que les odes de
Rousseau auraient dû écarter à jamais des sentiers de
la poësie lyrique, et qui cependant sans verve, et sans
génie, avec du travail, de l'esprit et de la raison, fut
proclamé dans toute la France, créateur d'un genre
nouveau, et réussit à faire regarder, comme de véritables odes, une collection de stances morales qui n'avaient
aucun mérite poëtique. Cependant, et je dois le dire à
l'honneur de nos premiers académiciens, ils ne partagèrent ni les erreurs, ni les prétentions de la secte
anti-poëtique, qui conjurait follement contre la docte
antiquité. L'ode de Lamothe, qui a pour titre *l'Emu-
lation*, et qui commence par ces vers :

> Dépouillons ces respects serviles,
> Que l'on rend aux siècles passés ;
> Les Homères et les Virgiles
> Peuvent encore être effacés. (1)

Cette ode qui eut tant de partisans, et que la Harpe
a honorée d'une critique de quatorze pages, fut inutilement présentée à l'Académie. Le jugement qu'elle en
porta prouve à la fois et la bonté et la fermeté des
principes littéraires que les académiciens d'alors profes-
saient hautement, et qui nous ont été transmis dans
toute leur force et leur pureté.

Ici, je ne puis m'empêcher, (puisque l'occasion
s'en présente) de repousser une calomnie absurde,
déjà bien ancienne, que j'ai entendu répéter quelque
fois, et qui se retrouve, dit-on, dans les plaintes et les

____

(1) *Effacés* est bien fort, dit Laharpe.

doléances de tous les auteurs à qui nos jugemens n'ont pas été favorables.

Dans le concours de 1704, où Lamothe fut couronné deux fois, était une ode intitulée *la Fortune*, ode très-médiocre, et qui commence comme celle de Rousseau, par un reproche aux hommes, d'honorer les autels de cette trompeuse idole.

> «Fortune , ta perfidie ,
> »Devrait guérir la folie
> »Qui t'asservit les mortels :
> »Mais une espérance vaine,
> »Séduit toujours , ét ramène,
> »Ton esclave à tes autels. »

Il n'en fallut pas davantage, pour faire supposer, vingt-ans après, que l'Académie avait dédaigné, dans ses concours, l'ode à la fortune de J. B. Rousseau, et avait accueilli à la place, les stances sèches et raboteuses de Lamothe-Houdard.

Il eût été moins injuste de lui reprocher son extrême facilité à couronner des ouvrages faibles de style, de poësie et d'invention ; quoiqu'on puisse l'en justifier, en considérant que, savoir faire des vers était alors un mérite assez rare, qu'il était bon d'encourager, et qui peut-être a trop perdu de son prix, depuis qu'il est devenu si commun.

Malgré cette observation, je conviendrai sans peine, que nos pères furent souvent trop indulgens. Je n'ouvre jamais nos premiers recueils, sans que ma pensée soit assiégée par ces vers d'Horace :

> *At nostri proavi plautinos et numeros et*
> *Laudavere sales nimium patienter , etc.*

Mais jamais on n'a pu leur imputer d'avoir méconnu le mérite d'un ouvrage distingué. Si ce malheur était arrivé, ils se seraient dénoncés eux-mêmes , puisqu'ils

faisaient imprimer toutes les pièces qui n'avaient pas
été mises au rebut par les bureaux particuliers; et quelle
apparence que ces bureaux travaillant séparément, se
fussent mépris sur le mérite d'un ode si brillante, dont
les traits saillans feraient impression sur tout homme
même dénué de culture, pourvu qu'il eût de l'intelligence, le sens droit et l'oreille sensible.

Or les académiciens de cette époque, pleins de zèle
pour la gloire de leur antique institution, réunissaient
à un goût sûr, à un jugement sain, des connaissances
très-étendues dans la littérature ancienne et moderne.

La calomnie qui leur impute d'avoir mis au rebut
l'ode à la Fortune, est d'une absurdité évidente. Mais
dans ce genre, rien ne doit étonner de la part d'un
auteur mécontent. Il est si consolant pour l'amour propre mortifié, d'associer ses ressentimens aux mécomptes
prétendus d'un grand poëte !

Après les littérateurs dont j'ai parlé, et pendant que
madame de Montégut et le père Lombard cueillaient,
dans chaque concours, quelques fleurs de Clémence
Isaure, nos pères virent arriver successivement, Favard,
l'abbé Poule, et Marmontel, qui deux fois vainqueur
par les suffrages de l'Académie française, et après le
succès brillant de ses deux premières tragédies, revint
dans cette enceinte, où son nom était honorablement
inscrit, disputer et conquérir l'amaranthe qui manquait à ses triomphes, pour pouvoir se placer parmi
les maîtres de nos jeux.

Une nouvelle génération y amèna Ceruti, qui était
encore jésuite, Laharpe et Barthe déjà connu par la
charmante pièce des Fausses Infidélités. Ils trouvèrent,
parmi leurs concurrens, le chevalier de Laurés, le
chevalier de la Tremblaie, madame Verdier-Allut, et
notre Reganhac, qui se serait placé immédiatement
après Rousseau, parmi les poëtes lyriques, si plus ambitieux et moins sage, il eût voulu sacrifier à l'amour

de la gloire, le bonheur qu'il trouva dans les occupations de la vie champêtre. Dans les années suivantes,
le temple d'Isaure retentit souvent, le jour de la fête
des fleurs, des noms de Champfort, de madame de
Beaufort-d'Hautpoul, et de M. Treneuil.

Cette émulation des poëtes de la capitale se renou-
vella, lorsqu'on sut que nous avions repris nos fonctions.
Nos derniers concours ont attiré l'attention de M.
Millevoye, de M. d'Avrigni, de M. Chenedollé, de M.
Soumet, de M. Victorin Fabre et de M. Mollevaut.

On a vu que les règlement du gai consistoire n'ex-
cluaient pas les femmes de cette lice ; mais il fallait,
dit le vieux registre, que celle qui s'y présentait, fût
par ses mœurs, son esprit et ses connaissances, à l'abri
de tout soupçon de s'être fait aider dans la composition
de son ouvrage. Nous sommes plus confians, quoique
nous n'ayons pas toujours été à l'abri des fraudes que
nos dévanciers avaient prévues ; nous y avons remédié,
quand elles ont été découvertes ; nous en avons gémi,
lorsqu'il nous a été impossible de les manifester ; et en
général, nous sommes bien dédommagés des surprises
qu'on a pu nous faire, par les talens véritables et bien
reconnus, de plusieurs femmes qui ont succédé dans
nos concours à Mlle Bernard, à Mme d'Encausse, à Mme
Druillet, à Mlle de Catellan, et à Mme de Montégut.

II.° Le concours des Jeux Floraux s'ouvre par la
semonce qui est prononcée dans une assemblée publique. Les ouvrages des concurrens sont ensuite reçus au
secrétariat, soumis à un premier examen dans trois
bureaux particuliers ; et jugés enfin, par le bureau
général. Ce jugement est suivi de deux séances publiques.
Je vais parler en détail de tous ces objets, après quoi
je ferai connaitre les conditions du concours, et comment on peut devenir maître des Jeux Floraux.

Article premier.

Assemblée publique de la semonce.

L'Académie proprement dite fait sa rentrée le premier vendredi de janvier. Elle convoque pour le second dimanche du même mois, le corps des Jeux Floraux qui tient une séance publique, annoncée par des affiches. C'est la séance de la *Semonce.*

Lorsque les Jeux Floraux ne consistaient qu'en une simple fête, dans laquelle les poëtes venaient eux-mêmes réciter leurs vers, la semonce ne se faisait que le premier jour d'avril. Mais le concours établi par les lettres-patentes, exigeant plus de temps, pour recevoir et juger les ouvrages, la semonce qui est à proprement parler l'ouverture du concours, a dû être faite au mois de janvier. *Les maîtres des Jeux Floraux,* représentant les docteurs en gaie science, à qui le pouvoir était donné d'expliquer et d'enseigner LES LOIX D'AMORS, sont admis à faire la semonce ; il n'est pas inutile de dire que Voltaire instruit de cette prérogative, envoya à M. Delpy, mon prédécesseur, un morceau sur l'imagination, qu'il inséra depuis, avec quelques retranchemens, dans les questions sur l'Encyclopédie.

J'ai dit plus haut, que le premier objet de cette cérémonie, était de sommer les capitouls de faire les préparatifs de la fête des fleurs ; qu'on y ajouta ensuite des observations littéraires, adressées aux jeunes poëtes qui se présentaient au concours. Par-là ce discours de rentrée était un image des leçons qu'on faisait dans le collége du gai savoir, à ceux qui aspiraient aux grades de bachelier et de docteur.

Pour augmenter l'intérêt et l'utilité de cette séance, les lettres-patentes de 1694, voulurent que le secrétaire des assemblées y lût une résumption des travaux de
l'Académie

l'Académie, faits pendant le cours de l'année précédente.

Je reviendrai sur cet article, en parlant de l'établissement de l'Académie au capitole.

ARTICLE SECOND.

Présentation des ouvrages.

I.º L'Académie admet dans ses concours, les odes,
les poëmes, les épîtres, les élégies, les églogues et les
idyles, en laissant aux auteurs le choix du sujet de ces
sortes d'ouvrages. Le sonnet et l'hymne qu'elle admet
aussi, doivent être en l'honneur de la Vierge. Elle a
un cinquième prix pour une composition oratoire dont
elle donne toujours le sujet.

Le prix de l'ode (*Cansou*) fut d'abord *une violette
d'or fin.* Il eût été à désirer que Louis XIV, voulant
redonner aux Jeux Floraux la splendeur de leur origine,
eût consacré cet antique souvenir. J'ignore pourquoi
la préférence fut donnée à une amaranthe d'or, et
pourquoi l'édit de 1773 négligea de rétablir la violette
dans tous ses honneurs. Il faut espérer que l'Académie
prendra quelque jour cet objet en considération, et que
la violette que nos devanciers appelaient *la fleur souveraine*, remontera sur son trône. La violette étant une
petite fleur, pourrait, si elle était d'or, n'avoir que sa
grandeur naturelle, au lieu qu'elle est colossale, ayant
à représenter en argent une valeur de 250 fr.

L'amaranthe d'or vaut quatre cents francs.

La violette qui, comme je l'ai dit ailleurs, avait
dégénéré, et n'était que d'argent, avant la fin du quatorzième siècle, a été laissée dans ce rang subordonné.
Elle est encore d'argent. Les lettres-patentes la destinèrent à être le prix d'un poëme d'environ cent vers
alexandrins, à rimes plates, et dont le sujet fût héroïque. La plupart des auteurs ne présentant au lieu

K

de poëmes, que des histoires rimées, l'Académie, pour l'intérêt des auteurs et pour les progrès de l'art, crut devoir admettre, en concours avec le poëme, l'épître morale ou philosophique, avec toute liberté aux auteurs d'y employer le rithme qui leur conviendrait le mieux. L'héroïde, qui en était d'abord exclue, y fut admise ensuite.

Depuis cette extension donnée au concours, il y arrive beaucoup plus d'épîtres que de poëmes ; mais ce dernier genre n'est pas négligé ; il paraît même que ceux qui le cultivent, s'appliquent avec plus de soin qu'auparavant à remplir les vues de l'Académie.

Le troisième prix est un souci d'argent qui vaut deux cents francs. Les lettres-patentes le destinèrent ou à une élégie, ou à une églogue ou à une idylle. Il y est dit que les vers doivent être réguliers, aller deux-à-deux masculins et féminins. L'Académie s'est relâchée sur cette régularité. L'auteur, suivant ses insipirations, peut varier, comme pour les épîtres, la mesure et l'arrangement de ses vers.

Le quatrième prix a été fondé depuis l'érection de l'Académie. Il eut pour cause la dévotion du fondateur à la Vierge, et son goût particulier pour un genre de poësie qui n'était pas encore décrié. En respectant ce double motif, l'Académie destine toujours un lis d'argent, qui vaut soixante francs, à un sonnet en l'honneur de la Vierge ; mais elle laisse la liberté aux auteurs, de substituer un hymne au sonnet, et c'est le parti qu'ils prennent presque tous.

L'églantine était un prix de poësie. Les lettres-patentes de 1694 la destinèrent à une pièce en prose, *pour exciter*, y est-il dit, *dans les Jeux Floraux, l'étude de l'éloquence qui y a été négligée faute de prix.* Cette fleur était d'argent, et ne valait, comme la violette, que deux cent cinquante francs. M. Soubeiran-de-Scopon, un des mainteneurs, donna une rente perpétuelle de deux cents francs qui lui était due par la ville de Toulouse, pour augmenter la valeur de l'églantine. En acceptant cette fondation, l'Académie délibéra que l'églantine serait d'or; et pour lui donner aussi plus d'éclat, dans un ordre supérieur, il fut arrêté que celui qui l'aurait remportée trois fois, pourrait obtenir des lettres *de maître ès Jeux Floraux*, honneur qui n'avait encore été destiné qu'aux poëtes. Les lettres-patentes qui sanctionnèrent cette fondation sont de l'année 1745.

II.° Jusqu'au 15 février inclusivement, tous les ouvrages qu'on peut classer dans un des genres que je viens d'indiquer, sont reçus au secrétariat de l'Académie. Il en faut remettre trois exemplaires au secrétaire perpétuel, qui les enregistre et en fournit *un récépissé*. Le nom de l'auteur ne doit être écrit ni en évidence, ni dans un billet; on doit seulement désigner l'ouvrage par une devise. Le titre de l'ouvrage et le nom de celui qui l'a présenté, sont écrits dans le registre du secrétaire perpétuel et sur le *récépissé* qu'il fournit. Il ne reçoit aucun ouvrage s'il ne lui est remis par un habitant de Toulouse. Ceux qui lui viendraient par la poste, ou qu'on laisserait à sa porte, resteraient au rebut.

Cette disposition des statuts ne doit pas embarrasser les auteurs qui n'ont aucune connaissance à Toulouse. Tous nos fonctionnaires publics, sans en excepter les plus éminens, se font un plaisir de remettre au secrétariat de l'Académie les paquets qui leur sont adressés par leurs collégues des autres villes.

Tout ouvrage qui blesserait les mœurs, la religion ou le gouvernement; qui ne serait qu'une traduction ou une imitation; qui contiendrait quelque chose de satirique; qui serait écrit en style marotique ou familier; qui aurait été présenté, soit aux Jeux Floraux, soit à d'autres sociétés littéraires, serait exclu du concours. On en exclurait également tout ouvrage déjà publié; et si la publication en était faite après l'adjudication, mais avant la distribution des prix, la fleur, quoique adjugée, ne serait pas délivrée. On ne la délivrerait pas non plus à celui qui la réclamerait sous un nom supposé.

On ne peut remporter que trois fois la même fleur.

Ces conditions du concours sont détaillées dans le programme que l'Académie publie tous les ans, à l'issue de sa séance publique du 3 mai.

ARTICLE TROISIÈME

Bureaux particuliers.

I.° Après le 15 février, le modérateur de l'Académie nomme deux commissaires qui vont vérifier et clorre le registre du secrétaire perpétuel. Leur procès-verbal constate le nombre des ouvrages de chaque genre qu'il a reçus et qu'il a mis en liasses, en écrivant, sur chaque pièce, la même lettre numérale qui la désigne dans son registre. Ces liasses, qui sont triples, sont serrées dans trois cassettes.

Dans la même séance, où les commissaires sont nommés, on forme les bureaux particuliers. Le modérateur demande à chacun, suivant l'ordre d'ancienneté, s'il veut tenir un de ces bureaux chez lui. Le premier qui accepte cette offre est président du premier bureau; celui qui accepte ensuite est président du second bureau, et celui qui accepte après lui, est président du troisième.

Pour former ces trois bureaux, on procède par ordre d'ancienneté. Le doyen de l'Académie appartient au premier bureau; le sous-doyen au second; celui qui vient immédiatement après appartient au troisième.

En recommençant suivant cet ordre, celui qui par son ancienneté a la quatrième place, est du premier bureau, etc.

Avant de procéder ainsi, on écarte du tableau les mainteneurs absens de Toulouse, et ceux que leurs infirmités empêchent d'être assidus. On en fait deux classes à part, et on les distribue, suivant leur ancienneté dans les trois bureaux, pour qu'à tout événement, chacun d'eux pût aller prendre sa place. On suit le même ordre pour les *maîtres des Jeux Floraux*. Cette distribution n'empêche pas les mainteneurs et les maîtres de s'arranger entr'eux, pour se placer dans un autre bureau, lorsque ce téchange leur convient ; pourvu que cela se fasse tout de suite, avant que les listes soient écrites dans le registre.

Quand le tableau est définitivement arrêté, le secrétaire perpétuel en envoie une copie à chaque président, avec la cassette de son bureau. Chaque cassette a deux serrures, une des deux cléfs est envoyée au président, l'autre au plus ancien mainteneur de chaque bureau.

II°. Chaque président assemble son bureau chez lui. On dresse un procès-verbal, où d'abord sont inscrits les noms des mainteneurs et des maîtres, présens à la séance : le moins ancien tient la plume. Ce procès-verbal porte pour titre : *avis* d'un tel bureau, sur les ouvrages du concours.

On tire au sort le genre de poësie, par lequel on commencera. A l'ouverture de chaque liasse, le président distribue les pièces ; on les lit par ordre, en commençant par la lettre A, et l'on opine sur chaque pièce. On forme trois classes des ouvrages qu'on a ainsi examinés, ceux qui ont de grandes beautés et peu de défauts appartiennent à la première classe ; on met à la seconde, ceux qui ont et des beautés et des défauts ; à la troisième, ceux qui sont absolument médiocres. Il faut les deux tiers des suffrages, pour mettre un ouvrage à la première classe; il suffit de la pluralité pour le mettre à la seconde; en cas de partage, on suit l'avis le plus rigoureux. Chaque avis du bureau est écrit à proportion qu'il est arrêté; le travail de chaque séance est clos et signé par les deux plus anciens juges, et par le président du bureau.

Avant la fin de la première séance, le président nomme des rapporteurs pour les discours qu'on n'examine qu'après les ouvrages de poësie. Chaque bureau multiplie ou restreint, à son gré, le nombre de ses séances.

ARTICLE QUATRIÈME.

Bureau général.

I.º Quand tous ces examens sont faits, les trois bureaux se réunissent en un seul, appelé bureau général.

Pour en être membre, il faut avoir assisté aux deux tiers des séances de son bureau particulier. Après la vérification des procès-verbaux, pour constater cette présence, on tire au sort un président et un vice-président du bureau général. Le sort peut tomber sur les maîtres ainsi que sur les mainteneurs. La première opération du bureau général est de connaître les avis des bureaux particuliers sur la classification des ouvrages. Ceux qui ont été mis à la seconde classe, par l'avis de deux bureaux particuliers, sont retenus au bureau général; à plus forte raison ceux que deux bureaux ont placés à la première classe. Tout le reste est mis au rebut.

Si un ouvrage avait été mis à la première classe, par les trois bureaux; sans autre examen, le prix lui serait adjugé. S'il y en avait plusieurs du même genre, mis ainsi à la première classe, par les trois bureaux, tous étant censés mériter le prix, il y aurait à les comparer, pour connaître celui qui en est le plus digne. Au demeurant, il est très-rare de trouver, dans les concours, des ouvrages qui enlèvent ainsi les suffrages, et que les trois bureaux portent à la première classe.

Le bureau général n'a ordinairement à s'occuper que de ceux qui ont été mis à la seconde, par deux ou par les trois bureaux. Là on examine s'ils doivent rester à cette classe, ou monter à la première.

II°. On commence ces examens par la poësie ; l'ordre dans lequel chaque genre sera examiné est au choix du président.

Le président nomme un rapporteur et un vérificateur pour chaque ouvrage, et en remet un exemplaire à chacun d'eux. Le rapporteur lit d'abord l'ouvrage en entier ; ensuite le vérificateur en lit la première moitié, sur laquelle on opine à haute voix. On opine de même après la lecture de la seconde moitié. Quand tout le monde a été ainsi entendu, on donne son avis, par la voie du scrutin secret, pour savoir si l'ouvrage doit rester à la seconde classe, ou s'il doit monter à la première. Tout ouvrage qui dans ce scrutin n'obtient pas les deux tiers des suffrages, reste à la seconde classe, et ne concourt pas pour le prix. Pour monter à la première, il faut les deux tiers des suffrages bien entiers. Si, par exemple, il y avait dix-sept opinans, et qu'il se trouvât dans le scrutin onze boules blanches et six noires, l'ouvrage resterait à la seconde classe, attendu que le nombre onze ne forme pas tout-à-fait les deux tiers de dix-sept ; et l'édit de 1773, porte qu'on ne doit avoir aucun égard aux fractions qui se rencontrent dans les nombres impairs.

Cette rigueur n'est pas sans inconvénient, et l'on a souvent mis en question, s'il ne faudrait pas, comme dans tous les autres corps littéraires, exiger seulement la pluralité des suffrages. Chaque fois on a trouvé qu'il y aurait plns d'inconvénient encore à se relâcher de cette rigueur ; attendu qu'on n'est que trop porté à l'indulgence dans ces sortes d'examens.

III.º J'ai déja dit que, lorsqu'un ouvrage a été mis à la première classe par les trois bureaux particuliers, s'il y est seul de son genre, le prix lui est acquis, et que s'il y en a plusieurs, on les compare entr'eux, pour savoir quel est le meilleur. Il en est de même des ouvrages montés à la première classe, par l'avis du bureau général. Voici comment se fait cette comparaison.

On nomme autant de rapporteurs qu'il y a d'ouvrages en concours, et c'est à la pluralité des voix et par le scrutin secret que se fait cette nomination. La distribution de ces ouvrages, entre les rapporteurs, se tire au sort. On compare ensemble les deux qui sont sortis les premiers. Lorsqu'ils ont été lus, et que les deux rapporteurs ont été entendus, chacun est invité, à communiquer aussi ses observations. Après ce débat, on opine par la voie du scrutin secret, et la préférence se décide par la pluralité des suffrages. S'il n'y a que deux ouvrages du même genre, celui qui a été ainsi préféré a le prix. S'il y en a un plus grand nombre, l'ouvrage préféré est comparé à celui qui vient ensuite, on procède de même jusqu'au dernier, et le prix appartient à celui qni a vaincu ou tous les autres, ou le vainqueur qu'on lui avait opposé.

IV.º Les prix réservés ne sont pas acquis de droit aux ouvrages qui étant montés à la première classe, n'ont pas obtenu la préférence ; mais l'Académie peut les accorder, et dans le fait, elle les accorde presque toujours.

D'après l'édit de 1773, on ne pourrait donner, pour cela, qu'un prix inférieur, d'où il suivrait que l'amaranthe et l'églantine réservées, ne pourraient jamais être adjugées. Les délibérations de l'Académie y ont remédié, en se conformant à l'esprit de l'édit, interprété de la manière la plus favorable au concours. En conséquence dans la distribution des prix réservés, elle adjuge à chaque ouvrage, suivant son mérite, ou le prix du genre, ou un prix inférieur.

V.º Nous n'avons parlé jusqu'ici que de la poësie. Quant aux discours, on a l'attention, dans la première séance du bureau général, de nommer pour chaque discours, deux rapporteurs dont le second a le nom de vérificateur. Ils en prennent chacun un exemplaire, pour préparer leurs rapports, qu'on entend, lorsque tous les ouvrages de poësie sont jugés, et l'on procède avec les mêmes précautions. Les procès-verbaux du bureau général sont dressés dans un registre particulier appelé *plumitif*. Ils sont signés à la fin de chaque séance, par le président et par les deux plus anciens juges. Ils portent en tête le nom de tous ceux qui ont été présens. On en transcrit le résultat dans le registre courant.

ARTICLE CINQUIÈME.

Choix du sujet de prose, pour le concours suivant.

C'est l'Académie, non le corps des Jeux Floraux, qui fait ce choix. A cet effet on nomme au scrutin trois mainteneurs, qui, au bout de huit jours, font séparément leurs propositions, dans une assemblée convoquée exprès. Chaque académicien peut proposer aussi les sujets qu'il croit pouvoir convenir. L'Académie choisit à la pluralité des voix.

On a soin de varier ces sujets et de proposer tantôt un éloge, tantôt une question sur un point de morale ou de littérature.

ARTICLE SIXIÈME.

Séance publique du premier mai.

Une commission, composée du président du bureau général, des deux censeurs et des deux secrétaires, choisit, dans chaque genre, parmi les pièces qui n'ont pas remporté le prix, celles qui doivent être lues dans la séance publique du premier mai. Avant l'édit de 1773, on consacrait à ces lectures publiques, trois séances; le premier mai, on s'assemblait matin et et soir, et ensuite dans la matinée du trois mai. L'intérêt du concours a exigé que ces assemblées publiques fussent réduites à une seule, qui a tojours lieu dans la matinée du premier mai.

ARTICLE SEPTIÈME.

Distribution des prix.

C'est la plus solennelle de nos séances publiques ; c'est celle qu'on appelle *la fête des fleurs*, et toute la ville prend part à cette solennité, qui est toujours célébrée le trois mai. Le signal en est donné, dès le matin, par l'exposition des fleurs d'or et d'argent, sur le maître-autel de l'église paroissiale de la Daurade; par la guirlande de roses dont on couronne la statue de Clémence Isaure; par des festons de verdure dont on a soin de parer l'entrée du capitole, et par les jonchées qu'on fait dans la cour et dans l'escalier qui conduisent à la galerie des illustres. A trois heures après-midi, on ouvre au public cette galerie qui précède immédiatement la salle de l'Académie. Par les lettres-patentes de 1694, nos séances publiques devaient se tenir dans la salle appelée *le grand consistoire*, où était la statue de Clémence Isaure. L'édit de 1773 ordonna qu'on les tiendrait dans la salle des illustres ; *rien n'étant plus propre*, y est-il dit, *pour élever l'ame, que l'image de ces génies rares qui ont mérité un rang parmi les hommes illustres de la patrie.* La statue de Clémence Isaure n'y pouvant pas être placée assez dignement, sans nuire aux décorations de cette galerie, a été retenue dans la salle de nos assemblées particulières.

A l'heure indiquée, le corps des Jeux Floraux sort de la salle académique au bruit des fanfares, ayant à sa tête le modérateur, précédé du bedeau de l'Académie. Le modérateur se place à l'extrémité d'une table en fer à cheval, ayant à sa droite le sous-modérateur, et le secrétaire perpétuel à sa gauche. Les autres membres du corps des Jeux Floraux, mainteneurs et maîtres, se rangent indistinctement des deux côtés. L'imprimeur de l'Académie a un siége à l'extrémité du fer à cheval. Le bedeau se tient debout, assez près du modérateur, pour être à portée de recevoir ses ordres.

Avant la révolution, les trois capitouls-bailes, en robe consulaire, se plaçaient en face du président, sur des fateuils académiques, à l'entrée du fer à cheval, sans table devant eux.

II.º La séance s'ouvre par l'éloge de Clémence Isaure, qui est prononcée par un mainteneur ou par un maître. Pour ne pas rouler sur les mêmes idées, les orateurs ont soin de traiter un sujet littéraire ou philosophique, dans lequel se place naturellement le tribut de louanges et de reconnaissance qui est dû aux vues supérieures et aux services signalés de cette illustre toulousaine.

Cet éloge public de Clémence Isaure a été prononcé régulièrement tous les ans le 3 mai, depuis 1527. Dans les premiers temps qui suivirent sa mort, on le faisait en latin. Depuis l'érection des Jeux Floraux en Académie, on le prononça en français ; mais pour conserver le souvenir de l'usage antérieur, cet éloge, jusqu'en

1773, était toujours précédé. de quelque vers latins ; ou de quelques périodes de prose latine (1).

III.º Après l'éloge *de Clémence Isaure*, les commissaires des Jeux Floraux, mainteneurs et maîtres, ayant une escorte militaire, précédés du bedeau de l'Académie et d'un corps de musique, vont chercher les fleurs déposées sur le maître-autel de l'église de la Daurade.

Avant la révolution, les trois capitouls-bailes les y accompagnaient, et se faisant précéder aussi d'un bedeau ; ils marchaient côte-à-côte avec les trois commissaires des Jeux Floraux; mais ceux-ci avaient la droite, qu'ils conservaient au pied de l'autel, où le plus ancien des mainteneurs recevait les fleurs des mains du prêtre qui faisait la cérémonie. Actuellement, nos

---

(1) Avant que l'Académie eût délibéré d'insérer ces éloges dans son recueil, Campistron, sortant des routes communes, avait chanté en beaux vers les louanges de Clémence Isaure. Trois ans après sa mort, en 1726 , M. de Galhac, son neveu, s'autorisa de cet exemple, pour faire également en vers, l'éloge de la restauratrice des Jeux Floraux.

En 1751 , l'éloge de Clémence Isaure fut aussi fait en vers et d'une manière très-brillante. M. Lefranc , de Pompignan, le composa d'une ode , d'un poëme, d'une églogue, d'une élégie ; le tout précédé d'un prologue en vers latins, qui est une petite idylle.

En 1747 , M. l'abbé Prades, curé de Montaigut , près de Toulouse , renferma l'éloge de Clémence Isaure dans deux poëmes lyriques, l'un latin, l'autre français.

En 1750 , le père Lombard , jésuite , maître des Jeux Floraux fit l'éloge de Clémence Isaure en prose , et le termina par une résumption en vers.

En 1752 , M. Castilhon ayant traité la question , toujours intéressante de l'influence réciproque des arts et des mœurs, termina son discours par une ode, où l'éloge de Clémence Isaure fut amené très-naturellement.

En 1755 , M. de Montégut consacra trois odes à l'éloge de Clémence Isaure , et acquitta ainsi le tribut de louanges que l'Académie des Jeux Floraux lui paye tous les ans.

En 1757 , M. le président d'Orbessan , prit pour la partie latine de son discours , un hymne qui paraît avoir été fait peu de temps après la translation de la statue de Clémence Isaure. Il y ajouta une imitation en vers français de cet hymne précieux.

Depuis cette époque, déjà bien ancienne , l'éloge de Clémence Isaure n'avait été fait qu'en prose , même par M. de Regagnac. M. Carré , rompit cette monotonie : en 1812, il chanta l'institution de la *gaie science*, rajeunie et ranimée par la fondation de dame Clémence.

commissaires n'ayant plus l'assistance des capitouls-bailes, sont au nombre de quatre. Ils sont reçus à la porte principale de l'église, par quatre administrateurs de la fabrique.

M. le curé de la Daurade debout devant l'autel, ayant devant lui les commissaires de l'Académie agenouillés sur le marche-pied, leur fait un discours analogue à cette pieuse cérémonie, qui associe à la gloire littéraire les bénédictions religieuses. Au retour, on a l'attention dans cette marche solennelle, où les fleurs sont pompeusement portées, de passer par la rue de *Clémence Isaure.*

IV.º Pendant cette marche des commissaires, et en attendant l'arrivée des fleurs, la séance n'est pas oisive. Le secrétaire perpétuel fait un rapport sur le concours, pour manifester l'opinion de l'Académie, sur les ouvrages de différens genres qui ont mérité quelque distinction. Dans ce compte rendu, les principes de la saine littérature reçoivent leur application. Ils sont suivis d'observations sur les progrès du goût, sur les obstacles qu'il rencontre, sur les moyens d'y remédier. D'autres lectures occupent ensuite l'assemblée, jusqu'à l'arrivée des commissaires, dont la course dure à peu-près trois quarts d'heure. Ils déposent les fleurs sur la table que le modérateur a devant lui.

Le secrétaire perpétuel appelle ensuite les auteurs à qui les fleurs ont été adjugées. Chaque ouvrage couronné est lu par l'auteur, ou par un des mainteneurs ou des maîtres.

Quand la distribution est faite, le secrétaire perpétuel annonce le sujet du discours, pour le concours de l'année suivante, et la séance finit par la distribution du programme (1).

----

(1) Marmontel, qui n'a exagéré cet appareil des triomphes de sa jeunesse, que pour les déprécier à l'âge de quatre-vingts ans, a dit, en parlant des trois fleurs d'argent qu'il remporta en 1745, que lorsqu'il s'avançait, à travers la foule, pour aller les recevoir, *les hommes le*

ARTICLE HUITIÈME.
Maîtres ès Jeux Floraux.

Les maîtres qui représentent les anciens *docteurs en gaie science*, ne pouvant jamais être trop multipliés, le nombre n'en est point fixé. Pour parvenir à ce grade, il faut avoir remporté trois prix de poësie,

---

portaient sur les mains, et les femmes l'embrassaient. Il ne peut y avoir rien de vrai, dans tout cela. Pour s'en convaincre, il suffit de savoir que le grand consistoire de l'hôtel de ville, où se faisait la distribution des prix, était une salle d'audience, semblable à celle de toutes les cours de justice, où sont des *hauts-siéges*, pour les juges, et des *siéges inférieurs* pour les gens du roi. Sur ces siéges inférieurs étaient placés, le chancelier, les mainteneurs, les maîtres, et les capitouls-bailes. Dans le barreau et dans l'intérieur du parquet, étaient les membres des autres Académies, les autres personnes considérables invitées à la fête, et les auteurs qui devaient être couronnés. Les dames étaient sur les deux rangs de *hauts-siéges* formant un amphithéâtre ; le reste de la salle hors du parquet, était pour le public. La foule y était grande ; il devait être difficile de la traverser ; mais il n'y avait point de femmes ; ce n'était pas là non plus, qu'étaient les auteurs qu'on devait couronner.

Marmontel, placé dans le barreau, n'avait qu'à traverser le parquet pour aller recevoir les fleurs qui lui étaient destinées. Pour arriver à l'angle où était placé le chancelier de l'Académie, il n'y avait que quelques pas à faire, et ce trajet entre les rangées des siéges n'était ni pénible ni difficile. *Les hommes ne le portaient donc pas sur les mains ; et les dames n'étaient pas à portée de l'embrasser.*

On conçoit qu'un enfant de six ou sept ans qui, dans son école, a obtenu un grand succès, soit embrassé par sa mère, ses autres parentes, et leurs amies, appelées pour relever son triomphe, et pour partager la joie de sa famille. Mais on ne concevra jamais que, dans une séance publique et solennelle, où tout le monde s'observe avec quelque attention, dans une grande ville, où chacun savait tenir son rang, des femmes appartenant aux premières classes de la société, se jetassent au cou d'un jeune homme de vingt deux ans, pour le féliciter de ses succès littéraires. On le croira moins encore, si l'on considère que ce grand jeune homme était un clerc tonsuré, en soutane et en manteau long, astreint lui-même à des règles de décence et de réserve, qui étaient plus sévères à Toulouse que partout ailleurs, sous la discipline de M. la Roche-Aymond, et sous la surveillance de son promoteur, M. Goutelongue, avec qui Marmontel nous apprend qu'il avait des relations particulières.

Après tout, de quoi était-il question ? de trois prix inférieurs, de trois fleurs d'argent ; et l'on savait que Marmontel avait fait trois tentatives inutiles, pour conquérir l'amaranthe d'or qui est le prix de l'ode. Il avait été témoin de succès plus brillans dans la même lyce. Le père Théodore Lombart, jésuite, reçu maître des jeux floraux en 1742, avait remporté trois fois les quatre fleurs d'or et d'argent, et cependant il n'avait été *ni embrassé, ni porté sur les mains.*

parmi lesquels doit être le prix de l'ode. Celui de l'hymne à la Vierge n'y est point compris. Quand on a remporté trois fois le prix du discours, on est également en droit de demander des lettres de maître.

Lorsqu'un auteur ainsi couronné trois fois, les demande, on convoque une assemblée générale, dont l'objet est indiqué. Si la demande est accueillie et pour cela, il faut les deux tiers des suffrages donnés, par scrutin, les lettres sont expédiées.

Ces lettres, comme celles des mainteneurs, sont scellées du grand sceau, en cire verte, et données au au nom du corps des Jeux Floraux, c'est-à-dire, au nom des mainteneurs et des maîtres.

Les femmes peuvent aussi devenir *maîtres des Jeux Floraux*, aux mêmes conditions et dans la même forme; mais *à cause de la pudeur de leur sexe, elles ne sont point admises dans les assemblées des Jeux, et n'y auront ni rang, ni séance parmi les juges.* Ainsi s'expriment les statuts de 1694. En conséquence, Mlle de Catelan, *maître des Jeux Floraux*, voulant acquitter sa dette académique, composa en 1723, l'éloge de Clémence Isaure; mais elle ne se montra point parmi les académiciens. Loin de se donner ainsi en spectacle, *la pudeur de son sexe* la retint conformément aux statuts, dans la foule des auditeurs; et M. d'Aldéguier, qui se chargea de lire pour elle, crut devoir au sentiment de cette bienséance, de ne pas la nommer; il la désigna seulement par le titre d'adoption qui l'avait placée, dans la famille de Clémence Isaure. Madame de Montégut, placée également sur la liste des *maître ès Jeux Floraux*, ne se montra jamais dans nos séances. Ce fut M. Soubeiran de Scopon qui lut pour elle l'éloge de Mlle de Catelan, prononcé tout de suite après celui de Clémence Isaure, le 3 mai 1743.

La philosophie du dix-huitième siècle ayant modifié les principes et la sévérité du siècle précédent, l'édit de

1773 n'exclut les femmes que des séances particulières ;
changement étrange, qui ne peut contribuer ni à leur
agrément, ni à l'utilité de nos séances.

Mme de Lagorce ne voulut pas profiter de cette
dérogation aux principes sévères du grand siècle, sur
la pudeur des femmes. Ce fut **M.** le président de Portes
qui lut, le 3 mai 1784, l'éloge de Clémence Isaure,
par lequel elle acquitta son tribut académique.

Les religieux ne pouvaient pas être mainteneurs,
mais ils pouvaient obtenir des lettres de *maître des
Jeux Floraux ;* et pour cela, il fallait qu'ils eussent
remporté douze prix, trois de chaque genre ; et il
ne pouvait y avoir qu'un religieux à-la-fois, parmi
les maîtres ; ce religieux ne pouvait jamais présider
le corps des Jeux Floraux ; on lui permettait seulement
de faire la semonce et l'éloge de Clémence Isaure.
C'est tout ce que put obtenir la grande faveur dont
jouissaient les Jésuites en 1742, pour un de leurs religieux, dont j'ai déjà parlé, le père Théodore Lombard,
professeur de Rhétorique à Toulouse. Cet exemple est
unique dans l'histoire de Jeux Floraux.

Ce n'est pas seulement par un succès complet, dans
les concours, qu'on peut devenir maître ; l'Académie
est en droit et dans l'usage, lorsque des raisons supérieures l'en sollicitent, d'accorder de pareilles lettres
à des littérateurs célèbres, nationaux et étrangers,
même à des femmes ; encore qu'ils n'aient pris aucune
part à nos concours. On a vu que les anciens Jeux
Floraux en avaient donné à Ronsard, à Baïf, à Maynard,
etc. Depuis qu'ils furent érigés en Académie, et pendant tout le cours du 18.e siècle, il n'en fut donné
qu'à Voltaire. Après le succès de la Métromanie, **M.** le
président de Niquet proposa de conférer ce grade à
Piron ; mais sa proposition fut écartée, par le même
motif qui avait fait fermer à Piron les portes de
l'Académie.

l'Académie française. Il y avait bien d'autres choix à faire, et l'on pourrait, à cet égard, reprocher un peu de négligence à mon prédécesseur.

CHAPITRE TROISIÈME.

Ce chapitre embrasse deux objets : les prérogatives de l'Académie, et son établissement au capitole.

ARTICLE PREMIER.

Prérogatives de l'Académie.

Elles sont ramenées dans le dernier article de l'édit de 1773, qui ordonne, 1.º que les contestations touchant l'exécution de nos statuts, seront portées à la grand'chambre du parlement. 2.º Que l'Académie restera toujours sous la protection immédiate du roi, et sous celle du chancelier de France. 3º. Qu'elle sera reçue *comme par ci-devant*, dans toutes les actions publiques, à l'instar des compagnies souveraines, et qu'en considération de l'antiquité de son origine, *elle conservera la préséance sur toutes les autres Académies royales de la même ville* (Toulouse.)

Ces actions publiques étaient les députations plus ou moins solennelles que l'Académie envoyait pour complimenter le premier président du parlement, et l'archevêque, la première fois qu'ils arrivaient à Toulouse, et les commandans ou gouverneurs des provinces de Guienne et de Languedoc, lorsqu'ils venaient y faire enregistrer leurs provisions. Ces députations étaient composées de quatre mainteneurs, comme celle du parlement, d'un président et de trois conseillers. L'une et l'autre députation étaient reçues à la porte extérieure, par celui qu'on allait complimenter. Il donnait la main à l'orateur, lui cédait dans le salon,

L

la place d'honneur, se plaçait devant lui, et après avoir répondu à la harangue, reconduisait la députation jusqu'à la porte extérieure, et ne rentrait, que lorsque les voitures de la députation étaient parties.

Ce cérémonial était fixe. Lorsqu'un prince du sang arrivait à Toulouse, la députation était composée de quatorze présidens ou conseillers. La grande députation de l'Académie était également composée de quatorze mainteneurs, qui étaient reçus immédiatement après le parlement. Les princes du sang réglaient eux-mêmes le cérémonial qu'ils voulaient qu'on observât.

J'ai dit plus haut (page 130), avec quelle bonté et quelle grâce Monseigneur le comte de Provence, MONSIEUR, nous donna des témoignages multipliés de sa haute protection. Un des plus flatteurs, est la mention que depuis il faisait de nous, lorsqu'il parlait de son voyage de Languedoc. Nous en avons reçu l'assurance de la bouche même de Monseigneur le Duc d'Angoulême, lorsqu'il vint au nom du Roi, prendre possession de cette province au mois d'avril 1814. Après avoir accueilli avec une bonté extrême notre grande députation, il répondit au discours que M. Lapeyrouse lui adressa, ces propres mots :

« Le Roi, mon oncle, m'a parlé plusieurs fois des » *Jeux Floraux* et de l'intérêt que cette Académie lui » inspira, lors de son passage à Toulouse. Je lui ferai » grand plaisir, lorsque je lui rapporterai quels sont » les sentimens qu'elle m'a exprimés, et comme elle a » su garder le souvenir de sa présence. »

Depuis que les *Jeux Floraux* ont été érigés en Académie, aucun Roi de France n'est venu à Toulouse. Celui qui avait pris leur place y arriva dans l'été de 1810.

Tous les corps administratifs, toutes les compagnies judiciaires, les corps enseignans, etc. allèrent lui présenter leurs hommages. Nous pouvions être appelés

pour aller lui rendre les mêmes devoirs; et nous dûmes
nous tenir prêts. Un orateur fut nommé; son discours
fut lu dans une séance académique et approuvé. Ces
préalables remplis, nous attendîmes en silence qu'on
nous donnât ordre de nous présenter. Cet ordre ne vint
point...... Aussi quelle n'a pas été notre satisfaction,
de pouvoir, au retour de la royauté, apporter aux pieds
du trône, l'hommage bien pur de notre constante
fidélité ?

Ce fut le 5 juillet 1814, que la grande députation
de l'Académie fut présentée au Roi. M. le Marquis de
Latresne, portant la parole, s'exprima ainsi :

« SIRE,

» Si les petits-fils des héros s'honorent avec raison
» de la gloire de leurs ancêtres, l'Académie des Jeux
» Floraux peut se féliciter aussi de devoir son origine à
» ces antiques poëtes guerriers, galans et religieux, nés
» sous le ciel de l'Occitanie. Elle aime à rappeler et
» l'ambassade solennelle qu'envoya JEAN, Roi d'Aragon,
» à Charles VI, pour obtenir deux troubadours tou-
» lousains, à l'effet de fonder à Barcelonne, un collége
» de *gai-savoir*, et le vif intérêt que Charles IX, visi-
» tant nos remparts, en 1563, prit à la célébration de
» nos jeux littéraires, devant la statue de Clémence
» Isaure. Mais, SIRE, nous avons eu nous-mêmes nos
» jours de gloire et d'éternel souvenir, et c'est à vous
» que nous devons cette brillante époque.

» Admis près de vous, SIRE, en 1777, nous re-
» çumes de la bouche de MONSIEUR, frère du Roi,
» les témoignages les plus flatteurs de son estime. Le
» lendemain, jour plus mémorable encore, Votre
» Majesté daigna prendre place à l'une de nos séances
» particlières, et déployant sous nos yeux cette vaste
» érudition, cette grace de langage, et ce goût pour

» la belle littérature , qu'ont admiré depuis tant d'il-
» lustres étrangers , elle voulut bien encore accepter le
» jeton académique. Le don de votre portrait , Sire ,
» fut une nouvelle preuve de votre bienveillance. Hélas!
» il rehaussait la pompe de nos fêtes, lorsqu'une san-
» glante révolution vint nous arracher de ce capitole ,
» où nous avaient réunis vos augustes prédécesseurs.

» Rassemblés, après quinze ans de dispersion, mais
» restés toujours fidèles à nos maîtres légitimes, re-
» fusant de rendre un vil hommage à la tyrannie, et
» de nous précipiter dans la servitude , suivant l'éner-
» gique expression du peintre de GERMANICUS, nous
» repoussâmes toute idée d'une organisation nouvelle.

» Nous avions pour protecteur LE ROI; ce nom
» auguste était encore, en 1790, à la tête de notre
» liste. En 1806, il ne fut pas possible de l'y rétablir ;
» mais nul autre nom n'y fut inscrit. Cette place est
» vide encore , et nous attendons pour la remplir,
» que Votre Majesté daigne nous le permettre.

» C'est ainsi que nous avons mérité, Sire , la pré-
» cieuse faveur d'apporter à vos pieds l'expression de
» notre amour et de notre joie. Fiers de l'heureux
» avenir que nous promettent vos premières institu-
» tions , et témoins des vertus qui brillent sur le trône,
» et près du trône, nous jurons devant le digne suc-
» cesseur de Henri IV , de conserver toujours dans nos
» cœurs et dans nos écrits, la devise chère aux trouba-
» dours , DIEU ET LE ROI. »

Réponse du ROI.

« Je reçois avec plaisir l'expression des sentimens de
» l'Académie des *Jeux Floraux*. Vous me rappelez une
» époque qui me fut toujours chère. Je reprends, dès
» aujourd'hui , le titre de votre protecteur. »
M. de Latresne ayant alors demandé la décoration

du lis, pour tous les membres de l'Académie, le Roi répondit qu'il l'accordait avec plaisir.

Au sortir de l'audience du Roi, la députation se transporta chez M. le chancelier de France, pour lui faire part de la réponse du Roi, et du dernier article de l'édit de 1773, ainsi conçu : *ordonnons en outre que l'Académie des Jeux Floraux restera toujours sous notre protection immédiate, et celle de notre très-cher et féal chancelier, et de ses successeurs.* M. le chancelier d'Ambrai répondit : qu'il était infiniment flatté de la démarche de la députation, et qu'il ne pouvait voir, qu'avec un grand plaisir, son nom placé à la suite de celui du Roi, sur la liste des mainteneurs.

Nos députés étaient à peine de retour, que Monseigneur le Duc d'Angoulême revint à Toulouse. Le bonheur de l'y revoir fut bien court ; mais il se prêta avec une bonté extrême à l'empressement et aux transports de joie qu'excita sa présence. La grande députation de l'Académie, ayant à sa tête M. d'Ayguesvives, mon collègue survivancier, lui renouvella tous les hommages qu'il avait si gracieusement accueillis trois mois auparavant. S. A. R. répondit qu'elle recevait avec grand plaisir l'expression de nos sentimens qui lui étaient bien connus, et dont elle avait rendu compte au Roi.

ARTICLE SECOND.

Etablissement des Jeux Floraux au capitole.

On a vu quels furent les regrets des troubadours de 1356, lorsqu'on détruisit leur palais et ce beau jardin dont ils ne cessaient de vanter les merveilles et les délices : avec quel sentiment profond leurs successurs conservèrent l'espérance de le recouvrer, et continuèrent de l'exprimer par la constance de leur attachement au faible simulacre qui en rappelait le souvenir (1).

Lorsque Louis XIV érigea les Jeux Floraux en Académie, l'espérance était perdue de recouvrer ce palais et ce jardin dont il eût été difficile peut-être d'indiquer l'emplacement avec précision; mais leur volonté était toujours la même, de ne pas accepter, à titre de remplacement définitif, l'asile du capitole; et ce sentiment était devenu plus vif, depuis que les capitouls avaient élevé la prétention de regarder les Jeux Floraux et l'antique institution de la gaie science comme une création municipale. Pour conserver l'indépendance et la dignité de l'Académie, il fallait sans doute que son établissement fût durable, et qu'il ne fût au pouvoir de personne de l'en priver; mais il fallait aussi que nous ne fussions pas attachés à la glebe du capitole, et qu'il nous fût libre d'aller nous établir ailleurs, si nous le jugions à propos.

C'est à quoi il fut pourvu par les lettres-patentes de 1694.

Quant aux séances publiques, il n'y avait rien à innover; il fallait seulement convertir en droit positif, la coutume de les tenir dans le grand consistoire de l'hôtel de ville.

Puisqu'on rétablissait les séances particulières pour les exercices académiques, dont la suppression *avait failli à détruire les Jeux Floraux*, il fallait à la nouvelle académie une salle commode garnie des meubles nécessaires. Louis XIV ordonna que dans deux ans, au plus tard, après la fin de la guerre, les capitouls la fourniraient dans le capitole, et l'entretiendraient aux frais de la ville; et en atten-

______

(1) Avant d'entrer au capitole, ils allaient se mettre en séance, sous un grand orme, dans la cour du collége Saint-Martial.
Ante urbem in luco, falsi Simoentis ad undam.

dant que la ville fût en état de la faire construire ou préparer, il fut ordonné que, par provision, ils four-niraient, *ainsi meublée et entretenue, celle qui est au bout de la galerie des illustres.*

La guerre que la France avait alors, prit fin en 1697, et les capitouls ne fournirent pas un autre salle. Il n'en fut pas non plus question après la paix d'Utrech, de Rastad et de Bade; et lorsqu'en 1752, on fit re-construire le mur de face du capitole, nous n'aban-donnâmes cette salle, où nous étions établis, que pendant la durée de ces constructions; elle nous fut rendue aussitôt qu'elle pût être habitée. Cela porte à croire (et l'édit de 1773 le suppose ainsi) que les ca-pitouls trouvèrent convenable pour l'Académie, et avantageux pour la ville, de ne pas faire construire une autre salle, et de nous laisser celle que nous occupions.

L'esprit de paix et de conciliation qui avait pré-paré cet arrangement, s'est toujours conservé dans l'Académie. Rien ne prouve mieux ses intentions pa-cifiques, que la concession faite au chef du consis-toire, de la place *d'académicien-né* qui n'avait été créée que pour le maire.

Tant que M. de Boutaric, qui était chef du consis-toire en 1710, conserva quelque influence dans le con-seil de ville, la paix et le bon accord furent entretenus entre l'Académie et les capitouls.

Les choses changèrent en 1718. Un chef du con-sistoire, qu'il est inutile de nommer, éleva les pré-tentions les plus extraordinaires, refusant d'exécuter les lettres-patentes, concernant la manière dont les capitouls devaient faire à l'Académie *les honneurs de l'hôtel de ville.* Il annonça la prétention de présider nos assemblées, et il s'était même porté à l'extrémité, de prendre la parole, lorsque l'Académie eut formé sa séance, et d'ordonner qu'on ouvrît les portes de la salle au public. Réprimé et réduit au silence par le chancelier de l'Académie, véritable et seul président de l'assemblée, il voulut soutenir ses prétentions en justice. Une nouvelle composition du consistoire municipal demanda la paix, l'obtint et l'observa. Le bon accord qui en fut la suite dura plus de vingt ans.

On vit en 1733, M. Lardos, chef du consistoire, remplir avec assiduité les devoirs d'académicien-né, prononcer, comme sous-modérateur, l'éloge de M. le chevalier de Catelan, et mériter par son zèle, autant que par ses talens, qu'après son capitoulat, l'Académie se l'attachât par une nomination personnelle.

Les mêmes variations eurent lieu dans la suite. Lorsqu'il se trouvait, dans le consistoire municipal, quelque capitoul instruit, et qui ne fût pas étranger aux arts que nous cultivons ; on voyait renaître, dans nos communications avec le capitole, le commerce d'égards et de politesse dont l'Académie donnait toujours l'exemple, sans négliger de se faire rendre ce qui lui était dû. L'aiguillon d'une émulation honorable se faisait même sentir aux chefs du consistoire. Au lieu de se borner, le jour de la semonce, à répondre *qu'ils feraient leur devoir, suivant la volonté de dame Clémence;* il y en eut plusieurs qui célébrèrent son institution ; peu-à-peu l'usage s'introduisit de donner à cette réponse la solennité d'un discours oratoire.

Ces discours n'étaient point sans intérêt, lorsque l'orateur avait quelques connaissances littéraires et le sentiment des bienséances de cette cérémonie ; mais il s'en trouva que cette tâche importunait, et qui méconnurent les justes égards que nous devions attendre de magistrats qui n'étaient là que *pour nous faire les honneurs de l'hôtel de ville,* et nous donner l'assurance qu'ils prépareraient tout ce qui était nécessaire pour la fête des fleurs. L'un d'eux prenant le contrepié des réponses qui avaient été faites par ses prédécesseurs, depuis deux siècles et demi, débuta par dire que Clémence Isaure n'avait jamais existé, et que les fleurs que nous avions à distribuer provenaient de la munificence des capitouls.

Cette agression ne pouvait pas être dissimulée; on ne pouvait pas non plus la repousser, sans dénaturer l'objet de cette séance, sans donner le scandale d'un débat litigieux, au milieu d'une assemblée destinée à réunir les amis des lettres, dans l'amour des mêmes devoirs. L'Académie, toujours guidée par le sentiment de sa dignité, demanda et obtint par l'édit de 1773, qu'on n'entendrait, dans la séance de la semonce, que les orateurs de l'Académie.

Le même édit supprima le cérémonial, sujet éternel de chicanes et de mauvaises querelles. Ce cérémonial qui réglait les rangs et les places, tant des académiciens que des capitouls, dans la salle du grand consistoire, étant supprimé, il devenait indispensable de tenir ailleurs nos assemblées publiques. *La salle des illustres paraissait la plus convenable, soit à cause du voisinage de la salle des assemblées ordinaires de l'Académie, soit parce qu'il n'est rien de plus propre à élever l'ame, que l'image de ces génies rares qui ont mérité un rang parmi les hommes illustres de la patrie.* L'édit qui s'exprime ainsi, nous l'assigna pour nos assemblées publiques, et ordonna que la statue de Clémence Isaure y serait transportée.

L'Académie fidèle aux sentimens qui lui avaient été transmis d'âge en âge depuis 1356, de ne pas regarder l'hôtel de ville comme sa terre natale, avait fait consigner, dans les lettres-patentes de 1694, qu'elle serait libre de quitter l'hôtel de ville, lorsqu'elle jugerait à propos de transporter ailleurs ses séances. L'édit de 1773 consacra le renouvellement de cette protestation, en ordonnant « que si l'Académie ju- »geait à propos de quitter l'hôtel de ville et de se trans-

»férer ailleurs, elle sera libre, comme elle l'était aupa-
»ravant, d'emporter ses effets, notamment la statue de
»Clémence; et qu'alors ce qui a été dit *des trois ca-*
»*pitouls-bayles* n'aura pas lieu. »

Cet édit, dont les dispositions sont si sages et si raisonnables, fut comme un brandon jeté au milieu
du conseil de ville.

Un membre de ce conseil, M. Lagane, procureur
du Roi, qui regardait le capitoulat comme une des
plus éminentes magistratures de l'Europe, homme
ardent et exagéré ; d'ailleurs bon citoyen ; magistrat
décent ; prépondérant au capitole, par la force de
ses préventions et de son caractère, y prononça un
discours violent, dans lequel il ramena tout ce que les
capitouls avaient dit et fait écrire précédemment contre les Jeux Floraux ; et dans la confusion de ses idées,
niant à-la-fois, et l'existence de Clémence, et ce que
les troubadours de 1323 disent de leur antique origine, il provoqua une délibération par laquelle le
conseil de bourgeoisie chargea le syndic de la ville de
se pourvoir au conseil du Roi, contre l'exécution du
nouvel édit.

La publication de ce plaidoyer, que la ville fit imprimer à ses dépens, fut l'occasion d'un triomphe pour
l'Académie. Elle n'eut besoin, pour le réfuter, que
d'en relever les inexactitudes. Son mémoire fit voir
clairement les fausses prétentions des capitouls, l'ignorance de leur orateur, et le peu de confiance que méritaient ses nombreuses citations.

Le cri d'indignation qui s'éleva contre cette étrange
agression, ne se borna pas au blâme d'une pareille
entreprise. Les toulousains éclairés sur ce point intéressant de leur histoire, et plus attachés que jamais à
leur antique institution littéraire, virent avec un sentiment de dépit et d'affliction, la conspiration du conseil de bourgeoisie contre les lettres, et contre ceux qui

en maintenaient le goût et l'émulation. En jetant un coup d'œil observateur sur la composition de ce conseil, ils virent qu'on l'avait dénaturé; qu'en le restreignant aux anciens capitouls, c'était en écarter l'ancienne noblesse, et un grand nombre d'autres citoyens considérables qui avaient un grand intérêt à la bonne administration des affaires de la ville. Ils n'attendaient, pour former leur réclamation, qu'une voix forte et courageuse qui portât leurs doléances aux pieds du trône.

Cette voix fut entendue du sage et vertueux Malesherbes, ministre de l'intérieur. Le conseil municipal fut réformé, et composé de citoyens pris dans les premiers rangs et dans toutes les classes honnêtes de la société; et le capitoulat ne fut pas uniquement livré à ceux qui n'y étaient portés que par la petite ambition de se faire ennoblir. Nous eumes neuf capitouls dont trois seulement devaient acquérir la noblesse. Les deux premiers étaient gentilshommes; les autres quatre avaient déjà été ennoblis. L'un de ceux-ci avait le titre de chef du consistoire.

Le premier empressement de cette administration raisonnable, fut de désavouer la mauvaise querelle, et les procédés injustes et violens du conseil de bourgeoisie. Par l'effet d'une noble émulation, le premier capitoul gentilhomme et le chef du consistoire réclamèrent, en même temps, le titre et les prérogatives d'*académicien-né*. L'Académie l'accorda au premier capitoul gentilhomme, qui était réellement et véritablement chef de la municipalité.

La bonne harmonie plus solidement établie que jamais, entre le corps municipal et l'Académie, dura sans la plus légère altération, jusqu'en 1790. Elle cessa alors, parce que la révolution inspira aux *officiers municipaux* des prétentions plus exagérées encore que celles des capitouls de 1774. Ils prétendaient présider l'Académie, en ajoutant que ce n'était qu'à cette condition, qu'ils payeraient la somme de 1660 francs, qu'ils nous devaient, et qu'ils fourniraient aux autres frais de la *fête des fleurs*.

Nous la célébrâmes à nos dépens, cette fête qui, dans leur intention, devait être la dernière. Notre recueil fut imprimé ; le travail de nos séances particulières continué avec zèle jusqu'aux vacances. Quand nous revinmes au mois de janvier 1791, nous éprouvâmes l'inconvénient déploré depuis plus de quatre siècles, de n'avoir qu'un asile d'emprunt, dans une maison étrangère, au lieu de la propriété du palais et du jardin *de la gaie science.* La porte de l'hôtel de ville nous fut fermée.

M. Castilhon, chez qui nous nous assemblâmes d'abord, craignant pour sa sureté personnelle, je me chrgeai de le remplacer dans les fonctions de secrétaire perpétuel, et nommément de recevoir les ouvrages pour le concours. Les assemblées suivantes se tinrent chez M. Floret ou chez moi, et les dernières chez M. de Lavedan, qui était modérateur du trimestre de janvier.

Un nouveau trimestre, ayant commencé, la place de modérateur, tirée au sort, échut à M. l'abbé Saint-Jean, le 16 avril 1791. Le même jour et dans la même séance, fut prise la délibération suivante :

« M. Poitevin a dit qu'il avait reçu des ouvrages
»de tout genre, pour le concours des prix que l'Aca-
»démie annonça, par son programme de l'année der-
»nière, devoir distribuer le 3 mai 1791 ; que les cir-
»constances malheureuses dans lesquelles se trouve l'A-
»cadémie, privée non-seulement de ses revenus, mais
»du lieu ordinaire de ses séances, ne permettent pas de
»faire cette distribution, avec l'appareil et la solen-
»nité ordinaires ; qu'il s'agit de délibérer, si l'on pro-
»cédera néanmoins au jugement des ouvrages, en atten-

»dant un temps plus favorable pour proclamer ce ju-
»gement.

»L'Académie considérant que plusieurs de ses mem-
»bres sont absens, et qu'on aurait quelque peine à
»composer les bureaux particuliers ; considérant que
»la publicité donnée à ses assemblées, pourrait être
»prise en mauvaise part, et que la même autorité qui
»lui interdit l'entrée du lieu de ses séances, pourrait
»troubler celles qui seraient tenues ailleurs, sous pré-
»texte qu'elle ne les a point permises, a délibéré de
»laisser le concours ouvert ; et qu'au premier instant,
»où les obstacles cesseront, elle s'occupera du juge-
»ment des ouvrages et distriburera ses prix, en préve-
»nant le public du jour qui sera désigné pour les deux
»séances publiques, et de la cause qui a nécessité ce
»retard. »

Ce fut là notre dernière délibération. Nous nous dis-
persâmes ensuite, et cette dispersion a duré quinze
ans.

L'amour des lettres est trop général à Toulouse,
pour qu'on pût croire que tous ceux qui les cultivent,
consentiraient à vivre isolés et à se priver du plaisir
et du grand avantage de se communiquer leurs travaux.

Il s'y forma un athénée ou lycée qui embrassant,
comme l'Institut, les arts et les sciences, eut des assemblées publiques, et distribua des prix. Pour lui
donner plus de consistance, on eut, après le 18 brumaire, le projet de le recomposer, en y appelant tout
ce qui restait des trois Académies. Nos formes antiques,
nos privilèges, la fondation de Clémence que nous ne
pouvions ni abandonner, ni partager avec personne,
résistaient à ce projet. Nous crumes que le meilleur
moyen de le rompre, était de reprendre en particulier nos travaux et nos exercices, sous l'empire et
la sauve-garde des lettres-patentes de 1694, et de
l'édit de 1773.

Nous n'étions à Toulouse que sept mainteneurs , comme en 1323, M. Jamme, qui était le plus ancien, nous convoqua chez lui le 9 février 1806 , nous trouvant spontanément réunis, nous écrivimes sur la même page de notre registre courant, et sans aucun préambule la délibération suivante :

Du dimanche 9 *février* 1806.

PRÉSENS:

»M. Jamme.
»M. de Latresne.
»M. Poitevin.
»M. d'Escouloubre.
»M. l'abbé St.-Jean.
»M. Gez.
»M. Picot-de-Lapeyrouse.

L'Académie sous la présidence de M. l'abbé St.-Jean, modérateur nommé dans la dernière séance, s'étant assemblée dans la maison de M. Jamme, le plus ancien des mainteneurs qui se trouvent à Toulouse a délibéré de reprendre ses travaux et ses exercices , interrompus depuis le 16 avril 1791.

Nous renouvellames nos officiers. M. Jamme, nouveau modérateur, fut prié d'aller déclarer à la municipalité notre réunion , et d'y réclamer la salle de nos assemblées particulières , et l'usage de la galerie des illustres , pour nos assemblées publiques. Notre salle étant occupée par un bureau de la mairie, qu'on ne pouvait pas déplacer tout de suite ; et la galerie des illustres ayant été dégradée, le maire nous offrit provisoirement la salle du conseil municipal , pour nos travaux intérieurs , et la salle du grand consistoire , pour les assemblées publiques. C'était tout ce qu'il lui était possible de faire dans le moment, et nous l'acceptâmes.

M. Jamme qui, en sa qualité de doyen de la faculté de droit, avait des rélations avec M. de Fourcroi, directeur de l'instruction publique, l'informa de notre réunion. Il en reçut la réponse suivante : « c'est avec »plaisir, que je vois renaître une institution qui a été »long-temps et doit être encore favorable aux lettres. »Vous pouvez compter, Monsieur, sur l'assentiment »de son Excellence le Ministre de l'intérieur, et sur le »mien. »

C'était tout ce qu'il nous fallait, et nous y avions compté, puisque déjà nous avions donné plusieurs places de mainteneur, et des lettres de Maître. Par ces élections, et par l'arrivée de quelques-uns de nos anciens confrères, nous étions seize, et tout était disposé pour quatre nouvelles nominations, lorsque M. Richard, préfet du département, prit le 24 mars un arrêté qui contenait les dispositions suivantes :

«Art. I.er La société littéraire, ci-devant existante à »Toulouse sous le nom de Jeux Floraux, est rétablie »sur ses bases, et, en général avec les statuts donnés par »l'édit de Compiegne du mois d'août 1773.

«Art. II. Ces statuts seront revus le plutôt possible »par les académiciens des Jeux Floraux. Aux articles »qui supposent des instutions abolies, il en sera subs- »titué qui s'adaptent au régime actuel de l'empire.

»Art. III. Ces statuts seront présentés au préfet du »département, pour recevoir son approbation provi- »soire, et ensuite envoyés par lui à son Excellence le »Ministre de l'intérieur, afin qu'il veuille bien leur »donner sa sanction définitive.

«Art. IV. Les anciens mainteneurs ou académiciens »seront invités à s'assembler dans le local, ainsi qu'au »jour et à l'heure qui leur seront indiqués, afin de

»procéder à la nomination des officiers désignés par
»l'article I.er du tit. 2 de l'édit de 1773.

»Art. V. Ces choix seront communiqués au préfet
»du département, pour être par lui transmis à son
»Excellence le Ministre de l'intérieur.

»Art. VI. Le rétablissement de l'Académie des Jeux
»Floraux sera signalé par une séance publique solen-
»nelle, accompagnée de tout ce qui pourra relever
»l'éclat de ce nouveau bienfait du gouvernement.

»Art. VII. Le maire de Toulouse est chargé de toutes
»les dispositions relatives à l'exécution du présent
»arrêté. »

Pour procéder à cette exécution, le maire de Toulouse convoqua à l'hôtel de ville, non tous les mainteneurs qui composaient l'Académie, mais seulement
ceux dont la nomination était antérieure à la révolution.
Après la lecture de cet arrêté, il lui fut répondu que
l'Académie avait repris ses exercices depuis deux mois;
que le jour même de sa réunion, elle avait renouvellé
ses officiers; qu'ensuite elle avait fait plusieurs élections de mainteneurs, et donné des lettres de maître;
qu'il n'y avait rien dans les statuts qui contrariât les
institutions nouvelles; que l'Académie était libre et indépendante, dans la nomination de ses officiers; que
l'ordre dans ses assemblées publiques était réglé par
ses statuts; que la première aurait lieu le 3 mai suivant,
et s'ouvrirait, suivant l'usage, par l'éloge de Clémence
Isaure.

Il fut observé en même temps que les mainteneurs,
convoqués individuellement, ne formaient ni l'Académie, ni une commission de l'Académie; qu'ils ne
pouvaient ni prendre aucun engagement, ni former
aucun vœu commun; et que cet arrêté, pour que
l'Académie s'en occupât, devait être envoyé au secrétaire perpétuel chargé de la correspondance.

Il ne fut envoyé d'aucune manière. Les choses en
restèrent

restèrent là. Nous continuâmes de nous régir comme auparavant. Fidèles à nos statuts, à nos usages et à nos formes antiques, sans avoir jamais négligé de remonter, pour tout ce qui concerne notre existence politique, aux lettres-patentes de 1694, qui se lient aux ordonnances de Clémence Isaure, et des sept troubadours de 1323.

Nous avions recouvré notre dotation, nos livres, nos registres, nos autres papiers; il ne nous manquait que la salle de nos assemblées particulières que nous nous empressâmes de réclamer de nouveau, lorsque nous sûmes qu'elle était libre. M. de Lapeyrouse n'était plus maire ; son successeur nous la refusa, étant dans l'intention d'en faire construire une autre pour nos séances particulières, disait-il.

Mais il aurait fallu plusieurs années pour l'exécution de ce projet, et la conséquence était de nous rendre, en attendant, la salle qui nous avait été assignée par les lettres-patentes de 1694 et par l'édit de 1773. Nous le représentâmes, et M. Desmousseaux, nouveau préfet, pénétré de tout ce qu'exigeait la justice et la convenance, rendit le 30 janvier 1809 un arrêté, qui, après des *considérans* très-raisonnables, s'exprime ainsi :

» Le maire de Toulouse rendra à l'Académie des
» Jeux Floraux, la jouissance de la salle affectée à ses
» assemblées particulières, par les lettres-patentes de
» 1694 et par l'édit de 1773, et la maintiendra dans
» l'usage de la galerie des illustres, pour les assemblées
» publiques. »

Le maire se pourvut contre cet arrêté devant le ministre de l'intérieur. On voulait nous y faire un crime de notre attachement exclusif aux lois qui nous avaient toujours régi. Le ministre de l'intérieur fut favorable à nos prétentions, et ordonna qu'on nous rendrait la salle *dont nous étions en possession depuis si long-temps.*

M

Cette décision fut exécutée paisiblement et de bonne grâce. Avec la salle, on nous rendit ce qui restait de nos meubles, les autres furent remplacés. Nous y rétablîmes nos séances particulières, heureusement pour nos travaux qui auparavant étoient interrompus, lorsque nos assemblées concouraient avec celles du conseil municipal, ou avec quelque commission de ce conseil.

Depuis cet orage, qui fut assez long, le calme est parfaitement rétabli. Le meilleur accord règne entre nous et la municipalité. Dans toutes les occasions essentielles, le conseil municipal nous a donné des marques d'un véritable intérêt ; et de son côté, l'Académie composée de citoyens recommandables par leurs lumières, leur naissance, leurs emplois, le rang qu'ils tiennent dans la société, voit avec une grande satisfaction, plusieurs de ses mainteneurs faire partie du corps municipal, et un grand nombre d'autres aspirer à rendre le même service à la patrie ; tandis que le maire actuel de Toulouse, M. de Malaret, notre confrère, appelé à cette place dans des circonstances très-difficiles, s'y est concilié la confiance la plus étendue, par la sagesse d'une administration qui se montre à-la-fois et ferme et paternelle.

Autant qu'il est possible de lire dans l'avenir, et d'y fonder quelque espérance sur l'état actuel des choses, cette bonne intelligence doit être de longue durée.

En établissant que le collége de la gaie science était indépendant des capitouls, et avait existé pendant long-temps, sans rien devoir au corps municipal, nous n'en sommes pas moins reconnaissans de la délibération du mois de mai 1324, portant que dorénavant *la violette d'or fin* serait fournie de *l'émolument de la ville*, et des délibérations postérieures relatives à l'églantine et au souci également fournis alors par les capitouls.

Le nom de *francs et libéraux patrons de la fête*,

qu'on leur donnait pendant la première époque de
notre histoire, nous aimons à reconnaître, qu'il était
justement mérité. En célébrant les bienfaits de Clémence
Isaure, nous ne cessons de répéter que les capitouls
eux-mêmes en consacrèrent le souvenir, et que les
monumens qui les signalent à la reconnaissance publique, sont leur ouvrage.

Le jardin et le palais de la gaie science ne pouvant
pas nous être rendus, et l'Académie trouvant dans le
capitole, la commodité et la tranquillité nécessaires
pour ses exercices, se réservera, sans doute, toujours le
droit de pouvoir aller s'établir ailleurs; mais après avoir
fait supprimer le cérémonial qui était un sujet éternel
de mécontentemens réciproques, elle attachera un
grand prix à conserver le régime provisoire, sous lequel
Toulouse a vu se rénouveller, plus de trente fois, les
mainteneurs de la *gaie science et des Jeux Floraux.*

Les points de notre histoire n'étant plus un objet litigieux, le corps municipal appréciera l'exactitude et la
bonne foi de nos recherches, et les favorisera de tout
son pouvoir, aussi jaloux que nous-mêmes de la gloire
que méritent les troubadours fondateurs du collége de
la gaie science, et l'illustre toulousaine, qui, en donnant à ce collége un nouvel éclat, en fonda la durée
sur le zèle du corps municipal, dépositaire de sa riche
dotation. De notre côté, rendus à l'exercice libre et
paisible de nos douces occupations, nous continuerons
de veiller avec soin à la conservation d'un autre dépôt,
qui est pour nous de la plus haute importance; je veux
parler des principes moraux et littéraires qui nous ont
été transmis, et dont nous sommes comptables aux générations à venir. La littérature est dans un état de crise
vraiment allarmant pour tous ceux qui s'intéressent au
maintien du bon goût et des traditions anciennes. Ceux
de nos jeunes poëtes qui ont reçu ces traditions, repoussent avec dédain, tout ce qui tient à la manière et au

jargon de la nouvelle école. Les autres séduits par cette nouveauté et la facilité d'emprunter des *centons* à une prose hétérogène, qu'on appelle poëtique, chercheront vainement dans ces nouvelles routes, la gloire que Racine, Boileau, Rousseau et Voltaire trouvèrent sur les traces des anciens. Il n'y a qu'une grande sévérité, dans nos jugemens, qui puisse garantir nos concours de cette ivraie qu'une main brillante a semée dans la champ de la littérature. Je n'ai pas la présomption de ctoire qu'il nous ait été donné d'arrêter cette décadence ; mais qu'au moins on ne puisse jamais nous reprocher d'en avoir hâté les progrès, en cessant de combattre pour ce goût de pure et saine littérature, au-delà et en deça duquel on s'achemine à grands pas vers la barbarie.

Fin de la première Partie.

TABLE
DES MATIÈRES.

ERRATA
DE LA PREMIERE PARTIE.

Page 53, ligne 3, fondée, *lisez* fondées.

Ibid. ligne 24, cultò, *lisez* culto.

Page 57, ligne 3, Baudins, *lisez* Baudius.

Page 61, ligne 14, feue, lisez *feue*.

Page 91, ligne 33, après famille, ajoutez illustre.

Page 96, ligne 3, les prétentions, *lisez* la prétention.

Page 119, ligne 6, ces, *lisez* ce.

Page 143, ligne 18, dévanciers, *lisez* devanciers.

Page 174, ligne dernière, retranchez les quatre derniers mots.

Page 175, ligne premiere, retranchez les huit premiers mots.

Page 176, ligne 25, dans, *lisez* de.

HISTOIRE

DES

JEUX FLORAUX.

TOME SECOND.

MÉMOIRE

POUR SERVIR A L'HISTOIRE

DES JEUX FLORAUX,

PAR M. POITEVIN-PEITAVI, ancien Avocat, Secrétaire perpétuel de l'Académie des Jeux Floraux.

TOME SECOND.

BIOGRAPHIE ACADÉMIQUE.

A TOULOUSE,

Chez M.-J. DALLES, Imprimeur de l'Académie des Jeux Floraux.

M. DCCC. XV.

Avec permission.

TROISIÈME ÉPOQUE.

Seconde Partie.

BIOGRAPHIE.

L'Académie des Jeux Floraux, où toutes les bienséances s'observent avec une grande attention, n'a jamais nommé à une place de mainteneur, sans avoir payé un tribut d'éloges à la mémoire de celui qui l'avait occupée. Mais dans les premières années, ces éloges n'étaient pas déposés aux archives. En 1712 M. le chevalier de Catellan consigna, dans le registre courant, celui de M. de Lombrail-Lasalvetat, et l'Académie délibéra que cet exemple serait suivi. On fit mieux ; M. le chevalier de Catellan fut prié de rédiger les éloges des autres mainteneurs qu'elle avait perdus. Cette rédaction pour laquelle il reçut et des félicitations et des remercîmens, nous a été enlevée. D'autre part, les éloges postérieurs ne se trouvent pas tous dans les registres ; il en manque même de ceux qui depuis 1723, durent être compris dans les recueils imprimés.

Tous ces vides furent remplis par un supplément que je présentai à l'Académie et qu'elle fit imprimer dans son recueil de 1812. C'était suffisant pour nous, et pour ceux qui auraient la collection entière de nos recueils imprimés. Mais cette collection est très-rare, et d'ailleurs on remarqua qu'il serait très-incommode d'avoir à fouiller dans près de cent volumes, pour connaître en entier, cette partie de notre histoire. Un critique célèbre exprima le vœu de les voir réunis dans un seul ; l'Académie le désira, et j'exécutai ses ordres.

Pour mettre de l'accord et quelque proportion entre ces compositions diverses, il m'a fallu abréger quelques-uns de ces éloges, en commençant par ceux que j'avais prononcés. Il en est d'autres que j'ai composés en entier, et quelquefois j'en ai réuni plusieurs dans un même article.

Cette Biographie est précédée d'un tableau chronologique, où sont les noms de tous les académiciens reçus depuis 1694, à la suite de ceux qui furent nommés ou confirmés par les lettres patentes.

TABLEAU

TABLEAU CHRONOLOGIQUE
Des Chanceliers et des Mainteneurs de l'Académie des Jeux Floraux.

CHANCELIERS (1).

I.
1694. M. DE MANIBAN confirmé en 1694.
1707. M. de Morant.
1713. M. de Bertier.
1723. M. de Maniban.
1763. M. de Niquet.
1773. Le même M. de Niquet, redevenu mainteneur.
1806. M. de Lapeyrouse l'un des quarante mainteneurs.

MAINTENEURS confirmés par les Lettres patentes de 1694.

I I.
1694. M. DE St.-LAURENS.
1724. M. de St.-Laurens, son fils.
1759. M. de Senaux.
1789. M. Floret.
1809. M. Pinaud.

I I I.
1694. M. D'AUTERIVE.
1718. M. de Fumel.
1750. M. d'Aufrery.
1787. M. de Panat.
1812. M. Dantigny.

---

(1) L'office de chancelier a été supprimé par un édit de 1773.

B

I V.

1694. M. DE TERLON.
1704. M. de Ranchin-Monredon.
1736. M. l'Abbé Prades.
1770. M. de Vaudeuil.
1789. M. de Lavedan.

V.

1694. M. DE FERMAT.
1714. M. de Lombrail-Rochemontès.
1739. M. de Garaud.
1789. M. de Paraza.
1811. M. Serres-Colombars.

V I.

1694. M. DE FIEUBET.
1711. M. de Comynihan.
1761. M. de Lacroix.
1787. M. l'Abbé St.-Jean.

V I I.

1694. M. DE BERTIER. (1)
1713. M. Cormouls.
1739. M. de Miramont.
1806. M. l'Abbé Jamme.

V I I I.

1694. M. DU PUGET-St.-ALBAN.
1721. M. de Nesmon.
1727. M. de Miran.
1760. M. Dillon.
1809. M. Jouvent.

____

(1) Élu chancelier en 1713.

MAINTENEURS nommés par les lettres patentes de 1694.

I X.

1694. M. DE MORANT.
1707. M. Lemazuyer.
1749. M. de Pégueiroles.
1809. M. Desmousseaux.

X.

1694. M. DE MONTBRUN.
1714. M. d'Ouvrier.
1754. M. de la Fage.
1782. M. de Latresne.

X I.

1694. M. DE CAULET.
1717. M. Druillet.
1718. M. de Mariotte.
1748. M. du Puget.
1773. M. de Neuvilé.
1782. M. Dumas.
1782. M. l'Abbé Grumet.
1806. M. d'Ayguesvives.

X I I.

1694. M. DE LABROUE, Évêque de Mirepoix.
1727. (1) Le Chef du Consistoire.
1778. Le premier Capitoul Gentilhomme.
1806. Le Maire de Toulouse.

---

(1) Par les lettres patentes de 1694 la trente-sixième place de Mainteneur devait appartenir au Maire perpétuel de Toulouse. La Mairie ayant été supprimée deux ans après, il n'y eut plus d'*Académicien-né*. L'Académie donna cette place personnellement à M. Daspe qui l'avait occupée comme Maire. M. Daspe vivait encore en 1710, lorsque M. de Boularic, Chef du Consistoire, vint en députation avec trois autres Capitouls, prier l'Académie d'attribuer au Chef du Consistoire, une place d'Acadé-

X I I I.

1694. **M. DE VALETTE.**
1713. M. de Laroque-Casaubon.
1739. M. de Caraman.
1760. M. de Sauveterre.
1789. M. Gez.

. . . .

X I V.

1694. **M. DE MAURIAC.**
1701. M. de Rességuier.
1704. M. Lecomte, conseiller d'honneur.
1751. M. de Rafin.
1809. M. d'Aguilar.

X V.

1694. **M. D'ALDÉGUIER – LAGARRIGUE,**
    conseiller au parlement.
1707. M. d'Aldéguier, chevalier d'honneur.
1725. M. d'Aussonne.
1749. M. de Caulet.
1755. M. Verny.

. . . . ,

X V I.

1694. **M. DE LOMBRAIL-LASALVETAT.**

---

micien. Cette demande fut accordée, quoiqu'il n'y eût pas de place vacante. Les Chefs du Consistoire étaient encore surnuméraires en 1727.
Alors, on délibéra, pour réduire le nombre des Mainteneurs à quarante,
d'attribuer aux Chefs du Consistoire la place qui avait vaqué par la mort
de M. de Labroue.

Lorsqu'en 1778 l'administration de la ville changea, la place d'Académicien-né devint un objet litigieux entre le Chef du Consistoire et le premier Capitoul gentilhomme, et l'Académie décida la question en faveur
de celui-ci.

La Mairie étant déjà rétablie, lorsque nous nous réunimes le 9 février
1806, nous appelames à cette première assemblée le Maire de Toulouse
comme Académicien-né. L'Académie a depuis attribué une pareille place
au Préfet de la Haute-Garonne.

1712. M. Druillet de Monlaur.
1733. M. Lardos.
1743. M. de Lamothe.
1785. M. Poitevin–Peitavi.

X V I I.

1694. M. DASSEZAT.
1727. M. Marc–Antoine de Lombrail.
1755. M. de Crussol.
1758. M. Carquet.
1765. M. de Gardouch–Belestat.
1813. M. Carney.

X V I I I.

1694. M. l'Abbé TOURNIER.
1742. M. de Laroche–Aymont.
1778. M. de Lalo.

X I X.

1694. M. DASPE.
1740. M. Lefranc de Pompignan.
1785. M. Mailhe.

. . . *t* . . . .

X X.

1694. M. D'ALDÉGUIER, trésorier de France.
1708. M. Dulaurens.
1722. M. d'Orbessan.
1736. M. de Niquet.
1763. M. de Cambon.
1811. M. Hippolyte d'Aldéguier.

X X I.

1694. M. DE NOLET.
1713. M. de Sapte du Pouget.
1739. M. de Bardi.
1806. M. Primat.

X X I I.

1694. M. L'ABBÉ D'AUTERIVE.
1716. M. d'Advisard.
1738. M. l'Abbé de Cambon, évêque de Mirepoix.
1807. M. Alexandre de Cambon.

X X I I I.

1694. M. L'ABBÉ COMPAING.
1718. M. de Montaudier.
1730. M. de Paraza.
1769. M. de Parazols.
1780. M. de Rességuier.
1813. M. le Préfet de la Haute-Garonne.

X X I V.

1694. M. DE MALEPEYRE.
1702. M. l'Abbé Laborie.
1712. M. de Rességuier.
1735. M. Soubeiran de Scopon.
1751. M. Castilhon.
1810. M. Boilleau.

X X V.

1694. M. LAFAILLE.
1711. M. de Caulet-Gragnague.
1742. M. Lecomte, procureur-général.
1787. M. d'Escouloubre.

X X V I.

1694. M. MALEPRADE.
16..... M. de Laloubere.
1729. M. de Crillon.
1731. M. de Villeneuve-Beauville.
1813. M. Léon de Lamothe.

X X V I I.

1694. M. DE NUPCES,

1728. M. de Rabaudi.
1754. M. Delpy.
1806. M. de Malaret.

XXVIII.

1694. M. MASSOC.
1710. M. d'Aliez.
1759. M. de Mongaillard.
1777. M. de Sapte.
1806. M. François de Villeneuve.

XXIX.

1694. M. PALAPRAT.
1721. M. Delherm.
1739. M. l'Abbé de Villars-Lugein.
1777. M. Férès.
1788. M. Barere.

. . . .

XXX.

1694. M. FERRIERE DE LACROISETTE.
1726. M. de Saget.
1770. M. Jamme.

XXXI.

1694. M. DE CAMPISTRON.
1723. M. de Lopès.
1753. M. d'Orbessan.
1806. M. Gary.

XXXII.

1694. M. DE TOURREIL.
1715. M. de Ranchin-Lavergne.
1739. M. Daspe de Meilhan.
1770. M. Martel.

XXXIII.

1694. M. L'ABBÉ DRUILLET, Ev. de Bayonne.
1727. M. de Coufoulens.
1730. M. de Stadens.
1776. M. l'Abbé d'Héliot.
1779. M. d'Albis.

. . . .

XXXIV.

1694. M. DE CATELLAN.
1733. M. Dumas d'Ayguebère.
1755. M. de Caraman, (président de Riquet.)
1759. M. Daguin.
1806. M. Desazars.

XXXV.

1694. M. FRANÇOIS BAYLE.
1709. M. de Papus.
1737. M. Duclos.
1753. M. de Montégut.
1608. M. Hocquart.

XXXVI.

1694. M. LE MAIRE DE TOULOUSE.
1697. M. Daspe, ancien Maire.
1712. M. de Maniban.
1713. M. de Nolet.
1733. M. de Ponsan.
1775. M. Magi.
1808. M. l'Abbé de Rozières.

MAINTENEURS NOMMÉS

par les lettres - patentes de 1725.

X X X V I I.

1725. M. DE BOYER D'ODARS DE CAMPRIEU.
1765. M. de Brienne.
1808. M. Démeunier.

. . . .

X X X V I I I.

1725. M. DE BOJAT.
1712. M. de Portes.
1806. M. Dralet.

X X X I X.

1725. M. DE GAILHAC.
1758. M. de Thomon.
1762. M. de Progen.
1783. M. de Malcor.

X L.

1725. M. GERAUD D'ALDÉGUIER.
1759. M. l'Abbé Forest.
1780. M. de Perigord.
1807. M. Carré.

É L O G E S

*Des CHANCELIERS et des MAINTENEURS
que l'Académie des Jeux Floraux a perdus, depuis
son inauguration en 1695.*

1.° M. MALEPRADE, Avocat.   169...

M. MALEPRADE, était déjà mort, le 5 février
1700, (c'est à cette date, que remonte le plus ancien

registre des Jeux Floraux érigés en Académie) et
M. de Laloubere lui avait succédé. Tous les autres
mainteneurs nommés par les lettres-patentes de 1694
vivaient encore. Ainsi, dans l'espace de cinq ans, il
n'était mort qu'un seul académicien. Les funérailles
ont depuis été plus fréquentes.

M. Maleprade était *maître ès Jeux Floraux* et l'un
des quatre que les lettres-patentes nommèrent mainteneurs. C'est une grande présomption de son mérite.
Palaprat et l'abbé Laborie ayant été reçus maîtres avant
lui, on peut en augurer qu'il était encore jeune lorsqu'il mourut. Je ne connais rien de sa famille. Je
trouve seulement qu'il y avait eu un capitoul de son
nom, au commencement du dix-septième siècle. La
perte du premier registre académique nous prive
d'avoir d'autres notions sur cet intéressant confrère.

<hr>

2.° M. DE MAURIAC.

1701.

La seconde perte que l'Académie eut à déplorer, est
celle de M. de Mauriac, conseiller de grand'chambre
au parlement.

Sa famille n'existe plus, du moins à Toulouse. Le
registre contemporain ne parle de lui, que pour annoncer sa mort, et pour dire qu'il eut pour successeur
M. de Rességuier, maître des Jeux Floraux.

<hr>

3.° M. DE MALEPEYRE.

1702.

Gabriel Vendanges de Malepeyre, conseiller au présidial de Toulouse, mourut en 1702. Il devait être
avancé en âge, puisqu'il était le doyen des officiers de
la cour présidiale.

Les preuves de son zèle, pour l'Académie subsistent
encore. C'était un homme religieux qui avait une

dévotion particulière à la Vierge et qui lui consacra tous ses travaux poëtiques. Une tradition qui ne paraît pas exagérée, nous a appris que depuis sa première jeunesse, il n'avait passé aucun jour, sans s'exercer à célébrer, en vers, les vertus ou les grandeurs de Marie. On a été jusqu'à dire qu'il avait composé, en son honneur, autant de sonnets, qu'il y a de jours dans l'année, et qu'un de ces sonnets trouvait chaque jour sa place, dans ses exercices de piété. Quelqu'idée qu'on attache à cette passion pieuse et poëtique, elle est aumoins respectable dans ses motifs, et mérite plus d'indulgence, que l'aveugle manie de ce chanoine de Loches, qui avait passé sa vie à composer, pour Agnés Sorel, des sonnets latins, tous acrostiches, dont le nombre porté à mille, formait un volume qu'on conservait encore en 1789, dans la bibliothèque du chapitre.

M. de Malepeyre avait vu, dans sa jeunesse, les balades, les virelais, et les rondeaux en honneur dans toutes les sociétés que fréquentaient les beaux esprits. Le chant royal était prescrit à ceux qui, dans la fête des anciens Jeux Floraux, aspiraient à la violette, à l'églantine, au souci, et même à l'œillet. Le sonnet avait résisté, dans la capitale, à la réforme du Parnasse français, et Boileau entraîné par l'esprit de son siècle, en avait parlé avec une distinction qui devait induire en erreur et enflammer le zèle de tous ceux qui avaient quelque propension à ce genre d'industrie. M. de Malepeyre qui s'était voué à cet exercice avec tout le zèle et toute la bonne foi de ses sentimens religieux, crut ne pouvoir rien faire de plus utile au progrès des lettres et de la piété, que d'encourager dans les autres, ce double objet de ses tendres affections.

Il proposa à l'Académie d'accepter la fondation d'une nouvelle fleur, d'un lis d'argent qui serait donné au meilleur sonnet composé en l'honneur de la Vierge. C'était un objet d'émulation de plus. L'Académie nomma des commissaires pour régler les conditions de la fondation ; et cependant M. de Malpeyre fit fabriquer et remettre à l'Académie la cinquième fleur dont allait s'enrichir le jardin de Clémence Isaure. Elle fut annoncée dans le programme de 1702, et distribuée l'année suivante. M. de Malepeyre n'en fut pas témoin. Il était mort dans l'intervalle, avant même d'avoir consommé son œuvre, et ses successeurs, refusant d'exécuter sa volonté qui n'avait pas été légalement constatée, l'Académie annonça qu'il n'y aurait plus de prix de sonnet. Trente-sept ans se passèrent, sans qu'il en fût question, et sans qu'il fût question non-plus d'une grand'messe que M. de Malepeyre avait fondée, pour célébrer l'anniversaire de l'érection des Jeux Floraux en Académie.

En 1739, M. de Malepeyre le fils eut quelques scrupules sur cette inexécution de la double volonté de son père. Il offrir de réparer ses torts, et l'Académie qui avait accepté ces deux fondations intéressantes, ne crut pas devoir rétracter cette acceptation. Le prix du sonnet annoncé en 1739, fut adjugé en 1740. La grand'messe fut dite, le premier samedi après la Purification, et l'Académie n'a pas manqué, jusqu'à la suppression des grands Carmes, d'assister à cette Messe qu'on disait dans la chapelle du Mont-Carmel.

Cette chapelle avait été bâtie et décorée par M. de Malepeyre avec un luxe et une libéralité qui tenaient de la profusion. On aurait dit qu'elle avait été creusée dans une carrière de marbre. La modestie de M. de Malepeyre et son humilité chrétienne, ne lui avaient pas permis de placer son buste dans la même enceinte, que la statue de la Vierge. Ce buste était dans le vestibule avec cette inscription : *nec intrà nec extrà.* Il en fut tiré, lorsqu'on enleva, pour les porter au Muséum, les autres marbres de cette chapelle. Je l'ai fait chercher inutilement. Mon objet était de proposer à l'Académie de l'acquérir, ou du moins d'en faire tirer une copie, pour en décorer notre salle.

Nous avons eu autrefois le portrait de M. de Malepeyre. Il avait été gravé, et son fils en donna en 1739 un exemplaire à l'Académie. Il serait à desirer que nous pussions recouvrer cet exemplaire ou trouver un moyen quelconque de nous procurer l'image de M. de Malepeyre ; rien n'étant plus juste et plus conforme à nos principes, que de manifester notre reconnaissance pour ceux dont les fondations ont contribué à donner plus d'éclat et d'intérêt à nos concours.

La place que la mort de M. de Malepeyre laissa vacante, fut donnée à M. l'abbé Laborie maître des Jeux Floraux.

4.º M. DE RESSÉGUIER. 1704.

M. de Rességuier, (Jean troisième du nom), Président aux enquêtes du parlement de Toulouse, était maître des Jeux Floraux, lorsqu'ils furent érigés en Académie. Cette preuve de ses talens littéraires est confirmée par le choix que l'Académie fit de lui, pour la seconde place de Mainteneur, qui vint à vaquer, l'expectative de la première ayant été donnée à M. de Laloubere. Sept ans s'étaient écoulés depuis les lettres patentes de 1694, lorsque M. de Mauriac mourut en 1701. Ce fut là le second deuil de l'Académie, et depuis cette époque, il s'est passé rarement deux ans, sans qu'elle ait eu quelque perte à déplorer. M. de Rességuier ne survécut que trois ans à son prédécesseur. Il mourut au mois d'août 1704, dans un âge bien peu avancé. Il n'avait que cinquante-huit ans. Savant magistrat, il avait cherché, comme tous ceux de sa race, à rehausser, par la culture des lettres, l'éclat et les avantages de la science des lois.

François de Rességuier son père qui était un des plus grands et des plus habiles magistrats qu'ait eus le parlement de Toulouse, avait été, un des mainteneurs des anciens Jeux Floraux. Durozoi rapporte, d'après les annales manuscrites de la ville de Toulouse, qu'en 1681, ayant été chargé de prononcer *la semonce*, le chef du consistoire M. Caumels capitoul pour la cinquième fois, lui répondit en vers, et que le corps des Jeux Floraux, enchanté de cette réponse le nomma mainteneur.

M. François de Rességuier avait voulu que son fils, dont il est ici question, avant de prendre les fonctions de juge, se livrât pendant quelque années aux exercices du barreau. J'ai vu un de ses plaidoyers, dans une cause qui se prêtait aux mouvemens de l'éloquence et aux ornemens d'un style fleuri et animé. Il n'est point d'homme d'esprit et de bon jugement, qui dans la maturité de l'âge, désavouât un pareil écrit, et ne fût bien aise de le retrouver parmi les essais de sa jeunesse. Le grand magistrat qui le dirigeait ainsi, laissa en mourant, un recueil de jurisprudence qui consistait dans le développement des questions intéressantes dont il avait été juge, avec l'exposition des motifs qui avaient déterminé les arrêts. Ce recueil continué, et rédigé ensuite par son fils, et par son petit-fils qui fut aussi un de nos mainteneurs, était attendu, pour faire suite aux collections savantes de M. Maynard, de M. d'Olive, de M. de Cambolas et de M. de Catellan. On le confia aux éditeurs du journal du palais de Teulouse qui avaient déjà en leur pouvoir les manuscrits de M. de Juin. Ils voulurent mêler leurs propres élucubrations à ces matériaux excellens qui dès-lors furent perdus, étant comme noyés dans une compilation indigeste et très-inexacte. Je m'étais proposé de les publier, dégagés de cet alliage; mais la jurisprudence ayant changé, ce travail serait absolument inutile.

M. le Président de Rességuier eut pour successeur,
M. Lecomte Avocat général, depuis conseiller d'honneur au parlement de Toulouse.

～～～～～

5.º M. DE TERLON.

1704.

M. de Terlon ou Trelon, car je trouve son nom
écrit de ces deux manières, appartenait à une famille
de robe ancienne dans le parlement de Toulouse et
dans la compagnie des Jeux Floraux. Il était un des
sept mainteneurs qui furent confirmés dans leurs places
par les lettres-patentes de 1694.

Je suis du nombre de ceux qui ont foi aux affections
héréditaires et aux bonnes races ; et dans l'embarras
où je me trouve de ne pouvoir, faute de renseignemens,
rien dire qui soit personnel à M. de Terlon, je remonte
avec intérêt et avec une sorte de complaisance, à son
ayeul, qui, comme lui, était conseiller au parlement
et mainteneur des Jeux Floraux, et qui fut chargé en
1604 de faire aux capitouls la semonce accoutumée.

Les mainteneurs et les maîtres assemblés chez lui
le premier avril, se rendirent au capitole précédés de
leur bedeau. Ils y furent reçus par le chef du consistoire et par les autres capitouls auxquels M. de Terlon
déclara que les mainteneurs et les maîtres des Jeux
Floraux, *exécuteurs de la volonté de dame Clémence
Isaure*, viennent, suivant la coutume, sommer et
requérir lesdits capitouls *comme héritiers de ladite
dame*, de FAIRE LEUR DEVOIR ; de préparer les
fleurs et les autres choses nécessaires pour la célébration
des Jeux Floraux. Le chef du consistoire M. de Fortis
répondit que, *si les mainteneurs des Jeux Floraux
sont en volonté de faire célébrer lesdits Jeux, cette
année ; lesdits capitouls ont aussi semblable desir,
sachant très-bien la volonté de ladite dame Clémence*

être telle que, chaque année, y ait distribution de fleurs, le trois mai, en faveur de ceux qui auront fait de plus belles œuvres en la poësie française; COMME ILS ONT VU PAR LE TESTAMENT *de ladite feue dame Clémence.*

En 1555 il y avait eu un capitoul appelé *Claude Terlon* docteur en droit et avocat au parlement. D'après la marche ordinaire des familles dont l'élévation commençait par le capitoulat, il y a lieu de croire que les deux conseillers au parlement dont j'ai parlé descendaient de ce capitoul.

Dans la vie de Christine, reine de Suède, il est parlé d'un Terlon ambassadeur de france, en suède, à qui elle écrivait, sur la révocation de l'édit de Nantes, une lettre qui fut publiée, et que Bayle appela un reste de protestantisme.

La famille de Terlon n'existe plus à Toulouse. Celui qui donne lieu à cet article mourut en 1704, il eut pour successeur M. de Ranchin–Montredon.

1707.

6.º M. GUI DE MANIBAN.

M. Gui de Maniban, était chancelier de Jeux Floraux, en 1694, lorsqu'ils furent érigés en Académie. Il fut confirmé dans cet office par les lettres-patentes de cette érection. Il mourut en 1707. J'ai cru ne pas devoir séparer son éloge de celui de M. Gaspard de Maniban son fils. *Voyez ci-dessous, n°. 83, année 1762.*

1707. ## 7.º M. D'ALDEGUIER-LAGARRIGUE.

1708. ## 8º. M. D'ALDEGUIER, trésorier de France.

Voyez ci-dessous, n.° 77, année 1759.

9.º

9.º M. BAYLE.

François Bayle était médecin. Le dictionnaire historique de l'abbé Chaudon dit qu'il était né dans le diocèse d'Auch. Il était professeur de philosophie à l'Université de Toulouse; il est auteur de différens ouvrages de médecine et de philosophie réunis en 1701 dans une édition faite à Toulouse, en quatre volumes *in-4.º*

L'exemple de Fontenelle avait déjà fait sentir combien les belles-lettres peuvent embellir les sciences et contribuer à en étendre l'utilité. Tout porte à croire que François Bayle avait aussi cherché, dans la littérature, les secours qu'elle offre aux savans, pour l'ornement, la clarté et l'intérêt de leurs compositions. Ce goût et cet amour des belles-lettres qui est la première qualité que nous recherchons, dut attirer l'attention de ceux qui étaient chargés de composer la nouvelle Académie. Il fut compris comme mainteneur, dans les lettres-parentes de 1694. Nos registres font foi qu'il fut fidèle à cette vocation. Si nous avions conservé celui des conférences littéraires qu'on faisait alors avec beaucoup de zèle et d'assiduité, j'y trouverais sans doute la preuve des lumières que devait y répandre un homme studieux, d'un excellent esprit formé par les meilleures disciplines. M. Bayle mourut le 24 septembre 1709, à l'âge de quatre-vingt-sept ans. J'ai remarqué ailleurs avec un regret qui se renouvelle, toutes les fois que j'en parle, que depuis cette époque, dans une ville qui a compté parmi ses médecins, tant de gens d'esprit, et d'un esprit cultivé, il ne s'en soit trouvé aucun qui ait paru jaloux de consacrer une partie de ses loisirs aux exercices de Clémence Isaure.

La place de M. François Bayle fut donnée à M. de Papus, chevalier de St.-Lazare.

C

10.º M. MASSOC.

1710.

M. Pierre Massoc naquit à Toulouse en 1662, il était fils aîné de M. Jean Massoc, avocat et ancien capitoul. Il était avocat lui-même, héritier de son père, et âgé de trente-deux ans, lorsqu'il fut nommé mainteneur de l'Académie par les lettres-patentes de 1694 ; il avait deux frères et trois sœurs. Ses deux frères étudiaient en théologie ; l'aînée de ses sœurs avait fait profession dans l'ordre de Ste-Cathérine ; les deux autres avaient également renoncé au monde, en se dévouant à l'instruction de la jeunesse, dans la Congrégation de l'enfance qui succomba sous les mêmes persécutions que Port-Royal des Champs, mais qui heureusement pour Toulouse, se rétablit sous un autre nom ; vit finir le règne de ses persécuteurs, fut utile et florissante jusqu'à la révolution, et nous montre encore quelques débris très-vénérables.

M. Pierre Massoc, qui déjà se distinguait au Barreau, et à qui ses talens et son application promettaient les plus grands succès dans cette carrière brillante, éprouva, comme tous ceux de sa famille, le désir de se consacrer à Dieu d'une manière spéciale. Son frère puiné était déjà prêtre et curé de Lagardelle. La vocation de l'autre paraissait moins affermie. Dans une famille de saints, le moindre doute sur une telle vocation, devait suffire pour s'abstenir d'un ministère si redoutable. Notre confrère qui éprouvait la sienne depuis long-temps, et qui pouvait moins s'y méprendre dans la maturité de l'âge, encouragea son jeune frère, à quitter l'étude de la théologie, pour celle de la jurisprudence ; lui procura un mariage avantageux, en lui transmettant l'hérédité de son père ; et libre des soins qu'exigeait l'administration de cette hérédité, il n'aspira qu'à la sainteté d'un état, où en faisant son salut, il travaillerait au salut des autres.

M. de Labrouc était alors évêque de Mirepoix. Confrère de M. Massoc et nommé en même temps que lui mainteneur de l'Académie, ayant peut-être avec lui des rapports plus particuliers, il avait été à même d'apprécier son mérite. Jamais prélat n'apporta plus d'attention à toutes les sortes de bien qu'il pouvait opérer dans son diocèse. Le calvinisme s'y était établi de bonne heure, et s'était enraciné sur-tout dans l'arrondissement qui avoisine la patrie de Bayle, (le Carlat). Pour y opérer des conversions, il fallait le double attrait du ministère de la parole et de l'édification. M. de Labroue crut atteindre à ce but, en établissant le séminaire de son diocèse dans la ville de Mazères, et en donnant à M. Massoc la direction du séminaire et de la paroisse, avec toute l'étendue de pouvoirs dont est susceptible un ecclésiastique du second ordre. Supérieur du séminaire, official, curé de la paroisse, grand-vicaire du diocèse, M. Massoc se livra avec tout le zèle d'un missionnaire, à ses nombreuses fonctions; on pourrait même dire qu'il s'y immola, si l'on considère qu'il arriva au terme de ses jours, avant d'avoir complété sa quarante-huitième année.

En voyant combien sa vie fut saintement et utilement remplie, ce serait une sorte d'impiété, de remarquer que ses travaux apostoliques privèrent l'Académie du fruit de ses talens. Au lieu des regrets que j'exprimerais dans d'autres circonstances, je ne puis ici que féliciter l'Académie, d'avoir compté parmi ses mainteneurs, un homme d'une piété et d'une doctrine si éminentes ; je ne puis que me féliciter moi-même d'avoir été destiné à rappeler, dans le sanctuaire d'Isaure, un souvenir qui est toujours présent et entouré de vénération, dans la paroisse que M. Massoc cessa de gouverner, il y a plus de cent ans. Il mourut à Mazères le 19 mars 1710.

Son acte mortuaire, où je ne cherchais que la date de
sa mort, porte qu'il était plein de zèle, de science et
de vertu. Ses paroissiens ne bornèrent point à ce témoignage l'expression de leurs sentimens; ils gravè-
rent sur son tombeau une épitaphe qui ne laisse rien
à désirer pour l'éloge de M. Massoc, et dont le style
ne déparera point la collection académique à laquelle
cet éloge appartient.

Hic jacet
Petrus de Massoc qui
Ex foro in clerum ,
Ex clerico et sacerdote in vicarium generalem
Et rectorem animarum
Divino consilio assumptus ,
Eos omnes gradus eorumque graduum munia
Ita implevit ,
Ut ad singula
Non tam institutus quam natus videretur.
Vir simplex et prudens ,
In se suosque parcissimus ,
In pauperes prodigus ,
Doctrinâ , morum Comitate ,
Zelo domûs Dei , opere , et sermone
Omnibus conspicuus ,
Sibi uni despectus ,
Cumulatam virtutibus vitam
Prœtiosâ morte coronavit.
Magnum suis bonisque omnibus desiderium
Æternamque memoriam
Post se reliquit.
Obiit
Die xix martii ,
Anno
Reparatœ salutis M. DCC. X
Ætatis suœ XLVIII.
Requiescat in pace,
Amen,

Il avait demandé, par son testament, d'être enterré dans le cimétière de sa paroisse ; il avait même
indiqué la place de sa sépulture. Ses paroissiens voulurent qu'il fût enseveli dans le chœur de l'Eglise paroissiale.

Sa place d'académicien fut donnée à M. le chevalier
d'Aliez.

11.° M. DE FIEUBET. 1711.

M. de Fieubet appartenait à une ancienne famille
de robe. Son père, qui mourut en 1686, était premier
président du parlement de Toulouse. Son ayeul avait
été nommé premier président du parlement de Provence, lorsque la mort le surprit à l'âge de quarante
ans. Un de ses oncles était conseiller d'état.

Notre confrère n'avait que vingt ans, à la mort de
son père, il était conseiller au Parlement, et lorsque
huit ans après, les Jeux Floraux furent érigés en Académie, il en était déjà mainteneur, et Louis XIV le
confirma dans cette place.

Il perdit cette même année 1694, son oncle, Gaspard
de Fieubet, conseiller d'état, connu dans la littérature
par plusieurs pièces de poësie qui annoncent un goût
sûr et délicat, un esprit solide, un ame honnête et
sensible. Sa fable intitulée Ulisse et les Syrènes, est
encore très-estimée ; tout le monde sait par cœur
l'épitaphe qu'il fit pour St. Pavin, abbé de Livri, si
maltraité par Boileau ; St. Pavin qui, peut-être, dans
sa jeunesse pensa trop librement et se laissa aller à
une vie trop voluptueuse ; mais que la vieillesse ramena à des pensées plus saines, et à la pratique des
vertus de son état.

M. de Fieubet n'avait que quarante-cinq ans,
lorsqu'il mourut en 1711. Il était sans doute exempt
d'ambition, puisqu'avec un nom si recommandable

dans la magistrature, il se borna à son office de conseiller. Il était le quatrième des enfans mâles que son père avait eus d'un premier mariage, les trois autres étaient morts jeunes. J'ignore s'il se maria.

Il eut pour successeur M. de Comynihan.

1711.

12.° M. LAFAILLE.

Lafaille mourut en 1711, il était de Castelnaudary, comme Arnaud Vidal à qui fut adjugée en 1324, la première *joie de la violette d'or fin.* Il y avait exercé l'office d'avocat du Roi, au présidial, lorsqu'il vint s'établir à Toulouse, où il fut quatre fois capitoul dans l'intervalle de 1660 à 1681. Ce fut pendant son troisième capitoulat, en 1674, qu'il proposa et qu'il fit adoper par le conseil de bourgeoisie, le projet de la galerie des illustres Toulousains, dont l'exécution lui fut confiée.

Avant d'être capitoul, M. Lafaille était déjà syndic de la ville; il en exerça les fonctions pendant plus de trente ans, et en obtint ensuite la survivance pour un de ses neveux. C'est pendant le cours de ce long syndicat, qu'il composa son grand ouvrage intitulé *Annales de Toulouse.* Il y avait alors au greffe de l'hôtel de ville plusieurs registres remontant à l'année 1295, qui ne contenaient d'abord que les noms et les portraits des capitouls; où l'on inséra ensuite les principaux événemens de l'administration municipale, et puis une foule de choses inutiles et fastidieuses. C'est l'idée qu'en donne Lafaille qui en sa qualité de syndic, ayant à s'instruire de l'histoire de la ville, dut y fouiller, et en extraire tout ce qu'il crut nécessaire, pour l'intérêt de son administration.

Ces extraits et les notes dont il les accompagna furent le premier fondement de ces annales. Son projet n'était pas de les donner au public. On voit, dans sa préface , qu'il y fut forcé par les instances du conseil de bourgeoisie qui mit , pour ainsi dire , à ce prix la survivance de son emploi , qu'il sollicitait pour son neveu.

C'était en 1683. M. le premier Président de Fieubet en accepta la dédicace ; mais il mourut avant que l'ouvrage fût publié. M. Lafaille ne chercha pas un autre mécène. Ses annales furent dédiées à la mémoire de M. de Fieubet. Au lieu d'un épître dédicatoire qui devait en orner le frontispice, il y plaça l'éloge funèbre de ce grand Magistrat.

Ces annales que Lafaille avait gardées long-temps inédites , mais qu'il montrait volontiers à ceux qui voulaient les connaître, avaient une grande réputation. L'auteur était homme d'esprit et de sens ; il écrivait avec peut-être trop de facilité, mais sa diffusion même n'est pas sans élégance. Le talent d'écrire ainsi , était encore rare hors de la capitale , et surtout dans les provinces éloignées; et malgré quelques incorrections , Lafaille était , par les qualités de son style , supérieur à tout ce qui l'entourait. Sa réputation à cet égard était grande encore , soixante ans après sa mort ; elle sembla s'accroître , lorsque Durosoi eut entrepris de refondre son ouvrage.

Malgré le mérite littéraire de Lafaille , le lecteur judicieux sent à chaque page , le vide de ces annales rendu plus sensible par le rapprochement des événemens contemporains pris dans l'histoire de France. Je jugerai moins sévèrement ce qui regarde l'ancienne ville de Toulouse, depuis son origine vraie ou fabuleuse jusqu'à la réunion de la comté de Toulouse à la couronne. Cette première partie de l'ouvrage de Lafaille , offre véritablement un corps d'histoire qui intéresse par les événemens qui lui sont propres, et dont les tableaux sont en général bien présentés.

Le traité de la noblesse des capitouls dont Lafaille

est auteur, n'est qu'un *factum* contre les détracteurs des privilèges du capitoulat ; mais ce *factum* précieux à la muncipalité de Toulouse, par son objet est encore recommandable, par la clarté et la solidité des preuves qui plaçaient le capitoulat, audessus de toutes les autres manières d'acquérir la noblesse.

M. Lafaille avait quatre-vingt ans, lorsque les Jeux Floraux furent érigés en Académie. Sa réputation et son influence dans le conseil Municipal durent faire jetter les yeux sur lui, pour une place de mainteneur, et j'avouerai volontiers que ses confrères en lui confiant la plume académique, ne pouvaient pas faire un meilleur choix, sous les rapports de la clarté , de l'é-légance, des connaissances acquises, et des talens exercés. Mais il était à craindre que les infirmités qui accompagnent presque toujours un grand âge, ne lui permissent pas de remplir les devoirs de sa place avec l'assiduité et l'activité nécessaires.

On pouvait craindre encore un défaut de zèle, pour les intérêts de l'Académie, lorsqu'ils seraient en op-position avec les prétentions du corps municipal. Dans la composion de ses annales, il avait trop montré, contre l'institution de Clémence Isaure, la déférence d'un syndic de la ville pour les préventions des capitouls.

On comptait sans doute qu'il n'y aurait plus de guerre entre l'Académie et le corps municipal, et en effet la paix n'avait pas encore été troublée, lorsque Lafaille mourut en 1711.

Je suis fâché d'avoir à le dire ; depuis l'installation de Lafaille jusqu'à sa mort, il faut regarder l'Académie, comme n'ayant pas eu de secrétaire perpétuel. Si sa signature se trouve sur nos registres, c'est parce qu'il a été plusieurs fois modérateur.

Son buste est dans la salle des illustres avec une ins-cription qui indique qu'il avait été quatre fois capitoul, secrétaire des Jeux Floraux, défenseur de la noblesse

des

des capitouls, historien élégant de la ville de Toulouse ; que c'est à lui principalement qu'est due cette galerie dans laquelle on donna à son buste, après sa mort, la place qui lui avait été assignée pendant sa vie, et que sa modestie lui avait fait refuser.

M. de Caulet-Gragnague lui succéda comme mainteneur, et M. le chevalier de Catellan comme secrétaire perpétuel.

13.º M. l'Abbé LABORIE. 1712.

M. l'abbé Laborie était maître de Jeux Floraux confimé par les lettres patentes de 1694, lorsque l'Académie, nomma, le 17 juin 1701, quatre *mainteneurs désignés*, avec l'expectative des premières places vacantes. Elle le mit au nombre de ces expectans, ou survivanciers avec exercice, qui remplissaient les mêmes fonctions et avaient les mêmes prérogatives, que les mainteneurs titulaires, et il fut nommé secrétaire des assemblées. M. de Malepeyre étant mort l'année suivante, sa place lui fut donnée. Il méritait cette préférence sur les autres survivanciers, par son ancien titre de *maître*, et par le zèle qu'il montrait, dans les exercices académiques. L'office de secrétaire des assemblées, dont les fonctions ne devaient durer qu'un an, lui fut confié par des nominations consécutives jusqu'à sa mort. Il en faisait encore les fonctions le 10 juin 1712 ; il mourut peu de jours après.

Je ne puis faire un pas dans cette histoire, sans rencontrer quelque sujet de regrets. J'exprime ici avec douleur ceux que me cause la perte des remarques que M. l'abbé Laborie avait recueillies. Nous y verrions la mesure du goût, des talens et des connaissances de nos prédécesseurs ; nous trouverions dans

leurs succès , et même dans leurs fautes, des motifs
d'encouragement et d'émulation.

La place de mainteneur que M. l'abbé Laborie
laissa vacante, fut donnée à M. de Rességuier, qui alors
était conseiller au parlement , et qui bientôt après
devint président aux enquêtes, comme son père , et
son aïeul dont j'ai parlé plus haut.

L'office de secrétaire des assemblées fut confié à M.
le chevalier d'Aliez qui le remplit toute sa vie , y ayant
été continué d'année en année , lors même qu'il fut
devenu secrétaire perpétuel.

1721.   14.º M. DASPE.

M. Daspe était conseiller au parlement, lorsque le
Roi le pourvut, en 1693, de l'office de maire de la
ville de Toulouse. Laloubere qui travaillait alors à tirer
les Jeux Florauux de l'état de dégradation où ils étaient
tombés, fut puissamment secondé dans ce dessein, par
M. Daspe. Le maire de Toulouse avait senti qu'en relevant
la gloire de cette antique institution, Toulouse en recevrait un lustre qui l'honorerait infiniment, et lui
conserverait le nom de cité palladiene. Il profita de
l'ascendant que sa place lui donnait sur les autres officiers municipaux, pour les associer à la demande qui
fut faite à Louis XIV, au nom du chancelier, des mainteneurs et des maîtres des Jeux Floraux. Laloubere, qui
rédigea cette supplique, la conçut avec sagesse , pour
ménager les intérêts du corps des Jeux Floraux , sans
effaroucher les prétentions du capitole. Le maire, dont
les vues administratives étaient saines et élevées, contribua infiniment au succès de cette négociation qui
sauva à la fois les Jeux Floraux de leur ruine, et la
muinicipalité, de la honte de n'avoir pas su apprécier
une telle institution.

M. Daspe aurait pu, s'il ne s'était occupé que de son agrément personnel, se faire comprendre dans la liste des académiciens; il aima mieux faire attacher cette prérogative à la place qu'il occupait. Il fut dit, dans les lettres-patentes, que le maire de Toulouse serait toujours l'un des mainteneurs.

Le fruit de cette modestie ne fut point perdu. La place de maire ayant été supprimée en 1698 ou 99, M. Daspe, qui dès-lors aurait cessé d'appartenir à l'Académie, continua d'occuper la place de mainteneur qui lui fut personnellement assurée. Il mourut à la fin de 1711 ou au commencement de 1712. Sa place fut donnée le 31 janvier à M. Gaspard de Maniban, qui était conseiller au parlement de Toulouse, et qui en devint premier président, et fut ensuite nommé chancelier des Jeux Floraux.

<div align="center">~~~~~~~~</div>

15°. M. DE LOMBRAIL-LASALVETAT. 1712.

Voyez ci-dessous, année 1755, n.° 71.

<div align="center">~~~~~~~~</div>

16°. M. DE NOLET. 1713.

Voyez ci-dessous, année 1733, n.° 43.

<div align="center">~~~~~~~~</div>

17°. M. DE VALETTE. 1713.

M. de Valette, conseiller au parlement, fut compris comme mainteneur, dans les lettres patentes de 1694. Il mourut au mois de mai 1713. Le 2 juin, quand on s'assembla pour nommer à sa place, le modérateur de l'Académie, M. d'Aldéguier, chevalier d'honneur, prononça son éloge. Je ne puis mieux

D 2

faire que de transcrire ici cette mention très-honorable
pour notre confrère , et qui contient tout ce qui peut
nous faire partager les sentimens d'estime qu'avaient
pour lui ceux qui furent à portée de le bien connaître.

» M. de Valette, disait M. d'Aldéguier , était du
» nombre de ces premiers académiciens dont le mérite
» a tant contribué à la restauration de nos Jeux , et
» dont les noms ne peuvent périr qu'avec les titres au-
» thentiques de cette compagnie. Plus nous avions per-
» du de ces premiers maîtres , plus ce qui nous en res-
» tait, nous était devenu cher ; surtout quand nous
» trouvions réunies, comme en M. de Valette, des
» mœurs aussi douces que droites, une raison solide et
» enjouée tout à la fois, un esprit aussi cultivé que
» naturel, subtil et exact tout ensemble. Savant sans
» orgueil, vertueux sans austérité, pieux sans scrupule;
» qui sut jamais mieux que lui s'accommoder au goût
» de tout le monde, avoir à propos de la bonté et de
» la condescendance, accorder parfaitement les bien-
» séances, la piété, et les devoirs de la vie civile avec
» la retraite ? Qui de vous, Messieurs, n'a pas admiré
» cent fois cet esprit sain et entier dans un corps tou-
» jours infirme et exténué, cette humeur libre et égale,
» à l'épreuve d'une vieillesse déjà assez avancée, et cet
» enjoûment continuel que la solitude, les affaires, et
» les occupations les plus sérieuses n'avaient jamais pu
» altérer ? »

La place de M. de Valette fut donnée à M. de
Casaubon.

<div align="center">~~~~~~~~</div>

18°. M. DE MORANT.

1713.

M. de Morant, était intendant de Provence , lorsqu'il fut nommée en 1687 , à la première présidence
du parlement de Toulouse, vacante par la mort de M.

de Fieubet. Les lettres patentes de 1694 le nommèrent l'un des trente-six mainteneurs de l'Académie, il en devint chancelier en 1707, après la mort de M. Gui de Maniban.

L'éloge de M. de Morant fut prononcé le 8 août 1713, par M. le président Druillet, modérateur, qui avait alors soixante-dix-neuf ans.

»Au sortir de son intendance, M. de Morant, disait-»il, fut mis à la tête du second parlement du royau-»me. Il vint y faire briller à la fois un discernement »toujours infaillible, un jugement solide, et une élo-»quence qui dirigée par un goût exquis, soutenue par »une imagination toujours heureuse dans sa vivacité, »par un style noble et précis, et par une justesse in-»finie, vous le fit regarder comme orateur aussi parfait »que magistrat célèbre. Son amour pour la poësie, »le sel qui se trouvait répandu dans les amusemens de »sa verve enjouée, et dans tout ce que produisait son »esprit galant et poli, ses idées justes, sa critique »toujours sure et toujours débarrassée de vains scru-»pules que se forme un goût incertain, ces talens, »dis-je, étaient fréquemment le sujet de notre admi-»ration. »

Il y avait quatre ans que M. de Morant s'était démis de la première présidence. Le Roi en avait pourvu M. de Bertier, premier président du parlement de Pau, et l'un de nos mainteneurs. A la mort de M. de Morant, M. le premier président de Bertier, fut nom-mé chancelier de l'Académie, et sa place de mainte-neur fut donnée à M. Cormouls, avocat, le 8 août 1713.

19°. M. DE TOURREIL. 1714.

Le nom de Tourreil ne peut jamais être prononcé, sans rappeler le souvenir de l'indignation de Racine, sur ce qu'en traduisant Démosthène, il lui donnait de l'esprit. Ce reproche eut été moins fondé, ou même n'eut pas été fait au traducteur, si Racine avait entendu lire cette traduction dans l'édition de 1701, que Tourreil avait corrigée au point de rendre méconnaissable celle de 1691, qui était si vigoureusement improuvée, et qui néanmoins eut tant de succès et lui avait fait une si grande réputation. Tourreil qui s'occupa de Démosthène toute sa vie, avait augmenté cette traduction de six nouvelles harangues et y avait ajouté un tableau historique de la Grèce, considérée en quatre âges différens marqués par autant d'époques mémorables. Dans cette histoire qui forme la préface de son livre, et qui sous ce titre modeste est un ouvrage considérable, Tourreil prononce, après un assez long examen, que si Alexandre fut plus grand conquérant que Philippe son père, celui-ci fut un plus grand homme ; parce qu'il était bien moins difficile de soumettre l'Asie avec le secours des grecs, que de soumettre les grecs si souvent vainqueurs de l'Asie. Aussi trouve-t-il étrange, que les anciens et les modernes se soient amusés à comparer César avec Alexandre. C'est à Philippe, dit-il, que César doit être comparé ; et les rapports qu'il trouve entr'eux paraissent si sensibles, qu'on est surpris qu'ils aient échappé à Plutarque et à tous ceux qui se sont occupés de ces sortes de parallèles.

Cet abrégé de l'histoire de la Grèce, où l'on remarque une grande étendue de connaissances, beaucoup de justesse et d'élévation dans les idées, ouvrit à M. de Tourreil les portes de l'Académie des inscriptions et belles-lettres, qui n'était encore composée que de huit personnes. Il fut un de ceux qui contribuèrent le plus à l'édition qu'on donna en 1702, des médailles sur les principaux événemens du règne de Louis XIV ; sans néanmoins jamais abandonner l'étude de son auteur favori,

Cette étude continuelle de Démosthène semblait le rendre encore plus propre aux exercices de l'Académie Française, où il était d'ailleurs recommandé par deux prix d'éloquence qu'il y avait remportés en 1681 et 1683. Aussi y avait-il été reçu presqu'en même-temps, qu'à la *petite Académie;* c'est ainsi qu'on appelait alors celle des inscriptions et belles-lettres.

Le reproche qu'on lui faisait d'avoir trop d'esprit, prouve qu'il en avait infiniment, et il le montra d'une manière bien brillante, en arrivant à l'Académie Française. Le sort l'avait mis à la tête de cette compagnie en qualité de directeur, lorsqu'elle alla présenter au Roi, aux princes et aux ministres, son dictionnaire qui venait d'être achevé. Tourreil fit à cette occasion vingt-huit complimens qui pleins d'esprit et de grâce, tous bien appropriés à chaque personne, variés dans le ton et dans le style, ne rentrant jamais l'un dans l'autre, furent extrêmement applaudis. Ce succès merveilleux ne l'enivra point. Il eut le bon esprit de n'en point donner de copies.

M. de Tourreil était né et avait été élevé à Toulouse. Son père était procureur général au parlement; sa mère Margueritte de Fieubet, était tante du premier président de ce nom, et du conseiller d'état qui fut célèbre par ses talens autant que par ses grands emplois. Tourreil avait montré dès sa première jeunesse une forte passion pour l'éloquence.

A cette époque il y avait à Toulouse un avocat d'un très-grand mérite, Nicolas Parisot, né avec les plus grandes dispositions pour les sciences. Guillaume de Fieubet, père du premier président, qui avait, dit Lafaille, un discernement sûr, lui avait fourni les moyens de devenir une des plus vives lumières du barreau de Toulouse. Plein de reconnaissance, dit le même historien, Parisot voulut présider à l'éducation des enfans de Guillaume de Fieubet et diriger

leurs maîtres. Tourreil participa à cet intérêt de Parisot pour la famille de son bienfaiteur. L'exemple de
ses compositions oratoires excitant l'émulation de quelques autres jeunes gens, il se fit entr'eux une société,
où l'on travaillait à l'envi. On s'y distribuait tour à
tour des sujets de discours ; tous contribuaient à la
récompense de la meilleure pièce.

On n'est point éloquent, au moins à cet âge, sans
avoir une ame sensible, ardente, impétueuse ; celle
de Tourreil s'enflammait aisément sur-tout au récit des
exploits militaires. Il ne respirait que pour la gloire
des armes, et l'on ne le retint dans le cours de ses
études, que par l'exemple des romains fameux qui
avaient brillé dans le barreau avant de se montrer à
la tête des légions. Ce fut pour suivre ces glorieux
exemples, qu'il alla à Paris se perfectionner dans l'étude
du droit et des belles-lettres, et il ne négligea rien pour
se distinguer dans l'une et l'autre carrière.

Au milieu des applaudissemens que lui attirait sa
traduction de Démosthène, il publia plusieurs dissertations de droit, sous le nom *d'Essais de Jurisprudence.*

Ils parurent en 1694, pendant que ses amis de
Toulouse songeaient à faire ériger les Jeux Floraux
en Académie. Il s'intéressa vivement à cette érection,
se souvenant que les fleurs de Clémence Isaure avaient
été pour son ame ardente le premier aiguillon de gloire,
la première cause des concours vraiment Académiques,
qu'il avait fait établir dans sa famille. Il voulut être
un des mainteneurs de la nouvelle Académie ; et l'on
comprend avec quel plaisir et quel empressement, sa
demande fut accueillie. Son nom fut placé à côté de
celui de Campistron qui, comme lui, était de l'Académie Française. Tous deux avaient formé le vœu,
au milieu des attraits de la capitale, de venir finir leurs
jours à Toulouse. Campistron l'accomplit. Nos pères

le virent pendant plus de vingt ans, embellir nos
séances, fidèle à tous les devoirs des enfans d'Isaure.
Tourreil fut surpris par la mort à l'âge de 58 ans, le
11 octobre 1714.

L'Académie était alors en vacances. Lorsqu'elle rentra au mois de novembre, elle eut à déplorer, avec
cette perte, celle de M. le président de Montbrun, qui
était aussi l'un des mainteneurs de 1694. M. d'Ouvrier,
qui se trouvait modérateur de l'Académie quoiqu'il ne
fût que survivancier, fit dans un même discours, le 23
novembre 1714, l'éloge des deux Académiciens qu'on
allait remplacer. La place de M. de Tourreil fut donnée
à M. de Ranchin-Lavergne.

20°. M. DE MONTBRUN. 1714.

M. de Montbrun était président à mortier au parlement de Toulouse, lorsque les Jeux Floraux y furent
érigés en Académie. Il fut nommé non-seulement l'un
des mainteneurs, mais modérateur du premier trimestre. Ce choix annonce qu'on lui reconnaissait des
talens oratoires très-distingués, et nous en avons la
preuve dans l'éloge que M. d'Ouvrier prononça, quand
sa place fut déclarée vacante, et qu'il fallut lui donner
un successeur. « Ce fut, dit-il, au beau discours qu'il
»prononça, à l'ouverture de l'Académie, qu'elle doit
»l'idée avantageuse que le public en conçut dès-lors,
»et qu'elle a si-bien soutenue. »

Cette éloquence noble n'était pas le seul talent de
M. le président de Montbrun ; son panégyriste parle
d'autres compostions dans le genre agréable, où se
montraient, avec une élégance soutenue, des pensées
d'une finesse extrême et des traits d'une vivacité charmante. C'était un grand magistrat, d'un caractère remarquable par sa fermeté, dont l'air aurait paru même

un peu austère, s'il n'avait été tempéré par sa grande politesse. Ce contraste d'un extérieur sévère qu'il conservait même dans le commerce de la vie, devait rendre plus piquante la communication qu'il faisait à ses amis de ses compositions purement agréables. J'ignore si *Montbrun* était un nom de terre, ou son nom de famille, et si cette famille existe encore; je n'ai su même à qui m'adresser, pour avoir de plus amples renseignemens. Il mourut dans l'automne de 1714. M. d'Ouvrier son panégyriste lui succéda.

21.º M. DE FERMAT.

1714.

M. de Fermat, conseiller au parlement, était l'un des sept mainteneurs de l'ancien corps des Jeux Floraux, confirmés en 1694. A sa mort, l'Académie n'était plus dans l'état de langueur où elle s'était d'abord trouvée par l'absence de quelques-uns de ses membres, et par le peu d'assiduité de plusieurs autres qui se devaient à des occupations plus essentielles. Les acquisitions nouvellement faites ayant rendu les séances assez nombreuses pour l'activité des travaux ordinaires, l'Académie délibéra de ne plus nommer de survanciers. Sur quoi l'on observait, qu'après même qu'ils seraient tous devenus titulaires, les académiciens seraient en plus grand nombre que ne portent les lettres-patentes; parce que plusieurs mainteneurs ayant donné leur démission, et leurs places ayant été remplies, avaient néanmoins été priés de conserver leur rang et leurs fonctions. Huit jours après cette délibération, le 5 août 1714, M. le président Druillet, qui venait, pour ainsi dire, de prononcer l'éloge de M. de Morant, exprima ainsi les regrets de l'Académie sur la mort de M. de Fermat.

« Vous n'êtes déjà que trop instruits du triste sujet

»qui nous assemble aujourd'hui. La mort vient de
»nous enlever M. de Fermat, conseiller au parlement,
»notre confrère, et pour surcroît de malheur, elle
»nous l'enlève dans un âge qui ne nous avait pas pré-
»parés à la sensible douleur que nous ressentons de sa
»perte. Il eut été bien plus naturel, et plus heureux
»pour vous, Messieurs, qu'il se fût acquitté à mon
»égard du devoir que j'ai à remplir ; son amitié pour
»moi lui aurait fourni la matière d'un éloge, que la
»seule vérité me dictera, en faisant le sien (1).

»Personne n'ignore que M. de Fermat, grand-père
»de celui que nous regrettons aujourd'hui, était non-
»seulement un des grands jurisconsultes de son temps,
»mais que ne se bornant pas à cette seule science, il
»excellait encore dans celle des mathématiques. Il
»s'était rendu si profond et si célèbre dans ces matières,
»que dans les questions les plus difficiles, il était con-
»sulté par les savans même des pays étrangers. Vous
»savez tous, Messieurs, que le fils de ce grand homme
»méritait de porter ce titre comme lui, et que si la
»faiblesse de son tempérament lui avait permis d'exé-
»cuter ce que la force de son génie lui a fait entre-
»prendre, nous admirerions ses ouvrages avec ceux de
»son père.

»L'illustre Académicien qui fait le sujet de notre
»douleur avait heureusement succédé à tous les talens
»de ses ancêtres ; il était né avec un esprit si supérieur
» aux esprits même les plus élevés, qu'il aurait rendu à
»ses pères avec usure, la gloire qu'il en avait reçue,
»si dans les commencemens, il avait eu la force de
»préférer aux amusemens qui occupent d'ordinaire les
»gens de cet âge, l'application continuelle que deman-
»dent les sciences, lorsque l'on aspire à se faire par
»elles une grande réputation. La facilité qu'il avait à

______

(1) M. Druillet avait alors quatre-vingts ans.

»tout concevoir et à tout apprendre, abrégeait toujours
»pour lui le chemin pénible qui conduit au savoir. A
»peine avait-il achevé de se distinguer dans ses pre-
»mières études, qu'il sut se distinguer sur le tribunal
»de la justice. Il ne dut qu'à ses propres lumières ce
»que les autres n'obtiennent que par le secours d'une
»longue expérience ; et tous ceux qui l'ont vu dans
»l'exercice de sa charge, conviennent que l'on ne peut
»rien ajouter à la pénétration, avec laquelle il dé-
»mêlait les affaires les plus difficiles.

»Vous avez été témoins comme moi, Messieurs, de
»l'excellence de ses jugemens sur des matières moins
»importantes. Cet esprit propre à tout, pouvait pas-
»ser pour un prodige dans tous les différens caractères
»qu'il prenait ; on le trouvait profond dans ses raison-
»nemens, vif dans ses saillies, agréable dans ses narra-
»tions, et presque inimitable dans le badinage dont il
»égayait les conversations. Personne n'aura jamais
»comme lui l'art d'assaisonner les louanges, et de leur
»ôter l'insipidité qui leur est si naturelle.

»Que n'ai-je moi-même, Messieurs, une partie de
»ce talent pour lui consacrer aujourd'hui des louanges
»immortelles. Il en a mérité dans tout le temps de sa
»vie, et surtout dans les derniers jours d'une longue
»maladie, où il a su ajouter à la constance d'un phi-
»losophe, la patience et la résignation d'un véritable
»chrétien. »

Sa place fut donnée à M. de Lombrail-Rochemontès.

22.° M. l'Abbé D'AUTERIVE.   1716.

Voyez ci-desssous n.° 25, année 1718.

23°. M. le Président de CAULET.   1717.

Voyez ci-dessous n°. 73, année 1755.

24.° M. le Président DRUILLET.   1718.

Voyez ci-dessous n.° 45, année 1733.

25.° M. D'AUTERIVE.

M. l'Abbé D'AUTERIVE.   1718.

M. d'Auterive était un des sept mainteneurs des Jeux Floraux., confirmés dans leurs places par les lettres-patentes de 1694. Son mérite « disait M. de Cazaubon dans la séance du 27 novembre 1718, «le rendit recomman-
»dable dans les différens états auxquels sa destinée l'ap-
»pela. A peine, pour ainsi dire, commençait-il de vivre,
»qu'une noble émulation lui fit chercher les occasions de
»signaler son courage et ses talens pour la guerre. Il les
»faisait déjà paraître avec succès, quand des circons-
»tances malheureuses, mais pourtant glorieuses pour
»lui, le forcèrent de quitter ce parti et d'en prendre
»un tout opposé; M. d'Auterive, né en quelque façon
»pour tout ce qu'il voulait entreprendre, attira bientôt
»sur lui dans cette nouvelle profession l'estime publique.
»Son génie vaste et étendu lui fit faire en fort peu de temps
»des progrès infinis dans l'étude et dans la connais-
»sance des lois. Une merveilleuse facilité pour la
»poësie, soutenue d'une imagination vive et féconde,
»lui fit produire des ouvrages dignes des plus grands
»maîtres ; son goût pour les belles-lettres, cultivé dès

»sa plus tendre jeunesse , lui donna une connaissance
»exacte et parfaite des auteurs anciens et modernes.
»Mais ce n'était pas assez pour un génie comme le
»sien, que des connaissances auxquelles tous les hom-
»mes peuvent atteindre, il porta ses vues encore plus
»loin. Les mathématiques abstraites et difficiles lui de-
»vinrent bientôt familières; la science étendue des faits
»les plus reculés de l'antiquité, ne l'étonna point et
»ne lui coûta que fort peu d'années d'application; la
»théologie même qui ne semblait point être de son
»ressort ne lui fut pourtant pas inconnue.»

La place de M. d'Auterive fut donnée à M. le Comte
de Fumel.

M. l'Abbé d'Auterive fut aussi nommé mainteneur
par les lettres-patentes de 1694. Il était chancelier de
l'Université, dignité attachée au chapitre métropolitain
de Toulouse. Il mourut en 1716, et l'Académie donna
la place qu'il laissait vacante à M. d'Advisard , ancien
avocat-général et conseiller d'honneur au parlement.
J'ignore si M. l'Abbé d'Auterive était frère, oncle ou
cousin de celui dont on vient de parler.

<div style="text-align:center">~~~~~~</div>

1718.   26.° M. l'Abbé COMPAING.

»Messieurs , disait M. de Cazaubon le 16 décembre
»1718 , nous venons pleurer la mort d'un de nos
»confrères , respectable par mille vertus, recomman-
»dable par son génie, par ses lumières, par son savoir,
»par l'intégrité de ses mœurs, par sa religion, et par sa
»piété. Semblable à un des plus grands pères de l'église,
»il passa des pénibles emplois du barreau aux fonctions
»honorables du sacerdoce. Après avoir brillé dans les
»tribunaux de la justice , son zèle ardent pour la re-
»ligion le porta à employer plus utilement son élo-
»quence. Les temples du Seigneur ont retenti plsieurs

»fois de ses discours instructifs, touchans et pathéti-
»ques. Toujours plein de ferveur, il annonça la parole
»évangélique aussi long-temps que sa santé put le lui
»permettre; mais il ne borna pas là ses travaux. Pro-
»fond dans l'histoire ecclésiastique, il travailla sur les
»quatre premiers siècles de l'église, et il nous en aurait
»laissé une histoire complette, si ses infirmités ne
»l'avaient encore forcé d'abandonner cette entreprise.
»Ce sont sans doute ces différentes occupations qui ne
»lui permirent pas d'être assidu à nos assemblées.
»Peut-être même qu'une délicatesse un peu trop scru-
»puleuse lui fit regarder comme perdu tout le temps
»qu'il ne donnerait pas aux saints exercices de son
»ministère.»

Le titre de **M.** l'abbé Compaing passa à **M.** Montaudier, avocat, académicien surnuméraire.

27.º M. DE LABROUE. 1720.

Il était déjà évêque de Mirepoix, lorsque l'Académie
fut établie; mais il aimait sa patrie et les lettres et
l'institution qui en avait entretenu le goût dans le midi
de la France. Il avait remporté des prix aux Jeux
Floraux; aussi n'hésita-t-on pas à le comprendre dans
le nombre des mainteneurs de 1694. Il mourut en 1720.
Son éloge fut prononcé par M. le président de Rességuier,
modérateur de l'Académie.

«Je pourrais me promettre, disait M. de Rességuier,
»d'acquitter dignement le tribut que je viens rendre
»à sa mémoire, s'il suffisait de vous faire ressouvenir
»qu'il a été un des plus saints prélats de l'Église; que
»pendant quarante-deux ans d'épiscopat, il l'a soute-
»nue par ses instructions, défendue par ses écrits,
»accrue par ses travaux, édifiée par ses exemples;
»qu'il a mis toute son ambition à égaler les évêques
»des premiers temps par sa simplicité, sa frugalité et

»sa modestie ; que de ce qu'il retranchait des com-
»modités de la vie , il formait un fonds pour soulager
»les misères d'un grand diocèse ; qu'il a été le père des
»pauvres, le protecteur et l'asile de l'innocence oppri-
»mée ; qu'il a perpétué son zèle et sa charité par plu-
»sieurs établissemens considérables ; que dans le grand
»dessein de défendre l'Eglise, de ramener ses brebis
»égarées, de rétablir la sévérité des mœurs, il a tou-
»jours mis en œuvre encore plus de vertus que de
»talens.

»Mais pour connaître ce digne prélat tout entier, il
»faudrait sonder avec lui les plus profonds mystères
»de la religion.

»Je me bornerai donc, Messieurs, à vous parler de
»ses talens pour les sciences. Né avec un heureux gé-
»nie, il les cultiva dès sa plus tendre enfance. Sa
»vivacité et sa pénétration en hâtèrent les progrès et le
»mirent bientôt en possession de ces trésors dont la
»découverte est le fruit ordinaire d'un âge mûr et la
»récompense d'un long travail.

»Il a conservé jusques dans ses dernières années, le
»souvenir des traits les plus remarquables des anciens
»et des modernes ; il les mêlait quelquefois dans sa
»conversation, non pour suppléer à ses pensées ; il créait
»toujours même en citant, soit par la justesse de l'ap-
»plication , soit par la finesse de sa critique, ou par
»les réflexions ingénieuses dont il ornait les pensées
»d'autrui. La délicatesse et l'agrément de son esprit ,
»une facilité singulière à embellir les moindres sujets,
»par le tour et par l'expression, répandaient des
»grâces sur tout ce qu'il disait.

»Les grandes connaissances qu'il acquit dans ses
»premières années, lui firent sentir de bonne heure
»l'obligation de rapporter tous ses talens à leur source,
» et de les consacrer à étendre la gloire de celui qui
»l'avait si abondamment partagé.

»Il

»Il fit d'abord éclater les prémices de son zèle dans
»de fameuses et pénibles missions; appelé ensuite pour
»annoncer la parole de Dieu devant les Rois, ses ser—
»mons lui attirèrent l'estime et l'admiration d'une cour
»qui était le séjour du bon goût et de la politesse; on
»le destina aux premières dignités, tandis qu'il ne pen-
»sait sincérement qu'à instruire et à édifier.

»Il se forme entre les grands hommes des liaisons
»d'autant plus intimes, qu'elles ont pour fondement
»une parfaite connaissance du mérite, et d'autant plus
»solides, qu'elles ont un objet invariable. Telle fut
»l'amitié qui unissait M. de Labroue, et l'illustre évêque
»de Meaux. Ce grand prélat qui connaissait et qui pos-
»sédait lui-même si parfaitement toutes les qualités
»nécessaires pour former l'esprit et le cœur des sou-
»verains, proposa son ami pour remplir, auprès des
»enfans de France, un emploi si important pour la
»gloire des princes et pour le bonheur des peuples.

»Mais le même esprit qui avait appelé M. de
»Labroue à l'épiscopat et qui le lui fit accepter dans
»des vues avec lesquelles il est permis même de le
»désirer, cet esprit de charité et de zèle le retira de la
»cour, pour l'appliquer tout entier à la conduite de
»son troupeau. Il se proposa d'abord les plus parfaits
»modèles; il entreprit avec courage et il a soutenu
»constamment jusqu'à la mort, les plus pénibles fonc-
»tions et les plus rudes travaux Ne l'avons-nous pas
»vu, déjà glacé et presque éteint, reprendre ses forces,
»et se ranimer par le seul desir de se rendre encore
»utile à la religion ?

»Si l'importance de son ministère et sa scrupuleuse
»assiduité à le remplir nous l'ont presque toujours
»dérobé, nous avons tiré de lui de puissans secours.
»Il nous a communiqué ses lumières en venant se dé—
»lasser dans nos assemblées, lorsque les besoins de son
»église nous le ramenaient; avec quelle complaisance

E

»ne rappelons-nous pas le souvenir de ces jours heureux
»où cet homme si respectable est venu s'asseoir parmi
»nous. Il nous a laissé des modèles dans ses écrits, où
»la finesse des tours, l'élégance, les graces du style se
»joignent aux idées les plus sublimes, pour servir la
»piété et la religion ; il nous a donné de nouvelles
»forces ; il nous a ranimés par l'émulation. »

M. de Labroue eut pour successeur le chef du consistoire qui jusqu'alors avait été surnuméraire.

28.º M. DU PUGET St.-ALBAN.

1721. Ce fut le 21 mars 1721, que M. le président Druillet
de Montlaur, modérateur de l'Académie, prononça
son éloge.

»Les diverses occupations de la vie de M. le Baron du
»Puget, nous fournissent toutes de justes sujets de le
»louer. Les premières années de sa jeunesse furent em-
»ployées à l'étude des belles-lettres. Confirmé par le Roi
»dans la place qu'il occupait si dignement aux anciens
»Jeux Floraux, c'est dans les fonctions de ses devoirs
»académiques, que vous avez admiré les saillies de son
»esprit enjoué, la facilité de son expression, sa critique
»fine, judicieuse et modeste, et surtout son zèle cons-
»tant pour les intérêts de cette compagnie. Ses longues
»et fréquentes infirmités l'ont souvent éloigné de nos
»exercices, et leur privation ajoutait un surcroît de
»sensibilité à ce que ses maux lui faisaient souffrir.

»Réduit à cet état de langueur et de solitude, où
»jette nécessairement une mauvaise santé, l'étude
»de l'histoire et principalement des connaissances
»généalogiques occupa ses loisirs. La charge de
»lieutenant des maréchaux de France qu'il a long-
»temps exercée, lui fournit de fréquentes occasions de
»se rendre utile. Juge du point d'honneur, arbitre des

»démêlés de la noblesse , il sut rapprocher les ennemis
»les plus irréconciliables.

»Ce sont sans doute ses vertus bienfaisantes qui lui
»ont attiré du ciel ce courage, et cette assurance chré-
»tienne qui l'ont soutenu jusqu'au dernier moment de
»sa vie , et qui doivent servir à sa famille et à ses amis,
»d'exemple et de consolation.

Il eut pour successeur M. de Nesmond , archevêque
d'Albi , nommé à l'archevêché de Toulouse.

29.° M. PALAPRAT. 1721.

Jean Palaprat naquit à Toulouse en 1650 , remporta
plusieurs prix aux Jeux Floraux, embrassa la profession
d'Avocat, se distingua au barreau , fut capitoul en
1676 , chef du consistoire en 1684, alla à Paris , où
l'agrément de son esprit le fit rechercher , ensuite à
Rome, où la Reine Christine tâcha vainement de
l'arrêter auprès d'elle. De retour à Paris , il fut admis
dans la cour du grand-prieur de Vendôme , et se fit
remarquer par des saillies piquantes , souvent très–
hardies, dans cette fameuse société du Temple , dont
on disait que Chaulieu était l'Anacréon. Il avait déjà
travaillé pour le théâtre, lorsqu'il fit connaissance avec
l'abbé Brucys.

»Brueys et Palaprat, dit Laharpe, nés tous deux
»dans le midi de la France , qui avaient la vivacité
»d'esprit et la gaieté qui caractérisent les esprits de ces
»belles provinces, réunis tous deux par la conformité
»d'humeur et de goût, et qui mirent en commun leur
»travail et leur talent, sans que cette association délicate
»ait jamais produit en eux de jalousie, nous ont laissé
»deux pièces d'un comique naturel et gai, *l'Avocat*
»*Patelin et le Grondeur.* »

Lorsque les Jeux Floraux furent érigés en Académie,

Palaprat qui y avait été reçu maître, fut choisi pour être un des nouveaux mainteneurs. Il se proposait comme Laloubere, Campistron et Tourreil, de venir finir ses jours à Toulouse. Laloubere et Campistron accomplirent ce vœu. Tourreil fut surpris par la mort à Paris; Palaprat eut le même sort.

M. d'Aldéguier, chevalier d'honneur, fit son éloge dans la séance du 30 novembre 1721.

»Toulouse, disait-il, a perdu un citoyen, qui non-
»seulement lui a toujours fait honneur, mais qui même
»l'a servie utilement durant plusieurs années. Vous le
»savez, Messieurs, quelque attachement qu'il eût pour
»les muses, il ne leur a pas donné tout son temps et
»tous ses soins. Le peuple de Toulouse a plus d'une
»fois recueilli le fruit de son travail et de ses veilles.
»On l'a vu dans le barreau et dans la magistrature,
»s'acquitter dignement de tous les emplois dont il a
»été chargé; et comme s'il n'était pas assez extraordi-
»naire de voir réunir dans le même sujet tant de talens
»divers; de trouver l'homme de conseil et d'affaires
»dans le poëte et l'homme de lettres; de voir ensemble
»l'austérité de Thémis avec le badinage des grâces, M.
»Palaprat a ajouté encore à un assemblage si rare un
»trait de singularité qui n'a point d'exemple. Le croiriez-
»vous, Messieurs, pour peu qu'il nous fût permis d'en
»douter ? Le magistrat expérimenté, sage, prévoyant,
»c'est là le jeune homme, en M. Palaprat; l'homme
»occupé de son plaisir, et plus heureux encore à faire
»le plaisir des autres, le poëte enjoué et galant, l'au-
»teur fécond et vif dans ses productions, c'est là le
»vieillard. Quel autre homme n'eut pas paru déplacé
»dans ces deux états? et quel génie ne fallait-il pas pour
»s'y soutenir ainsi? C'est cet heureux génie qui lui pro-
»cura les bonnes grâces de M. le grand prieur de
»Vendôme. C'est dans le dessein qu'il forma de lui
»plaire et de le divertir noblement, qu'il s'attacha aux

»muses encore plus qu'il n'avait fait jusqu'alors ; et
»c'est dans l'heureux loisir que lui procura son pro-
»tecteur, qu'il composa ce grand nombre d'ouvrages
»dans lesquels il est aisé de remarquer son caractère vif
»et enjoué, et sur-tout cette facilité de génie qui ne
»sent jamais le travail ; aussi, comme il le dit lui-
»même, avait-il fait ses conditions avec les muses : il
»voulait être leur ami, et non pas leur manœuvre.

» Je n'entrerai là dessus dans aucun détail : le public
»a assez fait l'éloge de ses ouvrages.»

Il eut pour successeur M. Delherm.

3o.º M. DULAURENS.

1722.

M. Thomas Dulaurens était avocat au parlement,
il fut capitoul en 1666, ensuite en 1681, et chef du
consistoire en 1700. A cette époque, il était en même-
temps lieutenant général des eaux et forêts de France.

En 1705, le tribunal connu sous le nom de *la table
de marbre* ayant été supprimé, et ses attributions ayant
été données au parlement, M. Dulaurens fut nommé
d'abord avocat, ensuite procureur du Roi à la nouvelle
chambre des eaux et forêts.

Ce fut en 1708, qu'à la mort de M. d'Aldéguier,
trésorier de France, l'Académie lui donna le titre de
mainteneur, dont il faisait déjà les fonctions en qualité
de survivancier.

3i.º M. DE CAMPISTRON.

1723.

M. de Campistron (Jean - Galbert) naquit à
Toulouse en 1656. Sa famille y était ancienne et
considérée. Son père, avocat au parlement, fut capitoul pour la troisième fois en 1689, et les registres

E 3

de l'hôtel de ville font mention d'un autre Campistron,
docteur et avocat, qui avait également été décoré du
capitoulat en 1590. Il paraît que le jeune Campistron,
destiné par son père à la profession d'avocat, fut contrarié dans le goût qu'il montra de très-bonne heure
pour la poësie, et que pour s'affranchir de la gêne
qu'on lui imposait, il s'enfuit à Paris. Il dut aux conseils de Racine, qu'il avait pris pour modèle, la conduite régulière de ses pièces. Il était tendre et judicieux
comme lui; mais ses tableaux faits à l'imitation de son
maître, ne furent jamais tracés que d'une main timide.
Il y a des choses touchantes dans ses tragédies; son
langage est toujours pur; mais il y manque ce qu'aucun
conseil ne peut donner, la poësie de style, les beautés
de détail, et les expressions heureuses qui sont l'ame et
la perfection des ouvrages en vers. Cependant Alcibiade,
Tiriate et Andronic eurent de nombreuses et brillantes
représentations dans leur nouveauté, et jusques vers
le milieu du dix-huitième siècle; et si Campistron a été
mis pour la force tragique au-dessous de Lafosse et même
de Duché, qui sont aussi de l'école de Racine, on
ne peut disconvenir qu'il ne leur soit supérieur par
la vérité des sentimens, la justesse des idées, la correction et l'élégante facilité de sa diction. La nature
de son talent et les qualités de son style l'appelaient à
écrire la comédie noble. On peut en juger par le mérite
du *Jaloux désabusé*, dont l'intrigue est bien conçue,
le principal caractère très-comique; et le rôle de
Clélie, femme du Jaloux, original et intéressant.

Il avait obtenu le même succès sur le théâtre lyrique,
par son opéra d'*Acis et Galatée*, disposé d'une manière ingénieuse, attachant par l'intérêt qu'il avait su
y répandre, et par la noblesse d'un style doux et cou-
lant, qui eut été trop faible pour une tragédie, mais
où Lulli et le public retrouvèrent le charme et l'harmonie de la versification de Quinault.

Cet opéra et son désintéressement assurèrent sa fortune. Il l'avait composé pour une fête que M. le duc de Vendôme devait donner à Anet, à M. le Dauphin. Le refus noble et respectueux d'une gratification offerte par la générosité d'un grand prince, fut un trait de lumière et un avertissement qu'il fallait un autre genre de récompense à une ame si délicate. M. le duc de Vendôme se l'attacha, le fit secrétaire-général des galères; l'honora de sa confiance et de cette amitié que la différence des rangs n'exclut pas, lorsqu'elle se fonde sur une haute estime et sur une conformité de goûts, d'humeur et de carectère. Paresseux comme son maître, on sait de quelle manière Campistron répondait aux lettres arrièrées; et que cette manière expéditive ne paraissait que plaisante à M. le duc de Vendôme. Aussi brave que paresseux, il le suivit dans vingt batailles; et au combat de Steinkerke, dans le plus fort de la mêlée, M. de Vendôme le voyant toujours à ses côtés, lui demanda : *que faites-vous donc ici ? Monseigneur , est-ce que vous voulez vous en aller ?* répondit Campistron, qui , au milieu de ce feu terrible , conservait son sang froid et sa gaité.

Le cardinal Albéroni , dont les diverses fortunes devraient être une leçon pour les ambitions démesurées, lui dut en quelque sorte son élévation. Campistron , reconnaissant de l'hospitalité qu'il avait trouvée dans son humble presbytère, auprès de Parme, et ravi de lui trouver des talens qui pourraient être utiles à M. le duc de Vendôme, le lui présenta, pour l'emmener avec lui en Espagne. Ce fut le premier dégré par lequel Albéroni monta à la puissance absolue de premier ministre.

Plus heureux que lui, parce qu'il était sage et modéré dans ses désirs, Campistron n'eut pas besoin, pour sentir son bonheur, de voir celui qui fut son protégé, retomber dans la condition privée, avec les regrets qui suivent toujours les grandes chûtes et les frayeurs qui en sont inséparables. Gratifié d'une commanderie en Espagne, et d'une terre titrée en Italie, plus riche qu'il n'avait désiré de l'être; notre confrère, parvenu à un âge où les gênes et les plaisirs d'une cour bruyante sont également pénibles, réalisa le vœu toujours cher à son cœur, de revenir vivre dans sa patrie. Il l'avait annoncé en 1694, par la demande accueillie avec empressement, d'une place de mainteneur aux Jeux Floraux, lorsqu'ils durent être érigés en Académie; et si je remarque que l'Académie française lui ouvrit ensuite ses portes, sans qu'il l'eût demandé, on appréciera mieux le sentiment qui le ramena aux lieux qui l'avaient vu naître. Ce sentiment devait être bien profond, puisqu'il l'emporta sur les jouissances de la gloire littéraire, sur les applaudissemens si flatteurs qu'obtenait toujours la représentation de ses pièces de théâtre. Combien ne devons-nous pas être reconnaissans de la préférence qu'il donna à nos séances, de son assiduité à nos travaux, de son empressement à s'acquitter envers Clémence Isaure du tribut de louanges que l'Académie lui paye tous les ans, et par où commence la célébration des Jeux qu'elle institua ? Pour plus grande marque de son zèle, il s'écarta de la route commune, et prononça, en beaux vers, l'éloge de cette illustre fondatrice.

Un mariage avantageux, et agréable sous tous les rapports, ajouta infiniment au bonheur qu'il avait cru ne pouvoir trouver que dans une vie indépendante et libre. Il semblait destiné à en jouir plus long-temps, lorsqu'une apoplexie en arrêta le cours au mois de mars 1723.

Jusqu'alors l'Académie n'avait déploré ses pertes que dans l'intérieur de ses séances, et n'avait consigné l'expression de ses regrets que dans ses registres. A la mort de Campistron, ils éclatèrent au-dehors :

l'Académie crut ne pouvoir pas leur donner trop de publicité. Son éloge funèbre est le premier écrit de cette nature qui ait été imprimé dans nos recueils. M. de Ranchin-Lavergne, qui le prononça, relève dans sa vie une circonstance très-précieuse en elle-même, et qui l'est aussi par un rapport de plus qu'elle lui donne avec Racine.

«Exprimons, dit-il, toutes ses vertus en un mot; »il était bon chrétien. Vous le savez, Messieurs, le »même moment qui le ramena parmi nous, le fixa aussi »dans la pratique constante de tous les devoirs de la »religion. On voyait en lui une piété sincère, éloignée »de toute ostentation; une piété fervente, jusqu'à s'in- »terdire ces spectacles, où l'attiraient autrefois et le »plaisir et l'amour-propre.»

A peine fut-il mort, que l'administration de la ville s'empressa de placer son buste dans la galerie des illustres toulousains. Sa place de maiteneur fut donnée à M. de Lopès.

~~~~~~~

32.° M. DE BERTIER.

1723.

M. Jean de Bertier était en 1694 un des sept main-teneurs des anciens Jeux Floraux.

Il appartenait à une famille très-ancienne, qui avait donné des capitouls à Toulouse, dans un temps où les plus grandes maisons tenaient à honneur d'entrer dans le capitoulat; et au parlement plusieurs grands ma-gistrats, entr'autres Philippe de Bertier, dont on peut voir le buste dans la galerie des illustres toulousains.

Appelé au même état par les vœux de sa famille et par ceux du parlement, où l'on aimait à voir se perpétuer ces races antiques de magistrats savans et ver-tueux, M. de Berrier, doué du talent de la parole, prit un office d'avocat-général, qu'il exerça avec une grande distinction.
~~~~~~~

L'éclat de sa réputation attira l'attention du Roi, qui le nomma premier président au parlement de Pau.

En 1709, M. de Morant s'étant demis de la première présidence de Toulouse, M. de Bertier fut rappelé dans sa patrie, pour y occuper cette place importante que son bisayeul avait remplie avec tant de dignité.

M. de Morant vécut encore quatre ans. Il avait conservé l'office de chancelier des Jeux Floraux qu'il exerçait avec plus d'assiduité, depuis que, par sa démission il avait été rendu à la vie privée. A sa mort, arrivée en 1713, l'Académie le conféra à M. de Bertier, et la place de mainteneur que M. de Bertier laissait vacante, fut donnée à M. Carmouls.

Livré aux devoirs immenses de sa charge, sans autre récréation, pour son esprit surchargé d'affaires, que la culture des lettres qu'il avait toujours aimées, et les exercices de l'Académie dont les intérêts lui furent toujours chers, M. de Bertier termina en 1713 une vie sans événement ; mais toujours utilement occupée, et qui laissa de longs et précieux souvenirs

M. de Bertier eut pour successeur, dans la place de chancelier, M. Gaspard de Maniban.

1724. 33.º M. DE SAINT-LAURENS.

Voyez ci-dessous année 1759, *n.º* 79.

1725. 34.º M. D'ALDÉGUIER, chev^r. d'honneur.

Voyez ci-dessous année 1759, *n.º* 80.

1726. 35.ᵉ M. FERRIERE DE LACROISETTE.

Son éloge fut prononcé par M. de Saint-Laurens, le 24 juin 1726. Comme il devait être imprimé, on ne l'inséra point dans le registre ; et il ne se trouve pas non plus dans le recueil imprimé. Je ne connais rien de cet ancien mainteneur, sinon qu'il fut compris dans la nomination de 1694.

Il eut pour successeur M. de Saget ; avocat-général.

36.° M. DE NESMOND , Archevêque 1727. de Toulouse.

Aucun de nos archevêques n'avait encore été compté parmi les mainteneurs de l'Académie , lorsque M. de Nesmond vint occuper en 1721 le siége métropolitain de Toulouse. Issu d'une famille également illustrée dans les armes et dans la magistrature ; élevé avec soin et enrichi de tous les trésors littéraires de la docte antiquité ; exercé dans tous les genres de l'éloquence et de la poësie française ; son goût, ses talens et sa piété le portèrent à se consacrer à l'état ecclésiastique qui offrait une vaste moisson à son zèle religieux. Le succès de ses prédications attira sur ses travaux les regards de Louis XIV, qui, pendant la longue station d'un carême et d'un avent , touché de l'onction de ses paroles et de la force de sa raison, le nomma à l'évêché de Montauban , dans l'espérance que son éloquence douce et persuasive, la clarté et la solidité de ses instructions, rameneraient au sein de l'église un très-grand nombre de dissidens que l'hérésie lui avait enlevés.

M. de Nesmond ne se bornait pas à évangéliser les pauvres et les riches, et à les édifier par l'exemple de ses vertus, il versait des aumônes abondantes dans le sein des indigens, et les autres consolations de son ministère n'étaient refusées à personne. Louis XIV crut devoir faire participer le diocèse d'Alby , au bien qu'avaient produit à Montauban le zèle et les vertus apostoliques de M. de Nesmond. L'importance du siége de Toulouse semblait le réclamer aussi, avec d'autant plus de raison, que s'étant montré dans les états de Languedoc, administrateur éclairé autant qu'il était éloquent dans la chaire évangélique, c'était un acheminement à la présidence des états, qui avait une influence immense sur le bonheur de la plus belle de nos grandes provinces.

M. de Nesmond avait souvent porté la parole au nom des états de cette province devant Louis XIV, à qui il était toujours agréable. Ayant un jour manqué de mémoire, et s'étant arrêté pour retrouver le fil de sa harangue, Louis XIV lui dit avec bonté : *je suis bien aise que vous me donniez le temps de goûter le belles choses que vous me dites.*

A la mort de Fléchier, qui, sur le siége de Nîmes, s'était attaché ceux même d'entre les protestans dont il n'avait pu obtenir qu'un tribut de haute estime et d'admiration, l'Académie française avait paru vouloir reconquérir le même genre de talens et de vertus, en donnant sa place à M. de Nesmond. Nous n'avions pas besoin d'un tel exemple pour chercher à acquérir un prélat d'un si grand mérite, et qui nous consolerait aussi de la perte récente de M. de Labroue, prélat également éloquent et vertueux, et qui dans un autre diocèse voisin, avait obtenu les mêmes succès par ses travaux apostoliques.

M. de Nesmond, à peine nommé à l'archevêché de Toulouse, avait désiré de nous appartenir, avec toute l'ardeur d'un véritable ami des lettres, qui les regardait, « non-seulement comme un délassement de ses »pénibles fonctions, mais comme une ressource utile »et un secours nécessaire, pour donner plus de force »et plus d'éclat au ministère de la parole. » Ainsi s'exprimait son panégyriste, M. de Cominhyan, le 19 juin 1727, lorsqu'il acquitta le plus légitime et le plus triste de tous les devoirs, au milieu de ses confrères, affligés jusqu'à la désolation de la mort prématurée de ce prélat illustre qui n'avait fait, pour ainsi dire, que se montrer parmi nous.

Sa place fut donnée à M. de Miran.

37.° M. DASSEZAT. 1727,

Voyez ci-dessous année 1728, n.° 39.

38.° M. DRUILLET, évêque de Bayonne. 1727.

Voyez ci-dessous année 1733, n.° 45.

39°. M. le président DE NUPCES. 1728.
M. DASSEZAT.

M. Dassezat et M. le président de Nupces, morts presque en même temps en 1728, étaient entrés le même jour à l'Académie, nommés par le Roi en 1694. Il paraît par l'éloge que M. de Cominhian fit du premier, et par celui que M. de Saget fit du second, qu'ils avaient à peu-près le même âge, les mêmes goûts, la même sagesse de conduite, et une austérité de mœurs qui assortit parfaitement la gravité des ministres de la justice, et dont on ne peut se départir, sans perdre de sa considération et de sa dignité. Les belles-lettres qu'ils avaient cultivées avec le même soin et la même attention, ne tenaient que le second rang dans les travaux de leur vie continuellement occupée. C'était pour se délasser qu'ils fréquentaient l'Académie, où leur esprit agréablement exercé acquérait de nouvelles forces qui tournaient au profit de l'administration de la justice.

Le tableau de leurs talens et de leurs vertus suffisait pour leur éloge, dans le temps où leur mémoire était récente, et où chacun trouvait dans son souvenir, des traits intéressans de leur vie publique et particulière.

Pour que nous pussions partager dans toute son étendue ce sentiment d'admiration et de regrets, il faudrait que nous trouvassions dans ces éloges une notice détaillée des travaux et des événemens de leur longue vie. J'ai le regret de n'avoir pu, malgré mes recherches, en rien apprendre.

M. Dassezat eut pour successeur M. Marc-Antoine de Lombrail ; et M. de Nupces, M. de Rabaudi.

40.º M. DE LALOUBÈRE.

1729.

Après le fondateur inconnu, et l'illustre restauratrice du Collége de la gaie science, personne n'a rendu à cette institution des services plus essentiels, que l'auteur du voyage de Siam. Il la sauva d'une ruine infaillible, en lui faisant donner une existence légale, solide et indépendante; en quoi il eut besoin nonseulement d'un grand zèle, mais de toute la sagesse d'un homme accoutumé aux négociations, et qui savait que, pour opérer un grand bien, il faut souvent ménager les petits intérêts, et les fausses idées de l'amourpropre.

Laloubère fut à la fois le législateur et l'historien des Jeux Floraux. Les statuts qu'il dressa pour l'Académie étaient les meilleurs qu'on pût lui donner dans les circonstances de son établissement. Son traité de l'origine des Jeux Floraux contenait tout ce qu'il était permis d'en publier alors, sans compromettre la vérité et sans blesser aucune prétention. Dans ces deux ouvrages tout était sagement combiné ; tout jusqu'à la liste des mainteneurs. Il n'y manquait que son nom , qui aurait si bien figuré à côté de ceux de Tourreil, de Campistron et de Palaprat.

Il ne voulut pas devenir mainteneur, par son propre suffrage. L'Académie répara le tort que lui faisait cet excès de modestie , en lui destinant, dans sa première séance, la première place qui vaquerait. Il en était devenu titulaire, avant le 5 février 1700. Je n'ai aucune donnée, pour fixer , avec plus de précision , l'époque de la mort de M. Maleprade, qui fut le premier mainteneur que la mort nous enleva.

Laloubère naquit au mois de mars 1642. Son père était un des officiers principaux du présidial de Toulouse. Sa mère appartenait à une famille très-distinguée, qui , sortie de Toulouse, pour remplir à Paris et à la cour , les premiers emplois de la magistrature et du ministère, a été ramenée deux fois dans le lieu de son origine. C'est la famille du Cardinal Bertrand , qui fut d'abord premier président du parlement de Toulouse , ensuite de celui de Paris, et enfin garde des sceaux sous Henri second.

Madame de Bertrand , mère de Laloubère , était une femme de mérite et d'un grand caractère. Ayant perdu son mari de bonne heure , elle s'appliqua à remplir , pour l'intérêt de son fils , deux très-grands objets, et elle y réussit. Les affaires que son mari lui laissa étaient embarrassées ; elle les éclaircit et les mit en ordre ; et pendant ces discussions, elle ne cessa pas de diriger l'éducation de son fils, de suivre et d'animer ses études dont , chaque jour , elle se faisait rendre un compte exact.

En parlant de ses progrès au Collége des jésuites qui furent ses instituteurs, on cite une tragédie latine dont le sujet était tiré de l'écriture sainte, et une comédie française imitée de Plaute. Ces deux ouvrages

qu'il supprima dans la suite, étaient sans doute médiocres; mais ils prouvent que celui qui les avait exécutés, faisait de bonnes études. Ce qui le prouve
encore, c'est qu'il avait composé une Grammaire et des
Racines grecques dans le goût de celles de Port-Royal;
et je ne crains pas de dire que partout où se montrera
un jeune homme de quinze ou seize ans, aussi avancé,
on pourra en augurer qu'il obtiendra quelque distinction dans la république des lettres.

Je ne compterai pas non plus, parmi ses succès
littéraires, les poësies légères, tendres et galantes dont
il inonda la capitale, que les meilleurs artistes mettaient
en musique et que tout le monde chantait. Pendant
qu'il se prêtait ainsi à l'empressement des sociétés dans
lesquelles il était répandu, il s'occupait d'objets sérieux.
Il savait l'italien, l'espagnol et l'allemand; avec ces
avances, il étudiait le droit public et les intérêts des
princes. Ses lumières et son caractère lui donnèrent
bientôt une réputation de sagesse et d'équité dont il
recueillit le premier fruit dans une ambassade en Suisse.
Il était secrétaire de cette ambassade, et l'on remarqua qu'il s'y était généralement fait estimer, *quoiqu'il
ne bût que de l'eau*, disait l'ambassadeur qui lui rendait
ce témoignage, (M. de Saint-Romain.)

Son voyage à Siam, la commission secrète dont il
fut chargé en Espagne et en Portugal, appartiennent
à l'histoire générale. La relation qu'il publia à son retour de Siam ne remplit pas l'attente de ceux qui aiment
les choses merveilleuses, et il eut été bien aisé à Laloubère de se prévaloir du privilége si cher à tous ceux
qui viennent de loin, de satisfaire cette curiosité. Mais
tous les bons esprits lui surent gré de la candeur et de
la simplicité avec lesquelles il parla de l'histoire et de
la nature du pays, de la langue, des usages, des
mœurs, de l'industrie et de la religion des habitans.
On admira que, dans un court espace de trois mois,

depuis

depuis la fin de septembre 1637 , jusqu'au mois de janvier de l'année suivante, il eut pu rassembler des notions si exactes sur ces objets importans.

Laloubère paraissait fixé à Paris. Il avait été reçu depuis peu à l'Académie française et à celle des inscriptions et belles-lettres, lorsqu'il fit à Toulouse ce voyage qui le rendit témoin de l'orgie révoltante qui avait été substituée à la fête des fleurs.

Il travailla dès-lors au projet dont l'exécution l'a placé parmi les bienfaiteurs de sa patrie, puisqu'il empêcha la ruine d'une institution si respectable par son antiquité, si utile par son objet, et dont Toulouse s'honorera, tant qu'on y conservera l'amour des lettres; tant qu'on y sentira la différence que mettent parmi les hommes, la barbarie et la culture de l'esprit.

Laloubère aimait sa patrie et avait toujours conservé le désir et le projet vague d'y finir ses jours. L'établissement de l'Académie augmenta ce désir et lui fit prendre la résolution fixe et invariable de quitter Paris, tandis qu'il avait encore de la force et de la santé , avant que la soixantième année le plaçât à l'entrée de la vieillesse.

A peine arrivé à Toulouse, il s'y maria, et ce fut à la famille de sa mère qu'il demanda la femme qui devait embellir ses derniers jours.

On croyait en général que toute l'occupation de Laloubère était dans ses travaux académiques, et dans les vers qui lui échappaient de temps en temps, et qui étaient toujours pleins de sens et de feu, d'une morale sage et délicate , souvent même d'une galanterie fine qui ne se ressentait pas de son âge. Ses amis savaient qu'il ne se permettait ces amusemens , que pour se délasser d'études très-sérieuses , s'occupant de mathématiques et s'y livrant avec assiduité; mais il n'en parlait qu'à ceux qui s'y intéressaient par goût et par amour de la science.

F

Le fruit de ses travaux fut *un traité de la résolution dés équations* ou *de l'extraction de leurs racines* , ouvrage dont je suis hors d'état d'apprécier le mérite , qui ne fut publié qu'après sa mort, et qui obtint, entr'autres suffrages très-honorables , celui de Halley compatriote et ami de Newton , et qui a lui-même tant enrichi l'astronomie et les mathématiques. Au milieu de ces travaux arides , Laloubère plus capable que jamais de donner des conseils et des règles, pour la perfection de l'éloquence et de la poësie, en fournissait des modèles dans les conférences académiques, où il était d'une assiduité exemplaire.

Madame de Laloubère mourut un an avant lui et ne lui laissa point d'enfans Il poussa sa carrière jusqu'à sa quatre-vingt-septième année, ayant conservé jusqu'au dernier moment toute la force et toutes les grâces de son esprit. Tourreil était mort en 1715 ; Palaprat en 1721 ; Campistron en 1723 ; nous le perdîmes le 26 mars 1729. En apprenant sa mort, l'Académie prit la délibération suivante : « voulant don-»ner des marques publiques de sa vénération et de sa »reconnaissance pour cet illustre Académicien , elle a »délibéré que son éloge serait fait en public , dans »la salle de l'Académie , avec toute la solennité »possible. »

Cette séance publique et solennelle eut lieu le 20 avril. L'éloge fut prononcé par M. de St.-Laurens qui était modérateur. Son discours appartenant dès-lors à l'Académie, M. de St.-Laurens le remit au secrétaire des assemblées, le priant d'attendre, pour le transcrire dans le registre, quelques changemens qu'il voulait y faire. Ces corrections n'étaient point faites, quand le temps d'imprimer le recueil fut venu. La modestie de M. de St.-Laurens devenant alors plus grande, il demanda un long délai, ayant le projet, disait-il, non de corriger,

mais de refaire l'éloge de M. de Laloubère. Les commissaires chargés de l'impression du recueil ne pouvant
pas vaincre ses difficultés , en firent le sujet d'un rapport à une assemblée convoquée exprès. M. de St.-
Laurens y proposa de ne plus rien imprimer des ouvrages des académiciens. L'assemblée réduisit cette
proposition à la question de savoir quel délai on accor-
derait à M. de St.-Laurens, pour corriger ou pour
refaire l'éloge de Laloubère. Comme il avait demandé
six mois, et qu'il ne paraissait pas convenable que le
recueil de 1729 fût imprimé, sans y mettre cet éloge,
on suspendit cette impression, et l'on délibéra que
le recueil de 1729 ne serait publié qu'avec celui de
1730.

Le 16 avril 1730, M. de St.-Laurens n'ayant pas
remis un autre exemplaire de l'éloge de M. de Laloubère, et cherchant à éluder les demandes qui lui en
étaient faites, le secrétaire des assemblées fit inscrire,
dans le registre courant, l'exemplaire qu'il avait en
dépôt, et le livra à la commission qui s'occupait de
l'impression des deux recueils de 1729 et 1730.

M. de St.-Laurens était un homme d'esprit, un très-
galant homme ; mais la tournure de son esprit n'était
pas celle de tout le monde; il se piquait de singularité,
et cette singularité allait quelquefois jusqu'à la bizarre-
rie, jusqu'à l'oubli des convenances et des égards les
plus essentiels.

Tout doit avoir des bornes dans le commerce de la
vie. La modestie même la plus sincère peut devenir
excessive. M. de St.-Laurens avait-il cru réellement
que son ouvrage ne méritait pas l'impression ? Il était
en état de le rendre meilleur, et le temps lui en avait
été donné. Craignait-il de s'aveugler sur le mérite de
son ouvrage ? Il pouvait le soumettre à la critique de
quelqu'un de ses confrères, et se soumettre lui-même

aux conseils qu'on lui donnerait. Le pire de tous les partis était de s'obstiner à ne vouloir pas qu'on imprimât cet éloge, parce qu'après tout, dès qu'il avait voulu appartenir à une société savante; dès qu'il avait accepté sa confiance pour un tribut de louange qu'il était indispensable de payer avec solennité; il était lié aux délibérations de l'Académie; rien ne pouvait le dispenser d'y obéir. D'ailleurs un éloge prononcé au nom de l'Académie dont il n'était que l'organe, appartenait à l'Académie, qui l'ayant adopté, pour la manifestation de ses sentimens, pouvait seule en disposer à son gré, le publier ou le retenir dans ses archives.

Ces idées étaient trop saines, pour convenir parfaitement à quelqu'un qui se complaisait dans ses opinions particulières, dont la volonté n'était pas maniable, et qui aurait tout sacrifié à l'intérêt de n'avoir pas le démenti, dans cette affaire. Je puis parler ainsi, après le scandale de sa conduite, et l'étrange parti qu'il prit de se mettre en procès avec l'Académie.

Elle avait un privilége, pour l'impression des *pièces*, *ouvrages*, *recueils* et *résultats de ses assemblées*; et ses causes étant commises à la grand'chambre du parlement, aucun autre juge n'en pouvait connaître, sans attenter à cette autorité. M. de St.-Laurens, conseiller de grand'chambre, mainteneur de l'Académie, sans qualité pour disposer du discours qu'il avait prononcé, méconnaissant et l'autorité du parlement, et les droits de l'Académie, et le respect qu'il devait à ses délibérations, s'adressa au lieutenant principal de la sénéchaussée, pour demander qu'il fût fait inhibitions et défenses d'imprimer et de débiter l'éloge de M. de Laloubère, composé par lui; et il obtint une ordonnance conforme à sa demande. Cet éloge était déjà imprimé et tous les exemplaires étaient tirés , lorsque cette ordonnance fut signifiée à l'imprimeur qui s'empressa d'en donner avis à l'Académie.

On était persuadé que M. de St.-Laurens, quoi qu'il pût arriver , soutiendrait cette démarche, et ne craindrait pas d'ajouter de nouveaux manquemens aux torts si graves qu'il avait déjà. Ce travers de son esprit laissait subsister l'estime qu'on avait pour son mérite ; et cependant cette affaire, si elle se suivait, ne pouvait finir que par une destitution qui, dans une société telle que la nôtre, serait plus pénible , peut-être , pour ceux qui auraient à la prononcer, que pour celui qui la subirait , quoique bien méritée. Une commission composée de quinze mainteneurs connus par leur sagesse , dont plusieurs étaient pris parmi les officiers les plus respectables du parlement, pensa qu'après une pareille démarche , M. de St.-Laurens renonçait à l'Académie. Peut-être pensa-t-elle aussi que son discours ne méritait pas l'intérêt qu'on avait attaché à sa publication. Dès-lors pourquoi suivre au conseil du Roi un procès en réglement de juges, dont le résultat ne pouvait pas être satisfaisant, quelle que fût la décision ? Il valait donc mieux le terminer, sans discussion judiciaire. Il fut verbalement convenu, qu'on détruirait tous les exemplaires de ce discours ; que la planche de l'imprimeur serait rompue ; qu'on ne le ferait pas réimprimer; que M. de St.-Laurens ne reparaîtrait plus à l'Académie ; que néanmoins son nom resterait sur la liste des mainteneurs. Ces conventions furent ensevelies dans un profond silence , et à la mort de M. de St.-Laurens, l'orateur chargé de faire son éloge, ne souleva qu'à demi ce voile mystérieux.

Pendant les agitations qui précédèrent cet arrangement, les deux recueils de 1729 et de 1730 avaient été publiés en un seul volume , et l'on y avait inséré l'avis

F 3

suivant : « Quoique le public ne trouve point dans c‹
»recueil l'éloge de feu M. de Laboubère , prononcé l‹
» 20 avril 1729 , par M. de St.-Laurens, il ne fera pa‹
»l'injustice à l'Académie des Jeux Floraux de croire
» que cette compagnie ait voulu ne point faire paraître
»publiquement les marques de sa vénération et de sa
» reconnaissance ; mais des raisons particulières l'ont
»empêchée *jusqu'à présent* , de faire imprimer ce dis-
»cours. »

Cette publication qu'on croyait alors n'être que re-
tardée, devint impossible , lorsqu'il eut été convenu
que le discours de M. de St.-Laurens ne paraîtrait pas
dans les recueils académiques. Mais comment se dis-
pensa-t-on de le remplacer par un autre ? Il n'est jamais trop tard, même après quatre-vingts ans , pour
réparer de pareilles omissions, et je l'aurais entrepris,
quand même je n'aurais pas été appelé , par les circonstances , à remplir d'autres lacunes de même
genre.

Nous ne devons jamais oublier que Laloubère est
le véritable fondateur de l'Académie , le second res-
taurateur , le sauveur des Jeux Floraux. Notre institution n'était que languissante ; elle n'avait point d'ennemis, lorsque Clémence Isaure la releva ; mais elle allait
périr, lorsque Laloubère lui donna l'appui d'une main
toute puissante. La dotation de Clémence Isaure ranima
cette institution ; mais cette dotation déjà envahie ,
puisqu'elle était détournée de son objet, fut rendue
par Laloubère , à la destination que Clémence Isaure
lui avait donnée....... Et le buste de Laloubère n'a pas
encore été placé dans ce temple (1) ! Quel est l'illustre
toulousain qui a rendu un plus signalé service à ce
capitole, à la ville palladienne, à l'heureuse contrée

____

(1) La galerie des illustres toulousains.

sur laquelle nous étendons son influence littéraire ?

Campistron et Tourreil, furent ses amis et ses émules, dans les sentiers de la gloire littéraire. En arrivant dans ce panthéon, ils y désignèrent sa place. Fermat le réclame aussi, comme un des flambeaux qui éclairèrent la route des sciences exactes. Catel, s'il pouvait revivre, abjurerait entre ses mains l'erreur inconcevable qui le porta à chercher, dans la nuit des temps, une fondation dont l'époque était encore récente. Lafaille, qui reconnaissait Laloubère pour son maître, l'aurait placé lui-même, s'il lui eut survécu, dans cette galerie dont il conçut la première idée, et dont l'exécution fut également un de ses bienfaits.

Il n'est jamais trop tard, j'aime à le répéter, pour honorer la mémoire de ceux qui ont rendu de grands services à leur patrie. Peut-être même vaut-il mieux que ces apothéoses soient le fruit d'un long souvenir. La voix publique qui s'est fait entendre pendant plus d'un demi siècle, ou qui se réveille après un long repos, est plus imposante et a plus de pouvoir, que les accens d'une douleur, ou de toute autre impression récente. Elle n'aura pas retenti en vain, dans cette enceinte. Le conseil municipal partageant les vues de son chef qui est un de nos mainteneurs, et qui, dans son ambition pour la prospérité de Toulouse, met en première ligne la gloire littéraire, entendra, avec intérêt et reconnaissance ce second éveil (1) que nous lui donnons, sur les honneurs que la patrie réclame pour un de ses illustres citoyensr

La place de mainteneur, vacante par la mort de Laloubère, fut donnée à M. de Crillon, archevêque de Toulouse.

---

(1) Le premiea regarde Pierre-Paul Riquet,

41°. M. DE COUFOULENS.

M. le président de Coufoulens enlevé à la fleur de
son âge, et lorsqu'à peine il avait pris place parmi les
mainteneurs, ne donnait encore que des espérances ;
mais elles étaient fondées sur son zèle pour l'Académie, sur l'ardeur avec laquelle il suivait ses études,
sur un discernement exquis qui dans nos assemblées,
ainsi qu'au palais, donnait un grand poids à ses avis
et inspirait une grande confiance. M. de Rabaudi qui
jetta quelques fleurs sur son tombeau, parle aussi de
sa grande fortune et de ses aumônes abondantes dont
le secret qui n'avait été confié à personne, se manifesta après sa mort, par le dénuement d'un très-grand
nombre de malheureux dont il avait été la ressource.

Il eut pour successeur M. de Stadens.

1730.

42°. M. MONTAUDIER.

Voyez ci-dessous, n°. 51, année 1739.

1733.

43°. MM. DE NOLET, père et fils.

M. de Nolet le père était trésorier de France, lorsque Louis XIV le comprit dans la nomination des
mainteneurs de l'Académie. Il mourut en 1713. Son
fils qui fut aussi un de nos mainteneurs, mourut en
1733. M. d'Aldéguier, chevalier d'honneur, chargé
de faire l'éloge de celui-ci, dit un mot de M. de Nolet
le père, et ce mot est un éloge parfait.

»Ce beau génie, ce parfait académicien que nous
»regretons depuis si long-temps ; cet homme qui sut
»joindre à la finesse, à l'enjouement et à la délicatesse

»de l'esprit une grace, une disposition merveilleuse
»pour tous les exercices du corps, heureux assemblage,
»qui le rendit et l'admiration de son temps, et les
»délices des personnes avec qui il était en société !

»Que ne nous promettaient pas ces grands modèles
»pour celui qui fait aujourd'hui le juste sujet de nos
»regrets !

»Décidé par un goût de famille, ou peut-être saisi
»par un attrait presqu'insurmontable, il se tourna vers
»cet art enchanteur, qui sous l'expression figurée du
»chant d'Orphée et d'Amphion, a fait dire que la
»science mélodieuse des sons était au dessus de toutes
»les autres, comme étant la figure de l'accord et de
»l'harmonie que l'auteur de la nature a établis sur
»toutes les choses créées.

»Malgré la noblesse de cet art, que M. de Nolet
»aima presque jusqu'à l'excès ; malgré les grands pro-
»grès qu'il y faisait tous les jours, il ne laissa pas de
»craindre que ce ne fût une tache dans sa vie, d'en
»faire son unique occupation. Conduit, pour ainsi
»dire, par le rapport et la liaison de cette science
»avec la poësie, il n'eut pas de peine à revenir sur
»lui-même, et rappelant avec plaisir les doctes leçons
»qu'il avait reçues dans sa jeunesse, il reprit pour les
»belles-lettres, le même goût qu'il avait eu auparavant,
»et qu'il avait suivi avec tant de succès.

»Toutes ces heureuses dispositions devaient infailli-
»blement le rapprocher de vous. Aussi le vites-vous
»bientôt rechercher avec empressement l'honneur d'oc-
»cuper une place dans cette Académie. Il eut le bon-
»heur d'y être admis, et vous le reçûtes, Messieurs,
»avec l'applaudissement que son nom, déjà si recom-
»mandable lui donnait lieu d'espérer.

»Ses talens, son exactitude et son assiduité à nos
»exercices, avaient parfaitement justifié votre choix.
»Quelle douceur et quelle modestie n'avait-il pas, lors-

»qu'il portait son jugement dans nos travaux littérai-
»res ? Il n'est plus ce digne confrère ! La mort vient
»de nous l'enlever, au milieu de ses années. Donnons-
»lui les regrets qui lui sont si légitimement dus : mais
»rappelons-nous en même-temps que plus nos pertes
»sont grandes, plus nous devons renouveller notre
»attention à les réparer. En nommant à la place va-
»cante par la mort de M. de Nolet, tâchons, Messieurs,
»de faire un choix digne de nous et de celui que nous
»avons perdu. »

M. de Nolet le père avait eu pour successeur M. de
Sapte du Pujet, M. de Ponsan succéda à M. de Nolet
le fils.

1733. 44.° M. LE CHEVALIER DE CATELLAN,
Secrétaire perpétuel de l'Académie.

M. le chevalier de Catellan appartenait à une des
familles les plus anciennes de Toulouse, qui a donné
plusieurs évêques à l'église et un très-grand nombre
de magistrats au parlement. Son oncle M. l'abbé de
Catellan qui laissa un recueil d'arrêts très-estimé, avait
été aidé dans ce travail, par son père qui était doyen
du parlement, par son frère qui était président aux
enquêtes, par deux de ses neveux qui y étaient conseillers ; ce qui formait, dit Bretonnier, un petit sénat
domestique, dans lequel aurait fort bien figuré aussi
M. le chevalier de Catellan quoique militaire. Il fut
le rédacteur de ce recueil de jurisprudence, écrit d'une
manière simple, bien claire, toujours correcte, et il
l'enrichit d'une préface écrite avec plus de soin encore,
et qui annonce que c'est l'ouvrage d'un esprit cultivé
et d'une plume exercée.

Compris dans les lettres patentes de 1694, on l'aurait sans doute nommé dès-lors secrétaire perpétuel de

l'Académie, si des motifs d'une politique bien entendue n'avaient pas appelé à cet office M. Lafaille qui
ne pouvait guère, à raison de son grand âge, en faire
les fonctions. Aussi ne fut-ce qu'en 1711, que l'Académie eut véritablement un secrétaire perpétuel. Ce
fut alors que nos registres qui n'étaient encore que des
listes des académiciens présens à chaque séance, devinrent le dépôt qui devait fournir des matériaux à
notre histoire.

Le détail de ses travaux académiques serait ici inutile. Qu'il me suffise de dire que son zèle se soutint
avec la même activité, jusques dans l'extrême vieillesse.

Mademoiselle de Catellan dont les poësies embelli-
rent si souvent nos fêtes, était sa proche parente.
Les mêmes goûts et les mêmes études resserèrent
entr'eux les liens du sang. Née à Narbonne, elle
était venue à Toulouse, faire une visite à M. le
président de Catellan. Couronnée aux Jeux Floraux,
pour la première fois en 1717, elle prolongea son séjour à Toulouse, obtint de nouveaux succès, et enchantée d'une ville, où l'on rendait à ses talens une
justice si éclatante, sa visite qui ne devait être que de
quelques mois, se prolongea pendant trente ans. Elle
mourut au château de la Masquere, en 1745. L'éloge
de M. le chevalier de Catellan fut prononcé par M.
Lardos, chef du consistoire, qui comme académicien-
né, assistant assiduement à nos assemblées et se trouvant sous-modérateur, ambitionna de jeter les fleurs
de son éloquence, sur la tombe de ce respectable et
précieux académicien.

M. de Catellan eut pour successeur, dans la place
de mainteneur, M. d'Aigueberc ; et dans celle de
secrétaire perpétuel, M. le chevalier d'Aliez.

1733. 45°. M. DRUILLET DE MONTLAUR,
Président aux Enquêtes.

M. DRUILLET, Évêque de Bayonne, son frère.

M. le Président DRUILLET leur père.

»M. l'Évêque de Bayonne, disait M. de Saget, le
»19 décembre 1727, montra, dès ses premières an-
»nées, un esprit vif et pénétrant, un désir de tout
»savoir, joint à une grande facilité pour tout appren-
»dre ; une mémoire également docile et fidèle, enfin
»un goût de préférence pour toutes les connaissances
»utiles, qui lui faisait rejetter tout ce qui n'était qu'a-
»musement.

»Avec de si heureuses dispositions, il ne put que
»faire des progrès rapides dans ses premières études :
»poësie, histoire, éloquence, tout fut parcouru avec
»avidité.

»Dans le dessein de se consacrer à la religion, il
»joignit aux connaissances humaines l'étude des
»sciences divines.

»Dès-lors plongé dans une retraite profonde, il ne
»se montra presque plus, que pour instruire des peu-
»ples toujours avides de l'entendre.

»Ses premiers essais, dans la prédication, rempli-
»rent avec avantage les grandes idées qu'on avait de lui.
»Louis-le-Grand si attentif au choix des ouvriers
»évangéliques, l'appela dans la capitale de son royau-
»me, pour faire paraître son zèle et ses talens dans un
»plus beau jour. La prédication eut toujours pour lui
»le même attrait : il ne crut pas qu'en devenant évê-
»que, il dut cesser d'être apôtre. Toulouse sa patrie
»admira son zèle et vit avec joie dans un de ses citoyens

»la véhémence des Chrysostomes, la douce énergie des
»Baziles et les autres qualités éminentes qui avaient
»formé les grands hommes de l'église naissante.

»Le Roi l'avait mis sur la liste de nos mainteneurs
»en 1694. Mais l'Académie ne profita pas long-temps
»de ses lumières; devenu évêque, il se livra tout entier
»au peuple confié à ses soins, et ce devoir le premier
»de tous, il l'a rempli sans relâche jusqu'à la fin de sa
»vie, nous laissant pour consolation, le souvenir de
»ses vertus, et le bonheur de voir parmi nous M.
»Druillet de Montlaur son frère, en qui l'Académie
»espère trouver un grand dédommagement de cette
»perte immense. »

⸻

Ce dédommagement lui manqua bientôt. Cinq ans
ne s'étaient pas encore écoulés, lorsque l'Académie
eut à rendre les mêmes devoirs à M. Druillet de Montlaur. M. le chevalier d'Aliez qui prononça son éloge le
23 décembre 1733 y joignit celui de M. et de Mme la
présidente Druillet.

»Le digne confrère à qui nous venons rendre les
»derniers devoirs dut le jour à M. le président Druillet,
»ce génie heureux qui se distingua parmi nous, par
»son amour pour les belles-lettres et son assiduité à
»nos exercices; se rendit recommandable dans la ma-
»gistrature par son zèle et par son exactitude à en
»remplir les devoirs. La fécondité de son esprit nous
»enrichissait d'observations et d'ouvrages; la délica-
»tesse de son goût nous guidait; et il nous charmait
»en même-temps par sa candeur, son affabilité, l'amé-
»nité et les agrémens de sa conversation.

»Sa mère était cette femme célèbre à qui la nature
»semblait avoir prodigué tous ses dons, les graces,
»les talens de l'esprit, les qualités du cœur. Le com-
»merce assidu qu'elle eut avec les muses, celui qu'elle
»entretint toujours avec nous, nous la faisaient à juste

»titre regarder comme un de nos biens les plus pré-
»cieux. Elle remporta autant de couronnes dans nos
»Jeux, qu'elle y présenta d'ouvrages. Tous les genres
»de poësie simple et aisée lui furent familiers. Elle
»excella surtout dans ceux qui, quoique bornés à met-
»tre heureusement en œuvre, une pensée, un trait,
»un sentiment, ne laissent pas d'être regardés comme
»des chefs-d'œuvre de l'esprit, d'être avidement reçus
»du public, de servir à animer la joie et les plaisirs.
»Elle produisait ces sortes d'ouvrages en se jouant, et
»lorsqu'on les attendait le moins ; souvent dans l'ins-
»tant même, qu'on les lui demandait. On n'était point
»surpris qu'ils fussent remplis de goût et de délicatesse;
»Madame Druillet en avait atteint la perfection ; mais
»on l'était avec raison d'y trouver toutes les graces du
»tour, qui d'ordinaire, sont le fruit du travail et de
»l'application.

»Elle fit les délices de sa patrie, et l'on vit chez elle,
»par un heureux accord, le goût de la belle littérature
»et celui des plaisirs aller de front, s'il m'est permis
»de parler ainsi, et se prêter de mutuels secours :
»On y vit ce qu'il y avait de plus brillant et de plus
»aimable dans cette ville, regarder comme une faveur
»d'être reçu parmi les gens de lettres, aux heures qui
»leur étaient particuliérement destinées, rechercher
»sa société et l'amitié de ces personnes d'un caractère
»simple et modeste, que le seul mérite de l'esprit et
»des sentimens y faisait admettre et y rendait assidus.

»Le vif desir de voir et d'admirer de près une grande
»princesse, de qui la bienveillance fit depuis son plus
»grand éloge, attirèrent Madame Druillet à la cour
»de sceaux, et à Paris, où elle a terminé sa car-
»rière.»

»M. le président Druillet de Montlaur, prit d'abord
»le parti des armes. L'accès qu'il eut le bonheur de
»trouver auprès d'un grand prince alors général des

»galères lui fit embrasser ce service. A peine arrivé
»à la fleur de son âge, il parvint à être lieutenant des
»galères.

»Une longue paix lui donna la liberté de revoir sa
»patrie, et d'y faire son séjour pendant plusieurs an-
»nées. Les soins que demandèrent de lui le grand âge
»et les infirmités d'un père digne de toute sa tendresse,
»l'y fixèrent enfin. C'est alors que nous l'acquimes
»dans cette compagnie. Nous ne craignimes pas que
»l'amour des plaisirs, naturels à son âge, le dérobât
»à nos occupations : nous savions trop que l'esprit et
»le goût ne pouvaient point rester oisifs dans le temple
»des muses, qu'il habitait, où toutes les conversations
»servaient à entretenir ce goût, où l'émulation d'écrire
»était sans cesse excitée. Celle de nos occupations pour
»laquelle M. Druillet de Montlaur témoigna le plus
»d'empressement, fut le jugement des ouvrages qui
»nous sont présentés pour les prix : il y a été long-
»temps assidu. Outre le penchant qu'il avait pour la
»dissertation, il était surtout sensible à l'honneur qui
»revient à l'Académie de l'exactitude et de la justice
»de ses jugemens : il regardait comme un devoir es-
»sentiel de ne point s'en écarter.

»La grande délicatesse de goût peut faire quelquefois
»pencher vers la sévérité. Il saisissait d'abord le beau
»des ouvrages, et lui donnait sa première attention ;
»mais il fallait aussi quelquefois lui demander grâce
»pour les endroits faibles. Des circonstances particu-
»lières et des engagemens de famille, le déterminèrent
»à se faire recevoir à la charge de président aux en-
»quêtes, que son père avait si bien remplie. On peut
»dire de la magistrature, que c'est un joug qu'il faut
»s'accoutumer à porter dès sa jeunesse ; néanmoins,
»par sa pénétration, son discernement, son applica-
»tion et sa droiture, M. Druillet s'y acquit bientôt
»l'estime et l'approbation du public.

»Tombé dans une maladie de langueur, long-temps
»avant sa mort, il s'interdisit tout autre commerce ,
»que celui des personnes nécessaires pour les soins
»d'une santé qui s'affaiblissait tous les jours, et pour
»l'aider à consommer le sacrifice de sa vie dans toute
»la ferveur du zèle et de la piété.»

M. Druillet, évêque de Bayonne, eut pour successeur M. de Coufoulens.

M. le président Druillet de Montlaur, M. Lardos.

M. le président de Druillet, leur père , M. de
Mariotte.

~~~~~~~

1735.   46.° M. le Président DE RESSÉGUIER.

Voyez ci-dessous n.° 135, année 1811.

~~~~~~~

1736.   47.° M. DE RANCHIN-LAVERGNE.

Voyez ci-dessous n°. 50, année

~~~~~~~

1736.   48.° M. le Président D'ORBESSAN.

Voyez ci-dessous , n.° 116, année 1800.

~~~~~~~

1737.   49.° M. DE PAPUS-LACASSAGNERE.

«M. de Papus-Lacassagnere , issu d'une ancienne
»famille de robe, qui s'est soutenue avec distinction
»dans le parlement de Toulouse , jusques dans ces
»derniers temps , reçut la plus heureuse éducation. Il
»y répondit par de rapides progrès dans ses premières
»études, par son goût, par l'application , par une mé-
»moire dont on raconte des prodiges , par l'innocence
»et la pureté de ses mœurs. Toutes ces qualités furent
»regardées

»regardées par les personnes qu'il consulta sur le parti »qu'il devait prendre, comme une espèce de vocation »à l'état ecclésiastique ; touché lui-même de la sain-»teté de cet état, il désira ardemment de l'embrasser. »

Le crédit de sa famille et les espérances qu'il donnait, le firent pourvoir d'un canonicat dans l'église de St. Sernin ; il alla faire son cours de théologie à Paris, il y cultiva aussi le goût qu'il avait pour les lettres, et commença à s'exercer dans l'éloquence de la chaire avant d'être promu aux ordres sacrés. C'était à une époque, où les ministres de la parole la portaient à sa plus haute perfection. L'éclat de ses succès fit désirer à sa famille, de l'entendre sur une. des chaires de. Toulouse. Il y obtint les mêmes applaudissemens qu'à Paris, mais il en arrêta le cours, en se bornant à un genre d'instruction plus simple, plus apostolique ; plus propre à raffermir les fidèles dans les principes de la morale chrétienne, et dans les voies du salut.

Qui n'eût cru que M. de Papus par ses talens dont il faisait un si saint usage, par son zèle et ses vertus courageuses, était destiné à être un apôtre ; que sa vie entière allait être consacrée à évangéliser les pauvres, et les riches, à les guider, et à les soutenir dans les sentiers de la foi et dans la pratique des bonnes œuvres ? Ce fut lorsqu'il se livrait aux efforts de ce zèle, avec une sorte d'abandon, qu'il lui vint des scrupules sur sa vocation. La sainteté de cet état l'effraya. Ses doutes et son effroi vinrent de son goût pour les sciences humaines, si vif et si impétueux, qu'il avait tous les caractères d'une grande passion. Ne pouvant ni la vaincre, ni admettre aucun partage, dans l'idée qu'il avait conçue des fonctions de son état, et s'y regardant d'hors et déjà comme un serviteur inutile, il se décida à n'être qu'un simple fidèle, trop heureux de pouvoir faire son salut, loin de se croire appelé à procurer celui des autres.

G.

En refusant d'avancer dans le saint ministère, il voulut néanmoins tenir à l'état ecclésiastique, sous une forme moins austère ; mais qui prescrivît aussi de grandes obligations. Il reçut le cordon et la croix de l'ordre de St. Lazare, et il fut fidèle, toute sa vie, à remplir un devoir dont il avait l'habitude, la récitation journalière des offices de l'église.

Il contracta, dans le même temps, une obligation plus douce et plus conforme à ses goûts. Il fut reçu dans la famille de Clémence Isaure. « Assidu à nos »exercices, disait dans son éloge M. le chevalier »d'Aliez, il y porta le goût exquis, la pénétration et »la profondeur d'esprit qui lui étaient naturelles ; il y » porta sur-tout une parfaite connaissance de la langue. »Maître dans l'art de parler et d'écrire, il donna un »nouvel éclat à l'Académie, toutes les fois qu'il se fit »entendre dans nos actions publiques.

»La trop grande contention d'esprit, et l'application » que demandent les sciences abstraites et métaphysiques, »pour lesquelles M. de Papus avait un attrait particu- »lier, nuisirent à sa santé. Il tomba dans un état de »langueur qui fit désespérer de ses jours. Sa fidélité »aux principes de son premier état, et aux saintes »pratiques de celui qu'il avait embrassé depuis, en- »tretinrent dans son cœur les sentimens d'une fervente »piété.

»C'est à ces sentimens qu'il dut la fermeté et le » courage qu'il a montrés aux approches de la mort, et »qui l'ont soutenu dans ce passage qui n'a rien que »de consolant pour une ame chrétienne. »

Il eut pour successeur M. Duclos.

5o.° M. DE RANCHIN-LAVERGNE. 1738.

M. DE RANCHIN-MONTREDON, son frère.

M. le président de Ranchin , qui mourut en 1692 , était maître des Jeux Floraux , et il avait vu son fils aîné , M. de Montredon, parvenir au même grade, et s'asseoir à côté de lui dans les Jeux de Clémence Isaure. M. de Lavergne , son frère , se montra avec le même avantage dans les concours de l'Académie. Le premier avait été reçu mainteneur en 1704, et celui-ci en 1715. Leur mort fut plus rapprochée. M. de Lavergne ne survécut pas deux ans à son frère aîné.

M. de Ponsan, qui fit l'éloge de M. de Montredon, le 25 avril 1736 , s'exprimait ainsi :

«Ces dignes enfans d'un illustre père ont marché »sur ses traces, ils ont sucé avec lui le goût et l'amour »des belles-lettres ; mais en profitant des exemples et des »maximes domestiques, ils ont cherché dans leurs étu- »des à se remplir de sentimens d'honneur et de pro- »bité, autant qu'à acquérir des connaissances.

»M. de Montredon a fait pendant long-temps le »plaisir des compagnies les plus choisies : il avait »dans l'esprit un tour vif et singulier, qui rendait in- »téressant tout ce qu'il disait. Dès sa plus tendre en- »fance, les belles-lettres avaient été sa principale oc- »cupation. Son goût naturel s'était perfectionné dans »la société de madame la présidente Druillet.»

Ce fut M. le chevalier d'Aliez qui prononça l'éloge de son frère, le 9 janvier 1738.

«M. de Lavergne destiné dès ses plus jeunes ans »à la profession des armes , entra dans la maison de »M. le Prince de Nassau , qui fit prendre un soin »particulier de son éducation. Il ne fut pas plutôt en

G 2

»état de servir , que l'Électeur de Brandebourg , de-
»puis Roi de Prusse, voulut former , à l'exemple de
»nos Rois, une compagnie de gentilshommes d'élite
»pour la garde de sa personne , et le mit au nombre de
»ces jeunes guerriers dont il demandait que les in-
»clinations nobles et généreuses répondissent à leur air
»noble et martial.

»Les bonnes qualités de M. de Lavergne lui attirè-
»rent bientôt l'amitié de ses camarades : il s'accoutuma
»à leurs mœurs et à leurs manières, jusques à prendre
»leur caractère froid et sérieux, qu'il a toujours con-
»servé depuis ; et qui annonçait sa prudence, sa mo-
»dération et la solidité de son esprit.

»Un goût naturel lui faisait rechercher avec avidité
»les chefs-d'œuvre de littérature que la France pro-
»duisit pendant ce règne fécond en merveilles , qui
»fera à jamais la gloire de notre nation. Ces études ra-
»nimèrent en lui l'amour de la patrie, qui ne s'efface
»jamais dans les cœurs français. Ce penchant devint
»même si fort dans M. de Lavergne , qu'au mépris de
»l'avancement de sa fortune , il abandonna ces terres
»étrangères, et revint, encore à la fleur de son âge, dans
»le lieu de sa naissance.

«Il y trouva un frère chéri, entièrement dévoué aux
»muses. Les personnes les plus polies étaient , dans
»ce temps, heureusement tournées à faire leurs délices
»de la culture des lettres. Il accourt vers cette maison
»qui vous a donné plusieurs confrères, l'ornement de ce
»corps ; (1) il y est reçu comme un fils adoptif ; il y pro-
»fite de tout ce que son esprit pouvait acquérir de goût
»et de lumières : son talent pour l'art d'écrire s'y dé-
»veloppe : on l'enhardit à travailler pour vos prix , et
»ses premiers essais entraînent vos suffrages. Des succès
»aussi rapides inspirèrent à plusieurs d'entre vous,
»Messieurs, de le voir de près, et vous le jugeâtes
»digne de vous être associé.

____

(1) M. Druillet.

»Vous vous souvenez , Messieurs, qu'il portait la mo-
»destie jusqu'à l'excès , et qu'il fallut toutes vos ins-
»tances pour l'obliger à parler en public, lorsque son
»tour était venu. Combien dignement ne s'en ac-
»quittait-il pas ? Il montra toujours que les sujets
»les plus difficiles et les plus délicats n'étaient pas au-
»dessus de ses forces. »

La place de M. de Montredon fut donnée à M.
l'Abbé Prades celle de M. de Lavergne à M. Daspe de
Meillan.

5i.º M. D'ADVISARD , d'abord Avocat-Général, ensuite Conseiller d'honneur au parlement de Toulouse.

1738.

«N'attendez pas ici, Messieurs, disait M. de
»Gaillac, qui prononça cet éloge le 23 décembre
»1738, que je vous parle de cette longue suite d'aïeux
»dont M. d'Advisard pouvait se vanter de descendre :
»ce n'est point aux vertus de ses ancêtres, c'est à ses
»qualités personnelles qu'il dut l'honneur de vous être
»associé. La rapidité des progrès qu'il fit dans l'étude
»des lois le rendit recommandable à son prince même,
»et par une grâce aussi singulière qu'honorable pour
»ses talens, il lui confia dans son quatrième lustre, et la
»conservation des lois du royaume, et les intérêts de
»ses peuples, emploi digne en effet de la force de ses
»sentimens et de la sagacité de son esprit.

»A des occupations si graves M. d'Advisard sut join-
»dre des délassemens utiles ; et malgré la fougue d'une
»jeunesse que l'attrait des plaisirs entraîne presque
»toujours, les belles-lettres occupèrent la plus grande
»partie de son loisir. Vous vous applaudissiez, Messieurs,

»depuis long-temps de l'avoir parmi vous , lorsque des
»affaires importantes l'enlevèrent à sa patrie.

»Un prince et une princesse dont la cour florissante
»était l'asile des gens de lettres (1), lui donnèrent bien-
»tôt des marques de l'estime la plus particulière, et le
»firent entrer dans leurs secrets les plus intimes. La
»reconnaissance de M. d'Advisard égala la confiance
»dont ils l'honoraient, et son attachement alla jusqu'à
»partager leurs disgraces : mais des jours plus sereins
»ayant succédé à cès temps de trouble et de tempêtes ,
»nous le revîmes encore plusieurs fois parmi nous cher-
»cher dans le sein des muses cette paix et cette tran-
»quillité inconnues dans le tumulte et les agitations
»d'une cour.

»Rien ne semblait devoir nous le ravir encore,
»lorsqu'après avoir obtenu, par une nouvelle grâce, la
»récompense due à ses services (2), il revola vers ces
»lieux où son penchant et ses désirs l'entraînaient sans
»cesse malgré lui.

»C'est là qu'après avoir donné à son illustre pro-
»tecteur de nouvelles marques de son zèle et de ce
»noble désintéressement qui lui fit toujours négliger
»jusqu'à sa fortune, il fut contraint de donner des
»larmes à la perte d'un prince qui l'honorait de sa fa-
»miliarité. Les regrets de M. d'Advisard furent le terme
»de sa vie. »

Il eut pour successeur M. l'abbé de Cambon , depuis
évêque de Mirepoix.

____

(1) La cour de sceaux. (2) Un office de Conseiller d'honneur.

52.° M. CORMOULS , Avocat. 1739.

Voyez ci-desssous n.° 67 , année 1752.

53°. M. DELHERM. 1739.

Voyez ci-dessous n°. 70, année 1754.

54.° M. DE CAZAUBON. 1739.

La meilleure preuve que je puisse donner des talens de M. de Cazaubon , est l'éloge de M. d'Auterive et celui de M. l'abbé Compaing, qu'il prononça en 1718. Il n'y a qu'un littérateur instruit et exercé , qui puisse écrire avec cette simplicité , cette élégance et cette correction. La douceur et la sagesse de son style, étaient l'expression de son caractère et de ses qualités sociales ; M. l'abbé Prades , chargé par l'Académie de lui payer un juste tribut de louanges , commence par le tableau de ses qualités et de ses vertus ; « par la »raison , dit–il, que nous mettons la vertu avant les »talens, et les qualités de l'esprit après celles du cœur; »le goût et la culture des lettres, qui nous lient, sup— »posent l'estime et un mérite qu'elles relèvent, mais »qu'elles seules ne donnent pas; elles sont l'occasion, »non l'unique cause de la société qui se forme entre »nous.

»Ce caractère d'honnête homme, si reconnu dans »notre confrère, ne lui ôtait certainement rien de ce »que la nature, une parfaite connaissance des règles »de l'éloquence et de la poësie , et la lecture des bons »livres lui avaient donné. Sa modestie en pouvait cacher »une partie ; mais l'académicien se décelait toujours; »on le reconnaissait, on le trouvait partout. Je ne sais

»quoi de noble , mêlé à une douceur remplie de grâces,
»donnait du charme à tous ses discours. Pour comble
»de gloire , M. de Cazaubon , chéri des hommes , l'a
»été de Dieu d'une manière à nous rendre sa mémoire
»à jamais respectable. »

Sa place fut donnée à M. de Caraman , lieutenant-général.

1739.   **55.° M. DE LOMBRAIL-ROCHEMONTÈS.**

Voyez ci-dessous n.° 71 , année 1755.

1739.   **56.° M. DE SAPTE.**

Voyez ci-dessous , n.° 126 , année 1808.

1740.   **57.° M. le Président D'ASPE.**

Voyez ci-dessous , n.° 88 , année 1770.

1742.   **58.° M. l'Abbé DE TOURNIER.**

M. l'Abbé de Tournier, docteur en théologie, en
disputa une chaire n'ayant que 23 ans, n'aspirant
qu'à la mériter, sachant bien qu'à raison de sa grande
jeunesse il ne l'obtiendrait pas. Après cette dispute honorable, et qui lui valut le témoignage d'estime le
plus flatteur, il alla à Paris se consacrer aux missions
apostoliques. Il avait des liaisons d'amitié avec M. de
Labroue, qui fut depuis évêque de Mirepoix. Il en
forma avec Bossuet , juste appréciateur de tout genre
de mérite, de celui sur-tout qui se fondait sur le zèle et
la défense de la religion.

Rendu à sa patrie , après avoir exercé pendant

plusieurs années ce ministère apostolique, il fut pourvu d'un office de conseiller-clerc au parlement, et peu de temps après, le Roi le comprit dans la liste des mainteneurs nommés par les lettres-patentes de 1694. L'activité de son zèle suffisait à tout. On eût cru au palais que tout son temps était consacré à la jurisprudence. Son assiduité à l'Académie, et la part qu'il prenait à nos exercices, auraient pu faire supposer que l'amour des lettres l'avait arraché à toute autre occupation ; et cependant les œuvres de sa charité évangélique passaient toujours avant ses autres devoirs. « Je me hâte, »disait M. d'Estadens, qui prononça son éloge le 6 juillet 1742, de passer aux plus nobles effets de sa charité. Vous me prévenez, Messieurs, cette maison (1) »que son zèle pour la gloire de Dieu consacra à la pé- »nitence, se présente à vos yeux. M. l'abbé de Tournier »ouvrit cet asile aux regrets et à la confusion salutaire »des personnes du sexe, souvent plus imprudentes que »coupables, et moins esclaves de leurs passions que »victimes de leur faiblesse.

»Vous vous rappelez, Messieurs, ces jours, où le »Tout-puissant (2), toujours impénétrable dans ses »desseins, parut appesantir son bras, sur ce monument »de sa grande charité, et le livra à la fureur des eaux. »Il fut détruit. Un homme vraiment apostolique (3), »qui portait les paroles du salut dans cette sainte »maison, vit les eaux grossir autour de lui. Il vit périr »successivement ces filles pénitentes : il se vit périr »lui-même ; mais sa foi triompha. Son zèle ne se ra- »lentit pas : il ne cessa d'exalter la miséricorde de »de Dieu, que lorsqu'il cessa de vivre.

»La ruine d'une maison si chère affligea M. l'abbé »de Tournier, mais ne l'accabla pas. Les difficultés du

---

(1) Le bon Pasteur.
(2) L'inondation de 1727.　(3) Le Père Badou, de la Doctrine Chrétienne, fameux Missionnaire.

»rétablissement ne rebutèrent ni son zèle, ni sa con-
»fiance. Si c'est l'œuvre de Dieu, disait-il, elle res-
»suscitera ; si c'est l'œuvre de l'homme, elle est dé-
»truite sans retour. Cette maison est rétablie. M. l'abbé
»de Tournier a eu la consolation de voir que Dieu lui-
»même conduisait son ouvrage.

   »M. l'abbé de Tournier est mort le 10 juin 1742.
»Il souffrit de grandes douleurs : sa patience fut celle
»d'un héros chrétien. Il a légué aux pauvres la pro-
»priété de ses biens, ils en avaient eu la jouissance
»pendant sa vie. »

   Sa place fut donnée à M. de la Roche-Aymont.

<hr>

1742.

59°. M. le Président DE CAULET.

Voyez ci-dessous n.° 72, année 1756.

<hr>

1743.

60.° M. DUBUISSON-D'AUSSONNE.

   Quand M. d'Aussonne témoigna son désir d'entrer
à l'Académie, il se présenta avec la recommandation
de plusieurs couronnes qu'il avait remportées dans nos
Jeux. Outre les belles-lettres, il avait étudié l'histoire
et les mathématiques. La preuve de ses talens résultait
encore du succès de plusieurs négociations dont il avait
été chargé par la confiance de Louis XIV. M. le Comte,
qui prononça son éloge, le 16 juillet 1743, le présente comme le plus assidu et le plus obligeant de
tous les académiciens. Il parle aussi de la noblesse et
de l'ancienneté de sa race, « connue de tout le monde
»dans nos provinces, où la maison de Dubuisson est
»établie depuis si long-temps, et dans cette ville où
»des monumens publics et à jamais durables nous
»l'apprennent. »

   La place de M. d'Aussonne fut donnée à M. le
président de Caulet.

61.º M. LARDOS.

M. DE SAGET.

M. Lardos était un de ces avocats qui jettent un grand éclat pendant leur vie , et qui laissent après eux de longs souvenirs, dans le barreau dont ils soutinrent la réputation. Lorsque j'arrivai au barreau de Toulouse, tous ceux qui avaient alors l'âge auquel je suis parvenu , l'avaient vu, avaient travaillé avec lui dans leur jeunesse , et ils n'en parlaient qu'avec le respect et la vénération qu'inspirent de grands talens, de vastes connaissances , et cette parfaite rectitude de jugement qui est la première qualité d'un jurisconsulte. M. Lardos avait été capitoul, pour la première fois en 1719. Etant devenu chef du consistoire en 1733 , il ne regarda pas le titre d'académicien-né comme une vaine décoration. Pendant l'année de ce second capitoulat, il fut assidu à nos séances; il en partagea les travaux, et se trouvant sous-modérateur , dans une circonstance très-marquante : lorsque l'Académie eut le malheur de perdre M. le chevalier de Catellan, M. Lardos fut chargé d'exprimer nos regrets d'une si grande perte , et s'acquitta de ce devoir avec un intérêt et un zèle qui ajoutèrent infiniment à l'estime que ses talens et son caractère avaient inspirée. «Associé, »disait-il, pendant le cours de cette année , à cette »illustre compagnie , non par votre choix, mais par »une charge qui, entre les grands avantages qu'elle »procure, ne voit rien au-dessus de cette prérogative , »je sens que ce bien passager . qui suffit pour vous »connaître , ne suffit pas pour vous imiter et vous »suivre. »

Tandis que M. Lardos parlait avec cette modestie, chaque mainteneur formait dans son ame le vœu de se l'attacher par un titre personnel ; et la place de M. le président Druillet de Monlaur, devenue vacante, quelque mois après, lui fut donnée tout d'une voix. Cette unanimité de suffrages était moins un choix qu'une confirmation.

L'administration de M. Lardos, capitoul, avait été deux fois applaudie. Appelé au capitoulat pour la troisième fois, il était encore chef du consistoire, en 1743, lorsqu'il mourut justement regretté du barreau, de l'Académie et de la municipalité.

M. de Saget, Académicien laborieux et très-zèlé, prononça l'éloge de M. Lardos. Le discours d'un avocat-général, naturellement éloquent, qui avait fait de l'éloquence une étude approfondie, et qui, dans le barreau dont il était membre, avait été souvent témoin des triomphes d'un avocat renommé par le talent de la parole et par la force de sa raison, un tel discours, retraçant l'impression que produisaient les compositions oratoires de M. Lardos, serait un monument précieux pour l'histoire du barreau de Toulouse, et pour celle de l'Académie. J'ai surtout regretté que cet éloge ne nous ait pas été transmis, en lisant ceux de M. le président de Nupces, et de M. Druillet, évêque de Bayonne, que M. de Saget avait prononcés auparavant, et en lisant encore la semonce et l'éloge de Clémence Isaure, qui le signalèrent très-avantageusement la première année de son arrivée à l'Académie.

M. Lardos eut pour successeur M. de Lamotte ; et M. de Saget, M. Jamme.

62.º M. DE MARIOTTE. 1751.

M. de Mariotte naquit à Toulouse le 21 octobre
1685. Son père était greffier des états. Il suivit le
barreau pendant quelque temps, et prit ensuite un
office de trésorier de France. L'étude des lettres l'occupait essentiellement.

«Il écrivait avec beaucoup d'élégance et de pureté,
»dit M. de Ponsan, qui prononça son éloge le 14 juin
»1748. Toutes les finesses et les délicatesses de la langue
»française lui étaient connues ; il parlait très-bien ; il
»avait si bien perdu l'accent de sa province, dans le
»cours de ses premières études faites à Paris, que lorsqu'il
»y retourna vingt ans après, on crut qu'il n'avait pas
»quitté la capitale. Sa manière d'écrire lui mérita un
»honneur digne d'être remarqué. Son nom est com-
»pris dans le tableau des auteurs dont on a employé
»l'autorité, pour la composition du dictionnaire uni-
»versel de la langue française (1). Plusieurs phrases et
»diverses locutions prises dans ses ouvrages sont rap-
»portées pour exemple dans ce dictionnaire.»

Pour son premier essai d'éloquencee, M. de Mariotte
entra dans la lice de nos Jeux en 1706, et les suffrages
furent balancés entre son discours et celui du poëte Roi,
qui obtint le prix; mais l'année suivante, M. de Mariotte
le lui enleva. « Tous les suffrages se réunirent pour le
»nommer, le 2 juin 1713, à une place de mainteneur
»vacante par la mort de M. de Valette, en 1715, il
»fut choisi, par l'Académie, pour prononcer l'oraison
»funèbre de Louis XIV.

»Il quitta Toulouse, en 1731, pour aller s'établir
»à Paris, au grand regret de sa famille, de ses amis et
»de ses confrères.

---

(1) **Dictionnaire de Trévoux.**

«Il avait eu toujours la vue très-mauvaise ; il la per-
»dit absolument. Ce cruel accident n'altéra ni sa gaîté,
»ni sa douceur. Il eut cette double conformité de
»malheur et de bon caractère avec Lamothe-Houdard,
»son ami ; et comme lui encore il n'interrompit pas
»ses études.

»Il s'était accoutumé à cet état d'infirmité, et il
»aurait encore coulé d'heureux jours, par cet emploi
»de son temps, et par les soins d'une compagne douce,
»agréable et attentive à tout ce qui pouvait lui plaire ;
»lorsque la petite-vérole, presque toujours meurtrière
»dans la vieillesse, l'enleva comme un coup de foudre
»à l'âge de soixante-trois ans. »

Il eut pour successeur M. du Puget.

63°. M. LEMAZUYER.

Voyez ci-dessus n.° 118, année 1807.

64.° M. DE FUMEL.

M. le chevalier d'Aliez, qui prononça son éloge le
12 janvier 1750, le peint ainsi : « M. le comte de
»Fumel, issu d'une famille de très-ancienne noblesse,
»puisa dans le sang de ses ancêtres la noblesse de sen-
»timens qu'il a toujours montrée dans sa conduite. Gai
»et plein de candeur dans le commerce ordinaire ; il
»était généreux, et quoique porté à la magnificence,
»simple et modeste dans son maintien et dans ses ma-
»nières. Il s'exprimait toujours avec justesse, avec
»précision et dans les meilleurs termes. L'intelligence
»qu'il montrait dans la lecture des ouvrages, était ca-
»pable d'éclairer et de guider en quelque façon l'esprit
»de ceux qui l'écoutaient. On sait quel était son talent
»pour le genre épistolaire, talent si peu commun. Il

»réussissait encore dans les ouvrages de poësie, d'un
»caractère simple et gracieux.

» Après une longue maladie dont il a soutenu les
»souffrances avec une patience et une résignation vrai-
»ment chrétiennes, montrant jusqu'au dernier moment
»de sa vie, des sentimens de religion qui ont fait l'édi-
»fication publique; il est mort le 12 décembre 1749. »

Sa place fut donnée à M. l'Abbé d'Aufrery.

65.º M. SOUBEIRAN DE SCOPON. 1750.

M. Soubeiran-de Scopon partage avec Clémence
Isaure la gloire d'avoir donné un nouveau lustre au
Collége de la gaie science. Elle n'avait fondé que des
prix de poësie; ce ne fut que par les lettres-patentes de
1694, que l'églantine devint un prix d'éloquence;
mais elle ne valait que 250 f., et n'était pas comptée
parmi les fleurs qui donnent le droit de demander des
lettres de maître de nos Jeux. M. Soubeiran de Scopon,
qui avait cultivé l'éloquence, et s'était montré très-
éloquent à l'Académie, ainsi qu'au barreau, crut qu'il
était important pour l'émulation littéraire et pour la
gloire de nos concours, de donner à l'églantine une
valeur au moins égale à celle de l'amaranthe. L'Académie entra avec reconnaissance dans les vues d'un
mainteneur si généreux; sa fondation fut acceptée. Il
y consacra une rente perpétuelle de 200 f. qui lui était
due par la ville de Toulouse. Louis XV autorisa, par
des lettres-patentes, l'augmentation donnée à la valeur de l'églantine, et la délibération de l'Académie
portant que celui qui l'aurait remportée trois fois,
pourrait obtenir des lettres de *Maître ès Jeux
Floraux*.

M. de Scopon était né à Toulouse le 18 janvier
1699. Destiné à la profession d'avocat, il obtint de
grands succès au barreau, et néanmoins il inter-

rompit les exercices de cette profession, pour aller à
Paris se livrer à son goût pour les lettres.

Quelques jugemens qu'il publia sur des ouvrages
estimés, lui acquirent la réputation d'homme de goût.
Dans un voyage qu'il fit en Hollande et en Angleterre,
il fut recherché par les savans et les littérateurs, nommément par Jacques Saurin, le Massillon des protestans. Saurin, dans la force de l'âge et au milieu du
plus grand éclat de sa brillante réputation, s'attacha
à ce jeune homme, enchanté de trouver en lui le même
genre d'éloquence qu'il avait adopté, et un talent pour
la déclamation porté au plus haut degré.

De retour à Toulouse en 1726, M. de Scopon reprit les exercices du barreau, uniquement pour obéir
à son père, qui, enfin touché de cette soumission, et
content de ses nouveaux succès, le laissa libre de suivre
son goût exclusif pour les belles-lettres.

Séduit par son talent de savoir donner à la prose un ton
élevé, noble et harmonieux, il avait cru, comme Lamothe,
qu'il était possible de faire réussir une tragédie en prose.
Il avait même osé écrire en faveur de ce faux système,
contre le discours de Voltaire sur la tragédie. Mais s'il
s'exerça dans ce genre, il eut la sagesse de ne pas publier ses essais. Il fit imprimer une lettre sur l'histoire
de Madame de Luz, et un examen des confessions du
comte de ***, romans de Duclos. Il voulut lutter aussi
contre lui, en publiant des considérations sur les
mœurs ; mais trop d'austérité dans les principes, et
un peu de monotonie dans le style, nuisirent au succès de cet ouvrage ; tandis que l'*examen des confessions* avait parfaitement réussi, par la gaité d'une
critique vive, mais décente, pleine d'esprit, de goût,
de sel et de finesse. Un autre ouvrage de lui, intitulé
caractère de la véritable grandeur, publié en 1746,
avait été également très-bien accueilli, quoiqu'il y eut
mis, peut-être, un peu trop de son austère philosophie.

M.

M. de Scopon, quoique très-attaché à sa patrie, sentait que, pour mettre la dernière main à son ouvrage, il avait besoin des conseils et de la société journalière de ceux qui se sont entièrement dévoués à la culture des lettres et des sciences. Ne vivant désormais que pour ces douces occupations, et brûlant du désir d'obtenir une place honorable parmi les écrivains qui font, des sciences morales, l'objet principal de leurs méditations, il partit pour Paris, après la mort de son père et de sa mère, pour aller y fixer son domicile. Il y était à peine établi, qu'une apoplexie foudroyante l'enleva aux lettres et à la tendresse de sa famille, le 12 février 1751. Il venait de compléter sa cinquante-deuxième année.

J'eus le bonheur, en 1810, de trouver son portrait, que l'Académie a fait placer dans la salle de ses assemblées particulières. Il était un des successeurs de M. de Malepeyre. Le hasard a voulu que la même place ait été occupée par deux mainteneurs, dont l'un a fondé le lis, et l'autre a donné plus de relief à la destination de l'églantine.

La terre de Scopon avait appartenu plus anciennement à M. Pierre Julien, mainteneur des anciens Jeux Floraux, et l'un des beaux esprits dont les poësies embellissaient la fête des Fleurs. Le propriétaire actuel de cette terre, digne descendant d'un noble et antique troubadour, et qui joint à ces talens héréditaires, le goût et l'amour de tous les arts, a voulu consacrer le souvenir de Clémence Isaure dans le jardin de Scopon, où elle fut si souvent et si heureusement invoquée. (1) Au milieu d'un parterre, où sont exclusivement cultivés l'amaranthe, l'églantine, le lis, la

____

(1) C'est au château et dans les jardins de Scopon, que M. Treneuil, maître des Jeux Floraux, composa dans sa jeunesse ; la plupart des ouvrages qui furent couronnés dans nos concours.

H

violette et le souci, s'élève une colonne de marbre blanc, qui, pour toute inscription, porte le nom de *Clémence Isaure.*

M. Soubeiran de Scopon eut pour successeur M. Castilhon.

———

1751.   66.º M. LE COMTE, Chev.ʳ d'honneur.

Voyez ci-dessous, année 1787, n.º 106.

———

1752.   67.º M. DUCLOS,
       M. MONTAUDIER, | Avocats.
       M. CORMOULS,

M. Cormouls et M. Montaudier, avec les mêmes qualités et les mêmes talens, suivirent la même carrière, et obtinrent des succès également éclatans dans le barreau de Toulouse, dans l'administration municipale ; aux états de Languedoc, où ils furent députés comme capitouls, et à l'Académie dont les travaux s'accrurent par leur assiduité, et dont les séances publiques furent toujours très-brillantes, lorsque l'un d'eux y portait la parole.

Plus jeune que M. Montaudier, M. Cormouls se retira plutôt que lui de l'audience, et acquit un nouveau genre de gloire, par la composition de mémoires savans, d'une discussion profonde, et toujours écrits avec correction, avec élégance, et d'un ton noble et élevé.

M. Duclos, qui parut au barreau après eux, cultiva, dès sa première jeunesse, l'éloquence et la poésie, et en fit l'objet principal de ses méditations. « Témoin et admirateur de ses talens, disait M. le président de Caulet, qui prononça son éloge le 23 juin

»1752, j'ai vu souvent la douce persuasion couler de
» ses lèvres; j'ai été, avec tous ses auditeurs, attendri,
»ému, agité à son gré. Il eut peut-être atteint la per-
»fection de son art, s'il avait été moins orateur. »

Cetre observation est très-juste. Il est des causes où
l'orateur doit se renfermer dans les termes d'une argumentation ferme et vigoureuse; et dans celles où il
est permis d'employer les mouvemens de l'éloquence,
il faut parler principalement à la raison; il faut que
le jurisconsulte s'y montre toujours; comme l'homme
d'état, dans les discussions politiques, et le théologien,
dans l'éloquence de la chaire.

M. Duclos fut toujours plus orateur que jurscon-
sulte, plus académicien qu'avocat. Il mourut pauvre,
ainsi que Patru qui avait obtenu plus de considération à l'Académie française, qu'au barreau de Paris,
avec néanmoins quelque différence dans cette triste
conformité. M. Duclos conserva jusqu'à la fin de ses
jours, la propriété de sa trop grande bibliothèque;
tandis que Patru ne dut qu'à la générosité de Boileau,
la jouissance de ses livres qui composaient aussi tout
son patrimoine.

L'abus que M. Duclos fit des moyens oratoires eut
dans le barreau de Toulouse, la conséquence plus fâ-
cheuse d'y décrier les succès académiques, et d'y en-
raciner l'opinion absurde, qu'un homme de lettres ne
pouvait pas être avocat distingué. Il fallut tout l'ascendant du mérite de M. Veruy et de M. Lacroix, pour ramener à des idées plus saines, des légistes prévenus et
intéressés, sans doute, à écarter la supériorité que la culture des lettres doit donner à tout esprit droit et d'une
trempe vigoureuse. Voyez ci-dessous les éloges de M.
Verny et de M. Lacroix.

La place de M. Montaudier fut donnée à M. de
Paraza.

Celle de M. Cormouls, à M. de Miramont.
Celle de M. Duclos, à M. de Montégut.　　H 2

68°. M. DE LOPÈS.

M. de Lopès vécut plus de quatre-vingts ans ; et il fut aveugle pendant les trente dernières années de sa vie. Il eut cette conformité avec Lamothe-Houdart, et avec son ami M. de Mariotte, plus malheureux sans doute que l'un et l'autre, puisqu'il n'avait pas les moyens d'acheter les secours d'un secrétaire lecteur. Mais la providence qui nous donne toujours des consolations proportionnées aux maux qu'elle nous envoie, avait muni l'ame de M. de Lopès de toute la force que peuvent inspirer une foi vive et une parfaite résignation. Sa grande piété n'était pas l'effet du repentir et des regrets qui arrivent tôt ou tard, après une vie licencieuse ; c'était la suite de son naturel, de son éducation, et de la constante pureté de ses mœurs.

Son père était juge criminel de la sénéchaussée de Toulouse ; sa famille était originaire d'Espagne ; mais depuis très-long temps elle était naturalisée en France ; en 1542 elle avait eu un capitoul.

M. du Puget, qui prononça son éloge, le 2 mars 1753, parle d'un recueil de poësies sacrées, et d'autres que je n'oserais appeler profanes ; mais dont l'objet moral n'appartenait pas directement à la religion. Ce recueil qui sans doute alors était répandu, n'existe pas pour nous ; son panégyriste ne craint pas d'en parler avec une grande estime aux contemporains de M. de Lopès. Il atteste aussi comme témoin oculaire, et témoin bien à portée de s'instruire, que M. de Lopès fut un académicien zélé et assidu, connaissant à fond les belles-lettres latines, et prononçant toujours en juge éclairé sur les ouvrages du concours.

M. de Lopès eut pour successeur, M. le président d'Orbessan.

69.º M. DE RABAUDI. 1754.

«M. Pierre de Rabaudi, disait M. l'abbé d'Aufrery,
»qui prononça son éloge le 22 février 1754, naquit
»à Toulouse le 9 mars 1702. Sa famille avait donné
»des magistrats respectables au parlement, et à une
»charge que les Comtes de Toulouse créèrent pour les
»représenter (1). Il allia, dès son enfance, la vivacité
»et la sagesse. Un penchant secret le portait à l'étude,
»dans cet âge tendre où des plaisirs aussi vifs qu'in-
»nocens entraînent et captivent. Grave et sérieux parmi
»ses condisciples, on eut dit qu'il ne conversait
»avec eux que pour les instruire : il était l'arbitre de
»leurs petits différends.

»Il fit ses premières études dans le Collége des Pères
»Doctrinaires de Toulouse. Peu de temps après il alla
»perfectionner, dans la patrie commune des talens, ceux
»qu'il avait reçus de la nature.

»A la mort de son père, il revint à Toulouse, y
»fit ses études de droit, après quoi il fut pourvu de la
»charge de Viguier. Cette charge lui donnait une place
»distinguée dans le conseil de ville, qui lui fut rede-
»vable souvent de ses plus sages délibérations ; aussi
»ne voulut-on point être privé de ses lumières. Lorsque
»la Viguerie fut supprimée, on lui conserva le droit
»de suffrage qu'il avait auparavant.

»Les lettres faisaient ses plus chères délices, et quoi-
»qu'il ne leur consacrât que des momens qu'on peut trou-
»ver au sein même des plus laborieux emplois, il voulut
»prendre avec elles des engagemens plus solennels ;
»il demanda d'être admis parmi vous, Messieurs, et
»l'Académie, en le nommant, fit un choix digne
»d'elle.

»Les discours qu'il prononça dans nos séances

_____

(1) La charge de Viguier (*vicarius.*)

H 3

»publiques sont un des principaux ornemens de nos
»recueils. Sage dans ses mœurs et modéré dans ses
»désirs, il n'ambitionna les dons de la fortune, que
»pour se procurer tout ce qui pouvait étendre ses con-
»naissances; le revenu modique dont il jouissait, avant
»d'avoir recueilli, par succession, les biens de sa fa-
»mille, ne l'empêcha pas de former un cabinet de
»livres considérable. Il joignit, à la passion qu'ils lui
»avaient inspirée, une extrême facilité à les prêter. Il
»savait que l'esprit a ses besoins, ainsi que le corps; et
»que si c'est un crime, dans la société, de n'être riche
»que pour soi, c'en est un aussi dans l'empire des let-
»tres, d'entasser des trésors dont on ne laisse plus rien
»sortir, et de refuser ces utiles secours au génie, qui
»s'éteint quelquefois parce qu'il en est privé.

»Après la suppression de sa charge, M. de Rabaudi
»s'était retiré à sa maison de campagne, près de Tou-
»louse, pour y goûter un loisir plus philosophique,
»lorsqu'il fut atteint d'une apoplexie. Il mit en Dieu
»seul toute sa confiance; et se prépara à lui faire le
»sacrifice de sa vie.

»Les sentimens de religion dont il ne s'était jamais
»écarté, le soutinrent dans ces momens si redouta-
»bles pour le pécheur impénitent, mais si consolans
»pour le juste affligé; il réunit toutes ses forces, et
»son ame se roidit contre les approches de la mort
»qu'il sut envisager en philosophe et en chrétien. Il
»mourut le 29 du mois de janvier 1754. »

M. de Rabaudi eut pour successeur M. Delpy.

70. **M. D'OUVRIER,** } Conseillers   1754.
M. DELHERM, } au parlement.

Il y eut entre **M.** Delherm et **M.** d'Ouvrier une grande conformité d'idées, de goûts et de sentimens. Ils étaient de même âge; leurs familles étaient anciennes et considérées dans la robe; ils avaient embrassé le même état; l'amour des lettres et de la jurisprudence avait donné à leurs études une distinction qui leur fit ouvrir, presqu'en même temps, les portes du Palais et celles de l'Académie.

Ils marchaient d'un même pas dans cette double carrière, qui fut si courte pour **M.** Delherm, et que **M.** d'Ouvrier prolongea jusqu'à l'extrême vieillesse. Tous deux la terminèrent par une mort très-chrétienne et très-édifiante. **M.** d'Ouvrier avait pour la gloire de l'Académie un zèle et un attachement que je ne puis mieux célébrer, qu'en répétant ce que disait **M.** de Ponsan, lorsqu'il prononça son éloge le 28 juin 1754.

«C'est le premier de nos confrères, qui, à sa mort, »a témoigné son affection à cette compagnie; il lui en »a donné des marques particulières, par un présent de »livres précieux (les Œuvres de Virgile, d'Horace, »de Térence, in-folio, impression du Louvre.)»

On pouvait augurer de là, que **M.** de Ponsan n'oublierait pas l'Académie dans son testament. Voyez ci-dessous n.º 126.

La place de **M.** Delherm fut donnée à **M.** de Villars-Lugein.

Celle de **M.** d'Ouvrier à **M.** de Lafage – Saint-Amadou.

1755.

71.º M. DE LOMBRAIL (Marc-Antoine.
M. DE LOMBRAIL-ROCHEMONTÉS.
M. DE LOMBRAIL-LASALVETAT.

M. le chevalier de Catellan, qui prononça l'éloge de M. de Lombrail-Lasalvetat, ne nous apprend rien de sa famille, de sa vie privée, de sa vie publique ; mais après avoir parlé en général de ses qualités morales et de ses vertus chrétiennes, il s'applique à faire connaître la tournure particulière de son esprit.

»On voyait briller en lui, dit-il, un goût exquis, »un esprit d'une trempe singulière; mais d'une sin-»gnlarité qui, sans le rendre trop bizarre, le caracté-»rise au contraire très-agréablement, et le distingue »avec honneur, quand il est soutenu par une grande »justesse..... Lorsque les sujets paraissaient épuisés par »les réflexions de ceux qui avaient parlé avant M. de »Lombrail, les siennes étaient si particulières, si nou-»velles, si naturelles, que l'on entrait dans son sens »et dans sa pensée, avec autant de plaisir que de »surprise. »

De pareils incidents devaient jetter beaucoup d'intérêt dans les discussions académiques. M. de Lombrail était très-assidu, soit au jugnment des ouvrages, soit aux exercices ordinaires, et cette assiduité si utile est dans la bouche de l'orateur un sujet particulier de regrets.

M. l'abbé Prades qui prononça l'éloge de M. Lombrail de Rochemontés, le 23 juillet 1739, s'exprime ainsi :

«Dans sa jeunesse il aima et cultiva les belles-»lettres avec empressement. Ce goût que favorisaient »d'heureux talens, lui fit rechercher l'honneur d'avoir »une place parmi vous.

»Doué d'une intelligence supérieure dans les af-
»faires, et d'une habileté admirable à les manier,
»devenant plus utile et nécessaire au palais ; le magis-
»trat en lui n'absorbait pas l'homme de lettres ; mais
»le palais absorbant tout son temps et tous ses loisirs,
»il fut perdu pour nos exercices. »

M. le président de Caulet fut aussi succinct dans
l'éloge de M. Marc-Antoine de Lombrail. Le voici
tel qu'il le prononça, je n'en ai pas retranché une
syllabe.

»Il est né à Toulouse en 1685. Sa famille est con-
»nue dans cette ville par les magistrats célèbres qu'elle
»a donnés au parlement, et par ses alliances aux pre-
»mières maisons de la province. Les graces que M. de
»Lombrail devait à la nature, les talens de son esprit,
»les connaissances dont il l'avait enrichi, lui méri-
»tèrent une place à l'Académie : il y fut reçu en 1727
»Vous le savez, Messieurs, nous n'avons jamais eu à
»nous plaindre que de son absence ; mais pouvions-
»nous n'en pas admirer les motifs ? Rendu à lui-même,
»occupé de tout ce que la religion a de respectable,
»notre confrère avait choisi une retraite presqu'impé-
»nétrable, et n'avait conservé d'autres liens qu'un
»petit nombre d'amis. Sa rare modestie nous a privés
»de la connaissance de sa vie retirée, et nous en a dé-
»robé les détails édifians. Il est mort le 8 janvier
»1755.

La place de M. de Lombrail-Lasalvetat fut donnée
à M. Druillet-de-Montlaur.

Celle de M. de Lombrail-Rochemontés, à M. de
Garaud.

Celle de M. Marc-Antoine de Lombrail, à M. de
Crussol.

1755.   72°. M. DUMAS D'AIGUEBÈRE.

Si Laloubère avait eu moins de célébrité, et que son éloge n'eût dû attirer l'attention que de ses confrères et de ses concitoyens, il est à croire que M. de Saint-Laurens eut été moins difficile, et qu'après quelques corrections, il aurait consenti à laisser imprimer son discours, dans nos recueils.

M. de Bardi, chargé vingt-cinq ans après, comme modérateur de l'Académie, de prononcer l'éloge de M. d'Aiguebère, eut les mêmes syndéreses, quand il fut question de le faire imprimer. Il était incapable de rien mettre dans ses refus, qui ressemblât aux procédés de M. de Saint-Laurens ; mais, soit adresse de sa part, ou négligence de la part des commissaires chargés de l'édition du recueil, il éluda leurs demandes, jusqu'à ce qu'enfin il pût dire avec vérité, que son manuscrit s'était perdu.

Si je n'avais consulté que les intérêts de mon amour-propre, j'aurais mis à profit ces exemples de leur méfiance ; mais l'Académie ne voulant pas laisser un si grand vide dans son histoire, j'ai dû ne consulter que mon zèle, et compter sur l'indulgence qu'obtient toujours la fidélité à remplir ses devoirs.

M. Jean Dumas d'Aiguebère naquit le 6 septembre 1692, à Florence, où son père était fixé depuis son mariage avec la fille du comte de Lorenzi, ministre du Grand-Duc de Toscane. Sa famille était originaire de Toulouse. Un de ses oncles y était conseiller au parlement et sous-doyen de cette compgnie. Ce magistrat dont l'âge était avancé, et qui n'avait point d'enfans, s'empressa d'attirer auprès de lui le jeune d'Aigubère, et quand le temps fut venu de faire ses études, il l'envoya à Paris, au Collége de Louis-le-Grand. C'est là que M. d'Aiguebère connut Voltaire ;

là se forma cette liaison que l'amour de l'étude et des lettres rendit intime et durable.

En quittant le Collége, M. d'Aiguebère, destiné à la magistrature, vint faire son droit à Toulouse, fut reçu conseiller au parlement, et retourna ensuite à Paris, où il était réclamé, et par Voltaire et par son autre ami, M. de Cideville. M. d'Argental le présenta à Madame la Duchesse du Maine, qui, également enchantée de son esprit et de sa gaité, chercha à lui rendre agréable le séjour de Sceaux, rendez-vous de tous les beaux esprits, et de tous les talens distingués.

M. d'Aiguebère fournit au théâtre particulier de Sceaux, une foule de ces pièces de circonstance qui, sans contribuer à la gloire littéraire, font le charme des sociétés choisies, où l'on sait goûter et apprécier les plaisirs de l'esprit.

C'était assez pour l'ambition de M. d'Aiguebère ; mais ses amis voulaient qu'il aspirât à tout ce que les succès littéraires ont de plus brillant et de plus flatteur. M. de Cideville prétendait que sa gaité, son esprit d'observation, et son habilité à saisir les ridicules, l'appelaient à faire des comédies. Voltaire plus attentif à l'élévation de ses idées, à la noblesse de son style et à la profonde sensibilité de son ame, croyait qu'il devait aspirer, avant tout, aux lauriers de Melpomène.

D'autre part, Mouret dont la musique embellissait les fêtes si connues sous le nom de *Nuits de Sceaux*, lui demandait un opéra. Ce fut pour répondre à la fois à ces instances si vives et si obligeantes, qu'il imagina de composer une pièce qui renfermât une tragédie, une comédie et un opéra. C'est en exécutant ce plan, qu'il fit jouer en 1729, d'abord à Sceaux et ensuite sur le théâtre français, sa pièce *des trois spectacles*, composée de *Polixène*, tragédie, de *l'Avare amoureux*, comédie, et de *Pan et Doris*, pastorale-opéra, que Mouret avait mise en musique.

La singularité du spectacle, le mérite d'avoir renfermé dans un seul acte, tout le sujet de Polixène, le
bon comique de l'Avare amoureux, et la nouveauté
d'un opéra chanté par les acteurs du théâtre français ;
tout concourut au succès prodigieux de cette pièce.
Tous les journaux contemporains la célébrèrent ; partout on exprima le vœu de voir M. d'Aiguebère, dont
l'esprit était propre à tout, travailler pour les trois
grands théâtres de la capitale ; car il faut remarquer
qu'il se montra aussi au théâtre italien, en y faisant
jouer la parodie qu'il avait faite lui-même de sa tragédie de Polixène.

Il voulait borner là ses travaux dramatiques, pressé
par son devoir et par sa famille de venir à Toulouse
se livrer à de plus sérieuses occupations. Il céda cependant aux instances de Madame la Duchesse du Maine,
en tirant des contes d'Hamilton, une comédie intitulée
le Prince de Noisi, qui fut jouée à Sceaux, et ensuite
sur le théâtre français en 1730.

Après cet acte de complaisance, il s'arracha aux
charmes de la capitale, aux délices de la cour de
Sceaux, aux séductions de la gloire littéraire, pour
venir à Toulouse se livrer à ses fonctions de magistrat,
avec la perspective des nobles délassemens qu'il trouverait dans le temple de Clémence Isaure.

L'Académie qui l'avait couronné deux fois, et lui
avait adjugé, dans les concours de 1715 et 1716,
la plus brillante de ses fleurs (1), s'empressa, lorsqu'elle
eut le malheur de perdre M. le chevalier de Catellan,
en 1733, de lui donner M. d'Aiguebère, pour successeur, ne croyant pas qu'il lui fût possible de réparer
plus dignement cette grande perte. Il est à remarquer
que M. de Cideville, qui était aussi, et homme de

____

(1) L'Ode qui remporta l'amaranthe en 1715, est intitulée : L'OR ;
celle qui remporta le même prix en 1716, a pour titre : LES
GRACES.

lettres, et conseiller au parlement, quitta, de son côté, et Paris, et Voltaire, et la cour de Sceaux, pour aller à Rouen remplir ses devoirs de juge, et y jetter les fondemens d'une Académie de belles-lettres.

Ils ne s'étaient pas séparés sans retour. L'amitié les ramenait souvent, l'un et l'autre, auprès de Voltaire ; et pour ne rien perdre du bonheur de ces réunions momentanées, les trois amis logeaient ensemble, partageant leurs temps entre l'étude, et les plaisirs que tous les trois recherchèrent toujours, dans la société d'un monde brillant, et des personnes les plus aimables et les plus instruites.

M. d'Aiguebère était à Toulouse en 1743. C'est à lui que Voltaire écrivit le succès de Mérope, et tout ce qu'eut de singulier la première représentation de cette belle tragédie.

Ces relations de M. d'Aiguebère avec le plus grand poëte et le premier écrivain de son siècle, animant l'intérêt des conférences académiques, inspirèrent le projet de lui donner des lettres de *Maître ès Jeux Floraux*. Sensible à cet hommage et flatté de cette distinction, Voltaire fit à l'Académie la réponse la plus gracieuse, et lui envoya six exemplaires d'une nouvelle édition de la Henriade. Deux ans après, en 1749, mourut Madame du Chatelet. C'est dans le sein de M. d'Aiguebère, que Voltaire déposa sa douleur ; c'est dans son amitié qu'il en chercha la consolation. Il le rappelle à Paris avec instance, pour habiter sous le même toit que lui. A cet effet, il lui offre de se charger des détails de son établissement. Après lui avoir parlé de Madame Denis : « Si vous vous voulez, lui dit-il, »nous nous chargerons de vous acheter des meubles »pour votre appartement. Il me semble que vous êtes »fait, pour qu'on ait soin de vous. Je vous avoue que »ce serait pour moi une consolation bien chère, de »passer avec vous le reste de mes jours. »

M. d'Aiguebère alla voir son ami, dans un moment où cette consolation lui était nécessaire ; mais il ne lui sacrifia, ni ses goûts, ni ses devoirs. Il revint à Toulouse, plus attaché que jamais à ses fonctions de magistrat, qu'il remplissait avec une supériorité non contestée, et à l'Académie, où son assiduité et ses travaux ranimaient l'émulation, et y préparaient une époque brillante qui commença avec la seconde moitié du dernier siècle. La même année que M. de Pompignan prononça, dans la séance du 3 mai, l'éloge de Clémence Isaure, M. d'Aiguebère avait fait l'ouverture du Collége de la gaie science, et dans une *semonce* qui respirait le bon goût des temps antiques, il avait enseigné que le bons sens est la première qualité de toute composition littéraire, sans exception.

Une société de jeunes littérateurs qui avaient pris un nom trop modeste, et que Marmontel, qui en était membre, appelle *la petite Académie*, après avoir obtenu des succès multipliés dans nos concours, fut comme *transfusée*, si je puis m'exprimer ainsi, dans la famille de Clémence Isaure. Là étaient M. de Pegueiroles, M. le chevalier de Rességuier, M. l'abbé d'Aufrery, M. Castilhon, M. d'Orbessan, M. du Puget, M. de Montégut, M. Verni, M. de Reganhac, M. de Sauveterre, M. Lacroix, qui devinrent tous ou mainteneurs, ou maîtres des Jeux Floraux. Je ne dois pas oublier Marmontel qui, pendant sept ans, comme Jacob dans la maison de Laban, soupira après notre amaranthe. Il l'obtint enfin ; il fut reçu *Maître*, et parut ne plus s'en souvenir, lorsqu'il eut acquis quelque consistance dans le monde et dans la république des lettres ; tandis que Voltaire, comme lui, et avant lui, *Maître des Jeux Floraux*, voulut en remplir les devoirs (1).

---

(1) Marmontel qui, dans ses mémoires, a blessé tant d'autres convenances, y a parlé avec la même inconsidération de l'Académie des Jeux Floraux, à laquelle il devait de la reconnaissance et du respect. A

A son retour de Berlin, lorsqu'il fut établi aux délices,

l'entendre, ce fut en feuilletant par hasard un de nos recueils, qu'il lui parut *assez facile de faire mieux*. Il ajoute qu'après un essai malheureux, *il obtint des prix tous les ans ;* et que ces essais alors si brillans, relus ensuite avec indulgence, n'avaient pas été trouvés dignes d'entrer dans la collection de ses œuvres.

Ce récit n'est ni exact, ni entier. Peu de temps après son arrivée à Toulouse, Marmontel fut reçu dans *la petite Académie* qui s'occupait essentiellement et presque uniquement du concours des Jeux Floraux. C'est là, et après un an d'exercice, qu'enflammé de la même émulation, il envoya au concours de 1743 son ode sur la poudre, qui ne réussit pas. Il fut plus heureux, dans ceux de 1744 et 1745 ; mais il n'y obtint, que des prix inférieurs. Ce ne fut qu'en 1749, qu'il remporta l'amaranthe, c'est-à-dire, le prix de l'ode qu'il poursuivait avec persévérance. Il ne lui était donc pas *si facile* de faire mieux que les autres ; il n'eut donc pas des prix *tous les ans*, et s'il n'avait que vingt ans, lorqu'il entra dans cette carrière, on voit qu'il en avait près de trente, lorsqu'il s'en retira. Dans ce dernier concours, lorsqu'il y fut proclamé vainqueur le 3 mai 1749, il n'était plus novice ; il était au contraire tout rayonnant de gloire poëtique ; ayant remporté deux prix à l'Académie française ; ayant fait jouer, avec succès, ses deux premières tragédies ; et, comme il le dit dans ses mémoires, Crébillon était vieux ; Voltaire vieillissait ; aucun autre jeune homme, entr'eux et lui, ne s'offrait pour le remplacer. S'il fallait chercher pourquoi il n'a pas compris dans la collection de ses œuvres, les pièces qui furent couronnées à Toulouse ; c'est que la meilleure de ces pièces est un poëme *sur l'Incarnation du Verbe*, et que Marmontel, qui, de son naturel, et par les principes de son éducation était religieux, eut toujours la faiblesse de le dissimuler.

Le sentiment d'un autre vanité lui fit méconnaître les liaisons qu'il avait formées à Toulouse. Lorsqu'il y passa, au bout de dix ans, il n'y trouva, dit-il, personne de connaissance ; il ne reconnut pas même la ville, *tant les objets de comparaison et l'habitude de vivre à Paris l'avaient rapetissée à ses yeux.*

Quelle différence de lui à Geliote qui, vivant à Paris en homme du monde, accueilli et recherché partout, revenait souvent à Toulouse, où il avait été enfant de chœur, donnait la première soirée à son maître de musique et à un tailleur, son ami, et voyait ensuite le parlement et la noblesse se le disputer pour les autres soupers ! Marmontel qui le raconte, aurait pu, comme Geliote, employer modestement sa première soirée, et répondre ensuite à l'empressement de tous ceux qui l'avaient connu et accueilli dans *la petite Académie*, et couronné dans celle des Jeux Floraux. Une fausse honte l'en empêcha. C'est par le même motif, qu'à Paris, aucun toulousain ne reçut de lui un accueil gracieux ; et que, dans ses mémoires, il parle avec tant d'indécence de ses confrères aux Jeux Floraux, M. de Pompignan et M du Puget. Ce qu'il dit en particulier de celui-ci, est absolument incroyable à ceux qui l'ont connu, qui se souviennent du ton du pays et des mœurs de ce temps-là ; qui savent que M. du Puget était de son âge, aussi vigoureux que lui, exercé, comme tous les jeunes toulousains, au maniement des armes, et sentant au moins à vingt-deux ans, que la prérogative de pouvoir être toujours armé, avait pour objet principal, la défense de son honneur, et la répression des outrages que Marmontel se vante de lui avoir fait impunément.

en 1755, et qu'il y préparait la représentation de l'Orphelin de la Chine, M. d'Aiguebère, dont la santé était dérangée, termina sa carrière au mois de juillet, à l'âge de soixante-trois ans. Il ne laissa point de postérité. Son héritier est M. Dumas de Saint-Germier, son neveu, qui a été, comme lui, conseiller au parlement de Toulouse.

La place de mainteneur que M. d'Aiguebère laissa vacante, fut donnée à M. de Riquet de Caraman, qui était alors avocat-général, et qui fut ensuite président à mortier au parlement de Toulouse.

1755. 73.° M. le Présid. Henri-Joseph de CAULET.

> **M. le Présid. DE CAULET-GRAGNAGUE, son père.**

> **M. le Présid. DE CAULET, son aïeul.**

L'éloge de celui-ci fut prononcé le 8 septembre 1717, par M. de Ranchin-Lavergne.

«M. le président de Caulet, disait-il, était du nom-»bre de ces premiers académiciens que le Roi avait »chargés du soin de répandre dans ces provinces la »politesse, le bon goût, et l'amour des lettres. Zélé »pour ses devoirs, et capable de les remplir, il ne »se refusa jamais au travail que nos statuts nous pres-»crivent. Ce fut lui, Messieurs, qui fit la première »semonce ; et comme dans les nouveaux établissemens, »ce sont souvent les premières démarches qui décident »de l'opinion qu'on doit en concevoir, c'est peut-être »à son éloquence particulière, et à ses instructions »judicieuses, que nous devons ce concours infini »d'ouvrages, et cette émulation constante, qui depuis »ont fait tant d'honneur à notre Académie. Depuis ces »commencemens, vous avez encore joui long-temps

de.

»de M. le président de Caulet; il a été à nous tant
»qu'il lui a été permis d'être à lui-même; et si vous
»le vîtes enfin s'éloigner de nos exercices, c'est que
»des occupations plus importantes nous l'enlevèrent.
»Ce fut alors, Messieurs, qu'inspiré par une scrupu-
»leuse délicatesse, il nous pria d'accepter sa démission,
»et de nommer à sa place quelqu'un qui pût vaquer à
»un emploi qu'il ne pouvait plus accorder avec ses
»autres devoirs. »

Lorsque M. le président de Caulet donna sa démission en 1704, on nomma à sa place, M. Druillet,
président aux enquêtes, qui mourut en 1718, un an
après celui qu'il avait remplacé.

<hr>

M. de Rabaudi prononça l'éloge de M. le président
de Caulet-Gragnague, le 17 août 1742. « M. Joseph
»de Caulet, disait-il, naquit à Toulouse le 7 avril
»1685. Il suça avec le lait des principes de sagesse et de
»probité, auprès d'un père qui, par sa religion et son
»désintéressement, autant que par ses talens, rendait
»recommandable un nom déjà connu dans les pre-
»mières dignités de l'église et de la magistrature.

»Ses parens ne se contentèrent pas de former son
»cœur; ils voulurent donner aux qualités naturelles de
»son esprit tous les avantages de la meilleure éducation.
»Ils eurent la force de se séparer de ce fils bien-aimé,
»pour le remettre entre les mains de M. Rollin, prin-
»cipal du collége de Beauvais.

»Ce fut sous ses yeux qu'il parut dans ces exercices
»fameux qui donnèrent le ton à l'université de Paris.
»Les plus grands magistrats du premier parlement du
»royaume, en furent les témoins et les admirateur;
»et dès-lors celui qui devait marcher sur leurs traces,
»forma avec eux des liaisons qu'il a toujours con-
»servées.

I

(110)

»Le cours des études de M. de Caulet étant fini, il
»revint à Toulouse, et bientôt après il consacra au
»service du public les talens qu'il avait cultivés avec
»tant de soin. Il fut pourvu d'une charge de conseiller
»au parlement.

» »Son assiduité au palais, et son zèle pour tous ses
»devoirs pourraient faire penser qu'il négligea les belles-
»lettres, ce serait se tromper : en leur faveur il forma
»une société choisie, dont les principaux membres
»étaient M. l'abbé Mongault, M. de Fermat, et plu-
»sieurs autres que je ne nomme pas, parce qu'ils
»étaient ou sont devenus depuis nos confrères. M. de
»Caulet y parut avec tant d'éclat, que l'Académie se
»hâta de se l'associer par la voie des survivances qui
»étaient alors en usage.

»Il a toujours aimé cette compagnie : c'était un de-
»voir pour lui que de venir à ses exercices : il y a sou-
»vent porté la parole, et c'est à lui qu'elle doit la plu-
»part de ses plus beaux sujets de prose ; celui sur-tout
»qu'elle donna en 1708 (1).

»L'examen des ouvrages, présentés pour le prix, était
»une occupation agréable, dans laquelle il montrait la
»critique la plus délicate et la plus juste. Il était dans
»ses rapports clair, simple, précis et modeste. Il y
»donnait des preuves d'un goût sûr et exquis.

»Le caractère de son éloquence était de mettre tout
»si bien à sa place, que le moindre changement aurait
»été nuisible. Sa conversation marquée au même coin,
»toujours châtiée, toujours agréable, l'avait rendu les
»délices de tous ceux qui savent apprécier le vrai mé-
»rite. Il fallait que ce mérite fût bien grand et biel réel
»pour vaincre les obstacles de son abord et de son air,
»non-seulement très-grave, mais extrêmement froid.
»Tous ses efforts, pour corriger ce défaut naturel,

____

(1) *L'incertitude de l'avenir est un bien qui n'est pas assez connu.*

»furent inutiles; mais dès que la conversation était en-
»tamée, une gaité douce et aimable dissipait les im-
»pressions de cet abord repoussant.

»Il entretenait des relations suivies avec des savans
»du premier ordre dans l'histoire et l'archéologie. Son
»cabinet de médailles attirait leur attention.

»Le christianisme de M. de Caulet était éclairé, et
»donnait un nouveau relief à ses vertus morales. A cet
»égard, sa conduite et ses discours étaient dignes d'un
»petit neveu du grand évêque de Pamiers, prélat qui
»a consacré le nom de Caulet à la religion et à la
»piété.»

Après les accès d'une goutte vive et opiniâtre, il
»voulut prendre les eaux de Vic. Il mourut subitement
»le 2 juillet 1742.

»La consternation fut générale dans une ville où il
»était adoré du peuple, admiré et respecté de tout le
»monde. »

M. Henri de Caulet fit ses études au collége de
Beauvais, collége doublement cher à son père, et par
le souvenir de son adolescence, et par la satisfaction
qu'il eut de voir son fils, dont l'éducation était dirigée
par M. Rollin, remporter aussi des prix honorables
dans les concours de l'université.

M. de Caulet n'avait du caractère de son père, que
la douceur et l'aménité. Sa gaité était vive, sa figure
agréable, son abord gracieux; un son de voix enchan—
teur, la repartie prompte et heureuse, le ton décidé,
et un goût pour le monde et le plaisir, qu'il sut allier
avec les études qu'il avait commencées à Paris, et avec
l'étude du droit dont il s'occupa très-utilement à
Toulouse. Il était déjà reçu conseiller au parlement,
quand il eut le malheur de perdre son père; il se fit
pourvoir de sa charge de président à mortier; et l'Académie s'empressa de lui ouvrir ses portes.

I 2

»Qu'il me soit permis, dit ici M. de Saget, de ne
»plus suivre l'ordre des temps, mais de peindre notre
»confrère tel que je l'ai vu, magistrat, et homme de
»lettres. Malgré les occupations de la magistrature,
»M. de Caulet a été toujours très-assidu à nos exercices:
»c'est alors, Messieurs, que vous apperceviez la saga-
»cité de son esprit, l'application judicieuse des règles
»qu'il avait puisées dans l'étude des anciens, les sou-
»venirs heureux de l'histoire et de la fable.

»S'appliquant à suivre, pour l'accomplissement de
»ses devoirs, les traces de son père, il n'eut pas le
»temps de parvenir à cette considération, que l'âge
»seul et un long exercice des mêmes vertus peuvent
»donner; il mourut dans sa trente-septième année le 5
»novembre 1755. »

M. le président de Caulet-Gragnague eut pour successeur, M. Lecomte, procureur-général; la place de
M. de Caulet son fils fut donnée à M. Verny.

74°. M. DE GAILLAC.

M. de Gaillac [Jean-Galbert], appartenait à une
famille très-ancienne, qui déjà, en 1290, avait donné
des capitouls à Toulouse, et qu'on vit ensuite reparaître de temps en temps au capitole jusqu'au
milieu du seizième siècle. Parmi ces capitouls, d'une
date ancienne, je remarquerai Guillaume de Gaillac,
licencié *ès droits*, qui ayant remporté le prix de la
violette en 1453, fut fait maître et mainteneur de la
gaie science, et rédigea, en 1458, un de nos registres qui porte son nom.

M. de Gaillac trouvait aussi dans la famille de sa
mère des exemples et des motifs d'émulation littéraire.
Il était neveu de Campistron qui lui avait donné

le nom de Galbert, et du père Campistron, jésuite qui cultivait aussi la poësie françoise avec quelque succès, professait la rhétorique au collége de Toulouse.

Le jeune Gaillac était déjà connu par plusieurs ouvrages d'un genre noble et élevé, lorsqu'en 1725, deux ans après la mort de Campistron, l'Académie le fit comprendre dans les lettres-patentes qui nous donnèrent quatre mainteneurs de plus.

M. de Gaillac, chargé l'année suivante de faire l'éloge de Clémence Isaure, rappela et suivit l'exemple de Campistron qui avait célébré en beaux vers la gloire et les vertus de notre bienfaitrice.

« Mais quelle est mon erreur, et qu'est-ce que je tente,
» Dieu des vers, c'est à toi de remplir mon attente ;
» De mon jeune courage approuve les efforts :
» Inspire-moi ces airs et ces nobles accords,
» Dont tu sais, quand tu veux, par un heureux délire,
» Rendre immortels les sons des maîtres de la lyre.
» Plus d'un chantre fameux au même rang assis
» Négligea les transports dont mes sens sont saisis.
» Un seul d'un vol rapide, animé d'un beau zèle,
» Se fraya dans les airs une route nouvelle,
» Attira les esprits, et sur de nouveaux sons,
» Aux muses de ces lieux fit goûter ses leçons.
» Animé par ses chants, instruit par son exemple,
» Dois-je craindre en ce jour de profaner ce temple ?
» Non, malgré les périls, dans le champ où je cours
» Tout ici m'est garant de ton divin secours. »

M. Delpy, mon prédécesseur, qui fit l'éloge de M. de Gaillac, le 7 avril 1758, parle de plusieurs co-

médies composées pour l'agrément d'une société
choisie, mais qu'il ne voulut jamais publier.

M. de Gaillac mourut le 6 mars 1758, M. de Thomon
lui succéda.

———~~~~———

1758.   75.º M. DE CRUSSOL , Archevêque
de Toulouse.

«François de Crussol, disait M. de Montégut, mo-
»dérateur de l'Académie, le 26 mai 1758 , naquit
»au château d'Amboise le 24 janvier 1702. Il était
»fils de M. Alexandre de Crussol-d'Amboise et de
»Madame Charlotte – Gabrielle de Timbrune de
» Valence.

»Il fit ses études avec applaudissement au collége de
»l'Esquille de Toulouse. Né avec une bonté et une
»candeur dont il y a peu d'exemples, ses condisciples
»devinrent ses amis; il les conserva jusqu'à sa mort,
»malgré les changemens arrivés dans sa fortune.

»Son zèle pour la religion , et son peu de goût pour
»le monde , le portèrent à embrasser l'état ecclésiasti-
»que. Il fut pourvu successivement des abbayes de
»Charroux , de St.-Germain et de l'évêché de Blois.
»Ce diocèse n'oubliera jamais les soins d'un pasteur
»tendre et vigilant , qui tendait au pauvre une main
»secourable, en même temps que son zèle, vraiment
»apostolique, élevait une école pour former les minis-
»tres du Seigneur.

»Ce peuple heureux, comblé de ses largesses, ré-
»pandit des larmes sincères, lorsque M. de Crussol fut
»nommé, en 1753, à l'archevêché de Toulouse.

»C'est ici que les qualités de son cœur et de son
»esprit parurent dans tout son éclat. Ami ardent de

»la vérité, mais ennemi déclaré du trouble et de la
»discorde, il sut dans des temps orageux, garantir son
»troupeau de ces divisions funestes qui ont si long-
»temps agité l'état et l'église.

»Son amour pour les lettres lui fit souhaiter d'oc-
»cuper une place dans l'Académie, et vous vous
»empressâtes, Messieurs, de l'associer à vos travaux.

»Ses nombreuses occupations, de longues absences,
»et une santé chancellante, nous ont privés de le voir
»assidu à nos exercices. Il fut attaqué, quelques mois
»avant sa mort, d'une maladie de langueur, qui lui
»fit préférer le séjour paisible de la campagne, au
»tumulte qui l'environnait à Toulouse.

»Retiré dans une agréable solitude : il s'en arracha
à regret pour aller chercher des secours auprès des
»médecins de Paris, il y trouva la mort. Il n'était âgé
que de 56 ans.

M. de Carquet lui succéda dans la place de
mainteneur.

1759. **76.º M. le Président DE RIQUET.**
Voyez ci-dessous n.º 81 , année 1760.

~~~~~~~

1759. 77º. **M. D'ALDÉGUIER-LAGARRIGUE ,**
Conseiller au Parlement.

M. D'ALDÉGUIER , Trés.ʳ de France.

M. D'ALDÉGUIER , Chev.ʳ d'honneur ,
au bureau des Trésoriers de France.

M. Géraud D'ALDÉGUIER.

Les deux premiers furent nommés par les lettres-
patentes de 1694. J'ignore s'ils étaient frères; j'augure
qu'ils étaient proches parens , parce que l'un d'eux ,
M. d'Aldéguier-Lagarrigue , choisit le fils de l'autre
pour lui succéder dans sa place de mainteneur. Dans
ces premiers temps , les démissions faites purement et
simplement , devenaient des résignations , par la recommandation de ceux qui se démettaient ainsi ;
et par un autre abus , on accordait le droit de suf-
frge à ceux qui s'étaient démis. Ainsi , nous voyons
dans les séances académiques de 1706 , jusqu'au 10
avril 1707 , les noms de M. d'Aldéguier-Lagarrigue ,
et celui de son successeur , M. d'Aldéguier , chevalier
d'honneur au bureau des trésoriers de France.

M. d'Aldéguier-Lagarrigue mourut en 1707 , et M.
d'Aldéguier , trésorier de France , en 1708. Le registre
contemporain ne parle pas de leur mort ; je n'ai pu
fixer celle du premier , qu'à l'époque où il cessa d'assister aux séances académiques ; celle du second est fixée ,
par la première apparition du nom de M. Dulaurent
~~~~~~~

son successeur, dans le registre de 1708. J'ai le regret encore de n'avoir pu rien apprendre concernant
leur vie et leurs travaux. C'est un de mes motifs de
regretter le registre particulier, où M. le chevalier de
Catellan avait consigné leurs éloges.

M. d'Aldéguier, chevalier d'honneur, dont il va
être question, fut un académicien très-distingué. Un
de ses frères entra dans l'Académie, l'année de sa
mort, nommé par les lettres patentes de 1725.

Nous avons tous été enchantés de pouvoir replacer,
sur notre liste, un nom qui y reparaît pour la cinquième fois. M. le président d'Aldéguier notre confrère,
se trouve occuper la même place que les lettres patentes de 1694 donnèrent à M. d'Aldéguier, trésorier de
France.

M. d'Aldéguier, chevalier d'honneur au bureau des
trésoriers de France, avait prononcé depuis peu, l'éloge
de Palaprat, lorsqu'il fut lui-même frappé de mort,
dans un âge bien peu avancé. Cet éloge et celui de
M. de Valette sont la seule chose que sa modestie n'a
pu dérober à nos suffrages. Quant à ses autres productions, nous avons une tradition certaine et bien
suffisante pour notre estime; mais qui ne peut rien,
hors de cette enceinte, pour la gloire de ce précieux
académicien.

M. Cormouls qui prononça son éloge le 17 juin
1725, parle de trois tragédies, qu'il ne voulut jamais
publier, et qui n'étaient connues que de ses amis particuliers.

Une de ces tragédies était intitulée Alcméon. C'est
le même sujet que Voltaire mit au théâtre sous le
nom d'Ériphile, en 1732, tragédie qui n'eut aucun
succès, et qu'il refit ensuite sous le nom de Semira-
mis.

»Cette modestie de M. d'Aldéguier, dit M. Cor-

»mouls, était la moindre de ses vertus. Ses lumières
»lui firent entrevoir le seul bien solide. Il se détrompa
»de tous les plaisirs, dans un âge, où il est si difficile
»de se garantir de leur amorce. Sage et prudent dans
»ses projets, sa retraite n'eut rien de sensible et de
»marqué. Sans rien changer à ses manières, sans ces-
»ser de fréquenter le monde, il se fit, pour ainsi
»dire, une solitude dans son cœur. Les approches de
»la mort ne troublèrent point son ame. Il ne fut point
»effrayé à l'aspect de cette affreuse nouveauté que les
»ames vulgaires n'envisagent qu'avec horreur. Il eut
»toute la fermeté d'un héros chrétien. Il termina ses
»jours au milieu de sa carrière, ayant vécu assez pour
»lui, si l'on compte le nombre de ses vertus ; mais
»trop peu pour nous qu'il animait, qu'il édifiait par
»ses avis et son exemple. »

Les mêmes vertus et des talens d'une autre espèce,
sont retracés dans l'éloge de M. Geraud d'Aldéguier
son frère, que l'Académie s'était empressée d'acquérir
bientôt après.

M. le président Daguin prononça ainsi son éloge le
22 juin 1759.

»Né d'une famille noble et célèbre par le goût des
»lettres, M. d'Aldéguier découvrit dès son aurore,
»son penchant pour les beaux arts et son amour pour
»la vertu. L'un fut toujours la passion de son esprit,
»l'autre la passion de son cœur.

»Il se présenta d'abord dans le monde littéraire avec
»un goût exquis pour tout ce qui portait l'empreinte
»du beau, mais surtout de ce beau d'agrément, de
»ce beau aimable qu'on peut appeler la fleur de génie.
»Les poësies légères si bien assorties à l'aménité de son
»caractère furent son genre de prédilection ; il se livra
»tout entier au plaisir délicat de sentir des beautés
»naïves, et de les faire passer dans ses vers. Nous con-

»naissons de lui quelques poésies gasconnes qui ont
»fait dans leur temps le charme des sociétés dans les-
»quelles il vivait. Avec ce talent naturel, quelles pro-
»ductions n'aurait-il pas enfantées si une piété rigide
»ne l'avait arraché bientôt des bras des muses? Le sacri-
»fice des talens à la religion est peut-être celui qui coûte
»le plus à l'humanité ; mais M. d'Aldéguier en avait
»trouvé dans sa famille un illustre exemple. M. d'Al-
»déguier son frère, ce célèbre académicien dont nous
»regreterons long-temps la perte, avait étouffé, par
»les mêmes motifs, le germe précieux qui devait don-
»ner à la scène française les plus nobles espérances.
»Une modestie si rare a été généreusement imitée par
»celui dont la mort nous rassemble aujourd'hui. S'il
»se permit encore le commerce des auteurs aimables,
»il renonça de bonne heure à le devenir. Il sut pré-
»férer aux honneurs littéraires la gloire d'édifier ses
»concitoyens par des exemples souvent réitérés de la
»probité la plus scrupuleuse.

»Qu'il me soit permis, Messieurs, de vous rappeler
»une action qui vous prouvera à quel point il portait
»la droiture. Appelé à une substitution par la mort de
»M. d'Aldéguier son frère, il aima mieux renoncer
»aux avantages qu'il pouvait en retirer que de troubler
»dans leur possession des acquéreurs imprudens.. Il
»savait qu'il est pour les grandes ames une justice au-
»dessus des règles vulgaires.

Sa mort a laissé un vuide partout où l'on chérit les
»talens et les vertus ; elle en a laissé dans les ressour-
»ces des pauvres dont les besoins intéressèrent tou-
»jours son cœur ; elle en a laissé enfin dans cette Aca-
»démie, où il venait aussi assidument que sa faible
»santé pouvait le lui permettre. »

M. d'Aldéguier, chevalier d'honneur, eut pour successeur M. d'Aussonne.

M. Geraud d'Aldéguier, M. l'abbé Forest.

1759. ### 78.° M. le Chevalier D'ALIEZ.

Rien ne peut être plus honorable, pour M. le chevalier d'Aliez, que la conformité qu'il eut avec M. le chevalier de Catellan, à qui il succéda en qualité de secrétaire perpétuel. L'Académie retrouva en lui, les mêmes talens, le même zèle, les mêmes ressources ; elle éprouva les mêmes regrets, lorsque les infirmités de l'extrême vieillesse, l'obligèrent d'abdiquer son office, et crut lui devoir les mêmes égards. Sa démission fut refusée ; on lui donna seulement un adjoint pour le soulager, en le priant de conserver au moins, comme son prédécesseur, un titre auquel ils avaient imprimé l'un et l'autre, le caractère le plus convenable à la dignité de l'Académie. Travailleur infatigable, M. le chevalier d'Aliez, en devenant secrétaire perpétuel, n'abandonna pas les fonctions de secrétaire des assemblées. Son zèle suffisait à tout, et ses travaux particuliers, comme Mainteneur, ne souffraient pas de ces occupations multipliées.

Il avait fait de bonnes études, et son goût l'aurait porté à placer tout son bonheur dans le sein des muses, et dans le commerce d'un monde aimable et poli qui avait déjà apprécié ses agrémens; mais sa famille trouva convenable, qu'il embrassât la profession des armes. Son bon naturel l'attacha à cette profession assez, pour qu'il en remplît tous les devoirs avec une exactitude qui allait jusqu'au scrupule. On aurait dit que ce n'était pas seulement par honneur, mais par choix et par attrait qu'il faisait la guerre. On ne connut son secret, que lorsque la paix fut conclue. Alors., ne voulant pas vieillir dans l'oisiveté des garnisons, il revint à Toulouse, se livrer aux douceurs d'une vie philosophique.

Sans fuir le monde, il n'y paraissait, que pour se

délasser de ses travaux littéraires ; encore même, disait
M. de Lamothe, qui prononça son éloge le 6 juillet
1759, «Tournait-il à son avantage ces momens d'une
»distraction passagère. Il y étudiait les hommes, et
»cherchait surtout les causes secrètes du mouvement
»singulier et rapide de cette foule d'êtres vains et inu-
»tiles, qui volant de cercle en cercle, vont cacher
»leur inconstance et leur médiocrité, dans le tourbil-
»lon qui les enveloppe. »

Ce fut en 1710 qu'il fut nommé à une place de
mainteneur, vacante par la mort de M. l'abbé Massoc.

»Les liens qui l'attachaient à cette compagnie, de-
»vinrent pour lui des liens sacrés. Il puisa dans l'ame
»des premiers académiciens, la ferveur qui suit tou-
»jours les nouveaux établissemens. Il regardait les corps
»littéraires comme des temples élevés au culte des
»beaux arts, où des ministres infatigables doivent veil-
»ler sans cesse à la conservation du bon goût, et trans-
»mettre d'âge en âge, l'amour épuré des lettres. Cette
»idée ennoblissait aux yeux de notre respectable con-
»frère, les occupations académiques que les ames vul-
»gaires traitent d'amusemens frivoles et superflus.

»En présentant M. le chevalier d'Aliez, comme un
»modèle aux gens de lettres, je pourrais le présenter
»aux vrais chrétiens, comme un exemple d'humilité,
»de charité et de pénitence. C'est dans l'exercice de
»ces vertus qu'il termina sa longue carrière au mois
»de juin 1759. »

M. de Montgaillard lui succéda dans la place de
mainteneur, et M. Delpy dans son office de secrétaire
perpétuel.

1759. 79.º M. Jean-François de St.-Laurens.
M. Antoine de St.-Laurens son père.

M. Antoine de St.-Laurens était en 1694 le plus ancien des sept mainteneurs des Jeux Floraux, et par conséquent le premier doyen de la nouvelle Académie. Ce titre qui semble annoncer une mort prochaine, il le conserva pendant trente ans. M. le président d'Orbessan qui fit son éloge, le représente comme un littérateur aimable, d'un caractère doux, facile, et surtout très-liant, dont la conversation enjouée et piquante par des saillies heureuses et par une façon de conter vive et légère, avait encore l'intérêt que peut y répandre une instruction profonde, et l'obligeance qu'il portait jusqu'à la générosité.

Les qualités de son fils également saillantes étaient d'une autre espèce. Il faut ici laisser parler M. l'abbé Forest qui fit son éloge le 31 du mois d'août 1759.

»La métaphysique eut pour lui des charmes à un »âge où les objets sensibles sont les seuls qui parais- »sent avoir des droits sur notre imagination ; il péné- »tra courageusement dans ces sentiers obscurs et épi- »neux, où il est si aisé de prendre des lueurs incer- »taines, pour la véritable lumière.

»Vers ce temps-là, les œuvres d'un célèbre méta- »physicien que l'on croirait avoir pénétré les secrets »de la sagesse incréée, fixaient l'attention du monde »savant. Le jeune St.-Laurens fit d'abord ses délices »d'un ouvrage que ses maîtres comprenaient à peine ; »et comme il leur était impossible de résoudre ses »doutes, il osa les proposer à l'auteur lui-même. »Malebranche étonné de trouver tant de finesse et de »sagacité dens un jeune homme, ne dédaigna pas

»d'entrer en lice avec lui. Dès-lors se forma entre eux
»une espèce de guerre métaphysique, où celui qui fut
»vaincu eut du moins la gloire d'avoir réduit un ath-
»lète si redoutable, à faire usage de toutes ses forces.
»Son goût pour l'étude s'accrut avec l'âge ; l'avidité
»de son esprit devint insatiable, à mesure qu'il acqué-
»rait plus de richesses : on eût dit que M. de St.-
»Laurens n'avait d'autre dessein, que de toucher légé-
»rement tous les nœuds qui lient les sciences entr'elles,
»et qu'entraîné par une avide curiosité, il cherchait
»moins à en approfondir une seule, qu'à les parcourir
»toutes ensemble. C'est alors qu'il jeta les fondemens
»de cette bibliothèque curieuse, où les trésors de tout
»genre entassés çà et là annonçaient la variété de ses
»connaissances.

»Mais son ambition littéraire se trouva bientôt res-
»serrée par les bornes trop étroites de la province.
»Voulant surtout se perfectionner dans l'étude des
»hommes, il comprit qu'il ne pouvait y réussir que
»dans la capitale, dans ce séjour, où toutes les pas-
»sions humaines sont mises en jeu par les ressorts les
»plus puissans.

»M. de St.-Laurens parut sur ce nouveau théatre,
»rempli d'une émulation nouvelle et du desir ardent
»de tout apprendre, et de tout voir. La société des
»gens de lettres fut un des premiers objets de sa curio-
»sité.

»Celui qui paraissait alors réunir le plus de suffra-
»ges, fut aussi celui qui fixa le plus son attention. La
»douceur des mœurs de M. de Lamothe, l'élégance et
»les charmes de son langage lui avaient attiré une
»foule d'admirateurs qu'il entretenait dans l'illusion
»par un esprit facile, adroit à se montrer sous toutes
»les formes, et habile même à imiter le génie ; mais
»M. de St.-Laurens en connaissait trop bien la marche
»fière et rapide, et le sentiment qu'il produit, pour

»s'y méprendre ; il résolut de dissiper le prestige ; il
»attaqua cette idole importante par une [1] critique
»agréable et légère , qui apprit à tous les auteurs, que
»la politesse et la raison sont les seules armes qu'on
»doit employer, quand on ne combat que pour sou-
»tenir la cause du goût et de la vérité. Devait-on
»s'attendre que ce premier ouvrage si favorablement
»accueilli serait en même-temps le dernier ? Mais M.
»de St.-Laurens préféra toujours l'art de penser à celui
»d'écrire ; il ne communiqua les richesses de son esprit
»qu'à un très-petit nombre de confidens choisis , elles
»furent abondantes ; mais pour en profiter il fallait
»être à la source. Lui faire un crime de cette espèce
»de réserve littéraire, ce serait blâmer sans doute le
»raffinement de son goût, sa délicatesse exquise, et
»son respect sans borne pour le public.

»Quand on considère en effet combien la médiocrité
»des ouvrages d'esprit est insupportable, et combien la
»perfection est difficile, peut-on être surpris qu'un
»homme instruit dans l'école des sages, ait constam-
»ment redouté les dangers de l'impression ?

»Ce n'est pas, Messieurs, que je prétende accréditer
»par là, l'ignorance ou la paresse ; je voudrais seule-
»ment relever le prix d'une modestie si rare et presque
»sans exemple, et réparer en quelque sorte, les con-
»tradictions et les dégoûts qu'elle suscita dans cette
»Académie à notre confrère. [2]

»Il y avait été reçu en 1724 et il s'y montra jusques
»en 1729 académicien aimable, dont le discernement
»juste et délicat, dont le style correct et fleuri auraient
»jusqu'à ses derniers jours dirigé nos jugemens et per-
»fectionné l'art d'écrire.

---

[1] Cette critique fut imprimée dans le mercure du mois de février 1720.
Elle attaque une ode anacréontique de M. de Lamothe.

[2] Voyez ci-dessus l'éloge de M. Laloubère, page 62.

»Qué

»Que ne puis-je, Messieurs, suivre ici l'ordre des
»temps, et vous représenter M. de St.-Laurens dans
»les divers accidens qui sont le triste partage de la vie
»humaine ! Vous admireriez sa fermeté héroïque, sa
»constance inaltérable à souffrir sans se plaindre, les
»douleurs les plus aiguës. Se promenant un jour dans
»son appartement, il se casse une jambe. Elle est mal
»remise ; on est obligé de la lui casser une seconde
»fois. Un petit animal fin et rongeur, attiré par l'odeur
»de l'appareil, se glisse adroitement dans la plaie et
»lui dévore les chairs pendant la nuit ; M. de St.-
»Laurens supporte, sans pousser le moindre cri, des
»douleurs aussi vives que redoublées ; il conserve sa
»gaité naturelle ; on dirait qu'il est impassible, et que
»tout le stoïcisme des philosophes a passé dans son
»ame.

»Depuis long-temps les infirmités qui l'assiégeaient
»l'obligèrent souvent de se tenir renfermé dans son ca-
»binet ; là il rassemblait des hommes de tout état, de
»tout âge, de tout caractère et de tout genre d'esprit ;
»les beaux génies s'y trouvaient souvent confondus
»avec les médiocres ; un pareil assemblage était digne
»de la curiosité d'un philosophe tel que M. de St.-
»Laurens. Ne pouvant plus aller dans le monde étu-
»dier les hommes, il voulait en avoir autour de lui
»l'image et l'abrégé ; car, Messieurs, c'est de ce mê-
»lange d'ignorance et d'érudition, d'ombres et de lu-
»mière, de ridicule et de décence, que résultent ce
»contraste piquant et ces nuances frappantes qui font
»ressortir l'éclat des vrais talens, et qui répandent sur
»la société cette variété si propre à l'embellir et à y
»entretenir l'harmonie.

»M. de St.-Laurens n'avait jamais joui d'une santé
»robuste ; des infirmités journalières, et sur-tout une
»goutte opiniâtre, avaient épuisé son corps, tandis
»que son ame avait conservé toute sa vigueur. Il

»succomba enfin à tant d'attaques redoublées, le 7 du
»mois d'août 1759. »

Il avait succédé à son père, il eut pour successeur
M. le président de Senaux.

80.°. M. DE MIRAN.

M. de Lafage, qui prononça l'éloge de M. de Miran,
le 3 mai 1760, rappelait à l'Académie, « qu'il avait
»fait une étude particulière de sa langue; qu'il la par-
»lait avec une extrême pureté et beaucoup de grâce;
»qu'il avait le talent de donner un tour propre à tout
»ce qu'il disait. Naturellement éloquent, on accourait
»en foule à nos séances publiques pour l'entendre.

»M. de Miran montra également les graces et les
»ressources de l'éloquence, dans le temple de la justice,
»Ayant un grand procès à soutenir, il plaida sa cause
»en jurisconsulte et en homme véritablement orateur.
»Le succès répondit à son attente.

»L'Académie, en se l'associant, avait espéré qu'il
»fixerait son séjour à Toulouse, où l'Académie des
»sciences et celle des arts semblaient devoir le retenir
»aussi. Ses affaires et l'amour de son pays natal nous
»l'arrachèrent; il n'avait que soixante-six ans, et
»la force de sa constitution semblait lui promettre une
»plus longue vie, lorsqu'il mourut auprès de Tarbe,
»le 7 avril 1760, après avoir langui six mois dans un
»état de dépérissement dont il vit les suites sans in-
»quiétude, soutenu par la force de son esprit, et plus
»encore par les sentimens de sa foi.

»Il était né en 1693, il avait succédé, en 1727,
»dans l'Académie à M. de Nesmond, archevêque de
»Toulouse. »

Sa place fut donnée à M. Dillon, qui occupait alors
le même siége.

81.° M. DE RIQUET DE CARAMAN, 1760.
Lieutenant-Général des armées du Roi.

M. le Président DE RIQUET, son fils.

Nous allons parler de M. le président de Riquet, avant de nous occuper de son père, la mort fit ce cruel renversement de l'ordre naturel. Le fils mourut le 27 février 1759. M. Verny prononça son éloge le 6 avril; un an après, M. l'abbé Forest prononça l'éloge du père.

«Antoine-Jean-Louis de Riquet, disait M. Verny, »naquit à Paris le 17 octobre 1729. Il fut le quatrième »fruit de M. Victor-Pierre-François de Riquet, comte »de Caraman, lieutenant-général des armées du Roi, »et de Magdelaine-Antoinette Portail. Il descendait de »cet homme célèbre dont le génie sut rendre les deux »mers tributaires de cette province, et ouvrir au com- »merce une source abondante de richesses, par cet »ouvrage que l'Europe comptera toujours au nombre »de ses merveilles.

»La postérité de ce zélé citoyen, féconde en grands »capitaines et en grands magistrats, sembla se partager »le soin d'être utile à la patrie. Les aînés, par leur »valeur, se sont rendus comme héréditaires les pre- »miers grades des armées, tandis que les puînés se »sont transmis les vertus et les talens qui ont honoré »les places les plus distinguées de la magistrature.

»M. de Riquet, notre confrère, n'était pas né pour »démentir le sang de ses aïeux; un discernement pré- »coce, une mémoire surprenante, une avidité de »connaître et d'apprendre premiers rayons du génie, »décélèrent, dans son enfance, le germe des talens »que la plus belle éducation fit éclore.

»Le marquis de Caraman, son frère aîné, avait été »destiné, dès ses plus jeunes années, à soutenir dans les

»armes la gloire d'un père et d'un grand oncle que leur
»valeur avait élevés aux premiers honneurs militaires;
»et avec quel succès, dans le cours de la guerre pré-
»sente, ce jeune héros n'a-t-il pas marché sur les traces
»de ses illustres ancêtres ? M. de Riquet, notre con-
»frère, fut voué presqu'en naissant à l'état ecclésias-
»tique. On sembla violer à son égard une destination
»constante dans sa famille ; mais dans la suite il la fit
»revivre avec honneur.

»Les longues études que cet état exige, arrachèrent
»de bonne heure ce jeune ecclésiastique de la maison
»paternelle ; ce fut dans le sein de la capitale, et sous
»les yeux de Madame la présidente Portail, qu'il sur-
»prit par la rapidité de ses progrès, et les maîtres char-
»gés de l'instruire, et le public témoin de plusieurs
»essais sur l'histoire et les belles letttres.

»Le jeune abbé de Caraman (c'était le nom qu'il
»avait alors), sortit des mains de son gouverneur,
»l'esprit orné et l'imagination embellie des fleurs de
»la belle littérature.

»Il commençait l'étude de la théologie, lorsqu'il
»sentit la vocation puissante des talens qui l'excitait à
»être utile à la patrie, dans les fonctions de la magis-
»trature. Il quitta par goût et par raison un état que
»son goût et sa raison ne lui avaient pas fait prendre. Il
»voyait souvent, chez Madame Portail, M. Joly de
»Fleuri, procureur-général du parlement de Paris. Les
»discours de ce grand homme étaient comme des traits
»de flamme qui embrasaient son jeune cœur de l'amour
»de la gloire ; il sentait cette émulation puisssante
»qu'inspire la présence d'un homme illustre que l'on se
»propose pour modèle ; il sentait plus vivement encore
»qu'il était né pour marcher sur ses traces, et qu'il avait
»des talens dignes de lui. Ils n'échappèrent point aux
»yeux perçans de M. Joly de Fleuri ; il se plut à les
»encourager par l'espérance des plus grands succès, et

»à les fortifier par ses savantes leçons sur le droit pu-
»blic et sur les devoirs de la magistrature.

»Des circonstances heureuses favorisèrent le dessein
»de M. de Caraman ; la charge de procureur-général
»au parlement de Toulouse, alors vacante par la mort
»de M. Lemasuyer, venait d'être remplie par M. de
»Riquet de Bonrepos. Qui pouvait mieux que notre
»confrère remplacer les talens et l'intégrité de M. de
»Bonrepos son oncle ? Il fut reçu avocat-général le 17
»août 1750.

»Il n'est point pour les grandes ames de saison mar-
»quée à la maturité du génie. M. de Caraman parut
»avec éclat, à l'âge de vingt-un ans, dans une de ces
»places, où les connaissances les plus étendues doivent
»être alliées à une expérience consommée. Un style
»noble et pur, une diction agréable et correcte, ajou-
»taient l'élégance à la solidité de ses discours. C'est
»ainsi que pensaient les Séguier; c'est ainsi qu'écrivaient
»les d'Aguessau.

»Tant de qualités éminentes devaient rendre cher à
»cette compagnie littéraire l'instant où elle pourrait le
»compter au nombre de ses membres : l'amour des
»lettres lui fit partager avec vous l'impatience, où vous
»étiez, Messieurs, de l'associer à vos exercices.

»La mort d'un confrère célèbre dans la république
»des lettres avait ouvert les portes de ce sanctuaire des
»muses. Il était juste sans doute que les talens fussent
»remplacés par les talens. M. de Caraman vous offrit
»un successeur digne des vertus dont vous regrettiez la
»perte. Il fut reçu à la place de M. d'Aiguebère le
»22 août 1755.

»Les travaux multipliés et chaque jour renaissans du
»ministère public, affaiblirent une santé délicate; il
»chercha dans un état, dont les fonctions sont moins
»pénibles, à concilier le soin de sa conservation avec

K 3

»l'intérêt de la patrie. Il fut reçu président du parle-
»ment, le 26 février 1756, et prit alors le nom de
»président de Riquet..

»Zélé citoyen, grand magistrat, académicien
»éclairé, ami constant. Il lui manquait encore le titre
»de mari tendre et vertueux. Il épousa le 14 mai 1758
»la fille aînée de M. de Bonrepos, son oncle. Jamais
»mariage ne fut célébré sous des auspices en apparence
»plus favorables ; la joie publique éclata par des fêtes
»brillantes ; les muses s'empressèrent de semer des fleurs
»sur les pas des deux jeunes époux ; elles présagèrent la
»félicité, et chantèrent les douceurs, hélas ! trop peu
»durables d'un hymen que l'injustice du sort et la fra-
»gilité de la vie humaine devaient rompre aussitôt qu'il
»serait formé. Le loisir de l'automne et la tendresse
»d'une famille empressée à partager le bonheur d'une
»union sur laquelle elle avait fondé ses espérances les
»plus flatteuses, attirèrent les nouveaux époux dans la
»capitale. Ils goûtaient dans la maison paternelle la
»douceur des premiers jours du mariage, lorsque M. le
»président de Riquet fut atteint d'une maladie dont
»les symptômes n'annoncèrent d'abord rien de funeste.
»Le danger, long-temps méconnu, se manifesta tout-
»à-coup à ses yeux ; il sentit les approches de ce terme
»fatal, où s'anéantissent les espérances humaines. Il
»en soutint l'aspect terrible avec la fermeté d'un hé-
»ros chrétien, et fit avec soumission le sacrifice d'une
»vie digne d'une plus longue durée. Il mourut à Paris
»le 23 février 1759, dans la trentième année de son
»âge, généralement regretté de tous les amis du bien
»public, qui ont connu, et ce qu'il a été et ce qu'il
»pouvait être. »

M. le comte de Caraman, son père, fut extrêmement
sensible à cette perte, et sa juste douleur accéléra ses
derniers instans. M. l'abbé Forest qui prononça son éloge

le 6 juin 1760 , y disait : « Ce serait, Messieurs, re-
»nouveller nos regrets que de vous rappeler le souve-
»nir du dernier de ses enfans, M. le président de
»Riquet , qui occupait dignement une place parmi
»vous, et qui vient d'être moissonné à la fleur de
»son âge.

»M. le comte de Caraman était fils de Jean-Mathias
»de Riquet et de Marie-Magdeleine de Broglio. A peine
»était-il sorti du collége de Louis-le-Grand, à l'âge
»de quatorze ans, que le comte de Caraman et le comte
»de Broglio le donnèrent à M. le duc de Villeroi, qui
»le plaça en qualité de cadet , dans sa compagnie des
»gardes du corps du Roi ; il passa de là dans la com-
»pagnie des chevaux légers Dauphin , et fut ensuite
»colonel du régiment de cavalerie de Berry ; servit en
»Allemagne sous les ordres de M. le maréchal de
»Broglio. son oncle, dont il partagea les succès et les
»revers. Il le suivit encore en Bohème. Sa dernière
»campagne fut le siége de Fribourg. Il était alors ma-
»réchal de camp. Après d'autres services, il fut fait
»lieutenant-général en 1744. C'est alors que de fré-
»quentes attaques de goutte l'obligèrent de prendre
»soin d'une santé délabrée, dans le sein de sa famille
»et dans le repos de la vie privée. Il choisit Toulouse
»pour sa retraite, attiré par l'amour de la patrie, et
»par le charme de l'amitié et des beaux arts.

»L'Académie lui avait donné, en 1739, la place
»vacante par la mort de M. de Cazaubon. Il fut un
»des fondateurs de l'Académie des sciences de Toulouse,
»et celle des arts le mit au nombre de ses honoraires.

»Dans la vie paisible qu'il menait à Toulouse, il ne
»paraissait occupé qu'à encourager les talens , et qu'à
»soulager les artistes : il n'est presque point d'art
»libéral et mécanique dont il n'ait tâché de reculer
»les bornes, et qui n'ait eu part à ses largesses. Des
»circonstances imprévues et des affaires de la dernière

»importance le forcèrent de partir pour Paris en 1748;
»mais sa patrie et ses liaisons littéraires n'en furent pas
»moins présentes à son esprit. Il ne tarda pas à en don-
»ner à notre compagnie le témoignage le plus sensible
»et le plus éclatant.

»Le Roi Stanislas venait d'établir à Nancy une so-
»ciété littéraire, qui, par les ouvrages les plus ingé-
»nieux, enrichissait l'empire des lettres. M. le comte
»de Caraman, qui était connu depuis long-temps à
»la cour de Luneville, et qui conservait pour l'Aca-
»démie des Jeux Floraux un attachement et un respect
»inviolable, ne manqua pas de lui procurer, de la part
»de cette société naissante, une espèce d'hommage et
»de tribut, en se chargeant de lui offrir au nom du
»monarque même, le recueil précieux de ses ouvrages,
»comme à l'Académie la plus ancienne et la plus célèbre
»de l'Europe.

»Que ne puis-je vous dévoiler au grand jour tout ce
»qu'il a fait pour le soulagement de ces pauvres, qui
»par une fausse honte paraissent plus occupés à cacher
»leur misère, qu'à prendre des moyens pour s'en dé-
»fendre ! Que ne puis-je vous rendre ici les témoignages
»multipliés des ministres de l'église, qui étaient les dé-
»positaires de ses charités abondantes ! *Ne craignez pas,*
»*leur disait-il, de m'importuner jamais pour les pau-*
»*vres ; je vous remercie de vous être adresé à moi ; je*
»*vous conjure de m'accorder cette préférence ; je vou-*
»*drais pouvoir donner assez, pour qu'il n'y eut plus*
»*d'indigent sur la terre.*

»Tels étaient les sentimens et les discours de M. de
»Caraman ; tel était l'usage qu'il fit de ses immenses
»richesses; il souffrait impatiemment qu'on mît des
»bornes ou qu'on se dérobât à ses libéralités ; l'air af-
»fable, riant et poli dont il les accompagnait, en re-
»levait encore le prix. On a sans doute abusé plus d'une
»fois de ce penchant généreux, de cette facilité libérale;

»mais les ames droites et bienfaisantes sont celles qu'on
»surprend le plus aisément, et il est grand de se laisser
»tromper de la sorte.

»Depuis son retour à Paris, M. le comte de Caraman
»ne parut tourner ses pensées que du côté de la reli-
»gion et de l'avancement de sa famille. L'hydropisie
»qui le gagnait peu-à-peu étant parvenue à son com-
»ble, il mourut le 28 avril de cette année dans les sen-
»timens les plus sincères d'une résignation parfaite, et
»de cette piété édifiante avec laquelle il avait supporté
»les douleurs d'une longue maladie. »

Il eut pour successeur M. le président de Sauveterre,
M. Daguin avait succédé à M. le président de
Riquet.

82.° M. DE COMYNHIAN. 1761.

M. l'abbé Forest prononça ainsi son éloge le 13
février 1761 : « Joseph de Comynhian naquit à
»Toulouse en 1675, de Pierre de Comynhian et de
»Margueritte de Turle.

»Le premier goût, et peut-être le seul qui se mani-
»festa dans le jeune Comynhian, fut le goût des lettres;
»il les regardait comme le plus sûr et le plus agréable
»contre-poison des vices et des erreurs de son siècle :
»se livrant tout entier à un goût si conforme à la dou-
»ceur de ses mœurs, et qui pouvait le rendre utile à
»sa patrie, il chercha dès-lors avec empressement
»tous les moyens de se perfectionner dans l'art de
»l'éloquence, pour laquelle il sentait beaucoup d'attraits.
»Il aspira bientôt à nos couronnes. Se montrer dans la
»lice, triompher, ne fut, pour ainsi dire, qu'un même
»instant pour lui. L'Académie lui adjugea le prix
»d'éloquence en 1710. Ce brillant succès lui donnait
»un droit assez légitime pour demander une place parmi

»nous; il l'obtint, et ne démentit point l'idée avanta-
»geuse que l'Académie avait conçue de ses talens. Mal-
»gré la diversité et l'importance de ses occupations, il
»remplit par des discours graves et judicieux, les dif-
»férentes fonctions particulières ou publiques d'un aca-
»démicien fidèle à ses devoirs.

»M. de Comynhian, parvenu à la plénitude des
»jours réservés aux sages, sentit les approches de la
»mort avec la résignation et le courage que l'innocence
»et la vertu peuvent seuls inspirer. Il mourut le pre-
»mier jour de janvier de cette année, pénétré de tous
»les sentimens de religion dans lesquels il avait vécu
»dès sa plus tendre jeunesse. »

Il eut pour successeur M. Lacroix.

1762. 83.° M. DE THOMOND.

M. le maréchal de Thomond commandait pour le
Roi, dans la province du Languedoc. Il avait succédé,
dans ce commandement, à M. le maréchal de Mirepoix.
Son éloge n'est ni dans nos registres, ni dans nos re-
recueils imprimés, M. de Villeneuve-Beauville qui le
prononça, le 19 février 1762, ayant négligé de le remettre. Nous avons, pour y suppléer, le compliment
que le même M. de Villeneuve lui avait fait, au nom
de l'Académie, lorsqu'il était venu faire enregistrer au
parlement, ses lettres de commandant de la province.
Voici ce compliment tel qu'il fut écrit dans le registre,
le 14 août 1761.

«MONSIEUR, (1)

»Les lettres, sans cesse occupées à recueillir les ac-
»tions et les vertus des grands hommes, viennent join-

---

(1) L'Académie qui, dans toutes les actions publiques, était reçue à
l'*instar* des cours souveraines, ne donnait, comme le parlement, le titre
de *monseigneur*, qu'aux princes du sang.

»dre leurs hommages à ceux que vous recevez de tous.
»les ordres.

»La flatterie peut avoir abusé quelquefois des char-
»mes de l'éloquence, pour prêter aux grands , des
»vertus qu'ils n'avaient pas; mais cette ressource n'est
»pas faite pour vous; il suffit de vous peindre tel que
»vous êtes.

»Né d'un sang illustre qui a donné des souverains à
»une partie des îles Britanniques, vous étiez destiné à
»remplir, en tous lieux, les plus grandes places.

»Les vertus qui rendaient vos ancêtres les délices de
»leur patrie, ont passé d'âge en âge jusqu'à vous. La
»Guienne les regrette encore; et nous en jouissons. A
»peine notre province eut perdu un citoyen et un ami,
»en la personne de M. le maréchal de Mirepoix, qu'elle
»tourna ses regards vers vous. Une probité exacte,
»une antique franchise, son attachement pour l'an-
»cienne noblesse, son amour pour les sciences et pour
»les arts, avaient formé les liens qui nous réunissaient
»dans son cœur. Qu'il est heureux pour nous, Monsieur,
»de retrouver en entier le bien que nous avions perdu!
»Nous laissons à l'histoire, le soin de transmettre à la
»postérité, les actions éclatantes dont votre valeur dé-
»corera le règne du plus chéri des rois. Fontenoi, Ipres,
»Furnes, Roucoux, Lawfelt, seront à jamais les épo-
»ques de votre gloire militaire : elles seront gravées
»dans les fastes de la France, et votre sage modération
»qui sait si bien tempérer les rigueurs presque insé-
»parables de l'autorité, votre bienfaisance, votre affa-
»bilité, vertus paisibles et rares, qui nous assurent un
»bonheur constant sous vos ordres, doivent être les
»garants des sentimens que l'Académie des Jeux
»Floraux aura toujours pour votre personne. »

M. de Thomond eut pour successeur, M. de Progen.

1762. 84.º M. DE MANIBAN, premier Président du Parlement de Toulouse.

M. GUI DE MANIBAN, son père.

M. Gaspard de Maniban, d'une famille noble et ancienne de l'Armagnac, était fils unique de M. Gui de Maniban, président à Mortier et chancelier de anciens Jeux Floraux, confirmé dans cet office par les lettres-patentes de 1694, *en considération*, y est-il dit, *de son mérite, et du zèle avec lequel il avait poursuivi l'établissement et la réformation desdits Jeux.*

De son mariage avec Mademoiselle de Fieubet, il n'eut qu'un fils qu'il destina à la magistrature; et comme il était à la fois très-bon père, grand magistrat et littérateur estimable, il ne voulut se reposer sur personne du soin de diriger une éducation dont le but était ainsi déterminé, par les dispositions naturelles de son fils et par tous les accessoires de sa naissance, de ses alliances et de sa fortune.

Son premier objet fut d'orner l'esprit de son élève de toutes les connaissances qui facilitent et embellissent l'étude de la jurisprudence, en même temps qu'il formait son cœur aux grandes vertus et au dévouement qu'exigeaient alors, et la garde des lois, et l'administration journalière de la justice souveraine.

Les leçons de vertu qu'un père donne à son fils, ont ordinairement leur effet, lorsqu'elles s'appuient sur les exemples domestiques. Ces semences précieuses, tombant dans une terre si bien préparée, y reçoivent un prompt accroissement, et parviennent de bonne heure à leur parfaite maturité. C'est ce qui arriva dans cette éducation paternelle dont on ne saurait trop s'étonner, que les exemples soient si rares.

A dix-huit ans, le digne élève d'un tel maître avait

toute la sagesse d'un homme fait. Quatre ans avant sa
majorité, car alors on n'était majeur qu'à vingt-cinq
ans, reçu au parlement en qualité de conseiller, il
s'y montrait magistrat éclairé, pénétré de la sainteté de
ses devoirs, et de la dignité de ses fonctions. Sa conduite était l'image et le développement de ses principes.
On disait dès-lors, sans craindre aucune contradiction,
qu'il n'y avait aucune place dans la haute magistrature,
qui fût au-dessus de son mérite.

Son père, près de mourir, voyant qu'il serait dignement remplacé, ne regarda pas sa mort, comme prématurée. Assuré qu'il allait revivre tout entier dans l'héritier de son nom et de ses vertus, sa résignation fut
moins pénible et ses regrets moins douloureux.

Ceux de l'Académie furent extrêmes. La mémoire
des services qu'il avait rendus aux Jeux Floraux était
encore récente. Par une suite de sa profonde reconnaissance, elle jetta un regard d'espérance sur le jeune
magistrat, dont le début dans le parlement et dans le
monde, annonçait qu'il serait l'image parfaite de son
père; et lorsqu'il eut complété sa vingt-deuxième année,
le 7 mai 1709, l'Académie lui donna une place de
survivancier. Trois ans après, il devint mainteneur
titulaire.

En 1714, s'étant fait pourvoir d'une charge de président à mortier, il se maria avec Mademoiselle de
Lamoignon, et dans un long séjour qu'il fit à Paris,
il s'appliqua à perfectionner ses talens et ses connaissances, et à raffermir ses principes de conduite, dans le
commerce assidu de ce qu'il y avait de plus grand et de
plus vénérable, dans la magistrature des cours souveraines et du conseil du Roi.

Il avait déjà acquis, dans l'usage du monde, une
politesse noble dont il savait tempérer la dignité par un
ton et des manières affables, par une gaîté douce et décente, par les traits habilement ménagés d'une raillerie

fine , naturelle et délicate , et qui n'emprunta jamais rien des pointes de l'épigramme.

A la mort de M. de Bertier, arrivée en 1723 , il fut nommé premier président du parlement, et l'Académie s'empressa d'accomplir le vœu qu'elle avait formé depuis long-temps, de lui confier la place de chancelier de ses Jeux, que la mort de M. de Berthier laissait aussi vacante. Les occupations de la première présidence, qui s'étendaient , après les travaux du palais, à tous les grands objets d'administration publique, ne lui permirent plus d'être assidu à nos séances particulières ; et un article exprès de nos statuts, dispensait notre chancelier de ce devoir d'assiduité; mais personne n'était plus que lui attaché aux droits et à la gloire de l'Académie. L'amour des lettres qui lui avait été transmis en naissant, et qui , fortifié par la culture, avait été la seule passion de sa jeunesse , prit un caractère plus auguste dans son ame , quand le temps fut venu de les considérer sous tous les rapports de bien public, qui intéressent le progrès de la morale et de la civilisation.

Nous avons tous été témoins de la majesté que déployait le parlement de Toulouse, dans toutes les occasions importantes ; de la splendeur de ses audiences, et de la dignité qui signalait tous les actes de sa juridiction. C'est M. de Maniban qui lui imprima cet air de grandeur, ou qui du moins sut l'y maintenir, en repoussant le ton et les idées nouvelles que la régence avait introduites partout ailleurs ; en assujettissant à une étiquette sévère , non-seulement les membres de cette cour , mais la ville entière, et même les commandans des deux provinces de Langnedoc et de Guienne, lorsqu'ils venaient à Toulouse faire vérifier et enregistrer leurs provisions , ou pour quelqu'autre objet d'intérêt public.

Sa maison était celle d'un grand seigneur. Il y déployait une magnificence qui jusqu'à lui avait été in-

connue dans les plus grandes villes de province. Cet
appareil de valets et d'équiages nombreux , n'est pas
un vain luxe et une chose de pure ostentation, dans les
grandes places. La philosophie la plus austère approuve
ce faste qui annonce l'autorité, et en relève l'éclat et le
pouvoir , aux regards de ceux qui ne savent rien voir
que des yeux du corps; et l'on ne peut pas se dissimuler
que ceux-là forment la classe la plus nombreuse.

Lorsqu'il sortait de chez lui , pour aller , soit au
palais, soit au capitole ou dans quelqu'autre assemblée
administrative, il recevait partout des témoignages de
respect et de vénération qui ressemblaient à une sorte de
culte. Les artisans suspendaient leur travail et se dé-
découvraient ; tous ceux qui étaient dans les rues,
s'arrêtaient , se levaient même s'ils étaient assis, et se
tenaient debout, jusqu'à ce que sa voiture fut passée.

Cette vie de représentation lui était naturelle. Il en
avait communiqué l'esprit et l'habitude aux plus jeunes
magistrats. Aucun d'eux n'aurait paru devant lui , sans
l'habit de son état. Cette attention à honorer ainsi une
profession essentiellement grave , n'ôtait rien de leur
amabilité à ceux qui avaient de la gaité, et de la grâce
dans l'esprit et dans les manières; elle contribuait à
leur considération , sans rien dérober à la société de
ses agrémens.

C'est ainsi qu'il vécut à Toulouse, pendant quarante
ans , sans s'être jamais relâché de la règle qu'il s'était
prescrite, pour sa conduite et pour celle qu'il exigeait
qu'on tînt à son égard. Assidu au palais, infatigable
dans ses travaux, attentif à tout ce qui pouvait accélérer
la marche de la justice, et maintenir l'ordre public, on
le vit dans une année désastreuse, où la disette faisait
craindre un mal plus affreux, soulager l'indigence par
des largesses très-abondantes, et dissiper la terreur par
sa fermeté.

Il jouit d'une santé inaltérable jusqu'à soixante et

douze ans. Son corps s'affaiblit ensuite par degrés ; il s'éteignit le 3o août 1762, après avoir complété sa soixante et seizième année. Il était né le 2 juillet 1668.

Il avait eu deux filles ; l'aînée, Madame de Malause, mourut avant lui et sans enfans. La seconde mariée au marquis de Livri, lui a survécu plus de trente ans, et n'a pas eu non plus de postérité.

M. de Villeneuve de Beauville prononça l'éloge de M. le premier président de Maniban, le 6 février 1763.

Cet éloge n'est ni dans les recueils imprimés, ni dans nos registres, et mes recherches pour le trouver ailleurs ont été inutiles.

Lorsqu'il fut nommé chancelier de l'Académie en 1723, sa place de mainteneur fut donnée à M. de Nolet, trésorier de France. Il eut pour successeur, dans celle de chancelier, M. de Niquet, président à mortier, et qui devint, quelques années après, premier président.

M. de Morant avait succédé, dans la chancellerie, à M. Gui de Maniban.

1765. 85.º M. DE BOYER D'ODARS DE CAMPRIEU.

M. de Boyer d'Odars, d'une famille noble originaire des Cevènes, et depuis long-temps établie à Toulouse, naquit au commencement du dernier siècle, ou vers la fin du siècle précédent, et prit le parti des armes comme son père, son aïeul et ses autres ancêtres. On remarqua en lui, dès son enfance, beaucoup d'esprit et un grand amour de l'indépendance. Son esprit fut cultivé avec soin. Sa raison lui fit sentir la nécessité

de

de se soumettre aux devoirs, et à la gêne des convenances sociales. Il crut même qu'il saurait se vaincre
assez, pour s'assujettir à la dépendance qu'exige le
service militaire. Personne en effet ne s'y montra plus
exact que lui ; mais après quelques années de cette vie
de subordination, il quitta le service pour pouvoir,
disait-il, disposer à son gré de tous ses momens dont
il consacra dès-lors une grande partie à l'étude. Un
homme d'esprit, d'un état libre, d'un caractère élevé,
et d'une politesse exquise, qui aimait la littérature avec
passion, et en faisait son occupation habituelle, devait
appartenir de droit à l'Académie. Elle se l'était attaché
en qualité de survivancier le 9 avril 1724.

L'année suivante, les quatre survivanciers dont il
était l'ancien, furent nommés mainteneurs, par des
lettres-patentes du Roi, qui complétèrent le nombre
de quarante académiciens.

M. d'Odars, était l'aîné de sa famille, et d'après
les idées qu'on avait alors, et qui ne sont pas encore
perdues, il était destiné à en être le chef, à en recueillir les biens, et à donner des successeurs à ceux
dont il descendait. Son père désirait ardemment qu'il
se mariât ; mais lui ne pouvait pas même entendre
parler de ce qu'il appelait le joug du mariage. Son
père qui l'aimait, ne voulut pas marier son second fils au
préjudice de l'aîné, quoiqu'il désirât infiniment de se
voir revivre dans le second degré de sa descendance ;
mais, en cas que l'aîné mourût sans enfans, il substi-
tua au cadet son entière hérédité.

Cette substitution contraria M. d'Odars. Pour en
détruire l'effet, il se soumit à ce joug qu'il redou-
tait tant. Il était riche, il se maria richement à
Paris, où il établit son domicile. Il pouvait être le plus
heureux de tous les maris. Sa femme s'était éprise pour
lui d'une grande passion. Elle était belle, aimable, honnête, vertueuse ; mais les idées de cette indépendance

chimérique dont il était préoccupé, l'empêchèrent de se livrer au bonheur de cette union. Il appréciait le mérite, les charmes et les sentimens de sa femme; il avait pour elle les procédés de l'estime et d'une galanterie délicate; mais il vivait dans un état de réserve continuelle, craignant d'être subjugué par cette réunion de tant de qualités et de vertus. Il en fut puni. Elle mourut l'année même de son mariage, et ne lui laissa point d'enfans. Il s'était marié par dépit et s'en était repenti. Il ne voulut pas faire un second essai qui l'aurait exposé à de nouveaux regrets; et dès-lors la substitution qu'il ne pouvait plus faire défaillir, lui devint beaucoup plus odieuse.

La terre d'Odars, dont il portait le nom, faisait partie des biens substitués. Il quitta ce nom, pour prendre celui de la terre de Camprieu, qu'il avait achetée, et dont il pouvait disposer. Cette terre était dans les Cevènes. Là était aussi un militaire de son nom, qu'il reconnut pour son parent; qui l'était peut-être; mais à un degré si éloigné, qu'il n'en restait aucune preuve, ni aucune mémoire. M. de Camprieu le fit son héritier universel, au préjudice de M. le chevalier de Boyer, son frère, et de Madame du Faget, sa nièce, qui ne recueillirent, à sa mort, que les biens substitués.

L'héritier universel emporta, avec les autres effets mobiliers, tous les papiers de M. de Camprieu, qui remplissaient un grand nombre de porte-feuilles. Il avait beaucoup écrit, sans rien communiquer à personne de ses travaux; je n'en ai point trouvé de vestiges dans les registres et dans les recueils de l'Académie.

Il mourut dans l'automne de 1764. M. du Puget, qui prononça son éloge, l'avait beaucoup connu, et avait été à portée de recueillir dans sa famille des renseignemens dont j'ai été privé, par l'extinction d'une génération intermédiaire. M. du Puget n'ayant pas dé-

posé cet éloge aux archives, je suis obligé de me borner à cette seule mention.

M. de Brienne, archevêque de Toulouse, succéda
à M. de Camprieu.

86.º M. CARQUET. 1765.

M. Etienne Carquet, trésorier de France, et dont le
père avait été capitoul en 1706, naquit à Castelsarrasin. « Né avec un goût décidé pour l'étude, disait
»M. l'abbé Prades, qui prononça son éloge le 1.ᵉʳ
»août 1765, il se distingua, dans tous les temps, par
»la supériorité de son esprit, malgré les obstacles
»qu'opposaient à son ardeur une santé faible, et un
»tempérament très-délicat. Jamais il ne se permit une
»application forte, un travail continu, qu'il ne fût
»contraint de s'arrêter, et qu'il ne payât, par un
»long accablement et une interruption douloureuse,
»cette débauche honorable. Les belles-lettres furent
»sa ressource, le délassement de ses langueurs, la con-
»solation de ses infirmités. Les heureux succès qu'eurent
»ses premiers essais, étaient bien capables de les lui faire
»aimer. Le détail de ceux qu'il obtint dans nos con-
»cours serait trop long; il suffit de dire qu'il en eut
»dans tous les genres de poësie, qu'il devint maître
»des Jeux, et que l'Académie s'empressa ensuite de
»lui donner une place de mainteneur. Nous n'en jouimes
»pas long-temps. Accablé de souffrances qui soumirent
»à de longues épreuves sa patience et sa résignation
»chrétienne, il fut enlevé au milieu de sa course, empor-
»tant l'estime et les regrets de l'Académie et de tous
»ceux qui l'avaient connu. »

Sa place fut donnée à M. de Gardouch-Belesta.

87°. M. DE PARAZA.

1769.

Voyez ci-dessous n°. 134, année 1811.

88.° M. le Président D'ASPE DE MEILLHAN.

1770.   M. le Président D'ASPE, son père.

M. le comte de Caraman prononça l'éloge de M. d'Aspe le 26 juin 1740.

«M. Bernard d'Aspe naquit à Toulouse dans une »famille distinguée par la magistrature. Son père, »président du parlement, lui laissa quelque chose de »plus précieux encore que sa dignité : le fils en reçut »des exemples de vertu, qu'à son tour il a transmis à ses »enfans, et ce qui est une portion si estimable de l'héri- »tage de nos pères, une bonne éducation forma l'esprit »et le cœur de M. d'Aspe. Ses études qu'il fit au Collége »des Jésuites, furent marquées par des exercices publics, »dont l'éclat s'est conservé : les journaux les annon- »cèrent comme un phénomène littéraire. M. Baillet, »occupé alors à recueillir les noms des enfans devenus »célèbres par léurs études, n'oublia pas le jeune Baron »d'Aspe de Meilhan.

»Le père Mourgues jésuite, connu dans la république »des lettres, cultiva long-tems, avec des soins particuliers »les dispositions qu'il avait apperçues dans M. d'Aspe, »comme pour nous préparer de loin un académicien. »Il fut compris dans la nomination du Roi, lors des »lettres-patentes de 1694.

» Vous l'eussiez vu, Messieurs, se livrer plus cons- »tamment à vos exercices ; mais il se devait aussi aux »travaux pénibles de la magistrature, qui le rendait »comptable de son temps aux besoins des peuples.

»Son éloge ne se borne pas aux services qu'une lon- »gue expérience, dans le sanctuaire des lois, le mettait

»à portée de rendre à l'état : frère aîné de deux mili-
»taires pleins de sagesse et de bravoure, il a vu son nom
»chéri et respecté dans les troupes. L'un presque sous
»mes yeux, recueillit, à la journée de Parme, le fruit
»glorieux de ses longs services : il fut tué à la tête des
»grenadiers de son corps : l'autre n'échappa du péril
»où sa valeur l'exposait, qu'au prix de plusieurs bles-
»sures, qui ont privé le Roi d'un excellent officier.

»Il est bien juste que la gloire d'un sang versé pour
»le service de nos armes, rejaillisse sur le chef d'une
»famille où nous trouvons plus d'une sorte de mérite.
»M. d'Aspe, affaibli depuis long-temps par les re-
»doublemens d'une goutte opiniâtre, a fini une longue
»carrière dans les bras d'une famille nombreuse. Il a
»vu son fils aîné devenir son collègue dans les premières
»dignités du parlement, et recueillir l'estime du pu-
»blic. Il semble, Messieurs, que votre prévoyance,
»éclairée sur vos intérêts, vous eût inspiré de vous
»associer M. le président de Meilhan, pour adoucir
»aujourd'hui la douleur que vous cause la mort de
»son père. »

En effet, M. d'Aspe de Meilhan, qui était président
à mortier en même temps que M. son père, était aussi
son confrère à l'Académie. Il en était devenu mainteneur en 1739, à la mort de M. de Ranchin-Lavergne,
et pendant trente ans, il remplit ses devoirs d'académicien, avec le même succès et le même zèle que M.
le président d'Aspe son père, dont il fut également
l'image parfaite dans les fonctions augustes de la magistrature. Un procès dont la durée se prolongea beaucoup au-delà du terme ordinaire, et dont l'issue ne
fut pas heureuse, empoisonna presque toute sa vie,
et en abrégea le cours.

Son éloge prononcé par M. Delpy, en 1770, n'est
pas dans nos recueils. M. Martel lui succéda. M. de

Pompignan avait succédé à M. le présient d'Aspe, son père.

———————

89.º M. l'Abbé PRADES.

Ce nom rappelle un grand scandale donné sur les bancs de la Sorbonne, vers le milieu du dernier siècle, et je me hâte d'avertir que notre confrère n'est pas l'auteur de la thèse impie qui fut censurée par la faculté de théologie, et condamnée par le Pape Benoît XIV. J'ignore si ces deux ecclésiastiques étaient parens. Je sais seulement qu'ils étaient nés, l'un et l'autre, à Castelsarrasin, et qu'ils avaient fait leurs premières études à Montauban.

Notre confrère était né en 1695, d'un homme très-estimable, qui, père de huit enfans, eut toutes les peines du monde à en retenir un dans le siècle, pour empêcher l'extinction de sa famille. Il voulait se ménager, pour ses dernières années, les consolations qu'il avait lui-même données à la vieillesse de l'auteur de ses jours. Tous ses autres enfans embrassèrent l'état eccclésiastique ou l'état religieux.

«Notre confrère fut un des plus ardens à suivre »l'attrait de cette vocation. Son entrée dans l'état ecclé-»siastique fut pour lui un renoncement à toutes les va-»nités du siècle ; sa promotion aux ordres sacrés, un »dévouement entier à toutes les vertus qui doivent en »relever les fonctions augustes. »

C'est ainsi que s'exprimait M. Delpy, dans l'éloge de M. l'abbé Prades, qu'il prononça le 16 mars 1770.

M. l'Abbé Prades, destiné à un état dont un des premiers devoirs est le ministère de la parole, chercha dans l'étude des lettres le moyen de rendre ce ministère plus utile. Cette étude lui révéla le secret de son talent pour la poésie lyrique ; talent précieux qui fut l'apanage des prophètes, et qu'il ramena à sa noble origine, en le consacrant à chanter les louanges de Dieu, sa providence, sa grâce miséricordieuse qui avait été aussi l'objet des chants de Louis Racine et de St. Prosper.

En 1722, l'Académie couronna son ode sur l'amour divin; en 1727, son ode sur l'esprit de l'homme, et en 1728, son ode sur la grâce. Dans ce dernier concours étaient deux odes d'un jésuite, le Père de Poncy, intitulées, l'une *l'amour divin*; l'autre *l'amour profane*; elles n'avaient pas réussi; et il paraît que le jésuite avait voulu lutter directement contre l'ode sur l'amour divin qui avait été couronnée en 1722. L'académie ne recevait, dans ses concours, aucun ouvrage relatif à la religion, sans qu'il fût muni de l'approbation de deux docteurs en théologie, ne voulant être compromise dans aucune de ces disputes qui agitèrent violemment la première moitié du dix-huitième siècle. M. l'abbé Prades ayant satisfait à ce règlement, l'Académie qui ne jugeait que le mérite poétique de l'ouvrage, sans examiner si quelque expression dogmatique pouvait être chicanée, couronna M. l'abbé Prades comme poëte, et lui accorda des lettres de *Maître ès Jeux Floraux*.

Quand on imprima le recueil de 1728, l'ode sur la grâce fut dénoncée par trois jésuites, comme contenant plusieurs hérésies. Ces hérésies étaient-elles réelles ou imaginaires? Ce qu'il y a de certain, c'est que l'ode était conçue dans un système contraire à celui des jésuites; mais l'école de St. Thomas d'Aquin, opposée à la leur, sur les opérations de la grâce, était catholique, et la question était de savoir si l'ode ne serait pas adoptée par cette école. Pour prévenir le démenti que cette adoption donnerait à leur accusation, les trois jésuites demandaient qu'on la soumît à l'examen exclusif de deux docteurs qui étaient de leur bord. Pour cela, ils mirent en mouvement l'avocat du Roi et le juge-mage de la sénéchaussée ; et comme l'Académie était indépendante de leur autorité, pour l'impression de ce recueil, les dénonciateurs s'adressèrent à M. le cardinal de Fleury, qui gouvernait la France, et qui, dans son amour pour la paix, était en garde contre toute suspicion de jansénisme. Pour donner plus de consistance à cette dénonciatiou, ils supposèrent que l'Académie avait donné le sujet de cette ode. C'en fut assez pour en faire défendre la publication. M. le Garde des sceaux, qui notifia cette défense à l'Académie, disait dans sa lettre :

«Son Eminence sera toujours très–aise de maintenir »vos privilèges, et je m'y porterai en mon particulier »avec toute l'attention possible ; *mais ce ne sont point* »*pareilles matières qui doivent être proposées, sur-tout* »*dans les circonstances présentes, pour être l'objet de* »*ceux qui travaillent à un prix qu'il est très-glorieux* »*de remporter.* Tout ce qui peut être de plus conve-»nable, dans l'occasion présente, est que vous ne »fassiez pas imprimer, cette année, l'ouvrage qui a »remporté le prix. »

L'ode était imprimée. L'Académie en retira toute l'édition, et mit à la tête du recueil l'avertissement suivant : *M. l'abbé Prades est auteur de l'ode qui a remporté le premier prix. Elle n'a point été imprimée dans le recueil pour des raisons particulières.*

M. l'abbé Prades était trop sage pour faire de son ode un objet de discussion. Sûr de sa foi, par le témoignage de sa conscience et par l'approbation de son évêque, il ne défendit point la catholicité de son ode; continua de se livrer aux fonctions du saint ministère, et en particulier à la prédication, sans autre délassement que la culture des lettres.

Coronné à l'Académie, et jetant un grand éclat dans la chaire de vérité, son mérite attira l'attention de M. l'archevêque de Toulouse, il fut pourvu de la cure de Montégut, où il développa un autre genre d'éloquence proportionné à l'intelligence du troupeau qui lui était confié. Établi près de Toulouse, il profita de son voisinage pour multiplier ses rapports avec l'Académie, et l'Académie en profita aussi pour lui donner une place de mainteneur. Parmi ses devoirs d'académicien qu'il remplit toujours avec zèle et distinction, j'ai déjà parlé de l'éloge de Clémence Isaure qu'il prononça en 1749, et qu'il renferma dans deux poëmes lyriques, l'un latin, l'autre français. Dans la suite, lorsque son évêque l'eut rappelé dans son diocèse, pour lui confier la cure de Castelsarrasin, M. l'abbé Prades ne prit pas prétexte de son éloignement pour négliger l'Académie. Il s'y rendait dans les occasions essentielles. On a vu qu'il y vint pour rendre les derniers devoirs à M. Carquet, son compatriote, son ami et doublement son confrère, en ce qu'ils avaient obtenu tous deux des lettres de *Maître ès Jeux Floraux*.

Après avoir exercé, pendant trente-cinq ans, les fonctions de curé, il était temps que M. l'abbé Prades pût vivre pour lui-même. On lui donna une prébende dans l'église de Moissac. C'était une sorte de vétérance, une place d'émérite. Assidu aux offices de l'église, dont le retour fréquent et la répétition journalière des mêmes récitations, est fatigante pour tant d'autres, M. l'abbé Prades y trouva une douce occupation. Le chant périodique des Pseaumes ranimant sa verve poëtique, sa lyre s'unissait à celle du prophète ; il traduisait en vers une grande partie de ces chants prophétiques, qui sont l'aliment le plus solide de la piété.

C'est dans ces exercices que M. l'abbé Prades, toujours poëte, toujours chrétien fervent, termina, au mois d'octobre de 1769, une longue vie remplie de bonnes œuvres et de saints désirs.

Il eut pour successeur M. de Vaudeuil.

90.° M. DE SAGET.

*Voyez ci-dessus l'éloge de M. Lardos , année 1743 ,
n.° 60.*

91.° M. DE BOJAT.

1772.

M. Delpy prononça son éloge le 30 mai 1772.

«Jean-Ignace de Bojat, disait-il, issu d'une fa-
»mille qui a donné successivement quatre conseillers
»au parlement de Toulouse, naquit au mois de sep-
»tembre de l'année 1668.

»Une figure des plus agréables, un esprit liant et
»facile, des manières gracieuses, un caractère enjoué,
»semblaient par la destination de la nature, et un peu
»par son propre goût, le dévouer aux plaisirs du
»monde, et devoir en faire un homme très-frivole :
»mais M. de Bojat, que de bonnes études, et le vœu
»de ses parens, avaient préparé pour un plus solide
»établissement, savait donner à la culture de ses ta-
»lens naturels, le temps qu'il avait le courage de dé-
»rober aux vains amusemens de la jeunesse.

»Grave au palais, enjoué dans les cercles, galant
»même, sur-tout dans les fêtes, on le voyait se mul-
»tiplier partout où l'appelaient ses devoirs ou ses
»plaisirs. Il mourut le 27 avril 1772.

Il eut pour successeur M. de Portes.

92.ᵉ M. DE PONSAN. 1775.

Voyez ci-dessous n.° 126, année 1808.

* * *

93.° M. le Président DU PUGET. 1773.

Son éloge fut prononé par M. Jamme le 3 février
1773.

» M. Henri-Gabriel du Puget naquit le 23 juillet
» 1725, de Charles-Joachim du Puget, président du
» parlement de Toulouse, et de Marie de Pralheau.

» La maison du Puget a donné à l'état des guerriers,
» des prélats et de magistrats illustres. Cette tige, féconde
» en grands hommes, est aujourd'hui divisée en quatre
» branches, qui descendent de Thibaud du Puget,
» comte de Provence.

» Les soins que des parens vertueux prirent de l'édu-
» cation de M. du Puget, répondirent à sa naissance ;
» né pour s'asseoir un jour parmi les organes de la jus-
» tice, on s'empressa d'éclairer de bonne heure son
» esprit, et de développer dans son cœur le germe de
» toutes les vertus. La religion et les lettres virent
» fructifier leurs leçons ; et ses premiers progrès, d'un
» favorable augure pour un âge plus avancé, ne se dé-
» mentirent point dans cette saison qui suit l'enfance,
» et qui voit si souvent flétrir les dispositions les plus
» heureuses par le souffle impur des passions. Il fut reçu
» conseiller au parlement en 1748.

» Il succéda à son père le 23 mai 1759, dans la
» charge de président à mortier. La joie que le public
» fit éclater à son élévation, fait l'éloge de sa mémoire ;
» M. du Pget était aimé, et il méritait qu'on lui eu
» donnât des preuves.

» Un accès facile, un penchant à la bienfaisance lui

»avaient concilié les cœurs; une application constante
»à ses devoirs, une intégrité à toute épreuve, une fer-
»mité inébranlable dans les occasions les plus délica-
»tes et les plus critiques, lui attirèrent l'estime et la
»considération dues aux fonctions pénibles de la ma-
»gistrature. La pratique des vertus paisibles, et les
»occupations de sa charge lui laissèrent assez de loisir
»pour les consacrer à cette littérature si touchante
»pour ceux qui la cultivent, suivant l'expression d'un
»grand écrivain, et si dédaignée par ceux qui ne
»sentent rien.

»M. du Puget demanda avec empressement une place
»parmi vous, Messieurs. L'Académie lui ouvrit ses
»portes avec joie. Assidu à vos exercices, il y apporta
»cette aménité qui annonce un cœur bien placé, et
»cette défiance salutaire de ses propres lumières, qui
»est presque toujours la preuve d'un bon eprit. Il fit
»chérir, dans son commerce, ce caractère liant et fa-
»cile, cette humeur égale et complaisante, cette po-
»litesse de mœurs et de sentimens, vertus nécessaires
»aux membres d'une société quelconque, mais plus
»spécialement à ceux d'une société littéraire.

»A peine initié dans votre sanctuaire, je n'ai pas pu
»être le témoin de ses travaux littéraires, mais je l'ai
»été de son zèle pour l'Académie, de son assiduité à
»ses exercices, et de son attachement pour tous ceux
»qui la composent. Quand on a ainsi vécu, on peut
»compter sur les regrets de ses concitoyens. Il est mort
»au milieu de sa carrière, le 25 octobre 1772, âgé
»de 47 ans. »

M. du Puget eut pour successeur M. l'abbé de
Neuvilé.

94°. M. D'ESTADENS. 1777.

«M. d'Estadens, disait M. de Portes qui prononça
»son éloge le 10 août 1776, naquit d'une famille
»honnête et vertueuse. Favorisé des dons de la for-
»tune, il reçut une éducation qui développa bientôt
»le germe de ses talens. Horace et Virgile échauffèrent
»son génie, et furent ses modèles. Trop sage et trop
»modeste pour se livrer sans guide au penchant qui
»l'entraînait vers la poësie, il consulta le goût et l'ex-
»périence de ses maîtres. Mademoiselle de Catellan
»encouragea le jeune poëte; il remporta le souci par
»une églogue qui respire le sentiment, et brille par
» les situations intéressantes, et par la beauté de la
»versification.

»Si d'abord il célébra l'amour, ce n'était pas cette
»passion molle-et impétueuse tout-à-la-fois, qui avilit
»le cœur qu'elle subjugue; il avait peint ce sentiment
»tendre et délicat dont la vertu même s'honore. Bien-
»tôt se reprochant cette faiblesse, et s'élevant à de
»plus hautes pensées, il chanta l'amour qui nous
»enflamme pour l'Être suprême; la religion prépara
»les couleurs qui représentèrent Magdelaine pleurant,
»à la sainte beaume, des erreurs et des égaremens
»déjà pardonnés.

»Permettez, Messieurs, que j'arrête un moment
»votre attention sur ce jeune-homme, qui, loin d'être
» séduit par des exemples trop dangereux, consacra
»ses premiers chants à la vertu, et sut exprimer des
»remords dont il avait pu être témoin, mais qu'il
»n'avait pas mérité d'éprouver. C'était peu d'une fleur,
»il fut associé aux travaux de l'Académie; récompense
»due à ses mœurs autant qu'à ses talens.

»Une vie douce et paisible, l'étude des lettres, les
»soins de l'amitié, un tempérament robuste semblaient

»lui promettre de longs jours ; mais les infirmités dé=
»vancèrent la vieillesse. C'est alors qu'on put connaître
»toute la force de son ame. Il supporta ses douleurs
»sans se plaindre, les oubliant même souvent pour
»reprendre ses occupations ordinaires ; il venait encore
»quelquefois nous consoler de ses fréquentes absences.
»Il vit approcher le moment terrible, et le vit sans
»effroi. Son ame volait avec ardeur dans le sein d'un
»Dieu bon, d'un père. Il avait vécu comme un sage,
»il mourut comme un juste. Ce fut le 25 décembre 1775
»que nous eumes le malheur de le perdre. »

Sa place de mainteneur fut donnée à M. l'abbé
d'Héliot.

95.° M. DE MONTGAILLARD.

1777.

Ce fut M. de Progen qui prononça son éloge le 6
juin 1777.

»M. de Montgaillard naquit en 1711, d'une des
»plus anciennes maisons de Toulouse ; son goût pour
»les lettres étouffa en lui cette ambition que fait naître
»souvent l'éclat de la naissance. Sa modestie le porta
»à les cultiver dans le silence du cabinet ; il fallut que
»quelques amis l'arrachassent de sa retraite pour l'as-
»socier à nos travaux ; ce fut en 1759 que l'Académie
»l'admit dans son sein : vous applaudites alors, Mes-
»sieurs, à l'expression éloquente des sentimens de son
»cœur animé par la reconnaissance.

»C'est dans ce sanctuaire des muses, que, par son
»assiduité à nos assemblées, par la douceur de ses
»mœurs, et plus encore par ses vastes connaissances,
»il prouva si bien ce qu'on n'avait pu qu'entrevoir.

»Bientôt ce tribunal respectable, qui n'est composé
»que des héros de la nation, chargea M. le marquis
»de Montgaillard de la fonction la plus importante,

»mais en même temps la plus difficile, celle de con-
»cilier les lois du Prince avec l'honneur des citoyens.

»Cette éloquence persuasive, don qu'il avait reçu de
»la nature, et que vous aviez perfectionné, lui servit
»à calmer l'homme bouillant, à faire acquitter celui
»qui manquait d'exactitude, et sans trop heurter des
»préjugés que leur ancienneté rend en quelque façon
»respectables, à maintenir la tranquillité dans un corps
»qui est regardé, avec raison, comme le premier appui
»de l'état. Nous consacrant tous les instans de repos
»que son ministère lui donnait, il vint constamment
»se délasser avec nous, partageant nos travaux, et
»nous aidant de ses lumières. Nous l'avons perdu. Sus-
»pendons nos regrets, faisons taire notre douleur pour
»nous applaudir du choix que nous venons de faire;
»il acquitte ce que nous devions à sa mémoire. Lui
»donner un successeur digne de le remplacer, c'est
»l'hommage le plus flatteur que nous pouvions rendre
»à ses mânes. »

M. le président de Sapte lui succéda.

96.° M. l'Abbé DE VILLARS-LUGEIN. 1778.

M. l'abbé de Villars-Lugein avait obtenu, au sortir
de l'enfance, une lieutenance dans le régiment d'Alsace.
A peine entrait-il dans cette carrière, que son père,
brigadier des armées du Roi, qui devait instruire et
guider sa jeunesse, lui fut enlevé, sous les murs de
Marchiennes, tué d'un coup de canon.

Cet événement laissant au jeune Villars la liberté de
suivre ses inclinations, il choisit un état dont sa faible
santé pût s'accommoder. Il fut d'abord chanoine de
Montauban, ensuite de Toulouse, et le Roi lui donna
l'Abbaye de St. Marcel, au diocèse de Cahors. L'Académie lui avait déjà ouvert ses portes. Que ne devait-elle

pas attendre du zèle d'un littérateur très-instruit, et qui avait placé l'intérêt et tout le bonheur de sa vie dans la culture des lettres, et l'accomplissement de ses devoirs. Mais les infirmités qui l'avaient forcé de quitter le service militaire, s'étant aggravées, et l'empêchant de suivre les offices du chœur, M. l'abbé Villars, fidèle à ses principes, se démit de son canonicat. Il pouvait vaquer encore à ses exercices littéraires dans l'Académie, qui ne s'assemble qu'une fois la semaine; cette consolation lui manqua bientôt; nous le perdîmes le 18 mai 1777. Ce fut M. Magi qui prononça son éloge.

Il eut pour successeur M. Ferez.

<hr>

1778. 97.° M. DE LA ROCHE-AYMONT,
Archevêque de Reims.

M. de la Roche-Aymont, né au château de Mainsat, dans le Limousin, appartenait à une famille noble, et comptée parmi les plus anciennes de cette province. J'ignore s'il était né ambitieux, ou si les circonstances seules l'élevèrent, par degrés, à la haute fortune qu'il fit dans l'état ecclésiastique. Son air noble et sérieux, une belle figure, une vie régulière, l'amour de l'ordre, et la connaissance des hommes, firent augurer de bonne heure, qu'il ne resterait pas long-temps dans la classe des ecclésiastiques du second rang. Tout autre gentilhomme, moins habile à lire dans l'avenir, n'aurait pas consenti, peut-être, à accepter ce qu'on appelait un évêché *in partibus*, prélature sans territoire, pour celui qui n'allait pas porter la foi dans le pays des infidelles, et nécessairement subordonnée à l'archevêque, ou à l'évêque dont il était le suppléant, sans avoir le titre de son coadjuteur. M. de la Roche-Aymont, évêque de Sarepte, soutint

cette

cette position équivoque , avec la considération qu'obtient toujours un ecclésiastique qui remplit assidûment
les devoirs de son état. Après quatre ans de cet épiscopat insignifiant, il fut placé sur le siége de Tarbe ;
parvint à celui de Toulouse ; gouverna long-temps la
province de Languedoc, comme archevêque de Narbonne ; crut s'élever encore, ou du moins accroître
son crédit, en passant à l'archevêché de Reims ; devint cardinal, grand aumônier de France , ministre
de la feuille des bénéfices , c'est-à-dire, patron et
collateur de tous les bénéfices consistoriaux, chargé de
pourvoir à toutes les hautes places de l'Eglise Gallicane.
Beaucoup plus âgé que Louis XV, il l'assista à ses
derniers momens , et son successeur au trône , reçut de
sa main l'onction sainte, qui consacre au nom de la
religion la souveraine puissance de nos Rois.

La politique de M. de la Roche-Aymont, si l'on
veut attribuer à sa politique ses longs succès dans la
carrière des honneurs, avait un fondement respectable , des mœurs irréprochables, le meilleur ordre établi
et maintenu dans le gouvernement de son diocèse ,
pour l'instruction, la décence et la régularité des jeunes
ecclésiastiques ; l'exécution rigoureuse des canons qui
leur interdisent les sociétés et les lieux où ils ne pourraient que se dissiper ; la distribution graduelle des
bénéfices ; l'établissement des conférences , où les
curés d'un même arrondissement s'animaient au bien
par l'émulation des vertus et les progrès de l'instruction.

Ces sages règlemens qu'on observe encore, et auxquels le diocèse de Toulouse doit cette succession presque miraculeuse de curés et de vicaires éminens en
lumières et en doctrine, placèrent M. de la Roche-
Aymont parmi les évêques dont l'administration devait
contribuer puissamment à maintenir la gloire de
l'Eglise Gallicane , et lui attirèrent d'abord la con-

M

sidération, et ensuite la confiance inaltérable de Louis XV. Ce fut là le fondement de sa fortune.

L'austérité des mœurs de M. de la Roche-Aymont, n'avait pas éteint en lui le goût des lettres qui, sans faire le charme de sa jeunesse, l'avaient délassé dans tous les temps, de ses graves et pénibles occupations. Les jeux de Clémence Isaure ranimèrent en lui cette propension vers les études agréables. Il désira de pouvoir venir prendre part à nos douces occupations, et l'Académie saisit la première occasion de répondre à ce désir. Il n'y avait que deux ans qu'il était archevêque de Toulouse, lorsque nous perdîmes, en 1742, M. l'abbé de Tournier, le seul qui nous restât des mainteneurs nommés par lettres-patentes de 1694. M. de la Roche-Aymont qui devait aussi parcourir une longue carrière, fut nommé à sa place ; fut assidu à nos séances tant qu'il resta parmi nous; et lorsqu'ensuite le cours de ses prospérités l'eut éloigné de Toulouse, il s'y rattachait par les relations qu'il entretint jusques au dernier temps de sa vie, avec le secrétaire perpétuel de l'Académie. Il reçut toujours nos recueils avec intérêt, et nous en remercia avec les grâces d'une vive reconnaissance. Il regarda comme une faveur qu'on se fût souvenu de lui dans une occasion où tous les mainteneurs, présens à Toulouse, se cotisèrent pour des dépenses auxquelles la dotation de l'Académie ne pouvait pas suffire.

Parvenu à une extrême vieillesse, il en sentit le poids, et les infirmités l'assaillirent. Il s'éteignit le 7 octobre 1777. Il était né en 1697.

Sa place de mainteneur fut donnée à M. de Lalo.

98.º M. l'Abbé D'HÉLIOT. 1779.

M. l'abbé d'Héliot naquit à Toulouse en 1695, d'une famille décorée du capitoulat, et qui a donné deux conseillers au parlement. Ses premiers pas dans l'état ecclésiastique furent signalés par des vertus, des talens, et un caractère remarquables.

A peine âgé de 27 ans, M. de Maniban, évêque de Mirepoix, le plaça à la tête du séminaire que M. de Labroue avait fondé à Mazères, et dont M. Massoc, notre confrère, avait été le premier supérieur. Quand M. de Maniban fut transféré à Bordeaux, M. l'abbé d'Héliot pressé de l'y suivre, pour y diriger également la conduite et les études des jeunes-gens qui se dé-vouent au service des autels, donna la préférence à son évêque diocésain, M. de Crillon, qui l'attacha comme vicaire à la paroisse St. Etienne, poste important, toujours rempli par l'élite des sujets les plus dis-tingués, d'où sont sortis un grand nombre de curés, qui furent la gloire du clergé de Toulouse, et qui est encore l'espoir et la ressource des archevêques, pour les grandes paroisses de la ville et du diocèse.

M. l'abbé d'Héliot passa de ce poste honorable à la cure de Colomiers.

Moins occupé dans cette paroisse champêtre, que dans le vicariat de St. Etienne, M. l'abbé d'Héliot donna à la culture des lettres tous les momens de loisir que lui laissait le soin de sa paroisse. Il avait déjà une collection nombreuse de bons livres; et comme il n'était pas à portée d'emprunter ceux qui lui man-quaient, il les acquérait à proportion de ses besoins. Ce trésor avait grossi considérablement lorsqu'il re-vint à Toulouse, après avoir gouverné cette paroisse, pendant vingt-un ans.

Le Roi l'avait nommé professeur des Libertés de

l'Eglise Gallicane, dans l'Université de Toulouse, et lui avait donné l'Abbaye du Peray-Neuf. Riche et dévoué par état à une vie d'étude, M. l'abbé d'Héliot répondit à cette nouvelle vocation avec le même zèle qu'il avait montré pour le salut des ames.

Sa bibliothèque s'accrut dans la même proportion que ses besoins d'instruction. Ces besoins étaient immenses. Tous les objets d'érudition entraient dans le plan de ses études, et il n'en abandonnait aucun sans l'avoir approfondi. Il signala son entrée dans la faculté de théologie, par deux dissertations savantes sur la pragmatique de St. Louis et sur la régale. Il s'attacha ensuite, dans ses ouvrages d'érudition, à ce qui pouvait intéresser l'histoire et la gloire de Toulouse.

Ses recherches sur les tectosages sont un prodige de patience et de sagacité ; il les suit dans toutes leurs ramifications, dans leurs déplacemens divers. En le suivant lui-même, on connaît leurs mœurs, leurs grands hommes de guerre, ceux qui s'illustrèrent par la culture des lettres et des sciences.

Après avoir épuisé notre histoire ancienne, il s'appliqua à faire connaître les grands hommes que Toulouse a produits dans les temps postérieurs, et dont plusieurs avaient été absolument oubliés. Il repoussa l'imputation calomnieuse faite à l'Université de Toulouse, d'avoir méconnu le mérite de Cujas, dans la dispute d'une chaire de droit ; il prouva, par des pièces authentiques, que lorsque la dispute de cette chaire commença, Cujas était déjà professeur à Bourges, et l'avait été à Cahors.

M. l'abbé d'Héliot appartenait depuis très-long-temps à la classe des inscriptions et belles-lettres, qui fait partie de l'Académie des sciences. Il arriva parmi nous, comme M. l'abbé Barthelemi à l'Académie française, après avoir vieilli dans les travaux de l'érudition, et avoir prouvé que sa manière d'écrire n'avait rien de la sécheresse reprochée aux érudits qui ont négligé de sacrifier aux graces.

Ce n'est pas seulement par ses écrits que M. l'abbé d'Héliot a prouvé combien il était attaché à sa patrie.

La bibliothèque, qu'on appelle encore *du Clergé*, est un de ses bienfaits. Il donna au Clergé de Toulouse quinze mille volumes, à condition qu'elle serait publique. M. de Brienne y ajouta une autre collection de livres très-nombreuse, et s'associa encore à la gloire de cet établissement, par la forme et la solidité qu'il sut lui donner.

M. l'abbé d'Héliot, toujours occupé du bien public, fit d'autres fondations, et disposa de son hérédité en faveur des pauvres. Sa longue vie fut une vie de retraite profonde, consacrée à l'étude. Il ne se montrait au dehors que pour ses devoirs de religion, ses actes de professeur, ses exercices académiques, et pour l'exécution de ses établissemens littéraires et charitables. Ses mœurs étaient douces, ses manières simples, son caractère obligeant, sa modestie égalait ses lumières et son grand savoir. Il mourut le 6 janvier 1779, âgé de quatre-vingt-quatre ans. Son éloge fut prononcé le 1.er mai suivant, par M. l'abbé Magi.

M. l'abbé d'Héliot, M. l'abbé Prades et M. Massoc sont les seuls curés que l'Académie ait eus sur la liste des mainteneurs, et ces trois curés honorèrent leur état par la sainteté de leur vie. Dans mon zèle pour l'Académie, mon ambition serait d'en revoir quelqu'autre venir parmi nous acquérir de nouvelles forces dans un noble et utile délassement, et nous fournir de nouveaux exemples de cette alliance heureuse que les lettres aiment à contracter avec la religion.

M. l'abbé d'Héliot eut pour succeur M. d'Albis.

 ## 99°. M. l'Abbé FOREST.

M. l'abbé Forest naquit à Toulouse en 1721. Au sortir du collége, ses parens le destinant au barreau, il étudia en droit; mais après y avoir pris les degrés de bachelier et de licencié, il se destina à l'état ecclésiastique; et alla à Paris étudier en théologie.

Devenu chanoine de Narbonne, et membre de la chambre souveraine du Clergé, établie à Toulouse, il se livra à son goût pour les belles-lettres. Ses premiers regards se tournèrent vers nos concours.

L'Académie avait proposé, pour sujet de discours, les avantages du travail. M. l'abbé Forest remplit les vues de l'Académie, et remporta le prix d'éloquence dont M. Soubeiran de Scopon venait de relever l'éclat. Il remporta deux autres églantines, en montrant quels secours les sciences empruntent des belles-lettres, et ce que les belles-lettres, à leur tour, doivent au secours des sciences.

Tandis qu'il recueillait ainsi les palmes de l'éloquence, il s'exerçait dans d'autres genres étrangers aux mouvemens de l'ame et aux conceptions de l'imagination. Fouillant dans l'obscurité des temps reculés et les plus stériles pour l'histoire, ses recherches savantes, guidées par une critique judicieuse, lui découvrirent et lui permirent de fixer, avec précision, la connaissance des usages, des mœurs et des lois des Gòths qui avaient régné sur ces contrées. Son mémoire, qui fut couronné, prouva qu'il pouvait également cultiver avec le même succès les champs de l'érudition, et ceux de la plus belle littérature.

Il était déjà *Maître ès Jeux Floraux*. L'Académie voulut l'acquérir d'une manière plus spéciale. Mainteneur zélé autant qu'infatigable, personne n'eut plus

d'ardeur que lui, pour remplir les devoirs académiques.

Jusqu'ici M. l'abbbé Forest n'avait travaillé que
pour la gloire de l'Académie. Ses droits les plus précieux furent attaqués. Il les défendit avec zèle. C'est
lui qui rédigea le mémoire qui, en éclairant l'Europe
savante sur des vérités historiques d'un grand intérêt
pour nous, réduisit à un silence éternel les ennemis
de Clémence Isaure. Je m'arrête pour ne pas rappeler
le souvenir des contradictions dont nous avons triomphé ; mais je ne saurais me dispenser d'exprimer ici la
reconnaissance de l'Académie pour un mainteneur si
distingué, dont le zèle et les talens nous furent si utiles. Il était à Paris où le retenaient les charmes d'une
société de gens de lettres; la goutte, dont il avait essuyé
plusieurs attaques, redoubla ses efforts ; il céda à leur
violence le 26 janvier 1781, avec la résignation et
l'inébranlable fermeté d'un philosophe chrétien.

Il eut pour successeur M. le comte de Périgord.

100.° M. DE PARAZOLS, Avocat-Général. 1781.

«La nature avait fait à M. de Parazols un présent
»bien digne de fixer l'attention des philosophes et des
»gens de lettres. Vous me prévenez, Messieurs, disait
»M. Lacroix le 13 août 1780, et vous avez déjà nom-
»mé, avant moi, cette vertu si rare et si peu célébrée,
»qui méritait d'occuper la première place parmi les
»vertus sociales. Heureux les mortels qui, comme M.
»de Parazols, possèdent la bonté du cœur, à un de-
»gré assez éminent, pour qu'elle forme leur caractère
»distinctif, et qu'elle soit le signe qui les fasse par-
»tout reconnaître ! Qui de nous ignore que cette bonté
»était la vertu caractéristique de M. de Parazols, l'ame
»de toutes ses pensées, de tous ses sentimens, de toutes

»ses actions ? Elle était peinte sur son visage, dans ses
»regards, dans ses mouvemens , dans ses manières.

» On lui a reproché d'être faible et facile. Il est des
» imperfections qui sont inséparables de certaines ver-
» tus. La misanthropie tient à l'extrême sévérité des
» mœurs ; les inconséquences et les écarts sont les
» suites ordinaires et peut-être nécessaires d'une ima-
» gination ardente et vive, sans laquelle il n'est point
» de vrai talent.

» Eh ! qu'est-ce auprès de la bonté, que le génie et
» les talens ? Cependant M. de Parazols n'est pas moins
» digne de nos regrets par les dons de l'esprit que par
» les qualités du cœur. Ce n'est pas à moi à marquer le
» rang qu'il doit occuper parmi les avocats-généraux
» qui ont embelli la raison des charmes de l'éloquence ;
» mais je puis dire que dans un grand nombre d'oc-
» casions, M. de Parazols a montré qu'il possédait le
» talent de convaincre et de plaire. Nous connaissons de
» lui plusieurs réquisitoires qui font honneur à son génie
» et à son jugement. On l'a vu, dans des temps d'orage,
» rappeler à sa compagnie des principes du droit pu-
» blic, qu'il était aussi honorable que dangereux de
» mettre en pratique.

» Ce fut sur ses réquisitions, qu'un grand du royaume
» fut privé des honneurs attachés à sa place , et dont
» il voulait jouir avant l'enregistrement de ses pro-
» visions.

» Le souvenir de ce discours suffirait seul pour
» nous faire vivement sentir la perte que nous avons
» faite ; perte inattendue et que nous avons cru irré-
» parable jusqu'au moment où nous avons connu son
» successeur. »

Ce successeur fut M. de Rességuier.

101.º M. l'Abbé DE NEUVILÉ.

Son éloge, prononcé par M. de Portes le 26 février 1782, ne fut point imprimé dans le recueil académique par la négligence de l'auteur ou des éditeurs ; et pour y suppléer, je n'ai que ma mémoire, ignorant absolument à qui je pourrais m'adresser pour avoir des renseignemens plus étendus. M. l'abbé de Neuvilé était né en Lorraine. Il avait voyagé dans le Nord de l'Europe, et avait fait un long séjour en Pologne. M. de Brienne qui avait créé, pour ainsi dire, le Collége Royal de Toulouse, et qui s'en occupait d'une manière spéciale, ayant connu M. l'abbé de Neuvilé, lorsqu'il revint en France, lui proposa la place de professeur d'histoire, vacante dans ce collége par la mort de M. l'Abbé Audra. M. l'Abbé de Neuvilé avait étudié l'histoire, et il aimait passionément tout ce qui tient à la littérature. Sachant qu'à Toulouse on cultivait les lettres, et qu'ainsi il pourrait s'y former une société agréable, il accepta avec empressement la chaire qu'on lui offrait. Un autre motif l'y détermina. Sa santé avait souffert considérablement, même dans sa jeunesse, du froid et de l'humidité de la Pologne. Il ne pouvait plus y résister, lorsqu'il eut atteint sa cinquantième année. Il vint donc à Toulouse, persuadé que le beau soleil de Languedoc le dédommagerait avec usure de tout ce qu'il avait souffert dans les neiges de Varsovie.

Avantageusement annoncé par les amis qu'il avait à Paris, il trouva ici l'accueil qui était dû à son mérite et aux formes de son éducation. Ses manières étaient simples, sa conversation intéressante, son langage pur, son caractère très-doux. Homme de cabinet, homme de bonne compagnie, faisant sa classe avec zèle et assiduité, vivant dans une parfaite union avec ses confrères, et cultivant les connaissances nombreuses qu'il eut bientôt faites à Toulouse, en moins d'un an, il s'y trouva établi, comme s'il y avait passé toute sa vie.

Tant que les colléges de Toulouse furent dirigés par des réguliers, l'Académie s'était fait une loi de n'en admettre aucun dans son sein, nul ne pouvant être mainteneur, s'il n'était d'un état libre et indépendant, domicilié, et *de condition à passer sa vie dans Toulouse.* (Lettres-patentes de 1694.)

Après la défection des Jésuites, le Collége Royal ayant été confié à des séculiers dont plusieurs avaient un mérite littéraire reconnu, l'Académie, sans articuler aucun motif d'exclusion, trouvait que l'autorité du principal et du bureau d'administration, indispensable pour l'ordre et la discipline, pouvait, en certaines occasions, porter atteinte à la parfaite indépendance d'un mainteneur ; à quoi l'on ajoutait que ces sortes d'emplois n'étant pas à vie, on ne pouvait pas regarder comme domicilié à Toulouse, celui qui n'y était attaché que par sa chaire. Cette question, plusieurs fois agitée, se renouvella à la mort de M. du Puget, arrivée en 1773. On connaissait trop l'honnêteté de M. de Neuvilé, la fermeté de son caractère et la sagesse de sa conduite, pour craindre qu'il ne conservât pas l'indépendance de son opinion, et qu'il pût être destitué de sa place de professeur. On considérait en outre que les professeurs du Collége Royal n'étaient pas soumis, comme les doctrinaires, à ce qu'on appelait *l'obédience* aux ordres d'un supérieur, qui pouvait tranférer tout professeur d'un collége à un autre. Le mérite de M. de Neuvilé donnait du poids à ces considérations, et les circonstances de l'exil du parlement contribuèrent à les faire prévaloir. Cet exil laissait un grand vide dans l'Académie et dans le nombre de ceux qui aspiraient aux places vacantes. M. de Neuvilé fut élu, et l'Académie n'eut qu'à se féliciter d'un pareil choix. Assidu, plein de zèle, attaché à ses devoirs académiques, il les remplit constamment à la grande satisfaction de ses confrères, qui le regrettèrent infiniment, lorsque la mort le leur enleva dans l'automne de 1781.

Il eut pour successeur M. Dumas.

- - - - - - -

102.º M. DUMAS. 1782.

M. Dumas naquit à Issoudun; il y fit ses premières études, et à l'âge de douze ans il alla les continuer à Paris, dans le collége du Plessis. Ses maîtres reconnurent bientôt en lui un excellent caractère, doué de toutes les dispositions pour l'étude des lettres et des langues. Il apprit parfaitement le grec, trop négligé dans l'éducation de province.

Depuis la défection des Jésuites, l'Université de Paris avait créé, dans la faculté des arts, des agrégatures, auxquelles on ne parvenait que par les épreuves d'une dispute. Il fallait les avoir subies, et y avoir réussi, pour devenir professeur dans cette faculté, qui embrassait la philosophie, la rhétorique et la grammaire; et comme tous ces agrégés ne pouvaient pas espérer d'être placés tout de suite à Paris, plusieurs se déterminaient à accepter des places dans les colléges de province, qui n'avaient pas été donnés à des congrégations religieuses.

M. Dumas prit ce parti. Il alla d'abord faire une classe de grammaire à la Flèche, et ensuite enseigner la rhétorique à Metz, où il se maria. C'est de là qu'on l'appela à Issoudun, sa patrie, pour venir y être principal dn collége. La circonstance de son mariage fit naître quelques difficultés qu'il aurait facilement levées; mais toute discussion lui était pénible; il quitta Issoudun, et vint à Toulouse occuper la chaire de rhétorique du Collége Royal, que M. de Brienne lui avait fait offrir.

Renfermé dans son ménage, M. Dumas se partageait entre les devoirs de sa classe, et les travaux de son cabinet. La première année de son séjour à Toulouse, dans un temps où les économistes jouaient encore un grand rôle, M. Dumas publia une traduction des Économiques de Xenophon. Il avait déjà attiré l'attention de l'Académie des sciences par un grand nombre de mémoires d'une érudition toùjours agréable et attachante par les formes qu'il savait leur donner. Il y avait été reçu dans la classe des inscriptions et belles-lettres. Une gaîté douce qui était le fonds de son caractère, se répandait avec une juste mesure sur toutes ses productions, et sa manière de lire ajoutait encore à ce premier intérêt. Dans toutes les séances publiques de l'Académie des sciences, l'agrément de ses lectures était vivement senti. On aimait à se délasser ainsi de l'attention sérieuse qu'exigent les objets importans des hautes sciences.

M. Dumas s'était amusé à traduire les colloques d'Erasme, dont on avait fait depuis long-temps un livre classique, et il avait composé un volume de vers latins, tirés des Pseaumes, sur lesquels Buchanan et le Père Comire ne s'étaient pas exercés. C'était la correction des compositions de ses écoliers.

Il avait été souvent question de lui pour une place de mainteneur ; et sous tous les rapports des talens, des connaissances et du caractère, on ne pouvait pas faire un meilleur choix. Mais M. l'abbé de Neuvilé, professeur d'histoire au Collége Royal, appartenait à l'Académie, et l'on trouvait que c'était déjà beaucoup. J'en ai détaillé les motifs dans son éloge. M. de Neuvilé mourut ; on fit pour M. Dumas ce qu'on avait fait pour lui ; sa place lui fut donnée. Hélas ! notre satisfaction fut de bien courte durée.

Le même mois qui nous vit empressés à le recevoir fut témoin des larmes que nous répandimes sur sa tombe. Il mourut au mois d'avril 1782. Huit ans auparavant, son ami Colardeau, élu par l'Académie française, était mort avant le jour de sa réception.

La place de M. Dumas fut donnée à M. l'abbé Grumet.

103.º M. DE LAFAGE. 1782.

M. de Lafage était syndic de la province de Languedoc. Il avait succédé à son père dans cet emploi qui exigeait à la fois la connaissance du droit et des lois administratives, une grande activité jointe à beaucoup de sagesse et de modération, la connaissance des hommes et le talent de traiter avec les ministres, pour un grand nombre d'affaires toutes importantes, et d'une nature souvent très-délicate. En un mot, un syndic de la province de Languedoc, chargé de faire exécuter les délibérations des états, était le défenseur des droits de la province, contre les entreprises particulières, et avait à les défendre aussi quelquefois contre les surprises faites à l'autorité.

M. de Lafage marcha fidellement sur les traces de son père qui, dans son administration, s'était fait une réputation de grande habileté, de zèle et d'attachement aux intérêts de la province, alliant à une grande aménité de mœurs et de caractère, toute l'austérité des vertus chrétiennes. Le père de celui-ci, deux fois capitoul en 1672 et en 1682, quoique d'extraction noble, avait rendu de si grands services à la ville de Toulouse, qu'à sa mort, l'administration municipale, pour honorer sa mémoire et consacrer sa reconnaissance, fit frapper une médaille d'or portant son effigie; avec cette légende : *Patriæ decoratus amore.*

Notre confrère, animé par les exemeples et par les principes d'une éducation soignée, puisa dans la lec-

ture et dans la méditation des chefs-d'œuvre de l'antiquité, cette sagesse d'idées et le goût pour la saine littérature qu'on retrouvait dans la traduction de quelques
odes d'Horace, son auteur favori, et qui se montraient
avec tant d'avantage dans ses critiques littéraires. C'était
le délassement de ses travaux administratifs, dont le
détail était immense, et qui exigeaient souvent qu'il
passât des années presqu'entières à Paris. C'est là que
la mort le surprit le 23 juillet 1782.

Sa place fut donnée à M. de Latresne, avocat-
général.

1782.   104.º M. DE PROGEN.

Son éloge fut prononcé le 18 mai 1783, par M. de
Portes. On ne l'imprima point dans le recueil.

M. de Progen était un de ces vrais philosophes qui ne
se bornent point aux spéculations morales, qui ne les
comptent même pour rien, lorsqu'elles ne sont pas
appuyées par la pratique journalière. Son père n'avait
pas laissé assez de bien pour payer toutes ses dettes;
une substitution de son aïeul pouvait lui donner une
grande aisance; mais sa sœur n'avait rien, et les créan-
ciers de son père eussent été en souffrance. Il renonça
à se marier, pour partager avec sa sœur tout ce qu'il
avait, et pour pouvoir suivre un plan d'économie, dont
l'objet était de payer les dettes de son père.

Ce qu'il avait résolu, il l'exécuta avec constance.
Cette destination annuelle dura toute sa vie; mais il
eut le bonheur d'achever, avant de mourir, cette tâche
honorable. Ce fut l'année même de sa mort, qu'il fit
le dernier payement.

A Dieu ne plaise que je regarde comme héroïque la
résolntion par laquelle un fils associe ainsi son honneur
à l'honneur de son père; je veux seulement faire re-

marquer que M. de Progen ayant rempli ce devoir, se plaça avec distinction parmi les hommes essentiellement honnêtes et généreux.

Il était permis à une âme si énergique de ne pas prodiguer son estime, dans un siècle où l'égoïsme était érigé en principe. On en avait auguré qu'il jouerait très-bien le rôle du Misantrope de Molière; et l'on ne se trompa point.

Madame de Bournazel, fille aînée de M. de Bonre-pos, réunissait chez elle une société choisie et brillante. Les plaisirs du jeu, de la parure, de la bonne chère, des conversations aimables et frivoles, n'en étaient pas bannis; mais ils n'y tenaient que le second rang. Tous les arts agréables y venaient embellir les fêtes qu'aucune saison n'interrompait; et toutes ces fêtes étaient marquées par la représentation de quelque chef-d'œuvre dramatique.

C'est sur le théâtre de cette société, que M. de Progen parut pour la première fois dans le rôle du Misantrope. Pour le bien jouer, il ne s'amusa pas à étudier le ton et les manières de tel ou tel autre acteur. Il n'eut besoin, pour être un excellent Alceste, que d'outrer un peu l'expression de ses propres sentimens. Par une suite de ce caractère vrai, ferme et sensible, personne ne fut meilleur ami que lui, et ami plus indulgent pour les faiblessses humaines, qui n'intéressent ni la probité ni l'honneur. Il fut même, à cet égard, un prodige de constance et de zèle. Il serait devenu importun et per-sécuteur ardent, pour le bien de ceux qu'il aimait. L'amitié était dans son âme une véritable passion.

M. de Progen, né dans la robe, avait été destiné à l'état de ses pères, et son éducation avait été dirigée vers cet objet. Mais n'étant pas assez riche pour pren-dre une charge au parlement, il entra dans les Mous-quetaires, dont le service se faisant à Paris, lui laissait le temps nécessaire pour suivre ses études, et le mettait à portée de tous les secours qui pouvaient en assurer le succès.

Il quitta les Mousquetaires au bout de dix ans, ne pouvant plus suffire aux dépenses de ses fréquens voyages et de son séjour à Paris, lorsqu'il eut fait le plan de payer les dettes de son père qui venait de mourir.

Ce fut en 1762, que l'Académie lui ouvrit ses portes. L'année suivante, il fut chargé de faire l'éloge de Clémence Isaure; et l'on s'aperçut bientôt que les opinions nouvelles qui, depuis dix ans, commençaient à se répandre, ne l'avaient ni entraîné, ni séduit; qu'elles avaient au contraire excité son indignation; je dirais presque son courroux.

«A en croire certains écrivains, disait-il, les crimes »et les vertus sont de simples conventions, les lois qui »fixent la société et la règlent, ne font que des escla- »ves; l'amour du bien public n'est qu'une chimère; et »si quelque chose est à l'abri de leurs censures, ils »savent répandre des doutes sur ce qu'ils n'osent »attaquer. »

Dans la semonce qu'il prononça l'année suivante, il s'élève contre la prétention d'être philosophe, qui, comme les autres modes, avait gagné la France entière.

»Tout est maintenant philosophe, disait-il, ou du »moins prétend l'être.... Les philosophes de ce siècle, »détruisent tous les usages reçus; mettent, à la place »des vrais principes, les paradoxes les plus bizarres, »souvent même les plus dangereux. Sans cesse occupés »de leur intérêt personnel, ils ne parlent que de bien »public, travaillent de toutes leurs forces à rompre les »liens de la société; ils prétendent au titre précieux de »citoyen, et répètent à tout propos, le nom de patrie, »d'autant plus redoutables, que l'éloquence de quelques-

uns

»uns d'entre eux , séduit , attache, enlève même quel-
»quefois le lecteur. »

Les méditations philosophiques de M. de Progen ,
eurent toujours pour objet la morale. Il publia un
recueil de maximes, dont on trouvait l'application et le
développement dans des contes véritablement moraux ,
qu'il avait lus dans nos séances, et qu'il donna ensuite
au public. Un journaliste qui s'était garanti de la contagion des opinions nouvelles, et qui , malgré les dé-
savantages de sa position , combattit toujours pour la
religion et pour la morale, Freron, dont le mérite littéraire ne fut jamais contesté, et qu'on peut nommer
enfin , sans exciter aucune tempête , parla avec dictinc-
tion de cet ouvrage de M. de Progen, et fit remarquer
avec autant de justesse que de vérité, que les contes qui
avaient fait à Marmontel une si grande réputation ,
quoiqu'ils roulassent sur les mœurs du temps, n'ayant
pas pour objet les progrès de la morale dans toute sa
pureté , étaient improprement appelés *contes Moraux*.

J'ai déjà dit que la vie de M. de Progen était conforme à ses vues morales. Aussi sa conduite devenait-
elle plus régulière, à proportion que sa théorie acquérait plus d'étendue et de profondeur. On ne peut
pas le compter au nombre de ceux qui se laissent *aller*
doucement à la bonne loi naturelle. Jamais homme ne
livra moins que lui, les détails de sa vie au hasard des
circonstances. Ces détails étaient au contraire soumis
à un calcul qu'on appelerait minucieux, s'il n'avait pas
eu pour objet, le meilleur emploi du temps. Celui de
M. de Progen était distribué de telle sorte que sa vie
d'un jour fut celle de toute l'année , et que toutes ses
années se ressemblassent. Il avait tout combiné pour
s'entretenir dans cet état d'équilibre qui constitue la
parfaite santé du corps et de l'esprit. Sa fidélité à suivre
le plan de vie qu'il s'était tracé , lui en avait fait contracter le besoin. Quand l'heure du travail arrivait, il

sentait ce besoin , comme les autres éprouvent la faim et la soif. La promenade, les autres distractions, les devoirs sociaux avaient également des heures et une durée fixes.

Jamais il n'arriva tard aux séances de l'Académie ; jamais il ne s'accoutuma à être interrompu par l'arrivée tardive d'un de ses confrères, soit dans ses propres lectures, soit dans l'attention qu'il donnait à celles des autres.

Il était sans indulgence pour les excuses bannales , prises de la différence des montres et des horloges. Il ne concevait pas qu'on pût se laisser arrêter en chemin, quand on n'avait que le temps nécessaire pour arriver à l'heure indiquée. Au demeurant, l'impression de ce déplaisir n'avait rien de désobligeant pour personne. C'était une sorte de gémissement philosophique sur la négligence à remplir certains devoirs, et sur la facilité avec laquelle on se laisse détourner de la ligne qu'on s'est tracée. Personne n'était plus poli que M. de Progen, et n'était mieux placé que lui en bonne compagnie. Sa misantropie était toute intérieure. Ses manières étaient d'un homme attentif et bien élevé ; ses saillies les plus piquantes avaient un fonds d'obligeance qui le rendait très-aimable.

Il est inutile de dire que , dans ses propos et dans ses écrits, il ne manqua jamais ni à la décence , ni au respect qui est dû à la religion. Chrétien de bonne foi , par sentiment et par principes, il réclama les secours de l'Eglise, lorsqu'il sentit les premières atteintes de sa dernière maladie. M. le curé de St.-Etienne qu'il avait fait prier de venir le voir, fut extrêmement édifié de son courage, de sa résignation et de la confiance chrétienne qui devait être principalement le partage d'une ame droite, d'une ame forte que rien n'avait détournée des voies de la justice et de l'équité. Je compte pleinement, disait-il , sur la miséricorde de Dieu. Je mourrais en désespéré, s'il m'était jamais arrivé de rien écrire ou de rien dire contre la religion.

Il mourut au mois d'avril 1783. Il eut pour successeur M. de Malcor.

* * * * * *

105.° M. LEFRANC DE POMPIGNAN. 1785.

M. Castillon prononça son éloge le 20 février 1785.

»M. de Pompignan naquit à Montauban le 17 août »1709. La maison de Lefranc, une des plus ancien-»nes du Quercy, offre dans son tableau généalogique, »depuis Simon Lefranc, capitaine de cent hommes »d'armes, et chambellan du Roi Charles VIII, une »suite non interrompue d'hommes célèbres en tout »genre de mérite, dans l'église, dans la robe et dans »l'épée.

»Je sais que la célébrité d'un homme de lettres est »indépendante de l'illustration de sa famille et des »dignités dont il a été revêtu ; et si l'envie qui s'est dé-»chaînée contre le mérite littéraire de M. de Pompignan »eut respecté sa naissance, je ne lui aurais pas fait »l'injure de charger son éloge de titres inutiles à sa »gloire.

»Né au sein de la magistrature, et destiné à rem-»placer un père qui l'avait honorée, on craignit que »l'étude des connaissances qu'elle exige, ne souffrît »de son goût pour la poësie ; mais il eut bientôt dis-»sipé ces craintes. Il prouva, par son exemple, qu'il »n'est rien que l'homme et une noble ambition ne »puissent concilier : il savait que Lhôpital et d'Aguesseau »sacrifiaient en même temps à thémis et aux muses, et »que Fermat était poëte aimable, magistrat austère, »et le plus profond des géomètres.

N 2

»A peine M. de Pompignan eut-il achevé ses études
»au Collége de Louis-le-Grand, où il avait eu pour
»maître l'élégant Porée, qu'il rechercha l'amitié des
»gens de lettres. Parmi les plus célèbres des poëtes
»qu'avait vu naître la fin du dernier siècle, il distingua
»Voltaire et Rousseau. Le premier, dans un âge où les
»essais précoces du génie ne doivent leurs succès qu'à
»l'indulgence, les avait obtenus de la critique la plus
»sévère. M. de Pompignan admira dans cet homme
»extraordinaire une trempe d'esprit particulière ; un
»caractère original, un art d'embellir tout, qui sem-
»blait tout créer ; un coloris d'une fraîcheur inaltéra-
»ble ; une imagination brillante, vive et féconde qu'il
»maîtrisait à son gré ; le talent de donner à la raison
»le ton du sentiment, et de lui faire parler le langage
»des graces ; le don de tout hasarder et de ne rien
»dire de superflu : esprit souple et facile, également
»propre à tous les genres d'écrire ; grave, enjoué,
»naïf, brillant, sublime, et toujours agréable et
»piquant.

»La perfection à laquelle le second avait porté le
»genre lyrique, le plaçait sur notre parnasse au-dessus
»de Malherbe. M. de Pompignan, dont le goût s'était
»formé par la lecture assidue des poëtes de l'antiquité,
»retrouva leur manière dans les ouvrages de Rousseau :
»ils lui retraçaient les graces et l'énergie, l'harmonie
»et la hardiesse de Pindare et d'Horace, leur goût pur
»et sévère, cette sagesse qui ne les abandonna jamais
»dans leur essor le plus sublime. La jalousie qui le
»persécutait, son amour pour les anciens qu'il défen-
»dait contre une ligue redoutable ; le talent de M. de
»Pompignan, pour la poësie lyrique, tout concourut
»à le déterminer en faveur du Chantre d'Eugène.

»Il regardait Virgile chez les anciens, et Racine
»chez les modernes, comme les poëtes qui avaient le
»mieux connu l'art des vers et le génie de leur langue.

»L'estime qu'il avoit pour eux influa sans doute sur le
»choix du sujet de son premier essai dramatique. Il lutta
»avec eux, et tout le monde convient que depuis Ra-
»cine, il n'avait point paru au théâtre français de tra-
»gédie mieux versifiée que Didon. Racine avait appris
»d'Euripide, avec quels traits l'amour devait être peint
»au théâtre, pour exciter la terreur et la pitié. Le
»quatrième livre de l'Eneïde avait fourni à M. de
»Pompignan un caractère aussi intéressant que celui
»de Phèdre; mais il lui offrait en même temps un
»écueil dangereux. Autant la peinture des amours de
»Didon l'emporte sur ce que nous connaissons de plus
»beau dans ce genre, autant le caractère d'Enée est
»faible et mesquin. Le poëte sentit l'effet que ce con-
»traste devait faire au théâtre; il prit sur lui d'enno-
»blir le motif du départ du héros Troyen, de jetter
»un voile sur sa perfidie, et de corriger Virgile. Si c'est
»une témérité, comme l'ont prétendu quelques criti-
»ques trop prévenus en faveur des anciens, elle fut
»bien justifiée par le succès.

»Un tel début lui promettait, dans la carrière du
»théâtre, des triomphes plus éclatans encore; mais la
»délicatesse offensée de la préférence que les comédiens
»donnèrent à l'auteur d'Alzire, ne lui permit point de
»se soumettre aux conditions qu'ils voulurent lui im-
»poser, et le public regretta vainement Zoraïde qu'ils
»avaient reçue, et qui n'a jamais paru.

»M. de Pompignan se dédommagea par les applau-
»dissemens qu'il obtint sur divers théâtres de la ca-
»pitale. Il y prouva qu'il pouvait embrasser tous les
»genres. On applaudit dans sa comédie des Adieux
»de Mars, une allégorie ingénieuse, une critique
»adroite, un style élégant, un dialogue naturel; dans
»ses opéra, cette simplicité touchante, ce langage du
»cœur, qui ne rejette point une pensée fine, quand
»elle se présente d'elle-même, mais qui ne s'amuse

»point à la chercher ; enfin, la versification harmo-
»nieuse et cadencée qui convient à ce genre.

»En général, la poësie de M. de Pompignan réunit
»la noblesse, la correction, l'harmonie et la facilité ;
»non, cette facilité stérile et verbeuse, si funeste aux
»jeunes auteurs, mais celle dont Boileau apprit le
»secret à Racine, fruit du travail et du génie qui
»créant l'expression, en même temps que la pensée,
»fait jaillir le vers tout formé, de l'ame du poëte,
»comme on dit que Minerve naquit toute armée du
»cerveau de Jupiter.

Les travaux poëtiques n'avaient pas distrait M. de
»Pompignan d'occupations plus importantes. Sa charge
»d'avocat-général le mit dans la nécessité de faire des
»recherches sur les abus presqu'inséparables de la per-
»ception des impôts, et sur l'inégalité de la réparti-
»tion. Il en demanda la réforme. Sa haine contre
»l'avidité des exacteurs, son amour pour la justice,
»son caractère généreux et sensible, et son zèle pour
»le peuple l'entraînèrent trop loin ; le prince, en pu-
»nissant l'excès de sa vertu, rendit justice à son cœur;
»peu de temps après l'ordre de son exil fut révoqué,
»et il obtint l'agrément et les provisions de la charge
»de premier président de la Cour des Aides de
»Montauban.

»La connaissance de la théorie de l'impôt suppose
»celle de toutes les matières économiques. Il en avait
»fait une étude particulière, et sur-tout de l'agricul-
»ture qu'il avait envisagée en cultivateur, en juris-
»consulte, en philosophe citoyen.

Si ses poësies sacrées ne sont pas toutes de la même
»force; si plusieurs sont inférieures à celles de Racine
»et de Rousseau, c'est que ceux-ci, plus économes de
»leurs forces, se sont bornés à un petit nombre d'essais;
»au lieu que M. de Pompignan, sacrifiant les intérêts
»de sa gloire à sa piété, a parcouru une carrière trop

»étendue. Les odes profanes le mettent souvent à côté
»de Rousseau, pour qui son amitié ne se démentit ja-
»mais. La plus parfaite est celle qu'il adresse aux mânes
»de ce grand poëte.

»La réputation dont il jouissait fixa sur lui les yeux
»de l'Académie française : il y fut admis. L'expression
»trop vive des ses sentimens sur des erreurs qu'il crut
»être celles de ses confrères, excitèrent contre lui des
»satyres injustes et cruelles ; mais si son zèle fut dé-
»placé, le silence qu'il opposa toujours à la persécu-
»tion, aurait dû l'absoudre aux yeux de ses ennemis.
»Aussi philosophe que Socrate, il méprisa les injures,
»brava la calomnie, et fut insensible aux traits du
»ridicule même. Il prévoyait que la postérité le ven-
»gerait un jour, et cette vengeance et cette postérité
»ont commencé au moment où il a cessé de vivre.

»Je ne parlerai point des traductions en prose que
»M. de Pompignan a publiées en divers temps, soit
»d'ouvrages grecs et latins, soit de différens auteurs
»Italiens, Anglais, Espagnols. Celle d'Eschile obtint
»les suffrages de tous les gens de lettres.

»Tels étaient les fruits de sa retraite, où l'amour des
»lettres, la science de l'histoire, la tendresse conjugale
»et paternelle, l'amitié, la philosophie, et tous les
»devoirs qui lient l'homme à Dieu et à la société,
»remplissaient tous ses momens.

»Depuis quelque temps une paralysie lui annonçait
»la fin de sa carrière : plus ses organes s'affaiblissaient,
»et plus son esprit semblait acquérir de forces. La
»mort la plus chrétienne termina une si belle vie, le
»premier septembre 1784. »

Sa place fut donnée à M. Mailhe.

1785. 106.° M. DE LAMOTHE, Conseiller au Parlement.

M. l'abbé d'Aufrery prononça son éloge le 20 février 1785.

»Il naquit à Toulouse en 1719, d'un famille qui
»avait donné, depuis plus d'un siècle, plusieurs ma-
»gistrats au parlement. Quoique son père n'eût pas
»embrassé la même profession, le fils fut destiné à
»marcher sur les traces de son aïeul, qui s'y était dis-
»tingué. Privé de son père dans un âge tendre, toute
»sa piété filiale fut concentrée dans sa mère, qui, par
»les graces inimitables de son esprit, par tous les char-
»mes que la nature départ à ce sexe aimable, s'était
»acquis l'estime et l'affection de ses concitoyens. Elle
»faisait les délices des sociétés les plus ingénieuses,
»dont elle était l'ame ; les saillies de son esprit per-
»çaient, jusques dans ses dernières années, à travers
»les rides de la vieillesse.

»Le jeune Lamothe puisa dans le commerce de cette
»mère tendre, cette douceur de caractère, cette poli-
»tesse légère et facile, qui le rendaient propre à for-
»mer des liaisons dans les différentes classes de la so-
»ciété. Il fut reçu conseiller au parlement en 1743.

»Une place ayant vaqué la même année dans cette
»compagnie, on jetta les yeux sur lui pour la remplir.
»Il porta dans ce sanctuaire le fruit des bonnes études
»qu'il avait perfectionnées dans la capitale. Pendant
»les premières années qui suivirent sa réception, aucun
»de nous ne fut plus assidu que lui à nos exercices ; il
»y remplit ses devoirs avec la plus scrupuleuse atten-
»tion. Le public admira, plus d'une fois avec nous, tan-
»tôt l'éloquence avec laquelle il défendait notre illustre
»restauratrice, contre ses injustes détracteurs ; tantôt

»l'énergie et la précision avec laquelle il indiquait aux
»jeunes auteurs les préceptes de l'art d'écrire et les prin-
»cipes du goût.

»Notre confrère se maria avec Mademoiselle Hélène
»de Variclery : il trouva dans cette épouse chérie l'es-
»prit, les graces, et tous les agrémens qui avaient
»rendu Madame de Lamothe, sa mère, si intéressante
»dans la société. Cette ressemblance entre les deux
»personnes qui lui étaient les plus chères, et la par-
»faite union qui régna toujours entr'elles, firent les
»délices de sa vie.

»Celle de sa mère avait été prolongée jusqu'à l'ex-
»trême vieillesse; le cours de la sienne fut arrêté dans les
»premiers jours du mois de novembre dernier (1784)
»par une maladie aiguë, que tout l'art des médecins ne
»put calmer, et qui après lui avoir donné le temps
»d'envisager la mort en philosophe chrétien, et d'en
»remplir tous les devoirs, le conduisit rapidement au
»tombeau. »

L'Académie me fit l'honneur de me nommer à la
place que la mort de M. de Lamothe laissait vacante.

---

107. M. LECOMTE , *Procureur-Général.* 1787
M. LECOMTE, *son père, Conseiller d'honneur au Parlement de Toulouse.*

Leur famille est illustre dans l'épée et dans la robe.
Des lettres-patentes de Charles V, données à Paris
le 20 février 1370, portent que *Pierre Lecomte* ayant,
avec quelques autres, *de bonne et noble génération, à
leur propre coût et dépent, assiegé les Anglais dans
le chateau de Mortagne, et iceux contraints soi retirer et remettre le susdit chateau en notre obeïssance,
avons aujourd'hui de bon cœur, donné et octroyé,*

donnons et octroyons de grace spéciale , par ces pré-
sentes , congé et licence , que dores en avant, il puis-
sent et leur loise porter le royal étoile , en toutes
batailles , tournois et combats, et tous lieux , places
fortes et compagnies que bon leur semblera.

Ce brave et généreux guerrier était établi à Bordeaux. La branche de ses descendans, qui prit le parti
de la robe , a fourni, au parlement de Bordeaux , un
premier président , quatre autres présidens à mortier ,
un procureur-général, un président aux enquêtes, un
conseiller d'honneur ; au conseil du Roi , deux maîtres
des requêtes ; et au parlement de Toulouse, deux conseillers, trois avocats-généraux , savoir, celui dont il
est ici question ; son fils qui devint procureur-général,
et qui était aussi un de nos mainteneurs ; son petit-fils
M. de Latresne , notre confrère, qui se montra d'une
manière si brillante au parlement et à l'Académie, et
qui, après avoir réuni sur sa tête, par l'extinction de
la branche établie à Bordeaux, la terre de Latresne et
les autres biens de sa famille, a été assez heureux, dans
la proscription générale du parlement de Toulouse ,
pour ne perdre que sa grande fortune. Chaque génération des deux branches établies à Toulouse et à Bordeaux, a fourni constamment, à la défense de l'état,
des militaires très-distingués, parmi lesquels on trouve ,
dans ces derniers temps, un lieutenant-général des armées, à qui succéda M. le chevalier Lecomte, père de
M. de Latresne , dont nous venons de parler.

Son aïeul, dont il s'agit ici , se serait destiné à
l'état militaire, s'il avait été maître de son sort : ce fut
pour ne pas contrarier les vues de son père, qu'il prit,
comme lui, une charge de conseiller au parlement de
Toulouse. « Trouvant aussi dans son cœur le germe
»des vertus nécessaires à un magistrat, il les fit croître,
»et les perfectionna par une application constante à ses
»devoirs, que soutenait un grand esprit de religion. »

C'est ainsi que s'exprime M. le chevalier d'Aliez, qui prononça son éloge le 23 décembre 1751; à quoi il ajoute : « qu'après avoir rempli quelque temps cette »première charge, il se fit pourvoir de celle d'avocat-»général, où il trouverait de plus fréquentes occasions »d'exercer ses talens et de signaler son amour pour le »bien public. »

La poësie pour laquelle M. Lecomte avait une rare facilité, était le délassement ordinaire de ses occupations sérieuses. C'était dans nos exercices qu'il venait se reposer agréablement des travaux pénibles du palais, pour les reprendre ensuite avec plus de force et de courage. Attaché à la gloire et aux intérêts de l'Académie, il assistait plus assidûment que personne à ses séances publiques et particulières. Ses opinions, dans le jugement des ouvrages, étaient toujours d'une justesse parfaite, et solidement motivées. Ce n'était pas à relever les défauts des ouvrages mis au concours, qu'il se montrait attentif ; c'est la première chose qu'aperçoivent même les esprits vulgaires. Il s'appliquait à en découvrir les beautés, ce qui est souvent difficile, et n'appartient qu'aux hommes d'un goût sûr et exercé. L'Académie lui avait donné une place de mainteneur, lorsque nous perdîmes son père qui en était le doyen.

«Il s'éteignit, comme s'il n'avait fait que cesser »de vivre, dit M. le chevalier d'Aliez, sans qu'on re-»connût en lui aucun signe d'une mort prochaine.»

L'éloge de M. Lecomte, procureur-général, est de s'être montré digne d'un tel père, en le faisant revivre comme magistrat et comme homme des lettres. Il n'avait que vingt ans lorsqu'il lui succéda dans la charge d'avocat-général, et dès le premier instant, il y montra la maturité d'un magistrat consommé, et

une trempe d'esprit ferme, et d'une justesse parfaite.
On prévit dès-lors ce qui arriva bientôt, qu'il acquer-
rait, par la précision et la solidité de ses plaidoyers,
un grand ascendant à la grand'chambre, où il portait
souvent la parole. Il y avait dix ans que l'Académie
lui avait donné une place de mainteneur, lorsque nous
perdîmes son père.

N'ayant point d'enfans, il eut la satisfaction de
voir le fils aîné de son frère entrer, comme son aïeul
et comme lui-même, dans la carrière du ministère
public, s'asseoir à côté de lui, comme son confrère,
dans le temple de thémis, et dans celui de Clémence
Isaure, s'y montrer même avec plus d'éclat, par les
ressources que lui avait fournies le progrès des lumières
générales.

M. Lecomte vivait heureux parmi ses compatriotes, ses parens et ses amis, consacrant aux fonctions
du ministère public la plus grande partie de son temps,
et aux exercices académiques le loisir que la bonne
volonté trouve toujours dans la vie la plus essentiellement occupée.

Un procès terminé plusieurs fois, et plusieurs fois
renouvellé, l'attira à Paris. Il y mourut subitement
dans les premiers jours de l'année 1787.

M. d'Escouloubre lui a succédé dans la place de
mainteneur. M. de Rafin avait succédé à M. Lecomte,
conseiller d'honneur.

<center>~~~~~~~</center>

1787.　　　## 108.º M. l'Abbé D'AUFRERY.

Jacques-Henri de Carrriere d'Aufrery naquit à
Toulouse le 29 janvier 1724, d'une famille ancienne,
qui avait donné des conseillers au parlement, au commencement du seizième siècle. Lui-même se destina
à la magistrature, prit des grades en droit, fut reçu

(185)

avocat; plaida quelques causes d'une manière brillante, et peu temps après se retira du barreau pour embrasser l'état ecclésiastique.

«L'amour des lettres avait été sa première passion. »Avec de la sensibilité, une imagination brillante et »un esprit pénétrant, pouvait il ne pas donner la pré- »férence à la poësie, dit M. Castilhon, son panégyriste? »Trois essais de ce jeune poëte furent couronnés des »fleurs d'Isaure ; il en eût obtenu plusieurs autres, si »l'Académie ne se fût empressée de se l'attacher. »

C'était chez lui que s'assemblait la petite académie, qui, comme je l'ai remarqué ailleurs, fut une sorte de séminaire qui, à commencer de la réception de M. d'Aufrery en 1750, nous fournit pendant plus de dix ans un grand nombre de maîtres et de mainteneurs très-distingués.

L'Académie des sciences ayant établi une chaire de langue grecque, M. l'abbé d'Aufrery, jaloux de pouvoir apprécier le génie d'Homère, se livra à cette étude ; fit des observations sur l'Iliade et l'Odissée, étendit ses recherches sur plusieurs autres poëtes, et sur les orateurs de la Grèce, et fut reçu par l'Académie des sciences, dans la classe des inscriptions et belles-lettres.

Arrivé à son neuvième lustre, M. l'abbé d'Aufrery, qui n'avait jamais négligé entièrement l'étude de la jurisprudence, reprit son premier projet d'entrer dans la magistrature. La société des Jésuites n'existait plus. On ne sut qu'alors et par les observations du minis-tère public, lorsque ses provisions de conseiller furent présentées, que Jean de Carrière, un de ses ancêtres, avait été un des magistrats du parlement de Toulouse, qui s'opposèrent à l'établistement des Jésuites ; qu'il avait persisté dans son opposition jusqu'à sa dernière heure ; l'avait consignée dans son testament, priant les exécuteurs de ce testament de faire recevoir son fils

aîné dans sa charge ; l'exhortant à s'opposer de toutes
ses forces à l'établissemeut de la compagnie de Jesus.
Ses vœux furent trompés : son fils aîné ne put jamais
obtenir les provisions de cette charge ; cet anathême
s'étendait sur tous ses descendans. Ce ne fut qu'après
la dissolution de la société, que notre confrère osa
suivre sa première vocation.

Aucun magistrat ne sut mieux que lui concilier le
travail du palais avec la culture des lettres, et remplir, avec le même zèle et les même succès, les fonctions de magistrat et celles d'académicien.

Tous les ans, lorsque l'Académie et le parlement
suspendaient leurs travaux, il courait à la campagne
reprendre ses occupations les plus chères. C'est là qu'il
livrait son ame aux impressions de la poësie ; la lecture
des poëtes anciens, remarque M. Castillion, étant
sur-tout agréable à la campagne, où les modèles de
leurs tableaux sont toujours les mêmes. « Il devait à
»ces lectures réfléchies son style pur, élégant et facile,
»une justesse d'expression qui ne lui manquait jamais.
»Son éloquence naturelle, en se pliant à tous les
»sujets, les rendait tous également intéressans. Il avait
»su se garantir de ce ton maniéré, de ce style obscur,
»métaphorique et guindé, qui de nos jours ont cor-
»rompu l'éloquence française.

»Un grand usage du monde, un caractère gai, l'art
»de se mettre à la portée de tous les esprits, répandaient
»mille agrémens dans sa conversation. C'était un en-
»chaînement de traits piquans, de mots heureux,
»d'anecdotes amusantes qu'il imaginait quelquefois,
»qu'il embellissait toujours. Cet enjouement était hé-
»réditaire dans sa famille. Son père avait conservé dans
»une extrême vieillesse, la gaîté franche de ses jeunes
»ans. Notre confrère ajoutait à cet enjouement un sel
»qui relevait les choses les plus communes, sans que
»jamais personne en pût être offensé.

»Une appoplexie, dont il fut frappé en 1778, avait
»affaibli son corps, sans affecter sa tête, sans altérer
»sa gaîté. Une seconde attaque l'enleva en 1786, après
»deux jours de maladie. »

Il était secrétaire perpétuel en survivance, et il en
faisait les fonctions à cause du grand âge de M. Delpy,
et de sa retraite à la campagne. Ces fonctions furent
provisoirement confiées à M. Castilhon.

La place de mainteneur, que la mort de M. d'Aufrery
laissait vacante, fut donnée à M. de Panat.

<hr>

109.° M. LACROIX, Avocat au Parlement. 1787.

Je prononçai son éloge le 11 mai 1787.

La famille de M. Lacroix est originaire de Marseille. Son père, Firmin Lacroix, chargé d'établir
et de diriger un hôpital militaire à Villefranche, sur
les frontières du Roussillon, s'y fixa par un mariage
avantageux. Il eut de ce mariage douze enfans, dont
notre confrère était le plus jeune. Il n'avait pas encore deux ans lorsqu'il perdit son père. A l'âge de
dix ans, on l'envoya, pour ses premières études, au
collége de Perpignan. Il montrait déjà cette facilité
prodigieuse qui fut dans la suite le caractère distinctif
de son esprit.

Il avait trois frères, qui déjà s'étaient distingués
dans trois carrières différentes, la médecine, la jurisprudence et la théologie, qui tous les trois avaient un
grand mérite ; l'aîné sur-tout qui avait au-dessus des
autres les avantages que donne une littérature immense.

Envoyé à Toulouse pour y étudier en philosophie
et en théologie, notre confrère se délassait, dans le
sein des muses, de ces études austères et arides.
C'est dans ce mélange heureux des exercices de son

esprit, qu'il passa deux ou trois ans ne vivant que pour les lettres, libre de toute ambition, de toute prévoyance, n'ayant d'autre désir que d'aller dans la capitale contempler de près les hommes célèbres dont les écrits excitaient son admiration.

Quelques-uns de ses essais, en vers et en prose, l'avaient annoncé aux amis que son frère avait à Paris : une ode qu'il fit, en y arrivant, sur la naissance du dernier Duc de Bourgogne, confirma les espérances qu'on avait conçues de ses talens.

Malgré les encouragemens qu'on lui donnait, M. Lacroix, exempt des préventions de l'amour-propre, appliquait à ses ouvrages les jugemens qu'il entendait porter des ouvrages d'autrui ; et dans cette comparaison assidue, il crut voir qu'il aurait long-temps à travailler encore, avant d'obtenir un de ces grands succès, qui annoncent avec gloire un nouveau citoyen de la république des lettres. Dès-lors en exécutant la résolution prise depuis long-temps de renoncer à l'état ecclésiastique, il se destina au barreau.

Si, au lieu de revenir à Toulouse, il était resté à Paris, il eût pris place à côté des talens distingués, qui bientôt après parurent avec éclat au barreau de la capitale. Aucun d'eux n'avait ni plus de pénétration, ni un meilleur esprit, ni plus de connaissances que lui. J'oserais dire qu'il avait, au-dessus d'eux tous, le talent d'approprier parfaitement son style à chaque genre de causes, et de le varier avec une grâce, une souplesse et une facilité infinies.

Ce talent si rare et presque unique, dont le barreau de la capitale se serait honoré, fut un grand obstacle aux succès que M. Lacroix devait se promettre au barreau de Toulouse. Un préjugé funeste régnait dans ce barreau, d'ailleurs recommendable par une réunion parfaise de connaissances profondes et d'une rare sagacité. On y regardait les gens de lettres comme des

esprits

esprits frivoles, incapables d'une discussion solide et lumineuse. M. Montaudier, M. Cormouls, M. Lardos avaient prouvé le contraire ; mais on se souvenait à peine de leurs succès ; on s'arrêtait à l'exemple plus récent de M. Duclos, qui n'étant qu'orateur, et l'étant même trop, manquait de cette force de tête qui est indispensable dans la recherche contentieuse de la vérité. M. Lacroix, qui en était doué d'une manière éminente, ayant de plus l'expression toujours propre, une marche claire et méthodique, l'art de soutenir l'attention, acheva, dans ce barreau, la révolution heureuse commencée par M. Verny, de réconcilier les belles-lettres avec la jurisprudence.

M. Lacroix, honoré au-dehors, estimé et chéri du barreau dont il avait étendu la célébrité, et des magistrats qui aimaient à s'instruire dans ses écrits; jeune encore, puisqu'il n'avait pas cinquante-cinq ans, mourut victime d'une négligence tout-à-fait inconcevable. Né avec une santé délicate, l'habitude de souffrir l'avait comme familiarisé avec la douleur. Il savait la soutenir sans qu'on apperçut la moindre altération dans ses traits, sans rien perdre de sa gaîté naturelle ; les soins et les remèdes que les autres recherchent, ne faisaient que l'importuner.

Il avait contracté dans la vie sédentaire du cabinet, une maladie sur laquelle il n'est pas rare de se méprendre d'abord, mais dont les progrès annoncent le danger, tandis qu'il est temps d'y remédier encore. M. Lacroix est peut-être le seul exemple d'une persévérance de cinq ans entiers à souffrir des douleurs incroyables, non-seulement sans se plaindre ; mais sans se laisser pénétrer sur la cause du dépérissement de sa santé; soit que dans l'origine il eût pris cette maladie pour un de ces bienfaits que la nature attache à de légères incommodités, soit que la crainte d'une opération douloureuse l'eût aveuglé sur les conséquences

O

de son funeste secret. Ce ne fut qu'après avoir été abattu par une fièvre dont ses médecins cherchaient inutilement la cause, qu'il se détermina à rompre le silence.

Il n'en était plus temps ; la maladie avait dépassé, dans ses progrès, les bornes où s'arrête l'art de guérir. M. Lacroix n'en pouvait attendre que des palliatifs, et quelque soulagement momentané.

Il sut voir l'arrêt de sa mort dans les reproches de l'amitié qui veillait à la conservation de ses jours, et qu'il avait trahie par son funeste silence (1).

Il arriva à ce terme commun de la vie humaine, le 25 novembre 1786, âgé de cinquante-quatre ans et six mois, laissant après lui un nom qui sera long-temps cher à l'Académie et au barreau, et de longs regrets à sa famille qui l'adorait, et à ses amis, pour qui cette perte est également irréparable.

Sa place de mainteneur fut donnée à M. l'abbé Saint-Jean.

1788.

110.° M. FÉRÈS.

» Jean-François Férès, disait M. Castilhon, qui pro-
» nonça son éloge le 2 mars 1788, lecteur et biblio-
» thécaire de MONSIEUR, frère du Roi, naquit à Tou-
» louse, de parens pauvres. Il ne rougissait point de
» l'obscurité de son origine : il ne l'a jamais cachée,
» même à Versailles.

» A peine la fortune de ses parens pouvait-elle leur
» permettre de lui donner les premiers principes de
» l'éducation la plus commune. Destiné au petit com-
» merce de son père, lire, écrire et compter était tout
» ce qu'on exigeait de lui. Un vieux oncle, bénéficier
» de Moulins, appela le jeune Férès ; il partit pénétré
» des bontés de son bienfaiteur, et ne négligea aucun

----

(1) M. Dastarat était son médecin et son ami.

»moyen de lui plaire, en saisissant toutes les occasions
»de se rendre utile.

»Dès qu'il fut en état de voler de ses propres ailes, il
»alla à Paris avec des recommandations pour les Jé-
»suites qui mirent la dernière main à son éducation
»littéraire.

»La société disposait alors, dans les plus grandes
»maisons, des places de confiance. Le zèle de M. Férès
»lui était connu; elle avait trouvé en lui un esprit fa-
»cile, un caractère ferme, mais habile à se plier aux
»circonstances, une patience à toute épreuve, et des
»mœurs irréprochables. On demandait un gouverneur
»pour un jeune homme, seul espoir d'une famille
»opulente et noble. M. Férès fut présenté au père; il
»fut accepté, il eut bientôt gagné sa confiance, et il
»la méritait.

»Ce jeune homme était destiné, par ses parens et
»par sa naissance, à la profession des armes. Son édu-
»cation n'était pas encore finie, qu'il fallut paraître, à
»la tête d'un régiment qu'on avait obtenu pour lui;
»il s'y montra avec la noblesse et les graces que nos
»anciens romanciers donnent aux jeunes damoisels. M.
»Férès fut de moitié dans les applaudissemens que reçut
»son élève; mais ce qui fait sur-tout l'éloge du maître et
»du disciple, est que celui-ci, en garde contre les
»dangers de son âge, engagea M. Férès à ne pas
»l'abandonner, à diriger sa conduite, et à veiller sur
»ses mœurs.

»Cette éducation avait fixé sur M. Férès les regards
»de M. le Duc de Lavauguion, gouverneur des enfans
»de France, qui lui confia l'éducation de son fils.

»Un bonheur auquel il ne s'était point attendu, est
»l'estime et la protection des enfans de France, qu'il
»fut à portée d'obtenir. Le jeune Duc de Lavauguion
»faisait à ces princes une cour assidue; il était à peu-
»près de leur âge; leur auguste père le voyait avec

»plaisir partager leurs progrès dans les sciences. Il
»eut occasion de connaître M. Férès, qui ne s'éloignait
»jamais de son élève; il lui permit d'être présent à la
»plupart des exercices et des jeux des princes ses
»enfans.

»Lorsque MONSIEUR forma sa maison, M. Férès ne
»brigua que la place qui l'approchait le plus près de
»sa personne; mais à cette place, MONSIEUR ajouta
»celle de son lecteur et de son bibliothécaire. Ces
»titres qui souvent ne servent qu'à la décoration, en-
»traînaient des fonctions multipliées et délicates. M.
»Férès savait que le prince ne se bornait point à pro-
»téger les lettres et les arts, qu'il les cultivait; qu'il
»aimait à orner son esprit des connaissances les plus
»rares, et à s'entretenir de ce qui le frappait le plus
»dans ses lectures.

»Plus touché qu'ébloui de la faveur de ce prince,
»M. Férès partagea avec attendrissement la joie de ses
»concitoyens, lorsque MONSIEUR vint à Toulouse. Il
»en obtint la permission de lui présenter ses sœurs; il
»voulut qu'elles parussent dans toute la simplicité de
»leur état.

»Depuis quelques années, M. Férès vivait dans la
»retraite avec quelques amis choisis.

»Quoique la piété dans laquelle il a toujours vécu
»eût préparé son cœur aux plus grands sacrifices,
»le chagrin de la perte de sa fille empoisonna la fin
» de ses jours; il les termina avec la résignation la
»plus entière; et sa mort, arrivée dans les premiers
»mois de l'année 1787, fut celle d'un vrai chrétien. »

M. Barère succéda à M. Férès.

iii.° M. DE GARAUD. 1789.

M. Castilhon prononça son éloge le 24 mai 1789.

«Jacques-Dénis-Hector, comte de Garaud, d'une
»famille recommandable par des services rendus à
»l'état, dans les armées et dans la magistrature,
»naquit le 10 avril 1711, et fut reçu à l'Académie
»en 1739. Il dut les progrès rapides qu'il fit dans ses
»première études, à la douceur de son caractère, et
»à la vivacité de son esprit avide de tout savoir.

- »Quelque imparfaite que fût la philosophie qu'on
»professait alors dans les Universités, elle n'offrait pas
»moins l'enchaînement et le tableau des connaissances
»humaines. Ce spectacle exalta son ame sans étonner
»son génie. Chaque science en particulier attira son
»hommage; mais ambitieux de les posséder toutes,
»aucune n'obtint la préférence. Il passa successivement
»de l'une à l'autre, s'attachant à saisir leurs rapports,
» à discerner ce qu'elles ont de vraiment utile, à juger
»par les progrès qu'elles avaient faits, de ceux qu'elles
»avaient encore à faire.

»C'est ainsi que sans beaucoup d'effort, il acquit
»cette foule de connaissances qui rendaient sa conver-
»sation si agréable et si variée. Tout semblait être
»de son ressort, physique, calcul, métaphysique,
»sciences économiques et politiques. L'étude de l'homme
»physique et de l'homme moral, celle de la chimie et de
»la botanique, l'avaient mis en état de se précautionner
»contre les méprises des médecins et l'ignorance des
»empiriques, avantage que les sciences ne procurent
»pas toujours.

»Il éprouva l'une et l'autre fortune; mais comme il
»savait que les biens et les maux forment le cercle de
»la vie, il se consolait dans les disgraces, par l'espoir
»de la prospérité; il écartait l'ivresse des succès, en se
»préparant aux revers, et son ame toujours libre ne

»s'altérait ni par la gêne des privations, ni par la
»satiété des jouissances.

»Il avait porté dans les lettres ce même amour de
»la vérité qui l'avait éclairé dans l'étude des sciences.
» De là cette pureté de goût qui le rendait si sensible
»aux beautés et aux défauts des ouvrages d'esprit. Car
»si rien n'est beau que le vrai, le goût qui n'est que
»le sentiment du beau, ne doit-il point avoir la vérité
»pour principe ?

»Il est rare qu'une excessive probité ne répande sur
»nos mœurs je ne sais quoi de dur et de sévère. L'es-
»prit enjoué, le caractère aimable de M. le comte de
» Garaud, ne se ressentirent jamais de l'austérité de ses
»principes. La société trouvait en lui tous les agrémens
»qu'elle pouvait en exiger, douceur, complaisance,
»urbanité, esprit sans recherche, plaisanteries sans
»fiel ; en un mot, tout ce qui constitue le don de
»plaire.

»Le sentiment, la finesse et la gaîté caractérisaient
»les poësies légères qu'il venait lire quelquefois dans nos
»assemblées. L'ame sensible et tendre de la séduisante
»Druillet, son aïeule, semblait respirer dans ses vers.
»L'histoire est de toutes les parties de la littérature
»celle qu'il a cultivée avec plus d'assiduité, et qu'il
»regardait comme la plus nécessaire à l'homme. Il a
»laissé sur différens objets des manuscrits intéressans,
»qui seront un jour comme les pièces justificatives de
»cet éloge, dont le plus beau trait peut-être est la
»difficulté que j'ai eue à me procurer des renseigne-
»mens sur sa vie privée. Il la termina au sein de la
»piété le 4 juin 1788.

Sa place fut donnée à M. de Paraza.

112.° M. DE VAUDEUIL. 1789.

M. de Latresne prononça son éloge dans la séance
du 24 mai 1789.

»Pierre-Louis-Anne Drouin de Vaudeuil, naquit
»à Paris en 1726. Le barreau de Paris s'honore
»d'avoir eu dans son sein plusieurs avocats célèbres de
»son nom ; l'histoire de la chancellerie de Tessereau
»fait mention de la noblesse et des grandes alliances
»de sa famille.

»Rollin et Crévier lui donnèrent les premières leçons
»d'éloquence, et c'est à l'école de ces deux hommes
»illustres qu'il puisa cette richesse et cette fécondité
»de style qu'on admira depuis si souvent dans ses
»discours. Rempli des auteurs dont il fit toujours une
»étude particulière, formant son esprit et son goût
»dans les sources de la littérature ancienne, notre con-
»frère suivait son penchant irrésistible pour le travail
»et les bons modèles, sans se fixer encore sur l'état
»qu'il devait embrasser.

»L'abbé Drouin, son grand oncle paternel, avait
»été conseiller clerc au parlement de Paris. De grands
»talens lui avaient donné une grande influence dans
»sa compegnie. La mémoire de ce magistrat estimable,
»et la fortune considérable dont il devient possesseur,
»décident enfin la vocation de M. de Vaudeuil, et ses
»regards se tournent vers la magistrature. Son ame
«énergique et vertueuse a besoin d'un état où elle
»puisse déployer son patriotisme et son éloquence.

»A peine est-il membre du parlement de Paris,
»qu'il y devient l'objet de l'estime et de l'affection
»des magistrats les plus éclairés et les plus vénérables.
»Les succès de M. de Vaudeuil furent extraordinaires.
»Dans son premier rapport, il déploya tant d'éloquence,
»de talens et d'instruction, que M. le président de

»Menières fut chargé, au nom de la chambre, de
»solliciter la dispense d'âge pour donner voix délibé-
»rative au trop jeune magistrat; le mérite fit taire la
»loi ; et le Prince crut devoir accorder cette grâce. A
»peine M. de Vaudeuil obtient cette faveur si rare,
»qu'on le voit se dévouer entièrement à l'étude des
»lois et aux fonctions de son ministère. La durée des
»jours ne suffit point à ses travaux, il y consacre sou-
»vent la plus grande partie des nuits.

»Ce fut dans l'étude du droit public, que M. de
»Vaudeuil acquit les grandes connaissances qu'il dé-
»veloppa depuis avec tant d'éclat. Les occasions ne
»furent pas rares. Une paix glorieuse, conclue en 1748
»dans les murs d'Aix-la-Chapelle, semblait devoir
»rendre à la France son lustre et son repos, lorsque
»les dissentions intestines, produites par la diversité
»des opinions religieuses, répandirent dans le royaume
»le trouble et la discorde. La bulle *Unigenitus*, le re-
»fus des sacremens et les billets de confession excitent
»un combat entre la puissance séculière et la puissance
»ecclésiastique. Les esprits s'échauffent de part et
»d'autre, le clergé s'égare dans ses prétentions ; le
»parlement de Paris se divise : dans ces circonstances,
»l'énergie de M. de Vaudeuil se déploie toute entière
»pour la conservation des libertés de l'Eglise Gallicane.
»Inébranlable dans ses principes, mais éloigné de tout
»esprit de parti, il ne fait servir son éloquence qu'au
»maintien des lois et de la prospérité de l'État. Ces
»disputes produisent la plus grande effervescence, et
»causent l'exil du parlement de Paris en 1753. Les
»magistrats proscrits furent dispersés dans différentes
»provinces, la ville de Bourges devint la retraite de
»M. de Vaudeuil. Au retour du parlement, les divisions
»recommencèrent, et M. de Vaudeuil fut une seconde
»fois exilé avec quinze de ses confrères.

»Cette nouvelle disgrace devient pour ce magistrat

»un sujet de. gloire. Madame de Vaudeuil venait
»d'accoucher ; Louis XV se plaint, avec bonté, que
»M. de Vaudeuil ne profite point de cette circonstance
»pour solliciter son retour.

» Ne croyez pas, Messieurs, que le mérite de M.
»de Vaudeuil fût concentré dans sa compagnie, le
»Ministre lui donna dans plusieurs occasions les plus
»grandes marques de confiance. Ce fut lui qui parvint
»à terminer les discussions qui s'élevèrent entre le
»parlement de Dijon et les élus des États de
»Bourgogne.

» Tandis qu'il se livrait tout entier à tant d'hono-
»rables travaux, un évènement imprévu vint dé-
»velopper avec plus d'éclat encore et son génie et
»son érudition.

»Le Duc de Fitz–James, commandant de Lan-
»guedoc, se rend à Toulouse, environné de tout l'ap-
»pareil militaire. Il ne craint point d'exercer sur nos
»magistrats les actes de la plus tyrannique autorité. La
»loi que la violence a d'abord rendue muette, reprend
»bientôt toute son énergie, et le Duc de Fitz–James
»est décrété de prise-de-corps. Cet acte rigoureux
»produit de vives contestations entre le parlement de
»Paris et celui de Toulouse. Les droits de la pairie sont
»discutés de part et d'autre avec la plus grande cha-
»leur, et M. de Vaudeuil est choisi, dans une assem-
»blée de Princes et de Pairs, pour rédiger le mémoire
» de sa compagnie. Ai-je besoin, Messieurs, de vous
» rappeler le travail immense qu'il fit dans cette impor-
»portante affaire. Ce mémoire, plein d'érudition et
»d'éloquence, plaça M. de Vaudeuil dans la classe des
»écrivains les plus énergiques et les plus profonds.

»Dans le nombre des lettres flatteuses que la famille
»de M. de Vaudeuil conserve comme un monument
» de l'estime que ce magistrat inspirait aux personnages
»les plus illustres, nous remarquerons celle que lui

»adressa M. le Prince de Conti , relativement au traité
»dont je viens de vous entretenir :

  »*J'ai eu l'effronterie , Monsieur , de rayer , cor-*
»*riger , ajouter à votre ouvrage ; mais j'espère que vous*
»*rendrez assez de justice à mon bon sens ; pour ne pas*
»*penser que j'aie cru mieux faire que vous. Je vous*
»*prierai de noter ce que vous aurez adopté de mes idées,*
»*si vous y trouvez rien qui en vaille la peine , et de*
»*penser que, quoique mauvais critique, je sais pour-*
»*tant reconnaître les talens , honorer la probité, et y*
»*attacher mon amitié, quand on veut bien l'accepter.*

  »Tant de talens et de services devaient conduire M.
»de Vaudeuil aux premières places. Celle de premier
»président au parlement de Toulouse vaque, en 1768,
»par la démission de M. de Bastard ; le Duc de
»Choiseul et le chancelier de Maupou , jettent les
»yeux sur M. de Vaudeuil : ils pensent servir leur
»Prince, en lui proposant ce magistrat pour remplir
»cette charge importante. Deux courriers partent, et
» vont annoncer à M. de Vaudeuil sa dignité nouvelle.
»Surpris d'un évènement qui trouble son repos , il
»répond que sa fortune ne lui permet point d'accepter
»d'aussi grandes fonctions. Forcé de céder aux ins-
»tances des deux ministres, et à la confiance de son
» souverain , il accepte avec frayeur l'honorable far-
» deau dont il sent tout le poids.

  »Déjà depuis long-temps se tramait dans le silence
»la révolution qui devait abattre la magistrature. On
»savait bien que les séductions , les menaces et les
»faveurs ne pourraient rien sur l'honneur et la cons-
»cience de M. de Vaudeuil. Aussi les partisans du
»nouveau système cherchent-ils les moyens d'obtenir
»de lui-même une démission apparente , et ce ma-
»gistrat apprend la nomination à sa place, avant de
»savoir que la cour en a reçu le sacrifice. Sa retraite

»fut le prélude de la révolution de 1771, et son exil ne
»tarda pas à suivre celui du parlement de Paris

»Lorsque l'avénement d'un jeune Prince à la
»couronne fut signalé par le retour des magistrats
»exilés et proscrits, les premiers regards de M. de
»Vaudeuil se reportent avec complaisance sur cette
»cité palladienne, adoptée dans son cœur par son
»amour et nos regrets ; mais des vues de politique et
»de conciliation déterminent le Monarque à l'attacher
»à sa personne en qualité de Conseiller d'État.

»Rien ne manquait à sa gloire et à sa considération;
»une sombre mélancolie s'empara de ce vertueux
»magistrat. Sensible, et chérissant sa patrie avec
»transport, il n'envisageait qu'avec la plus vive dou-
»leur les maux publics qui désolaient la France. Les
»édits désastreux du 8 mai achevèrent d'accabler M.
»de Vaudeuil. Une cruelle maladie l'enleva dans la
»même solitude où toujours il désira de finir sa car-
»rière, heureux du moins d'emporter dans la tombe
»la consolante image du retour des lois et de la
»liberté.

»Il avait épousé en 1750 la fille de M. Leroi de
»Sanguin, maître des comptes.

»Dans le nombre des enfans issus de ce mariage,
»cité comme un modèle de bonheur domestique, M.
»de Vaudeuil, maître des requêtes, se montra, quoique
»jeune encore, digne héritier des talens paternels.
»Témoin des premiers succès de sa jeunesse, il m'est
»bien doux de pouvoir mêler cet hommage à l'éloge
»de l'auteur de ses jours, et de pouvoir ajouter que
»Madame de Lavillheurnois, sa sœur aînée, marche
»depuis long-temps avec gloire dans la carrière de la
»poësie et des beaux arts.

»Voilà, Messieurs, le magistrat dont les belles-
»lettres honorent aujourd'hui la mémoire. Littérateur
»profond, écrivain éloquent, juge incorruptible,

»citoyen parfait, il a donné, dans le cours de sa
»vie, l'exemple de tous les talens et de toutes les
»vertus. »

La place de M. de Vaudeuil fut donnée à M. de
Lavedan.

113.° M. DE SENAUX.

Je prononçai son éloge le 21 juin 1789.

L'homme de mérite que le ciel a fait naître dans un
état obscur, honore les grands et les puissans du siècle,
et ne leur envie rien. Si le ciel en le glorifiant de tous
les dons naturels, lui donne une naissance illustre; sans s'enorgueillir de cet avantage, il ne le dédaigne point, et la philosophie applaudit à la noble
émulation qui échauffe son ame à l'aspect des images
et au souvenir des vertus de ses ancêtres. Qu'on ne
soit donc pas surpris si je fais précéder l'éloge d'un homme de lettres, par une mention honorable de sa famille.
Les vertus et les titres de gloire qui se transmettent de
père en fils, peuvent avoir moins d'éclat; mais ils ne sont
peut-être pas moins intéressans, que ceux que le mérite isolé arrache à la fortune.

La noblesse de la maison de Senaux est très-ancienne. Raymond de Senaux, qui vivait au commencement du quatorzième siècle, prenait la qualité de
noble et honorable seigneur. Ses descendans s'étaient
distingués dans les emplois militaires, lorsque l'un
d'eux, J. B. de Senaux, dont le père avait servi sous
Henri III, à la tête d'une compagnie de cent hommes
d'armes, chercha dans l'étude des lois et dans l'exercice de la magistrature souveraine, une gloire également solide.

Jean de Senaux, président aux enquêtes, succéda
aux talens de son père, et fut honoré, comme lui, de

la confiance de son souverain. Louis XIII lui donna la commission importante et délicate d'aller dans toute l'étendue du ressort du parlement de Toulouse, rétablir les catholiques dans les charges et les emplois dont les protestans les avaient dépouillés.

Tandis que Jean de Senaux servait ainsi la religion et l'état, une de ses sœurs fondait à Toulouse un de ces asiles où l'on trouve tant de vertus éminentes qui auraient péri dans le monde, et qui peut-être aussi en auraient été l'ornement. La ville de Toulouse, où l'on voit tant d'autres monumens de cette piété de nos pères, lui doit le monastère des filles de Sainte Catherine, qui malgré la corruption du siècle et le relâchement universel des meilleures institutions, a conservé toute l'austérité, l'esprit de mortification, et les principes sévères de son institution.

Les annales de la philosophie fournissent aussi des traits honorables à la famille de notre confrère.

Bayle venait de mourir, et le vulgaire ne voyait en lui qu'un hérétique relaps, qui avait perdu tous les droits de cité, pour s'être réfugié en pays étranger. Louis XIV vivait encore, et les lois sévères qn'il avait publiées sur la fin de son règne, contre les protestans, s'exécutaient partout avec la dernière rigueur. Suivant ces lois, le testament que Bayle avait fait, devait être cassé, et sa succession devait appartenir à ceux de ses plus proches parens qui étaient restés en France.

Jean de Senaux, second du nom, nommé rapporteur du procès qu'occasionna cette contestation affligeante et scandaleuse, crut qu'il importait à la gloire du Roi et de la Nation, de regarder comme n'ayant jamais cessé d'appartenir à sa patrie, l'homme de génie qui l'avait illustrée par ses écrits. Cette grande idée, digne des plus beaux jours d'un règne glorieux, frappa tous les magistrats qui devaient prononcer avec

lui, sur les égards qui sont dus à la dernière volonté
d'un grand homme. Cette volonté respectée ajouta un
nouveau lustre à la considération du Sénat qui lui
donna la sanction de l'autorité publique.

C'est dans la contemplation de ces modèles, que
notre confrère forma son ame aux sentimens et aux
vertus qui doivent briller dans un magistrat, comme
la lumière qui a été posée sur un lieu éminent pour
éclairer un grand espace. Il avait montré, dès sa première jeunesse un air de réserve et une gravité de
conduite qui furent comme les premiers indices de
sa vocation à l'état qu'il devait embrasser. A peine
parut-il au palais, qu'on s'aperçut qu'il y soutiendrait
la réputation de ses ancêtres.

Les lettres avaient eu son premier hommage ; devenu magistrat, il leur consacra ses loisirs, et l'Académie lui donna la place de M. de St.-Laurens.

Pendant les premières années qui suivirent sa réception, M. le président de Senaux assista à nos séances
publiques et particulières, avec l'assiduité que tout
homme exact doit mettre à l'accomplissement de ses
devoirs, et avec l'intérêt qu'inspire le commerce des
gens de lettres à tous ceux dont l'esprit est cultivé, ou
susceptible de culture.

C'est dans ces premiers temps, qu'il a souvent appelés les plus heureux de sa vie, que M. le président
de Senaux rendit son hommage public à la restauration
de nos Jeux.

Dans cet éloge philosophique, il montra l'influence
des lettres sur les mœurs, et que Clémence Isaure,
en réveillant l'émulation, avait disposé les cœurs à
aimer la vertu. Il démêla avec finesse l'attrait particulier qu'ajoute la main des graces aux attraits de la
gloire et de la vertu ; et se livrant à un de ces mouvemens d'enthousiasme, qui rendent si attachans les

souvenirs de l'antique chevalerie, il exprima, en vers nobles et pompeux, sa reconnaissance envers Isaure, et son hommage aux deux femmes célèbres, dont le nom sera toujours intimement lié à la gloire de l'Académie. (Mademoiselle de Catellan et Madame de Montégut.)

Le propre des lettres n'est pas seulement d'adoucir les mœurs ; elles peuvent encore , sans nuire à la justice , tempérer ce qu'elle a de trop rigoureux. M. le président de Senaux , placé à la tête de ce tribunal redoutable à ceux qui l'occupent, presqu'autant qu'aux malheureux que la vengeance des lois y conduit , montra combien l'humanité peut être utile à la justice même.

Sa réputation l'avait précédé à Paris et à Versailles, lorsqu'il y fut appelé pour la première assemblée des notables. Un heureux hasard l'avait placé dans le bureau de M. le Duc de Penthièvre, qui saisissait toutes les occasions de lui rappeler les rapports de parenté qu'ils avaient ensemble, par leur alliance commune avec la maison de Noailles.

Rélégué dans sa terre de Montbrun en 1788, il chercha dans cet exil, comme il avait fait en 1771 , à se distraire des malheurs publics, par des actes de bienfaisance particulière. C'est au milieu de ces douces et consolantes occupations, qu'il attendit l'effet de l'opinion publique, contre un système insensé, plus encore qu'il n'était oppressif.

Lorsqu'il revint, au mois d'octobre dernier ; au milieu des acclamations et des transports de joie de ses concitoyens, nous nous flattions que, dégagé désormais d'une partie des grandes occupations qui depuis pluseurs années remplissaient tous ses instans, son goût pour les lettres le ramenerait à l'Académie. Lui-même se félicitait de ses loisirs qui allaient nous être

consacrés; triste et fatale condition de la vie humaine !
Ses jours étaient comptés, et il vit bientôt qu'il tou-
chait à leur terme.

Il était né au mois de juin 1727; il est mort au
mois de mars 1789.

Sa place de mainteneur fut donnée à M. Floret.

1789. 114.° M. DE SAUVETERRE.

Je prononçai son éloge le 5 juillet 1789.

Louis-Emmanuel de Boyer – Sauveterre naquit à
Toulouse en 1726. Il était fils de M. de Boyer-Drudas,
conseiller au parlement, qui est aujourd'hui le doyen
de cette compagnie, et le plus ancien magistrat du
royaume.

M. de Sauveterre reçut de la nature une ame aimante et cette sensibilité exquise, qui est à la fois le
principe du goût et la première cause des grandes
qualités. La même sensibilité qui plaça son ame dans
la classe des êtres privilégiés, il l'avait dans l'organisation, d'où dépendent les facultés de l'esprit, la finesse
du tact, et cet heureux talent de l'imagination qui
semble rapprocher l'homme de la Divinité, soit qu'il
fasse revivre les objets qui ne sont plus, soit qu'il leur
donne des formes nouvelles, ou qu'il s'élève quelquefois à de créations dont il n'existait aucun modèle dans l'univers.

L'éducation de M. de Sauveterre fut confiée aux
Jésuites de Toulouse.

Au sortir du collége, il était plus formé qu'on ne
l'est communément. Son bon esprit lui faisait dé-
daigner les assertions qu'il avait publiquement soutenues, et qui formaient alors ce qu'on appelait au
collége, la philosophie universelle; regrettant le temps
employé à ces exercices, et qu'il avait dérobé à des

études

études qui déjà faisaient une partie de l'intérêt et du bonheur et de sa vie.

C'est dans la lecture d'Horace que M. de Sauveterre fit véritablement son cours de philosophie. Il trouvait, sous les emblêmes d'une poësie fine et pleine de grâce, toutes les maximes qui doivent diriger la conduite d'un galant homme et d'un homme du monde : il y trouvait la juste appréciation des biens de la fortune, de ceux qui résultent de la considération, de ceux que procurent les talens et la vertu ; il y trouvait la connaissance des hommes et cette science de soi-même, si rare dans tous les temps, et sans laquelle cependant il ne peut y avoir de véritable philosophie.

Ce fut pendant ses études de droit, qu'il s'attacha à cette lecture. Il a dit souvent que l'accord qu'il avait trouvé entre les maximes de ce poëte philosophe et les grands principes des jurisconsultes romains, avaient été le premier motif de son application à l'étude de la jurisprudence.

Il ne regardait pas cette étude comme un objet de pure spéculation. Il croyait que pour avancer dans la science des lois, il fallait que le cœur conçût l'amour de la justice, à proportion que l'esprit en démêlait les principes, et que les lumières qu'on y acquérait tournassent au profit de la morale.

C'est dans ces dispositions, qu'il approcha du tribunal où il allait s'asseoir parmi ceux qui sont établis, pour prononcer souverainement sur la fortune, la vie et l'honneur de leurs semblables.

M. le président de Sauveterre, magistrat intègre, appliqué à ses devoirs, et jaloux de les bien remplir, était encore un homme très-aimable, dont la société avait tout le charme et l'intérêt que la grâce de l'esprit et la bonté du cœur peuvent répandre dans le commerce de la vie.

A le voir dans le monde, on eût dit qu'il n'exis-

tait que pour y plaire, et que sa vie entière avait été
employée à perfectionner ce talent. Sa politesse n'était
pas seulement dans les manières ; elle était animée par
son obligeance naturelle, et par un sentiment vrai
d'égards et de déférence, que sa franchise rendait très-
séduisant.

Avec les plaideurs dont les demandes sont si souvent
importunes, et presque toujours indiscrètes, la bonté
de son ame se peignait dans ses regards; il accordait
avec transport; et lorsqu'il était obligé de refuser,
c'était lui qui était à plaindre.

Parmi les gens de lettres, et dans ces communications intéressantes qui délassent à la fois et de la contention des affaires, et de la frivolité des conversations
du monde, combien n'était-il pas attachant ! On ne
le voyait jamais froid et timide dissertateur, soumettre à l'analyse, des beautés qui doivent être sen-
ties, et dont la fraîcheur disparaît à l'approche de la
règle et du compas; son ame en recevait l'impression et la reproduisait avec un ravissement et une
sorte d'enthousiasme qu'il était impossible de ne pas
partager.

L'Académie voyait avec intérêt un jeune Magistrat
plein d'esprit et de goût, du caractère le plus doux et
le plus aimable, cultiver en silence l'éloquence et la
poésie, dans l'étude assidue des plus grands et des
meilleurs modèles. Lui-même lié d'amitié avec le plus
grand nombre des enfans d'Isaure, ambitionnait d'avoir
encore avec eux les rapports de cette confraternité. Leurs
vœux communs se réunirent en 1763 ; on lui donna
la place qui venait de vaquer par la mort de M. le
Comte de Caraman.

M. le président de Sauveterre aima l'Académie
comme il aimait ses amis, et le même sentiment qui
le portait à rechercher leur société, le rendait assidu
à nos exercices. Jamais il n'entra dans ce sanctuaire

sans éprouver cette émotion délicieuse que procurent
les plaisirs de l'esprit et qu'éprouvent tous les hommes
à s'entretenir des objets de leur prédilection ; et lorsque parmi les jeunes-gens qui se présentent au concours
de nos Jeux, il s'en trouvait qui avaient fait preuve
de talent, avec quelle grâce ne les accueillait-il pas ?
Il faisait peu de cas de ces productions rigoureusement
exactes que l'esprit avait formées de pièces de rapport.
Il les comparait à ces fruits insipides, que l'industrie
de l'homme a fait naître. Ils pourront bien présenter
aux yeux la même forme ; le goût n'y trouvera jamais
les qualités que la nature leur eût données sous un
ciel plus heureux.

Mais lorsqu'à travers mille fautes, il découvrait un
talent décidé, des vers produits par un élan de l'ame,
ou dans un moment de véritable enthousiasme, il
n'était aucun encouragement qu'il ne crût devoir lui
donner. C'était là le principe de cette sévérité qu'on
trouvait souvent excessive, et de cette grande indulgence qui aurait paru plus étrange encore, dans un
homme dont le goût était si sûr et si délicat.

Avec quel plaisir ne se retrouva-t-il pas parmi
vous, Messieurs, en 1775, lorsqu'après quatre ans
d'exil, il lui fut permis de revoir les objets les plus
chers à son cœur ! Placé à votre tête en qualité de
modérateur, dans la séance publique où fut installé
le successeur de M. de Ponsan (1), avec quelle grâce
simple et touchante ne célébra-t-il pas le zèle intrépide et persévérant du défenseur de Clémence ! Avec
quelle effusion de cœur ne joignait-il pas son hommage à l'hommage non interrompu de cet estimable
Académicien ! « Quelque ridicule que l'ignorance ait
»voulu jetter sur le culte que nous rendons à cette
»Fille célèbre, je ne craindrai point, disait-il, de

____

(1) M. l'abbé Magi.

»me déclarer, en ce jour, pour un de ses adorateurs.
»Oui, Messieurs, nous sacrifions à Clémence, comme
»on a sacrifié aux muses ; son nom s'est mêlé avec celui
»des lettres qu'elle a fixées dans sa patrie.

»Les belles-lettres, ajoutait-il, ont été l'occupa-
»tion la plus agréable, la plus douce consolation de
»mon exil ; un ami, l'ame la plus sensible et la plus
»pure que les Dieux aient jamais formée (1), amena
»les muses dans ma solitude ; les charmes de l'amitié,
»de la poësie, de la vertu, se confondirent dans mon
»cœur, et m'ont fait goûter les plaisirs les plus doux
»et les plus chéris de ma vie.

»C'est ainsi que ne me croyant plus destiné à la ré-
»publique, je me consacrais à l'Académie ; je croyais
»encore travailler pour la patrie, en cultivant les
»lettres qui adoucissent les mœurs et préparent les cœurs
» à la vérité. »

Ce temps de malheurs et de calamité publique
étaient devenus une époque heureuse et à jamais mémorable pour les habitans de sa terre de Drudas, où
il avait passé tout le temps de ce long exil.

Le village de Drudas, rebâti depuis sur un plan
régulier, n'était alors qu'un assemblage de cabanes
délabrées, la plupart enfoncées dans la terre, et qui
ne différaient pas de l'habitation des animaux les plus
immondes.

La misère et tous les maux qu'elle entraîne à sa
suite, habitaient sous ces toits pourris. Le découragement était universel dans cette terre presqu'inculte.
Plusieurs de ses malheureux habitans n'avaient eu souvent pour nourriture, que de mauvaises racines ; aussi
voya t-on partout des corps affaiblis, une vieillesse
anticipée, des enfans livides et languissans, et sur lesquels il ne paraissait pas possible de fonder la moindre
espérance.

____

(1) M. Dupaty, président à mortier au parlement de Bordeaux.

C'est au milieu des horreurs de ce spectacle déchirant, que M. le président de Sauveterre fut envoyé au mois de septembre 1771 ; et comme si la
providence avait voulu les lui faire partager d'une
manière plus spéciale, le château qu'il croyait habiter croula en partie et l'obligea de se réfugier dans
une maison bourgeoise, qui ne croulait pas encore, mais
qui était condamnée, par vétusté, à être bientôt dé-
molie.

Le bonheur n'est pas dans la magnificence des bâ-
timens ; il n'est pas dans les jouissances du luxe ; une
ame pure et simple, un cœur droit et bienfaisant, un
esprit sage, un bon naturel, peuvent le retrouver dans
tous les lieux, dans toutes les positions de la vie.
S'il a jamais habité sur la terre ; il était dans cette
humble demeure où se trouvaient entassés maîtres et
domestiques, et le concours perpétuel des voisins et des
amis. Rien n'était plus touchant que le contraste que
présentait continuellement aux yeux et à l'esprit, la
propreté intérieure de cette habitation et sa forme
hideuse, l'impression de tristesse qui saisissait au premier aspect, et dans l'intérieur ; tout ce qu'ont d'enchanteur, la gaîté qu'inspire l'air et la liberté de la
campagne, le plaisir de se voir réunis, et la part que
chacun prenait à de projets de bienfaisance qui devaient faire un monde nouveau, de cette terre que
l'œil du maître n'avait pas encore vivifiée.

Il n'en fut pas de ces projets comme de tant d'autres
qui, conçus avec ardeur, s'évanouissent au moindre
obstacle. M. le président de Sauveterre se croyant envoyé par la providence pour opérer cette intéressante
révolution, y travailla avec un zèle actif dont la persévérance enfanta des prodiges.

En moins de quatre ans, ce n'étaient plus les mêmes
hommes. Des charités abondantes répandues avec discernement, un salaire toujours assuré et des récom-

penses distribuées à propos avaient fait naître le pouvoir et l'amour du travail ; et lorsque la génération adolescente eut acquis son entier accroissement, formée par de bons exemples et par de sages instructions, il proposa à l'émulation de ces nouveaux pères de famille, un prix plus noble et plus grand que l'aisance et le bien-être qui sont le fruit d'un travail assidu.

Il avait commencé par donner des marques d'estime et de considération à ceux qui s'étaient distingués par leur diligence, par une bonne conduite et par les arrangemens domestiques qui supposent l'esprit d'ordre et de réflexion. Tout-à-coup, au milieu des cérémonies augustes de la religion, et du haut de la chaire évangélique, une voix sacrée s'élève et leur annonce que dans un an, celui d'entre les laboureurs qui sera reconnu l'emporter sur les autres, par les soins donnés à la culture de la terre, à la santé et à l'entretien des bestiaux, recevra pour prix de cette supériorité, une coupe d'argent et un vêtement complet, et marchera à la tête de tous les autres, au jour solemnel, où après avoir cueilli les fruits de la terre, les cultivateurs viendront en rendre graces à l'Être suprême dont la main libérale dispense les fruits et les saisons.

Ce prix a déjà été donné sept fois, et chaque fois le jugement des prud'hommes établis pour le décerner, a été confimé par le suffrage unanime de tous les concurrens.

Admirable simplicité, digne de tout ce qu'on nous raconte de l'âge d'or ; digne sur-tout de la noble franchise du fondateur de cette fête ! car, Messieurs, ne croyez pas qu'une supériorité bien marquée ait jamais entraîné ce suffrage unanime. Les juges y étaient souvent embarrassés ; et pour se décider, il leur a fallu plus d'une fois mettre dans la balance, des soins d'une prévoyance très-étendue, et qui dépassait la vraisemblance des besoins à venir.

Ce siècle a vu plusieurs institutions de cette nature dont l'idée a été donnée par la Rose de Salenci ; mais je doute qu'aucune autre ait produit un bien aussi sensible et des fruits aussi abondans.

Cette terre sauvage et presqu'inculte, a été convertie en un jardin délicieux. Tout y porte l'empreinte de l'industrie et de la fécondité ; l'agrément des plantations s'y joint à tous les procédés des cultures purement utiles ; quelque part qu'on arrête ses pas et ses regards, on y trouve les soins et l'affection que le propriétaire d'un seul arpent pourrait mettre à cultiver lui-même et à embellir son petit héritage. Le désir d'obtenir un jour ce prix de diligence accompagné de tant de jouissances flatteuses ; l'espoir de le mériter de nouveau ; l'amour du devoir qui a germé dans ces ames simples et bien dirigées, tout concourt à entretenir cette ardeur de bien faire qui enrichit à la fois et le propriétaire et le colon laborieux.

M. le président de Sauveterre ne manquait pas tous les ans d'aller présider à cette fête touchante, où tant d'hommes réunis lui rendaient en bénédictions, le bonheur qu'il leur avait fait connaître. Ses parens et ses amis y accouraient avec lui, pour en augmenter la pompe et la solennité. Les habitans des terres voisines s'y rendaient en foule, remplissant à la fois, et le parc et l'église, et le château, enchantés de pouvoir satisfaire leur avide curiosité, sans que jamais leur présence parût importuner personne.

M. le président de Sauveterre avait toujours aimé la campagne. Tandis que la plupart des hommes n'y cherchent qu'à se délasser des affaires et de ce qu'on appelle les plaisirs de la ville, il trouvait des jouissances infinies dans la comtemplation de la nature, et dans l'étude de ces hommes informes que la société n'a ni polis ni corrompus, et qui dans le cercle étroit où ils se meuvent, montrent aux yeux qui savent les observer, le germe des qualités et des passions qui tour à tour embellissent et tourmentent cet univers.

Si l'esprit de vertige qui, en 1788, agita la France pendant quelques mois, eût réussi dans son plan de destruction, M. le président de Sauveterre, libre des devoirs qui l'attachaient à la ville, et rendu aux douceurs de la vie champêtre, n'eût été malheureux que du sort de sa patrie.

Avant d'avoir visité Ermenonville et les autres jardins, dont le premier modèle est dans le poëme de Milton, il avait tracé et fait planter un parc, où la main de l'homme n'a rien dérobé à l'œil, des beautés pittoresques qu'on doit aux caprices de la nature sauvage. C'est là qu'il aimait à se perdre et à s'ensevelir, pour se livrer tout entier à l'impression de la campagne ou pour ces méditations profondes qui donnent à l'ame pénétrée de ses devoirs, la force et l'énergie nécessaires pour les remplir dans toute leur étendue.

Que me reste-t-il à dire d'une vie qui n'a point eu d'événemens, et qui fut consacrée toute entière au culte uniforme de la justice, des lettres, de l'amitié, et à des actes de bienfaisance et de charité qu'il cachait avec soin, et dont le secret n'a été bien connu qu'après sa mort ?

Adoré de sa famille et de ses amis, il n'arrivait nulle part, sans que sa présence y excitât un petit transport de joie qu'il éprouvait toujours lui-même en se rapprochant des personnes qu'il aimait. A l'âge de soixante-deux ans, il avait encore toute la sensibilité et les grâces de sa première jeunesse. Sa santé, qui long-temps avait été faible et chancelante, s'était fortifiée ; la nature semblait avoir voulu le dédommager, en le rajeunissant, pour ainsi dire, à une époque où les hommes les mieux constitués se déforment, et annoncent, par cette altération, le poids des ans et les premières atteintes de la vieillesse.

L'exemple de son père qui, à l'âge de quatre-vingt-treize ans, marche encore d'un pas ferme et assuré et n'a rien perdu de la force de son esprit et du libre usage de ses sens, ajoutait aux probabilités d'une longue-vie exempte des infirmités qui la rendent si pénible.

Infortuné vieillard ! en vous donnant les jours de Nestor, les Dieux vous ont réservé pour les mêmes douleurs.

Vers la fin du carême, pendant que la Sénéchaussée de Toulouse s'occupait de ses doléances et de sa députation aux états généraux, M. le président de Sauveterre se rendait assidûment dans la chambre de la noblesse, où tous les jours il donnait de nouvelles preuves de son éloquence et de la sagesse de ses vues. C'est là, qu'il sentit les premières atteintes d'une fièvre brûlante et d'une douleur assez vive qu'il crut pouvoir négliger, parce qu'elle ne lui ôtait pas entièrement la liberté de se mouvoir et de respirer.

Cette négligence de sa santé lui avait souvent été reprochée. Ses amis lui avaient prédit que quelque jour elle lui serait funeste ; mais la longue habitude de souffrir, l'essai qu'il avait fait quelquefois des ressources de la nature, le rendaient comme insensible à des maux qui occupent toujours et alarment souvent les autres hommes. Il ne s'arrêta, que lorsque les forces lui manquèrent et que la douleur l'eut atterré. Déjà la mort avait frappé à sa porte.

Il avait vu une autrefois ces apprêts terribles qui annoncent à l'homme la fin de tout ce qui existe autour de lui, et son ame tendre et sensible avait goûté dans ces cruels momens, les consolations que la religion fait répandre sur le sacrifice de la vie. Il s'y retrouva avec les mêmes sentimens. Sa mort fut celle d'un juste qui marche à une récompense assurée. Il la reçut le 12 avril 1789, après quatre jours d'une maladie inflammatoire, passés dans des souffrances

horribles qu'il supporta avec la constance et la résignation d'un philosophe chrétien.

L'éloge de M. le président de Sauveterre n'est pas
dans cette faible esquisse des qualités et des vertus de
son ame juste et bienfaisante ; il est dans les accens
douloureux dont retentit cette grande ville. La mort
d'aucun citoyen ne fut jamais honorée de tant de
regrets.

Le peuple qui ne voit dans la mort des riches et
des puissans du siècle, qu'un acte de justice qui rap-
proche et confond tous les états, accourait en foule et
fondait en larmes à la suite du cercueil où étaient déposés les restes d'un ami de l'humanité.

Parlerai-je du désespoir de sa famille et des alarmes
qui succédèrent à ce coup terrible, lorsqu'on vit madame de Rességuier sa sœur, l'unique héritière de la
fortune immense qu'il laissait ou qui lui était destinée,
succomber à la douleur de cette perte inattendue, et
déjà posée sur le bord du tombeau, où il venait de
descendre ?

C'est ainsi qu'il mérita d'être aimé. C'est ainsi qu'il
eût regreté sa sœur, si le ciel l'avait condamné à lui
survivre ; exemple touchant et à jamais mémorable de
l'impression et du pouvoir de l'amitié fraternelle sur
deux ames sensibles et vertueuses.

1786. . ## 115.º M. DELPY.

Je prononçai son éloge le 13 juillet 1806.

Lorsque M. Delpy vint au monde, il y a plus de
cent ans, son père avait ajouté au lustre du capitoulat
l'agrément d'une alliance honorable. La marche était
alors pour les familles qui s'élevaient ainsi, d'acquérir
la consistance que donnait un office de juge dans une
cour supérieure. Il était à croire que M. Jacques-
Saturnin Delpy, dont nous célébrons aujourd'hui la

mémoire, ayant la naissance, la fortune et l'éducation convenables, prendrait une charge de conseiller
au parlement. Plusieurs de ses amis y avaient été reçus;
il aimait l'étude et la retraite. Il préféra aux prérogatives de la magistrature, la liberté de disposer, à
son gré, de son temps et de sa personne, et de n'avoir
à remplir d'autres devoirs, que ceux de bon citoyen
et d'excellent père de famille.

C'est dans les jouissances de cette obscurité philosophique, que M. Delpy vécut jusqu'à cinquante ans.
Sa modestie assurément trop grande ne lui permit
qu'alors d'aspirer à une place de mainteneur dans l'Académie. Cependant il n'avait pas cessé, depuis sa première jeunesse, de cultiver les belles-lettres, et d'en
approfondir l'étude, en s'attachant aux principes du
grand siècle auquel il tenait de si près par l'époque de
sa naissance.

Il était né en 1704; ce ne fut que le 22 février 1754,
qu'il fut reçu parmi les enfans d'Isaure, à la place de
M. de Rabaudi, qui était à peu-près de son âge, et
qui pendant vingt ans avait rempli avec une grande
distinction ses devoirs d'académicien.

M. de Rabaudi avait toujours montré une attention
scrupuleuse à rejetter tout ce qui tendait à corrompre
la saine éloquence, et les vraies beautés de la poësie.
On crut entendre M. de Rabaudi lui-même, lorsque
M. Delpy, dans la semonce qu'il prononça le premier
dimanche de janvier 1755, s'éleva avec force contre
les systèmes licencieux qui blessent également la raison
et le goût, en voulant substituer l'esprit d'indépendance et le sentiment particulier, à la sagesse des règles constamment observées par les grands écrivains du
siècle précédent.

La France était alors inondée de productions mons-
trueuses, toutes précédées d'une poëtique particulière,
où chaque auteur annonçait qu'il s'était dégagé des

entraves qui dans le siècle précédent avaient retardé la marche de l'esprit humain ; et qu'une théorie plus lumineuse , plus favorable au développement du génie , avait été substituée aux vieilles maximes que Boileau avait copiées dans Horace, et dont celui-ci n'avait également été qu'une copiste bénévole.

C'est à ce débordement, que M. Delpy voulait opposer une digue ; en professant hautement ces vieilles maximes qu'Aristote légua aux deux législateurs du parnasse latin et du parnasse français , et dont la méditation fut si utile au plus parfait de nos poëtes.

Déjà , depuis plusieurs années , M. le chevalier d'Aliez ne pouvait plus, à raison de son grand âge , faire les fonctions de secrétaire perpétuel. La survivance avec exercice en avait été donnée à M. de Ponsan dont le nom n'est jamais prononcé parmi nous, sans réveiller un sentiment de respect et de reconnaissance.

Clémence Isaure et l'Académie étaient la plus forte passion de M. de Ponsan, et l'objet continuel de ses méditations et de ses recherches. Lorsqu'il eut bien counu tout le mérite de M. Delpy, l'ardeur et l'étendue de son zèle , il se démit de cette survivance dont l'exercice lui dérobait une partie du temps qu'il voulait employer tout entier à combattre les ennemis de Clémence. Ses vœux y appelaient M. Delpy, et l'Académie l'y porta avec confiance. M. le chevalier d'Aliez mourut deux mois après. Ainsi, à compter du 27 juin 1759, M. Delpy fut secrétaire perpétuel en titre.

Lorsqu'après vingt ans d'exercice , il eut atteint sa soixante et seizième année, il demanda à son tour , qu'on lui donnât un successeur, ses confrères ne voulurent point accepter sa démission ; mais pour lui procurer le soulagement que sollicitait son grand âge, ils lui donnèrent, pour survivancier avec exercice, M.

l'abbé d'Aufrery que nous eûmes le malheur de perdre peu de temps après.

C'était moi qui devais mourir, s'écria M. Delpy en apprenant la mort prématurée de celui qui devait lui survivre et le remplacer dans son office. Ce sentiment qu'il exprima, dans le premier accès de sa douleur, occupa son cœur et sa pensée, jusqu'au moment, où il descendit lui-même au tombeau, le 6 janvier 1792, à l'âge de quatre-vingt-huit ans.

Alors l'Académie, écartée depuis un an du lieu de ses séances, par la violence des officiers municipaux, qui voulaient la présider, avait résolu de s'anéantir plutôt que de subir le joug d'une présidence étrangère. M. Delpy, qui dans sa retraite, et malgré les glaces de l'âge, avait conservé toute l'énergie de ses sentimens, applaudit à cette noble résolution, et mourut plus tranquille, en voyant que s'il était dans les desseins de la providence, que l'Académie pérît, elle périrait du moins avec gloire.

C'était le seul espoir qui fût permis à son grand âge. Plus heureux que lui, nous avons vu se rouvrir le temple d'Isaure, et les amis des arts accourir à ses solennités. Nous avions à réparer des pertes immenses. Cette tâche devient tous les jours moins difficile par le bonheur de nos premiers choix ; et nous l'éprouvons aujourd'hui avec une grande satisfaction. Le successeur de M. Delpy (1) héritera aussi de son zèle pour les intérêts et pour la gloire de l'Académie. Je ne détaillerai point ici les qualités et les talens qui fondent cette espérance. Je blesserais sa modestie, et j'ajouterais à l'impatience, où vous êtes de l'entendre, en contrariant l'empressement qu'il a lui-même de vous manifester ses sentimens.

----

(1) M. de Malaret.

1806.

116.º M. l'Abbé GRUMET.

Je prononçai son éloge le 8 août 1806.

L'académicien dont j'ai à vous retracer les vertus, les talens et les travaux, a été une des plus déplorables victimes de la révolution. La fin de sa vie prouve qu'à cette époque, il n'existait en France, pour tout homme de bien, d'autre moyen sûr de conserver ses jours, que la fuite en pays étranger, et que ceux qui ont autrement échappé au carnage, ne doivent leur salut qu'au hasard des circonstances.

Jean-Marie Grumet naquit le 1.ᵉʳ avril 1743, à St.-Rambert en Bugey, d'un père qui n'était point noble, mais dont la famille occupait les premières places administratives et judiciaires dans cette ville, depuis le commencement du 17.ᵉ siècle; c'est-à-dire, depuis que cé petit pays, qui faisait partie de la Bresse, passa, de la domination des Ducs de Savoie, sous celle des Rois de France, en échange du marquisat de Saluces.

Dans cet échange, il fut stipulé que la Bresse conserverait ses privilèges. Un aïeul de notre confrère qui en était alors syndic, fut un des commissaires employés à en dresser la constitution politique. Henri IV satisfait de son zèle et de ses talens, le lui témoigna, en le nommant maire perpétuel et juge-mage de St.-Rambert. Ces deux charges réunies sur la même tête ont été comme héréditaires dans sa famille, jusqu'à l'époque de la nouvelle organisation des municipalités et des tribunaux.

M. l'abbé Grumet était le plus jeune de huit enfans qui étaient tous en vie, quand le temps fut venu de lui donner un état. Son père n'était pas riche, et personne ne peut guère l'être avec une famille aussi nombreuse. Le second de ses enfans était entré dans l'ordre de Cluni, et y jouissait de beaucoup de considération.

On crut que le plus jeune ne pouvait mieux faire, pour épargner à sa famille les frais de son éducation ultérieure, que de s'engager aussi dans cet ordre religieux qui par la douceur de son régime et la manière dont on y vivait, ressemblait beaucoup à une congrégation des prêtres séculiers.

Il avait montré au collége un grand désir de s'instruire, et beaucoup d'aptitude à apprendre. A peine eut-il prononcé ses vœux, que ses supérieurs l'envoyèrent à Paris, pour ses études de philosophie et de théologie.

En paraissant sur les bancs, il jetta un grand éclat, par une trempe d'esprit forte et vigoureuse, par une diction agréable, une justesse et une netteté d'idées et d'expression, qui rendaient sensibles et palpables, pour ainsi dire, les conceptions les plus abstraites.

Cette prééminence parmi tant de jeunes-gens studieux et pleins d'ardeur, lui mérita une distinction qui jusqu'alors était sans exemple: La maison de Sorbonne qui n'admettait dans son sein aucun religieux, fit violence à sa constitution, et lui ouvrit ses portes par une exception très-honorable, et qui prouvait quelle impression avait faite sur tous les esprits le mérite de ce jeune théologien.

Ne jugeons pas de la théologie par l'idée qu'en ont voulu donner les détracteurs de la religion. Elle ne ressemble pas, il est vrai, aux autres sciences dont les progrès sont marqués par de nouvelles découvertes et l'abandon des systêmes anciens. L'immobilité est au contraire de son essence ; et l'objet de ceux qui se consacrent à cette étude, est de défendre les dogmes et la morale du christianisme, contre les novateurs de toute espèce. Le premier fondement de la théologie est la connaissance des saintes écritures et de l'histoire ecclésiastique ; c'est-à-dire, la connaissance de la parole de Dieu, et des efforts continuels de l'église, pour que la parole de l'homme n'en vienne pas corrompre la pureté.

Sa méthode qu'on a voulu tant décrier aussi, comme n'étant propre qu'à entretenir l'esprit de dispute et d'argumentation, ne diffère pas de celle qu'on suit dans l'enseignement des autres sciences. La géométrie elle-même ne procède pas autrement que la théologie. Tout y consiste à définir, à expliquer les termes, à poser des principes, à tirer des conséquences, à résoudre les objections. C'est à cette marche didactique, que les lettres elles-mêmes sont redevables de l'ordre qui règne dans les compositions modernes.

La religion toujours combattue ou par ses enfans ou par des étrangers, exige, de ses défenseurs, une érudition immense et des connaissances étendues dans les sciences profanes, où ses ennemis vont puiser des argumens. Il faut que ces défenseurs soient habiles à manier les armes dont se servirent si puissamment et Boussuet et le docteur Arnaud, à l'exemple des pères de l'église.

Sur les bancs de cette Sorbonne si célèbre, et dont le nom rappelle tant de souvenirs vénérables, notre confrère obtint la première place, pendant le cours de ce qu'on appelait la licence, où les jeunes théologiens toujours en action et toujours inspectés, ne pouvaient se permettre impunément ni un jour de négligence, ni la plus légère distraction.

Le clergé de France avait les yeux ouverts sur tous ceux qui dans cette lutte, montraient une grande supériorité. Aucun religieux ne l'avait jamais obtenue. Ce phénomène était réservé aux talens de notre confrère et à la constance de ses efforts. Aussi trouva-t-il dans l'empressement de plusieurs évêques la même distinction dont l'avait honoré la maison de Sorbonne.

Parmi ceux qui cherchèrent à l'attirer dans leurs diocèses, pour lui en faire partager le gouvernement, M.
de

de Brienne, alors archevêque de Toulouse, obtint la péréfence. Occupé des projets qui ne lui permettaient guère de résider dans son diocèse, il avait à cœur d'y maintenir l'ordre sagement établi par un de ses prédécesseurs, et que surtout les jeunes ecclésiastiques ne négligeassent pas leurs études. Il ne pouvait pas faire un meilleur choix, pour cette surveillance dans les nombreux séminaires de Toulouse qui réunissaient tous les jeunes théologiens de sa province ecclésiastique.

M. l'abbé Grumet avait déjà un prieuré, lorsque le roi lui donna l'abbaye régulière de St. Martin du Canigou. Ce second bénéfice n'ajoutait pas grand chose à ses revenus ; mais il était pour lui d'un prix inestimable, en ce qu'il le tirait de la dépendance de l'abbé commendataire de Cluni, supérieur général de son ordre. Ne dépendant plus que de ses devoirs, il ne désirait rien au delà ; mais M. de Brienne qui ne calculait que les services que son diocèse en avait reçus, ne se crut pas quitte envers lui. Il était président d'une commission formée depuis plusieurs années, pour la réformation des ordres religieux, et la suppression des petits couvents, où la régularité ne pouvait pas être observée. Dans le travail de cette commission, était le projet de supprimer le monastère de St. Martin du Canigou, et pour que cette suppression s'opérât plutôt, on demandait au pape la sécularisation des moines et de leur abbé. Le pape l'accorda ; M. l'abbé Grumet devint prêtre séculier, et M. de Brienne s'empressa de l'attacher à son église par le tire d'un canonicat et d'un archidiaconné. Le clergé de Toulouse également jaloux de lui donner une marque d'estime et d'intérêt, le députa à l'assemblée générale du clergé de France, témoignage flatteur, et qui ne pouvait qu'être avantageux à celui qui arriverait dans cette auguste assemblée, précédé d'une grande réputation de lumières et d'habileté.

Q

Je n'ai encore parlé, Messieurs, que des hautes connaissances que M. l'abbé Grumet avait acquises dans une science qui, quoique très-importante dans son état, était à peu-près inconnue au reste du monde, et placée, pour ainsi dire, hors du commerce de la vie.

Aussi était-ce, sous d'autres rapports, qu'il était avantageusement connu à Toulouse. Accueilli dans les meilleures sociétés, il se fit bientôt remarquer par la douceur de son commerce, l'agrément de son esprit, le talent de s'énoncer avec précision et une clarté qui dissipait toutes les ténèbres, en répendant de l'intérêt sur des discussions qui, dans la bouche d'un autre, n'auraient été que savantes. A proportion qu'on le connut davantage, on vit qu'il avait une littérature immense, un goût sûr et très-étendu, une critique sage et toujours motivée, une admiration sincère et bien sentie pour les anciens qui furent et seront toujours nos maîtres et nos modèles, en éloquence et en poësie.

Quoiqu'il eût des rapports intimes avec plusieurs enfans d'Isaure, il n'avait pas songé tant qu'il fut lié par des vœux monastiques, à devenir leur confrère. Il savait que l'Académie, plus difficile que la maison de Sorbonne et plus rigoureusement attachée à ses lois, veut que ses mainteneurs ne connaissent d'autre dépendance, que celle de l'ordre civil. Mais lorsqu'il eut été rendu au siècle par l'autorité ecclésiastique, et par la suite d'une mesure générale qui n'avait rien du caractère d'inconstance qu'annoncent les réclamations particulières, il se présenta avec empressement, et l'Académie s'empressa aussi de s'approprier un si grand mérite.

La mort venait de nous enlever M. Dumas, sur qui l'Académie avait fondé de grandes espérances, et qui ne fit, pour ainsi dire, que s'y montrer. M. l'abbé Grumet ne se dissimula pas combien cette perte était difficile à réparer.

« Si pour témoigner ma reconnaissance à l'Académie, »disait-il dans son remercîment, il fallait la dédom- »mager de la perte qu'elle vient de faire, j'avouerais »sans détour mon insuffisance. Le timide amateur suc- »cédant à un artiste consommé, est bien loin de croire »qu'il puisse le remplacer. »

Il le remplaça, autant que l'Académie pouvait le désirer. Le concours des Jeux Floraux n'eut jamais un meilleur juge. Là où il était, il n'y avait point de criti- que vague. Ce que souvent on croit ne pouvoir que sentir, il parvenait à le définir et à rendre évidens les motifs d'exclusion ou de préférence.

C'est dans nos paisibles exercices, qu'il venait tou- jours avec un nouveau plaisir, se délasser des occupa- tions sérieuses et souvent austères de son administration. Attaché à Toulouse par tant de liens, il se croyait fixé pour toujours dans cette patrie adoptive, où se réunis- sait pour lui tout ce que peut désirer un homme rai- sonnable, un homme d'esprit, un homme éclairé qui avait l'habitude, l'amour et le besoin du travail, et qui plus qu'un autre connaissait le prix de l'amitié, et savait goûter les douceurs et les charmes d'une société choisie. Ce bonheur qu'il méritait, et dont la durée était l'objet de tous ses vœux, s'évanouit tout-à-coup par un événement qui aurait donné un nouvel essor à l'ambition d'un autre, et où il ne vit qu'un sujet de réflexions désolantes.

M. de Brienne, devenu ministre principal, quitta l'archevêché de Toulouse pour celui de Sens; et com- ment croire que dans l'administration de ce nouveau diocèse, il renonçât aux services que pouvait lui ren- dre M. l'abbé Grumet ? Lui-même ne lui devait-il pas le sacrifice de ses goûts, de son établissement actuel, de ses projets pour l'avenir ? Ce sacrifice, tout grand qu'il était, il n'hésita pas un instant à le faire ; mais arrivé à Sens, il s'occupa des moyens d'en sortir, aussitôt qu'il le pourrait, sans blesser l'amitié, et sans manquer à la reconnaissance. En attendant, il prépara le lieu de sa retraite qu'il choisit à la campagne et dans son pays.

La constitution civile du clergé ayant tout détruit dans l'ordre anciennement établi, pour les études, et pour le maintien de la discipline ecclésiastique, **M.** l'abbé Grumet qui ne pouvait plus être utile au diocèse de Sens, effectua sa retraite. Devait-il sortir du royaume et aller attendre, sous un ciel étranger, la fin d'une tempête dont personne ne pouvait prévoir toute la violence ? Il présuma trop de l'affection de ses compatriotes, et de la considération qu'ils lui témoignaient.

Il vivait solitaire dans sa maison de campagne, et afin de donner moins de prise à la calomnie, il en avait détruit les plantations de pur agrément, pour tout donner à une culture utile. On vint l'en arracher, pour le mettre à la tête de l'administration du département de l'Ain. Ce fut alors qu'il dut regretter de n'avoir pas pris la fuite, au premier moment de l'alarme générale. Il n'en était plus temps. L'invitation à servir la patrie dans un poste quelconque était une réquisition rigoureuse, et il n'y avait pas de gradation dans les peines du refus. Ne pas se dévouer à la chose publique, c'était se montrer ennemi du peuple, et tout ennemi du peuple devait être mis à mort. Sa position était d'autant plus difficile, que déjà on se demandait pourquoi il avait déserté le service de l'église, précisément à l'époque de la nouvelle organisation du clergé.

Il se laissa conduire à Bourg en Bresse, chef-lieu du département, comme s'il eût été traîné au supplice.

On l'y traînait effectivement. La place de confiance qu'on le forçait de prendre était une marche de l'échafaud qui devait être le terme de tout homme juste et vertueux ainsi mis en évidence. Ses noirs pressentimens se vérifièrent bientôt.

Il était impossible que là, où il aurait quelque autorité, aucun désordre pût s'introduire, sans qu'il le combattît. L'ascendant de sa raison et de son caractère lui donna autant d'appuis, qu'il avait de coopérateurs dans cette administration populaire ; on osa y poser et y suivre des principes de justice et d'honnêteté. L'anarchie y vit un esprit de retour vers l'ancien régime. Tous les membres de cette administration imprudente furent proscrits. On les conduisit à Lyon, où la hache révolutionnaire les attendait. Ils y périrent tous au mois de janvier 1793.

M. l'abbé Grumet n'avait pas encore accompli sa cinquantième année.

Je connais, Messieurs, dans toute leur étendue les regrets que sa mort a laissés dans l'Académie, et j'éprouve en voulant les exprimer, combien je suis au dessous de mon sujet. J'ai été également témoin de l'affliction de ses amis, et d'un grand nombre de personnes qui avaient avec lui des rapports moins intimes. Je l'avais connu dès son arrivée à Toulouse ; nous avions vécu dans les mêmes sociétés à la ville et à la campagne, et personne n'a plus été à portée que moi d'apprécier ses qualités aimables et la force de sa raison.

Dans les temps qui précédèrent son départ, il vit plusieurs fois celui que la providence destinait à le remplacer dans l'Académie ; et parmi les jeunes gens qui faisaient leur entrée dans le monde, il sut bientôt le distinguer. Une première conversation lui avait suffi, pour voir qu'il avait fait de bonnes études ; il eut ensuite occasion de se convaincre qu'il en avait conservé le

goût, et il augura que ce goût ne serait pas infruc-
tueux.

Cette prédiction s'est vérifiée ; et dans le malheur
que je viens de déplorer , c'est pour nous, Messieurs,
une douce consolation, de penser que, par cette espèce
d'anticipation , M. d'Ayguesvives peut joindre à notre
suffrage , celui de l'académicien estimable dont il est
le successeur.

1806. 117.° MM. D'ORBESSAN , père et fils ,
tous deux Présidens à Mortier.

M. de Comynhian, qui prononça l'éloge de M.
d'Orbessan , le père, le 4 septembre 1736, s'exprimait
ainsi :

«M. d'Orbessan était né, pour ainsi dire, dans la
»magistrature : une longue suite d'aïeux, qui avaient
»marché dans cette noble et pénible carrière, lui mon-
»trait la route qu'il devait tenir : une éducation con-
»forme à sa naissance, le disposa à la suivre, et il s'y
»prépara en partageant le temps de sa jeunesse entre
»l'étude des belles-lettres et celle des lois.

»C'est au désir de se perfectionner dans la connais-
»sance des belles-lettres, que nous devons attribuer son
»empressement pour avoir une place parmi vous, son
»attachement pour l'Académie, son goût pour nos
»exercices littéraires.

»Des infirmités douloureuses l'accablèrent dans les
»dernières années de sa vie, et l'enlevèrent au milieu
»de sa course ; les sentimens qu'il avait puisés dans les
»sources les plus pures du christianisme, avaient épuré
»ses vertus morales ; et il sanctifia ses souffrances par

»une patience héroïque et par sa parfaite résigna-
»tion.

━━━━━━━━━━

Le fils de M. le président d'Orbessan, qui devait le
remplacer au palais et parmi les enfans de Clémence
Isaure, avait reçu de ses maîtres une éducation soignée
et bien entendue; et de la nature un esprit pénétrant
et capable d'application; un cœur essentiellement bon,
et une vivacité que ses réflexions lui apprirent à mo-
dérer; il dut à l'usage du monde la perfection de ses
qualités extérieures, une politesse noble et franche,
des manières engageantes, et cette affabilité soutenue
qui annonce la bonté, ou tout au moins le désir de
plaire. Un penchant naturel le portait vers la culture
des lettres; il leur consacra toute sa vie.

Ce fut par devoir et par convenance, plutôt que par
goût, qu'à l'exemple de ses ancêtres, il se dévoua à la
magistrature, dont l'exercice s'allie si bien avec les études
littéraires. Il était déjà conseiller au parlement quand
il perdit son père, et tout de suite après sa mort, il se
fit pourvoir de la charge de président à mortier, que
son père laissait vacante. Ce ne fut qu'au retour de
son voyage d'Italie, qu'il fut reçu et installé dans une
place de mainteneur.

»La relation de ce voyage est un modèle. Une mar-
»che géographique admirable, dit M. de Lavedan,
»qui prononça son éloge en 1806, un mouvement de
»narration rapide vous transportent dans les divers
»états dont l'Italie est composée. Dans cette course
»une légère esquisse du système politique, un aperçu
»des mœurs, un court tableau de la manière dont
»on y vit, vous indentifient avec l'ordre social de ce
»petit empire. Vous ne vous y arrêtez que le temps
»nécessaire pour le parcourir, et vous le connaissez

»comme si vous y aviez passé votre vie. Ses sites ,
»son industrie, le produit de ses arts, tout vous est
»présent. Le chemin même que suit l'auteur devient
»intéressant par les grands ressouvenirs qu'il y jette.
»Il rencontre un ruisseau qui s'aperçoit à peine ; mais
»c'est le Rubicon, et deux villages se le disputent en-
»core , parce que César l'a traversé. Il passe à côté d'un
»site où rien ne semble devoir attirer son attention ;
»mais là Octave, Antoine et Lepide , se partagèrent le
»monde. L'auteur s'y arrête, et un vaste champ s'ouvre
» à ses réflexions.

»Tout voyage en Italie est en général un grand
»hommage rendu aux arts. Leur article doit y occuper
»le plus grand espace. L'auteur ne l'a point séparé. Il
»fait de la rencontre de leurs divers chefs-d'œuvre
»autant d'épisodes qui animent le cours de sa narra-
»tion. Il n'y a guère de tableaux à citer, dans les lieux
»mêmes les moins remarquables, dont il ne donne une
»légère analyse. Il en fait connaître l'auteur, le sujet ,
»la composition , l'école, et souvent même la critique.
»Cependant ce grand intérêt ne l'empêche point de
»porter ses regards sur les objets animés qui l'environ-
»nent. Le caractère des hommes, la beauté des fem-
»mes, leurs manières, leurs plaisirs mêmes sont quel-
»quefois le sujet de ses observations. Sa galanterie
»s'arrête souvent , avec délicatesse, sur leurs divers cos-
»tumes; et il n'a oublié ni la guirlande de fleurs qui
»entoure le chapeau des Parmesanes, ni le domino de
» Venise, ni le meraro de Gênes, dont il paraît que la
»grâce ne lui a pas échappé.

»Sur la voie Appiene, sur la voie Emiliene, en
»présence du capitole et des beaux vestiges, dont ce
»capitole est entouré , il est impossible que son en-
»thousiasme ne le reprenne. Le savant renaît , et l'on
»retrouve quelquefois l'historien de Lucullus. Mais

»quand on revient à la description des fêtes de **Parme**,
»à la peinture de ces superbes salles de spectacle,
»dont l'Italie est peuplée, on se trouve jetté dans les
» riches fictions de la poësie, dans les plus brillantes
»imaginations de la férie, et en achevant le récit de
»l'audience de Vénise, on croit avoir lu le chapitre
»le plus gai de Chapelle et de Bachaumont. C'est par
»cet heurenx mélange, par cette immense variété qu'il
»conduit, ou plutôt qu'il entraîne le lecteur sur ses
»pas. Si le monde entier était ainsi peint, il serait sans
»doute mieux connu, et il nous paraîtrait sûrement
»plus aimable. »

Au retour de ce voyage si agréable et si instructif,
et après un long séjour à **Paris**, M. d'Orbessan revint
à Toulouse, dans l'intention de se partager entre les
fonctions de sa charge et la culture des lettres. Il remplit ce double objet avec toute l'attention qu'un homme, d'une probité austère, apporte à l'accomplissement
de ses devoirs. Assidu au palais et aux deux Académies
qui lui avaient ouvert leurs portes; il dévorait l'austérité
des discussions judiciaires, et s'en dédommageait par
toûtes les jouissances de la littérature agréable, par
tout ce qu'ont de plus attachant les recherches de l'érudition. C'est ainsi que ses travaux, parmi nous, portaient l'empreinte d'une solide et profonde littérature;
et qu'à l'Académie des inscriptions et belles-lettres,
ses mémoires écrits avec clarté, correction et élégance,
faisaient disparaître la sécheresse de la pure érudition.
Sans détailler ici ses productions diverses qui composent plusieurs volumes, il ne faudrait, pour le placer
au nombre de nos écrivains distingués, que son histoire de Titus, et sur-tout celle de Lucullus, qui sans
lui, ne serait encore connu que par son luxe, ses immenses richésses, et la recherche fastueuse de sa table.

Dans les différens voyages qu'il avait faits à **Paris**,

M. d'Orbessan s'était lié avec tout ce qu'il y avait de plus considérable dans la haute magistrature et dans le plus grand monde. Partout on avait apprécié les charmes de sa conversation, sa politesse noble et franche, l'étendue de ses connaissances, les grâces et la solidité de son esprit. Le chancelier de France, sans autre motif que l'impression d'un mérite si distingué, voulut le mettre à la tête du Parlement de Toulouse. M. d'Orbessan s'y refusa, fidèle à ses principes de sagesse et de modération. On pourrait croire qu'il craignait l'assujettissement et les agitations d'une place qui l'obligerait peut-être quelquefois à contrarier les vues de la cour, ou celle, d'une compagnie puissante et respectée ; mais il refusa également une légation honorable et avantageuse dans une cour étrangère, où ses talens et son caractère lui promettaient de grands succès. Il était sans ambition ; il tenait à ses habitudes, à ses douces occupations, à des projets de retraite qu'il méditait déjà et dont il avait arrangé le plan, à une sorte d'indépendance qui avait toujours été son idole, et à laquelle il avait sacrifié, ce qu'en général tous les hommes recherchent, la douceur d'un établissement qui, dans le sein d'un ménage heureux, multiplie les intérêts et attache plus fortement à la vie. Il l'effectua cette retraite, si l'on peut donner ce nom au nouveau genre de vie qu'il menait au château d'Orbessan. Accessible à tous ceux qui avaient besoin de lui, il devint l'arbitre de toute la contrée ; et cette justice de paix s'étendait depuis la ville d'Auch, jusqu'aux pyrénées. La vallée de Campan lui a les plus grandes obligations.

Sa bienfaisance ne se bornait pas à entretenir la paix dans les familles ; il y répendait les secours de toute espèce, avec une juste proportion, depuis la plus légère aumône, jusqu'aux moyens d'établissement. Deux sœurs, dont la vocation était différente, passèrent tout-à-coup d'un état d'aisance à une profonde misère, par la mort prématurée de leur père. M. d'Orbessan le remplaça. Il les dota toutes deux, suivant leurs goûts, l'une pour le mariage, l'autre pour le cloître. Il avait beaucoup d'amis à Toulouse; il en eut beaucoup dans sa retraite: son affabilité et les charmes de sa conversation y attiraient toute la bonne compagnie du pays. Il se prêtait à cet empressement avec une complaisance extrême, pendant ses heures de délassement. L'intérieur de son cabinet était pour les élus qui n'étaient pas étrangers à ses occupations. Ces liens d'affection mutuelle se resserraient à proportion qu'il avançait vers le terme de sa vie. « Entouré de ses véritables amis, il se pro-»mettait quelques douceurs dans ces derniers momens, »dit M. de Lavedan, il vit les troubles de son pays, et sa mort fut douloureuse. »

Il eut pour successeur M. Gary.

La place de M. d'Orbessan, son père, avait été donnée à M. de Riquet, alors avocat-général, et ensuite président à mortier.

118.º M. DE MIRAMONT, Conseiller 1807. au Parlement.

M. le Président Desazars prononça son discours le 9 janvier 1807.

»M. de Miramont était né au commencement du »dix-huitième siècle (en 1705) d'un père distingué »dans la profession d'avocat.

»Il fit ses premières études à Toulouse au collége de »cette société trop fameuse, qui dut périr par l'excès »de consistance politique auquel elle était parvenue, »mais qui fut si long-temps utile aux progrès de l'en-

»seignement public. Il y obtint fréquemment de ces
»triomphes qui enivrent l'enfance, et auxquels sourit
»l'âge mûr, comme à des présages presque certains
»des talens qui doivent un jour contribuer à la gloire
»et au bonheur des états. Des thèses générales dédiées
»au parlement et qui furent soutenues avec distinction,
»couronnèrent ce premier cours d'études.

» Mais ce fut sur-tout dans celles qu'il dirigea bien-
»tôt après vers la science épineuse du droit, que se
»développèrent plus sensiblement les heureuses dis-
»positions dont la nature avait doué M. de Miramont.
»On put aisément apercevoir en lui, sur les bancs de
»l'école, le magistrat qui devait dans la suite, digne-
»ment figurer sur les hauts sièges de Thémis.

» Après avoir disputé une agrégature dans la faculté
»de droit, il alla à Paris, perfectionner et polir l'éru-
»dition qu'il avait acquise en province. Il y suivit avec
»une constante assiduité, le barreau, et y prit d'excel-
»lentes leçons pratiques des Cochin, des Normand, et
»autres célèbres avocats, dont il acquit aussitôt l'estime
»et l'amitié. Ces deux sentimens semblaient s'attacher
»naturellement à sa personne.

» Mais bientôt, il fut distrait de cette honorable
»carrière par un de ces incidens que le hasard produit
»quelquefois, pour contrarier le cours de nos des-
»tinées.

» Le jeune avocat s'engage tout-à-coup dans les laby-
»rinthes de la diplomatie. Entraîné par M. de Guerchi,
»ambassadeur de France en Angleterre, il y débarqua
»avec le titre de secrétaire d'ambassade.

» La politique ne convenait pas à son ame trop
»franche, à la candeur de son caractère. Il quitta pré-
»cipitamment l'Angleterre, et revint dans sa ville natale.

» Rentré dans le sein de sa famille, il épuisa auprès
»des respectables auteurs de ses jours, tout ce que la

»piété filiale peut avoir de plus tendre et de plus affec-
»tueux. Il marchait, en même-temps, sur les pas de
»son digne père, dans les pénibles sentiers du barreau.

»Une certaine timidité qui n'était proprement, que
»l'emblême d'un talent modeste, l'éloigna des bruyants
»et tumultueux éclats de la plaidoirie. Mais, il prépa-
»rait dans le silence du cabinet le triomphe de la
»vérité, et de l'innocence ; et le plus souvent, il dé-
»vançait les oracles de la justice, dans des écrits, où
»le goût de la bonne et saine littérature, s'alliait aux
»profondeurs de la science des lois.

»M. de Miramont fut reçu conseiller au parlement
»de Toulouse, en 1736. Cette même année, il avait
»perdu, presque d'un seul coup, les deux auteurs de
»ses jours ; l'année suivante, il épousa Mademoiselle
»de Saget, fille de l'avocat général.

»Ce fut, à peu près, à la même époque, qu'il fut
»reçu membre de l'Académie. Son remercîment, et
»l'éloge de Clémence Isaure, qu'il prononça en 1740,
»ne purent qu'ajouter à l'opinion qu'on avait déjà de
»ses talens.

»Si l'on n'a pas recueilli les autres productions litté-
»raires de M. de Miramont, n'en accusons que sa
»modestie et la multitude de ses travaux judiciaires,
»qu'il regardait comme ses premiers devoirs.

»Il ne pouvait guères se livrer aux délassemens que
»procure le commerce des muses, qu'à la campagne,
»pendant le temps des vacations du parlement. Quel-
»ques vers tournés avec une élégante facilité, lui mé-
»ritèrent souvent, de ces succès de société que l'hom-
»me de lettres ne dédaigne pas toujours, et qui suffi-
»saient à ses modestes prétentions. Il en eut, sans
»doute, obtenu de plus marquans, si ses graves occu-
»pations lui eussent permis de s'attacher à ce genre
»aimable de littérature, dans lequel la bonté du cœur,
»se mêlait toujours aux jeux de l'esprit.

»Son assiduité constante au travail, était citée pour
»modèle, et n'était guères distraite que par les exer-
»cices religieux que lui prescrivait sa piété douce,
»éclairée, et toujours active pour le bien, ou le sou-
»lagement de ses semblables.

»Ses mœurs étaient régulières jusqu'à l'austérité : la
»douceur enjouée de son humeur, et l'uniformité de
»ses habitudes, en le préservant des violentes secousses
»que donnent au corps, ainsi qu'à l'ame, les passions
»extrêmes, le conduisirent à une longévité patriar-
»chale. Il s'éteignit insensiblement, au milieu des con-
»solations, et des espérances compagnes de la fin de
»l'homme juste et religieux.

»Il ne vécut pas assez pour être témoin, et victime
»des fureurs révolutionnaires.

»M. de Miramont avait eu de son mariage, et à
»laissé, après lui, trois enfans, deux garçons et une
»fille. La piété filiale et le goût de la poësie ont inspiré
»à son fils aîné ce quatrain par lequel je terminerai cet
»éloge.

> »Soumis lui-même aux lois dont il fut l'interprète,
> »Bon père, tendre époux, vertueux citoyen,
> »Pliant à ses devoirs son goût pour la retraite ;
> »L'histoire de sa vie est celle d'un chrétien. »

M. de Miramont a eu, pour successeur, M. l'abbé
Jamme.

119.º M. DE PEGUEIROLES.

M. LEMAZUYER.

1807.

M. Lemazuyer venait de mourir, il était procureur-
général du parlement de Toulouse, et l'on se souvient
encore après plus d'un demi siècle, de l'austérité de
ses vertus, dans sa vie privée, ainsi que dans les actes

de son ministère. Elles étaient héréditaires dans sa famille. Son père et son aïeul avaient retracé, par leurs principes et la gravité de leurs mœurs, toute la dignité de l'antique et vénérable magistrature, l'un dans le même office de procureur-général; l'autre dans celui de premier président. En cela ils s'étaient conformés à l'esprit de leur siècle; au lieu que notre confrère, marchant sur leurs traces, eut à lutter contre l'esprit d'innovation et de désordre, que la régence introduisit dans tous les états, et dont l'influence se fit sentir d'une manière funeste, dans les mœurs et les habitudes de la magistrature entière.

M. Lemazuyer parvint à un grand âge, et il en soutint les infirmités avec un courage et une patience qui portaient l'empreinte de ses autres vertus chrétiennes. Il était né le 16 décembre 1668, il mourut le 19 octobre 1749.

M. de Pegueiroles avocat-général, avait montré dans l'exercice de sa charge, avec beaucoup de zèle et d'instruction, un genre d'éloquence qui fondait ses triomphes sur la force de la raison, et qui était très-analogue à la dignité de ses fonctions et à la gravité de ses mœurs.

Je ne retracerai pas ici les actions d'éclat qui, tous les jours, avaient ajouté à sa gloire. Il me suffira de dire que ce fut par là, qu'il fixa l'attention de l'Académie et qu'il mérita ses suffrages. Elle le nomma à la place vacante par la mort de M. Lemazuyer, comme si, dans ce choix, elle avait eu à cœur de reconquérir précisément les mêmes qualités, les mêmes talens, et les mêmes vertus dont elle déplorait la perte.

Pour remplir dans toute leur étendue les devoirs d'avocat-général et pour pouvoir suffire à ce qu'ils avaient de pénible, il fallait être dans la force de l'âge. M. de Pegueiroles l'éprouva , comme ceux qui l'avaient précédé dans cette carrière, et à leur exemple, lorsqu'il approcha de sa quarantième année , il quitta le parquet, pour trouver non pas le repos, mais des occupations moins pénibles , dans l'exercice d'une charge de président à mortier ; et là il eut occasion de bien manifester combien il en était digne, par la force de ses principes et de son caractère.

Le parlement de Toulouse avait un nouveau premier président qui, trop occupé des prérogatives de sa place , s'était aliéné tous les cœurs, et les avait disposés à recevoir peut-être avec trop de facilité, tout ce qu'on lui imputa des projets ambitieux, au préjudice de sa compagnie.

Je me souviens de cette époque qu'on appelait désastreuse , parce qu'une compagnie de judicature serait peut-être réduite à l'impuissance de troubler la perception d'un nouvel impôt. Ces jeux d'enfans , car on ne peut pas aujourd'hui leur donner d'autre nom , attiraient alors l'attention de la France entière.

M. de Fitz-James , commandant en Languedoc , était venu tenir à Toulouse, une sorte de lit de justice, pour l'établissement de quelque vingtième. Ses instructions portaient qu'il se rendrait au palais le 13 septembre , dernier jour de la séance du parlement , et que là , il attendrait , s'il le fallait , jusqu'à minuit ; parce qu'alors les vacances commençant , et le parlement étant sans fonctions, on n'aurait pas à craindre qu'il s'opposât à l'exécution de l'édit qui ordonnait la levée du nouvel impôt. C'est ainsi qu'en décélant sa faiblesse, le gouvernement provoquait la résistance des cours à qui appartenait la vérification des lois.

Tandis que M. de Fitz-James faisait transcrire dans les registres ce nouvel édit, le parlement, pour n'en être pas témoin , s'était retiré de la grand'chambre dans la salle du conseil, à l'exception néanmoins du premier
président

président qu'un ordre particulier forçait d'assister à cette transcription.

Minuit sonnant, M. de Fitz-James se transporte à la salle du conseil, et donne au parlement l'ordre général de se dissoudre, attendu qu'il est sans fonctions publiques, jusqu'après la Saint Martin. Immobiles sur leurs sièges, ces vénérables magistrats ajoutèrent à la dignité de leur maintien, celle d'un profond silence.

Déconcerté par cette constante immobilité, M. de Fitz-James, après de nouvelles sommations également inutiles, redescend à la grand'chambre, et de là il adresse au plus ancien des présidens à mortier, une lettre de cachet portant ordre de se retirer sur-le-champ. L'ordre étant personnel, il fallut obéir. Le second président et plusieurs autres furent écartés de même, en suivant l'ordre du tableau.

Le tour de M. de Pegueiroles allait venir. Au lieu d'attendre la signification de l'ordre qu'on remplissait de son nom, il se lève et marche vers la grand'chambre à la tête du parlement. Cette apparition inattendue achève de déconcerter M. de Fitz-James, et donne le temps au parlement d'annoncer l'arrêt de sa prorogation, d'annuller la transcription faite sur ses registres, et de défendre la perception du nouvel impôt.

Le parlement en corps n'avait à craindre qu'une translation ou un exil, et il n'y avait pas un grand mérite à combattre ainsi dans la foule. Mais il fallait avoir du caractère et un sentiment profond de ses devoirs, pour entreprendre et soutenir ainsi personnellement et à découvert une pareille lutte. On sait quelles persécutions essuya M. de la Chalotais, à peu près dans le même temps, pour avoir opposé une résistance moins vive et moins directe aux ordres de la cour, portés également par un commandant de province.

Le parlement de Toulouse fut plus heureux, quoi-

R

qu'il eût poussé la vigueur jusqu'à décréter M. de Fitz-James de prise de corps, et qu'il eût mis en mercuriale son premier président, pour avoir entretenu avec lui des relations trop particulières. Un autre commandant fut donné au Languedoc ; et le premier présient, abandonné par les ministres qu'il avait peut-être trop bien servis, finit par se démettre de sa place.

Dans la négociation qui prépara ce triomphe, le parlement oublia trop ce qu'il devait à M. de Pegueiroles. Un autre président fut mis à la tête d'une députation envoyée à Versailles, pour traiter ces grands intérêts. M. de Pegueiroles ne s'en plaignit point ; mais il résigna son office ; et s'étant fait recevoir président honoraire, il se retira à Milhau, pour s'y occuper uniquement de ses affaires et de l'éducation de ses enfans.

Le parlement perdit ainsi un de ses plus grands magistrats. L'Académie vit aussi avec douleur cette retraite prématurée d'un homme très-instruit, dont le goût était sûr, l'application constante, le jugement très-sain, et qui sous des formes un peu graves, avait un esprit agréable, une politesse soutenue, et le sentiment des égards et des bienséances qui ont toujours distingué la société des enfans d'Isaure.

Lorsqu'en 1771, le chancelier Maupou, après avoir dispersé le parlement de Paris, menaça les parlemens de province, M. de Pegueiroles, sans autre motif que l'impulsion d'un sentiment généreux, s'arracha aux douceurs de sa retraite, et vint partager les dangers du parlement qui avait méconnu ses services, et auquel il ne tenait que par une vétérance qui ne lui imposait aucune obligation.

C'était courir au-devant d'un ordre rigoureux. Il le reçut avec fermeté, en supporta la gêne avec constance, et lorsqu'enfin après quatre ans de disgrace, le parlement fut rétabli dans ses fonctions, il n'y reparut qu'un instant, pour ajouter, par sa présence à l'intérêt et à la solennité de cette réintégration, après quoi il retourna dans sa retraite, où il préparait l'établissement de ses enfans, après s'y être essentiellement occupé de leur éducation.

M. de Pegueiroles croyait aux bonne races. Il trouvait dans son cœur la preuve de cette vérité, que, dans certaines familles, les bonnes qualités se transmettent d'une génération à l'autre, comme on voit certains fonds aidés par la culture, ne jamais produire des plantes dégénérées. Quand le moment fut venu de marier un de ses enfans, il écrivit à Toulouse, où il avait conservé peu de relations, pour savoir si M. le comte de Paulo avait laissé des enfans, et s'il y avait, parmi ces enfans, une fille en âge d'être mariée. Sur la réponse affirmative de son correspondant, il part de Milhau avec son fils, vient à Toulouse, et lorsqu'ils ont vu la jeune personne, il la demande en mariage pour son fils, à qui il donne en corps d'héritage une valeur de six cents mille francs.

C'était le plus jeune de ses deux enfans. Son fils aîné qui voyageait alors, et qui devait être son héritier universel, crut aussi ne pouvoir mieux faire, quatre ans après, que de venir chercher, dans la même famille, celle qui devait s'unir à sa destinée, et faire le bonheur de ses jours. Il épousa la sœur de la femme de son frère; et M. de Pegueiroles se félicita toute sa vie, d'avoir suivi et d'avoir inspiré à ses enfans, cette confiance qui sera toujours la moins trompeuse de toutes les présomptions.

M. de Pegueiroles n'était pas compris dans l'arrêté du comité de sûreté générale qui proscrivit en masse tous les titulaires du parlement de Toulouse, mais il avait contre lui, son mérite, ses vertus et l'éclat que leur donne le bon emploi d'une grande fortune. C'en fut assez, pour lui mériter une proscription particulière. Il fut enlevé de sa maison et envoyé à ce tribunal effroyable qui venait de se baigner dans le sang de ses anciens confrères.

Son fils aîné, conseiller au parlement, avait échappé à cette boucherie, et se tenait toujours caché. Son second fils était en réclusion. Cette belle-fille qu'il était venu chercher à Toulouse, et qui tous les jours de sa vie lui faisait bénir le ciel de cette heureuse inspiration, voulait le suivre, pour lui donner les soins qu'exigeaient et son grand âge et ses infirmités. Elle en fut empêchée par les monstres qui l'avaient dévoué à la mort ; et lui même s'y serait opposé, disait-il, sentant qu'il serait doublement malheureux, quand même elle n'aurait à partager que les fatigues et les horreurs d'un tel voyage.

Il partit seul à l'âge de soixante-quatorze ans, escorté de deux gendarmes dont la moindre complaisance était mise à un très-haut prix, qui bientôt exigèrent le même salaire, sans avoir pour lui aucun égard, et qui finirent par lui enlever tout ce qu'il avait emporté, tout jusqu'à ses vêtemens et à son linge. C'est ainsi qu'il arriva à Paris. Après avoir langui plusieurs jours, dans le corps de garde du comité de sûreté générale, où les gendarmes le déposèrent, il fut jetté dans les cachots de la conciergerie ; et comme si la providence avait voulu proportionner cette épreuve à la grandeur de son courage et de sa patience, il se trouva manquant de tout, accablé par l'âge et par les fatigues d'une longue route, couché sur la paille humide, dans un cachot souterrain, dévoré par la fièvre, et souvent n'ayant pas une goutte d'eau pour appaiser la soif brûlante qui était son plus grand supplice.

Calme au milieu de ces souffrances, et cherchant à les mettre à profit par la considération des modèles que la religion lui montrait parmi ceux qui souffrirent pour elle, il étonnait ses geoliers par sa résignation et sa douceur.

Quelques jours plutôt, on l'eut envoyé à l'échafaud, pour n'avoir pas l'embarras et le spectacle de sa mort dans les prisons. Mais l'exécrable auteur de tant de massacres avait déjà vomi son ame infernale. Le fatal tombereau ne venait plus porter l'effroi dans les prisons; M. de Pegueiroles fut envoyé à l'hospice.

Le voilà donc réduit à s'estimer heureux d'avoir un lit à l'hôpital. Quel hôpital, grand Dieu ! Les filles de Vincent de Paul en avaient été chassées, et personne n'avait succédé, dans les détails de cette administration, à leur charité compatissante.

Sur ce lit de douleur, où ses membres purent au moins se réchauffer, nourri du pain des pauvres, perdu dans cette foule de misérables qu'aucune attention particulière ne consolait, sa fièvre s'appaisa. Il surmonta, par un effort de courage, son état d'extrême faiblesse, pour se mêler à la troupe des convalescens à qui il était permis de respirer le grand air sur une terrasse voisine.

Dans une histoire si lamentable, tous les détails sont intéressans. M. de Pegueiroles, abandonné de tout l'univers et touchant aux portes de la mort, est frappé par des accens qui lui rappellent son pays. Il se traîne vers le garde national dont le langage annonce qu'il est né dans le Rouergue. Cet homme lui dit qu'il est de Milhau, et lui nomme toutes les personnes considérables de cette ville.

Il faudrait avoir été plongé dans l'abyme de malheur, où se trouvait M. de Pergueiroles, pour comprendre combien il fut ému de s'entendre nommer par un homme de son pays, qui lui-même fut troublé et s'attendrit jusqu'aux larmes, en le reconnaissant sous les haillons de la misère. Tout ce que j'ai est à vous, lui dit ce brave homme, et il part aussi-tôt pour lui pro-

curer du linge et des vêtemens, et tous les autres secours qui étaient en son pouvoir. Il se hâta d'écrire à
Milhau son heureuse découverte, et quel plaisir il aurait à ramener lui-même, dans sa patrie, ce vénérable
vieillard. Vaine espérance ! son ame forte avait bien pu
soutenir un moment et ranimer les ressorts d'un corps
usé par l'âge et par de si longues souffrances ; mais cette
violence même avait hâté ses derniers instans. Il mourut
le 28 octobre 1794.

Sa famille était désolée de n'en avoir eu aucune
nouvelle depuis qu'il avait dépassé Lyon. Parmi ceux
à qui l'on s'était adressé, était un membre de la convention qui avait eu des rapports intimes avec M. de
Pegueiroles, et lui avait témoigné depuis peu un très-
vif intérêt. Une grosse somme lui avait été envoyée. Ce
représensant si sensible et si dévoué, non-seulement ne
se donna aucuns soins, ne fit aucune réponse ; mais il
alla dénoncer et remettre au comité de sûreté générale,
l'argent qu'il venait de recevoir ; et lorsqu'après la
mort de Robespierre tout le monde se rassurait ; soit
que ses appréhensions durassent encore, ou qu'il fût
honteux de sa perfide pusillanimité, il ne chercha pas
à savoir si M. de Pegueiroles était arrivé dans les prisons
de Paris, ou s'il avait succombé aux premières fatigues
de son voyage. Cependant s'il avait été secouru, dans
le corps de garde, où il resta en dépôt pendant plusieurs jours ; n'étant compris dans aucun acte judiciaire,
il eut été rendu à la liberté ; il n'eut pas du moins
achevé de perdre sa santé, dans les cachots de la conciergerie.

C'est sur ce mécompte cruel, que portèrent principalement les regrets de sa famille, lorsqu'après avoir
appris, par une sorte de miracle, qu'il vivait encore,
elle reçut, le surlendemain, la nouvelle de sa mort.

D'autres malheurs succédèrent coup-sur-coup à cette
funeste nouvelle. Les deux enfans de M. de Pegueiroles

étaient dans la plus grande force de l'âge ; l'aîné n'avait
.pas encore quarante ans. Ils avaient échappé aux dan-.
gers de la révolution. Leur santé jusqu'alors excellente
commença à s'affaiblir ; ils moururent à peu de dis-
tance l'un de l'autre, avant d'avoir pu se régler sur la
succession de leur père, compliquée de mille embarras,
qu'avait fait naître le malheur des temps.

Le bon esprit qui dirige les deux sœurs, et leur
empressement pour les moyens conciliatoires, dans
l'administration de deux tutelles dont tous les intérêts
sont en opposition, sauvera à leurs enfans les débris
de cette grande fortune ; et en cela ils recueilleront
aussi le fruit de la sagesse de leur aïeul, et de l'heureux instinct qui l'éclaira dans le choix de cette
alliance.

Je prononçai l'éloge de M. de Peguciroles le 14
mars 1807. M. Desmousseaux lui a succédé.

* * *

120.º M. le Président DE PORTES.   1807.

M. Le président de Portes avait un caractère doux,
des manières simples, un esprit juste et agréable, une
disposition habituelle à la gaîté, la politesse et la facilité, qui font le charme des sociétés choisies. Il avait
été destiné, en naissant, à la magistrature. M. de
Pardaillan son père, président aux enquêtes, jouissait
d'une grande réputation d'habileté dans les affaires ;
le frère de sa mère, M. d'Orbessan, président à mortier, avait ajouté aux connaissances de son état toutes
les lumières que peut donner une littérature immense ;
c'étaient les deux modèles qu'on ne cessa de proposer
à M. de Portes, dans son enfance et dans le cours de
ses études.

Et pater Æneas et avunculus excitet Hector.

Quoique bien jeune à la mort de son père, M. de

Portes fut pourvu de l'office de président aux enquêtes, et il apporta dans l'exercice de ses fonctions, une application constante, et une très-grande facilité à saisir les affaires et à les discuter.

Un des privilèges des présidens était de n'être jamais chargés du rapport des procès. M. de Portes par obligeance, ou pour la plus prompte expédition, se chargeait souvent de rapporter pour les autres. Il avait entr'autres talens, celui d'une grande clarté dans les idées, d'une élocution très-facile, d'une mémoire imperturbable ; et il s'était fait une méthode qui, mettant chaque chose à sa place, écartait les embarras, et abrégeait les discussions. Cet exercice de surérogation, si avantageux pour la chambre qu'il présidait, lui fut très-utile à lui-même, lorsqu'aux approches de la vieillesse, ayant vu renouveller deux fois la composition des enquêtes, il en quitta la présidence, pour aller prendre son rang de conseiller à la grand'chambre, parmi ceux de son âge.

Il avait été reçu à l'Académie, en 1772, à la mort de M. de Bojat ; et il avait, pour ses travaux académiques, le même zèle, que pour ses fonctions de magistrat. Exercé dans tous les genres d'écrire, il lut, trois mois après son installation, dans la séance du 2 août, un excellent discours sur les avantages que l'homme de lettres peut trouver dans les sociétés même les plus frivoles, lorsqu'il a déjà formé son esprit par des réflexions solides, et par des méditations qu'on ne peut rendre bien profondes, que dans la retraite. Dans la séance du 22 janvier suivant, il lut une epître en vers sur le bonheur. Cette epître qui respire la philosophie la plus douce et la plus aimable, était écrite d'un style sage et animé : c'était la raison ornée de tous les agrémens qui peuvent convenir à la parure de Minerve.

Pour connaître combien il était sensible aux charmes de l'éloquence et de la poësie, et avec quelle justesse il en appréciait les avantages, il suffit de lire le discours qu'il prononça dans la séance publique du trois mai 1778, sous le titre d'*Eloge de Clémence Isaure.*

J'indiquerai comme un modèle de goût, de correction, de justesse et de sensibilité, l'éloge de M. d'Estadens, qu'il avait prononcé en 1777.

Assidu à tous nos exercices, il était toujours prêt à prendre la parole, pour remplir nos séances particulières ; comme au palais, il s'emparait, pour ses rapports, de tous les instans que les autres laissaient libres. Le seul reproche qu'on puisse lui faire, est de n'avoir pas été assez attentif à remettre aux éditeurs de nos recueils, tous ses ouvrages, et en particulier les éloges de M. de Progen et de M. l'abbé de Neuvillé, où l'Académie avait remarqué, avec la tournure élégante de ses autres compositions, toutes les conceptions d'une philosophie sage et religieuse.

Il mourut pendant notre dispersion. Quand nous fûmes réunis, et qu'il fut question de lui donner un successeur, M. de Lavedan chargé de prononcer son éloge, remplit, au gré de l'Académie, cette tâche honorable. Cet éloge qu'il retint, pour y faire quelques changemens, et qui devait entrer dans le recueil de 1807, est inédit encore. Peut-être est-il perdu. En attendant que M. de Lavedan le retrouve ou le rédige de nouveau, cette note empêchera qu'on n'impute à l'Académie d'avoir négligé de manifester ses regrets sur la perte d'un Académicien si aimable, et si utile.

M. de Portes a eu pour successeur, M. Dralet.

121.º M. le Président DAGUIN.

Je prononçai son éloge le 28 mai 1806.

Le nom de M. le président Daguin ne peut être prononcé dans la ville de Toulouse et dans le vaste ressort qu'avait son parlement, sans rappeler des souvenirs glorieux et déchirans, et sans exciter des regrets douloureux ; mais c'est surtout dans le sein de l'Académie, que doit se trouver l'empreinte d'une douleur vive et profonde. M. Daguin n'étant encore qu'écolier de rhétorique, au collége des jésuites de Toulouse, où le père Vanière avait naturalisé les muses latines, reçut leur inspiration, et remporta un prix de poësie, à l'Académie de Rhodez qui, dans un temps, où la frivolité du dernier siècle affectait de mépriser toute espèce d'érudition, avait cru utile d'entretenir le goût et l'émulation de la littérature ancienne. Ce jeune poëte qui n'était pas sans amour propre, et qui était trop modeste, pour espérer un grand succès, ne se vanta à personne, d'avoir osé se présenter à ce concours ; et lorsqu'à l'époque indiquée, il apprit que son ouvrage avait été couronné, il en fut plus étonné que ses maîtres et ses parens, pour qui la circonstance de ce secret si bien gardé fut un surcroît de jouissance.

La philosophie de l'école commençait à peine à secouer le joug d'Aristote, et à substituer à la rouille de quinze siècles d'ignorance, les erreurs brillantes du système de Descartes. Ce système ne fut jamais présenté d'une manière plus séduisante que dans l'exercice public, où M. Daguin fut choisi pour soutenir, en présence du parlement, le choc des argumens de la vieille école.

Ces exercices avaient alors un intérêt que malheureusement ils ont presque entièrement perdu. Et certes ce n'était pas un petit mérite pour un adolescent, d'embrasser ainsi l'ensemble de tout ce qu'on savait

de logique , de morale , de métaphysique, de physique
générale et particulière ; d'établir et de défendre chaque proposition dans une langue dont l'habitude annonçait seule la culture de l'esprit.

La même supériorité qu'il avait eue au collége ,
M. Daguin la conserva aux écoles de droit, et lorsqu'il
fut reçu conseiller au parlement, l'examen que lui
firent subir ceux dont il allait devenir le confrère ,
leur annonça qu'ils auraient en lui un magistrat très-
éclairé.

Je sais tout ce qui a été dit contre la vénalité des
offices de judicature, et contre l'ordre de succession
qui les perpétuait dans certaines familles. Mais les plus
grands partisans des idées nouvelles conviennent qu'en
aucun temps, et en aucun pays, la justice n'a été distribuée avec plus de sagesse et d'assiduité, avec un appareil plus imposant, une dignité plus soutenue, que
par ces grands corps de magistrature dont la juridiction couvrait toute la France, et où les mêmes noms
et les mêmes vertus reparaissaient de génération en génération entourés d'un éclat qui n'est pas encore ef-
facé, et qui laisse dans nos souvenirs l'empreinte d'une
vénération religieuse.

Il est si raisonnable qu'un fils qui n'a pas dégénéré
succède aux honneurs de son père, et qu'un père qui
honore son état, cherche à le transmettre à son fils ,
avec les goûts et les inclinations qui doivent l'en rendre digne. L'homme naturellement imitateur prend
comme par instinct, les habitudes de sa famille ; ainsi
se forment et se soutiennent les différentes vocations ;
le fils d'un militaire s'exercera, pour ainsi dire, en
naissant, au maniement des armes ; le fils d'un magistrat se livrera à l'étude, et n'aura d'autre objet d'ambition , que la vie paisible et sédentaire dont l'exemple
aura toujours frappé ses yeux.

Le père de M. Daguin était président aux enquêtes.

Cette présidence exigeait que celui qui en était revêtu fût pourvu, en outre, d'un office de conseiller; mais s'il avait un fils, il pouvait lui transmettre cet office, qui dès-lors et dans ce seul cas, se détachait de la commission de président. C'est ainsi que le gouvernement favorisait, dans les compagnies de haute magistrature, cette succession de père en fils, dont elles avaient reçu tant de lustre, et qui contribuait puissamment à y maintenir les mêmes principes.

M. Daguin fut reçu conseiller au parlement à vingt-un ans, c'est-à-dire, quatre ans avant que sa voix pût être comptée dans les jugemens. Ces quatre ans n'étaient pas tout-à-fait un temps de silence pour les jeunes magistrats. Quoique leur voix ne dût pas être comptée, on la leur demandait. On exigeait qu'ils établissent leur opinion et qu'ils combattissent l'opinion contraire. Par cet exercice, et il ne pouvait pas y avoir une meilleure école, ils développaient leurs talens; leur jugement se formait; et ils donnaient la mesure de leur aptitude et de leur application à ceux dont ils devaient bientôt partager les travaux.

Ces grands corps de magistrature n'étaient pas bornés dans leur vocation, à la distribution de la justice souveraine : une plus haute prérogative, des fonctions plus augustes leur avaient été confiées. En leurs mains résidait la défense de la constitution de l'État. Impuissante quelquefois et toujours vertueuse, cette défense fut constamment utile et à l'autorité dont elle gênait les actes arbitraires, et aux peuples pour qui elle intercédait, lorsqu'elle ne pouvait plus les protéger.

Dans ces grandes questions de droit public, il ne suffisait pas d'être savant, il fallait encore avoir de l'éloquence, une ame élevée et cette noblesse de sentimens qu'aucun danger n'étonne et ne détourne du chemin de l'honneur.

En entrant dans cette lice particulière , M. Daguin ne trouva qu'un rival et ce rival devint son ami. Unis par les mêmes devoirs, les mêmes goûts, et les mêmes études, M. Rafin et M. Daguin furent dès-lors inséparables. Un attrait mutuel leur inspira de travailler de concert. Réunissant ainsi leurs efforts , ils furent pendant vingt ans l'ame et l'organe des grandes délibérations du parlement, et les rédacteurs de ces remontrances fermes et respectueuses que les ministres des Rois purent trouver importunes ; mais dont la justice ne fut pas toujours méconnue.

Je l'ai dit ailleurs, c'était le temps le plus brillant de l'Académie. Tandis qu'elle inscrivait Marmontel et Reganhac sur la liste des maîtres de ses jeux , elle recevait parmi ses mainteneurs M. l'abbé d'Aufrery , M. de Pegueiroles , M. l'abbé Forest , M. Castillon , M. Rafin , M. d'Orbessan , M. Verny , M. Daguin , M. Lacroix et M. de Sauveterre. Je les nomme de préférence parce qu'ils étaient tous dans cette force et cette fleur de jeunesse qui , pour les productions de l'esprit, comme dans les autres travaux de la vie , remplit les devoirs du moment présent, et montre en perspective toutes les espérances d'un heureux avenir.

Placé au milieu de cette brillante jeunesse , M. Daguin parut dans le temple d'Isaure avec le même éclat qui avait signalé son entrée dans le sanctuaire de la justice; et comme alors n'étant que simple magistrat, il pouvait partager son temps avec une égale mesure, entre tous ses devoirs, l'Académie n'eut pas de mainteneur plus zélé et plus utilement assidu à tous ses exercices. A la mort de son père , ayant été pourvu de son office de président aux enquêtes, les lettres ne furent plus pour lui qu'un délassement. Mais ce délassement lui était nécessaire , et l'Académie eut tous les instans dont il pouvait disposer.

C'est ainsi , qu'après avoir ouvert l'année académique, en 1764; par un discours éloquent sur le goût, il voulut essayer, deux ans après, dans l'éloge de Clémence Isaure, d'opposer une digue aux opinions nouvelles qui, pour me borner à la littérature, tendaient à la dégrader et à la détruire.

M. Daguin laissant aux sciences tous leurs avantages, et rendant sincérement hommage à tout ce qu'elles ont d'utile et d'étonnant, revendiqua pour l'éloquence et pour la poësie, ce que les sciences et la philosophie n'avaient cessé de leur emprunter, depuis le divin Platon qui s'était formé à l'école d'Homère; depuis Cicéron et Lucrèce dont le premier avait été l'orateur le plus éloquent et le meilleur philosophe de Rome, et dont le second avait sauvé de l'oubli la philosophie d'Epicure, jusqu'à Pascal, Bossuet et Malebranche, qui furent les écrivains les plus éloquens et les plus profonds de leur siècle; jusqu'à Buffon, qui devait à sa manière d'écrire, le succès de ses ouvrages, et la gloire de sa réputation naissante.

Parcourant ensuite les services que les lettres avaient rendus à la jurisprudence, à la religion, à toutes les branches des connaissances humaines, M. Daguin en concluait avec raison, qu'il n'y a que les esprits médiocres qui méconnaissent le rapport des lettres avec la gloire des états, le bonheur des hommes et l'empire des vertus; et là se trouva naturellement placé l'éloge de Clémence Isaure qui, du sein des ténèbres, s'éleva à cette haute et sublime conception, d'encourager, dans sa patrie, la culture des lettres, et de mener ses concitoyens par les charmes de l'éloquence et de la poësie, aux véritables sources du bonheur et de la vertu.

Des combats d'une autre nature l'appelèrent bientôt dans une autre arène. La même philosophie qui déjà attaquait ouvertement la religion, travaillait sourdement à isoler le trône, en lui ôtant un autre grand appui , la fidélité des grands corps de magistrature gardiens des lois qui commandaient l'obéissance des peuples et limitaient le pouvoir de l'autorité.

Des voix éloquentes s'élevèrent de toute parts , pour protester contre une violation jusqu'alors sans exemple. Celle de M. Daguin retentit avec une distinction qu'il obtenait toujours dans ces actes solennels. Les ministres la rendirent plus éclatante , par l'affectation de lui assigner un exil rigoureux , tandis qu'à l'égard des autres , on se bornait à les écarter du lieu de leurs séances.

Toute la France applaudit au triomphe qui suivit cette légère disgrace. L'Académie le consacra par un prix extraordinaire , et M. Daguin ouvrit , par un discours d'apparat, la séance solennelle, où l'on proclama le nom du poëte qui avait plus dignement célébré le le retour de nos magistrats.

Que ne puis-je passer sous silence ces temps de crime et de malheur , où il fut bien démontré que les magistrats , dont la résistance avait été si follement calomniée , étaient incontestablement les amis les plus fidèles , et les plus zélés defenseurs du trône.

La proscription en masse du parlement de Toulouse n'étonna pas M. Daguin. En suivant la marche de cette épouvantable révolution , il avait annoncé que tous les attentats de la ligue allaient se reproduire ; que la faction des seize se retrouverait dans les comités , et que Bussi-Leclerc aurait un successeur.

Plein de ces idées , le sentiment de sa dignité ne l'abandonna pas, lorsque traduit à Paris avec ses confrères , il fut interrogé par Fouquier-Tainville (1). Sans daigner lui répondre ; il se retourne et s'achemine vers l'échafaud , à la suite de ceux dont la condam-

---

(1) Il avait été comme Bussi-Leclerc , procureur au parlement de Paris.

nation était déjà prononcée. C'est ainsi qu'à l'aspect du cadavre du président Brisson, Larcher cet autre modèle d'un noble dévouement, marchait à la mort, sans vouloir entendre la lecture de la sentence dont Bussi-Leclerc avait fait dresser le formulaire.

Cette force d'ame et de principes, M. Daguin l'avait puisée à sa véritable source. Il trouva aussi dans la religion, les consolations qu'elle seule peut donner, et dont son ame avait tant de besoin. Le sacrifice de sa vie n'était rien ; tout le monde savait se résigner à la mort : mais il avait tout à craindre pour les objets les plus chers à son cœur. Qu'allaient devenir sa femme, son frère, et ses enfaus ? Quel serait le terme, quelle serait l'issue de leur réclusion dans les bastilles, où lui-même, avait été retenu, en attendant qu'on le fît périr !

C'était là son véritable supplice, en portant des regards inquiets sur un avenir dont on ne pouvait percer l'obscurité qu'à la lueur des torches funèbres ; et lorsqu'il était si naturel qu'il concentrât ses affections dans sa famille, il s'occupait aussi de ses amis.

Peut-être y a-t-il un mouvement d'amour-propre, à indiquer que je fus présent à sa pensée, dans les angoisses de son agonie. Je ne me défends pas de cette faiblesse, si c'en est une, de me complaire dans le souvenir d'une amitié si honorable, et qui a laissé dans mon ame des regrets qu'aucun laps de temps ne pourra jamais épuiser.

Et qui mérita autant que M. Daguin, d'avoir des amis constans et fidèles ? Son ame ardente et énergique était faite pour l'amitié. Aucun calcul, aucune réserve timide et pusillanime n'en vinrent jamais troubler la douceur. Un ami était pour lui une propriété précieuse qu'il cultivait avec soin, et qu'il eût défendue avec courage. Ne se comptant pour rien, et sans cesse occupé des autres, il avait, dans le commerce de la

vie ,

vie, cet abandon qui fait le charme des sociétés intimes.

Sa disposition à la bienveillance, et une attention continuelle à resserrer ses attachemens, faisaient le fond de son caractère. Il aimait l'Académie, comme ses amis. Egalement affectionné à ses fonctions de magistrat, et à ceux qui les partageaient avec lui, il n'avait eu que ce motif, pour se refuser aux invitations d'un ministre (1) allié de sa famille, qui gouvernait la France, et qui, frappé de son mérite et de ses talens, voulait l'introduire au conseil, c'est-à-dire, le pousser dans la carrière de l'ambition.

M. le président Daguin n'en eut jamais d'autre, que de remplir ses devoirs, et de jouir des avantages qu'il trouvait dans sa position, malgré les traverses de sa vie publique, dont la compensation était dans la gloire qu'il y avait toujours recueillie. Heureux dans son ménage, heureux au milieu de ses enfans et de ses amis, heureux par ses travaux, heureux par sa modération et par la considération qui l'avait toujours entouré, exempt d'infirmités, au déclin de l'âge, il allait entrer dans la vieillesse avec la perspective de toutes les consolations que peut ambitionner l'homme de bien. Ce fut alors qu'il éprouva ce qu'enseignait un philosophe de l'antiquité, que *le bonheur d'un homme qui vit encore, flotte au milieu des écueils et des tempêtes* (2).

M. Daguin a eu pour successeur M. Desazars.

---

(1) M. le Duc de Choiseul.
(2) Les malheurs de sa famille ne finirent point là. De vives alarmes succédèrent à cette mort si cruelle. Le fils aîné de M. Daguin ayant pris une part très-active dans l'insurrection royale qui éclata quelque temps après, aux environs de Toulouse, fut arraché de l'asile qui lui avait été donné en Espagne, et traduit devant un conseil de guerre, comme un des chefs de l'insurrection. N'ayant pas été pris les armes à la main, il n'était pas justiciable de ce tribunal militaire ; mais personne n'avait osé proposer ce moyen d'incompétence. Je l'entrepris ; je sauvai M. Auguste Daguin, et avec lui plus de mille royalistes qui

1807.

122.° M. DE CAMBON , Évêque de Mirepoix.

Je prononçai son éloge le 12 juin 1807.

M. François-Tristan de Cambon, évêque de Mirepoix, appartenait à une de ces familles de robe, où l'amour de la justice, l'assiduité au travail, la gravité des mœurs, et les autres vertus publiques et privées, se transmettaient, comme un héritage, d'une génération à l'autre. Son bisaïeul, originaire du Rouergue, entraîné par son goût naturel et par le désir d'être utile, prit une charge de conseiller au parlement de Toulouse. Le fils de celui-ci obtint, pour récompense de ses services, un brevet de conseiller d'état ; et la considération toujours croissante que ses descendans acquirent dans le parlement, a survécu à l'existence de cette compagnie auguste, dont son arrière petit-fils était premier président en 1790, après y avoir été successivement avocat-général, président à mortier et procureur-général.

Le confrère que nous pleurons, et qui était son oncle, se consacra de bonne heure à l'état ecclésiastique. Après ses études, où il déploya une sagacité peu commune, et une grande étendue d'esprit, il revint de Paris prendre, dans le saint ministère, la place que son évêque lui destinerait.

M. de la Rochaymont occupait alors le siège de Toulouse, avec une supériorité d'administration inconnue jusqu'à lui, et qui, adoptée par tous ceux qui lui ont succédé, est encore dans toute sa vigueur. Ce

---

étaient entassés dans les prisons d'Auch et de Toulouse. Je fus merveilleusement secondé par M. de Cambacerès, alors Ministre de la justice, qui eut besoin lui-même, pour se faire entendre, de recourir à l'autorité du Ministre de la guerre. Malheureusement quinze de ces insurgés royalistes avaient été fusillés, quand j'entrepris la défense de M. Auguste Daguin.

prélat ambitieux, mais régulier, qui possédait au suprême degré le discernement des esprits et des caractères, associa au gouvernement de son diocèse, M. l'abbé de Cambon, et l'attacha à son église par une des premières dignités du chapitre métropolitain.

Il avait établi cette congrégation qui s'assemble régulièrement, et où se traitent toutes les affaires ecclésiastiques du diocèse. Les talens du nouveau grand-vicaire, en abrégeant le travail des autres, lui laissaient à lui-même plus de temps qu'il ne fallait, pour les détails d'administration dont il était chargé. Il vit qu'il pourrait suffire encore aux fonctions d'une charge de magistrature. Il fut reçu conseiller clerc au parlement.

A peine arrivé à la troisième chambre d'enquêtes, il s'y trouva, comme par instinct, un des meilleurs juges. A la grand'chambre, où il passa de bonne heure, il fut encore plus utile, par l'appui qu'il prêta à des esprits bien intentionnés, mais timides, dominés par l'ascendant d'un grand magistrat, à qui son âge et sa science donnaient une autorité toujours trop grande, dans un tribunal, lorsqu'elle s'offense de la contradiction.

Cet esprit austère dans le sanctuaire de la justice, ferme et conciliant dans le gouvernement du diocèse, avait, dans la société, un caractère d'amabilité très-attachant par les formes d'une grande politesse, et très-piquant par la vivacité des reparties, et par cette gaîté douce qui effleure les objets, et joue sans jamais offenser. Parmi les gens de lettres, sa conversation nourrie par tout ce qu'un bon esprit a pu puiser dans la méditation des chefs-d'œuvre anciens et modernes, réglée par les principes de l'école d'Horace et de Boileau, était toujours agréable et instructive. C'est dans les travaux académiques, qu'il s'était ainsi formé; et il aimait à répéter que n'ayant eu à offrir à l'Académie, que des espérances, quand on l'y reçut à l'âge de vingt-deux ans, il s'était appliqué à payer cette dette avec la même attention qu'il donnait à ses premiers devoirs.

Louis XV avait récompensé les travaux ecclésiastiques de M. l'abbé de Cambon, en lui donnant, en 1757, l'abbaye de Lacapelle; et l'on dut prévoir dès-lors qu'une grande place était destinée à un mérite si éminent, et qui se montrait avec tant de distinction dans le haut clergé et dans la haute magistrature. Cette perspective lui était présentée par tous ceux qui pouvaient diriger cette faveur de la cour; et le siège qu'on lui destinait, était même indiqué d'avance.

Le diocèse de Mirepoix qu'avait gouverné M. de Labrouc, notre confrère, et ensuite ce Théatin, dont l'élévation fut si hautement improuvée, avait alors pour évêque M. de Champflour, le plus pieux, le plus charitable des évêque de France. Ses mœurs représentaient toute la simplicité des temps apostoliques; mais ses vertus qui le plaçaient au premier rang parmi les pontifes, ne suffisaient point en Languedoc, où les évêques avaient aussi une grande administration temporelle.

M. de Champflour mourut en odeur de sainteté; mais son diocèse temporel était comme une terre inculte et sauvage. Il fallait lui donner un successeur qui continuât le bien spirituel, où rien n'avait été négligé, et qui remontât l'administration temporelle au niveau des diocèses voisins. Ce successeur, comme je l'ai dit, était désigné depuis long-temps; M. l'abbé de Cambon fut nommé à l'évêché de Mirepoix, au mois de mars 1768.

Quand il parut aux états de la province, au mois de décembre suivant, il connaissait dans le plus grand détail tous les besoins de son diocèse; tous les plans d'amélioration étaient dressés; il était instruit des af-

faires générales ; il en parlait comme s'il avait vieilli
dans cette administration. En moins de dix ans , le
diocèse de Mirepoix eut tous les chemins , tous les
ponts nécessaires. Trois couriers par semaine y appor-
taient, en quelques heures , les dépêches qu'on n'obtenait auparavant qu'une fois , et par un trajet de
deux jours. Ainsi s'anima l'activité du commerce et
l'industrie du cultivateur. Tout le pays se ressentit
de cette régénération. M. l'évêque de Mirepoix en
recueillit le fruit , puisqu'il fut témoin, ce qui n'arrive
pas toujours, de la prospérité qu'il avait procurée à
son diocèse.

En même-temps qu'il remplissait ainsi , dans toute
leur étendue, les devoirs de son administration temporelle , M. l'évêque de Mirepoix était encore plus essentiellement occupé de sa mission spirituelle. Son zèle
infatigable aspirait à perfectionner les institutions de
son pieux et saint prédécesseur , et il eut le bonheur
d'y réussir.

En excitant l'amour de l'étude et le zèle de la maison du Seigneur , il fallait entretenir la paix et la charité parmi les ecclésiastiques qui partageaient ses travaux ; il en vint à bout par la constance de ses instructions , la fermeté de son caractère et l'apropos de ses
démarches. Je n'en citerai qu'un seul trait.

Le curé de Mirepoix , sous prétexte de jansénisme,
refusait les derniers sacremens à un vieux prébendier
dont la vie exemplaire commandait le respect , et qui
depuis quarante ans , célébrait tous les jours, les saints
mystères. M. l'évêque de Mirepoix voulant prévenir
un grand scandale court à l'église , et fait administrer,
en sa présence , le viatique à ce vénérable vieillard ,
dont la dernière heure est consolée par cet acte de
justice et de charité.

M. de Champflour, son prédécesseur, se dépouillant
de tout pour les pauvres , avait eu souvent la douleur

de ne remédier qu'imparfaitement à leurs besoins.
M. de Cambon mettant à profit l'expérience de plusieurs établissemens de charité, eut toujours soin,
dans les temps calamiteux, de faire arriver d'avance
dans l'hôpital de Mirepoix qu'il avait rebâti à ses
dépens, et dans toutes les maisons curiales du diocèse,
une grande quantité de riz dont le mélange avec la
nourriture ordinaire du pauvre, (1) l'alimentait avec
plus d'abondance, d'une manière plus saine, et suffisait à tous les besoins.

Il présidait souvent à ces distributions. La première
fois qu'elles eurent lieu, s'étant apperçu que ces malheureux mourant de faim, n'approchaient qu'avec
méfiance de cette nourriture à laquelle leurs yeux
n'étaient pas accoutumés, il ne dédaigna pas de s'asseoir à leur table.

La charité chrétienne n'est pas renfermée dans les
bornes de cette bienfaisance que la philosophie du
dernier siècle a si fastueusement célébrée. M. de
Cambon avait pour principe qu'un évêque appartient
tout entier au troupeau qui lui est confié, et que le
sacrifice de sa personne est d'une obligation aussi
rigoureuse, que l'emploi charitable de ses revenus.

Il en donna la preuve en 1782. Il était à Aix, pour
un procès relatif aux droits de son siège. Ce procès
devait être jugé le surlendemain. Une lettre arrive et
lui apprend qu'une maladie épidémique ravage son
diocèse. Il part sur le champ et ne s'arrête qu'à Montpellier pour emmener avec lui le meilleur médecin
de cette ville célèbre dans les fastes de la médecine. Il
arrive à Mirepoix avec M. Fouquet, et visite avec lui
tous les malades.

Le danger était tout entier dans le régime qu'on
observait. M. Fouquet l'apperçoit d'abord, et d'un
mot, il y remédie. *Levez-vous, et marchez*, dit-il

---

(1) La farine de maïs.

aux malades qu'il aborde ; et ces moribonds , aussi
étonnés que le paralytique de l'évangile , obéissent , et
ne savent si c'est à la présence de leur évêque , ou a
la parole du médecin , qu'ils doivent le miracle de leur
guérison. M. l'évêque de Mirepoix et le sauveur qu'il
amenait , visitent avec le même empressement tous les
lieux du diocèse où l'épidémie s'est manifestée. On n'y
meurt plus ; et cette maladie destructive que l'on
comparait à la peste , par la promptitude de ses effets,
n'est plus qu'une légère et très-légère incommodité.

Il n'en était pas de même à Toulouse. Les funérailles
s'y multipliaient d'une manière effrayante. En moins
de douze jours la suette moissonna plus de mille personnes. M. l'évêque de Mirepoix n'oublie pas que Toulouse est sa patrie. Il obtient de M. Fouquet qu'il
vienne la sauver aussi , et il l'amène avec lui. À sa
voix , nos médecins reconnaissent qu'ils ont été égarés
par les relations d'une ville voisine , où cette maladie
avait été long-temps concentrée. Ils reviennent à leurs
propres principes ; et cette parole de salut que la ville
de Mirepoix avait entendue la première , se répandant,
avec la rapidité de l'éclair , dans tous les quartiers de
Toulouse et dans les campagnes voisines , éteignit cette
cause de mort , qui sans le zèle actif et charitable de
M. de Cambon , aurait vraisemblablement dépeuplé le
Haut-Languedoc et la Gascogne.

J'ai parlé d'un procès dont M. de Cambon était
allé poursuivre le jugement en Provence ; et l'on se
demandera peut-être comment un si grand évêque ,
un magistrat consommé qui connaissait mieux que
personne la malheureuse condition de plaider , avait
pu s'y soumettre.

Il y a des fatalités que toute la sagesse humaine ne
saurait ni prévenir , ni corriger. Déjà fermentait dans
tous les états , cet esprit d'inquiétude et de révolte qui
préparait la révolution. Les liens de la subordination,

le sentiment des bienséances , les simples égards d'honnêteté , tout s'était relâché. On s'applaudissait d'avoir à lutter contre les puissans du siècle. M. de Cambon offrant personnellement tout ce qu'on lui demandait , mais voulant y joindre par justice et par respect pour la mémoire de son prédécesseur, la formule vague de conserver les droits de son siège , fut obligé de les défendre lui-même ; et ce procès sans objet pour ceux qui le poursuivaient , ne finit que par la révolution qui dévora le siège épiscopal et le chapitre.

M. de Cambon n'abandonna son diocèse qu'au dernier moment, et lorsqu'on allait attenter à sa liberté. Alors il s'échappa en fugitif , et vint à Toulouse qui pouvait encore être regardée comme une ville d'asile.

Dans des temps plus calmes , il se serait plus occupé de sa santé , et aurait pu , comme M. de Beaumont , archevêque de Paris , en se soummettant à une opération douloureuse , ajouter quelques années à sa vieillesse. Mais dans le bouleversement de l'ordre civil, ayant à craindre , tous les jours , ou l'exil ou un emprisonnement , qu'avait-il de mieux à faire, après avoir dépassé son quinzième lustre, que de se résigner à une mort prochaine et aux souffrances qui devaient la précéder.

Ces souffrances si redoutées par la nature sont, dans les vues de la religion , un bienfait de la providence , et la plus heureuse préparation au bonheur qu'elle promet. C'est par là que M. l'évêque de Mirepoix couronna une longue vie , toujours consacrée au bien public et au bien de la religion. Son asile ne fut violé qu'après sa mort , et sous prétexte d'honorer ses funérailles.

Je m'arrête , Messieurs , pour ne pas réveiller des souvenirs trop pénibles , et qui se lient à d'autres encore plus déchirans ; c'est bien assez pour nous des regrets d'une si grande perte.

J'ai cherché à les adoucir, en faisant tout ce qui était en moi, dans cette triste commémoraison, pour remplir les vœux de l'Académie, et pour acquitter en même-temps ce que je dois personnellement de reconnaissance et de respect à trente ans d'une confiance sans bornes, et d'une constante et inaltérable amitié. Mais, Messieurs, notre véritable consolation, et le meilleur moyen d'honorer la mémoire de M. l'évêque de Mirepoix était de lui donner un successeur qu'il eut désigné lui-même.

Si les sentimens qui nous attachent aux choses de la terre subsistent au-delà du tombeau : si les hommages de ceux qui nous survivent pouvaient franchir cette barrière : combien ne serait-il pas sensible à ce témoignage de l'interêt de ses confrères ; à l'heureux concours de circonstances, qui nous a permis de chercher ce successeur dans sa propre famille, et d'arrêter notre choix sur celui qui destiné à en être le chef, partageait avec l'auteur de ses jours, toutes ses préférences et sa plus tendre affection.

La place de mainteneur, laissée vacante par la mort de M. l'évêque de Mirepoix, fut donnée à M. Alexandre de Cambon, son petit-neveu.

<div align="center">~~~~~~</div>

123.º M. DE PÉRIGORD. 1807.

M. François de Villeneuve prononça son éloge le 12 juin 1807.

MESSIEURS,

«En me décernant l'honneur de payer à la mémoire »de M. de Périgord le tribut funèbre que l'Académie »dépose sur la tombe de ses membres, vous m'avez »imposé une tâche qui m'a d'abord effrayé, et dont la »réflexion toutefois a adouci les difficultés. Trop jeune

»encore pour avoir vu dans ces contrées l'illustre aca-
»démicien que vous regrettez, j'ai consulté ceux qui
»plus heureux que moi avaient pu apprécier son esprit
»et admirer ses vertus : j'ai suivi les traces de son ad-
»ministration ; j'ai interrogé la voix publique, cette
»voix qui tôt ou tard est l'infaillible organe de la vérité :
»l'unanimité des éloges m'a donné le droit d'espérer
»l'indulgence : assuré de cette faveur qui s'attache au
»nom de M. de Périgord, ma plume s'est enhardie, et
»j'ai retrouvé de la confiance dans l'idée que j'avais,
»non un panégyrique à faire, mais un récit fidèle à
» vous exposer.

»Gabriel-Marie de Talleyrand-Périgord était issu
»d'une de ces grandes familles primitives dont l'origine
»se perd dans la nuit des siècles, et qui après avoir
»exercé la souveraineté sur des portions du territoire
»français, sont venues successivement agrandir la mo-
»narchie de leur patrimoine et rehausser de leur sou-
»mission la dignité royale. Appelé par cette illustre.
»naissance aux premiers honneurs du royaume, il sen-
»tit de bonne heure le besoin d'ajouter à l'espérance
»de les obtenir la satisfaction de les mériter. Son édu-
»cation fut conforme à ses nobles penchans. Il quitta
»dès l'enfance le château de ses pères, et vint à Paris
»pour y être élevé dans toute la vigueur et la mâle sé-
»vérité des écoles publiques. Le Collége d'Harcourt se
»distinguait entre ceux qui composaient alors la pre-
»mière université de l'Europe. Là, loin des sollicitudes
»maternelles, confié à des professeurs habiles, ver-
» tueux et vigilans, le jeune comte de Périgord s'anima
»de cette vive émulation, l'heureuse ambition de l'en-
»fance : ses succès répondirent à sa docilité. Chéri de
» ses condisciples pour les qualités de son cœur, il n'en
» était redouté que par ses talens. Les palmes classiques,
»ce doux et premier aliment de l'honneur furent sou-
»vent son partage ; et par une circonstance qu'on peut

»remarquer, le seul rival qui les lui disputât, devait
»un jour, revêtu de dignités non moins éminentes, pa-
»raître avec lui dans cette cité et cette Académie : je
»parle du prélat depuis si célèbre à Toulouse et trop
»fameux à Sens.

   »Lorsqu'il eut terminé le cours de ces belles études;
»qui, dirigées alors sur des principes essentiellement
»moraux, et associant toujours la culture du cœur au
»développement de l'intelligence, initiaient l'enfance
»aux devoirs de la vie civile, et gravaient dans l'esprit
»le goût du beau, de l'honnête et du vrai dont l'em-
»preinte ne s'effaçait plus, M. de Périgord fut introduit
»dans le monde : il s'y montra dans le rang que lui
»marquait sa naissance : il parut à la cour, et sur ce
»théâtre de passions où l'envie est sans cesse aux prises
»avec le mérite, on dut être surpris de voir un jeune
»homme se concilier soudain la faveur de son prince,
»l'estime de ses rivaux, la tendre affection de tous
»ceux qui avaient avec lui des relations intimes.

   »A cette époque qui est déjà si loin de nous, la cour
»de France offrait un phénomène qui étonnait et con-
»solait l'œil de l'observateur. Dans cette cour où de
»grands scandales préparaient de grands malheurs, non,
»toute foi, toute vertu, tout vrai mérite n'était point
»perdu. L'héritier du trône, le fils unique de Louis XV
»y présentait la vivante image de son aïeul tant pleuré,
»ce Duc de Bourgogne, l'élève et le plus bel ouvrage
»de Fénélon. Opposant la simplicité des mœurs anti-
»ques à la corruption effrénée; chrétien par conviction
»et pieux comme le plus simple fidèle, alors que l'incré-
»dulité sappait jusqu'aux pierres du sanctuaire ; tran-
»quille et simple au foyer des intrigues ; méditatif et
»studieux dans le tourbillon des plaisirs ; profondément
»appliqué à préparer d'avance la félicité des peuples,
»tandis que le Monarque régnant semblait trop sou-
»vent borner tout l'avenir à la durée de sa propre vie ;

»doué enfin d'un esprit aussi étendu que son ame était
»pure, M. le Dauphin annonçait à la France les jours
»de Saint Louis et de Louis XII. Il était celui qui eût
»fait révoquer les terribles décrets de la providence,
»s'ils n'eussent pas été irrévocables ; et telle fut la dé-
»plorable destinée de Louis XV, qne, fils d'un père
»qui eût prévenu ses fautes, père d'un fils qui les eût
»réparées, placé par la main qui dispose des empires
»entre ces deux princes accomplis, il parut choisi ex-
»près dans l'ordre des volontés suprêmes, pour signaler
»l'heure des révolutions.

»Représenter ici, Messieurs, à votre souvenir les
»qualités et les hautes vertus de M. le Dauphin, c'est
»tracer le portrait fidèle du comte de Périgord. Si dans
»les conditions privées, les liaisons sont un indice des
»caractères, combien ce rapport est plus certain quand
»l'amitié descend du premier rang et lie le prince au
»sujet ? L'amitié alors ne peut être ni mensongère ni
»intéressée : elle naît de la sympathie des ames : elle
»s'entretient par la conformité des mœurs, des goûts et
»des principes : l'ami de M. le Dauphin devait donc
»lui ressembler : et c'est la gloire du comte de Périgord
»d'avoir inspiré un tel sentiment à ce prince qui l'aima
»du moment qu'il le connut.

»Aucun nuage, aucune réserve n'obscurcirent jamais
»cette auguste amitié : digne objet d'une intime con-
»fiance le comte de Périgord vit l'ame du prince dans
»toute sa candeur : il fut l'émule de ses vertus, le com-
»pagnon de ses études, le juste appréciateur de ses vas-
»tes connaissances. Souvent, dépositaire de ses pro-
»jets, il partagea ces rêves de bonheur dont le prince
»aimait à flatter son amour pour la France ; souvent
»aussi il mêla les consolations de l'amitié aux chagrins
»amers qui empoisonnaient ce cœur magnanime dont
»les principes et les mœurs contrastaient trop avec la
»licence des temps ; et lorsque dans la maturité de l'âge

»et dans la vigueur de la santé, M. le Dauphin fut
»tout-à-coup atteint d'un mal inconnu et sans remède,
»l'attachement du comte de Périgord sembla prendre
»une activité nouvelle : son affection devint un dé-
»voûment : ses soins se multiplièrent à mesure que les
»approches du trépas éclaircissaient autour du Prince
»le nombre de courtisans : il ne quitta plus le chevet
»de son lit : il recueillit ses dernières paroles, ses der-
»niers regards, son dernier soupir; et non moins bon
»Français que serviteur fidèle et tendre ami, il tressaillit
»d'effroi comme de douleur en voyant descendre au
»tombeau avec ce Prince les vœux et les espérances de
»la nation consternée.

»Cependant ni les douceurs de l'amitié durant la
»vie de M. le Dauphin, ni l'affliction profonde que lui
»laissa toujours cette perte irréparable, n'avaient pu
»faire oublier au comte de Périgord que la vie oisive
»des cours n'accomplissait pas les devoirs que lui im-
»posait sa naissance : car tel était, Messieurs, l'ordre
»établi en France. L'homme issu d'une illustre origine
»avait ses droits et ses devoirs : son droit, c'était la
»considération publique, digne et juste prix d'un dé-
»voûment héréditaire : son devoir était de défendre son
»pays, comme sa gloire de mourir au champ d'hon-
»neur. La profession des armes avait consacré et élevé
»le mot de *service*, mais n'était pas moins un service
»réel, une obligation contractée dès la naissance : le
»sang de la noblesse était dû à l'état; et c'est de cette
»réciprocité de devoirs et de droits, devoirs toujours
»satifaits, droits si long-temps reconnus, que s'était
»formé le noble héritage transmis du père au fils depuis
»l'origine de la monarchie.

»Le comte de Périgord, héritier d'un tel nom, à
»peine sortait de l'enfance; qu'éprouvant le besoin
»d'acquitter sa dette, il courut où l'appelait la loi de
»l'honneur. Il n'avait que quinze ans, et il était sous

»les drapeaux. Colonel à dix-neuf ans, il menait aux
»combats le régiment de Normandie. Sa manière de
»commander, c'était de donner l'exemple : il se pré-
»cipitait au milieu des hasards, il y entraînait ses
»soldats : vous le savez, murs de Berg-op-Zoom, for-
»teresse réputée imprenable, et qui ne cédâtes en effet
»qu'au furieux assaut dont s'est à jamais illustré le nom
»de Lovendal : et quel fut le guerrier français qui le
»premier gravit ces murs formidables, qui le premier
»fit retentir sur la brèche le cri de la victoire, et
»l'épée à la main, fraya la route au reste de l'armée ?
»ce fut le comte de Périgord : il avait alors vingt
»un ans, et l'on se plut à rapprocher son âge de
»celui où le grand Condé remporta aussi sa première
»victoire.

»Il marcha toujours du même pas dans la carrière
»des armes. Les champs de Rocoux virent un autre
»exemple de cette rare intrépidité. Frappé au fort de
»la mêlée d'une blessure presque mortelle, il paya
»la victoire de son sang; et tant qu'il vécut, il conserva
»la marque honorable de sa valeur.

»Tour-à-tour employé par les maréchaux de Saxe,
»de Lovendal, de Belle-Isle et de Broglie, il vit tous
»ces généraux si différens d'humeur et de génie, accor-
»der comme de concert leur estime à sa brillante valeur
»et leur amitié à son facile et doux caractère ; et en
»effet, par une faveur que fit la nature à M. de Pé-
»rigord ; il réunissait la bonté à l'audace, la douceur
»de l'ame à l'intrépidité du cœur, les vertus militaires
»aux qualités civiles ; aussi fut-il rapidement porté aux
»grades supérieurs : il ne les obtenait point par l'éclat
»de son nom, il les méritait d'une voix unanime :
»heureux guerrier, il n'eut parmi ses frères d'armes
»que des amis et des admirateurs, pas un envieux ; et
»ce fut avec cette plénitude de succès, qu'il fit toutes
»les guerres de Flandres et de Bavière : guerres qui

»furent longues et sanglantes dans ce temps où la
»France encore n'avait pas appuyé sur l'Allemagne
»toute la vigueur de son bras, mais qui sont presqu'ef-
»facées du souvenir des hommes, aujourd'hui que la
»Flandre est une province de France, et la Bavière
»un de ses boulevards.

»Une paix durable termina ces guerres : et M. de
»Périgord reçut le prix de ses services militaires dans
»les honneurs dont il fut décoré, et dans les emplois
»éminens que lui déféra la confiance de son souverain.
»Une carrière nouvelle s'ouvrait devant lui; il y entra
»avec le même dévoûment qu'il avait porté dans les
»combats : il fut successivement gouverneur du Berry
»et de la Picardie : enfin, pour le bonheur de ce pays,
»il fut nommé commandant en chef de la province de
»Languedoc.

»Le commandement de cette province, l'une des
»plus étendues et des plus florissantes du royaume ;
»joignait aux fonctions militaires des attributions civi-
»les d'une haute importance. Ministre et représentant
»du souverain aux états solennels de la province, le
»commandant venait y porter au nom du roi la de-
»mande des subsides. Les états discutaient avec la
»dignité qui convient aux assemblées délibérantes,
»l'étendue de cette demande, pesaient et combinaient
»les moyens d'y satisfaire, se décidaient à l'accorder
»ou osaient la restreindre : discussion délicate à laquelle
»le commandant ne devait point participer. Mais son
»droit comme son devoir était de prévenir, soit de la
»part de la cour des prétentions oppressives, soit de
»la part des états une résistance presque toujours vaine
»ou dangereuse. Organe du gouvernement, il exposait
»aux sujets les nécessités de l'administration générale :
»interprète des sujets, il venait reporter aux pieds du
»trône le tableau de leurs facultés : ministère de con-
»ciliation, d'ordre et de justice ! fonctions augustes

»qui exigeaient le double courage et de lutter contre
»la pente qui porte sans cesse les gouvernemens à
»aggraver le poids des tributs, et de résister au pen-
»chant contraire, qui porte aussi sans cesse les peu-
»ples imprévoyans à rejeter comme trop onéreuse la
»nécessité des charges publiques ! et quel homme sut
»mieux que M. de Périgord tenir cette balance difficile
»entre des intérêts opposés ? Quel homme public pos-
»séda mieux cette noble indépendance qui ne sacrifie
»ni à la faveur des cours, ni à la licence des peuples ?
»Qui mieux que lui fut doué de l'esprit sage, du talent
»conciliateur, de ces formes douces et séduisantes qui
»subjuguent les passions émues ?

»Grace à lui, on ne vit éclore sous son comman-
»dement aucun germe de mésintelligence. Souvent
»même, par une heureuse adresse que favorisait la
»condescendance paternelle du souverain, il détermi-
»nait la province à élever la somme des subsides, et il
»obtenait du gouvernement qu'il fît aussi-tôt refluer
»une partie de ces tributs dans le sein de la province
»elle-même ainsi fécondée par ses propres sacrifices.

»Jamais aussi cette administration des états qui a
»subi la loi commune aux hommes et aux choses hu-
»maines, inculpée quand elle était, justifiée quand
»elle n'était plus, jamais, dis-je, l'administration de
»nos états ne fut plus brillante, plus active, plus
»vivifiante. Ces routes majestueuses qui par un admi-
»rable ensemble dans les combinaisons, réunissaient
»l'économie et la durée, l'utilité à la magnificence,
»et qui divisées en mille rameaux secondaires, ont
»porté jusqu'aux plus chétifs hameaux l'abondance et
»la vie, ces monts de roc vif ouverts par la mine à
»l'activité du commerce, les vallons comblés et les
»collines applanies, les ponts suspendus sur la hauteur
»des abymes, ces chaussées imposées comme un
»frein aux fleuves domptés, ces canaux et ces ports,
»tant

»tant de travaux immenses qui ont embelli et agrandi
»Toulouse, Montpellier et la plupart de nos cités, tant
»de monumens où la grandeur française se montre
»avec dignité près des débris de la grandeur romaine :
»c'est alors que tous ces solides bienfaits de la sagesse
»unie au pouvoir furent aussi rapidement exécutés
»qu'habilement conçus : le Languedoc changea de
»face : il devint le jardin de la France ; son admi-
»nistration fut le modèle des autres : chaque année
»il marchait à la perfection que le temps seul ne lui
»permit pas d'atteindre : et si nous devons beaucoup
»aux talens des Dillon, des Brienne, de la plupart des
»évêques qui pensaient, parlaient, agissaient avec
»grandeur, la coopération de M. de Périgord fut trop
»souvent utile, son dévoûment aux intérêts de la
»province fut trop constamment signalé pour qu'il soit
»possible de contester à sa mémoire le tribut tardif,
»mais tôt ou tard assuré de la reconnaissance publique.

   »Dans l'intervalle qui séparait les assemblées pério-
»diques des états ; et quand d'autres devoirs ne l'ap-
»pelaient pas à la cour, M. de Périgord visita souvent
»Toulouse, capitale de son commandement. Avant de
»le connaître on y admirait sa valeur, on y ressentait
»les bienfaits de son administration. Après qu'il s'y
»fut montré, on reconnut qu'il avait aussi d'autres
»titres aux témoignages de l'estime publique. M. de
»Périgord, guerrier intrépide, habitué à la cour
»et décoré des premiers honneurs, commandant de
»province, fait à tous égards pour imposer aux autres,
»était pourtant d'une timidité que ce contraste rendait
»singuliérement aimable. Exposé par sa place à tous
»les regards, il aimait à envelopper son mérite de sa
»modestie comme d'un voile. Il fallait trouver dans
»l'intimité des relations privées l'occasion de faire en
»quelque sorte violence à cette réserve : et l'on voyait
»alors avec surprise que la dissipation des cours,

T

»des camps , des fonctions publiques n'avaient pu
»l'empêcher d'aimer les lettres , d'honorer ceux qui
»les cultivent , de les cultiver lui-même selon qu'il
»convenait à un homme de son rang.

»Son esprit était fin et délicat : son goût sûr ; son
»discernement vif et exact.

»Personne n'exprimait ses pensées avec plus de pré-
»cision : personne ne parlait sa langue avec plus de
»grace et d'élégance. ,

»Il possédait ce tact indéfinissable et exquis , qui ne
»s'acquiert point dans le silence du cabinet , mais que
»donnent aux esprits bien faits l'usage du grand monde,
»l'expérience des hommes et des choses ; qu'avait sur-
»tout donné au comte de Périgord l'habitude de la
»cour où si jeune introduit , il avait trouvé encore des
»modèles formés à la grande école de Louis XIV.

»C'est là qu'il avait épuré son goût et développé
»son esprit. Il contracta de bonne heure l'amour de
»l'étude : il l'entretint dans ses douces liaisons avec M.
»le Dauphin. Telle était la modeste idée qu'il avait
»toujours de ses connaissances acquises , telle son ar-
»deur non-seulement d'apprendre mais de bien sa-
»voir , qu'à l'âge de seize ans il avait conçu et exécuté
»avec son auguste ami la résolution de refaire ensemble
»toutes les études classiques.

»Familiarisé ainsi de nouveau avec la docte anti-
»quité , enrichi des trésors qu'une réflexion plus mûre
»y découvre, il tourna son application vers des sciences
»d'un autre genre : il étudia la physique moderne en
»observateur curieux , et la métaphysique en philosophe
»chrétien.

»Il connut à fond l'histoire de tous les pays , sur-tout
»celle de notre patrie. L'histoire , vivante leçon de
»l'homme d'état , avait suscité dans son esprit attentif
»des idées profondes et lumineuses sur les rapports
»qui lient et régissent les hommes tant dans la société

»politique que dans la société civile : et c'est là ce qui
»fit du président de Montesquieu le second ami de M.
»de Périgord. La conformité des opinions sur ces graves
»matières forma entr'eux une étroite amitié qui dura
»jusqu'au moment où ce beau génie fut enlevé à la
»France. Personne en effet ne sut mieux que l'auteur
»de l'esprit des lois deviner le secret de M. de Périgord
»à travers le voile de sa timide modestie. « Il faut du
»tact et de l'esprit pour apprécier tout l'esprit de M.
»de Périgord, » disait-il avec autant de vérité que de
»finesse. M. de Montesquieu donnait par sa déférence
»la preuve la plus flatteuse de son estime. Avant de
»livrer ses ouvrages à l'impression, il les communiquait
»toujours à M. de Périgord : il se faisait un devoir de
»subir son examen : et en s'élevant avec lui dans les
»hautes régions de la politique, il admira souvent la
»force, la justesse et l'étendue des lumières qu'y por-
»tait M. de Périgord presqu'à son insu. .

»Des connaissances et des qualités si précieuses, une
»fois sorties du cercle de l'intimité, durent bientôt fixer
»tous les suffrages : et l'Académie des Jeux Floraux, la
»plus ancienne de l'Europe et toujours empressée à
»honorer le mérite, pouvait-elle méconnaître dans M.
»de Périgord un homme digne d'associer son nom à
»celui de ces nobles troubadours qui, assis comme lui
»dans les premiers rangs de la société, usèrent de
»leur ascendant pour allumer en France le flambeau
»des lettres, pour exciter et diriger les esprits, démêler
»et protéger les talens ? Fille et héritière des trouba-
»dours, l'Académie a reçu d'eux le principe et le
»caractère de son institution : ils ont voulu qu'après
»eux elle entretînt l'amour du *gai savoir* ; qu'elle
»maintînt les lois du goût et en devînt le tribunal ;
»qu'elle eût pour objet de juger plutôt que de com-
»battre : ils ont prescrit pour qualités premières dans
»le choix de leurs successeurs, le sens droit et juste,

T 2

»le tact sûr , la sagacité dans le discernement : qua-
»lités nécessaires en effet pour l'équitable distribution
»de leurs couronnes. Or ces conditions étaient préci-
»sément celles qui se trouvaient accomplies dans M.
»de Périgord. Appuyé sur de tels titres , il parut; il
»sollicita, selon l'usage , une place de *mainteneur*, et
»les portes de l'Académie lui furent ouvertes en 1780.

»Le remercîment qu'il vous adressa , Messieurs, au
»jour de son installation, présente des traits remarqua-
»bles. Il parla non-seulement en homme de lettres ,
»mais en homme d'état : il exprima avec vivacité sa
»reconnaissance, et il promit avec dévoûment l'appui
»de sa place à l'Académie qui l'adoptait. Il en épousa
»dès-lors les intérêts avec chaleur : et bientôt après ,
»quand le capitoulat , tourmenté de l'inquiétude se-
»crète , qui dans ces temps avant-coureurs d'une grande
»subversion , portait les corps même les plus sages à
»tout attaquer , tout nier, tout usurper ; osa attaquer
»le nom révéré de celle qui restaura nos jeux , contes-
»ter sa munificence , s'arroger sur l'Académie une su-
»prématie qui ne lui était pas due ; M. de Périgord,
»heureux de prouver à la fois sa reconnaissance et sa
»justice , contribua puissamment à réprimer l'ambition
»des capitouls, à maintenir Clémence Isaure dans ses
»honneurs et l'Académie dans son indépendance.

»Hélas ! Messieurs, désormais qu'attendez-vous de
»moi ? Aurai-je encore à vous entretenir de ces dis-
»cussions innocentes qui avaient l'enceinte d'une Aca-
»démie pour limites et des préséances pour objet ? Vous
»peindrai-je le comte de Périgord associant le paisible
»commerce des muses à des fonctions plus graves, se
»délassant au sein de l'Académie des soins du gouver-
»nement et de l'assujettissement de la cour ? Non, non,
»l'heure est venue , la dernière heure des occupations
»tranquilles, des peines légères et des doux loisirs. O
»changemens! ô profonds souvenirs! Cours, emplois,

»Académies, rang et grandeurs, sciences et lettres , en
»un moment tout tombe. Une convulsion générale et
»terrible, confond , brise , écrase tout : à ces jours
»d'un calme profond succède l'agitation la plus furieuse
»qui fût jamais : les familles, les états divers, les vertus
»et les crimes, la gloire et l'opprobre vont se précipiter
»comme dans un immense chaos : et dans ces temps
»d'effrayante mémoire, M. de Périgord pouvait-il ne
»pas payer un grand tribut à la calamité universelle ?
»Il perdit son rang, ses honneurs, ses emplois : il fut
»dépouillé de ses biens : il fut enseveli dans une pri-
»son : une année entière il vécut dans l'idée que le jour
»qui se levait était le dernier jour de sa vie.

»Mais ne croyez pas, Messieurs, que je vienne ici
»vous émouvoir par le tableau de ses infortunes. Nos
»yeux ont vu ailleurs le comble des misères humaines,
»et quelqu'élevé que fût M. de Périgord, de plus gran-
»des victimes sont tombées d'une chûte plus haute, et
»en de plus profonds abymes : étrange et déplorable
»époque, que celle où d'extrêmes malheurs ne sont
»plus que des malheur communs, et où tous les revers
»de la destinée n'ont plus en quelque sorte de prise sur
»la compassion épuisée déjà, et absorbée par des catas-
»trophes inouies !

»Je ne vous dirai donc pas, Messieurs, combien M.
»de Périgord fut malheureux dans les dernières années
»de sa vie ; mais je dirai combien il fut grand par
»sa patience dans la mauvaise fortune, ainsi qu'il avait
»été simple et maître de lui dans la bonne : je dirai
»que sa douceur subjugua même le geolier de sa pri-
»son : que cet homme habitué à livrer chaque jour
»au bourreau d'un œil sec l'innocence et la beauté,
»l'enfance et la vieillesse, se laissa désarmer par la
»bonté empreinte dans la physionomie de M. de Pé-
»rigord, et se plut à entretenir l'heureux oubli qui
»sauva une illustre victime : en sorte que M. de

»Périgord, ne dut la vie qu'à sa douceur inalté-
»rable.

»Je dirai encore, et il est consolant de reposer sur
»une action vertueuse les yeux fatigués de scènes d'hor-
»reur ; je dirai l'héroïque constance d'un de ses anciens
»domestiques, qui regarda comme une grace la per-
»mission de partager, au péril de ses jours, la capti-
»vité d'un maître à qui la fortune ôtait tout ; et même
»l'espérance : dévoûment rare sans doute, alors que
»la subversion de toute idée d'ordre avait exalté jus-
»qu'au délire l'orgueil des classes subalternes : dévoû-
»ment qui fait la gloire du serviteur et l'éloge du
»maître : qui montre la fidélité reconnaissante près de
»la bonté qui l'inspire, et qui doit réunir dans la même
»louange l'humble nom de *Beaulieu* au nom de Pé-
»rigord.

»Toutefois le destin de M. de Périgord fut moins
»rigoureux à la fin de ses jours. Rendu à la liberté, il
»recouvra un peu de repos et d'aisance ; et son cœur
»eut pu se rouvrir au bonheur, si l'idée d'une sépara-
»tion éternelle de ses enfans, de son vénérable frère,
»de ses neveux, de sa famille entière n'eut été pour son
»ame aimante et tendre une épreuve plus insupportable
»que tous les revers. De cette nombreuse et illustre
»famille, un seul parent put adoucir l'amertume de ses
»derniers momens. Le ministre, qui appelé depuis
»long-temps à seconder les profonds conseils du sou-
»verain, balance dans ses mains habiles les destinées
»de tous les états de l'Europe, eut du moins la conso-
»lation de remplir au nom de tous ce triste devoir. On
»le vit prodiguer à son oncle mourant les soins de la
»plus tendre affection, et ce fut lui qui reçut son der-
»nier soupir en 1797 : M. de Périgord avait alors
»soixante-dix ans.

»En vous rappelant ainsi, Messieurs, les actions et les
»qualités principales de M. de Périgord, je manque-

»rais trop à votre attente si je n'ajoutais qu'il eut aussi
»toutes les vertus privées. Il fut bon mari, bon père,
»fidèle ami, maître indulgent, homme compatissant
»et aux souffrances et aux faiblesses de l'humanité.

»Dans le fond de son ame regnait la qualité qui en
»était l'attribut distinctif, je veux dire une bonté cé-
»leste qui se peignait dans ses regards, et qui semblait
»en quelque sorte s'épancher de ses lèvres : qui répan-
»dait sur toutes ses actions un charme pénétrant, et
»sur toutes ses vertus une aménité qui leur donnait de
»l'onction.

»Sa politesse était l'urbanité la plus pure : son obli-
»geance partait du cœur.

»Aucun tort n'excitait sa colère : aucune faute ne
»fatiguait son indulgence. Sa gaîté ménageait tous les
»ridicules. Il plaisantait avec délicatesse : il conversait
»avec grace : sa raillerie même innocente et flatteuse,
»était agréable à celui qui en était l'objet : caractère
»trop rare dans le commerce de la vie ! précieux dons
»de l'ame, qui moins admirés que les actions brillantes
»sont pourtant ceux qui font la douceur de la société
»humaine ! Ils ont fait le bonheur des contemporains
»de M. de Périgord : qu'ils rendent aujourd'hui son
»éloge plus touchant, son exemple plus respectable,
»sa mémoire plus chère, et nos regrets plus doulou-
»reux. »

Sa place fut donnée à M. Carré.

124.º M. DE MONTEGUT. 1807.

«Messieurs, disait M. Hocquart dans la séance du
»29 août 1807, lorsque vous m'avez admis dans votre
»sein à la place de M. de Montegut, l'expression de
»de vos regrets m'a fait assez connaître l'étendue de la
»perte que vous aviez faite, et je m'estimerais heureux
»s'il m'était aussi facile de la réparer, que de l'apprécier

»et de la sentir. En effet , aux droits personnels que
»M. de Montegut avait à votre estime, il réunissait
»ceux de la femme célèbre à laquelle il devait le jour ;
»vous me pardonnerez sans doute de ne pas séparer par
»la pensée, ce que la nature et les talens avaient pris
»soin de rapprocher. Eh ! quels lieux plus propres à
»vous retracer des souvenir honorables pour leur mé-
»moire, que ce sanctuaire même des muses ? N'est-ce
»pas dans cette enceinte que retentirent tant de fois les
»acclamations qui accompagnèrent les triomphes de
»Madame de Montegut ? N'est-ce pas dans le sein
»même de cette Académie , que le front paré d'une
»triple couronne, elle vint s'asseoir parmi les juges
»des talens littéraires , distinction rare, bien due sans
»doute, et à son goût pour les lettres et aux succès
»brillans qui en furent la récompense.

»Peu de personnes de son sexe réunirent dans un de-
»gré plus éminent une plus grande variété de connais-
»sances jointe à une facilité plus aimable ; j'en atteste
»les nombreuses productions sorties de sa plume, dans
»lesquelles se montrent tout à la fois la délicatesse de
»son goût, et la supériorité de ses talens. Quoique la
»nature eut été prodigue de ses dons, envers Madame
»de Montegut, aucun des moyens, que l'instruction
»pouvait lui offrir n'avait été négligé par elle ; l'étude
»des langues étrangères, celle des poëtes consacrés par
»l'admiration des siècles entretenaient la vivacité de
»son imagination ; et la lecture habituelle de ceux dont
»le style et les couleurs avaient le plus d'analogie, avec
»les genres qu'elle avait adoptés, en procurant à son
»esprit de nouvelles jouisances, lui fournissait de nou-
»veaux modèles.

»Aussi, Messsieurs, les genres de poësie, qui exigent
»le plus de naturel et de sensibilité , ceux où le cœur
»doit faire tous les frais, où l'esprit ne peut jamais
»tenir lieu du sentiment , la pastorale et l'élégie lui

»devinrent propres. Après avoir successivement chanté
»avec Théocrite et Virgile, soupiré avec Tibule et
»Pétrarque, on la vit prendre un élan sublime, avec
»Horace, Addisson et Pope. Une question long-temps
»agitée dans le monde littéraire, mais qui n'en est
»plus une, depuis que la poësie française s'est enrichie
»des poëmes anciens ou étrangers, la question, dis-je,
»de savoir si les poëtes peuvent être traduits autrement
»qu'en vers, Madame de Montegut l'avait jugée : son
»goût lui dictait que des traductions en prose ne peu-
»vent jamais être que des tableaux sans coloris, que
»la poësie est une musique à laquelle les divers idiômes
»sont plus ou moins propres, et que la langue fran-
»çaise n'est pas moins disposée qu'aucune autre à s'em-
»parer de toutes les espèces de beautés. C'est dans cette
»conviction qu'elle lutta contre Pope, avec assez de suc-
»cès pour que la société royale de Londres s'empressât
»de lui rendre un hommage aussi juste qu'éclatant, en
»consacrant une de ses séances publiques, à la lecture
»de sa traduction en vers des quatre saisons, traduc-
»tion qui fut jugée digne de l'original. Vous rappeler,
»Messieurs, tous ces titres de gloire de Madame de
»Montegut, c'est faire présager tout ce que l'on avait
»droit d'attendre de son fils. Les muses avaient entouré
»le berceau de M. de Montegut. Le goût des lettres et
»des sciences qu'il avait puisé dans le sein maternel,
»devait y recevoir les plus heureux développemens. Je
»veux, dit le sage Quintilien, qu'aussitôt qu'un en-
»fant est né, ses parens en conçoivent les plus belles
»espérances. Ce précepte trouve aisément sa recomman-
»dation dans leur cœur; mais en est-il un grand nom-
»bre qui, comme Madame de Montegut, puissent ne
»se confier qu'à eux-mêmes du soin de réaliser ces
»espérances.

»La soif de l'instruction, le puissant aiguillon de la
»gloire l'avaient jettée dans l'étude des langues étran-

»gères. Elle avait négligé celle de la langue latine,
»connaissance indispensable, pour un fils qu'elle avait
»consacré aux lettres. La tendresse maternelle lui sug-
»gère l'idée de s'associer à ses études, elle se fait son
»condisciple pour être en état de suppléer ses maîtres,
»et bientôt les quatre livres des Odes d'Horace, ces
»chefs-d'œuvre immortels, deviennent sous la plume
»de Madame de Montegut une nouvelle conquête pour
»la langue française; des travaux entrepris par d'aussi
»nobles motifs ne restèrent pas sans récompense. Elle
»obtint celle qui pouvait le plus flatter le cœur d'une
»mère. Elle vit son fils s'élancer dans la carrière qu'elle
»avait parcourue avec tant de distinction, et consacrer
»aux lettres le culte qu'elle leur avait rendu. Mais les
»talens qu'il avait recueillis comme un héritage, ceux
»qui lui étaient propres, la patrie en réclamait l'em-
»ploi; la gravité des fonctions augustes auxquelles il
»était destiné, se communiqua à son esprit, et imprima
»le caractère à ses talens. Les lettres devinrent l'appui
»le plus utile des devoirs éminens qu'il avait à remplir
»dans la société. Tout ce que la persuasion, seul et vé-
»ritable but de l'éloquence, peut donner d'empire à la
»raison, à la vérité, à la justice, lorsqu'elle se trouve
»réunie à un jugement solide, et à une profonde ins-
»truction; voilà ce que fit distinguer M. de Montegut
»au milieu des savans et respectables magistrats, dont
»il partagea les fonctions. Dans la masse de considé-
»tion et d'estime publique qui l'environna et honora
»sa carrière, le magistrat et l'homme de lettres se con-
»fondirent tellement, qu'il serait difficile d'assigner la
»part qu'il conviendrait de faire à l'un et à l'autre.
»Mais ses loisirs, Messieurs, (et les loisirs d'un homme
»de lettres sont aussi de travaux) furent tout entiers
»pour les lettres et les sciences; un genre d'études, qui
»présente un champ fort vaste, dont les difficultés
»et les obscurités mêmes exigent de la part de celui qui

»s'y livre , autant de patience que de discernement, la
»science numismatique fixa particulièrement son atten-
»tion ; et qu'on ne pense pas que le désir de satisfaire
»une vaine curiosité , eût été capable de soutenir M.
»de Montegut au milieu de ses immenses travaux : faire
»subir aux faits qui nous ont été transmis par les his-
»toriens de l'antiquité , l'examen et la critique la plus
»judicieuse ; écarter les fables dont l'ignorance ou la
»crédulité les ont obscurcis ; mettre les historiens en
»présence des monumens et des médailles , les con-
»fronter avec ces témoins contemporains, les réunir, les
»comparer , les opposer les uns aux autres , leur arra-
»cher enfin la vérité et la mettre en évidence ; tel
»était le but qu'il se proposait d'atteindre par ses labo-
»rieuses recherches.

»Il y serait parvenu , sans doute , sans les conjonc-
»tures funestes dans lesquelles il fut enveloppé. J'en juge
»par l'affection particulière, je dirais presque par l'en-
»thousiasme qu'il portait dans ces études auxquelles il
»s'était livré. Les persécutions même qu'il éprouva
»ne purent en détourner son attention , et lorsque sa
»pensée était accablée par les pressentimens les plus
»sinistres , au milieu des tempêtes politiques qui de-
»vaient, hélas ! l'engloutir , et qui menaçaient tout ce
»qui lui était cher , sa sollicitude se portait encore sur
»la collection précieuse qu'il avait pris soin de former.
»Peut-être , Messieurs , vous-mêmes , compagnons
»autrefois de ses travaux , avez-vous recueilli les re-
»commandations suprêmes par lesquelles il espérait la
»soustraire à l'avide ignorance. Ses vœux ne furent
»pas exaucés. Et plût au ciel que nous n'eussions à
»déplorer que des pertes que d'autres savans pourront
»réparer. Celle que nous avons faite d'un confrère qui,
»par ses travaux constans, honora l'Académie , qui par
»ses vertus et ses qualités estimables lui était si cher ,
»pesera long-temps sur nos cœurs. Déjà un long inter-

»valle nous sépare des événemens qui nous l'enlevèrent,
»nos regrets n'ont rien perdu de leur vivacité ; tant sont
»difficiles à supporter des malheurs dont nous n'avons
»pas même la triste consolation de pouvoir accuser la
»nature. »

1808.

125.° M. DE BARDI.

Son éloge fut prononcé au mois de mars 1808.

M. de Lalo, que ses infirmités retiennent depuis long-
temps sur un lit de douleur, l'envoya à l'Académie.

»M. de Bardi naquit à Montpellier en 1710. Sa
»famille attachée à la cour des aides et au présidial de
»la même ville, y occupait un rang honorable. Ap-
»pelé dans la carrière de la magistrature, par une
»vocation alors presque héréditaire, il se livra avec
»ardeur dès sa première jeunesse, au genre d'études
»qu'exige cet état, ses progrès y furent rapides.

»L'application particulière qu'il donnait à la juris-
»prudence, ne lui fit point négliger, comme il arrive
»trop souvent, les belles-lettres qu'il avait jus-
»qu'alors cultivées avec succès. Il avait senti de bonne
»heure l'utilité de cette alliance dans une profession
»dont la gravité a besoin d'être tempérée par les agré-
»mens de l'esprit, et que des hommes éloignés par état
»de la société, ne peuvent guère acquérir et conserver
»que dans le commerce des muses.

Ses affaires l'ayant amené à Toulouse, son esprit
»et ses connaissances l'y firent bientôt remarquer. On
»l'engagea à s'y fixer ; il fut pourvu d'une charge de
»conseiller au parlement.

»Les fonctions du parlement n'étaient pas bornées
»à juger des procès. L'une des plus essentielles était

»de porter aux pieds du trône les vœux et les doléan-
»ces des peuples. M. de Bardi fut long-temps chargé
»d'acquitter le parlement de Toulouse de ce devoir
»toujours pénible.

»Il se trouvait par son ancienneté présider depuis
»quelques mois la dernière chambre des vacations d'où
»partirent ces fameuses protestations, devenues le pré-
»texte, plutôt que la véritable cause de la catastrophe
»sanglante qui fait répandre encore tant de larmes
»dans cette ville.

»Obligé comme ses confrères, de chercher un asile
»dans une terre étrangère, il en revint après un an
»d'exil sur la foi d'une amnistie, qui les trompa tous.
»Plus heureux que les autres, il échappa aux angoisses
»et aux premiers dangers de la reclusion. Retiré à la
»campagne, il y passa tranquillement deux ans en-
»tiers, occupé à déplorer les malheurs de la France,
»et à demander au ciel le retour de la tranquillité
»publique. C'est de cette retraite que les satellites de
»Robespierre l'arrachèrent pour le traîner dans la
»prison où gémissaient ceux de ses confrères que la
»révolution n'avait pas encore dévorés.

»Quand ils le virent arriver, à l'âge de quatre-vingt-
»quatre ans, dans ce séjour horrible, ce fut un cri
»unanime de surprise et de douleur. Tous les cœurs
»s'attendrirent à l'aspect de ce vénérable vieillard, que
»la mort semblait n'avoir épargné, que pour lui pré-
»parer une fin plus déplorable. Sa fermeté ne fut pas
»ébranlée par cet attendrissement général. *Pourrons-*
»*nous, nous procurer les secours de la religion ? C'est*
»*le seul soin qui doit nous occuper : un peu plutôt ; un*
»*peu plus tard, ne faut-il pas quitter cette terre, où*
»*tout ce qui existe est condamné à périr ?* Son vœu
»fut exaucé. Muni des seules consolations qu'un chré-
»tien doit souhaiter dans le moment où s'ouvrent de-

»vant lui les portes de l'éternité, il partit pour Paris,
»et monta avec assurance sur ce même échafaud. . .
» Mais jettons un voile sur ces affreux événemens. Lais-
»sons à la sévérité de l'histoire la tâche triste et pénible
»de les faire connaître à nos neveux. Laissons-lui le
»soin de venger la mémoire de cette magistrature in-
»fortunée, dont les services éclatans ont été méconnus
»avec tant d'ingratitude, et calomniés avec tant de
»mauvaise foi. »

M. Bardi a eu pour successeur M. Primat archevêque
de Toulouse.

<p style="text-align:center">~~~~~~</p>

1808. 126.º M. le Président DE SAPTE.

M. Henri-Bernard DE SAPTE,
son grand oncle.

M. Henri-Bernard de Sapte naquit à Toulouse, le
28 juillet 1660. Son père conseiller au parlement le
destina à la même magistrature, et le fit élever en
conséquence. Le jeune conseiller ne borna pas ses études de jurisprudence au droit civil, il approfondit
toutes les notions qui forment le droit public et le droit
des gens. La métaphysique, la philosophie morale,
la physique, furent tour à tour l'objet de ses méditations. Il s'appliqua en particulier à la culture des lettres qui agrandissent l'esprit, et l'aident à mettre dans
le meilleur ordre, les connaissances acquises.

Il jouissait déjà d'une grande réputation à cet égard,
lorsqu'en 1713, l'Académie le reçut au nombre de ses
mainteneurs. Le désir de s'instruire d'une manière plus
agréable et plus sûre avait porté M. de Sapte dans un
voyage fait à Paris, à rechercher la société de plusieurs

(283)

savans et gens de lettres , principalement du traducteur des lettres de Cicéron à Atticus , et du père
Malebranche dont l'imagination brillante égale au
moins la profondeur et la sagacité de ses conceptions
métaphysiques. Il était lié d'une amitié vive et tendre
avec M. François Bayle notre confrère qui était à la
fois grand physicien , médecin habile , et bel esprit.

Ce fut M. l'abbé de Cambon depuis évêque de
Mirepoix qui étant modérateur de l'Académie, à la
mort de M. de Sapte , prononça son éloge le 31
décembre 1739. Je n'ai fait qu'en présenter une simple
analyse , il le termine ainsi :

»Parmi ses études, il ne négligea pas la religion ; en
»éclairant sa foi , il en fortifia les principes. C'est
»l'avantage inséparable d'un examen fait sans préjugés
»et sans passions. Il est rare d'être vivement persuadé
»des vérités de la religion , et de ne pas y conformer
»sa conduite. M. de Sapte retira ce second avantage de
»ses méditations religieuses. Les détails de sa vie four-
»nissent plusieurs exemples de ce détachement des
»choses du monde , qui est la plus difficile de toutes
»les pratiques de la morale chrétienne. Je n'en citerai
»qu'un seul trait. M. de Sapte allait dans une de ses
»terres , et près d'y arriver , il apprend que la veille ,
»son château a été consumé par les flammes ; il se
»recueille , se résigne , et dit : au lieu d'aller descendre
»au château, nous irons à l'auberge. C'est la traduction
»de ces paroles fameuses de Job : Dieu m'ôte ce qu'il
»m'avait donné ; que son nom soit béni.

»Quand on est détaché de tout, jusques a ce point,
»on n'a pas besoin d'un temps considérable pour se pré-
»parer à la mort ; elle ne peut pas même être imprévue.
»Cette réflexion peut servir à nous consoler de la perte
»que nous avons faite. »

L'éloge de M. le président de Sapte fut prononcé
par M. Hocquart le 27 mars 1808.

»Le tribut d'éloges que vous devez à la mémoire
»de M. le président de Sapte, disait M. Hocquart,
»aurait été mieux acquitté, sans doute, par l'acadé-
»micien distingué qui a si dignement réparé sa
»perte. (1) Mais vos regrets se sont accrus par le sou-
»venir des circonstances funestes qui vous l'ont enlevé.
»Vous avez pensé qu'ils pourraient acquérir quelque
»chose de plus touchant encore, en passant par la
»bouche de celui de vos confrères, qui lui fut uni par
»l'attachement le plus vrai. Je viens donc remplir cette
»tâche, tout à la fois douce et pénible que vous avez
»imposée à l'amitié.

»M. de Sapte appartenait à une famille du Lan-
»guedoc, qui depuis long-temps remplissait des places
»distinguées dans le parlement de Toulouse. Il était
»le fruit de l'union que son père avait contractée,
»avec Mademoiselle de Catellan, nom également cher
»à la magistrature et aux lettres. Dans un temps où les
»exemples domestiques, déjà si puissans, étaient secon-
»dés par les formes du gouvernement, où les services
»rendus par les pères à la société, étaient le sûr garant
»de ceux que lui rendraient les enfans ; à une époque
»où le hasard de la naissance assignait à chacun comme
»un métier de famille, suivant l'expression d'un ancien;
»la carrière de la magistrature s'ouvrait naturellement
»devant M. de Sapte. Il vint prendre place au parle-
»ment de Toulouse. Les lois devinrent dès-lors l'objet
»de toutes ses pensées ; mais cette étude qui ne se fût
»présentée à un esprit ordinaire, qu'avec la sécheresse
»qu'on lui suppose, et dont on l'accuse trop souvent,
»fut pour le sien, la source la plus féconde d'instruc-
»tion et de méditations. Ce recueil immense de lois,
»il ne les considéra que comme des monumens élevés
»d'âge en âge par les nations, sur lesquels vient se

---

(1) M. François de Villeneuve.

graver

»graver le degré de civilisation auxquels elles sont
»successivement parvenues. Eh ! comment le magistrat
»n'arêterait-il pas ses regards sur ces siècles mémora-
»bles, où la lumière remplace tout-à-coup les ténè-
»bres ; où la providence suscite des hommes extraor-
»naires, pour soumettre à l'ascendant de leur génie, je
»ne dis pas une nation, mais le monde entier ; où des
»découvertes nouvelles établissent de nouveaux rap-
»ports entre les peuples, ou plutôt n'en composent
»plus qu'une immense société, dont tous les membres
»tendent au même but. Mais si ces hautes considéra-
»tions saisissent l'esprit du magistrat, il est bientôt
»obligé d'en descendre pour circonscrire sa pensée dans
»les bornes de la société même, à la sûreté de laquelle
»son devoir l'oblige de veiller. M. de Sapte, Messieurs,
»chargé de l'administration de cette partie de la justice
»distributive, qui maintient le repos public ; en répri-
»mant les crimes, sut dans l'exercice de ces pénibles
»fonctions, se garantir également et d'une sévérité ex-
»cessive, et de cette sensibilité, don précieux de la
»providence ; mais qui doit être tempérée par les gran-
»des vues du bien public. Loin de ces systèmes nova-
»teurs, dont le dangereux résultat est de substituer la
»volonté incertaine et vacillante de l'homme, à la dis-
»position fixe et permanente de la loi, il ne sut être
»que magistrat ; il le fut constamment, et vos fastes
»n'ont pas conservé avec moins de soins que ceux de
»la magistrature, le souvenir des témoignages éclatans
»de satisfaction qui lui furent donnés par le Souverain.
»Si je me plais, Messieurs, à rappeler dans cette Aca-
»démie les droits que M. de Sapte avait acquis à l'es-
»time publique, c'est qu'il fut magistrat avant d'être
»homme de lettres, c'est que doué par la nature de
»l'esprit le plus délicat, et le plus propre à goûter les
»jouissances qu'elles procurent, il en fit long-temps le
»sacrifice à ses devoirs. Le moment arriva où il lui fut

V

»permis de s'y livrer tout entier. Des circonstances
»polititiques, la disgrace dans laquelle la magistrature
»fut enveloppée, en le rendant à lui-même, lui ren-
»dirent le loisir si nécessaire à l'étude. Il sut le mettre
»à profit. Le souvenir de sa vie publique, la considé-
»ration qui l'environnait, et qui le suivit dans le lieu
»de son exil, auraient suffi sans doute pour embellir sa
»retraite. Les lettres et l'amitié se réunirent pour lui
»prêter de nouveaux charmes. Parmi les amis que les qua-
»lités de son cœur avaient su lui concilier, il affectionnait
»particulièrement un de nos confrères, littérateur esti-
»mable, M. de Projean ; ce fut lui qui mena les muses
»dans la solitude de M. de Sapte. J'aime à me repré-
»senter ces deux amis, entourés des chefs-d'œuvre con-
»sacrés par l'admiration des siècles, goûtant sans au-
»cune distraction les plaisirs de l'esprit ; mettant en
»commun leurs pensées comme leurs sentimens ; se
»délassant par le spectacle pompeux de la nature, de
»leurs exercices littéraires, et ne comptant les jours que
»par de nouvelles jouissances. Quelles dignités, quels
»honneurs auraient eu pour M. de Sapte les charmes
»de cette communication habituelle, de ce commerce
»si doux dans lequel il était accoutumé à donner au-
»tant qu'à recevoir. Cependant ces jours de bonheur
»allaient disparaître? Un nouveau règne, un règne
»dont la magistrature était réservée à marquer les
»diverses époques, par des destinées si contraires, vint
»rendre et leur existence et leur éclat aux divers corps
»qui la composaient. M. de Sapte, rétabli dans ses
»dignités, reparut au milieu de ses concitoyens. Ne
»devait-il conserver que le souvenir des consolations
»que les lettres lui avaient procurées? Déjà, Messieurs,
»les graces et la finesse qui caractérisaient son genre
»d'esprit, les saillies heureuses, les traits piquants qui
»lui échappaient, une manière de conter originale, une

»gaîté vive, l'art d'intéresser un cercle en l'amusant, fai-
»saient soupçonner des talens plus solides et plus réels.
»M. de Projean vous révéla le secret que la modestie de
»son ami vous aurait caché. Les portes du sanctuaire
»d'Isaure s'ouvrirent pour lui : et dans la part qu'il
»prit dans vos discussions littéraires, il n'est aucun de
»vous qui n'ait reconnu le goût éclairé et la justesse qui
»dirigeaient ses jugemens sur les ouvrages soumis à
»l'Académie. C'est au milieu de vous, Messieurs, et
»par l'intimité de ses rapports avec vous, que se per-
»fectionna le goût qu'il avait reçu de la nature. Plus
»heureux que moi, vous avez pu jouir long-temps de
»son cœur et de son esprit; vous avez su apprécier les
»qualités qui le distinguaient, et je n'ai pas à justifier
»au milieu de vous sa mémoire des reproches que la
»tournure piquante de son esprit lui attira quelquefois:
»oui, je vous atteste avec confiance, vous qui avez vécu
»dans son intime familiarité : dites si jamais on porta
»plus loin la délicatesse des ménagemens pour l'amour-
»propre, la connaissance des égards et des convenan-
»ces, et sur-tout cette urbanité que l'on puise dans le
»commerce du monde, et qui en fait le charme le plus
»doux.

»Ses vertus publiques, ses qualités sociales, une
»épouse aimable et vertueuse, des amis nombreux et
»choisis, lui promettaient une vieillesse heureuse, et
»pleine des souvenirs les plus intéressans. Cette pers-
»pective de bonheur dont il était si digne, s'évanouit
»dans les catastrophes dont nous avons été les tristes
»témoins. Excellent citoyen, magistrat fidèle, les per-
»sécutions dont il devint l'objet, ne furent pas pour
»son cœur les plus difficiles à supporter. La subversion
»de la patrie l'avait jetté dans une profonde conster-
»nation ; mais il envisagea avec le calme d'une pieuse
»résignation le sort funeste qui lui était réservé ; et jus-
»ques dans ses derniers momens, il honora son caractère

» de magistrat par une constance et une fermeté d'ame
» qui n'appartient qu'à la vertu. »

M. le président de Sapte eut pour successeur M. de
Villeneuve.

M. de Bardi avait succédé à M. Henri-Bernard, de
Sapte.

———————

1808.　　127.° M. MAGI.

M. DE PONSAN.

Il n'est aucun de nous qui, dans son zèle pour
l'Académie, ne s'arrête avec complaisance, sur-tout
ce qui rappelle le souvenir de M. de Ponsan. Ceux des
enfans d'Isaure qui ont le mieux rempli leurs devoirs
académiques, n'y ont consacré qu'une partie de leur
temps; M. de Ponsan en fit l'occupation sérieuse et
continuellle de la moitié de sa vie. Pour n'avoir pas à
s'en distraire, il avait résigné son office de trésorier de
France, et s'était même rendu étranger à l'administration de ses affaires domestiques. Libre de toute autre
fonction, plein de reconnaissance pour les bienfaits de
Clémence Isaure, indigné que l'ignorance ou la mauvaise foi eussent répandu des nuages jusques sur son
existence, il s'enfonça dans la nuit des temps, dans tous
les dépôts littéraires, dans tous les greffes dont l'accès
lui fut permis, pour y recueillir les actes, les documens et les indices qui pouvaient concourir au grand
objet qu'il avait en vue. Quarante ans de sa vie y furent
entièrement employés; et la providence sembla ne lui
accorder de très-longs jours, que pour le récompenser
de cette persévérance, en couronnant une partie de
ses travaux.

Par la négligence des sept mainteneurs et de leur
chancelier, avant l'érection des Jeux Floraux en Aca-

démie, une partie de leurs registres, confiés à des mains étrangères, ne se trouvant plus dans les archives de l'hôtel de ville, laissait, dans notre histoire, un vide de plus d'un siècle. On n'avait que quelques pièces isolées, pour remplir l'espace de temps qui s'était écoulé depuis 1484 jusqu'en 1583, et ce qu'il y avait de plus douloureux, c'est que ces registres enlevés ou perdus, contenaient le testament de Clémence Isaure, et ses ordonnances, pour la restauration du collége de poësie, et l'institution des Jeux Floraux.

M. de Ponsan avait plus de quatre-vingt-dix ans, lorsqu'un des registres intermédiaires, dont il suivait la piste depuis trente ans, parut tout-à-coup à ses yeux, et le remplit d'une de ces grandes joies auxquelles l'ame peut à peine suffire. Il n'en mourut pas ; c'est tout ce qui manqua à l'excès de ses transports.

Ce manuscrit cité par les historiens de Toulouse et du Languedoc, sous le nom de registre rouge, ne remontait, il est vrai, qu'à l'année 1513, et se trouvait postérieur de quelque temps à la mort de Clémence Isaure ; mais l'exécution de sa fondation encore récente y est prouvée par des procès-verbaux revêtus de toutes les formes qui établissent l'authenticité des actes. Les capitouls y consignent qu'ils ont vu n'aguère le testament de Clémence Isaure. A la sommation qui leur est faite par les mainteneurs de l'exécuter ; ils répondent qu'ils feront leur devoir, reconnaissant qu'ils ne sont que les exécuteurs des volontés de Clémence, sous la surveillance des mainteneurs qui se font également obéir, soit qu'ils enjoignent aux capitouls de faire les apprêts ordinaires, ou qu'ils ordonnent des dépenses extraordinaires, aux frais de la fondation.

Personne n'hésitera à me croire, quand je dirai que le possesseur de ce grand trésor devint lui-même un objet très-précieux aux yeux de M. de Ponsan, sur-tout lorsqu'il eut recueilli de sa bouche ces paroles touchantes, qu'il était un des plus ardens adorateurs de Clémence Isaure ; que depuis trente ans il travaillait aussi à recueillir les monumens de son histoire ; que toute son ambition serait de lui appartenir, et de pouvoir déposer aux pieds de sa statue le registre de 1513, comme l'hommage d'un fils tendre et respectueux.

M. de Ponsan était le doyen de l'Académie. Tous ses confrères avaient pour ce doyen vénérable le respect et la confiance qui étaient dus à son grand âge, à ses grands services, à son zèle toujours actif et souvent très-heureux, à son dévouement religieux pour la Dame de ses pensées ; car pour avoir une idée du culte qu'il rendait à l'illustre restauratrice de nos jeux ; il faut en chercher le modèle dans les fastes de l'antique chevalerie.

Le propre de l'enthousiasme, lorsqu'il a pour objet l'amour du bien, est de se communiquer et de s'étendre. Toute la famille de Clémence était disposée à partager celui de M. de Ponsan, et l'on accueillit avec empressement sa proposition de donner au propriétaire de ce manuscrit inappréciable, non une place de mainteneur ; il n'y en avait pas de vacante, mais l'expectative de la première qui vaquerait.

C'était s'écarter de l'usage, c'était même faire violence aux statuts ; mais si la récompense était extraordinaire, le bienfait ne l'était pas moins, et nous serions bien heureux de pouvoir à ce prix recouvrer le registre antérieur, où furent déposées les ordonnances de Clémence Isaure.

L'heureux mortel à qui il avait été donné de conquérir par un si grand service, l'estime et les bonnes grâces de M. de Ponsan, était M. Magi, dont la mémoire doit être ici honorablement célébrée, au moment où nous allons lui donner un successeur. Il avait alors

soixante ans, dont une grande partie avait été employée à rechercher les monnmens littéraires de Toulouse. Ce travail l'avait conduit insensiblement à des
recherches plus étendues, et l'Académie des sciences
qui a une classe d'inscriptions et belles-lettres, l'avait
reçu dans son sein.

C'était là son véritable élément; mais comme la
littérature proprement dite entre dans le domaine de
l'érudition, et qu'il est impossible, quand on n'est pas
tout-à-fait dépourvu de goût, d'acquérir des connaissances littéraires, sans aimer les lettres, sans se plaire
dans la société de ceux qui les cultivent, M. Magi se
présenta au temple de Clémence Isaure, avec d'autres titres, que le service qu'il nous rendait; titres réels
et qu'avaient fait connaître ceux des mainteneurs qui
étaient ses confrères à l'Académie des sciences.

En l'introduisant ici comme surnuméraire le 10
avril 1774, M. de Ponsan, qui se sentait défaillir,
annonça que vraisemblablement la première place vacante serait la sienne, et ce pressentiment qui eût affligé une ame vulgaire, eut pour M. de Ponsan la
douceur d'un sacrifice qu'il faisait à la gloire de Clémence Isaure. Il le consomma six mois après, étant
mort le 13 octobre 1774, et M. Magi fut effectivement
son successeur.

M. de Ponsan était né en 1682 d'une famille noble;
il était devenu mainteneur en 1733, et depuis cette
époque, il ne cessa pas de travailler pour l'Académie.
Il fit sur notre histoire des recherches profondes, qui
en éclaircissent plusieurs points, et où sont victorieusement réfutées les erreurs de Catel, de Caseneuve et de
Lafaille, concernant l'existence de Clémence Isaure.
Il prononça sept fois son éloge, dans la solennité du
3 mai; et pour animer le zèle de ceux qui le pronon-
ceraient dans la suite, à la même époque, il leur légua
une somme annuelle de cent francs.

L'Académie ne voulut pas attendre sa mort pour placer son portrait dans la salle de ses assemblées. C'est sous ses yeux, et dans les transports de la plus vive et de la plus douce reconnaissance qu'on en fit l'inauguration.

M. de Ponsan ne s'était marié qu'à quarante ans, et quoique sa femme n'en eut alors que treize; ce mariage fut parfaitement heureux pendant cinquante ans, étant d'ailleurs parfaitement assorti sous les rapports de la naissance et de la fortune. Il en eut un fils qui mourut jeune, et une fille qui voulut absolument se faire religieuse, et qui, rendue au siècle par la révolution, recouvra ses droits successifs, et fut la consolation de sa mère.

M. Magi, dans son remercîment à l'Académie, lors de son installation le 12 mai 1775, exprima un sentiment très-délicat, au sujet de l'expectative qui lui avait été donnée. « L'honneur que vous m'aviez accordé, »disait-il, de m'asseoir parmi vous, de me nourrir de »vos leçons, et d'y faire quelquefois entendre ma faible »voix, avait borné tous mes désirs. Content et trop »heureux de vous appartenir ainsi, j'aurais voulu que »ma position restât la même, puisqu'elle ne pouvait »changer que par une perte que je ne me croyais pas »capable de réparer. Mais les vœux les plus purs ont-ils »jamais fléchi le destin ? N'est-ce pas une fatalité bien »cruelle que ma place ait été fixée dans ce sanctuaire »par la mort de celui qui m'y avait introduit ? »

En applaudissant à ces propos de modestie dont le premier effet est de relever le mérite, l'Académie croyait que personne ne pouvait mieux que M. Magi remplacer le zèle et les services de M. de Ponsan. C'est ce que M. le président de Sauveterre, modérateur de l'Académie, lui exprima dans sa réponse.

L'Académie s'occupait alors du grand mémoire,

qui contient les preuves de son histoire. **M. Magi** y concourut de tout son pouvoir, et très-utilement.

Quand l'anarchie et la violence nous eurent écartés du lieu de nos séances ordinaires, **M. Magi** se retira à Grenade, petite ville à trois lieues de Toulouse, où il avait un domaine et une habitation. Il y est mort le 2 septembre 1802, âgé de quatre-vingts ans. Il s'y était marié, et il a laissé plusieurs enfans.

Les renseignemens que j'ai pu me procurer m'ont appris qu'il était né à Aurillac, en Auvergne, en 1722, d'une famille honnête et anciennement établie dans cette ville. Un de ses oncles, qui était curé d'Avignonet, l'attira auprès de lui, et le fit élever au collége des jésuites de Toulouse. **M. Magi** s'était destiné à l'état ecclésiastique dont il portait l'habit encore en 1790. Il était même docteur en théologie ; mais il n'avait jamais été engagé dans les ordres sacrés. Je le remarque avec soin, après avoir parlé de son mariage, pour écarter de sa conduite un reproche dont la gravité n'admettrait aucune excuse.

Je remarquerai encore, qu'ayant eu à Grenade des fonctions administratives, pendant la révolution, il employa le crédit dont il jouissait et l'autorité dont il était revêtu, à y maintenir la paix et la justice, autant qu'il était possible, dans ce temps de désordre et de convulsions politiques. Enfin dans un mémoire qui m'a été envoyé par M. le curé de Grenade, je trouve que sa paroisse est redevable à l'attention industrieuse de **M. Magi**, de la conservation de son église dont la démolition avait été projettée, par une de ces sociétés à qui toute puissance patriotique avait été donnée, contre la religion, ses temples et ses ministres.

Il m'est doux de pouvoir terminer ainsi l'éloge d'un confrère dont la mémoire sera toujours chère et recommandable à l'Académie, par les preuves qu'il nous a données de son zèle, par le service signalé qu'il nous a reudu , et par l'alliance indissoluble , qui attache son nom au souvenir de M. de Ponsan.

1809.   128.° M. RAFFIN , Conseiller au Parlement.

M. de Malaret prononça son éloge dans la séance du 14 juin 1809.

«M. Rodolphe-Joseph Raffin, naquit à Usez en »1727. Son père secrétaire du roi , et receveur des »tailles, jouissait d'une fortune considérable , et avait »reçu une excellente éducation dont il sentait trop le »prix, pour ne pas procurer le même avantage à son »fils ; il l'envoya au collége de Louis le Grand pour y »faire ses études. Dans cette retraite consacrée par »d'illustres souvenirs , et où regnait encore l'esprit des »hommes célèbres qui avaient professé les belles-let- »tres avec tant de gloire et de succès , le jeune Raffin »né avec les plus heureuses dispositions fit des progrès »rapides. Ce fut dans cette école, qu'il puisa ce goût »fin et délicat, qui le rendait si difficile sur ses propres »ouvrages , cette éloquence constamment admirée dans »l'assemblée des chambres du parlement de Toulouse, »et ces principes solides de littérature, qu'on ne peut »acquérir que par l'étude approfondie des règles , et »la méditation des grands modèles.

»M. Raffin avait un goût naturel pour la poësie. Il »s'y livra avec succès à un âge où il est facile de se »méprendre sur les véritables caractères du talent poë- »tique. Un événement d'une haute importance excita »sa verve. Louis XV marchant contre ses ennemis qui »étaient entrés en Alsace , fut atteint à Metz d'une

»maladie qui mit ses jours dans le plus grand danger.
»Sa convalescence presque inespérée répandit la joie
»dans tous les cœurs. M. Raflin, âgé seulement de
»dix-huit ans, voulut mêler les accords de sa lyre aux
»chants d'allégresse qui se faisaient entendre de toutes
»parts. Il composa une ode sur le rétablissement de la
»santé du roi. Elle est remarquable par la sagesse du
»plan, et l'élévation des pensées. Voltaire consulté sur
»le mérite de cet ouvrage, lui donna des éloges, et
»conseilla au jeune auteur de le faire imprimer. Ravi
»de ce premier succès, et du suffrage de celui que
»tous les littérateurs regardaient comme leur maître,
»il se serait peut-être adonné entièrement à la poësie;
»mais les sages conseils de son père qui le destinait à
»la magistrature, tournèrent son attention vers des
»études plus graves : il fit son droit à Paris, et fut reçu
»conseiller au parlement de Toulouse le 23 juillet
»1748. Il apportait dans cette carrière tout ce qui
»était nécessaire pour se faire remarquer, beaucoup
»d'instruction, un esprit droit et judicieux, une élocu-
»tion à la fois noble, élégante et facile.

»A cette époque, les grandes questions de droit pu-
»blic sur la vérification des lois, et l'établissement des
»impôts, étaient souvent agitées. Les parlemens qui
»semblaient n'avoir été successivement créés par nos
»rois, que pour distribuer la justice, comptaient ce-
»pendant au nombre de leurs privilèges, celui de don-
»ner leur sanction à la loi du prince par la formalité
»de l'enregistrement. Une longue possession, la con-
»fiance des peuples, l'antique considération dont jouis-
»saient ces cours, leur avaient permis de croire, qu'elles
»étaient placées entre le souverain et la nation, pour
»maintenir en même temps, les droits du trône et la
»liberté publique. Telle était la source de ces remon-
»trances, presque toujours soutenues par l'opinion,

»parce qu'elles avaient ordinairement pour objet de
»s'opposer à des innovations, ou à l'établissement de
»nouveaux impôts.

»L'opposition des parlemens contre les ministres
»était très-prononcée au moment de la réception de
»M. Raffin. Il sentit pour les questions de notre droit
»public, un attrait que n'avait pas pour lui la discus-
»sion des intérêts particuliers. L'éloquence qu'il déploya
»dans la première assemblée des chambres où il assis-
»ta, annonça une acquisition précieuse pour le par-
»lement. On admira l'ordre, la clarté de ses idées, la
»grace et la pureté de son élocution. Il n'avait pas
»encore voix délibérative, et il entraîna tous les suf-
»frages. Ce succès était d'autant plus glorieux, qu'il
»l'avait obtenu dans une assemblée composée de ma-
»gistrats qui par leur âge, et la gravité de leur carac-
»tère, n'étaient pas susceptibles d'enthousiasme ; mais
»il était né orateur, il improvisait avec l'ordre et la
»méthode d'une composition préparée ; quand il était
»soutenu par les regards, et par l'attention d'un audi-
»toire nombreux, son ame s'échauffait, son imagina-
»tion devenait féconde, sa phrase était toujours cor-
»recte, et sa pensée noblement exprimée.

»M. Raffin réunissait à cette éloquence naturelle, de
»grandes connaissances, et une excellente mémoire.
»Personne n'avait étudié avec plus de soin les belles-
»lettres grecques, latines, et françaises. Il les cultivait
»sans cesse, et leur consacrait plus particulièrement
»le temps des vacances qu'il allait passer tous les ans
»à Usez. Pendant ses voyages, seul dans sa voiture,
»il employait des momens presque toujours perdus
»pour l'étude, à rappeler les principes de la langue
»du divin Homère ; et à réciter les chants immortels
»de ce vieux patriarche de la littérature.

»L'Académie saisit avec empressement la première

»occasion qui se présenta d'associer M. Raffin à ses
»travaux. Il fut nommé en 1751 à la place vacante par
»la mort de M. Lecomte, chevalier d'honneur au par-
»lement de Toulouse.

»Dans nos assemblées, il déploya comme au palais
»cette éloquence, cette délicatesse de goût, .cette cri-
»tique éclairée, qui l'avaient déjà rendu si recomman-
»dable. Les séances particulières consacrées à l'examen
»des ouvrages présentés au concours, étaient toujours
»extrêmement intéressantes, lorsqu'il pouvait y assister.
»C'était dans ces occasions qu'il donnait l'essor à ses
»talens, appuyant son opinion des citations les plus
»heureuses que lui fournissait sa prodigieuse mémoire,
»et rappelant sans cesse les principes de littérature
»dont il était nourri. On aurait dit après ·l'avoir en-
»tendu, qu'il venait de prononcer un discours soig-
»neusement préparé, et ce n'était cependant que le
»résultat de ses observations sur l'ouvrage qui occu-
»pait dans ce moment l'Académie. Il fallut lui faire
»une sorte de violence, pour le déterminer à payer
»son tribut à la restauratrice de nos Jeux. Ce ne fut
»qu'en 1754, trois ans après sa réception, qu'il se
»décida à faire l'éloge de Clémence, et c'est le seul
»ouvrage académique qu'on ait pu obtenir de lui:
»il faut en convenir; il ·éprouvait autant de diffi-
»cultés à composer un discours, qu'il avait de faci-
»lité à l'improviser. Quand il prenait la plume, la
»sévérité de son goût l'arrêtait à chaque instant ;
»il n'était jamais content de son style, et les correc-
»tions multipliées qu'il croyait nécessaires, le fatiguaient
»extrêmement.

»L'affaire des jésuites et celle de M. de Fitz-
»James, lui fournirent de nouvelles occasions de dé-
»ployer son éloquence. Ces ·discussions n'étaient que
»le prélude de la révolution qui s'opéra dans la ma-

»gistrature en 1771. Le chancelier Maupeou résolut »de changer l'organisation des parlemens, de lenr »ôter ce droit si long-temps contesté de vérifier les »lois, prérogative qui allarmait l'autorité royale. Dans »cette circonstance M. Raffin montra la plus grande »énergie. Il fut l'ame de toutes les délibérations. Pressé »par ses amis, entraîné par l'importance du sujet, il »rédigea cette belle protestation que le parlement dé- »posa au greffe avant sa dissolution. Cet ouvrage par- »fait par la solidité et l'enchaînement des principes, »par la sagesse et la pureté du style, par un ton »noble, ferme et respectueux, fut très-recherché dans »le temps, et augmenta encore la réputation du »magistrat éloquent qui l'avait composé. Arraché à »ses fonctions et envoyé en exil, il supporta ce double »malheur avec une héroïque fermeté, il croyait ser- »vir son prince et sa patrie par cette courageuse ré- »sistence. Ce noble motif lui fit chérir sa disgrace, il »partit pour Usez où il fut exilé, préférant le sacrifice »de sa liberté à celui de ses principes.

»Il eut alors tout le loisir nécessaire pour reprendre »le genre d'occupations auquel il devait en grande »partie les succès qu'il avait obtenus. Les belles-lettres »avaient embelli sa carrière ; elles le consolèrent dans »sa retraite. Leur étude convient en effet à toutes les »situations de la vie, et peut dédommager de toutes »les privations.

»M. Raffin revint à Toulouse à l'époque de la réin- »tégration du parlement, mais avec le projet de quitter »son état, soit qu'il augurât que la magistrature déchue »de ses prérogatives perdrait de sa dignité, soit qu'il »eut peu de goût pour les détails de la justice distri- »butive auxquels il fallait se livrer plus particuliére- »ment en arrivant à la grand'chambre. Il résigna son »office, et se retira à Usez après avoir été reçu conseiller

»honoraire. Ce fut une perte réelle pour le parlement
»dont il avait si bien défendu les droits. L'Académie
»se vit privée d'un de ses meilleurs critiques, et sa
»retraite laissa dans la société un vide qui se fit long-
»temps sentir. L'excellente éducation que M. Raffin
»avait reçue, son esprit très-cultivé, l'aménité de son
»caractère, lui donnaient les moyens de paraître avec
»beaucoup d'agrémens dans le monde. Il était infini-
»ment aimable, et recherché par la meilleure com-
»pagnie. Personne ne causait mieux que lui. De la
»conversation la plus sérieuse il passait aux objets les
»plus frivoles, et savait s'en occuper avec intérêt. Son
»goût s'étendait à tout, et on l'eût consulté sur une
»parure, avec le même succès que sur les grands
»objets de ses méditations politiques et littéraires. Il
»était souvent distrait dans la société. Il fallait quel-
»quefois le tirer de sa rêverie : mais les ressources de
»son esprit lui faisaient réparer ces courtes absences,
»avec beaucoup de grâce et d'amabilité.

»Il vécut tranquillement à Usez au milieu de sa fa-
»mille, de ses livres, et de ses amis, jusqu'au moment
»de la révolution. A cette époque il éprouva le sort
»qui était réservé à tous ceux que signalaient les dis-
»tinctions de la fortune, des talens et des vertus. Il
»fut privé de sa liberté pendant huit mois. Les mal-
»heurs de sa patrie, et les horreurs d'une longue
»détention, altérèrent sensiblement sa santé. Il fut
»atteint dans sa prison d'une maladie nerveuse qui
»ne la plus quitté. Les dernières années de sa vie
»s'écoulèrent dans des souffrances presque continuelles
»qu'il a supportées avec toute la fermeté de son carac-
»tère, la patience, et la résignation d'un chrétien.
»Il fnt enlevé à sa famille le 18 avril 1805.

»M. Raffin n'était point marié. Il vivait dans la plus
»grande union, avec ses deux frères qui lui ont survécu,

»dont l'un est un ecclésiastique très-recommandable,
»et l'autre officier très-distingué, était parvenu depuis
»long-temps au grade de maréchal de camp. »
Sa place de mainteneur a été donnée à M. d'Aguilar.

1808. **129.° M. DE BRIENNE**, Archevêque
de Toulouse.

M. l'Abbé Jamme prononça, au nom de l'Académie,
l'éloge de M. de Brienne le 13 juillet 1808.

M. Démeunier qui lui succédait, et M. de Lapeyrouse qui répondait à M. Démeunier, jettèrent aussi
des fleurs sur son tombeau.

M. l'Abbé Jamme parla des talens naturels de M. de
Brienne, de la vivacité de son esprit, de son goût
pour l'étude, du sentiment qui l'attacha à l'état ecclésiastique, de la manière brillante dont il termina son
cours de Sorbonne, de son grand-vicariat de Pontoise,
de sa nomination à l'évêché de Condom et à l'archevêché de Toulouse, et des services qu'il avait rendus
à la religion.

« Il arriva dans cette ville (Toulouse) devancé par
»une grande réputation, et il justifia sa rénommée.
»Dans le nombre des prélats qui l'avaient précédé, M.
»de la Roche-Aymon fixa ses regards. Son zèle pour
»la réforme du Clergé, son extrême charité envers les
»pauvres avaient rendu son nom cher à ce diocèse, et
»sa mémoire précieuse aux états de Languedoc.

»M. l'Abbé d'Héliot avait destiné quinze mille vo-
»lumes pour former un dépôt public. M. de Brienne
»seconde le zèle et les vues patriotiques de cet homme
»si recommandable à tant de titres; il donne six mille
»volumes,

»volumes, et partage la gloire d'élever un monument
»en l'honneur des lettres.

» »Le bréviaire toulousain paraît ; le goût et la méthode
»ont présidé à sa rédaction. Sa préface latine est un
»che.-d'œuvre d'éloquence. Il est suivi d'un nouveau
»Rituel, regardé comme un code de bienveillance et
»de perfection chrétienne.

» »Depuis le douzième siècle, il existait dans l'église
»une disproportion affligeante dans la distribution des
»revenus ecclésiastiques. M. de Brienne convoque un
»synode. Là il appelle l'opulence des décimateurs au
»secours des curés à portion congrue. Nos églises ne
»sont plus des cimetières ; il arrache la maison de Dieu
»à cette longue profanation.....

» »Vous n'exigerez pas sans doute que je suive le cours
»des funestes dissentions qui ont désolé la France.
»Qu'il me suffise de dire que M. de Brienne fut arrêté
»à Sens, par les satellites de Robespierre. Une terrible
»révolution s'opère dans ce corps affaibli par les infir-
»mités de l'âge et par les tourmens de la vie. Ces res-
»sources que la médecine a inventées pour dégager du
»corps de l'homme les humeurs qui surabondent ; ces
»voies factices de la santé se ferment tout-à-coup. M. de
»Brienne meurt, et la nature dérobe ainsi une victime
»aux monstres qui ont couvert la France d'échafauds,
»de sang et de denil.

»En remplaçant M. de Brienne, disait M. Dé-
»meunier, je ne parviendrai pas à diminuer vos re-
»grets. Il a laissé dans les Académies dont il fut mem-
»bre, dans la province et dans le diocèse qu'il ad-
»ministra long-temps, des souvenirs qui honorent sa
»mémoire. Des monumens agréables et utiles dont vous
»jouissez à tous les momens, attestent sa bienfaisance
»et son amour des arts. Il fut digne de nos éloges, et
»la voix publique ne les démentira point.

X

»Abandonnons aux censeurs impitoyables le triste
»soin de lui reprocher des fautes, lorsqu'il se trouva
»sur un plus grand théâtre, dans un temps de crise,
»où tout le monde s'est trompé. Le fardeau dont on le
»chargea à cette époque si nouvelle et si imprévue,
»était au-dessus de la faible humanité; et la postérité
»plus équitable que la génération contemporaine, ne
»flétrira pas les erreurs des gens de bien. En attendant
»ce jugement approfondi sur les deux années qui ont
»précédé immédiatement la révolution, son nom si jus-
»tement chéri parmi vous, Messieurs, vient de recevoir
»un premier hommage, où l'orateur s'est montré l'élo-
»quent interprète de vos sentimens.

»C'est au sein des Académies qu'il convient sur-
»tout de célébrer ses vertus civiles; car il aima sincère-
»ment les lettres ; il fut l'ami de ceux qui les culti-
»vent. Il publia hautement l'influence des lumières sur
»le bonheur des peuples.»

Le tableau du bien temporel dont la ville de Toulouse est redevable à M. de Brienne, fut présenté dans
la réponse de M. de Lapeyrouse, à qui il appartenait plus
qu'à tout autre de le tracer, ayant été maire de cette
grande commune.

«En entrant dans ce sanctuaire des muses, disait-il
»à M. Démeunier, vous contractez l'engagement de
»réparer une grande perte. Le prélat célèbre que vous
»venez remplacer aujourd'hui, a laissé parmi nous de
»grands et précieux souvenirs, des monumens éter-
»nels de ses bienfaits, des droits immuables à la re-
»connaissance publique.

»C'est à M. de Brienne que la ville de Toulouse doit
»les plus beaux monumens qu'elle possède. C'est à lui
»qu'elle est redevable de ces quais magnifiques qui bor-
»dent et contiennent le fleuve qui la traverse, de ces
»grandes routes, de ces belles avenues, de ces places

(303)

»publiques , de ces rues qui procurent aux voya-
»geurs un abord commode, au commerce des commu-
»nications faciles et sûres, qui ont rendu sain et salubre
»un vaste quartier jadis marécageux et infect, et l'ont
»délivré à jamais d'une submersion trop, fréquente ,
»toujours accompagnée des plus cruels désastres.

»Doué d'un esprit supérieur, d'un coup d'œil vaste
»et prompt, d'un jugement exquis que l'extrême mo-
»bilité de son imagination égara, peut-être quelque-
»fois; il connut de bonne heure l'influence des lumières
»sur la prospérité et la gloire des peuples. Il cultiva
»les lettres, et usa de tout son pouvoir pour les faire
»fleurir. Après avoir pourvu par divers établissemens à
»l'instruction des jeunes-gens, de ceux sur-tout qui se
»dévouaient au ministère évangélique, il créa et fit
»doter nos bibliothèques publiques, dont un zélé cito-
»yen , M. l'abbé d'Héliot, avait jetté les premiers
»fondemens. Il avait commencé la reconstruction d'un
»de nos grands colléges. C'est lui qui fit établir les
»chaires et les cabinets de physique expérimentale et de
»chimie. C'est lui qui fit assurer à la ville de Toulouse la
»propriété , et à l'Académie des sciences l'usage de ce
»bel observatoire qu'avait élevé, avec tant d'art, de
»goût et de soin, M. Garipuy, le père, directeur des
» travaux publics de la province.

»M. de Brienne ne dut qu'à ses lumières, à son ap-
»plication ; au travail, à la fermeté de son caractère,
»l'ascendant qu'il avait acquis dans les états de Lan-
»guedoc. Il en usa pour procurer à la ville de Toulouse
»la part que la justice aurait dû lui faire accorder de-
»puis long-temps, dans la distribution annuelle des som-
»mes consacrées aux travaux publics de la province. Il
»en usa sur-tout pour établir le plus grand ordre dans
»les finances, et la comptabilité de ce corps puissant,
»pour réformer sa discipline intérieure, et porter dans
»toutes les parties de cette vaste administration, cette

»énergie, cette puissance de moyens, ces vues réfléchies
»et étendues, qui sont le caractère propre d'un homme
»d'état et d'un grand administrateur. »

~~~~~~~

1809.   13o.° M. DILLON (ARTHUR-RICHARD),
        Archevêque de Narbonne.

La famille de *M. Dillon*, originaire de Normandie,
passa en Angleterre avec Guillaume le Conquérant; et
sous Henri second, elle s'établit en Irlande, où elle
conserve encore une grande existence. Son père, qui
était de la branche aînée, suivit le Roi Jacques en
France, et y *leva*, dit M. de Voltaire, *le fameux ré-*
giment étranger qui portait son nom, devenu si na-
tional, et qui a vu les enfans et les frères succéder
rapidement à leurs pères et à leurs frères tués dans
les batailles.

Arthur-Richard, dont il s'agit ici, naquit à St.
Germain-en-Laye en 1721. Il avait reçu de la nature
tous les dons extérieurs; une haute taille, une belle
figure, un maintien noble, de la grace et de la dignité
dans les manières, dans l'élocution, et jusques dans
le son de sa voix, tour à tour douce, éclatante et harmonieuse. Son ame avait toute l'élévation que fait
supposer une haute naissance, dans une famille dont
le devoûment à sa religion et à son Roi, n'avait point
de bornes. Son esprit vaste et lumineux, orné de toutes
les connaissances sérieuses et agréables, le rendait
propre à tout ce qu'il aurait voulu entreprendre. A le
juger par l'intrépide fermeté de son caractère; on
aurait cru, qu'à l'exemple de tous ceux de sa famille,
il se destinerait à la guerre. Sa sagacité et ce don
d'éloquence, dont il fut si abondamment pourvu,
auraient fait désirer qu'il se consacrât aux négociations
~~~~~~~

de la diplomatie ; la religion qui eut toujours besoin
de soutien et de défenseurs , ne le réclama pas en vain ;
il fut un athlète redoutable dans les écoles de théologie , et un aigle dans les assemblées du clergé.

Il avait été évêque d'Evreux , quand il fut nommé
à l'archevêché de Toulouse , et en cette qualité il avait
réclamé avec succès aux pieds du trône, la libre jouissance de droits que le premier corps de l'état dont il
était l'organe, regardait non seulement comme légitimes , mais comme sacrés.

Sa grande réputation, l'avait précédé à Toulouse.
L'Académie animée des mêmes sentimens qui lui avaient
rendu si précieuse l'acquisition de M. de Nesmond ,
accueillit avec empressement le désir qu'il témoigna
d'y remplir la place de mainteneur vacante par la
mort de M. de Miran.

Nous ne recueillimes pas de cette acquisition tout le
fruit que nous devions en attendre. L'archevêché de
Narbonne vint à vaquer , et ce poste important d'où
dépendait la bonne administration , le bonheur et la
garde des privilèges d'une grande province , fut confié
à ses talens , et à ses soins. M. de Brienne le remplaça
sur le siège de Toulouse, et prit à côté de lui, la
seconde place aux états de Languedoc.

M. l'archevêque de Narbonne était là comme un
souverain , et cette souveraineté avait été exercée sans
partage par M. de la Roche-Aymond. M. Dillon la
partagea avec M. de Brienne. Leur bon accord doubla les
avantages de cette heureuse administration. Ce n'est
pas à moi d'examiner jusqu'à quel point on avait eu
tort ou raison , de confier , dans les états de notre province , au corps épiscopal , une prépondérance qui se
concentrait sur la tête de celui qui en était le chef ;
ni ce qu'il y avait à gagner et à perdre , pour le gouvernement spirituel et temporel des diocèses ; mais
je dois dire que M. Dillon et M. de Brienne avaient

imprimé à leur administration , un caractère de grandeur et de magnificence très-imposant, en même
temps qu'ils formaient et encourageaient les établissemens les plus utiles au commerce, à l'agriculture ,
aux arts, aux sciences, et à toutes les branches d'industrie et d'instruction publique.

Cette administration ne fut plus respectée , lorsque
la révolution arriva ; M. de Brienne l'avait abandonnée,
pour passer au siège de Sens, et au ministère. Au
milieu de la confusion que l'anarchie jetta dans toute
la France , M. Dillon et M. de Brienne prirent deux
routes différentes, celui-ci comptant sur la faveur de
ses opinions nouvelles, n'échappa que par une mort
imprévue et subite à l'horreur d'être traîné à l'échafaud ;
l'autre inébranlable dans l'opinion et les sentimens de
toute sa vie , se retira en Angleterre. Dans cet exil, il
eut comme son père , le bonheur de se rapprocher de
son Roi , et de le consoler par la constante et inaltérable fidélité de son dévoûment.

Cette terre , où tant de français trouvèrent un asile
et la plus honorable hospitalité , ne fut ni étrangère ,
ni stérile pour l'illustre rejeton d'un de ces braves nor-
mans, compagnon des travaux et de la gloire de Guillaume. Il eut sa part du riche patrimoine , d'une si
noble et si puissante famille. [1]

D'abondans secours dont la source , ne devait point
tarir , lui fournirent régulièrement tout ce que pouvait
désirer un homme de son rang , qui fut toujours bienfaisant et généreux. Il partagea avec plusieurs de ses
confrères , la sorte d'opulence dont il jouissait ; c'est
avec eux qu'il passait sa vie , et avec les autres prélats
et principaux membres du clergé de France, qui surent
se défier des apparences d'une protection fallacieuse ,
promise au culte catholique et à ses ministres. La

---

[1] Il n'y a guère plus de trente ans qu'elle réunissait quatre pairies ;
deux se sont éteintes ; les deux autres y existent.

grandeur d'ame de M. Dillon, la noblesse et l'élévation de ses sentimens, ne se montrèrent jamais avec
plus d'avantage, que dans cette seconde lutte, où il
croyait sa conscience et son honneur, également intéressés à défendre le nœud sacré qui l'attachait à son
église, et que son affection rendait indissoluble. Le
temps n'est pas loin peut-être, où nous pourrons bien
apprécier le sentiment et les principes de son invincible
résistance. il a laissé sur les malheurs de l'église de
France, et sur cette paix si chèrement achetée, et
qui dura si peu, des mémoires dont la rédaction
assidue occupa ses dernières années.

Parvenu à une extrême vieillesse, il avait conservé
la vigueur et les graces de son esprit, et cette pénétration qu'on avait toujours admirée, et qui rendait
moins sensibles les inconvéniens de sa surdité. C'était
la seule infirmité dont sa vieillesse fut affligée. Il avait
complété sa quatre-vingt-septième année, lorsqu'il
mourut en 18o8, d'une goutte remontée, laissant une
mémoire précieuse à tous les bons et fidèles sujets du
Roi, aux amis de la religion et de la discipline ecclésiastique, et en particulier à cette province qu'il em-
bellit et qu'il rendit florissante. La ville de Toulouse
avait depuis long-temps signalé sa reconnaissance, en
donnant son nom à la plus agréable de ses promenades
[le cours Dillon.]

Sa place de mainteneur fut donnée à M. Jouvent.

<hr>

13i°. M. FLORET. 18o9.

Je prononçai son éloge le 14 juin 18o9.

M. Floret était déjà sur le déclin de l'âge, lorsqu'il
vint établir sa demeure à Toulouse ; il parut d'abord
vouloir y suivre le barreau.

Pour obtenir de grands succès dans cette milice, il

faut comme dans toutes les autres, s'y enrôler de bonne
heure, et commencer ses exercices dans l'âge heureux
qui réunit la force et la souplessse, la grace et l'énergie, et qui pouvant compter sur un long avenir, y voit
la possibilité de parcourir tous les degrés de cette immense carrière. M. Floret le sentit, et son goût domi-
nant, ainsi que sa raison, le retinrent tout entier dans
le sanctuaire des muses.

Il était de l'Académie de Marseille, et la place qu'il
y occupait était une sorte de conquête. C'était comme
le complément d'un prix d'éloquence qu'il avait remporté, sur une question qui, pour être bien traitée
exigeait, outre les qualités oratoires, un jugement sain,
une parfaite maturité d'idées, des connaissances littéraires très-étendues, et toute la précision d'un esprit
exercé à bien discerner les objets. Il s'agissait de montrer *à quels caractères on distingue les ouvrages de
génie, des ouvrages d'esprit;* et M. Floret traca d'une
main sûre cette ligne de démarcation.

Devenu juge du combat après avoir reçu le prix de la
victoire dans une lice où se montraient alors plusieurs
de nos meilleurs écrivains, M. Floret s'appliqua avec
ardeur à remplir ses devoirs d'académicien. L'impression de ses talens, la considération dont il jouissait parmi ses confrères, et leurs regrets, lorsqu'il les
quitta, vivent encore dans le cœur et dans la mémoire
de tout ce qui reste de l'ancienne Académie de
Marseille.

En étudiant l'histoire romaine, qui est la première
clef de la science des lois, M. Floret fut entraîné à
fouiller dans tous les trésors de l'érudition, et bientôt
il y amassa des richesses que l'Académie des sciences
de Toulouse s'empressa de s'approprier, en lui donnant une place dans la classe des inscriptions et belles-
lettres.

Plusieurs de nos confrères y tenaient un rang distingué. Ils ne furent pas long-temps à s'appercevoir que le mérite littéraire de M. Floret n'était pas borné aux connaissances acquises. Ils virent en lui un homme de beaucoup d'esprit; dont l'imagination féconde savait répandre de la grâce et de l'intérêt sur les matières les plus arides. Leur suffrage l'encouragea à se montrer parmi les candidats qui, à chaque vacance d'une place de mainteneur, se présentaient plusieurs à la fois, pour faire connaître leur désir, plutôt que pour solliciter une préférence. Personne n'était blessé de ne pas l'obtenir tout de suite; on savait que Fontenelle n'avait été admis à l'Académie française qu'au cinquième concours, et que l'abbé Girard, après la publication des synonymes français, n'avait pas regardé comme un dégoût, qu'on lui eût préféré successivent deux membres de l'Académie des sciences. (1) Des circonstances qui n'avaient rien de fâcheux pour M. Floret, retardèrent également sa nomination. Il ne peut être reçu parmi nous, qu'en 1789.

Son discours de réception roula principalement sur les avantages de la critique qu'exercent entr'eux dans leurs séances particulières, les gens de lettres réunis en société. Les principes qu'il y développa annoncèrent qu'il recevrait les conseils de la critique avec docilité, et qu'il les donnerait avec franchise. Cette franchise, comme nous l'éprouvames bientôt, tempérée par de justes égards, étonna peut-être quelque fois l'amour propre, mais ne le blessa jamais.

Reçu au mois de juin 1789, c'est-à-dire vers la fin de l'année académique, M. Floret se chargea de faire l'ouverture de l'année suivante, par la semonce du mois de janvier 1790. Il y montra les avantages et les charmes de l'étude avec la sensibilité et l'enthousiasme

---

(1) Mairan et Maupertuis.

d'un ami des muses, qui leur devait les plus douces jouissances et tout le bonheur de sa vie.

Que n'avions-nous pas à attendre d'un confrère dont la vie avait été entièrement consacrée à la culture des lettres, et qui arrivant parmi nous avec tous les avantages d'un vétéran, montrait toute l'ardeur de la jeunesse ? Hélas ! nous touchions au moment de voir détruire le temple que nos devanciers avaient élevé, et qu'avaient embelli les libéralités de Clémence Isaure. Nous fumes obligés de nous disperser, et lorsque nous nous réunimes, après quinze ans, le nom de M. Floret se trouva sur la liste fatale des pertes que nous avions à déplorer.

La révolution l'avait épargné, si toutefois la maladie qui termina ses jours n'était pas une suite de l'agitation, des peines, et des chagrins cuisans que son ame sensible et fière dut éprouver au milieu du bouleversement général et des attentats de la barbarie.

Des parens éloignés et qui n'habitaient ni Marseille, ni la Provence ont recueilli la succession de la dernière des sœurs de M. Floret, et dans cette succession, ont dû se trouver un grand nombre de manuscrits. M. Floret littérateur laborieux avait beaucoup recueilli et beaucoup composé.

Ses héritiers n'ont rien publié encore de ses œuvres posthumes, soit qu'ils aient voulu prendre le temps nécessaire pour ne choisir que ce qui pourra être bien accueilli ; soit qu'après un examen rigoureux, ils n'aient trouvé aucun ouvrage auquel l'auteur eût mis la dernière main. Quoi qu'il en soit, nous devons leur savoir gré de ce respect pour la mémoire de notre confrère, dans un temps sur-tout, où l'avidité des spéculations de ce genre est poussée à un excès scandaleux et vraiment affligeant. Dans tous les cas, nous avons à regretter que M. Floret, en multipliant ses ouvrages, n'ait pas eu à cœur de les perfectionner. Il attendait sans doute l'époque où l'imagination s'affaiblissant ne laisse à l'écrivain le plus fécond, que la faculté de sentir et de juger ; et cette considération très-probable doit accroître notre douleur de cette perte prématurée.

Rien n'était plus propre à l'adoucir, et nous ne pouvions honorer plus dignement sa mémoire, que par le choix du successeur que nous lui avons donné. (1)

Le barreau de Toulouse dut à l'Académie l'éclat dont il brilla pendant la dernière moitié du dernier siècle. Les enfans d'Isaure en chassèrent la barbarie ; les premiers, ils y montrèrent les grands rapports qui lient la science des lois à toutes les autres connaissances, et y firent sentir combien la culture des lettres peut agrandir la raison et ajouter aux richesses de l'éloquence. Par cette heureuse révolution, le Barreau devait à son tour devenir une ressource pour l'Académie. Ce fut pour y encourager les bonnes études, qu'elle m'ouvrit ses portes. J'annonçai alors, et je n'ai pas été trompé dans mon espérance, que la dette que je venais de contracter serait acquittée par mes jeunes confrères, et par ceux qui viendraient après eux.

132.º M. le Président DE NIQUET. 1806.

M. de Niquet naquit en Champagne, près de Brienne en 1691. Son père, officier du génie très-distingué, et ami de Vauban, était lieutenant du Roi à Antibes, quand il fut appelé en Languedoc, pour examiner le plan d'un ouvrage projetté pour le canal, que Pierre-Paul Riquet avait donné à la France. Cette circonstance le détermina à se fixer à Toulouse.

Il avait trois enfans, deux garçons et une fille. Il maria sa fille avec M. de Lanta, baron des états ; son fils aîné

---

(1) M. Pinaud, avocat en la cour royale.

qu'il destinait au service mourut jeune; le second dont il s'agit ici prit le parti de la robe, fut d'abord conseiller, ensuite président à mortier ; et l'Académie accueillit , quelque temps après, sa demande d'une place de mainteneur.

A la mort de M. de Maniban , M. de Niquet fut nommé chancelier de l'Académie. Il s'était concilié tous les suffrages par sa douceur , sa grande politesse , et son zèle soutenu pour notre antique institution. Le nouveau premier président, M. de Bastard, aurait pu être nommé, et il s'y attendait peut-être ; mais il n'appartenait pas à l'Académie, et à mérite égal, la préférence devait être pour un de nos mainteneurs.

M. de Bastard se mit, ou se trouva bientôt après son arrivée, en état de guerre avec sa compagnie. D'où que vinsent les premiers torts, il était impossible de sacrifier ce grand corps de magistrature aux ressentimens de son chef. On trouva plus simple et plus juste de nommer un autre premier président ; et M. de Bastard refusant de donner sa démission , on le retint à Paris.

Par-là M. de Niquet se trouva à la tête du parlement; et pendant cette absence forcée qui dura cinq ans , il vécut dans le meilleur accord avec la compagnie qu'il présidait, et se conduisit avec une extrême sagesse, dans l'affaire des jésuites , qui avaient espéré faire à Toulouse , par le crédit de leurs nombreux partisans , une puissante diversion aux arrêts des autres cours souveraines.

Lorsque M. de Bastard donna sa démission , M. de Niquet l'eût remplacé sans le délabrement de sa fortune , qui était trop au-dessous de ce qu'exigeait la représentation dans cette grande place. Elle fut donnée à M. de Vaudeuil, conseiller au parlement de Paris.

Bientôt après , M. le chancelier de Maupou commença ses opérations contre le parlement de Paris.

Pour les faire réussir à Toulouse, il crut devoir écarter
M. de Vaudeuil, et il parvint à lui surprendre sa démission. M. de Vaudeuil réclama vainement contre
cette surprise. Ses plaintes ne furent point écoutées ;
et il ne se consola jamais de son imprudence, si c'en
était une, de s'être confié avec abandon au chef de
la magistrature, à qui il devait son élévation.

J'aime à croire que M. de Niquet fut étranger à cette
intrigue ; mais il en profita ; mais il alla directement
contre les vœux et les principes de sa compagnie, en
acceptant la première présidence du nouveau parlement. Ce mauvais édifice s'écroula, l'ancien parlement
reprit ses droits ; et lors de ce retour glorieux, en 1775,
M. de Niquet se trouva dans la même position que M.
de Bastard, douze ans auparavant ; retenu à Paris,
refusant sa démission, et finissant par la donner, après
une longue résistance.

Quoi qu'il en soit du parti qu'il prit comme magistrat, sa conduite à l'Académie fut toujours parfaite.
Nous n'avons jamais eu un meilleur confrère, un confrère plus généreux, plus dévoué à nos intérêts. Tout
autre eut tenu peut-être aux prérogatives de sa place
de chancelier : il fit plus que d'y renoncer ; il employa
tout ce qu'il avait de crédit et de faveur auprès des
ministres, pour obtenir l'édit de 1773, qui, en la
supprimant, supprima aussi les autres distinctions qui
déparaient nos assemblées publiques, et nous débarrassa
d'un cérémonial qui pesait aux capitouls, flattait peu
l'Académie, et n'était plus qu'un sujet ou une occasion
de plaintes réciproques et de continuelles dissentions.
L'édit de 1773 est un des grands services qui nous
aient été rendus, et l'Académie ne pourra jamais en
témoigner assez de reconnaissance.

M. de Niquet avait plus de quatre-vingts-dix ans
lorsqu'il se démit de la première présidence. La révolution arriva bientôt après. S'il eût persévéré dans le

refus de sa démission, il eût été compris dans l'ordre sanglant qui proscrivit, en masse, le parlement de Toulouse. Sa tête ne tomba pas sous la hache de Robespierre ; mais cet événement affreux précipita la fin de sa vie. Il avait conservé jusqu'alors une bonne santé, beaucoup de force, et le libre usage de ses sens. La mort funeste de tant de magistrats vénérables dont plusieurs étaient ses amis, et qui tous avaient eu avec lui des relations rendues intimes par l'amour des mêmes fonctions et des mêmes devoirs, fit sur lui une impression qui détruisit sa santé, ses forces, et les principes de la vie.

Il mourut à Paris dans les bras d'une de ses filles et de ses petits enfans, vers la fin de l'année de 1794.

M. le président de Niquet, son fils, était mort vingt ans auparavant sans postérité.

La place de mainteneur, que la mort de M. de Niquet laissa vacante, fut donnée en 1806, à M. Picot de Lapeyrouse.

1810. **133.° M. CASTILHON**, Avocat au Parlement.

« Jean Castilhon, avocat au parlement, un des »quarante mainteneurs des Jeux Floraux, bibliothé- »caire du collége royal, secrétaire perpétuel de l'Aca- »démie des sciences de Toulouse, naquit dans cette »ville en 1721. Ses parens, disait M. d'Ayguesvives, »le destinaient à suivre la carrière du barreau. Ils l'en- »voyèrent au collége des jésuites où il suivit d'une »manière distinguée le cours ordinaire des humanités ; »c'est aux bonnes études de ces premiers momens que »M. Castilhon a dû le goût décidé pour les lettres, »qui a fait sa réputation.

»Il étudia la philosophie au Collége de Lesquille sous »le Père Ricaut. Cette école était encore partagée entre »le système de Newton et celui de Descartes. Le bon

»esprit du jeune philosophe lui fit embrasser le premier
»avec enthousiasme, et combattre le second avec une
»force et une sagacité si remarquables, que son pro-
»fesseur crut devoir en tirer parti pour l'instruction de
»ses autres élèves. De cette époque date dans nos écoles
»l'abandon général du Cartesianisme.

»Pendant son cours de droit, M. Castilhon sut égayer
»par des occupations plus agréables l'austérité de ce genre
»de travail. Lié avec les jeunes-gens de son âge, qu'un
»même goût entraînait vers l'étude de la littérature, il
»fut l'un des fondateurs de cette société littéraire, dont
»la mémoire survivra long-temps parmi nous à ses con-
»temporains. Marmontel y fut admis.

»Ces jeunes littérateurs préludaient dans leurs réunions
»aux succès brillans qu'ils ont obtenus depuis ; c'est dans
»cette société que se perfectionnaient les compositions
»qu'ils envoyaient annuellement au concours des Jeux
»Floraux. M. Castilhon obtint en 1742 le prix de l'Idyle,
»il concourut pour le même genre en 1743 et 1744,
»et ses ouvrages furent également couronnés. Son Ode
»sur les avantages de l'espérance remporta le prix de
»l'amaranthe en 1751, et le souci d'argent fut dé-
»cerné à l'églogue qu'il envoya, cette même année, au
»concours.

»Des succès si multipliés attirèrent sur lui l'attention
»de l'Académie, elle trouva peu de temps après l'occa-
»sion de l'associer à ses travaux, en le nommant à la
»place vacante par la mort de M. Soubiran de Scopon.

»Cette nomination donna un nouvel essor au goût
»littéraire de M. Castilhon ; jaloux d'augmenter en-
»core cette source de jouissances si précieuses pour lui,
»il s'adonna à l'étude de la langue espagnole et de la
»langue italienne, et forma le projet de faire le voyage
»de Paris, pour profiter des secours qu'offre cette ca-
»pitale à tous les amis des lettres. Un obstacle sérieux
»se présentait dans la modicité de ses moyens de for-

»tune. Il compta sur son économie et sur son travail,
»et il partit n'ayant pas beaucoup au-delà de la somme
»nécessaire pour les frais de son voyage.

»Sa politesse et l'aménité de son caractère le firent
»rechercher des personnes les plus considérables ;
»elles lui acquirent l'amitié de M. le comte de
»Turpin, inspecteur général de cavalerie, qui vou-
»lant publier un *essai sur l'art de la guerre*, chargea
»M. Castilhon de toute la partie littéraire de son ou-
»vrage. Il n'eut qu'à se louer du choix d'un tel colla-
»borateur, et pour lui témoigner sa reconnaissance, il
»le fit nommer à la place de secrétaire général de
»l'inspection de cavalerie. C'est en cette qualité que
»M. Castilhon suivit les armées en Allemagne, où il
»exerça les fonctions de son emploi pendant deux ans.

»Ces occupations étaient sans doute fort éloignées
»de son goût, mais il crut devoir le sacrifier dans
»cette circonstance par égard pour l'intérêt que lui
»témoignait M. le comte de Turpin. Après avoir satis-
»fait à ce que lui dicta sa délicatesse, il renonça à la
»perspective que pourrait lui offrir cette carrière, il
»abandonna son emploi en restant l'ami de son pro-
»tecteur ; ils composèrent ensemble un ouvrage qui a
»été publié sous le titre d'*Amusemens philosophiques*
»*et littéraires de deux amis.*

»De retour à Paris et rendu à ses occupations favo-
»rites, M. Castilhon s'adonna tout entier à l'étude de
»l'histoire et de la littérature ; il fréquentait les hom-
»mes les plus distingués dans les sciences et dans les
»lettres. Lalande, d'Alembert, Diderot avaient pour
»lui une amitié particulière, ils le choisirent pour leur
»collaborateur et lui confièrent la rédaction de plusieurs
»articles de l'Encyclopédie. Il a travaillé au recueil
»des anecdotes sur différens peuples, et il est parti-
»culièrement l'auteur des quatre volumes qui con-
»tiennent les anecdotes littéraires de France, d'Espagne

et

»et d'Italie, où l'on remarque le goût et le bon choix
»qui font le mérite de ces sortes d'ouvrages.

» Il fut ensuite chargé de la rédaction de la partie
»littéraire du Journal de Bouillon. Son frère Louis
»Castilhon fut son associé dans cette entreprise, et
»s'était chargé de rendre compte des ouvrages des
»auteurs Allemands dont il connaissait fort bien la
»langue.

»Ce travail en ajoutant aux connaissances en tout
»genre de M. Castilhon, avait multiplié ses rapports
»avec les gens de lettres et fait apprécier ses talens et
»son caractère.

»Rien en effet n'était plus juste, plus sage et mieux
»motivé que ses critiques. Accoutumé à joindre l'étude
»des sciences à celle des belles-lettres, il sentait quel
»secours elles devaient se prêter mutuellement. A ses
»yeux l'utilité d'un ouvrage était son premier mérite,
»il pensait que c'était avilir les lettres que de les
»faire servir à orner des compositions ou dangereuses
»où inutiles. Ce principe était la base de ses conseils
»aux jeunes littérateurs qui venaient en foule réclamer
»les avis d'un homme si instruit et si modeste. Sa com-
»plaisance pour eux était sans bornes.

»Ce critique si exact, si sévère, la plume à la main
»dans le silence du cabinet, avait une manière toute
»différente en présence des auteurs. Il écoutait avec
»attention la lecture de l'ouvrage qui lui était soumis,
»donnait son avis avec sincérité, motivait ses critiques
»et ses éloges. Si l'on résistait à la force des principes,
»il n'ajoutait pas un mot, et l'auteur qui s'obstinait à
»défendre son ouvrage, voyait le critique céder avec
»une facilité et une bonhomie qu'il prenait pour une
»approbation Une longue expérience avait appris à
»M. Castilhon que la critique luttait toujours en vain
»contre l'aveuglement de l'amour-propre, et que

Y

»les auteurs ne veulent pas et ne savent pas tous en-
»tendre la vérité.

Après trente ans d'une vie si laborieuse, notre con-
»frère éprouva le désir de revenir dans sa patrie ;
»M. de Brienne , alors archevêque de Toulouse , pro-
»fita de ces dispositions pour lui faire accepter la place
»de bibliothécaire du Collége Royal ; il pensait, avec
»raison, que personne n'était plus capable de seconder
»les projets qu'il avait sur cet établissement.

»M. Castilhon nous fut donc rendu en 1784. En
»reprenant sa place à l'Académie , il exprima ses sen-
»timens dans un discours en vers dont vous me saurez
»gré de vous rappeler quelques morceaux.

« *O ! mes foyers , qu'après trente ans d'absence*
»*J'arrose enfin des larmes du plaisir ;*
»*Temple d'Isaure , où mon cœur dès l'enfance*
»*Sentit la gloire et s'ouvrit au désir :*
»*Quel dieu vous rend à mon impatience !*

. . . .
»*En vous quittant je perdis ma gaîté ,*
»*Et ne trouvai qu'une vaine sagesse :*
»*Ah ! loin de vous , combien j'ai regretté ,*
»*Transfuge ingrat , ces lieux où la paresse*
»*Filait mes ans que vous rendiez si courts :*
»*O lieux ! témoins de mes jeunes amours ,*
»*Que votre aspect console ma vieillesse.*

»Ce retour fut un sujet de joie pour tous les amis
»des lettres , l'Académie des sciences le nomma son
»secrétaire perpétuel ; il remplit les mêmes fonctions
»à celle des Jeux Floraux, comme adjoint de M.
»Delpi , que ses infirmités empêchaient d'assister à nos
»séances.

»M. Castilhon avait alors soixante-trois ans , et à cet

(319)

»âge , où tant de personnes soupirent après le repos ,
»il remplissait tous ses devoirs avec la plus scrupuleuse
»exactitude.

»Sous son administration, la bibliothèque dont il
»était chargé s'augmenta de plus de quinze mille vo-
»lumes ; son assiduité aux séances des deux Académies
»était exemplaire, et son zèle n'avait point de bornes.
»Il se chargeait de tout le travail que ses confrères ne
»pouvaient faire.

»Attaché aux principes de la plus saine littérature ,
»il ne négligea jamais de les professer hautement. Pour
»me borner à une semonce , dont l'objet était d'exhor-
»ter les jeunes-gens à faire un emploi de leurs talens ,
»il leur disait : *c'est donc de la raison et de la vérité ,*
»*que le discours doit tirer sa force et sa grâce. De*
»*quelques fleurs que le rhéteur pare ses sophismes ;*
»*quelque adresse qu'il emploie pour plaire et pour persua-*
»*der, ses efforts ne parviendront qu'à faire admirer aux*
»*honnêtes gens les ressources de son esprit et à leur*
»*en faire détester l'abus. J'en pourrais citer malheu-*
»*reusement trop d'exemples , car quel temps fut ja-*
»*mais plus fertile en paradoxes ? On a non-seulement*
»*réduit en problême des vérités qui portent avec elles leur*
»*évidence ; mais à force de subtilités et de raisonnemens ,*
»*on est parvenu à égarer la raison et à faire regarder*
»*ces vérités comme des préjugés funestes . . . .*

»*Dans la foule des écrivains plus jaloux de l'amour*
»*de la singularité qu'animés par le désir d'être utiles ,*
»*il en est un à qui la nature a prodigué des talens faits*
»*pour plaire, qui joint à la souplesse d'esprit la plus*
»*insidieuse , l'imagination la plus brillante et la plus*
»*riche, une éloquence qui se plie à tous les genres ,*
»*employant suivant les circonstances la douceur et la*
»*force, tantôt la raillerie piquante et légère , tantôt*
»*l'invective et la satyre, attaquant avec audace les noms*
»*les plus illustres parmi les anciens , et les plus res-*

Y 2

»pectés parmi les modernes, dès qu'il les trouve con-
»traires à l'opinion qu'il veut accréditer, altérant les
»faits historiques les plus avérés, érigeant le pyrro-
»nisme en systême, et donnant au sophisme l'appa-
»rence de la vérité . . . .

»Quel siècle que celui où la crédulité se refusant
»aux vérités les plus communes adopte tout ce que
»l'imposture peut inventer de plus incroyable et de plus
»absurde, et où le raisonnement s'efforce d'accréditer
»tout ce qui répugne le plus à la raison !

»C'est peindre avec énergie et vérité l'abus des ta-
«lens, que l'on a reproché au dernier siècle. Ce mor-
»ceau a plus de force qu'on n'en trouve en général
»dans les compositions de M. Castilhon, porté natu-
»rellement à écrire dans un genre tempéré. Mais il n'est
»pas hors de propos de remarquer à sa louange que,
»lorsqu'il s'agissait d'un aussi grand intérêt que celui
»des principes, il savait trouver les expressions vigou-
»reuses qu'inspire toujours l'amour de la vertu.

»Tout objet utile avait droit aux soins de notre esti-
»mable confrère. M. de Brienne voulut en 1786 for-
»mer à Toulouse un Musée qui, en fournissant un
»nouveau sujet d'émulation, fît connaître aux Acadé-
»mies les sujets les plus propres à remplir les places
»vacantes dans leur sein. Il pensa que M. Castilhon
»seconderait utilement ses vues ; il ne se trompa point,
»le Musée fut formé et l'Académie doit à cet établisse-
»ment d'avoir eu l'occasion d'apprécier les talens de
»plusieurs de ses membres.

»M. Castilhon composa pour une des séances publi-
»ques du Musée, son Idyle des Roses, où il compare
»les agrémens de la jeunesse aux fleurs passagères du
»printemps, et les oppose aux charmes plus durables
»des talens. Il donne ainsi des conseils à une jeune
»personne.

»*Mais les présens les plus brillans de Flore*
　»*Naissent et meurent en un jour :*
　»*Fleur de beauté , rose d'amour ,*
　»*Passent plus vîte que l'aurore.*

. . . .

　»*Aime si ç'est ton sort ; mais souviens-toi toujours*
　»*Qu'il n'est qu'un temps pour les amours ;*
　»*Et que l'esprit , les talens , la sagesse ,*
　»*Sont des roses de tous les jours.*

»On retrouve dans ces vers la manière de M. Cas-
»tilhon ; on peut juger par la fraîcheur de leur coloris
»ce qu'étaient ses compositions dans un âge moins
»avancé, car c'est là son dernier ouvrage.

»Dès le commencement de nos orages politiques ,
»l'Académie fut dispersée ; il est du nombre de ceux qui
»ont péri pendant la tourmente , et que vous avez ap-
»pelés en vain à l'époque de votre réunion. Plus heu-
»reux que beaucoup d'autres, il mourut à l'âge de
»soixante-dix-neuf ans dans les bras de l'amitié et
»dans ceux d'une épouse qui avait fait le bonheur
»de sa vie. »

M. Castilhon a eu pour successeur M. Boilleau.

———————

133°. M. DE CAMBON, premier Président du 1811.
Parlement de Toulouse.

M. d'Ayguesvives, son gendre, prononça son éloge
dans la séance publique du 23 août 1811.

»Si je m'arrêtais à louer les vertus privées de M. de
»Cambon, mes rapports avec lui et ma profonde véné-
»ration rendraient mes paroles suspectes de prévention.
»Il me suffira pour honorer dignement sa mémoire ,
»de rappeler à votre souvenir la manière dont il a rem-

»pli les divers emplois auxquels il fut successivement
»appelé , et où l'accompagna toujours l'estime publi-
»que que commandent les talens et la vertu.

»Jean-Louis-Augustin-Emmanuel de Cambon , un
»des mainteneurs de l'Académie des Jeux Floraux ,
»premier président du parlement de Toulouse , naquit
»dans cette ville en 1737.

»Il fut destiné à suivre la carrière de la magistrature
»et à soutenir la considération qu'avait acquise à sa
»famille une longue suite de magistrats distingués.

»Après avoir occupé pendant trois ans une charge de
»conseiller au parlement , il fut reçu avocat-général
»en 1761 : cette place convenait à la nature de son
»talent. Doué d'un sens droit, d'une pénétration vive,
»il avait une élocution noble et entraînante, fruit heu-
»reux de ses dispositions naturélles et des bonnes étu-
»des qu'il avait faites dans la capitale.

»La trempe de son esprit le rendait propre aux mé-
»ditations profondes qu'exige la science des lois.

»Le parti qu'il sut tirer de tous ces avantages fixa
»sur lui l'attention de l'Académie qui l'admit dans son
»sein en 1763.

»Chargé de la semonce en 1765 , son discours sur-
»passa l'espérance qu'on avait conçue de ses talens, par la
»noblesse du style, cette sûreté de principes et de goût
»que l'on trouve rarement dans un jeune littérateur ,
»et qui semblent être le fruit d'une longue expérience.

»Il apportait dans l'intérieur de nos séances une
»amabilité piquante , et l'on remarqua dans ses discus-
»sions académiques la même finesse d'esprit , la même
»solidité de jugement qui avaient fait sa réputation
»au barreau,

»On avait vu rarement, Messieurs, remplir les fonc-
»tions du ministère public d'une manière plus dis-
»tinguée ; ses plaidoyers étaient remarquables par la
»manière supérieure avec laquelle il rattachait l'intérêt

»particulier de ses causes aux grandes idées d'intérêt
»public.

»Ce mérite parut surtout dans une cause célèbre dans
»les annales de notre jurisprudence, la cause d'Etienne
»Sales.

»Il s'agissait d'établir l'état civil de cet enfant né de
»parens protestans. D'avides collatéraux lui disputaient
»sa légitimé, et voulaient le forcer à produire l'acte de
»célébration du mariage de ses auteurs.

»L'extrême rigueur qui avait suivi la révocation de
»l'édit de Nantes, semblait assurer leur succès. Les fa-
»milles protestantes attendaient avec inquiétude le ju-
»gement qui allait être prononcé.

»M. de Cambon portant la parole, développa d'une
»manière lumineuse les principes dès lois naturelles et
»des lois civiles; et dépouillant les édits de la sévère
»interprétation de l'esprit de parti, il fit voir combien
»serait injuste et dangereuse, dans ses conséquences,
»une décision qui forcerait un enfant, né de personnes
»dont l'union a toujours été réputée légitime, à rap-
»porter l'acte de célébration de leur mariage.

»*Il ne faut pas se demander, disait-il, si l'on est
»persuadé de l'existence du mariage contesté ; mais il
»faut se demander si l'intérêt public n'exige pas qu'on
»le présume ; et puisque le contraire n'est pas juridi-
»quement prouvé, la justice et l'équité veulent qu'on
»suppose tout ce qui est naturellement possible, plutôt
»que de faire perdre à un enfant l'état dont il a tou-
»jours joui.*

»Ces conclusions étaient appuyées sur un texte du
»droit romain qui défendant de mettre en question
»l'état d'une femme, cinq ans après sa mort, assurait
»à la mère du jeune Sales, le rang d'épouse légitime:
»et par une conséquence nécessaire, rendait incontes-
»table sa propre légitimité. L'avis de M. de Cambon
»fut suivi, et l'enfant déclaré légitime. Les maximes

Y 4

»établies dans son plaidoyer retentirent dans tous les
» tribunaux du royaume : elles furent partout adoptées ,
» fixèrent notre jurisprudence sur un point qui devait
» décider du sort de quatre cents mille familles et pré-
» parèrent le fameux édit de 1787.

»Si l'on se rappelle quelle était la disposition des
» esprits à cette époque, on sentira tout ce qu'il fallut
» employer de raison et d'éloquence, pour amener à
» une opinion si sage, des hommes que leur vertu même
» confirmait dans l'habitude d'une injuste sévérité.

»Les talens de M. de Cambon, l'appelaient aux pre-
» mières charges de la magistrature. La place de pro-
» cureur-général au parlement de Toulouse était oc-
» cupée par Monsieur Riquet de Bonrepos qui n'avait
» point de fils; il jeta les yeux sur Monsieur de Cam-
» bon, pour lui succéder dans sa charge, et le choisit
» pour l'époux de sa fille. En épousant Mademoiselle
» de Bonrepos, veuve de M. Malaret de Fontbauzard,
» Monsieur de Cambon s'alliait à Monsieur le Chance-
» lier Maupeou ; ce qui donnait à Monsieur de Bon-
» repos, l'espoir d'obtenir, pour son gendre, la
» survivance de la charge de procureur-général, que
» le Roi avait accordée au premier mari de sa fille.

»La demande en fut faite au chancelier ; mais des
» considérations qui tenaient au projet exécuté en 1771
» lui dictèrent un autre choix.

»Les événemens de cette époque éloignèrent Mon-
» sieur de Cambon d'une carrière qu'il suivait avec tant
» d'éclat ; il quitta sa charge d'avocat-général et fut
» rendu aux douceurs de la vie privée. Il profita de
» cette liberté pour se livrer avec plus d'abandon à son
» goût pour les lettres. L'éloquence appliquée aux ma-
» tières sérieuses de son état l'avait exclusivement occupé
» jusqu'alors. Ses loisirs furent désormais consacrés à la
» lecture et à la méditation des grands poëtes, et sur-
» tout de Racine ; il mettait à les réciter une expression ,

»et un charme que je n'ai connus à personne, et cet
»exercice a été encore une des plus douces diversions
»aux souffrances qui ont assiégé sa vieillesse.

»Lorsque en 1775 les cours souveraines furent réta-
»blies, M. de Cambon était loin de songer à rentrer
»au parlement; mais le Roi ne consentit pas à se priver
»des services d'un magistrat dont le mérite lui était
»connu; il voulut le pourvoir encore d'une charge
»d'avocat-général, et lui assura de plus, la survivance
»de la charge de procureur-général alors occupée par
»Monsieur Lecomte.

»Monsieur de Cambon reprit donc ses premières
»fonctions. En 1779, il remplit une charge de président
»à mortier jusques en 1786, où par la mort de M.
»Lecomte, il devint procureur-général.

»Parvenu à la direction du ministère public, on lui
»vit développer cette rare prudence qui est la première
»qualité d'un procureur-général, défenseur des droits
»du souverain, de ceux de l'église et de la société;
»chargé de surveiller l'exécution des lois, et censeur
»né de la morale publique. Il apporta dans l'exercice
»de cette importante magistrature, cette profonde
»connaissance du droit public qui l'avait distingué,
»dès ses premiers pas dans la carrière.

»Appelé en 1787 à la première assemblée des nota-
»bles, la sagesse de ses opinions et la fermeté de son
»caractère furent justement appréciées par le Roi qui
»à son retour le nomma à la place de premier président.
»Ce choix fut approuvé de tout le monde; on ne pou-
»vait qu'augurer favorablement de celui qu'on avait
»vu remplir successivement et avec éclat, toutes les
»charges de la magistrature, et qui n'était parvenu que
»par degrés à la première place.

»A peine M. de Cambon était-il entré dans l'exer-
»cice de cette nouvelle dignité, qu'il fut appelé à la
»seconde assemblée des notables. La maladie des esprits

»avait déjà fait des progrès effrayans. En vain cette
»assemblée voulut éloigner le danger ; les notables se
»séparèrent avec la triste perspective des malheurs qui
»allaient désoler la france.

»Revenu à Toulouse , M. le premier président ne
»s'occupa plus que des devoirs de sa place et de la
»gloire du parlement.

»Dans le court exercice des fonctions de procureur-
»général, il avait tracé la route à un magistrat qui était
»digne de lui succéder.

»L'esprit d'une compagnie dont le caractère et la
»mémoire sont encore justement honorés secondait ad-
»mirablement les vues de son chef.

»Une foule de jeunes candidats se préparait à en-
»trer dans la carrière , tout semblait annoncer au par-
»lement de Toulouse le période le plus glorieux de son
»histoire. Il le fut en effet. Au milieu des orages qui
»ont couvert la France de ruines et de deuil , nos ma-
»gistrats ont scellé de leur sang leur inviolable fidélité
»au souverain.

»Ici , Messieurs, vient se placer un événement affreux
»pour notre confrère, un événement qui a surmonté
»toutes les forces de son ame , et a répandu sur le reste
»de ses jours la tristesse la plus profonde. M. de Cambon
»s'était réfugié à Paris avec sa famille. Proscrit et pour-
»suivi en 1794, il quitta sa demeure au moment où
»les comités ordonnaient son arrestation ; leurs envoyés
»furieux d'nne recherche inutile, en firent un crime à
»Madame de Cambon, et l'emmenèrent prisonnière.

»Il était dans les desseins de la providence de cou-
»ronner les vertus de cette ame céleste par le plus hé-
»roïque sacrifice ; Madame de Cambon périt le 8 ther-
»midor , et sa mort fut le dernier crime de ce genre
»que le ciel permit aux factieux.

»Les événemens des jours suivans amenèrent quel-
»ques idées de justice ; M. de Cambon en profita pour

»réunir les membres de sa famille dispersée. Après
»plusieurs années d'efforts et de voyages entrepris pen-
»dant des saisons rigoureuses et malgré les infirmités
»les plus accablantes, il parvint à rassembler auprès
»de lui ses frères et ses enfans; la joie qu'il en pouvait
»ressentir fut bientôt troublée par l'accident qui le
»priva d'un de ses fils. Après ce dernier coup, il passa
»dans la retraite, et au milieu de ses autres enfans, le
»reste d'une vie qu'un chagrin trop légitime et des in-
»firmités multipliées lui rendaient si douloureuse. Il
»succomba à ses souffrances au mois de septembre
»1807, laissant à sa famille désolée l'exemple d'une
»vie consacrée à l'exercice des talens que la nature
»lui avait prodigués et des vertus qui font la gloire du
»magistrat. »

Sa place a été donnée à M. le président d'Aldéguier.

134.° M. le Président DE PARAZA. 1812.

M. André JOUGLA DE PARAZA, son père.

M. de Paraza, le-père, était né à Beziers en 1702,
d'une famille ancienne dans la magistrature. Reçu conseiller au parlement, il ajouta à l'étude de la jurisprudence, celle du droit public, et il perfectionna ses connaissances littéraires que l'Académie s'appropria, en
le recevant au nombre de ses mainteneurs.

La réunion de tant de talens et de lumières, la gravité de sa conduite, et les principes d'une morale
austère, assortie à ses sentimens religieux, lui donnèrent, de très-bonne heure, la consistance d'un magistrat consommé. Il devint à vingt-neuf ans l'organe du
parlement qui le chargea des affaires les plus délicates et les plus épineuses, et le députa quatre fois à la

cour. Dans ces voyages auxquels s'attachait tant d'importance, il avait formé des liaisons très-particulières avec les plus grands magistrats du conseil du Roi et des cours souveraines de la capitale: Avide d'instruction, et sentant l'avantage de propager les connaissances qu'il avait acquises, il se chargea de mettre en ordre les œuvres du chancelier d'Aguesseau, et d'en procurer ainsi l'édition qui répandit tant de lumières, dans le barreau, et fut pour tous les magistrats studieux, un ouvrage classique, le livre de tous les jours (1).

Il écrivait très-bien en latin et en français; mais il se reprochait de n'avoir pas étudié le grec dans sa jeunesse. Il répara ce tort de son éducation, lorsque l'âge fut venu, pour ses enfans, d'être initiés dans les mystères de cette belle langue, ce fut lui qui la leur enseigna. On verra dans l'éloge de son fils, les autres soins qu'il donna à leur éducation.

M. de Paraza avait à peine atteint sa 67.ᵉ année, lorsqu'il mourut à Paris en 1769, dans tous les sentimens de la plus haute piété. Son éloge, prononcé par M. d'Estadens le 15 avril de la même année, n'a pas été imprimé dans les recueils de l'Académie.

M. de Paraza eut pour successeur M. de Parazols.

———

Ce fut M. Pinaud qui, dans la séance du 23 août 1811, prononça l'éloge de son fils tel qu'on va le lire :

«M. Henri-Elizabeth Jougla de Paraza, fils puîné de M. » *de Paraza*, conseiller au parlement, naquit a Tou- »louse en 1744. Son père, Magistrat et académicien »distingué, fit de l'éducation de ses enfans l'objet de »sa plus constante application. Il chercha, sans con- »trarier leurs goûts, à diriger vers les fonctions de la

___

(1) Son ami M. André, ci-devant Oratorien, en dirigea l'édition.

»magistrature ceux du premier de ses fils et à tourner
»les vues du second vers la profession des armes. La
»passion prématurée de celui-ci pour l'étude, l'in-
»croyable activité de son esprit, la prodigieuse étendue
»de sa mémoire et l'ardeur avec laquelle il travaillait
»sans cesse à l'enrichir auraient pu faire craindre qu'il
»n'eût de l'éloignement pour l'état qu'on lui destinait,
»s'il n'était toujours facile de faire un militaire d'un
»français. On se hâta de solliciter pour lui une place
»dans les mousquetaires ; il y entra fort jeune, et
»néanmoins, dès ce moment, de vieux savans auraient
»pu envier ses connaissances. Mais ce qui le distinguait
»sur-tout, ce qui déjà donnait un air de succès et,
»pour ainsi dire, de triomphe littéraire à ses simples
»conversations ; c'était la facilité de disposer à son gré
»des acquisitions de sa mémoire et de les produire
»fécondées par son imagination, embellies de tous les
»charmes de la parole. Peu de personnes ont possédé
»à un plus haut degré ce don précieux ou plutôt cette
»réunion de mille dons. Nul peut-être n'en a été plus
»immédiatement redevable à la nature. Les personnes
»qui l'avaient vu enfant se plaisaient à lui dire qu'on
»n'avait pu le surprendre à bégayer ; ceux qui l'ont
»fréquenté doutent que dans la familiarité même de ses
»plus intimes relations, sa diction ait jamais cessé d'être
»élégante et pure. Ce fut sans doute pour célébrer de
»pareils prodiges que la Grèce imagina les abeilles de
»l'Hymette déposant leur miel sur les lèvres naissantes
»de ses poëtes et de ses orateurs ; gracieuse fiction, qu'on
»a souvent appliquée à M. *de Paraza* et qui ne le
»caractérisait qu'en partie, puisqu'en rappelant les
»graces séduisantes de son langage, elle ne peignait ni
»ses manières également naturelles et nobles, ni ce
»mélange de politesse et de candeur, de modestie et
»d'abandon qui prêtaient un intérêt et comme un
»charme particulier à ses moindres paroles.

»Les sociétés de Paris et de Versailles ne pouvaient
»manquer d'apprécier de si rares qualités ; il y fut
»recherché avec empressement et s'y vit bientôt entouré
»d'admirateurs et d'amis. Le ministre qui avait à cette
»époque le département des relations extérieures enten-
»dit parler de l'aimable et savant mousquetaire ; il
»désira le voir ; et dès la première entrevue, il fut si
»frappé des avantages naturels et acquis dont il le vit
»comblé, qu'il l'engagea à quitter le service militaire
»pour la carrière diplomatique. Il eût été difficile à M.
»*de Paraza* de ne pas répondre à une invitation que
»la bienveillance avait dictée et qui flattait si profon-
»dément ses inclinations studieuses : il accepta donc ;
»et dans l'instant, les archives nationales, les dépôts
»de nos monumens historiques furent livrés à l'inépui-
»sable activité de ses recherches. C'est là que sa mé-
»moire, fidèle dépositaire de tout ce qui lui était confié,
»accumula les matériaux immenses qu'elle conserva,
»qu'elle augmenta toujours depuis et qui firent dans
»la suite de M. *de Paraza* l'un des hommes les plus
»instruits que possédât la France sur l'histoire des
»premiers siècles de la monarchie.

»Parmi les routes pénibles qu'il se frayait de jour en
»jour vers l'accomplissement des vues du ministre, s'en
»ouvrait une qui devait l'en écarter. Son protecteur lui
»avait recommandé d'apprendre les langues des trois
»ou quatre pays de l'Europe avec qui le gouvernement
»français entretenait le plus de relations. M. *de Paraza*
»n'avait d'abord fait de cette occupation qu'une sorte
»de délassement; mais bientôt après, étonné lui-même
»de la facilité qu'il éprouvait à retenir ces idiômes,
»enchanté des nouvelles jouissances qu'il y puisait, il
»sacrifia l'objet principal de ses études à cet objet pu-
»rement accessoire. Il avait quitté la profession des
»armes pour la diplomatie; il quitta la diplomatie pour
»les lettres et particulièrement pour l'étude des langues.

».La métaphysique jouissait alors en France d'une
»faveur dont la littérature du dernier siècle s'est vive-
»ment ressentie. Quelques hommes d'un rare mérite
»dont il faut surtout apprécier la sagesse avaient donné
»à cette science une face nouvelle. Se défiant à juste
»titre du vague qu'elle présente à l'imagination , ils
»l'avaient retirée des mystérieuses profondeurs où elle
»s'était abîmée pour l'appliquer spécialement à l'analyse
»des sensations, à l'examen des opérations de l'esprit et
»à l'étude des langues. Pendant que des savans étran-
»gers leur reprochaient de la circonscrire dans de si
»étroites limites, ils en étendaient réellement le do-
»maine, et lui avaient soumis l'art du raisonnement et
»la science grammaticale. Dans cette dernière partie
»avaient déjà paru les très-estimables ouvrages des
»*Duclos*, des *Girard*, des *Dumarsais* , des *Condillac* et
»des *Beauzée*. *Court de Gibelin* eu préparait de moins
»solides dont on espérait beaucoup trop, dans un genre
»que l'ingénieux président *Desbrosses* avait fortement
»recommandé à l'attention des gens de lettres et des
»savans. Si je l'ose dire , on s'exagérait un peu l'im-
»portance de la grammaire; et les langues , qui ne
»doivent être généralement que des moyens d'instruc-
»tion, étaient devenues pour trop de personnes l'objet
»principal de la leur.

» On n'avait pas à craindre que tous les momens de
»M. *de Paraza* fussent absorbés par de pareils travaux,
»et l'on pouvait néanmoins attendre de sa mémoire et
»de l'activité de son esprit, qu'il posséderait un jour
»sur ces matières plus de connaissances positives qu'un
»seul homme n'en avait jamais réuni. Les progrès qu'il
»y fit sont à peine croyables. Il est certainement du
»nombre des hommes qui ont parlé le plus de langues
»et qui les ont sues le mieux. Une étude à laquelle un
»savant si distingué a mis tant de persévérance, mérite

»bien qu'on examine avec quelques détails, de quels
»avantages elle est susceptible.

»Rien n'est plus utile, disons mieux, rien n'est plus
»nécessaire à l'étude des lettres que la connaissance des
»idiômes qu'ont illustrés de véritables titres litéraires.
»*Moïse*, *Homère*, *Virgile*, *Racine*, le *Tasse*, *Milton*,
»ont doué d'immortalité les langues qui reçurent le dé-
»pôt de leurs sublimes conceptions. Tout homme de
»lettres doit être dévoré de l'ambition de les posséder,
»car aucun ne peut se dissimuler l'immense et néces-
»saire infériorité de toute traduction possible à l'égard
»des beaux ouvrages d'éloquence et de poësie ; aucun
»ne peut se flatter de connaître les chefs-d'œuvre dont
»il est condamné à ne lire que les traductions. Dans
»toutes les littératures, les grands écrivains impriment
»aux idées qui leur sont propres un caractère d'origi-
»nalité que le génie lui-même s'efforcerait en vain de
»transporter dans une autre langue, eût elle dans ses
»moyens d'expression des ressources égales ou même
»supérieures à celles de la langue traduite. Si *Homère*,
»si *Virgile*, rendus à la vie, recevaient la tâche de
»reproduire dans leurs admirables idiômes les poëmes
»de *Milton* et du *Tasse*, il est infiniment probable
»que malgré la double supériorité de leur génie et de
»leur langue, ces Dieux de la poësie ne rendraient
»souvent que d'une manière imparfaite les beautés des
»écrits originaux.

»Soit donc qu'un homme des lettres se borne à con-
»naître, à goûter les ouvrages d'imagination, soit sur-
»tout que des dons plus heureux l'appellent à grossir
»les trésors littéraires de son pays, c'est dans leurs pro-
»ductions originales et non dans les traductions qu'il
»doit lire et relire les grands poëtes et les grands ora-
»teurs, comme c'est au sommet des montagnes, dans
»le creux des vallons, sur le penchant des abîmes, et
»non dans les tableaux des paysagistes, que l'artiste

épris

»épris des beautés de la nature doit se pénétrer de
»celles dont elle a revêtu les aspects de quelques points
»du globe.

»Une autre classe de gens de lettres est celle qui
»recherche savamment dans les langues la trace des ori-
»nes, des relations de l'esprit et des mœurs des peuples.
»Les travaux de ce genre ont acquis depuis un demi-
»siècle une assez grave importance, particulièrement en
»Angleterre et en Allemagne où la connaissance de la
»littérature orientale, et sur-tout des livres sacrés de
»l'Indostan, semble devoir faire sortir de la nuit des
»siècles des époques et un monde qui nous étaient in-
»connus. Sans vouloir rien ôter à de si profondes re-
»cherches de l'honneur qui est dû à leurs auteurs, si
»nous considérons sans prévention le peu d'utilité réelle
»qu'on a retirée des conjectures très-piquantes, mais
»fort ténébreuses, qui composent jusqu'à présent le plus
»riche produit de cette exploitation des littératures orien-
»tales, nous trouverons peut-être que le fruit de tant
»de travaux n'est pas proportionné aux difficultés qu'il
»a fallu vaincre pour l'obtenir.

»Quelques savans enfin ont poussé fort loin l'étude
»des langues dans le dessein d'y puiser des notions plus
»sûres et plus étendues sur la nature de ces méthodes
»représentatives de la pensée. On doit de la reconnais-
»sance à ces laborieux grammairiens; et il serait injuste
»de disconvenir qu'en étudiant et comparant plusieurs
»idiômes on ne doive acquérir une connaissance plus
»solide de leurs élémens constitutifs, discerner avec
»plus de certitude ce qui est essentiel à toutes les lan-
»gues, de ce qui tient au caractère propre de quelques-
»unes, démêler les causes de la différence de leurs pro-
»cédés variables, et mieux apprécier ces variations, en
»un mot, vérifier par les faits toutes les théories des
»grammaires, soit générales, soit particulières. Cepen-
»dant si l'esprit de curiosité n'entrait pour rien dans

Z

»ses recherches, et qu'on voulût se borner aux notions
»propres à confirmer le petit nombre de principes qui
»forment le système philosophique de toute grammaire
»bien faite, on peut assurer, je crois, que dans l'état ac-
»tuel de cette science, bien peu de personnes entrepren-
»draient, pour un tel objet, l'étude d'un grand nom-
»bre de langues.

 »Si l'on me demande maintenant dans laquelle de
»ces classes il faut placer M. *de Paraza*, je répondrai
»sans hésiter, dans toutes. Il avait assez de goût,
»d'imagination et de talent littéraire pour sentir vive-
»ment les beautés originales de tous les chefs-d'œuvre
»dont il acquérait l'intelligence : la sagacité dont il
»était doué et sa haute érudition dans l'histoire et les
»antiquités lui méritaient un rang distingué parmi les
»savans qui se plaisent à voir dans les langues les mo-
»numens de l'origine, du génie, et des mœurs des
»peuples. Enfin ses connaissances en métaphysique et
»son goût particulier pour cette science l'avaient
»facilement initié aux théories dont les bons gram-
»mairiens ont fait la base de leurs ouvrages.

 »De si vastes études, auxquelles il est déjà si difficile
»de concevoir que la vie de M. *de Paraza* ait pu suffire,
»n'étaient pas cependant la plus considérable partie
»des siennes. Toutes les sciences tentèrent successive-
»ment son ambition et chacune lui livra quelques-uns
»de ses mystères. Son long séjour à Paris l'avait
»mis en rapport avec plusieurs savans et gens de let-
»tres, parmi lesquels se trouvaient les auteurs les plus
»distingués de l'encyclopédie ; il avait secrétement
»envié la sorte d'universalité d'esprit qu'on attribuait
»à deux ou trois d'entr'eux et dont ils soutenaient le
»renom avec assez d'honneur. Ceux-ci paraissaient avoir
»à un plus haut degré que M. *de Paraza* les facultés
»qui combinent et ordonnent les idées acquises ; mais
»nul ne possédait une conception plus prompte, une

»mémoire plus vaste. Les connaissances les plus diverses
»se transmettaient à son esprit comme l'image des ob-
»jets à la glace fidèle qui les répète ; elles s'y fixaient
»comme l'empreinte du burin dans le dur métal.

»Jusqu'à présent, Messieurs, je vous ai présenté M.
»*de Paraza* courant d'une égale ardeur dans la double
»carrière des sciences et des lettres, se plongeant dans
»les délices de l'étude, accumulant les trésors d'une
»immense érudition; mais, je ne crains pas de l'avouer,
»quelque rares que soient de pareils titres, ils me paraî-
»traient peu propres à recommander sa mémoire dans
»vos esprits, si tant de moyens de se rendre utile à la
»société n'avaient servi qu'à le détourner du soin de le
»devenir. En effet, Messieurs, chacun doit compte à
»ses semblables des facultés qu'il a reçues pour le bien
»de tous ; et de stériles études n'acquittent point cette
»dette. Je suis loin sans doute de partager les sentimens
»de ces hommes qui déguisent à peine leur mépris in-
»téressé pour les savans et les gens de lettres sous les
»apparences de la considération qu'ils affectent de
»n'accorder qu'aux noms consacrés par d'illustres succès.
»Le savant dont les travaux contribuent à faciliter ou
»à propager l'instruction, l'homme de lettres qui
»répand le goût des bonnes doctrines ont assez fait
»pour ne pas craindre le reproche d'avoir vécu inutiles.
»Mais ceux-là doivent le redouter qui consument dans
»de vaines spéculations ou s'obstinent à concentrer en
»eux-mêmes des lumières qui mieux dirigées auraient
»éclairé et servi leurs concitoyens.

»La modestie de M. *de Paraza* et les habitudes qu'il
»tenait de son caractère et de la nature de son talent
»l'exposaient à ce double danger. Il avançait tous les
»jours dans le domaine des sciences, mais, si j'ose
»m'exprimer ainsi, il négligeait l'administration de
»ses conquêtes. Toujours emporté par l'attrait des nou-
»velles acquisitions et par la facilité qu'il avait à les

(336)

»accumuler, il différait les méditations par lesquelles
»il devait les régulariser, les enchaîner les unes aux
»autres, en apprécier les rapports, et fixer les résultats.
»Il sentait parfaitement le besoin de ce travail ; mais,
»en s'étendant tous les jours, son plan devenait plus
»difficile et l'attachait de plus en plus à des occupations
»d'un autre genre.

»Cet état de choses aurait duré peut-être autant que
»la vie de M. *de Paraza*, si des circonstances impé-
»rieuses n'y avaient mis fin en fixant son application
»sur l'un des plus utiles objets qu'elle pût se proposer.
»Il perdit en peu de temps son frère aîné et son père.
»Le premier n'avait pas encore été pourvu de la charge
»de conseiller au parlement qu'on l'avait destiné à
»remplir. Le second avait exprimé en mourant le désir
»d'être remplacé dans sa compagnie par le seul fils qui
»lui survécût. Ce vœu fut une loi pour M. *de Paraza*.
»Il s'était déjà frayé l'accès de la magistrature par
»l'étude approfondie de la législation romaine : les con-
»naissances qu'il avait acquises auraient pu enorgueillir
»un homme ordinaire ; mais M. de Paraza ne pouvait
»se contenter d'une instruction commune. Heureux de
»s'attacher enfin à une étude dont son esprit pouvait
»embrasser l'étendue, et dont l'application était pour
»lui susceptible d'une utilité journalière, il s'y livra
»avec un dévouement dont on citerait peu d'exemples.

»En quelques années sa vaste science le plaça hono-
»rablement parmi ces magistrats dont la doctrine et le
»caractère fesaient revivre parmi nous les jurisconsultes
»à qui le monde dut la merveille du droit romain. Une
»voix éloquente vient de vous entretenir dignement de
»ce sénat vénérable qui fut long-temps le premier or-
»nement de cette cité et qui en sera toujours la gloire (1).

---

(1) M. d'*Ayguesvives* dans l'éloge de M. de *Cambon* qu'il venait de
prononcer.

» Je passerai donc rapidement sur ce grand souvenir ;
» mais j'aurai fait à M. *de Paraza* une part de louange
» aussi éclatante que juste, en rappelant le haut rang
» où le plaçaient dans leur estime ces mêmes magistrats
» parmi lesquels il était si difficile de se distinguer. Aussi,
» en 1788, après que la dignité de premier président
» fut devenue dans la personne de M. *de Cambon*, la
» récompense des plus grands services et des plus rares
» talens, le parlement vit avec une satisfaction unanime
» la charge de président à mortier que son nouveau chef
» avait laissée vacante passer sur la tête de M. *de
» Paraza.*

» Ce fut alors seulement qu'il contracta les liens du
» mariage. Cette union a laissé de si touchans souvenirs,
» qu'il ne serait pas permis de l'oublier ici. Outre qu'elle
» versa d'ineffables douceurs sur les dernières années de
» la vie de M. *de Paraza*, elle me paraît un de ses titres
» de gloire. Jeune, belle, riche de tous les dons que la
» nature se plaît à prodiguer à son sexe, Mademoiselle
» *de Bonfontan* aurait pu remarquer la disproportion de
» son âge avec celui du magistrat qui aspirait à sa main ;
» elle aurait pu, en cédant avec satisfaction à d'hono-
» rables convenances, ne pas éprouver le charme d'un
» sentiment plus vif et plus doux. Il en fut autrement.
» Les graces de l'esprit, l'aménité du caractère obtinrent
» sur son cœur un triomphe parfait ; et ce fut dans des
» qualités que la raison seule lui fesait apprécier qu'elle
» trouva la source d'une affection dont nous devons
» rarement le bienfait à la raison.

» L'Académie des sciences de Toulouse avait depuis
» long-temps acquis M. *de Paraza* ; celle des Jeux
» Floraux lui ouvrit son sein en 1789 : elle le compta
» bientôt parmi ses membres les plus laborieux et les
» plus assidus. Il y fut, plus encore que dans le monde,
» s'il est possible, le modèle de cette sociabilité qui
» paraît n'être que le commerce du cœur embelli par

Z 3

»les ressources de l'esprit. Je n'entreprendrai point,
»Messieurs, de vous représenter avec détail des qualités
»que vous avez trop connues, trop vivement appré-
»ciées, pour qu'il fût possible de les peindre d'une
»manière satisfaisante. Je ne parviendrais jamais qu'à
»vous les faire regretter, et je n'ai besoin pour cela que
»d'en rappeler le souvenir.

»L'Académie n'était pas destinée à jouir long-temps
»de cette acquisition. Le temps était venu où toutes les
»institutions qui avaient servi d'appui ou d'ornement à
»l'antique monarchie des Français, devaient tomber
»avec elle. Le parlement fut anéanti. Le temple d'*Isaure*
»fut fermé. Les sophistes qui avaient soulevé les fac-
»tions contre le vaisseau de l'État, le dégagèrent vio-
»lemment de ses ancres et le lancèrent dans les tempêtes.
»Bientôt irrités de leurs propres désordres, et désespé-
»rant d'en étouffer le reproche dans la conscience des
»hommes sages, ils regardèrent l'existence de ces der-
»niers comme une censure insupportable, et n'hésitè-
»rent pas à les proscrire. M. *de Paraza* eut sa part des
»premières persécutions.

»Il fut rendu à la liberté par l'effet de circonstances
»dont je supprime le récit parce qu'elles n'ont rien
»d'intéressant que cet effet même. Alors ne voyant dans
»aucun parti les élémens d'une garantie propre à fixer
»sa confiance, ayant en vain cherché parmi tant de
»bannières déployées celles du véritable bien public,
»il sentit que la retraite était son unique ressource. Il
»s'y détermina, et crut devoir en fixer le lieu à Paris,
»si pourtant on peut donner le nom de retraite à un
»séjour riche de bons livres et embelli par la présence
»de la plus aimable compagne. Les malheurs publics
»pesèrent de tout leur poids sur le cœur des deux époux.
»Ils eurent bien des larmes à verser sur ceux de leurs
»amis et de leurs parens qu'entraîna le torrent révolu-
»tionnaire : mais ils pleurèrent ensemble. Eh ! quelles

»sont les peines que n'adoucit point le charme des af-
»fections domestiques ? la douleur même n'a-t-elle
»point sa volupté, lorsqu'elle rend plus intimes les
»communications de deux ames dont cette intimité est
»le premier besoin ?

»Je ne parlerai point des voyages qu'entreprit M. *de
»Paraza chez quelques-uns des peuples dont il s'était
»auparavant rendu le compatriote par le langage : mais
»je craindrais, Messieurs, de tromper votre attente,
»si je ne faisais aucune mention de son séjour en Italie,
»et des rapports qu'il y eut avec ces improvisateurs,
»qui ont toujours été comme la production exclusive
»de ce sol littéraire. Il était difficile qu'un homme de
»lettres si vivement passionné des jouissances de l'esprit,
»dont la mémoire disposait de tant de trésors, dont
»l'imagination s'exaltait avec tant de promptitude et de
»force ne fût pas séduit par l'éclat de ces étonnantes
»inspirations qui semblent créer en un moment ce que
»la nature n'accorde guère au génie lui-même qu'après
»des travaux et des méditations plus ou moins opiniâ-
»tres : il rechercha la fréquentation de cette classe
»singulière d'auteurs, se fit initier dans la partie de
»leur mystérieux talent dont les accès peuvent être
»frayés par des études et des règles préliminaires, les
»écouta beaucoup, les observa davantage, et finit par
»éprouver un ardent désir de marcher sur leurs traces.
»Il osa, devant eux, dans leur langue, au milieu de
»leurs assemblées ordinaires, faire ses premiers essais
»d'improvisation poëtique, et il eut sa part des ap-
»plaudissemens que l'Italie prodigue à un talent si pré-
»cieux. Ces succès lui donnèrent une ambition à peu-
»près inconnue en France, celle d'improviser de la
»poësie française, comme il avait improvisé des vers
»italiens. Je ne pousserai pas mon admiration pour le
»talent de M. *de Paraza*, jusqu'à faire de ces tentatives
»un sujet de louange. Je ne les rappelle au contraire

Z 4

»qu'en les unissant aux explications , et si l'on veut aux
»excuses que prêtaient à leur auteur la vive émulation
»dont était animée , son excessive ardeur pour la gloire
»des lettres françaises , et la séduction qu'exerçait sur
»lui-même l'expérience d'une facilité sans exemple.
»Ceux qui ont un sentiment juste de la poësie française
»ne demanderont pas s'il improvisait de beaux ouvra-
»ges ; mais les gens de lettres qu'il rendit témoins de
»ses essais, en ont conservé un souvenir dont on peut
»faire honneur à sa mémoire.

»Le terme des contrariétés qui depuis si long-
»temps tenaient M. *de Paraza* éloigné de son pays
»natal fut enfin posé. Il y revint après le 18 brumaire
»avec l'intention d'y fixer définitivement son séjour.
»Une épouse adorée, des enfans chéris ; une biblio-
»thèque considérable , les matériaux littéraires fruit
»de ses immenses recherches , une fortune qu'avaient
»ébranlée de violentes secousses mais dont le raf-
»fermissement prochain était assuré , un parfait con-
»tentement d'esprit, tout enfin, jusqu'aux apparen-
»ces d'une heureuse santé , semblait réunir autour de
»lui les gages d'un bonheur encore durable. Vous savez,
»Messieurs , quelle fut l'issue de cette trompeuse pers-
»pective. Une fin aussi subite qu'inattendue vint le
»frapper au milieu de tous ces biens d'un moment : il
»passa de la vie à la mort dans la nuit du 12 au 13
»août 1801 sans que la moindre appréhension de ma-
»ladie eût précédé cette terrible catastrophe.

»Il fut impossible d'en dérober la connaissance à
»Madame *de Paraza* et l'impression qu'elle en ressentit
»fut irrémédiable. Les premières atteintes de sa douleur
»brisèrent sans retour les liens qui l'attachaient à la
»vie. Elle ne put y être rappelée ni par la force de son
»âge , ni par les élans de son cœur maternel vers les
»fruits d'un hymen trop tôt dissous. Le troisième jour

»n'était pas écoulé et le tombeau de son époux se rou-
»vrit pour la recevoir.

»Quand la fable plaça sous le chaume le modèle de
»la piété conjugale, elle nous montra les vieux époux
»qu'elle célébrait formant le vœu de ne point se sur-
»vivre l'un à l'autre, et le ciel opérant des prodiges
»pour leur accorder ce privilège. Madame *de Paraza*
»avait souvent exprimé le même vœu : et pour le réa-
»liser, pour s'affranchir des douleurs du veuvage, elle
»n'eut besoin d'aucun autre prodige que celui de sa
»tendresse. Combien cette déchirante réalité l'emporte
»sur l'ancienne fiction !...

»Il me restait, Messieurs, à vous entretenir des
»ouvrages sortis de la plume de M. *de Paraza* ; mais si
»j'en excepte des vers de société et un petit nombre
»de discours académiques qu'il a dérobés au jour de
»l'impression et qui ne me sont point connus, il n'a
»laissé que des projets qui paraissent n'avoir rien de
»complet, si ce n'est peut-être les matériaux qu'il avait
»rassemblés pour les exécuter. Leur volume effraie
»l'imagination ; et comme s'il ne suffisait pas de cette
»circonstance pour attiédir le zèle de ceux qui voudraient
»se dévouer à l'examen de ces documens, ils se trouvent
»rédigés en douze ou quinze langues différentes. C'était
»un des procédés que M. *de Paraza* mettait en usage
»pour s'imposer le besoin et se conserver les moyens
»de retenir tant d'idiômes. On peut donc craindre que
»les travaux de sa vie entière ne laissent aucune trace.
»Mais sa mémoire vivra long-temps dans cette enceinte.
»Elle y recevra constamment les hommages qui sont
»dus à l'homme de lettres dont le caractère personnel
»a maintenu l'honneur de ce titre. C'est peut-être à
»ces sentimens qu'il faut attribuer la lenteur qu'avait
»apportée l'Académie à désigner un successeur à M.
»*de Paraza*. Heureuse d'avoir pu fixer cette indécision
»en faveur du jeune magistrat dont le caractère et les

»talens nous permettent des espérances proportionnées
»à nos regrets. (1)

—⁓⁓⁓—

1812.

136.º M. DE PANAT.

M. le Marquis d'Aguilar prononça son éloge dans la
séance du 26 janvier 1812.

» Dominique-Joseph de Brunet, marquis de Panat,
»naquit à Albi le 30 août 1752, d'une famille distin-
»guée par elle-même et par ses alliances avec les plus
»grandes maisons du royaume ; son père chef d'Es-
»cadre des armées du roi, s'était fait connaître par son
»esprit, ses vertus et ses talens militaires ; il avait glo-
»rieusement soutenu l'honneur du pavillon français
»dans plusieurs occasions éclatantes ; sa mère était de
»l'illustre maison de la Roche-Foucauld et sœur du
»cardinal de ce nom. On envoya M. de Panat faire ses
»études au collége de Sorèze dirigé alors par les Bé-
»nédictins : dom Despaulx était à la tête de cette maison
»et en étendait chaque jour la renommée par ses lu-
»mières et son zèle, il distingua bientôt les heureuses
»dispositions du jeune Panat, et les soigna avec une
»affection particulière, son élève répondit en tout aux
»soins de ce maître éclairé, il se familiarisa avec ces
»auteurs immortels qui sont la source du vrai beau en
»littérature et sans la connaissance desquels il est im-
»possible d'avancer dans cette carrière. Dans les exer-
»cices annuels où se rassemblait tout ce qu'il y avait
»de grand et d'éclairé dans la province, c'était toujours
»lui qu'on choisissait comme le plus propre à donner
»une idée de l'instruction qu'on recevait à Sorèze ; on
»admirait à la fois sa pénétration, sa facilité, sa pro-
»digieuse mémoire, et surtout son extrême modestie.

---

(1) M. Serres-Colombars.

»La naissance de M. de Panat l'appelait à la profes-
»sion des armes ; il fallut quitter cette enceinte paisible
»où les muses l'avaient nourri, mais il emporta avec
»lui le trésor d'une bonne et solide instruction, trésor
»qu'on retrouve au besoin, et avec autant de plaisir,
»sous la tente du soldat, que dans le sein du lycée
»académique : il entra à seize ans dans le régiment de
»la Sarre infanterie, et obtint en 1775 une compagnie
»de dragons dans le régiment d'Artois ; ce fut cette
»même année qu'il perdit son père ; il apprit à Paris
»où il se trouvait alors, la nouvelle de sa mort qui fut
»prompte et inattendue ; il vola sur le champ auprès
»de sa mère, pour lui prodiguer tous ses soins ; mais
»frappé lui-même d'un coup si terrible, il fut attaqué
»d'une maladie très-grave dont sa santé se ressentit
»tout le reste de sa vie ; jamais depuis il n'a prononcé
»le nom de ce respectable père, sans que ses yeux fus-
»sent baignés de larmes.

»Lorsque les devoirs de M. de Panat, ne le retenaient
»pas à son régiment, il habitait le plus souvent
»Paris, où son oncle, M. le cardinal de la Roche-
»Foucauld l'appelait auprès de lui. Le nom de la Roche-
»Foucauld, a toujours été signalé par l'amour des
»lettres ; Madame la duchesse d'Anville qui était de
»cette maison, rassemblait chez elle les littérateurs et
»les savans les plus distingués de la capitale. M. de
»Panat voyait souvent chez elle d'Alembert qui gou-
»vernait la littérature avec le sceptre de la philosophie,
»l'abbé de Mably qui retrouvait dans l'histoire les
»droits des nations, et faisait d'inutiles vœux pour
»que les vertus en fussent la sauve garde, Condorcet
»qui devait laisser un jour sur son tombeau creusé par
»les erreurs des hommes, l'esquisse de la perfectibilité
»indéfinie de l'esprit humain, Foncemagne qui péné-
»trait dans les profondeurs les plus reculées de l'érudi-
»tion, et Barthelemy qui s'occupait à la revêtir des

»formes les plus aimables et les plus gracieuses du style
»et de l'éloquence. M. de Panat jouissait avec délices
»du charme que ces hommes célèbres répandaient dans
»la société, toutes leurs lumières pénétraient son esprit ;
»mais toutes leurs opinions n'allaient pas jusqu'à son
»cœur : il aimait sa patrie, mais il croyait que le plus
»sûr moyen de la servir était d'être fidèle à Dieu, à
»son Roi, et à l'honneur français. Dès que les circons-
»tances le permettaient, il se dérobait au tumulte de
»la capitale, et revolait en Languedoc où tout lui
»retraçait les chers souvenirs de l'enfance ; à Albi où
»sa famille jouissait d'une considération qui allait pres-
»que jusqu'à l'enthousiasme, et où sa mémoire est tel-
»lement restée en vénération, que le peuple même n'y
»revoit jamais sans attendrissement les enfans de celui
»dont il conserve un précieux souvenir : digne privilège
»de la vertu ! Prérogative sur laquelle les bouleverse-
»mens des états n'ont aucune influence ! droit sacré à
»l'amour des hommes, que ne peuvent anéantir les
»orages des passions, la fureur des partis, les complots
»du crime, et qui est toujours reconnu et confirmé,
»lorsque le gouvernement reprend son niveau, et que
»les clameurs des factions cessent de se faire entendre.

»C'était à sa ferme et inaltérable vertu, que M. de
»Panat devait l'estime publique, sa fermeté était tem-
»pérée par la plus grande bonté, la plus exquise sen-
»sibilité du cœur, malgré une extrême vivacité dans
»le caractère. Sa conversation était pleine d'abandon,
»de grace, de simplicité et d'attrait, on y retrouvait
»cette probité qui double l'éclat des lumières, cette
»pureté, cette justesse de pensées, de sentimens et de
»goût qui seules peuvent mettre en valeur l'instruction
»et les connaissances. Il aimait peu le monde, il ne s'y
»montrait que par devoir, son esprit paraissait d'abord
»plus solide que brillant ; c'était dans les épanchemens
»familiers qu'on s'appercevait le plus qu'il joignait

»l'agrément à la solidité, et le jugement au savoir ;
»nourri de la lecture des auteurs anciens, il en parlait
»avec une grace et un discernement qui étonnaient les
»gens de lettres les plus versés dans cette étude ; délicat
»sur l'honneur, il n'admettait rien de ce qui peut res-
»sembler à une faiblesse ; il ne savait point entrer en
»composition avec sa conscience, et plier ses principes
»aux circonstances ; c'était enfin ce qu'on peut appeler
»dans toute l'étendue du mot, un preux chevalier,
»un loyal gentilhomme qui réunissait les lumières de
»l'esprit à l'élévation de l'ame, et l'urbanité de son
»siècle, à la noble franchise des temps passés.

  »Cette réputation méritée l'avait devancé à Toulouse,
»où un mariage également honorable et avantageux
»le fixa en 1786. La famille de sa femme exigea qu'il
»quittât le service ; l'estime de ses nouveaux concitoyens
»chercha à le dédommager de ce sacrifice, en lui ou-
»vrant une autre carrière où il pût être utile à son
»pays, il fut appelé par leur choix unanime, à une
»place dans le corps municipal ; l'Académie le reçut
»au nombre de ses mebres en 1787. Son discours de
»réception porte l'empreinte de la grace de son esprit
»et de la sensibilité de son cœur ; c'était le moment
»où l'assemblée des notables venait d'être convoquée ;
»la belle ame de M. de Panat, s'enflamme par l'idée
»du bien qui peut en résulter pour son pays, ainsi que
»des assemblées provinciales qui venaient d'être or-
»ganisées dans toute la France : dans ce nouvel ordre
»de choses, il envisage l'éloquence, comme un moyen
»précieux d'être utile, il désire que les chevaliers fran-
»çais s'y exercent, à l'exemple des grecs et des romains
»célèbres, guerriers intrépides aux champs de Mars,
»orateurs éloquens dans les assemblées nationales. *Quel*
»*plus noble usage*, s'écrie-t-il, *la noblesse peut-elle*
»*faire de ses talens, que de les consacrer à la défense*

»de ses vrais intérêts et de ses vassaux ? Quel champ
»pour le génie que d'avoir à créer, soutenir, et faire
»adopter dans ces assemblées des projets utiles à
»ses concitoyens ! Quel espoir pour une ame sen-
»sible, que de protéger les malheureux, de soulager
»la misère, et de ramener partout l'abondance et le
»bonheur !

»En 1788, M. de Panat prononça l'éloge de Clémence.
»Son discours est riche d'imagination et de poësie, on
»admira surtout le trait qui le termine, en parlant des
»attaques dirigées contre l'existence de notre bienfai-
»trice, attaques dont les soins et les recherches de
»l'Académie avaient bientôt triomphé, l'orateur s'ex-
»prime en ces termes : c'est ainsi que sous les murs
»de Troye, le vaillant Diomède poursuit sans relâche
»la mère des amours qui veut sauver son fils ; le sang
»de la Déesse coule sous les traits d'un mortel, mais
»bientôt elle s'élève au haut des airs, une goute d'am-
»broisie fait disparaître la blessure, et il ne reste au
»fils de Tydée que le souvenir d'une inutile fureur.

»M. de Panat toujours attaché à ses devoirs dans
»tous les genres, remplissait avec zèle ceux d'a-
»cadémicien ; il avait promis l'exactitude dans son
»discours de réception, et ses moindres paroles étaient
»pour lui des engagemens sacrés ; il s'arrachait du
»séjour de la campagne où il se plaisait extrêmement,
»pour venir assister aux séances académiques, il y
»apportait ce goût éclairé, cette discussion polie, ce
»jugement solide qui doivent être l'ame des réunions
»littéraires ; il ne nous reste malheureusement de lui
»que son discours de réception et l'éloge de Clémence ;
»sa modestie a fait disparaître toutes ses autres pro-
»ductions ; outre un grand nombre de poësies fugitives
»il avait composé une comédie et une tragédie ; l'étude
»approfondie qu'il avait faite de l'art dramatique, doit
»nous faire regretter la perte de ces ouvrages.

»Le patriotisme et les talens de M. de Panat s'étaient
»fait connaître de plus en plus, il en reçut le prix
»dans le suffrage de ses concitoyens qui l appelèrent
»à l'unanimité à la députation de la noblesse aux états
»généraux, si toutefois on peut appeler une récompense
»l'honneur d'aller braver les dangers, et affronter les
»orages qui se préparaient alors ; je m'abstiendrai de
»rappeler ces scènes célèbres dont le tableau est réservé
»aux Tacites futurs ; la noblesse prouva dans cette
»occasion mémorable, que les descendans de tant
»de nobles troubadours, n'avaient pas dédaigné la
»culture des lettres, que les individus de la classe qui
»avait produit Montaigne et Malherbe savaient encore
»penser fortement et s'exprimer avec élégance ; mais
»que pouvaient l'éloquence et la vérité contre ce torrent
»des opinions et des passions auxquelles l'Eternel avait
»permis de se déborder ? La France fut abandonnée à
»sa propre sagesse, et éprouva d'une manière fatale,
»combien cette sagesse humaine est sujette à l'erreur ;
»M. de Panat eut à peine le temps de déployer dans
»les préliminaires menaçans de cette assemblée fameuse,
»son amour pour son pays et son inébranlable atta-
»chement aux principes monarchiques ; lorsque les états
»généraux se constituèrent en assemblée nationale, il
»ne crut pas pouvoir désobéir aux mandats rigoureux
»de ses committans ; et revint en Languedoc, leur
»soumettre sa conduite, et leur demander de nouveaux
»ordres ; il était à cette époque attaqué d'une maladie
»de langueur occasionnée par l'aspect des maux qui
»allaient fondre sur la France. Les soins et la tendresse
»de sa famille ne purent guérir les plaies de son cœur,
»ni rétablir une constitution altérée par le chagrin. Forcé
»quelque temps après par des circonstances impérieu-
»ses à s'éloigner de cette patrie qui réunissait toutes ses
»affections, il termina ses jours dans une terre étran-
»gère le 19 juin 1795 dans la 43e. année de son âge,

»séparé de ses enfans, unique consolation d'une mère,
»qui retrouve en eux les qualités et les vertus d'un
»époux qui lui fut si cher. L'héritage des vertus, des
»qualités et des talens de M. de Panat est conservé
»dans sa famille ; un successeur éclairé le remplace à
»l'Académie (1) la voix de nos regrets se fait entendre
»aujourd'hui dans cette enceinte ; nos annales en con-
»serveront l'expression ; ainsi la mémoire de l'homme
»de bien n'aura pas passé sur la terre , comme la flèche
»rapide qui fend les airs sans laisser de trace après
»elle. »

1812. 137. M. DE RESSÉGUIER , Procureur-
Général au Parlement.

M. le Président DE RESSÉGUIER ,
son ayeul.

Je lus cet éloge dans la dernière séance de 1811.

La tâche que j'ai à remplir est triste et douloureuse ;
elle a déchiré une plaie profonde que dix ans n'ont pu
guérir , et qui saignerait long-temps encore , si ma
vieillesse pouvait se promettre de longs jours. Pour en
en avoir une juste idée, il faudrait se représenter un
père qui, par un affreux renversement de l'ordre naturel, est condamné à gémir sur la tombe de son fils.

En des temps plus heureux , lorsque je voyais assis
à mes côtés, dans les séances académiques , celui dont
j'ai à vous entretenir, je m'étais souvent arrêté à la pensée consolante , que sa main me fermerait les yeux , et
que son amitié appelerait vos regrets sur le souvenir de
mon zèle et de mes faibles travaux ; et c'est moi qui lui
ai survécu ; c'est moi qui suis destiné à lui rendre ce

____

(1) M. Dantigny.

dernier

dernier devoir. J'ai douté long-temps si je pourrais payer à sa mémoire un autre tribut, que celui de mes larmes. Combien de fois n'ai-je pas senti s'échapper de mes doigts la plume qui devait vous retracer l'éminence de ses talens et de ses vertus, les avantages de son existence politique, et les malheurs de sa destinée ! La voix de l'amitié qui fut toujours le plus impérieux de mes sentimens, m'a garanti d'un découragement qui dégénérait en faiblesse; et par la résolution que j'ai su prendre, je sens que mon ame est encore capable d'un grand effort.

Lorsque M. de Ponsan, en 1735, exprima les regrets de l'Académie sur la perte de M. le président de Rességuier, il remarqua avec un intérêt qui ne nous sera jamais étranger, que le père de cet académicien très-distingué avait été aussi l'un de nos mainteneurs, et que son ayeul était maître dés Jeux Floraux, lorsqu'ils furent érigés en Académie (1).

En parlant de cette succession littéraire, il n'oublia pas les titres héréditaires d'une autre illustration qui plaçait MM. de Rességuier au rang de la plus ancienne noblesse de Rouergue, et de la noblesse la plus utile, puisqu'ils avaient été gratifiés par Charles V, du fief et de la terre de Gradeils, pour avoir vaillamment secondé le Duc d'Anjou, lorsqu'ils chassa les Anglais de cette province.

Une particularité remarquable distingua plusieurs générations de ces nobles guerriers. Ils étaient les arbitres et les pacificateurs de toute la contrée, sans autre titre que leur mérite, et l'opinion qu'on y avait de leurs lumières et de la droiture de leurs intentions. Cette espèce de magistrature, uniquement fondée sur la con-

______

(1) Voyez ci-dessus n.° 4, année 1704.

fiance, eut assez d'éclat pour attirer l'attention de François premier, et lui inspirer le dessein, lorsqu'il visita le midi de la France, de créer un office de conseiller au parlement de Toulouse, pour le second fils de Bernard de Rességuier.

A cette époque, les progrès des sciences et des lettres ayant éclairé la France sur les préjugés de sa barbarie tudesque, la plus ancienne noblesse pouvait se livrer aux fonctions paisibles de l'administration de la justice, sans rien perdre de son lustre et de ses prérogatives. Bernard II de Rességuier accepta donc ce bienfait signalé de son souverain, et vint à Toulouse se faire recevoir conseiller au parlement en 1518.

Lorsqu'il mourut, un de ses neveux fut son héritier et succéda à son office. Il est la tige de cette longue suite de magistrats qui se sont succédé de père en fils, sans interruption, jusqu'à l'extinction de la haute et antique magistrature; tandis que les enfans de son frère aîné continuaient la ligne des seigneurs de Gradeils, qui se divisa en deux branches, dont une existe aux environs de Rodez, et l'autre à Lagny, dans le département de Seine et Marne.

M. le président de Rességuier, mort en 1735, avait laissé dans nos registres des preuves d'un goût sûr, et de talens que l'exercice avait perfectionnés. Aucun genre de littérature ne lui était étranger. Toulouse lui doit, en grande partie, son Académie des sciences, inscriptions et belles-lettres. Le Père Vanières qui avait été son maître, était devenu son compagnon d'études. Tous les ans, pendant l'automne, quand le parlement prenait ses vacances, il partaient ensemble pour le château du Secourieu, dont on trouve une description dans les opuscules poëtiques du Père Vanières. C'est là qu'ils se livraient sans réserve, dans le sein des muses, à tout l'intérêt qu'inspirent et notre littérature, et celle des anciens, qui en est la mère, et qui peut seule en maintenir le goût et la perfection.

La première fois que le Père Vanières parut au Secourieu, on y planta un chêne qui lui fut dédié, qui portait son nom, et qu'on n'abordait encore, dans ces derniers temps, qu'avec une sorte de respect religieux. Il avait près de cent ans; ses branches couvraient un grand espace. Placé sur une sorte de promontoire, aux bords de l'Ariège, on le signalait de loin; il perpétuait dans la contrée, le nom et le souvenir du poëte aimable qui l'avait si souvent visitée. Il a péri, à l'époque funeste où tous les monumens, ceux même de l'amitié, se trouvèrent enveloppés dans la même proscription.

M. le président de Rességuier, qu'une mort prématurée enleva aux lettres et à la jurisprudence, laissa plusieurs enfans dont l'aîné n'avait pas encore dix-huit ans. M. d'Aguesseau qui connaissait l'empire des vertus héréditaires dans ces familles sénatoriales qu'entouraient l'estime et la vénération publiques, ne craignit pas de placer sur la tête de ce jeune homme à peine adulte, l'office de conseiller au parlement que François premier avait créé pour le frère de son huitième aïeul; dispense sans exemple, et qui ne tirera pas à conséquence, disait en l'accordant, ce chef illustre de la magistrature, persuadé qu'aucune autre famille ne pouvait présenter cette suite longue et continue d'exemples d'une sagesse prématurée; plus convaincu encore que les vertus qu'il honorait et qu'il récompensait ainsi, ne pouvaient pas s'éteindre tout-à-coup, et abandonner les rejettons d'une si bonne race.

Il ne se trompa point. Ce jeune magistrat (c'était le père de celui que nous pleurons.) Ce jeune magistrat, à qui l'on n'eût pu reprocher que trop de modestie, et qui par les suites de sa modération, se serait borné à son office de conseiller, fut forcé, par les instances du parlement et du chancelier de France, qui avait succédé à M. d'Aguesseau, de prendre, comme son père et ses trois derniers aïeux, un office de président aux enquêtes.

Sa mort ne précéda que d'un an les opérations de M. le chancelier de Meaupou, opérations que l'habitude d'un état paisible et tranquille, nous fit trouver désastreuses, et que peut-être nous regarderions encore comme telles, si nous n'avions éprouvé depuis, tous les malheurs de l'anarchie.

A sa mort, arrivée en 1769, il ne laissa qu'un fils encore adolescent, et dont la vocation paraissait devoir être dérangée par les changemens survenus dans la magistrature. Mais l'opinion générale avait alors tant de pouvoir ; nous comptions tant sur la force de notre constitution politique, qu'à l'exception de quelques ambitieux, amis du désordre et des nouveautés, il n'y avait personne qui ne regardât le système de M. de Meaupou, comme un de ces orages passagers qui sont toujours suivis d'un calme réparateur. Les magistrats qui s'étaient prêtés à ses idées, soupiraient après le rétablissement de l'ordre ancien, autant que ceux à qui leur résistance avait procuré un exil rigoureux. Dans cette attente, les écoles de droit furent fréquentées par les enfans des magistrats exilés, et par une foule d'autres dont le plan n'était pas de renforcer la magistrature de 1771.

De ce nombre était notre confrère M. Louis-Emmanuel-Elizabeth de Rességuier, destiné, dès son enfance, à l'état auquel sa famille s'était consacrée depuis deux cents cinquante ans.

Il venait de perdre le maître qui avait dirigé ses premières études avec beaucoup de succès et de supériorité, esprit vaste et orné de toutes les lumières qui appartiennent à la culture des lettres et des sciences. Il avait fallu un tel maître à un disciple dont l'intelligence franchissait promptement toutes les barrières , et qui jamais n'eut besoin de revenir sur ses pas, pour s'approprier les connaissances qui entraient dans le plan de son instruction.

Je voudrais bien , Messieurs, n'avoir pas à parler de moi ; mais à cette époque , nos études étaient communes. Après avoir consacré ma jeunesse à la littérature, je m'étais destiné au barreau, et le barreau de Toulouse, lorsque j'y arrivai, éprouva la même déchéance que le parlement, par le retranchement de la plus grande et de sa plus belle partie de son ressort. En attendant, comme tant d'autres, le rétablissement de tout ce qui avait été détruit, je repris mes études de droit, et en même temps, que j'approfondissais mes connaissances, je dirigeais celles de M. de Rességuier. Le droit romain , les ordonnances, l'histoire, les vrais principes et les grands modèles de l'éloquence ancienne et moderne , tout se plaçait dans sa tête avec un ordre admirable. Quatre ans passés dans la continuité de ces exercices , lui donnèrent un fond d'instruction dont les avantages parurent bientôt, et se multiplièrent à l'infini.

Il n'avait pas encore vingt-ans, et j'en avais plus de trente , lorsqu'enfin le temps vint de nous montrer l'un et l'autre , lui à la tête du barreau, comme avocat-général , et moi dans la foule de ceux qui aspiraient à s'y faire un nom. Je trouvai, dans le travail du cabinet , tout ce que je cherchais dans cette profession noble et indépendante , l'estime de mes confrères , la considération de mes conctioyens , et quelques occasions d'être utile, par les efforts d'un zèle courageux et désintéressé. L'audience était le théâtre sur lequel il allait se produire, et je puis dire qu'il y étonna ceux-là même qui avaient la plus haute opinion de son instruction et de ses talens.

Une circonstance qui eût été décourageante et funeste pour tout autre , contribua puissamment à l'éclat de sa gloire et de sa réputation. Lorsqu'il arriva au parquet, il n'était que troisième avocat-général. M. de Parazols, qui avait la première place, mourut presque subitement, et M. de Cambon, qui venait ensuite, fut pourvu d'une charge de président à mortier. Par là M. de Rességuier, à l'âge de 23 ans, fut seul avocat-général, chargé de tout le travail de la grande audience, sans le secours des conseils qu'il trouvait auparavant dans l'expérience de ses collègues.

Après les premiers essais auxquels en général on ne saurait donner trop de soin, il cessa d'écrire ses plaidoyers. La nature qui l'avait doué d'une conception vive et prompte, et d'une mémoire très-étendue et toujours fidèle, lui avait également donné, avec l'assurance qui laisse à l'orateur le libre exercice de ces facultés, une facilité d'élocution qui n'était jamais en défaut, ni pour l'expression propre, ni pour la construction et l'harmonie de la phrase régulière. C'est en improvisant ainsi, sans autre secours que de simples notes, qu'il trouva le temps de suffire à ce travail de tous les jours, et de multiplier ces plaidoyers éloquens qui attiraient au palais toute la ville, faisaient l'entretien de toutes les sociétés, et l'annonçaient dans l'étendue d'un vaste ressort, comme ayant déjà, avec le zèle de son âge, la maturité du plus beau talent, les connaissances et la sagesse d'un magistrat consommé. Sa santé n'aurait pas résisté à ces occupations sans cesse renaissantes, et aux autres fonctions qui, au sortir de l'audience, l'enchaînaient dans l'intérieur du parquet; mais les deux autres places d'avocat-général furent successivement remplies; et ce fut pour Toulouse un spectacle très-intéressant de voir le ministère public, ce ministère gardien des mœurs, des saines maximes et du bon ordre, chargé de la défense des mineurs et de l'église, protecteur de l'innocence, et fléau du crime exercé avec une grande distinction par trois magistrats, dont le plus âgé était à peine majeur, appartenant tous les trois à des familles considérables dont le nom était également cher au parlement, à l'ordre de Malthe, et à l'Académie.

. Ces collègues de M. de Rességuier étaient M. de Latresne, notre confrère, qui succédait dans ces fonctions à son oncle et à son aïeul ; et M. de Catellan dont le nom est consacré, dans la jurisprudence, par les travaux de plusieurs savans Magistrats de qui l'on avait dit, qu'ils formaient une sorte de sénat domestique. Rivaux de gloire et unis par les sentimens qu'entretiennent l'amour de la justice et l'intérêt d'en assurer le triomphe, M. de Rességuier, M. de Latresne et M. de Catellan se partageant le ministère de la parole, en rehaussèrent l'éclat par leurs talens, et par l'admiration qu'excitait chaque jour la considération de leur âge, qui, par un heureux contraste, relevait avec grace la dignité de leurs fonctions.

Après douze ans d'un exercice devenu moins pénible pour M. de Rességuier, depuis qu'il était ainsi partagé, le Roi le nomma son procureur général.

C'était au commencement de 1788.

Si jamais, dans une pareille place, on eût besoin de circonspection, et de cette prudence qui s'appuie sur l'expérience du passé, ce fut à cette époque de délire, où des idées d'indépendance et d'innovation frappèrent, avec la rapidité de l'étincelle électrique, tous les cœurs et tous les esprits ; où les hommes les plus sages furent, pour ainsi dire, arrachés de leurs voies, et jettés au delà des bornes qu'une longue suite de siècles avait respectées, pour la gloire et le bonheur de la France.

En rappelant le souvenir de ces cruelles circonstances, où presque tout le monde se trompa, il serait injuste de se permettre le moindre mot d'improbation ou de blâme, sur le parti que prirent les parlemens, d'abdiquer la plus belle de leurs prérogatives. Mais la justice exige aussi qu'on reude hommage à la prévoyance de ceux qui s'opposèrent à cette imprudente déclaration.

De ce nombre était M. de Rességuier. Il ne craignit point de représenter avec toute la force de sa raison et de son caractère, qu'il fallait aller au secours du trésor public, enregistrer les nouveaux édits, et ne jamais abdiquer un pouvoir qui pesait à l'autorité, et auquel cependant l'autorité, en le contestant, continuait de recourir ; pouvoir bien faible , en leurs mains vertueuses, et néamoins tonjours redouté par des ministres dont le crédit était de sa nature précaire et chancelant.

En combattant ainsi l'opinion de ses confrères, M. de Rességuier se préparait à partager leur sort. Pressentant les disgraces qui suivraient leur opposition , il s'y dévoua généreusement, et alla expier, dans l'exil, des erreurs qui n'étaient pas les siennes, en attendant que la réflexion et l'expérience vinsent dissiper d'inconcevables préventions , et ouvrissent tous les yeux à la lumière qu'il avait inutilement présentée.

Rendu à lui-même et à ses goûts favoris, dans la retraite du Secouriou , où les muses étaient souvent revenues, depuis la mort de son aïeul et du père Vanières, M. de Rességuier chercha , dans leur commerce, le délassement de ses pénibles travaux, et le repos dont il avait tant de besoin, après de longues agitations. Entouré d'une famille, où se trouvaient réunis tous les intérêts qui attachent à la vie domestique l'homme sensible et vertueux, et d'une société d'hommes instruits, et qui n'étaient pas dépourvus des dons de l'imagination, il se livra tout entier aux doux loisirs de cette vie agréablement occupée, comme s'il eût prévu que c'étaient les derniers instans de bonheur , que la providence lui avait destinés.

Entraîné par les événemens, je n'ai rien dit encore des rapports de M. de Rességuier avec l'Académie.

Les portes lui en avaient été ouvertes en 1780. Son amour pour les lettres et son zèle pour tous les objets de notre institution, l'arrachaient souvent aux graves et austères occupations de son ministère ; mais cette austérité même lui faisait craindre de trop donner à ses plaisirs, et le rendait avare des instans qu'il nous consacrait. Lorsqu'il se trouva maître de l'emploi de son temps, il se prépara à remplir dans la suite, avec plus d'étendue, ses devoirs d'Académicien. M. le Bailli de Rességuier son oncle, vivait encore, et regrettait toujours que sa destinée, le tenant éloigné de Toulouse, l'eût privé de venir prendre parmi nous, comme son père et son aïeul, une place de mainteneur. Il n'y renonçait point, ayant toujours nourri l'espérance de venir terminer ses jours aux lieux qui le virent naître. Sans le malheur des temps, il eût réalisé ce projet ; nous aurions vu l'oncle et le neveu animés du même zèle, ajouter à l'activité de nos travaux ; nous aurions recueilli son poëme de la prise de Rhodes, et d'autres ouvrages d'un grand intérêt qui le suivirent à l'île de Malthe, et dont aucun n'a pu être recouvré après sa mort.

Dans l'automne de 1788, la rentrée du parlement mit fin à l'exil de M. de Rességuier, si je puis appeler de ce nom le temps le plus heureux de sa vie, six mois passés dans le commerce des muses et de la meilleure compagnie, au milieu de toutes les jouissances qu'une grande fortune peut ajouter aux douceurs de la vie champêtre, dans une habitation délicieuse. Appelé bientôt après, à la seconde assemblée *des Notables*, il y montra la même supériorité d'esprit et de raison, que dans les discussions judiciaires.

Quand il revint de Paris, le sort de la monarchie était décidé. Les conspirateurs marchaient tête levée ;

leurs moyens étaient calculés ; toutes les anciennes institutions devaient tomber avec le trône ; la religion qui ne pouvait périr, ne devait bientôt avoir de refuge, que dans les souterreins, et dans le cœur de l'homme de bien.

Les parlémens dont la fidélité fut si souvent calomniée, a qui il ne restait ni force, ni autorité pour empêcher ce bouleversement général, voulurent au moins laisser un dernier témoignage de cette fidélité constante. Celui de Toulouse, qui était représenté par la chambre des vacations, délibéra de publier une protestation solennelle contre les atteintes portées à la monarchie ; et à qui pouvait-on mieux en confier la rédaction, qu'au magistrat, qui était à la fois l'homme du Roi et l'homme du parlement, à ce même procureur général dont la sagesse n'était plus méconnue, et qui, lors même qu'on était sourd à sa voix, avait su, par une généreuse alliance de tous ses devoirs, donner l'exemple d'un grand courage contre l'opinion de sa compagnie, et d'un sublime dévouement à ses intérêts ?

La protestation du parlement de Paris resta longtemps secrète. Le parlement de Toulouse n'eût vu qu'un acte de faiblesse dans cette timide précaution, croyant devoir à la France l'exemple du courage, ainsi qu'un monument de sa fidélité.

L'assemblée constituante lança un mandat d'arrêt contre tous les membres de la chambre des vacations. Le côté droit s'y opposa vainement, et M. de Cazalez plus fortement que personne. Il fallut fuir en pays étranger, pour se soustraire aux suites de cet acte de fureur.

M. de Rességuier mit à profit cette honorable expatriation, pour s'instruire de la langue et de la littérature espagnoles. Retiré à Vittoria, dans la Biscaye, il s'y associa, pour ces études, M. de Montegut dont j'aime à prononcer le nom, dans cette enceinte qui

fut son berceau, en présence du buste, et comme sous
les yeux de son illustre mère.

Rentrés en France après le décret d'amnistie qui leur
en ouvrait les portes, les membres de la chambre des
vacations, qu'une excessive confiance ramena à Toulouse, y trouvèrent la mort, ou, ce qui est la même
chose, l'ordre d'aller la chercher aux pieds du tribunal
révolutionnaire.

M. de Rességuier plus exposé que les autres, pour
avoir rédigé la protestation du parlement, et parce
qu'il avait ici pour ennemis, non seulement la classe
nombreuse des révolutionnaires féroces, mais encore
les malfaiteurs que son ministère avait poursuivis, dut
éviter de revenir à Toulouse, et même de laisser soupçonner le lieu de sa retraite. Il était à Paris, lorsqu'on
y traînait au supplice ses compagnons de gloire et d'infortune, le parlement entier dont il avait été l'organe
et l'interprète; et il ne dut son salut, dans cette proscription générale qu'à la fausse opinion, où l'on était
qu'il n'avait pas voulu quitter l'Espagne ou qu'il n'avait
fait que changer d'exil.

La persécution avait pesé sur toute sa famille. J'étais
aussi en réclusion, et ce n'était qu'à longs intervalles,
et d'une manière très-indirecte, que je pouvais apprendre qu'il vivait encore, et lui faire parvenir quelques
nouvelles de tout ce qui lui était cher.

Au premier instant de ma liberté recouvrée, je courus
à son secours. Les temps, quoiqu'encore bien mauvais,
s'étaient adoucis; il n'y avait plus de ces visites domi-
ciliaires dont l'issue était toujours de traîner à la mort
quelque infortuné sur qui l'amour de la patrie avait
été plus puissant que le règne de la terreur.

Une lueur de justice brilla dans le palais du direc-
toire; M. de Rességuier fui rayé de la liste des émigrés.
Sa fortune était anéantie; mais celle de sa mère existait
presqu'entière. Cette ressource lui fut enviée; et ce

fut alors , qu'on dut connaître combien était implaca-
ble et avide la rage de ses ennemis. Une dénonciation
partie de Toulouse fit suspendre les effets de sa radia-
tion ; le 19 fructidor arriva, et pour obtenir que cette
suspension fut levée , il fallut attendre le 18 brumaire.

Rétabli dans ses droits de citoyen , il resta à Paris ,
pour faire rayer aussi Madame de Rességuier de cette
cruelle liste , cause ou prétexte de tant de ruines et de
massacres. Elle arrivait , en grande hâte , du fond
de l'Allemagne : elle arriva trop tard ; M. de Rességuier
n'était plus. Une maladie effroyable dont la cause est
dans un mouvement convulsif et retrograde des viscères
principaux , l'enleva à la vie , après une agonie de
vingt-quatre heures , qui commença à la première
atteinte de son mal , et pendant laquelle il conserva le
libre usage de ses sens

Jeune encore (il n'avait que quarante-six ans) la
mort le surprit dans le moment, où son ame devait
plus que jamais être attachée à la vie ; lorsqu'il allait se
réunir à sa femme après dix ans de séparation : lorsqu'ils
allaient ensemble retrouver leurs enfans laissés au berceau , qui avaient grandi entourés de bons exemples,
nourris des meilleures institutions, et qui déjà commençaient à tenir tout ce que promettait l'excellence de leur
origine et de leur éducation.

Il n'y a que la religion qui puisse incliner la volonté
de l'homme à une résignation parfaite , et lui adoucir
l'amertume de pareils sacrifices. Cette force et ces consolations ne pouvaient manquer à M. de Rességuier ,
qui toute sa vie avait senti le prix, et conservé les principes d'une éducation essentiellement chrétienne.

Sa mère vivait encore, et il ne doutait pas qu'elle
ne succombât au malheur de le perdre. En descendant
chez les morts , il emportait la certitude affreuse d'y
entraîner cette mère tendre , dont la pensée habituelle
était le bonheur de ses enfans ; prodige de bonté , de

courage et de toutes les vertus qui ont leur source dans ces deux grandes qualités de l'ame.

Là ne devaient point finir les malheurs de cette famille. Madame de Rességuier qui semblait n'être arrivée en France, que pour assister aux funérailles de son mari et de sa belle-mère, s'éteignit elle-même, épuisée par une maladie de poitrine dont les progrès ne pouvaient plus être arrêtés, lorsqu'elle quitta l'Allemagne ; son père, M. le vicomte de Puysegur qui s'était chargé de la tutelle de ses enfans, ne l'exerça pas une année entière. La faulx de la mort ne s'arrêta, qu'après l'avoir moissonné, et avoir ravi, coup sur coup, à ces enfans infortunés, tous les appuis de leur jeunesse.

L'Académie était encore dispersée, et nous ignorions si nous pourrions jamais nous retrouver aux pieds de la statue de Clémence Isaure. Personne n'eût senti plus vivement que M. de Rességuier, le bonheur de cette réunion ; personne ne s'y fût porté avec plus de zèle, et n'eût travaillé avec plus de suite au rétablissement de tous nos droits. Parmi les regrets qu'excitèrent parmi nous en 1806, tant de pertes récentes, un des plus amers fut de ne plus voir sur notre liste, un nom qui l'avait si long-temps décorée. Il y reparaîtra, si j'en crois mes pressentimens. Cette consolation est interdite à mon âge trop avancé ; mais j'en emporterai l'espérance, lorsqu'à mon tour je disparaîtrai de ce monde, et si alors on se souvient du vœu que je consigne ici et de la confiance qui l'accompagne, l'Académie y verra une nouvelle preuve de mon zèle pour sa gloire, et pour ses intérêts les plus précieux.

La place de M. de Rességuier a été destinée en 1812, aux préfets de la haute-garonne, académiciens-nés.

M. Soubeiran de Scopon avait succédé en 1735, à M. le président de Rességuier.

1813. 138.º M. DE GARDOUCH-BELESTAT.

M. François de Villeneuve prononça son éloge le 14
mai 1813.

« M. de Belestat naquit à Toulouse en 1725. Il
»sortait d'une des plus anciennes familles de la pro-
»vince de Languedoc; et par une circonstance aussi
»rare que flatteuse et touchante, il conservait encore
»le patrimoine de ses ancêtres, transmis de père en fils
»jusqu'à lui à travers les troubles et les guerres qui ont
»ensanglanté cette province, sur-tout à l'époque de sa
»réunion à la couronne.

»Après avoir fait ses études à Paris, il entra fort
»jeune dans la maison du Roi : il fit les campagnes du
»maréchal de Saxe, et s'y distingua assez pour être,
»dès l'âge de trente ans, mestre de camp de cavalerie.

»Une débilité extrême dans l'organe de la vue
»l'obligea, malheureusement trop tôt, à renoncer à
»une carrière où sa naissance, sa fortune, sa bonne
»volonté, et une expérience déjà acquise lui présageaient
»un avancement rapide.

»Rentré dans la condition privée, il ne songea plus
»qu'à étendre et développer ses connaissances. La na-
»ture l'avait doué d'une curiosité excessive. Ce ne fut
»point un défaut : il en fit une qualité : il s'en servit
»comme d'un aiguillon pour acquérir une instruction
»très-variée. Il usait le reste de sa vue à la lecture : on
»ne publiait pas un ouvrage de politique ou de litté-
»rature, qu'il ne voulut connaître et apprécier par lui-
»même; et cette foule d'écrits éphémères qui faisaient
»alors gémir la presse, souvent avec plus d'indiscrétion
»que d'utilité, semblaient acquérir une existence dura-
»ble dans sa bibliothèque, où il les rassemblait comme
»propres à être un jour des monumens de la lutte dé-
»plorable engagée dès-lors entre les opinions consacrées

»par le temps et les rêveries de l'imagination. La
»collection qu'il avait formée était peut-être unique.

»M. de Belestat, libre de tout soin, possesseur
»d'une fortune considérable, allait souvent à Paris,
»et y fréquentait les hommes qui tenaient alors le ti-
»mon de la littérature. Un de ceux qui eut avec lui
»des liaisons particulières, fut M. de Voltaire. Dès
»l'année de la bataille de Fontenoi, ils s'étaient con-
»nus aux eaux de Plombières : ils se revirent souvent
»à Paris; et lorsque M. de Voltaire eut fixé tout-à-
»fait son séjour à Ferney, il entretint avec M. de
»Belestat une correspondance assez suivie.

»En 1769, M. de Belestat fut élu membre de l'Aca-
»démie : et en 1773, adjoint au secrétaire-perpétuel.
»Il ne put occuper que pendant quatre ans cet emploi
»honorable et pénible. Les infirmités les plus graves
»s'étaient accumulées sur sa tête : ses yeux, si débiles
»depuis long-temps, s'étaient fermés entièrement au
»jour : il avait perdu aussi le sens de l'ouïe, ou du
»moins les plus grands efforts pouvaient à peine ouvrir
»son oreille à quelques sons de la parole humaine. Dans
»cet état de destruction, il voulait encore n'être étran-
»ger à rien : il voulait tout savoir en dépit de la na-
»ture : et un lecteur à gages était là tous les matins
»pour porter avec violence, jusqu'à son esprit, la con-
»naissance des gazettes, des écrits remarquables et des
»événemens qui, se pressant de jour en jour, allaient
»bientôt frapper sans rémission et le rang, et la fortune
»et l'âge, et chose inouie, le malheur même !

»Ainsi le surprit la révolution : elle ne l'épargna
»pas. Il fut donné à l'homme d'ajouter aux rigueurs de
»la nature, et en ces jours où la France entière fut
»dans le délire ou dans le deuil, il se trouva aux prisons
»de Toulouse une place pour y traîner ce corps à demi
»détruit, septuagénaire par les ans, décrépit par les
»infirmités.

»Tous les maux de l'ordre politique et moral tom-
»bèrent sur M. de Belestat, sans le renverser. Il sur-
»vécut à l'époque de la délivrance générale. Il rentra
»dans ses foyers : il y trouva son ancien genre de vie ,
»son lecteur, ses livres, son avidité insatiable de con-
»naître, sa patience à tâcher d'ouïr, son intelligence à
»deviner ce qu'il ne pouvait entendre. Des exemples
»d'une telle constance, il faut l'avouer, sont rares ;
»cette noble lutte de la caducité avec la mort, soutenue
»par la seule vigueur d'une ame à qui déjà sont ravis
»les organes qui étaient ses interprètes, n'a-t-elle pas
»quelque chose de merveilleux.

»M. de Belestat prolongea ainsi sa carrière jusqu'à
»l'âge de 82 ans : il mourut en 1807 : heureux de
»mourir alors ! heureux de précéder de deux ans au
»tombeau l'infortuné Charles de Gardouch, son fils
»unique, l'objet de ses affections et de ses sollicitudes !
»Il vécut assez long-temps pour le recevoir des con-
»trées lointaines, recueillir ses soins et l'unir à une
»femme digne modèle et des femmes et des mères :
»hélas ! il mourut assez tôt pour ne pas pleurer sa fin
»violente et inopinée. »

M. Carney lui a succédé.

***

1813.   139.° M. DE VILLENEUVE DE BEAUVILLE.

J'envoyai cet éloge à l'Académie en 1813; il y fut
prononcé lors de l'installation de M. Léon de Lamothe.

Ils invoqueront un jour la noblesse de leur origine ,
les descendans de nos contemporains, que leur valeur,
de grandes vertus et des services importans, ont élevés
aux premiers rangs , avec l'espérance et le privilége
de placer leur postérité au-dessus de la classe commune.
Le préjugé si naturel et si général de bien augurer
de ceux qui sont sortis d'une tige illustre ; la noble
émulation

émulation qui enflamme toute ame honnête au souvenir
des grandes actions de ses pères, les facilités que
trouvent, dans les routes de la gloire, ceux à qui elles
furent ainsi applanies; tout concourt à maintenir à la
plus grande hauteur d'idées et de sentimens, une famille constamment honorée; et l'orateur qui dans l'éloge
d'un de ces heureux rejettons négligerait de parler de
ces distinctions héréditaires, blesserait à-la-fois les
bienséances, l'orgueil national et les vues de bien public qui inspirèrent ces éclatantes distinctions.

Ce n'était point par des motifs d'une vanité misérable, que l'usage s'était introduit à Rome, dans les
convois funèbres, d'y produire, en effigie, les ancêtres
de celui dont on pleurait la mort. C'était un hommage
rendu aux vertus antiques; c'étaient des objets de
comparaison mis sous les yeux du public, pour qu'on
jugeât si celui qui venait de s'éteindre à son tour, ne
déparait pas ce noble cortège.

Dans les éloges académiques, l'objet essentiel, est
de justifier nos regrets, par le souvenir des vertus, des
talens et des qualités personnelles dont nous avons à
déplorer la perte; et comme c'est aussi un mérite, dans
le cours de la vie civile, de s'être montré digne et de
sa naissance et de ses emplois; un tel éloge serait im-
parfait, si ces accessoires étaient négligés, quoiqu'étrangers aux lettres et aux sciences; et dans l'éloge que je
vais entreprendre, que penserait-on de moi, ou du
confrère à qui nous allons rendre ce dernier devoir, si
je l'isolais de sa famille ?

<hr>

Il serait long et fastidieux de m'arrêter à des détails
généalogiques qui, de siècle en siècle, me conduiraient
à une époque plus ancienne que l'origine des fiefs;
mais il n'est pas indifférent de savoir que depuis 896,
jusqu'en 1249, les Villeneuve de Beziers, de Mont-

réal et de Toulouse, ont été les seigneurs les plus illustres de la cour des Comtes de Toulouse, paraissant avec éclat dans leurs cours plénières, dans leurs conseils, à la guerre et dans les négociations ; faisant des traités d'alliance offensive et défensive avec leurs souverains, garans de leurs promesses, et choisis, pour cela, par les Rois de France ; fidèles jusqu'à la mort, jusqu'à la ruine entière de leur fortune, d'abord à leurs premiers souverains, et ensuite à ceux qui prirent leur place.

Le plus ancien capitoul, dont les annales de Toulouse aient conservé la mémoire, est Pons de Villeneuve, qui, en 1147, était à-la-fois et capitoul et sénéchal ou viguier des Comtes de Toulouse.

Un autre Pons de Villeneuve, sénéchal et général des armées toulousaines, contre la croisade de Simon de Montfort, partagea toutes les infortunes du brave et trop malheureux Raymond VII. Il subit avec lui la loi si dure et si cruelle, d'aller en personne se faire absoudre à Rome; ce qui n'empêcha pas qu'ils ne perdissent, l'un ses états, et l'autre les grands fiefs que sa famille y possédait depuis plusieurs siècles.

M. Chérin, le père, voulant donner au Roi une juste idée de cette ancienne et illustre race recommandable pendant huit siècles, par sa fidélité généreuse ; après l'examen de plus de six cents titres, portant la preuve rigoureuse d'une filiation de vingt-cinq générations de noblesse militaire, crut ne pouvoir mieux exprimer son opinion, dans le mémoire qu'il adressa à M. de Coigni, premier écuyer du Roi, qu'en y disant, en propres termes : *je regarde MM. de Villeneuve du Languedoc, comme les Montmorenci de cette province.*

C'est d'une des branches très-nombreuses de cette famille, qu'était issu M. de Villeneuve de Beauville, notre confrère. Je ne dirai autre chose de cette branche, sinon que son père avait six frères ; qu'il servait avec eux au siége de Fontarabie en 1719 ; que tous ses frères y furent tués, et que lui-même reçut un coup de fusil dans la poitrine, dont il souffrit toute sa vie.

Ce brave militaire n'ayant qu'un fils, et trop frappé peut-être du malheur qui, dans une seule action, avait presqu'entièrement moissonné une famille si nombreuse, ne voulut jamais permettre que ce fils unique allât courir les mêmes hasards. Tout l'empire de l'autorité paternelle qui alors était très-grande, fut employé à violenter l'inclination naturelle d'un jeune homme que tout portait à suivre la seule carrière qui lui était ouverte par sa naissance et par l'exemple de ses aïeux. Contrarié dans ses goûts, dans sa grande passion pour la gloire militaire, M. de Beauville chercha, dans l'étude quelque adoucissement aux rigueurs de cette excessive tendresse paternelle. Il éprouva ce que dit Cicéron avec tant de justesse et de vérité, que l'étude est une ressource pour tous les âges et pour toutes les situations.

Il avait une grande intelligence, un caractère aimable et très-gai. Il comprit bientôt combien il y avait à gagner, même pour l'agrément de la société, à cultiver son esprit et à l'orner de toutes les connaissances auxquelles il peut atteindre. Il devint l'homme de Toulouse le plus aimable et le plus recherché, à une époque où l'on attachait plus de prix aux qualités sociales, et où il fallait aussi faire plus de frais, pour se placer avec quelque distinction dans la bonne compagnie.

C'est dans le même temps que commençait à se montrer cet essaim de jeunes littérateurs, qui furent pour l'Académie une ressource si précieuse, depuis la réception de M. l'abbé d'Aufrery en 1750, jusqu'à celle de M. Lacroix en 1761. M. de Beauville fut un des premiers reçus, et l'Académie se félicita toujours

de cette acquisition. Né avec beaucoup d'esprit, il avait
porté à un très-haut degré de finesse, le tact et le goût
des bonnes choses. Il parlait correctement et s'énonçait
tuojours avec grâce, et avec toute la facilité d'un
homme du monde qui a le sentiment des bienséances
et des égards qu'on se doit dans toute société honnête.
Il avait éminemment le talent de la conversation. La
sienne était toujours animée, naturellement tournée
vers les objets d'une gaîté douce et piquante. Exact et
fidèle à remplir ses devoirs, lorsque son tour venait
de parler au nom de l'Académie, ou pour fournir son
contingent dans la distribution de nos travaux intérieurs, on ne peut lui reprocher que l'affectation qu'il
porta trop loin, de priver nos recueils de plusieurs
ouvrages qui en auraient fait l'ornement. A peine fut-
il possible de lui arracher le compliment qu'il fit à M.
de Thomond, au nom de l'Académie, lorsqu'il vint
présenter au parlement ses lettres de commandant de
la province. Nous avons à regretter l'éloge de ce même
M. de Thomond, celui de M. le premier président de
Maniban, la semonce qu'il rendit extrêmement piquante, par l'application des principes littéraires, à
à des ouvrages fameux qui s'en étaient écartés avec prétention; l'éloge de Clémence Isaure, où il déploya
avec beaucoup d'esprit et de choix toutes les grâces de
la galanterie décente d'un chevalier français; et au-
dessus de tout, une longue suite d'observations lues
dans nos séances particulières, dont l'objet était de
combattre le paradoxe trop accrédité, qu'on peut être
poëte en écrivant en prose.

Il rendait justice à la prose douce, coulante et harmonieuse de Fénélon; mais le Télémaque, dans l'ensemble de toutes ses beautés, ne lui présentait qu'un
modèle de la manière dont devraient traduire les poëtes
ceux qui croient qu'on peut les traduire autrement
qu'en vers.

Il était affligé jusqu'au fond de l'ame, de la pro-pension qu'on avait à multiplier ce genre mitoyen appelé prose poëtique, qui devait aboutir, disait-il, à corrompre aussi la poësie, en confondant les deux genres.

Il regarda comme une calamité l'accueil qu'on fit il y a quarante ans au Telephe de Péméja, et à la faible production du Numa-Pompilius de Florian. Il s'expri-mait, à cet égard, avec une sévérité qui n'était pas dans son caractère ; mais qui signalait un digne main-teneur des lois *d'amors et des fleurs du gai savoir.*

Je n'étais pas encore membre de l'Académie; mais je voyais souvent M. de Beauville dans des sociétés particulières , ● où l'on s'entretenait quelquefois de littérature ; et depuis j'ai eu toujours présentes ses tristes prédictions, en voyant avec quel débordement se répandent les fausses maximes et des productions brillantes sans doute, mais dont l'éclat, pour employer une de ses expressions , *n'est pas pur comme celui du diaman.*

M. de Beauville , livré à la séduction de tous les plaisirs dont se compose la vie du monde , avait un trop bon esprit et le cœur trop droit, pour placer son bonheur dans ces frivoles jouissances. Il en sentit le vide et le néant, après la première fougue de la jeunesse; et cependant il se laissa entraîner encore et par l'habi-tude , et par l'exemple , et par une sorte de respect hu-main qui appartient, plus qu'on ne pense, à une cer-taine modestie et aux principes d'une bonne éducation. Il traîna cette chaîne, si je puis m'exprimer ainsi, jus-qu'à l'âge de la parfaite maturité. La religion venant alors à son secours , il embrassa un nouveau genre de vie ; et pour échapper à l'ennui et aux regrets qu'on trouve souvent dans la solitude, il associa à ses nou-velles résolutions une compagne raisonnable et ver-tueuse, qui avait fait le bonheur de son premier mari.

Madame de Gozon-Montcalm, dont l'âge se rapprochait de celui de M. de Beauville, n'avait pas l'espérance de devenir mère. Cet intérêt lui avait été refusé dans sa jeunesse. Aussi riche que son mari; leurs fortunes réunies leur procurèrent les moyens de vivre dans une très-grande aisance. La vie champêtre ayant plus de charmes pour l'un et pour l'autre, ils prolongeaient leur séjour à la campagne. Trente-cinq ans s'écoulèrent dans les douceurs de cette union parfaite. Ils traversèrent les temps mauvais de la révolution, et lorsque la France commença à respirer, ils reparurent à Toulouse.

M. de Beauville avait conservé à quatre-vingts ans une assez bonne santé, toute sa gaîté primitive, sa bonne mine, le goût et le talent des conversations solides et agréables. On le voyait, tous les soirs, aux beaux jours d'été, dans la promenade publique voisine de sa maison, entouré d'une foule nombreuse attirée par l'intérêt de sa conversation (1).

Il était alors le doyen de l'Académie; et il s'entretenait souvent avec M. Gez qui le voyait tous les jours, de l'espoir qu'on lui avait donné de notre prochaine réunion. Elle ne put avoir lieu qu'en 1806. Il était mort six mois auparavant. Un de nos grands mécomptes fut de n'être pas témoins de la joie qu'il aurait eue en se retrouvant parmi nous.

Dans ce malheur, auquel le grand âge de M. de Beauville nous avait préparés, ce fut un grand motif de consolation, de pouvoir rétablir sur notre liste un

____

(1) C'étaient des royalistes purs qui croyaient, d'une foi vive, à la restauration que peu d'entr'eux ont eu le bonheur de voir, mais qui fut toujours l'objet de leur ferme espérance, de leurs entretiens et de leurs combinaisons politiques. Les républicains appelaient ce groupe de nouvevelistes, *le Conseil des Anciens*, comme pour désigner une assemblée de radoteurs; et cette dérision, dans laquelle ils se complaisaient, explique pourquoi ces royalistes, bien signalés, ne furent ni persécutés, ni troublés dans leurs entretiens.

nom qui l'avait décorée pendant plus de cinquante ans. Pleins de cette pensée, nous comprîmes dans notre première élection M. le marquis François de Villeneuve; et peu de temps après, nous crûmes nous rattacher de nouveau à tous les souvenirs de cette tige antique, honorée depuis tant de siècles dans cette grande cité, lorsque nous vîmes, dans un de nos vieux recueils récemment découvert, une dame de Villeneuve, contemporaine de Clémence Isaure, s'adresser à elle-même pour obtenir une des fleurs dont elle venait d'enrichir le jardin de la gaie science.

M. de Beauville mourut avant sa femme, qu'il avait instituée son héritière. Madame de Beauville également généreuse, distribua cette hérédité aux parens de son mari, et mourut elle-même bientôt après.

M. de Beauville a eu pour successeur M. Léon de Lamothe.

* * *

140.º M. DALBIS. 1812.

Quand M. Dalbis vint au monde en 1730, son père qui était conseiller au parlement, le destina à la magistrature, et ses études furent dirigées vers cet objet. Les belles-lettres et la jurisprudence avaient fait le charme et l'occupation de son adolescence ; il s'était distingué dans la faculté de droit, et avait remporté un prix aux Jeux Floraux, lorsqu'à la fin de sa vingtième année, il fut reçu conseiller au parlement.

La facilité qu'il avait pour le travail du palais et son talent rare de simplifier les affaires et d'en procurer la prompte expédition, lui valurent un surcroît d'occupations, et le rendirent un des conseillers-rapporteurs les plus utiles, d'abord aux enquêtes, et ensuite à la grand'chambre, où les procès plus nombreux, rendaient les magistrats de cette trempe, extrêmement

utiles. Pendant l'exil qui suivit les opérations de **M.**
de Maupou , **M.** Dalbis maître de tout son temps , se
livra aux goûts favoris de sa jeunesse. L'étude de l'histoire et la culture des belles-lettres , remplirent ses
loisirs, et lorsqu'en 1775, il revint à Toulouse reprendre ses occupations de magistrat, il sentit se réveiller
aussi le sentiment vif et profond qui l'avait attaché à
la célébration de nos jeux. L'Académie vit avec plaisir
ce retour d'un littérateur estimable vers le temple , où
ses premiers vœux avaient été exaucés ; et la mort de
M. l'abbé d'Héliot , ayant laissé une place de mainteneur vacante , elle lui fut donnée avec autant de plaisir,
qu'il avait mis d'empressement à la solliciter.

La révolution arriva. Le parlement de Toulouse fut
proscrit en masse, **M.** Dalbis échappa par la fuite à la
mort sanglante de ses confrères. Après le 18 brumaire,
il revint en france , recueillir quelques débris de sa
fortune. Il se réfugia avec sa famille dans un de ses do-
maines qu'il racheta , à quelques lieues de Toulouse.
Il y mourut en 1804.

Sa place est encore vacante.

────────

        141.º **M. GEZ** , Avocat.

M. Gez arriva au barreau , à l'époque heureuse ,
où **M.** Verny et **M.** Lacroix y avaient déjà remis en
honneur les études littéraires. Il avait dans sa famille
un exemple de plus, du relief que la culture des lettres
donne à l'étude de la jurisprudence: Il n'eut rien à
changer dans le plan d'instruction qu'il s'était tracé, de
devenir à la fois littérateur profond et habile jurisconsulte.

J'ignore s'il a jamais rien écrit en vers , quoique ce
soit par là , qu'on commence toujours et qu'on doive
commencer , pour acquérir l'habitude de manier la

langue, et d'en approprier les tournures convenables à chaque genre de composition ; mais je sais qu'il s'était appliqué à soigner son style, et à perfectionner son goût qui n'était jamais en défaut, soit qu'il écrivît, ou qu'il jugeât les compositions des autres.

Pour parvenir à ce résultat, il avait long-temps réfléchi sur la théorie du goût. Il en développa les principes devant l'Académie de Rouen, dans un discours sur le goût, qui, au dire de Voltaire, supposait un goût infini, dans celui qui avait écrit avec tant de supériorité.

Content du succès de ce premier essai, M. Gez occupé de sa profession d'avocat, tourna vers les recherches de l'érudition, tous les instans qu'il pouvait dérober à la jurisprudence. Cet attrait particulier d'un esprit avide de connaître, s'accrut par l'acquisition de ses premières recherches, sur-tout lorsque l'Académie des sciences, lui eut donné une place d'associé, dans la classe des inscriptions et belles-lettres. Attaché à tous ses devoirs, et jaloux jusqu'au scrupule, de les remplir fidélement, M. Gez fut dans cette société, un des plus laborieux académiciens. Il passa ainsi vingt-ans de sa vie, ne connaissant que l'Académie des sciences, le palais et son cabinet, évitant de se répandre, et de former des liaisons étrangères à l'accomplissement de ses différens devoirs.

Sans avoir jamais été lié avec lui, j'avais eu occasion de le connaître, et j'avais appris, à estimer infiniment ses connaissances, son caractère et la trempe de son esprit. Il me paraissait que l'acquisition d'un tel littérateur serait précieuse pour l'Académie, et je m'appliquai à détruire les préventions défavorables qu'on y avait conçues.

M. Gez avait cette fermeté de caractère qui ne transige avec aucun devoir, et qui est sans indulgence pour tout ce qui blesse la délicatesse et l'honneur. Il l'avait

montré avec assez de courage, parmi les avocats, dans
une action publique et très-solennelle. A son air sévère,
à son ton décidé, on aurait pu croire qu'il était d'un
caractère difficile. Cependant c'était de tous les hommes, le plus doux, le plus complaisant, le plus capable
d'égards, et de déférence, le plus éloigné de tout
esprit d'intrigue et de cabale. Je me féliciterai toute
ma vie, d'avoir travaillé avec constance à le faire connaître tel qu'il était, et à lui inspirer la confiance de
se présenter pour une place vacante. Il se trouva en
concours avec M. Floret qui l'emporta sur lui ; et qui
me seconda ensuite de son mieux pour lui faire rendre toute justice.

Il n'arriva parmi nous, que pour être témoin des
entreprises des officiers municipaux ; mais avant de
nous appartenir, il était pénétré de nos principes, et
attaché à notre institution, comme si sa vie entière nous
avait été consacrée. Tel que ces anciens Romains, qui
ne désespéraient jamais de la république, M. Gez de
qui l'on disait *qu'il était un romain*, et dont l'ame
avait effectivement une trempe ferme et vigoureuse,
ne regarda jamais l'Académie comme perdue sans
ressource. Il engagea M. Castilhon à lui confier le sceau
de l'Académie pour qu'elle pût le retrouver au besoin ;
et en effet, il nous l'apporta quinze ans après, lorsque
nous reprimes nos exercices.

Ces quinze ans, avaient été bien malheureux pour
lui ; sa santé avait éprouvé tous les ravages d'une vieillesse anticipée. Son zèle était le même ; il remplissait
tous ses devoirs académiques avec une exactitude et
une fidélité exemplaires. La place de modérateur lui
étant échue, pour le trimestre de juillet 1806 lorsque
nous reçumes, M. de Malaret, M. Dralet, M. d'Ayguesvives et M. Gary, il répondit à leurs remercîmens et
ses réponses imprimées dans le recueil de 1806, jus-
tifient ce que j'ai dit de son zèle, de la sagesse de ses

principes , des qualités de son esprit. Dans nos séances
particulières, il avait lu sur l'origine et les progrès des
académies, un essai historique et littéraire, qui , dans
la première intention de l'auteur avait été destiné à
l'Académie des Sciences, mais qu'il avait su approprier
aux Jeux Floraux. A la rentrée de 1807 , il prononça
la semonce, et assista assidûment au jugement des
ouvrages. Il était encore avec nous le cinq avril, lorsque
nous terminames le travail , du bureau général. Huit
jours après , le 12 du mois d'avril , nous étions assemblés, pour choisir un sujet du discours pour le concours
suivant ; on nous y annonça que M. Gez venait de
mourir , étouffé par une goutte remontée. Cette nouvelle fut comme un coup de foudre. Il nous fut impossible de nous occuper d'autre chose , que de ce cruel
événement. En nous séparant , nous consignâmes dans
le registre l'expression de cette vive sensation. » L'A-
»cadémie pénétrée de douleur de la mort de M. Gez ,
»qu'on vient de lui annoncer , ne pouvant s'occuper ,
»dans ces premiers instans , que de ses regrets , a ren-
»voyé à jeudi prochain , l'examen des différens objets
»sur lesquels elle avait à délibérer. »

Le procès-verbal de la séance du jeudi 16 , commence ainsi : «M. Dralet modérateur a témoigné à M.
»Jamme beau-frère de M. Gez, et à M. l'abbé Jamme,
»son neveu, les regrets de l'Académie , sur la mort de
»cet estimable confrère, et sur la part qu'elle prend en
»particulier à leur juste douleur. M. l'abbé St-Jean et
»M. de Malaret ont été priés d'aller porter aux enfans
»de M. Gez, l'expression des sentimens de l'Académie,
»sur cette perte qui est pour elle aussi, un grand sujet
»d'affliction.

»L'académie s'occupant du service solennel qui doit
»être célébré dans l'église de la Daurade, pour le repos
»des académiciens morts depuis 1789, en a fixé le jour,
»à mercredi prochain, 22 avril. Elle a vu avec un sur-

»croît de douleur sur la liste de ceux à qui elle va rendre
»ce denier devoir, le nom de M. Gez qui la présidait
»en qualité de modérateur, dans la séance du 29 août
»dernier, où fut prise cette pieuse délibération. »

M. Gez est mort à l'âge d'environ 65 ou 66 ans.

Sa place est encore vacante.

1813.

142.° M. VERNY.

M. Verny naquit en 1725, à Clermont de Lodève,
qu'on appelle aujourd'hui Clermont-l'Hérauit, d'un
père qui n'était pas riche, car on ne peut pas l'être,
quand on a huit enfans; mais son frère aîné vivait dans
une grande aisance. C'était un médecin, homme d'un
rare mérite, qui était, en même temps, conseiller à
la cour des aides de Montpellier, et décoré du cordon
de St-Michel, pour les services qu'il avait rendus à
Marseille, où il avait été envoyé avec M. Chicoyneau
pendant la peste de 1722 (1).

Ce médecin dont la réputation vit encore à Montpellier, n'ayant point d'enfans, se chargea de fournir
aux frais de l'éducation de notre confrère, qui était
l'aîné de ses neveux, et l'envoya au collége de Pesenas
qui ayant été organisé, dans l'origine, sur le modèle de l'école de Port-Royal, conserva cette supériorité d'enseignement, pendant deux cens ans, et l'a

---

(1) Voici ce qu'en dit Marmontel dans son Histoire de la Régence :
«Les médecins de Montpellier reviennent par ordre du Régent.........
»Ils approchent de sang froid les malades, sans répugnance et sans pré-
»caution. On les voit s'asseoir sur leurs lits, toucher leurs tumeurs et
»leurs plaies, y rester le temps nécessaire, pour s'instruire de leur
»état, et voir opérer les chirurgiens. Dans les hôpitaux, dans les
»maisons, dans les places publiques, ils se montrent par-tout les mêmes.
»Ou croirait, dit le mémorial, qu'ils sont invulnérables, et comme des
»anges tutélaires, envoyés de Dieu. Ils refusent l'argent même des
»riches, et ne reçoivent que des bénédictions. Ces médecins étaient
»*Chicoyneau, Deidier et Verny.* »

recouvrée en dernier lieu, au grand étonnement des premiers inspecteurs-généraux des études, et à la grande satisfaction du grand-maître de l'université.

M. Verny fit ce premier cours d'études, avec une grande distinction. Je sais que ces prodiges de collége, ne réalisent pas toujours les espérances qu'on conçoit de leurs premiers succès, mais quand un homme s'est élevé au dessus de la sphère commune, dans l'ordre des lettres et des sciences, il n'est pas indifférent de trouver, même dans son enfance, le germe des talens qu'ensuite il a développés. Ceux de M. Verny se manifestaient à son insu, et presque malgré lui. Il n'avait rien de la vivacité et de la pétulence de son âge et de son pays. Naturellement modeste et même un peu timide, il ne cherchait pas à briller, bornant son ambition à n'être surpassé par personne; remarquable seulement, par une parfaite maturité d'esprit et de raison; par un caractère tranquille et réfléchi, ami de l'ordre et de la paix. On disait dès-lors, qu'il serait un jour un grand jurisconsulte, et son oncle qui se complaisait dans cette idée, l'envoya à Toulouse, pour y étudier en droit et y suivre le barreau.

M. Verny docile à ces inspirations ne portait pas ses vues plus haut. Ce fut par occasion, et presque par hazard, que de nouvelles idées, et une sorte d'enthousiasme s'emparèrent de cette tête froide et réfléchie, et dévoilèrent le secret d'un talent poëtique qu'il n'avait pas soupçonné.

Il assistait pour la première fois à la fête du trois mai, lorsqu'il fut tout-à-coup pénétré d'un feu dévorant, à la vue de ces fleurs d'or et d'argent qui dévenaient le prix du génie, du travail et de l'application. Au milieu des transports que ces triomphes excitaient dans une assemblée nombreuse et très-brillante, il sentit l'aiguillon de l'émulation poëtique, il obéit à cette impulsion, travailla pour le concours suivant, et remporta le prix du poëme. Enchanté de ce succès, il s'empressa d'en faire part à son oncle, dont la réponse fut un ordre bien prononcé de renoncer à ce goût frivole, qui ne pouvait que le détourner des études sérieuses sur lesquelles il devait fonder sa fortune et sa considération. Son oncle mourut bientôt après, laissant sa femme son unique héritière.

M. Verny trouva dans la veuve de cet oncle chéri, la même amitié, les mêmes attentions, et la même défense de substituer aucune autre étude à celle des écoles de droit.

Lorsqu'il eut prêté le serment d'avocat, il espéra que sa tante se relâcherait un peu de cette sévérité. Il avait composé une ode intitulée, *la calomnie aux mânes de Rousseau*. Il la mit au concours très-secrétement; il remporta le prix; mais il n'osa pas le réclamer, avant d'en avoir obtenu le consentement de cette tante à laquelle il devait tant de reconnaissance. Ce fut l'objet d'une négociation, dont le résultat fut qu'il pouvait se nommer, pourvu que sérieusement et de bonne foi, il renonçat à ce genre d'occupation, pour s'adonner tout entier à la profession qu'il allait exercer. M. Verny le promit et fut fidèle à sa promesse. Il ne lui manquait qu'un prix, pour devenir maître des Jeux Floraux. Il en fit le sacrifice. L'Académie l'en dédommagea, et lui donna une place de mainteneur.

Il s'était déjà montré, parmi les avocats, d'une manière très-distinguée, et qui prouvait bien quel avantage la culture des lettres donne à un bon esprit, sur ceux dont la sagacité ne s'est exercée qu'à acquérir la connaissance des lois.

J'ai dit ailleurs (1) quel préjugé funeste regnait dans le barreau de Toulouse contre les gens des lettres, et j'en ai fait connaître la cause. M. Verny eut le courage

______

(1) Eloge de M. Lacroix.

de le braver. Il commença une heureuse révolution qu'il aurait faite lui seul ; mais qui s'opéra plus vîte et plus facilement , lorsqu'il eut vu M. Lacroix, également couvert de couronnes académiques prendre aussi une première place au barreau, et y devenir son rival unique dans les plus grandes et les plus belles causes.

M. Lacroix écrivait plus purement, et son esprit plus flexible le rendait plus propre à prendre tous les tons; mais M. Verny, dont la qualité dominante était la force et une sorte d'élégance un peu grave , appropriait ce style à toutes les causes avec un art et un talent admirable ; et parut toujours réunir un plus grand nombre de suffrages.

Je ne m'arrêterai point à chercher la cause de cette préférence ; ils contribuèrent puissamment l'un et l'autre à régénérer le barreau de Toulouse. Ceux qui s'y présentèrent après eux, préparés à cette noble profession, par les mêmes études , y furent d'abord distingués. Les couronnes académiques y devinrent une puissante recommandation ; et de son côté l'Académie alla, pour réparer ses pertes, chercher, dans le barreau , des littérateurs qui ne s'étaient pas montrés dans ses concours.

M. Verny était encore dans la force de l'âge et de ses talens, lorsqu'une première épidémie, qui ne se montra pourtant que dans un de nos faubourgs, commença à le dégoûter du séjour de Toulouse. En 1782 , les ravages de la suette l'épouvantèrent ; il partit subitement , et nous ne l'avons pas revu.

Dix ans auparavant, sa retraite eût laissé un plus grand vide dans le barreau , mais non pas de plus grands regrets. Ceux de l'Académie se renouvellaient tous les ans , et pour ainsi dire, à chaque séance, et lui-même, dans sa retraite, reportant ses souvenirs sur

Toulouse, qui fut si long-temps le théâtre de sa gloire, paraissait ne regretter que nos douces occupations.

Il était très-riche et par ses économies et par la succession que la veuve de son oncle lui avait transmise. Il partagea son temps entre la ville de Montpellier, où il avait une belle maison, et les plaisirs champêtres qui avaient pour lui tout le charme de la nouveauté. Il remédia à l'ennui de l'isolément dans lequel il avait vécu jusqu'alors, par l'intérêt qu'il trouvait à s'entourer de ses frères et de ses neveux.

Les événemens de 1789 l'arrachèrent à cette vie paisible et tranquille. Les deux sénéchaussées de Béziers et de Montpellier le nommèrent leur député aux états-généraux. Il se refusa à l'empressement de l'assemblée de Béziers; mais celle de Montpellier, dont il était membre, ne voulut jamais recevoir ses excuses.

Il sentit vivement la peine de cette contradiction, quoiqu'il fût loin de prévoir à quels malheurs il allait être exposé. Ce fut avec une répugnance extrême, qu'il se laissa entraîner à Paris.

A peine eut-il jetté un regard observateur sur cette assemblée constituante, composée de tant d'élémens divers, de tant de prétentions opposées, qu'il en fut épouvanté. Loin de chercher à s'y faire remarquer, il employa tous ses moyens à se rendre, pour ainsi dire, invisible, sans cependant qu'on pût lui reprocher de ne pas remplir ses devoirs. Il s'enterra dans l'intérieur des comités, où sa prudence le retint toujours occupé de travaux obscurs, mais utiles. Il y épuisa sa santé; sa vue s'y affaiblit d'une manière irréparable.

Quand enfin l'assemblée constituante se fut dissoute il s'empressa de retourner à Clermont, dans l'espoir d'y recouvrer ses forces, et d'y trouver le repos dont son ame avait encore plus besoin que son corps.

De grands dangers succédèrent à ses premières alarmes. Il avait une grande fortune; il avait de grands talens,

talens qu'il n'avait pas employés à faire prévaloir les idées dominantes ; c'étaient autant de titres de proscription. Pour fournir moins de prétextes à la persécution, il fit le sacrifice de tout ce qu'il avait écrit et recueilli depuis sa première jeunesse ; n'ayant ni le temps, ni la santé nécessaire pour faire un choix de ce qui pouvait ne pas le compromettre, il fit tout brûler, et se prépara, par cet acte de prudence peut-être indispensable, des regrets qui ont duré toute sa vie.

Pendant que son ame était livrée à ces appréhensions, ses yeux s'affaiblissaient, et en outre, il sentit les premières atteintes d'une maladie douloureuse qui s'aggrava tous les ans, et tourmenta son extrême vieillesse. Il avait entièrement perdu la vue, lorsqu'enfin les gens de bien commencèrent à respirer, et que l'Académie, dont il était le doyen, put se réunir après quinze ans de dispersion. A la nouvelle de cette heureuse réunion que je lui avais annoncée avec tant de plaisir et d'empressement, son ame retrouva toute la force et toute la sensibilité de la jeunesse, pour exprimer les sentimens qui l'attachaient à ses confrères et à l'antique instution qu'il avait honorée par ses talens, et pour laquelle il avait combattu en Athlète vigoureux. Nous nous souviendrons long-temps de la sensation agréable que fit parmi nous cette lettre touchante, d'un vieillard vénérable dont les derniers instans étaient consolés par les marques d'intérêt que la famille d'Isaure venait de lui donner. Il ne borna pas là les témoignages de son zèle. Malgré sa cécité absolue, il travailla, sur mon invitation, à un petit poëme didactique qu'il devait nous envoyer pour la semonce de 1809. Il en avait déjà dicté deux cents vers, et il n'attendait, pour y mettre la dernière main, qu'une visite qu'il m'avait instamment demandée, et que je lui avais promise pour le printemps de 1808.

C c

Je partis en effet après la fête du 3 mai, pour aller respirer l'air natal, et visiter mes foyers à trois lieues de son habitation. Je trouvai en arrivant chez moi, une nouvelle invitation très-pressante, d'aller le voir sur son lit de douleur, privé de la lumière du jour, comme Homere et Milton ; sentant plus que jamais le besoin d'une longue conversation sur Toulouse, principalement sur nos confrères du barreau et de l'Académie. Le jour même pour lequel je m'étais annoncé, et au moment de mon départ, on vint m'apprendre qu'il avait eu la veille une attaque d'apoplexie. Cette première attaque fut suivie de plusieurs autres qui ne lui laissèrent que des intervalles très-courts, qu'il employa à raffermir son ame, par les secours de la religion qu'il avait toujours aimée et respectée.

Il fit brûler le petit poëme dont j'ai parlé, qu'il n'avait pu ni me montrer, disait-il, ni corriger assez heureusement, pour le rendre digne de l'Académie.

Il mourut le 18 juillet dans sa quatre-vingt-troisième année.

M. Verny, naturellement froid et réservé, était très-aimable et d'une gaîté intarissable, quand il se livrait à la société. Il savait donner à ses récits les plus simples une tournure originale qui les rendait très-piquants. Mais il fallait, pour qu'il se livrât ainsi, que la compagnie lui convînt, ce qui était extrêmement rare.

Dans les derniers temps, lorsqu'il n'eut plus la ressource de la lecture et des promenades solitaires, il cessa d'être taciturne. Sa timidité disparut, lorsqu'il fut devenu aveugle ; son commerce toujours doux, devint plus intéressant. Il est mort infiniment regretté de ses nombreux parens et de tous ses voisins. L'Académie lui doit une éternelle reconnaissance, pour le zèle qu'il mit à la défendre contre la dernière attaque des capitouls. En lisant le mémoire qu'elle publia , pour réfuter le discours de M. Lagane, on reconnaît à sa touche mâle et vigoureuse, le contingent qu'il avait fourni au rédacteur. Son ode sur la calomnie est un des beaux ornemens de nos recueils. M. Verny doit être mis au nombre des académiciens les plus dignes de nos regrets par ses talens, par son zèle, et par son dévouement à ses confrères et à notre antique institution.

La place de M. Verny est encore vacante.

143.ᵉ M. DÉMEUNIER (1).

M. Démeunier naquit le 15 mars 1751 , à Hoseroi en Franche-Comté , étudia en droit, fut reçu avocat, et bientôt après, cédant à son goût exclusif pour les lettres , il alla se fixer à Parais , qui est et qui doit être le rendez-vous de tout homme qui aspire à se faire un nom dans la carrière littéraire. Il avait montré dans ses études une grande facilité pour apprendre, et un grand amour du travail, ses premiers pas dans le nouvel état qu'il embrassait, signalèrent un laborieux et infatigable écrivain.

Déjà pendant son cours de droit, et lorsqu'il se proposait de se dévouer à la profession d'avocat, il avait fait une étude particulière de Cicéron et en avait traduit quelques plaidoyers. Ce travail lui inspira le projet d'étendre sa traduction à la collection entière des œuvres

(1) N'étant pas à Toulouse, lorsque nous perdîmes M. Démeunier, je traçai cette notice qui devait faire partie de ma collection , et je l'envoyai à l'Académie dans les derniers jours de février 1814.

de l'orateur Romain. Il s'y livra avec ardeur, et dévora avec une patience dont peu d'hommes seraient capables, l'ennui que doit donner au lecteur le plus déterminé, non seulement la *rhétorique à Hérennius* qui n'est pas de Cicéron ; mais les traités de même nature que Cicéron écrivait dans sa première jeunesse, sans soin, sans précision, sans justesse dans les idées, sans clarté, et ce qui doit surprendre davantage, sans élégance. Je comprends dans ce jugement, les topiques, les partitions oratoires et les deux livres de l'invention. Il fallut traverser cette terre aride, pour arriver au dialogue sur les orateurs illustres, aux trois dialogues, et au traité de l'orateur, par où il aurait fallu commencer, si le respect qu'imprime le nom de Cicéron avait pu permettre de négliger les essais imparfaits de son jeune âge, et même l'ouvrage étranger qui, depuis vingt siècles, porte son nom.

M. Démeunier retoucha les harangues qu'il avait traduites précédemment jusqu'au cinquième livre de la seconde action contre Verrès, et il publia ces traductions en 1783, en 4 vol. in-12.

Sans examiner ici si les beautés des ouvrages de goût et d'imagination peuvent être transportées d'une langue dans une autre, et s'il est possible qu'une traduction donne même une faible idée du talent poëtique ou oratoire, d'un écrivain étranger, on conviendra du moins, que les traductions facilitent l'intelligence des langues étrangères et peuvent inspirer le désir et donner le courage de les apprendre. Ne fut-ce qu'un objet d'émulation, pour ceux, qui, par cet exercice, pourront perfectionner leurs études, on doit de la reconnaissance aux littérateurs qui se dévouent à ce travail pénible et nécessairement ingrat.

M. Démeunier dut être content du sien, s'il faut en juger par l'empressement du public, pour cette tra-

duction nouvelle. Ce qui en prouve sur-tout le mérite
est le suffrage d'un critique célèbre ; trop sévère peut-
être , et à coup sûr , *très-inclément* , comme disait
Voltaire. M. Clément de Dijon (J. M. B.) voyant M.
Démeunier attaché, à d'autres ouvrages qui devaient
l'occuper très-long-temps, ne voulut pas laisser imparfaite une entreprise si bien commencée : il se chargea
de la continuer et en publia trois volumes en 1786. Le
huitième qui parut deux ans après , est de MM. Gue-
roult frères, dont le nom s'associe avec distinction aux
noms les plus recommandables de l'ancienne et de la
nouvelle université de Paris. Ce grand travail interrompu par la révolution , ne sera pas repris , s'il est
vrai qu'on attend une traduction complète des discours
de Cicéron , par M. de Lali-Tolendal , celui de tous
les orateurs modernes, dit Laharpe , qui est le plus
propre à faire revivre parmi nous , l'éloquence de
Cicéron.

M. Démeunier avait eu toujours un attrait particulier
pour les sciences géographiques et politiques. Déjà en
1775 n'ayant que vingt-quatre ans , il avait traduit de
l'Anglais de Bolts, l'état civil, politique et commerçant
du Bengale , et le voyage en Sicile, et à Malthe, par
Bridonne. L'année suivante , il avait publié, en trois
volumes in-8° , une compilation intitulée : Esprit des
Usages et des Coutumes des différens peuples ; en 1777,
le génie original d'Homère, traduit de Wood : en
1780 et 1781 , le voyage aux Moluques et à la nouvelle
Guinée, et les découvertes des Russes entre l'Asie et
l'Amérique, traduits le premier du capitaine Forest,
le second de Coxe. En 1784, il traduisit et publia l'Histoire Romaine de Ferguson, et en 1785, le troisième
voyage de Cook. Bientôt après il publia deux autres
traductions , le Code des Lois des Gentoux, ou règlement des Brames, par Halhed , et le voyage à Cons-

tantinople par la Crimée, ouvrage de Miladi Craven.
Il avait contracté avec l'entrepreneur de l'Encyclopédie
Méthodique, l'engagement de rédiger le Dictionnaire
Économique, confié d'abord à l'abbé Baudau, l'homme
de France le plus instruit de ces sortes de matières.
M. Démeunier donna plus d'étendue à son *prospectus* :
outre l'économie, il embrassa la géographie et la diplo-
matie politique.

Ce Dictionnaire, pour lequel il trouva peu de secours,
dans la première Encyclopédie, fut terminé en moins
de six ans, et donné au public en trois livraisons,
dont la dernière est de 1788. Le mérite d'un tel ouvrage
est tout entier dans l'étendue des recherches, l'exactitude
des faits, la sagesse et la profondeur des réflexions, la
précision et la clarté du style. Sous quelques-uns de
ces rapports, M. Démeunier remplit parfaitement la
tâche qu'il s'était imposée. Sous d'autres, ce Dictionnaire est comme tous les livres de commande, où
l'écrivain, pour ne pas contrarier les vues intéressées
du libraire, ne craint pas de multiplier les pages et les
volumes, au-delà des justes bornes. Cette diffusion, qui
est plus sensible dans les dernières livraisons, peut encore être attribuée à la précipitation de l'auteur, qui
paraît avoir eu à cœur de manifester ses principes, avant
qu'on s'assemblât pour députer aux états généraux.

Lorsque M. Démeunier, à l'âge de vingt ans, était
arrivé à Paris, une sorte d'épidémie philosophique
poussait les écrivains à contrarier toutes les opinions
reçues, et à opposer leurs idées étranges et incohérentes
à une administration défectueuse peut-être, mais dont
les défauts, avec leurs inconvéniens, n'empêchaient pas
que le gouvernement français ne fût plus doux qu'aucun
autre, et celui qui convenait le mieux à nos mœurs, à
nos habitudes, et aux formes de notre vie sociale. Trop
jeune encore et trop peu raffermi dans les principes de

sa première éducation, pour résister au torrent des
prétentions à la mode, il se mêla dans cette foule ambitieuse, et voulut, comme un autre, instruire et gour-
·mander les maîtres de la terre. L'ouvrage politique qu'il
entreprenait devait lui en fournir l'occasion, et il ne
négligea pas d'annoncer qu'il saurait en profiter.

« On a besoin, disait-il, dans l'avertissement qui
»est à la tête du premier volume, on a besoin d'une
»sorte d'adresse pour traiter les questions de droit
»public, du droit des gens et de l'économie politique....
»L'amour de l'ordre et le bonheur des hommes nous ont
»dicté souvent des observations que nous avons énon-
»cées avec ménagement, mais avec courage. On n'est
»pas obligé d'écrire sur l'administration ; mais dès
»qu'on prend la plume, c'est un crime de trahir la
» cause du genre-humain. La fermentation du bien
»public a déjà produit un grand nombre de réformes.
»Sans doute les administrateurs s'arrêteront trop tôt.
»*Frappés de la corruption des peuples, effrayés des
»dangers qu'entraînent les innovations*, ils laisseront
»subsister des abus crians : mais le zèle des écrivains ne
»doit pas se rallentir ; ils doivent parler avec toute la
» chaleur que mérite une si belle cause. »

Avec plus de maturité, M. Démeunier eut vu,
comme il le sentit depuis, que la cause des abus est
dans les passions des hommes ; que les réformes absolues,
toujours impossibles, l'étaient sur-tout *dans un siècle
corrompu*, et que l'on ne ferait que substituer des abus
plus grands et vraiment intolérables à ceux que l'habitude et de grandes compensations rendaient moins
pénibles à supporter.

Mais comment pourrait-on s'étonner qu'un jeune
écrivain, à peine lancé dans le monde, parlât ainsi,
quand on sait que le grand réformateur de la France,
M. *Neker*, poursuivit ses projets, sans être effrayé de

la *corruption générale et des dangers qu'entraînent les grandes innovations.*

M. Démeunier, placé par son dernier ouvrage parmi les *Citoyens courageux*, sur qui l'on pouvait compter, pour la réforme des lois et du gouvernement, fut député à l'assemblée constituante par l'assemblée électorale de Paris; et dans l'ivresse de ses succès à la tribune, il chercha à excuser les premiers désordres qui, d'après ses espérances, devaient produire un très-grand bien. Je ne le suivrai pas dans sa carrière politique; qu'il me suffise de dire que les progrès de la révolution qu'il avait favorisés l'effrayèrent même avant la fin de l'assemblée constituante. Il comparait lui-même son effroi au saisissement du voyageur, dont parle Virgile, lorsqu'il sent les mouvemens convulsifs et qu'il entend les sifflemens du serpent sur lequel il a marché :

> *Pressit humi nitens trepidusque repentè refugit*
> *Attollentem iras.*

Il échappa aux fureurs révolutionnaires. Dans les réflexions d'une longue retraite, il abjura ses opinions *républicaines;* (1) et après le 18 brumaire, devenu membre du Tribunat, il célébra les vœux du peuple français pour la monarchie, avec une énergie qui exprimait son horreur pour les vaines théories dont l'expérience avait été si funeste. Cette franche rétractation appela l'indulgence qu'il méritait, et qu'il réclama toutes les fois que l'occasion s'en présentait.

Lorsqu'il vint prendre place parmi nous en 1810, ayant à parler de M. de Brienne à qui il succédait, et toujours plein de son sujet : « Abandonnons aux cen-

---

(1.) M Démeunier à la tribune, parlant sur la révision, émit cette opinion remarquable alors : « *Qu'il ne serait pas nécessaire de changer la constitution, quand bien même la nation voudrait la république.* »

»seurs impitoyables, disait-il, le triste soin de lui re-
»procher des fautes, dans un temps de crise où tout
»le monde s'est trompé. La postérité plus équitable que
»la génération contemporaine, ne flétrira pas les er-
»reurs des gens de bien..... Nous devons sans cesse
»honorer la mémoire des hommes bienfaisans, qui n'ont
»jamais vu, sans attendrissement, la douleur de leurs
»semblables. »

A cette époque, M. Démeunier, devenu membre
du sénat conservateur, appartenait à la ville de Toulouse,
par le titre de sa sénatorerie; et si son projet s'était
réalisé de venir y passer régulièrement une partie de
l'année, l'acquisition d'un tel mainteneur eut pu nous
devenir très-utile. Ses autres devoirs le retenant à
Paris, il avait espéré pouvoir remplir au moins
la première obligation que contracte tout enfant
d'Isaure, de faire l'ouverture du collége de la gaie
science, et de célébrer au 3 mai les louanges de
l'illustre restauratrice de nos jeux. Il m'avait promis un
discours d'ouverture pour le mois dernier; mais au
commencement de juin 1813, il m'écrivit qu'une attaque d'apoplexie, pour laquelle il était aux eaux de
Bourbon, le rendait incapable de toute occupation
sérieuse, et que le meilleur effet qu'il pouvait attendre
de ce remède et du régime qu'il observait, était le pro-
longement d'une existence qui n'était guère qu'une
sorte de végétation. Cette triste existence n'a duré que
six mois. Une seconde attaque l'enleva il y a environ
trois semaines; il n'avait pas encore complété sa
soixante-troisième année.

Je ne dois pas négliger de dire que dans l'intervalle
du 9 thermidor au 18 brumaire, M. Démeunier avait
traduit, conjointement avec M. l'abbé Morrelet, les
voyages et découvertes de Vancower dans l'océan pa-
cifique.

Les traductions dont il a enrichi notre littérature, lui assurent une place distinguée parmi les écrivains dont les travaux ont répandu l'instruction. Depuis les changemens survenus dans la politique de l'Europe, son dictionnaire politique et géographique n'est qu'un objet de pure curiosité. Ce qu'on y trouve touchant notre administration intérieure, nos colonies et nos relations avec les autres gouvernemens, appartient à un temps qui est déjà loin de nous; mais la génération présente y trouvera des souvenirs intéressans, et l'histoire des matériaux précieux pour l'instruction des siècles à venir.

La place de M. Démeunier est vacante.

GODOLIN (1).

Il était né à Toulouse en 1579; il y mourut en 1649, et fut enterré dans le cloître du couvent des Grands-Carmes. Il avait remporté des prix aux anciens Jeux-Floraux; et depuis leur érection en Académie, son portrait avait été placé, en signe d'adoption, dans la salle de nos assemblées particulières. En 1807, l'Académie étant informée qu'on démolissait le couvent des Grands-Carmes, ne voulut pas permettre que les cendres de Godolin, qui y reposaient depuis un siècle et demi, fussent profanées et confondues dans les ruines de cette démolition. Elle les fit transporter avec toute la solennité des obsèques du culte catholique, dans l'église de la Daurade, où repose Clémence Isaure. C'est sur le bord du premier tombeau de Godolin, que je prononçai son éloge le 14 juillet 1808, au milieu de l'assemblée formée pour cette auguste translation.

(1) C'est ainsi qu'il signait son nom. En patois on l'appelait *Goudouli*, et cette dénomination a prévalu.

Malherbe n'était pas venu; (1) la langue d'*oc*, depuis long-temps persécutée, luttait encore avec avantage contre sa rivale, lorsque Godolin s'élança dans la carrière poëtique.

Les enfans d'*Isaure*, soumis aux lois qui devaient étendre le domaine de la langue des Francs, obligés de repousser les sons mélodieux des anciens troubadours, voyaient leurs jeux sublimes livrés au bégaiement d'un langue qui n'était pas encore formée. Godolin, qui avait étudié avec fruit les belles-lettres latines, et qui, par la supériorité de son esprit, était parvenu à vaincre son dégoût pour l'étude des lois, essaya de vaincre aussi sa répugnance pour la langue étrangère qui devait dévorer toutes les autres. Il obtint le prix du chant-royal, comme il avait obtenu le grade de docteur en droit; mais dédaignant des travaux qui contrariaient ses plus douces inclinations, il renouça à la fois et à la poësie française, et au barreau dont la prose était encore plus barbare, pour ne confier ses conceptions qu'à la langue douce et harmonieuse qui, dans sa bouche, était ravissante, et qui sous sa plume, ne se refusait à l'expression d'aucun sentiment,

Ce fut alors qu'il se montra véritablement poëte, soit qu'il voulût prendre la lyre de Pindare, la flûte de Theocrite, ou le luth d'Anacréon. Heureusement combinée par son puissant génie, sa langue maternelle, tour à tour simple et naïve, grande et majestueuse, plus brillante qu'aucune autre pour exprimer et inspirer la gaieté; cette langue, qui, long-temps avant la renaissance des lettres, avait ressuscité la poësie, et s'était enrichie des débris de la langue latine et d'un

---

(1) Malherbe avait plus d'âge que Godolin; mais ce ne fut qu'après la publication de ses chefs-d'œuvre, qu'il opéra dans la langue et la poësie française la révolution qui a fait dire à Boileau : *enfin Malherbe vint.*

grand nombre d'emprunts faits à la colonie des Pho-
céens, semblait l'attendre pour recevoir de lui de
nouvelles beautés, en même temps qu'elle lui fournirait
toutes les richesses, toutes les ressources que nous ad-
mirons dans les accens d'Homère et de Virgile.

La France pleurait le meilleur de ses rois. Le cri
de sa douleur devait se faire entendre sur-tout dans
les contrées heureuses qui le virent naître, dont il
conserva toujours la gaieté franche, l'aimable sensibilité,
et dont le langage fut toujours doux à son oreille. Le
chant lyrique que Godolin consacra à l'expression de
cette douleur universelle est encore dans le cœur et
dans la mémoire de tous ses concitoyens.

Aucune voix plaintive ne fit jamais entendre sur le
Parnasse des sons plus attendrissans que les premières
stances de ce chant funèbre. L'ame du poëte, livrée
ensuite aux déchiremens d'une douleur profonde et
concentrée, se soulage par l'admiration des vertus et
des qualités éminentes du plus chéri de tous les monarques. Tout-à-coup ses pensées et son style s'élèvent
pour chanter les vertus guerrières et les triomphes de
son héros. Tel que Pindare, il monte à une hauteur
qui étonne les maîtres de l'art, ceux même que les
miracles du génie poëtique ont mis en commerce avec
les dieux. Rien n'est plus terrible que l'élan de son
indignation contre le monstre qui priva l'univers de son
plus bel ornement, et la France de tout le bien qui
lui était préparé. Une réflexion morale et consolante
sort du fond de l'ame du poëte : «Henri, dit-il, heureux
»habitant du ciel ; Henri, ce modèle des rois les plus
»parfaits, plane au-dessus des astres, tandis que nous
»voguons encore sur le vaisseau de la vie, toujours
»battu par quelque vent d'affliction. »

Le père Vanière qui s'était approprié la langue de
Virgile, et qui l'employait avec un bonheur qui fait

qu'on pardonne à la longueur de ses détails ; Vanière qui sentait mieux que personne l'analogie des deux langues, n'a pu rendre, par ses vers latins, ni la grâce ni la force, ni l'harmonie, ni la précision du poëte Toulousain , et moins encore les nuances de ce style enchanteur, qui du ton le plus calme et le plus gracieux s'élève aux conceptions les plus hardies , se livre aux cris terribles d'une indignation violente , et redescend aux sentimens consolateurs d'une religion sainte qui place le bonheur de l'homme au delà du tombeau.

La gloire de Godolin jetait un trop grand éclat , pour être renfermée dans l'enceinte de Toulouse, ou de la province, dont Toulouse est la capitale. Deux nations voisines voulurent s'enrichir des produtions de notre compatriote. Le recueil de ses œuvres fut traduit en italien et en espagnol, exemple peut-être unique dans les fastes de la littérature. En effet pour attirer ainsi l'attention et l'admiration des étrangers , quel mérite ne supposent pas des poëmes écrits dans un idiôme particulier , je ne dis pas à une province, mais à une partie très-limitée de cette province ; car dans l'intervalle qui sépare les Alpes des Pyrénées, la langue d'*oc* , en y comprenant, comme il est juste, la belle Provence , se divise en cinq dialectes qui différent essentiellement entre eux , qui tous ont leur poësie particulière, et dans la foule de leurs poëtes des talens distingués par une supériorité bien marquée, Jean Michel à Nîmes, le Sage à Montpellier , Bonnet à Beziers ; en Provence et sur les bords de l'Adour, une légion entière. Aucun d'eux n'est connu que dans son district. Godolin est le seul qui ait franchi la barrière de la Loire , celle des Alpes et des Pyrénées. Lui seul occupe une place dans la france littéraire et dans la littérature de deux nations voisines , que notre belle langue d'*oc* initia aux mystères de la poësie.

Cette célébrité n'est due à aucune circonstance de temps et de lieu , mais à la force de son génie , à la verve , à l'originalité de son talent , à des créations dont il n'existait aucun modèle , à une perfection de style qui est le secret des grands poëtes.

Ne soyons pas surpris que les vers de Godolin , énergiques , gracieux et touchans , qui s'emparent de l'ame , et y répandent à son gré la joie ou la tristesse , soient pour ses concitoyens une propriété précieuse, qui se transmet de père en fils. Ce goût toujours renaissant, cette passion toujours vive pour un poëte dont le langage a vieilli , autant que celui de Montaigne , sans rien perdre du charme qui enchantait nos aïeux , ne sont pas de vains titres à l'immortalité.

Ne dérobons pas aux capitouls l'honneur qui leur est dû , pour avoir prodigué leurs largesses au favori des muses, et avoir consacré sa mémoire par une noble apothéose. Nous pouvons revendiquer aussi notre part de la gloire qui s'attache aux hommages rendus à sa mémoire. C'est à notre exemple, que l'Académie Française adopta Molière après sa mort, avec cette différence peut-être , que nous n'avons pas à nous reprocher de l'avoir négligé de son vivant. C'est par là que nous avons acquis le droit de lui rendre ce dernier hommage.

Il serait trop long de parler en détail des chefs-d'œuvre de Godolin. Quel est celui d'entre nous qui n'a pas gravé dans sa mémoire son fameux sonnet, si brillant d'expressions propres et métaphoriques , dont l'éclat ne nuit jamais à la justesse. Je passe également sous silence et les particularités de sa vie , et les bons mots qui lui échappaient , et qui , comme ses vers , ayant , après un siècle et demi , toute la fraîcheur et le piquant de la nouveauté ; prouvent à la fois, et la profonde impression du mérite de ce grand poëte, et l'intérêt qu'il inspire toujours aux habitans de Toulouse.

Et qu'on ne croie pas qu'il prodiguait et sa gaîté, et ses saillies, tel que ces êtres dégradés qui se dévouent, dans la société, à l'amusement de quiconque veut les gager ou les nourrir.

Godolin faisait sans doute les délices de ses amis. Là où il se trouvait, la joie était plus vive, la conversation plus animée, le rire plus éclatant. C'était un homme aimable, recherché par la meilleure compagnie, d'un caractère aussi facile que son esprit; qui se livrait à la société avec un aimable abandon, et néanmoins avec ces réserves de bienséance qu'observe toujours tout homme bien né, qui n'a pas perdu le sentiment de sa considération personnelle.

Le seul reproche qu'on eût pu lui faire ; mais La Fontaine le mérita aussi, est la négligence de ses affaires, une imprévoyance absolue de l'avenir, *mangeant son fonds après son revenu* ; comptant sur la Providence, ou, pour mieux dire, vivant à cet égard dans cette heureuse insouciance qu'il faudrait envier, si les suites n'en étaient pas quelquefois si cruelles.

La Fontaine comptait sur ses amis; Godolin comptait sur sa patrie : ils ne se trompèrent ni l'un ni l'autre. Le corps de bourgeoisie (1), qui devait le placer un jour dans la galerie des citoyens illustres, crut qu'en attendant, il devait être nourri aux dépens du trésor public.

Il conserva dans sa vieillesse toute la gaîté de son caractère appropriée aux convenances de son âge, et aux sentimens religieux dont il cherchait à se pénétrer aux approches de sa dernière heure. Affaibli par l'âge, il marchait pesamment appuyé sur un bâton, dans le cloître des Grands-Carmes, où il devait être enseveli. Vous frappez bien fort, lui dit un de ses amis : *c'est*

----

(1) On appelait ainsi le conseil de ville, composé des capitouls en exercice et de tous les anciens capitouls.

pour qu'on vienne m'ouvrir, répondit-il. Sa muse s'exerçait alors sur des sujets pieux, où il exprime le regret
de ses fautes. C'est en méditant sur la mort de l'Hom-
me-Dieu, qu'effrayé de sa justice, il se jette dans les
bras de sa miséricorde. Ces vers *pénitentiaux*, où il
s'accuse d'être le plus grand de tous les pécheurs, paraissent avoir fourni à Desbarreaux les idées principales
de son fameux sonnet. Il les termine par cette prière.

» O Dieu, qui êtes mort pour nous, ayez pitié de
» moi; qui dois mourir aussi, sans savoir à quelle
» heure; attirez dans votre sein mon ame pécheresse,
» tandis que mon corps ira dormir dans la triste de-
» meure du tombeau. »

C'est par là que je terminerai moi-même cet entretien, au moment où les chants de l'église vont appeler,
sur lui et sur nous, cette miséricorde divine qu'il im-
plorait avec tant de ferveur.

ELOGE

ÉLOGE

DE LOUIS XVI ET DE LOUIS XVII,
ROIS DE FRANCE,
PROTECTEURS DE L'ACADÉMIE;

*Prononcé par M. PINAUD, l'un des Mainteneurs,
dans la Séance publique du 19 Janvier 1815.*

» *Vous voyez ce peuple*, disait l'infortuné LOUIS XVI
»au religieux confident de ses dernières pensées, *un jour*
»*la vérité lui sera connue. Alors, et quand il aura re-*
»*couvré la liberté de se montrer juste, il pleurera ma*
»*perte et honorera ma mémoire....... Mais, hélas !*
»ajoutait douloureusement le père de ce peuple ingrat,
»*de longs malheurs le séparent encore de cette époque*
»*trop reculée* (1).

   »Avec quelle lente exactitude n'avons-nous pas vu
»s'accomplir ces prophétiques paroles ! Par quelle
»effroyable succession de calamités le Français n'a-t-il
»point été désabusé des illusions de la fausse liberté
»et des mensonges de la fausse grandeur ! Combien de
»fois, sous la hache sanglante de ses tribuns, sous le
»glaive plus meurtrier du dévastateur de l'Europe, ses
»vœux secrets n'ont-ils pas invoqué le sceptre paternel
»de la race vraiment royale ! Combien de fois ses lar-
»mes n'ont-elles point honoré la déchirante mémoire
»des deux Rois qu'enveloppa le tourbillon révolution-
»naire ! La liberté d'exprimer hautement de telles dou-
»leurs ne pouvait lui être laissée par les gouvernemens
»illégitimes qui en augmentaient de jour en jour l'amer-
»tume. Pour que les mânes révérés de LOUIS XVI et du
»jeune héritier de ses droits reçussent des hommages

---

(1) *Les notes sont à la fin de cet Éloge.*   D d

»publics, purs de toute profanation, il fallait que le
»cercle de nos malheurs fût entièrement parcouru; que
»la Providence, enfin appaisée, eût replacé ses véri-
»tables représentans à la tête d'un peuple redevenu di-
»gne de sa protection. Il fallait que le seul trône qui
»puisse prendre racine sur le sol français, réunît autour
»de lui les restes d'une Nation, immortelle sans doute,
»puisqu'elle survit à tant de désastres.

»Ce temps est venu; et l'Académie des Jeux Floraux,
»bien moins pour s'acquitter d'un antique usage, que
»pour obéir à ses plus chères affections, vient déposer
»son funèbre tribut sur la tombe des deux Rois dont
»elle déplore la perte.

PREMIÈRE PARTIE.

»Louis-Auguste de France, Duc de Berri, naquit
»le 23 août 1754, de Louis, Dauphin de France, et
»de Marie-Josephe de Saxe. Des préventions dont l'his-
»toire même répugne à indiquer les causes, fermèrent
»à Louis Dauphin l'accès des armées, le poursuivirent
»jusques dans les Conseils, et rendirent presque inutiles
»à la Monarchie des qualités qui en pouvaient être la
»sauvé-garde. Comblé de la gloire modeste et du bon-
»heur paisible des vertus domestiques, il en goûtait
»les douceurs dans l'union conjugale la mieux assortie,
»et dans l'éducation d'une famille digne de lui et de
»son auguste compagne, lorsque un trépas prématuré
»vint l'enlever à l'amour et aux espérances des Français.
»Cet événement qu'avait précédé la mort du Duc de
»Bourgogne, son premier fils, transmit au Duc de
»Berri, âgé de onze ans, le titre de Dauphin. On a
»conservé le souvenir des pieuses larmes que le jeune
»Prince ne cessait de verser sur le père et le frère dont il
»tenait la place. Pleurez sur vous-même, enfant mal-
»heureux, sur vous, pour qui la plus belle couronne de
»l'univers doit être le gage d'une infortune sans mesure.

»Le nouveau Dauphin se montra doué des plus pré-
»cieuses qualités. La bonté, la droiture, la passion de

»la justice formaient les traits distinctifs de son beau
»naturel, et se fortifiaient tous les jours en lui par les
»méditations et les exercices d'une piété parfaite. Une
»raison précoce, une rare pénétration, la plus heureuse
»mémoire, une application continue ornèrent bientôt
»son esprit d'une instruction solide et variée. Tout ce
»mérite se cachait, se perdait trop souvent sous les
»voiles de circonspection et de timidité dont les enve-
»loppait une excessive modestie. On admirait un défaut
»si rare et si généralement facile à corriger ; et l'on ne
»s'appercevait point qu'il préparait dans l'esprit du
»jeune Prince cette irrésolution, cette déférence extrême
»pour les idées d'autrui, qui furent dans la suite l'une
»des principales causes de ses malheurs.

»Vers le milieu de sa seizième année, un illustre
»mariage l'unit au sang de cette *Marie-Thérèse* dont
»les vertus royales fesaient l'admiration de son siècle.
»Belle, aimable, animant ses paroles et son maintien
»de grâces toujours nouvelles ; puisant dans son affa-
»bilité naturelle un désir de plaire, qui ne nuisait point
»à l'étonnante dignité de sa personne ; affectionnant
»les douceurs de la vie privée, et joignant aux qualités
»qui en font le charme celles qui distinguent les ames
»fortes, telle parut *Marie-Antoinette d'Autriche* auprès
»d'un époux qui ne lui préféra jamais que son Peuple.
»Lorsque, en se reportant aux premiers jours de leur
»union, on se souvient qu'au sein même des fêtes des-
»tinées à la célébrer, d'horribles sensations vinrent
»tout-à-coup détruire les plaisirs les plus purs qu'eus-
»sent goûtés leurs jeunes cœurs, lorsqu'on se représente
»le spectacle d'horreur et de mort qui prit si subitement
»à leurs yeux la place des plus riantes images de l'allé-
»gresse et de la félicité publique, une sombre tristesse
»s'empare de l'ame : on croit voir le destin désigner
»de sa main de fer les deux victimes que lui ont déjà
»livrées les décrets éternels. On voit dans la généreuse
»commisération des augustes époux, les efforts plus

»impuissans encore qu'ils opposeront un jour à des dé-
»sastres mille et mille fois plus funestes.

· »Cette sinistre perspective m'ôte la force de rappeler
»ici les années trop courtes que le Dauphin put consa-
»crer au bonheur de son hymen, aux délices de l'étude
»et à la pratique de toutes les vertus bienfesantes. Je
»m'abstiens de reproduire cette multitude de paroles et
»de faits remarquables qu'aucun Français n'ignore, et
»qui manifestaient déjà le caractère de justice et de bonté
»dont le jeune Prince offrit bientôt un si rare modèle.

»Il n'avait pas atteint sa vingtième année, lorsque
»la mort inopinée de Louis XV le plaça sur le trône.
»Cette élévation subite le pénétra d'un effroi qu'il ne
»put dissimuler. Son premier soin fut de chercher un
»guide parmi les hommes d'Etat dont on vantait le plus
»les lumières et la droiture. Il balança quelque temps
»entre M. *de Machault* et M. *de Maurepas* ; et l'on
»doit regretter, ce me semble, que les conseils de sa
»famille l'aient porté à préférer celui-ci (2). Cet habile
»courtisan, dont la frivolité est devenue célèbre, aurait
»peut-être, dans des temps ordinaires, compensé un si
»grave défaut par l'extrême facilité de son travail, et
»sa grande expérience des hommes et des affaires. Mais
»la pénétration qui fait prévoir les maux de l'Etat avant
»qu'ils éclatent, la sagacité qui en indique les préserva-
»tifs, sur-tout le zèle pur, l'amour du bien, la vigueur
»de caractère qui en font poursuivre opiniâtrément
»l'extirpation, ces qualités qu'exigeaient les circons-
»tances, et auxquelles rien ne pouvait suppléer, le
»comte de *Maurepas* en parut toujours dépourvu.

»Les causes des catastrophes dont nous avons été les
»témoins, existaient pour la plupart dès cette époque.
»Elles eurent sur le règne de LOUIS XVI, et sur sa
»destinée personnelle, une influence trop puissante,
»pour qu'il me soit permis de les passer sous silence.

· »Depuis que l'obéissance des Français ne reposait
»plus sur les trompeuses garanties de la féodalité, leur

»respect et leur amour pour la personne des Rois étaient
»le plus solide appui de la couronne. Ces sentimens
»s'étaient, pour ainsi dire, incorporés de bonne heure
»à leur caractère. Nés de l'espèce de pacte qui avait uni
»le pouvoir monarchique et le peuple contre les abus
»du régime féodal, ils avaient survécu à leur objet, et
»semblaient s'entretenir par l'heureuse analogie qui
»reproduisait sur la physionomie morale des Rois de
»France, l'expression embellie des qualités aimables
»et guerrières de leur nation.

»L'autorité royale atteignit son plus haut degré de
»puissance sous Louis XIV. Nul Souverain ne porta
»le sceptre avec plus de dignité, et ne sut l'entourer
»de plus de prestiges. Les premiers personnages de
»l'Etat s'honoraient, comme le peuple, de leur dé-
»vouement à ses volontés; et cette dispositon, loin d'être
»l'effet de leur abaissement ou de leur ignorance, écla-
»tait à une époque où les esprits, exaltés par tous les
»genres de gloire, s'enrichissaient de lumières jus-
»qu'alors inconnues.

»Mais ces lumières mêmes avaient fait naître une
»puissance qui devait être un jour la rivale du trône.
»Les Français, en s'éclairant, devenaient plus justes
»et sur-tout plus hardis appréciateurs des actes du pou-
»voir; leurs opinions plus raisonnées acquéraient plus
»de consistance, et se propageaient avec plus de force.
»A compter de cette époque, nul Monarque ne put
»commettre de grandes fautes, sans porter atteinte au
»respect et à l'amour de ses sujets. Aussi Louis XIV
»lui-même vit-il s'affaiblir sensiblement leur vénéra-
»tion par les guerres qui désolèrent ses dernières an-
»nées, et par la persécution dans laquelle il se laissa
»entraîner contre des erreurs qu'il n'appartient pas à
»l'homme de punir.

»La trop fameuse régence fut une conspiration ou-
»verte contre les mœurs et l'ordre public, par consé-
»quent, contre l'autorité suprême.

D d 3

»Louis XV la réhabilita en la confiant au Cardinal
»de *Fleury*; mais ce sage vieillard fut plutôt régent
»que ministre. Comment oublier d'ailleurs en quelles
»mains tomba successivement après lui l'empire absolu
»qu'il avait exercé sur l'esprit de son maître ? Si la
»gloire de ce dernier et celle de la France avaient ob-
»tenu du Cardinal les soins qu'il donnait à son propre
»crédit, il aurait employé l'ascendant de son grand âge
»et de son habileté à combattre les penchans voluptueux
»et l'insouciance de Louis XV; et ce Prince aurait
»acquis, sans doute, une virilité morale, dont on put
»voir seulement que la nature ne lui avait point refusé
»les facultés.

»Sous son règne se manifestèrent avec éclat les vices
»du seul moyen d'opposition que les Rois de France
»eussent à redouter dans l'usage ou l'abus de leur auto-
»rité législative. Des compagnies de magistrats, insti-
»tuées pour juger les querelles des particuliers, deve-
»naient tout-à-coup des corps politiques et s'associaient,
»par une concession ou un refus d'enregistrement, au
»premier attribut de la souveraineté, celui de faire les
»lois. Cette prérogative qui n'avait été d'abord qu'une
»prétention et dont l'usage paraissait avoir fait un droit,
»était tantôt reconnue, tantôt contestée par le Monar-
»que; et lorsque elle provoquait entre lui et ces com-
»pagnies une lutte relative à des édits qu'il ne voulait
»ou ne pouvait pas abandonner, elle fesait naître des
»actes d'autorité presque toujours scandaleux, parce
»qu'ils entraînaient ordinairement l'interruption du ser-
»vice le plus essentiel à l'ordre public, celui de la justice.

»Ce grave inconvénient qui s'était plusieurs fois re-
»produit sous Louis XV (3) avait donné lieu, dans ses
»dernières années, à la suppression des Parlemens. Mais
»cet acte de vigueur avait paru mécontenter la Nation,
»soit qu'elle eût approuvé les causes de l'opposition
»parlementaire, soit plutôt qu'une opposition quelcon-
»que flattât les sentimens qui déjà se développaient en

»elle de manière à frapper de crainte tous les hommes
»prévoyans.

   »En effet, ce fut encore sous Louis XV que s'opéra
»dans les esprits une révolution qu'on peut regarder
»comme une véritable décomposition du caractère na-
»tional. Des écrivains doués de talens, de connaissances
»et d'ardeur avaient conservé à la littérature française
»la haute considération dont elle jouissait, depuis le
»grand siècle, dans l'Europe savante. Mais désespérant
»d'atteindre leurs devanciers dans les voies brillantes de
»l'imagination, ils affectèrent une gloire plus ambitieuse
»et moins pure. Toutes les notions dont l'esprit humain
»peut se proposer la recherche et toutes celles que d'ir-
»révocables décrets ont interdites à sa faiblesse dans la
»nature de l'homme, l'examen de ses facultés, l'origine
»et les formes constitutives des sociétés politiques devin-
»rent la matière des méditations et des écrits de nos
»gens de lettres. Exaltés par l'objet de leurs travaux,
»forts de leur nombre, de leur audace, de la curiosité
»et des passions qu'ils excitaient, ils le furent bientôt
»de leurs succès, de leur crédit, et d'une sorte d'envahis-
»sement anticipé de l'autorité publique, dont ils se
»frayaient visiblement les routes. L'extrême diversité de
»leurs systèmes en manifestait les vices, et semblait de-
»voir en atténuer les dangers : mais un fatal acharne-
»nement les réunissait contre la religion et le gouverne-
»ment de l'Etat.

   »Eh ! quel était le peuple que ces artisans de troubles
»s'obstinaient à dégager du frein de ses lois, de ses
»croyances et de ses affections politiques ? celui de tous
»à qui ces garanties de l'ordre social étaient le plus
»nécessaires ; celui que son caractère passionné, son
»impétuosité, sa fougue, sa tendance rapide aux excès,
»devaient rendre aussi redoutable à lui-même dans les

»déchiremens intérieurs de l'anarchie qu'il l'est à ses
»ennemis dans les luttes sanglantes des nations. Le long
»règne de Louis XV et les deux guerres insignifiantes
»qui en varièrent à peine la monotonie avaient trop
»faiblement exercé cette inquiétude, cette surabondance
»de vie dont le Français semble tourmenté et qui fut
»successivement alimentée ou comprimée dans les âges
»précédens par le tumulte de la féodalité, les fureurs
»des guerres civiles, l'enthousiasme des croisades et
»l'orgueil des conquêtes. Des philosophes se chargèrent
»d'irriter et de tourner contre la France elle-même des
»dispositions qu'il leur eût appartenu de régler et de
»diriger, s'il était possible, vers son bien-être.

»Enfin aux symptômes généraux de désorganisation
»qui viennent d'être indiqués, à ce choc déjà bruyant
»des mœurs et des usages, des opinions et des institutions
»se joignaient les difficultés qui tenaient plus immédia-
»tement au caractère ou aux actes du règne précédent :
»une cour corrompue par trente ans de scandales ; une
»armée qu'humiliaient également les souvenirs de la
»guerre et les conditions de la paix, des ministres et des
»tribunaux réprouvés par l'opinion ; le trésor grevé d'une
»dette énorme, dépouillé de tout crédit par des défections
»honteuses. Dans de telles conjonctures il était presque
»également dangereux d'opérer des réformes et de s'en
»abstenir. Si les atteintes déjà portées à la Monarchie,
»si la vétusté de certaines parties de l'édifice devaient
»faire craindre la catastrophe d'un écroulement sponta-
»née, on ne devait pas moins redouter les réparations
»que des mains inhabiles tenteraient d'exécuter, avant
»d'en avoir sagement combiné les moyens et calculé les
»effets.

»Je pourrais, sans cesser d'avoir à louer un grand Prin-
»ce, reconnaître que de telles circonstances excédaient

»la capacité personnelle du jeune Roi. Mais plus on étu-
»die ce règne, plus on se convainc, que personne n'appré-
»cia mieux que Louis XVI les difficultés contre lesquel-
»les les rigueurs du sort le condamnaient à lutter. Trop
»heureux ses sujets, si la merveilleuse rectitude de son
»esprit et l'inaltérable pureté de ses intentions n'avaient
»été sans cesse contrariées par les desseins, tantôt perfides,
»tantôt purement fautifs de ceux que les lois de l'Etat,
»l'opinion publique ou sa propre confiance lui désignè-
»rent successivement comme les appuis de sa cou-
»ronne.

»Après avoir composé son ministère d'hommes uni-
»versellement estimés, il soumit à leurs débats l'im-
»portante question du rappel des Parlemens. Ces grands
»corps avaient cessé d'exister depuis près de quatre ans.
»Les compagnies qui les avaient remplacés n'étaient
»point parvenues à se concilier la faveur publique; mais
»le nouveau Roi n'aurait pas travaillé sans succès à
»consolider leur existence : leurs attributions ne pouvaient
»faire obstacle aux siennes ; et sur ce seul objet peut-
»être, Louis XV paraissait avoir pourvu au repos de
»son successeur.

»Sans embrasser un avenir fort étendu, les ministres
»pouvaient prévoir que l'importance de la dette publique
»exigerait bientôt un accroissement dans les ressources
»annuelles de l'Etat. Rétablir les Parlemens dans de
»telles circonstances, c'était subordonner à leurs volon-
»tés cette augmentation indispensable des revenus pu-
»blics ou préparer le scandale et le danger de nouvelles
»luttes entre eux et le Monarque : et s'il était naturel
»à un Roi de vingt ans de compter sur la reconnais-
»sance de ces corps pour les avoir rétablis, il eût été
»sage à des hommes d'Etat de redouter leur ressenti-
»ment contre une autorité qui les avait si facilement

»supprimés. Deux ministres très-recommandables, M.
»le maréchal *du Muy* et M. *Turgot* conçurent ces
»craintes et se déclarèrent avec force contre le rappel.
»Mais la majorité du conseil, et particulièrement le
»Comte de *Maurepas* décidèrent le Roi pour l'avis con-
»traire, qui s'accordait à la fois avec les vœux publics
»et avec le caractère de bienfesance auquel LOUIS devait
»si souvent et si malheureusement immoler son auto-
»rité.

»Dès la seconde année de ce règne, l'opposition
»qu'avait pressentie M. *Turgot* se manifesta au sujet de
»quelques édits qu'il avait proposés : il y essayait par-
»tiellement les principales innovations qu'il avait dessein
»d'opérer, telles que la libre circulation des grains dans
»l'intérieur du royaume, la suppression des corvées,
»l'abolition des priviléges en matière d'impôts, l'anéan-
»tissement des maîtrises et jurandes. Le Roi fut obligé
»de recourir à la formalité d'un lit de justice pour les
»faire enregistrer, et cette extrêmité l'affecta vivement.
»La contrariété qu'il en éprouva, l'abus qu'on ne craignit
»point de faire de quelques émeutes dont la circulation
»des bleds avait été le prétexte, les alarmes réelles ou
»feintes de la Cour, les insinuations malignes de M. de
»*Maurepas*, tout se réunit contre *Turgot*; il fut dis-
»gracié. Son successeur abandonna ouvertement ses idées;
»on alla même jusqu'à obtenir la révocation des édits
»qu'il avait fait rendre. Et cependant quelques unes de ces
»réformes successivement admises et révoquées furent
»reproduites, quelques années après, par un autre mi-
»nistre de LOUIS XVI.

»Il est difficile de retracer les faits principaux de la
»vie de ce Prince sans avoir à déplorer la mobilité d'es-
»prit dont il se montra souvent susceptible. Dès qu'on
»eut éprouvé qu'il suffisait, pour attaquer avec succès

»ses propres volontés, de lui persuader que le bien
»public en exigeait le sacrifice., on se fit une tâche d'a-
»buser de cette respectable facilité de caractère. Les
»courtisans s'appliquèrent sur-tout à placer et déplacer
»les ministres au gré de leurs vues personnelles. Ils par-
»vinrent ainsi à rendre plus graves et plus sensibles les
»difficultés de l'administration, dans les circonstances
»même où il importait le plus de les atténuer et d'en
»déguiser les apparences.

»Mais les variations que ces divers ministres impri-
»mèrent à la marche des affaires, n'empêchaient point
»que la bienfesance et l'utilité publique ne fussent cons-
»tamment l'objet des actes de l'autorité suprême et n'en
»fissent aux yeux des peuples autant de témoignages des
»lumières et de la bonté du Roi. Si les bornes qui me
»sont prescrites me permettaient d'envisager mon sujet
»dans toute son étendue, je croirais, Messieurs, de-
»voir fixer votre attention sur chacune des lois, des
»institutions, des entreprises qui signalèrent les quinze
»premières années du règne de LOUIS XVI. Nous
»ne verrions point sans de profondes impressions de
»respect ce jeune Roi, se hâtant de retrancher soit
»des revenus publics, soit de ses revenus personnels
»ceux qui prenaient leur source ou dans des causes que
»repoussait un sentiment délicat des convenances royales,
»comme le droit de joyeux avénement ; ou dans des
»principes dépourvus de justice et de générosité, comme
»le droit d'aubaine ; ou dans une origine aumoins
»suspecte de barbarie, comme la servitude et les droits
»de main-morte. Nous applaudirions à l'établissement
»de ces assemblées provinciales où la répartition des.
»impôts recevait des contribuables eux-mêmes le plus
»haut degré possible de sagesse et d'équité. Nous bé-
»nirions la proscription de cet usage honteux de la tor-
»ture, prodige de déraison et d'insensibilité, que

»l'ignorance avait osé placer sous la sauve-garde de la
»justice , et qui , depuis des siècles , confondait les
»moyens de rechercher le crime et ceux de le punir.
»L'amélioration du sort des Juifs, l'admission des non-
»catholiques à la jouissance de l'état civil, nous feraient
»admirer l'union touchante du plus saint attachement
»aux vérités religieuses, et d'une affection toute pater-
»nelle pour ceux qui avaient le malheur de n'en être
»point éclairés. Nous reconnaitrions la tendre prédilec-
»tion de LOUIS pour l'infortune dans les heureux change-
»mens qu'il fit subir au régime intérieur des hôpitaux et
»des prisons, dans les nombreux atteliers de charité qu'il
»ouvrit à l'indigent, dans les distributions de secours que
»sa munificence organisait partout où il voyait des désas-
»tres à réparer. De vastes marais desséchés et livrés à la
»culture, quatre provinces enrichies de canaux, le plus
»majestueux des palais recevant, dans une sorte d'apo-
»théose, les images révérées des français célèbres nous
»offriraient, sous d'autres points de vue, le même carac-
»tère d'utilité publique. Nous aimerions aussi, infortuné
»*la Pérouse*, illustre victime d'un zèle héroïque, à rappe-
»ler l'attendrissement et la surprise reconnaissante dont
»tu fus pénétré, lorsque, après avoir reçu de ce Prince
»les plans que sa savante prévoyance avait conçus pour
»la gloire et la sûreté de ton entreprise, tu l'entendis,
»plus admirable mille fois par ses sentimens que par ses
»rares lumières, solliciter ton humanité en faveur des peu-
»plades encore inconnues dont la découverte paraissait
»réservée à tes recherches, et te répéter dans la sublime
»ardeur d'une bienveillance universelle : *Que le nom*
»*français soit béni par des peuples nouveaux. Répandez*
»*chez eux les avantages de la civilisation, et faites qu'ils*
»*en ignorent les vices, aussi bien que les inventions qui*
»*en sont l'aliment.*
»Au milieu de tant de soins qui suffiraient à l'illus-

»tration d'un long règne de paix, LOUIS, convaincu
»que la gloire des Français est un élément nécessaire de
»leur bonheur, se montrait jaloux de les replacer au
»rang qui leur appartient dans la carrière des armes.
»Sûre d'obéir à des chefs élevés par leur mérite, l'armée
»reprit à ses propres yeux une considération qui était
»le gage certain de celle que devaient bientôt lui rendre
»les étrangers. Nos côtes défendues par deux nouveaux
»ports virent, comme par enchantement, la ceinture
»maritime de la France, se hérisser de flottes redoutables.
»Nos finances même offrirent, pendant plusieurs années,
»tous les symptômes d'un état prospère. Enfin l'esprit
»public participait à tant d'amélioration : les mœurs, de
»jour en jour moins frivoles, étaient aussi moins cor-
»rompues. Animé de cet esprit d'imitation qui le rend
»susceptible de sentimens dont la vivacité s'accroît par
»leur expansion même et leur soudaineté, le Français
»semblait vouloir s'approprier les vertus de son Roi; il
»s'attachait sur-tout à en imiter la bienfesance : en un
»mot, quelque effrayant contraste que forme cette vérité
»avec des événemens qui étaient dès-lors si prochains,
»la France était heureuse et se plaisait à joindre aux
»témoignages de ce bonheur, ceux de son amour pour
»le Monarque. S'il existait déjà, comme on est trop
»fondé à le croire, des hommes assez pervers pour désirer
»de rompre cette union du peuple et du trône, ils durent
»quelque temps désespérer de voir leur dessein s'accom-
»plir sous un tel règne.

»Il faut pourtant le dire; ni le bonheur de la Nation,
»ni son amour pour son Roi ne purent affaiblir ce désir
»effréné de réformes, qui avait fait de si grands progrès
»avant l'avénement de LOUIS XVI. Une confiance dé-
»sordonnée dans les prétendues lumières de la philoso-
»phie moderne, un mépris superbe des institutions
»qu'elle osait proscrire, d'opiniâtres espérances de per-

»fectionnement, un dégoût général de la condition que
»chacun tenait de sa naissance et des lois, des semences
»de division et de haine entre les divers ordres de la
»Nation, sur-tout une coupable indifférence pour les
»vérités et les pratiques religieuses détruisaient de jour
»en jour le ciment de l'organisation politique et tendaient
»à en désunir les parties principales. Par une fatalité
»à peine concevable, les individus et les Corps les plus
»intéressés au maintien de l'ordre établi lui portaient
»aussi leurs atteintes. Les organes mêmes de l'autorité
»souveraine ne cessaient de faire considérer les maux
»de l'Etat comme un effet des usages et des lois en
»vigueur, et de présenter les changemens qu'elle effec-
»tuait comme une anticipation sur des changemens plus
»importans et aussi nécessaires. L'auteur du célèbre
»*Compte rendu* et de *l'Administration des finances* eut
»sur-tout à se reprocher l'imprudence de ces censures
»et de ces provocations auxquelles ses talens, ses fonc-
»tions et son immense crédit donnaient une force
»presque magique. Mais on n'ignore point que des per-
»sonnages dont il est impossible de soupçonner les in-
»tentions, contribuèrent par le même moyen au perver-
»tissement des idées publiques. Tel fut *Turgot*; tel fut
»même son collègue et son ami, M. *de Malesherbes*,
»dont la mémoire mériterait nos hommages, quand elle
»n'aurait point reçu la consécration du malheur. Quelle
»époque que celle où l'on put, sans injustice, accuser
»des hommes si éclairés et si purs d'avoir secondé les
»mauvaises destinées de leur Roi, par les efforts même
»qu'ils mirent en usage pour mieux répondre à sa con-
»fiance.

»Les difficultés de ces temps perfides paraissent dans
»tout leur jour, lorsqu'on examine les motifs qui déter-
»minèrent la guerre d'Amérique, et les tristes fruits que
»la France en a retirés.

»Ceux qui se représenteront avec fidélité la situation
»des esprits à l'époque de l'insurrection Américaine,
»conviendront que si LOUIS XVI avait contrarié les vœux
»qui portaient la Nation vers cette guerre, on l'aurait
»accusé de conspirer avec les Anglais contre lui-même,
»de renoncer honteusement à une rivalité que l'ardeur
»de ses sujets et la faveur des circonstances lui fournis-
»saient les moyens de soutenir avec honneur. Nos po-
»litiques regretteraient encore peut-être cette occasion
»d'exciter et de réunir contre la Grande-Bretagne les
»gouvernemens qu'indisposait déjà son despotisme ma-
»ritime.

»Après avoir long-temps résisté à ces motifs et à
»l'opinion publique, LOUIS entreprit la guerre. Des
»succès éclatans rappelèrent aux Français que la vic-
»toire pouvait aussi les suivre sur les mers. Les noms des
»*Suffren*, des *Guichen*, des *Lamothe-Piquet* vinrent
»s'unir à ceux des *Tourville*, des *Duquesne*, des *Duguay-
»Trouin*. Les côtes d'Afrique, l'océan des Indes, l'ar-
»chipel des Antilles, reconnurent les enfans de la gloire
»et de l'honneur. L'Amérique affranchie proclama
»tout-à-la fois son indépendance et la bravoure des
»légions Françaises qui avaient si puissamment contribué
»à l'établir : nos colonies s'accrurent; la Hollande fut
»vengée; *Dunkerque* vit finir les jours de son humiliation.

»Certes le Monarque à qui la France dut ces événe-
»mens, semblerait fournir à son historien des jours glo-
»rieux à célébrer. Il n'en est pas ainsi du plus infortuné
»des Princes. En retraçant cette époque de sa vie, on
»se représente déjà la moisson empoisonnée que devaient
»produire sur le sol français les semences recueillies avec
»un enthousiasme si confiant sur les terres vierges de
»l'Amérique. Comme ces reflux orageux de la mer, qui
»remontant le cours des fleuves, viennent dans leur lit
»envahi, souiller des eaux qui avaient coulé pures et

»tranquilles , ainsi la révolution remonte vers les évé-
»nemens qui en sont la source , et les infecte de ses
»poisons. La dette publique grossie de douze cents
»millions , et préparant les funestes débats d'où de-
»vaient naître les États-généraux ; les frères d'armes de
» *Wasinghton* rapportant au centre de la vieille Europe ,
»au milieu d'une population pressée, inflammable, en-
»tourée de vingt États civilisés, la passion de cette liberté
»qu'ils avaient vu s'établir avec un calme trompeur chez
»les peuples rares , flegmatiques et isolés des États-
»Unis , tels sont les faits qui assiégent et absorbent la
»pensée , au souvenir de cette mémorable guerre.

»L'idée des approches de la révolution se lie avec plus
»de force encore à la mémoire des trois Ministres qui
»gouvernèrent les finances avant l'explosion de l'in-
»cendie.

»J'ai déjà mentionné celui d'entr'eux que les ressen-
»timens du malheur ont le moins épargné. Demeuré
»plus long-temps au timon des affaires , il a fourni plus
»de prise aux accusations. Ses triomphes populaires ,
»l'ardeur jusqu'alors inconnue qu'il mit à les recher-
»cher , l'étonnante vogue de ses écrits , et la reconnais-
»sance que lui témoignèrent les principaux auteurs de
»nos troubles, ont envenimé les inculpations dont il est
»l'objet. Elles ont presque fait oublier les fautes plus
»choquantes du Ministre dissipateur qui convoqua si
»témérairement les Notables, et du Ministre inhabile
»dont tous les actes semblèrent avoir pour but de com-
»promettre l'autorité de son Roi.

»Je ne rappelerai ni les causes immédiates, ni les pre-
»miers actes de la frénésie de rebellion qui éclata sous
»ce désastreux ministère. La contagion parut atteindre
»à-la-fois toutes les têtes. Ici la Noblesse, là les états
»d'une province, dans cette ville quelques magistrats ,
»dans une autre des associations ouvertement formées

contre

»contre l'autorité royale , semblaient se disputer le sé-
»ditieux honneur de la désobéissance. On put recon-
»naître dès-lors cette inconcevable faculté du Peuple
»de s'enflammer pour des opinions qu'il n'entend point,
»qu'il ne cherche point à entendre , et auxquelles son
»aveuglement même ne peut trouver que de faibles
»rapports avec ses intérêts.

»Mais ce qui achève de jetter de l'amertume sur les
»souvenirs de cette malheureuse époque , c'est d'avoir à
»placer parmi les auteurs ou les premiers instrumens
»d'une commotion qui devait renverser la Monarchie ,
»ceux-là même dont les intérêts et les affections étaient
»le plus intimement liés à cet ordre de choses.

»Le Parlement de Paris sous les yeux de qui se mani-
»festaient tous les symptômes de l'effervescence publique,
»à qui tout l'avenir se révélait chaque jour dans le spec-
»tacle de ses propres séances, qui avait vu l'assemblée
»des Notables effrayer la Cour par l'emportement et
»l'indiscrétion de ses orateurs, (4) le Parlement de Paris
»démentant tout-à-coup les principes dont lui-même
»avait formé jusqu'alors les premiers titres de son exis-
»tence politique , proclama solennellement son incom-
»pétence pour l'enregistrement des Edits relatifs aux
»impôts, et déclara que les Etats-Généraux de la Nation
»avaient seuls le droit de les consentir.

»Dès ce moment , la Révolution fut faite : l'antre des
»discordes civiles fut irrévocablement ouvert : les nova-
»teurs eurent un but commun et fixe. Toutes les erreurs,
»toutes les chimères , toutes les ambitions généreuses
»et criminelles vinrent s'y rallier.

»Le mode d'organisation des Etats-Généraux restait
»à déterminer. L'Archevêque de Sens, M. *Necker* rede-
»venu Ministre et le Parlement de Paris lui-même (5)
»contribuèrent, par des moyens différens, à le faire ré-
»gler de manière à assurer la prééminence au parti ré-
»volutionnaire. On n'eut aucune peine à obtenir du Roi

E e

»cette imprudente innovation. Sa bonté le fesait incliner
»vers les idées populaires ; et après avoir été, toute sa
»vie, le bienfaiteur de son peuple, il devait être le der-
»nier à prévoir l'abus que les représentans de ce même
»Peuple allaient faire contre lui du pouvoir dont il
»consentait à les investir.

»Cet abus commença avec les Etats-Généraux. Mais
»que dis-je ? Elle n'eut pas un seul jour d'existence cette
»antique institution que tant de transports avaient
»signalée comme l'objet de tous les vœux, de toutes les
»espérances, de tout l'orgueil des Français. Ce fut pour
»en méconnaître les élémens essentiels, pour en détruire
»les formes constitutives, en excéder violemment les
»attributions, que les députés de l'un des trois ordres,
»le considérant désormais comme le seul, se déclarèrent
»*Assemblée Nationale*, et se disposèrent à procéder
»comme formant l'ensemble du Corps dont ils n'étaient
»qu'une partie.

»De son côté, enfin éclairé sur les fautes ou les per-
»fidies de ses conseils, désabusé trop tard de ses illusions,
»LOUIS vint, au milieu des députés des trois ordres,
»tenir sa célèbre séance Royale. Il leur enjoignit de dé-
»libérer séparément et développa les réformes qu'il avait
»résolu d'accorder au bonheur et à la liberté de son
»Peuple. Elles renfermaient tous les changemens qui
»importaient réellement à la Nation, et qui pouvaient en
»assurer le bien-être sans compromettre la stabilité du
»trône. Des députés dignes de leur mandat les auraient
»acceptés avec transport, heureux de borner leurs
»travaux au soin d'y ajouter quelques conséquences
»omises, quelques garanties négligées. (6) Mais qu'était
»le bonheur, qu'étaient les vils avantages de la liberté
»personnelle, de l'égalité des contributions, de la jouis-
»sance des droits civils, de l'administration paternelle
»des Etats provinciaux, auprès des brillantes préroga-
»tives d'égalité politique et de souveraineté dont la

»Nation entière allait être dotée par ses législateurs ?
» Ces vues sublimes l'emportèrent sans combat sur des
»considérations qui n'avaient pour elles que le devoir,
»la raison et l'humanité.

»On a beaucoup répété que Louis, à cette époque,
»aurait dû dissoudre l'assemblée, s'assurer de ses mem-
»bres les plus factieux et donner effet à la déclaration
»de sa séance royale. Il est au moins douteux qu'un
»pareil moyen eût été employé avec succès; mais ce qu'il
»est affreux de dire, c'est que si le Roi en eût fait la
»tentative et qu'elle eût réussi, on aurait vu cette géné-
»ration insensée lui prodiguer les témoignages de son
»aversion en échange des bienfaits qu'il aurait versés sur
»elle. Après avoir fait le seul effort qui fût compatible
»avec la douceur de son caractère, il se soumit à la néces-
»sité : lui-même ordonna la réunion des trois Ordres en
»un seul Corps qui garda le nom d'*Assemblée Nationale*.

»Le parti vainqueur célébra sa désobéissance comme
»une victoire remportée sur le despotisme. Elle était le
»gage infaillible de celui qu'allait exercer cette Assemblée,
»qui s'attribuait une autorité sans limites, et ne savait
»pas même en assujettir l'action à quelque mesure.

»Les précautions qu'elle négligeait contre elle-même,
»de sinistres événemens l'avertissaient chaque jour et
»l'avertissaient en vain de les prendre contre un Peuple
»déjà livré à tous les excès de la licence. Sur tous les
»points du sol français, une population égarée incendiait
»les châteaux, forçait les prisons, violait les dépôts pu-
»blics et versait le sang des particuliers. Trois millions
»de Français subitement organisés en gardes nationales
»étaient les témoins armés de ces désastres.

»Un plus horrible attentat convainquit l'Europe que,
»ceux qui dirigeaient tant de désordres étaient bien plus
»les ennemis du Roi que les amis de la liberté des
»Peuples.

»Ce n'était point assez pour les factieux qui tenaient

»les rênes sanglantes de la révolution d'avoir rassemblé
»à Paris la lie des malfaiteurs, de les accoutumer au
»meurtre, d'en avoir fait une armée toujours prête à
»protéger leurs entreprises contre le trône : il fallait
»encore que l'œuvre de la régénération Française, la
»méditation de nos lois constitutionnelles et les com-
»munications du Roi et des législateurs eussent lieu sous
»l'influence de cette impure populace.... En un instant,
»plusieurs milliers de séditieux sont rassemblés ; ils for-
»cent l'hôtel de ville, s'emparent des armes qui y sont
»déposées, entraînent dans leur marche la foule que
»ce tumulte a réunie sur leur passage ; et dans l'épou-
»vantable appareil d'un peuple en révolte, au milieu
»des chants de mort dont la révolution a fait l'expression
»de leur joie comme de leur fureur, ils se dirigent vers
»la ville Royale. Avant tout, ils osent porter leur hom-
»mage à l'Assemblée. Il est remarquable qu'elle s'occu-
»pait, en ce moment, de la célèbre déclaration des
»droits de l'homme, et se plaignait que Louis XVI
»différât de lui en adresser l'acceptation pure et simple :
»tant lui paraissait urgente la proclamation de ces pré-
»rogatives mensongères qui devaient donner au Peuple
»de si fausses idées de lui-même et de ses droits !

»Cependant les bandes homicides entourent le châ-
»teau et le font retentir de leurs imprécations contre
»l'auguste famille. Les premiers sentimens du Roi, ses
»premières paroles sont pour les furieux qui viennent
»l'outrager. Il défend à ses gardes de faire usage de leurs
»armes sans la nécessité la plus absolue. Mais l'audace
»des assaillans trahit ces généreuses précautions. Des
»coups de feu se font entendre, le sang coule ; et si la
»nuit n'avait mis fin à cette scène d'horreur, la demeure
»des Rois devenait un théâtre de carnage.

»Des troupes enfin arrivées de Paris avaient rétabli
»le calme dans le palais. Le dévouement lui-même
»s'abandonnait à la sécurité : mais des monstres veillaient

»et se préparaient au plus affreux des crimes. Avant le
»jour, ils s'introduisent dans l'intérieur du château, se
»dirigent vers les appartemens, et arrivés à la porte même
»qui les séparait de l'auguste épouse du Monarque, ils
»en forcent l'entrée en poussant des cris de mort.....
»Illustres et dignes gardiens du plus précieux dépôt,
»*Miomandre Sainte-Marie*, *Durepaire*, *Deshuttes*,
»*Varicourt*, que la reconnaissance des Français consacre
»à jamais vos noms (7) ! Sans l'héroïque rempart que
»vos corps opposèrent aux meurtriers, le sang de la
»magnanime fille de *Marie-Thérèse* coulait sous leurs
»viles mains : d'obscurs scélérats souillaient le palais de
»nos Rois de l'éternelle horreur d'un attentat sacrilége...
»Ce fut à la suite de leur infâme troupe, que LOUIS
»et cette noble Reine se virent contraints de marcher.
»L'asile de leurs assassins impunis sera désormais le
»séjour forcé de ces royales victimes.

»Ici, Messieurs, va commencer la seconde époque de
»la vie de LOUIS XVI. Désormais captif de ses sujets,
»il ne lui reste de la royauté que ses droits qu'on lui
»ravit tous les jours, et son titre que les conspirateurs
»veulent bien lui laisser encore. O éternel désespoir des
»cœurs Français ! O intarisssable sujet de désolantes
»méditations ! Le voilà donc ce Peuple si épris de ses
»propres lumières, si témérairement enorgueilli des
»grands exemples qu'il se proposait de donner au monde !
»La voilà cette Assemblée, cette élite d'une Nation que
»le plus généreux enthousiasme semblait diriger vers une
»liberté sage, modérée, compatible avec l'antique hon-
»neur National ! Cinq mois sont à peine écoulés depuis
»le jour de sa réunion; et déjà tous les élémens de l'ordre
»public sont confondus ; déjà toutes les espérances de
»bonheur et de liberté s'éteignent dans l'ame des hom-
»mes de bien ou se transportent dans un avenir de jour
»en jour plus douteux et plus reculé !

SECONDE PARTIE.

»Si un pouvoir surnaturel avait imposé comme une
»loi suprême à l'Assemblée constituante cette maxime
»de l'immortel *Montesquieu, il n'appartient de proposer*
»*des changemens qu'à ceux qui sont assez heureusement*
»*nés pour pénétrer d'un coup de génie toute la constitu-*
»*tion d'un Etat,* (8) la France n'aurait point connu ce
»régime constitutionnel de 1791, rapide avant-coureur
»et gage infaillible de l'anarchie républicaine qui en
»fut la suite ; les antiques lois de la Monarchie , amé-
»liorées par la déclaration du 23 Juin , auraient formé
»notre code politique ; et quatre millions d'hommes
»immolés à la plus désastreuse expérience dont le genre
»humain ait été l'objet vivraient encore.

»Louis XVI ne doit aucun compte à la postérité de
»ces déplorables essais législatifs qui triomphèrent en
»naissant de tous les efforts de sa prudence , et dont il
»fut la principale victime. L'Assemblée constituante avec
»ses clubs, ses journaux, ses tribunes, l'insubordination
»qu'elle entretenait dans l'armée, l'impunité qu'elle as-
»surait aux agitateurs du peuple, l'action toujours
»croissante de ses principes et de ses lois , eut bientôt
»établi sa prééminence usurpée, et renforcé son pouvoir
»de tout celui qu'elle retranchait à l'autorité royale. Les
»tentatives du Monarque sur la raison et la fidélité de
»ses présomptueux collaborateurs avaient constamment
»échoué. Des moyens de force auraient été le signal d'une
»guerre civile. Résolu à tout souffrir pour conjurer ce
»fléau , le Roi n'avait plus de résistance à opposer : il
»devait seulement désirer de prévenir par la manifesta-
»tion authentique de ses sentimens le reproche d'avoir
»coopéré aux malheurs que préparait à ses peuples l'im-
»prudence obstinée de leurs nouveaux maîtres.

»Etait-ce dans ce dessein que Louis , après deux ans

»de captivité, tenta d'abandonner le palais qui lui avait
»été donné pour prison ? Voulait-il connaître par lui-
»même les dispositions de son armée ? se proposait-il de
»confier à des mains sûres les jours de la Reine et de
»ses enfans ? Ne songeait-il enfin qu'à mesurer avec
»plus de certitude le degré d'oppression dont il était
»l'objet ? Tous ces motifs entraient peut-être dans ses
»vues. Mais c'est en vain qu'il repousse le calice dont il
»doit épuiser l'amertume. Arrivé au terme de son voyage,
»ayant presque sous les yeux la ville Française qui devait
»lui servir d'asile et de sauve-garde, quelques individus
»le reconnaissent et ne craignent point d'arrêter leur
»Roi. Les braves dont il est entouré sont prêts à le
»venger de cette agression : leurs bras sont levés ; ils
»sollicitent les ordres... mais au moment de voir des
»Français en venir aux mains, le meilleur des Princes
»oublie ses projets, sa sûreté, sa famille : *Retournons,*
»*s'écrie-t-il, si je ne puis avancer, sans causer la perte*
»*d'un seul homme.* Il exige de ses serviteurs le sacrifice
»de leur dévouement et se résout à rentrer sous la domi-
»nation de ses ennemis.

   »L'Assemblée constituante n'abusa point de cet évé-
»nement autant que l'extrême détérioration de l'esprit
»public aurait pu le lui permettre. De tous les points
»du Royaume, on se hâta de promettre une entière
»obéissance au régime qu'elle jugerait convenable de
»prescrire. Elle reçut avec une orgueilleuse satisfaction
»des hommages qu'un zèle plus pur et plus éclairé lui
»aurait fait envisager avec effroi, puisqu'ils étaient la
»preuve qu'une grande partie de la Nation devenait
»étrangère au sentiment le plus nécessaire à son bien-être.
»Elle osa suspendre le pouvoir de Louis XVI jusqu'à
»la rédaction définitive de l'acte constitutionnel.

   »Cet acte fut bientôt présenté au Roi. Ce n'était, en
»réalité, qu'une continuation maladroitement mitigée
»de la suspension de l'autorité royale. Louis XVI crut

E e 4

»néanmoins devoir l'accepter. Il parut espérer de la
»raison de ses Peuples et sur-tout de leur propre intérêt
»les changemens dont l'expérience ferait bientôt sentir
»la nécessité. Les constituans mirent fin à leur session ;
»et l'assemblée législative fut appelée à présider, pendant
»deux ans, aux heureuses destinées que ses prédécesseurs
»déclarèrent avoir garanties à la France pour une longue
»suite de siècles. Les imprudens ! Ils se vantaient d'avoir
»sagement balancé ce qu'ils appelaient les droits respec-
»tifs du Roi et du peuple ; et leurs institutions démo-
»cratiques étaient inconciliables non-seulement avec les
»prérogatives essentielles de la Royauté, mais avec les
»simples droits sociaux les plus nécessaires à la sûreté
»des particuliers et à l'existence d'une société quel-
»conque.

»En proclamant la souveraineté du peuple dans ses
»discussions, dans ses actes officiels et dans ses lois,
»l'Assemblée constituante n'avait pu déguiser à aucun
»esprit sain la révoltante fausseté de cette supposition,
»plus absurde cent fois que les plus misérables préjugés
»des siècles de barbarie (9) ; mais quelle perspective
»n'avait-elle pas ouverte à l'exaltation réelle des
»esprits faux, à l'exaltation feinte des ambitieux, pour
»qui cette théorie de confusion était un sûr moyen de
»succès auprès de la multitude ? De plus, en attachant
»à une contribution de trois journées de travail la capa-
»cité nécessaire à l'exercice des droits politiques, cette
»Assemblée avait pris dans le sédiment de la population
»le plus grand nombre des individus dont le suffrage
»décidait de la nomination des législateurs, et par eux
»du sort de la France. De tels hommes n'étaient point
»faits pour sentir les dangers des opinions séditieuses.
»Ils n'avaient d'ailleurs ou ne croyaient avoir aucun
»intérêt personnel à empêcher des changemens dont on
»leur montrait le but dans le bien-être des classes
»pauvres. Aussi, malgré l'horreur qu'excitait générale-

»ment en France la seule idée d'une République , il ne
»fut pas difficile aux factieux qui désiraient ce genre de
»Gouvernement de se concilier de nombreux suffrages.
»Ils se trouvèrent en force à l'Assemblée législative. (10)

»La cupidité , l'ambition , la certitude d'un succès
»auquel les nouvelles lois n'opposaient que d'impuis-
»santes barrières, l'irrésistible accélération du désordre ,
»tout poussait ces hommes nouveaux vers le facile com-
»plément de la désorganisation commencée par leurs
»prédécesseurs. Le Roi ne fut pour eux qu'un objet
»de dérision et d'outrages. Leur véritable souverain ,
»celui dont ils briguaient les bonnes grâces par tous
»les signes du dévouement et du respect, était l'amas
»d'ouvriers, de gens de peine , de vagabonds et de
»mendians dont Paris recèle toujours d'innombrables
»multitudes. Avec de tels auxiliaires , ils furent promp-
»tement en état de mépriser les moyens de justice et
»d'intérêt public qui formaient l'unique défense du
»Monarque.

»La guerre qu'ils étaient venus lui livrer avait besoin
»d'un prétexte : ils l'eurent bientôt forgé. Un décret
»enjoignit aux Français, que la révolution avait engagés
»ou forcés à quitter le sol natal, d'y rentrer dans le délai
»de deux mois, et prononça contre ceux qui n'obéiraient
»pas à cette meurtrière sommation , la perte de leurs
»biens et même de leur vie. Le Roi refusa de sanction-
»ner des rigueurs aussi impolitiques que barbares. Il
»usa du même droit envers le décret qui ouvrit la per-
»sécution dont l'Eglise de France fut bientôt l'objet. Cet
»honorable usage de sa prérogative constitutionnelle
»devint contre lui le signal de mille et mille vexations.

»La victoire aurait suivi de près les premières hos-
»tilités des Républicains de l'Assemblée, si ces parjures
»profanateurs de l'autorité législative n'avaient été divi-
»sés en deux partis qui répugnaient à se servir mutuel-
»lement. Je dédaigne de retracer les différences de ces

»factions, de marquer le point fixe où la moins sangui-
»naire des deux se proposait d'arrêter les proscriptions
»et les pillages. Je sais que, dans ces temps d'ignominie,
»le nom sacré de la modération fut prostitué jusqu'à
»désigner ceux des factieux qui ne s'engagèrent qu'à
»demi dans les voies de sang et de ruine si cruellement
»frayées par leurs émules ; mais les *Montagnards* et les
»*Girondins* (Permettez-moi, Messieurs, ce léger usage
»de leur idiôme) rivalisèrent constamment d'ardeur et
»de crimes contre le Roi : ils dirigèrent ensemble les
»meurtres qui leur parurent nécessaires au renversement
»du trône : ils dressèrent en commun les codes affreux
»de l'émigration et de la persécution du sacerdoce : ils
»fondèrent à l'amiable des Tribunaux de sang : enfin,
»à des époques plus sinistres, les forfaits qui furent
»immédiatement commis par les uns furent ouvertement
»tolérés par les autres.

»Cependant les *Girondins*, qui redoutaient pour
»eux-mêmes l'emploi des moyens de violence, voulaient
»d'abord les prévenir. Ils formèrent le projet de multi-
»plier, contre la personne du Roi, les outrages et les
»abus d'autorité, au point de le porter à abdiquer la
»sienne.

»Jamais plus odieux projet ne fut plus criminellement
»exécuté. Aucune famille en France n'était plus étran-
»gère à la protection des lois que celle du Monarque.
»Un langage tel qu'aucun peuple n'en eut jamais de
»plus ignoble, dans aucun degré connu de corruption
»ou de barbarie, devint celui des écrivains périodiques,
»des orateurs de clubs et de groupes populaires, et quel-
»quefois des législateurs eux-mêmes dans l'exercice de
»leurs fonctions. Toute la bassesse de ce langage se dé-
»ployait dans les injures et les menaces qui étaient sans
»cesse prodiguées au Roi et à son auguste épouse dans
»les cérémonies et les fêtes nationales, dans leur propre
»jardin, sous les fenêtres de leur palais. Tous les jours,

»des calomnies et des accusations nouvelles alimentaient
»les fureurs de la multitude. La fable d'un comité atro-
»cement nommé *Autrichien* passa des feuilles d'un jour-
»naliste à la tribune de l'Assemblée, et donna lieu à des
»diatribes si audacieuses que le Roi éprouva la crainte
»de voir la Reine elle-même devenir l'objet d'une dé-
»nonciation législative. Les Ministres qu'on soupçonnait
»d'un attachement sincère au Monarque, ou à la consti-
»tution, étaient sans cesse menacés du dernier supplice.
»L'un d'eux, le fidéle et vertueux *de Lessart* fut décrété
»d'accusation.

»Ces attentats et mille autres que j'omets portèrent
»Louis à choisir ses Ministres dans les rangs de ses
»ennemis eux-mêmes. Il espéra les convaincre, les
»toucher, en faire ses garans auprès de l'Asssemblée et
»du Peuple. Vains efforts ! plusieurs cédèrent en effet
»à l'ascendant de ses vertus ; mais d'autres se firent une
»loi de le trahir ; et ceux-ci furent les seuls qui conser-
»vèrent leur crédit auprès de l'impitoyable faction.

»Cependant la constance du Roi irritait l'impatience
»de ses ennemis. La faible garde que la constitution
»avait préposée à sa sûreté venait d'être licenciée. Son
»héroïque chef en qui revivaient toute la loyauté et toute
»la bravoure des anciens preux, le vénérable *Brissac*
»attendait ses meurtriers dans les prisons où l'avait pré-
»cédé *Delessart.* Le monarque désarmé se voyait livré
»sans défense à l'immense multitude que les séditieux
»tenaient en réserve jusqu'au signal du dernier attentat.

»Un second décret, dont le génie infernal des révo-
»lutions pouvait seul avoir conçu l'idée, fut rendu contre
»les Ministres de la religion. Rien n'annonçait mieux
»le dessein des législateurs de braver l'autorité du Roi,
»que cette succession de mesures tyrannniques contre
»une classe de citoyens qu'il avait déjà cherché à garan-
»tir de moindres rigueurs. Louis n'en persista pas moins
»dans ses vues de bienfesance ou plutôt de justice. Il

»se rendit à l'assemblée, le 19 Juin, pour annoncer que
»ce décret n'obtiendrait point la sanction royale.

»Tout son sang parut aux conjurés une expiation à
»peine suffisante d'une telle déclaration : ils résolurent sur
»le champ de recourir aux moyens de force. Le lende-
»main même, d'effroyables essaims de gens sans aveu
»s'assemblent en tumulte. Des piques, des haches , des
»faulx, des coutelas arment leurs mains ; un canon
»marche devant eux ; des inscriptions outrageantes, des
»images dont la plume se refuse à retracer la dégoûtante
»férocité se déploient sur leurs bannières : d'horribles
»imprécations contre les prêtres et leur magnanime pro-
»tecteur expliquent le motif et le but de leur mou-
»vement.

»Après avoir reçu de l'Assemblée les témoignages
»d'une faveur toute fraternelle , cette armée se dirige
»vers le palais de LOUIS. Un petit nombre de serviteurs
»dévoués s'étaient empressés autour de leur maître ; mais
»il avait refusé de les garder et s'était borné à envoyer
»quelques-uns d'entr'eux à la Reine , en les chargeant
»de la retenir loin de lui. On se souvient que plus fa-
»vorisée du hasard , Madame *Elizabeth* s'était trouvée
»auprès de son frère et le suivait pas-à-pas. Ce n'était
»point au moment du danger qu'une telle place pouvait
»lui être enlevée.

»Cependant aux clameurs de la sédition, au fracas des
»portes qui s'ébranlent sous la hache, le Roi fait ouvrir
»ses appartemens : la multitude s'y précipite. Ses flots
»poussés et repoussés se balancent dans un affreux désor-
»dre. Néanmoins , tous ceux qui sont portés vers l'étroit
»espace qu'occupe le Monarque sont frappés du calme
»et de la dignité de son maintien. Quelques-uns vou-
»lant peut-être se distraire des impressions de respect
»dont ils se sentent émus pour lui , et croyant voir la
»Reine dans Madame *Elizabeth* , font entendre des
»menaces. L'incomparable sœur de LOUIS XVI, heu-

»reuse de détourner sur elle de tels dangers, favorise
»cette erreur par la seule dissimulation qu'elle eût peut-
»être jamais conçue : *Ne les détrompez pas* , disait-elle
»avec sa douce vivacité aux personnes qui l'entouraient.
»On se hâta de faire cesser , en proclamant son nom ,
»les périls qu'elle se félicitait de courir.

»Enfin le tumulte s'appaise un moment et l'un des
»révoltés, s'approchant du Roi , lit une pétition qui a
»pour objet de réclamer la sanction royale pour les dé-
»crets frappés du *veto*, notamment pour ceux qui con-
»cernent les prêtres non-assermentés. D'épouvantables
»vociférations appuient cette lecture et semblent annon-
»cer l'instant des derniers excès. LOUIS XVI, aussi maître
»de lui-même qu'il l'eût été dans son conseil, entre-
»prend de discuter la demande qui lui est faite. Ses
»raisons lumineuses, la bonté de son ame empreinte
»dans l'expression des motifs que cette bonté même lui
»a dictés, subjuguent la plupart des hommes qui l'é-
»coutent : leur contenance presque soumise contraste
»avec les cris de ceux qui n'ont pu l'entendre. Aussi,
»quoique il persiste dans son opposition aux décrets,
»quoiqu'il déclare fermement qu'on n'obtiendra jamais
»de lui une sanction par des démarches si irrégulières ,
»les excès des séditieux se bornent à des menaces. Plus
»de trois heures s'étaient écoulées dans cette terrible
»situation , lorsque le Maire de Paris crut devoir se
»montrer. Frappé du spectacle inattendu qui se présente
»à lui , il balbutie d'ineptes exclamations sur ce qu'il
»appelle la *dignité* et les *mouvemens sublimes* des révol-
»tés : *Votre voix sera sans doute entendue* , ajoute-t-il ,
»et il les ramène.

»Indigne chef d'une populace que tu as tant de peine
»à rabaisser jusqu'à toi, tu te méprends. La seule voix
»que LOUIS puisse entendre est celle de sa conscience ;
»et nulle crainte n'égale chez lui celle de seconder les
»oppresseurs de ses sujets. Dès le lendemain de cette

»criminelle journée, une proclamation du Roi réitéra
»solennellement sa déclaration qu'il ne sanctionnerait
»jamais, quels que fussent sur lui les desseins des fac-
»tieux, les proscriptions décrétées par l'assemblée.

  »Monarques, Législateurs, Ministres, Magistrats,
»vous tous qui êtes appelés à prononcer sur le sort des
»hommes, que ce grand exemple soit à jamais gravé
»dans votre mémoire. Si quelqu'un de vous, en im-
»molant l'innocence à sa propre sûreté, espérait trouver
»dans de viles craintes l'apologie d'un homicide, qu'il
»se représente LOUIS refusant sous mille et mille poi-
»gnards de consentir à l'injuste exil d'un certain nombre
»de ses sujets. Et vous, qui devez compte à tous les
»siècles du sang versé par vos ordres à ces mêmes épo-
»ques, n'alléguez plus la terreur des excès populaires.
»Souvenez-vous des trois journées que je viens de rap-
»peler ; comparez et jugez-vous.

  »L'énergie de LOUIS XVI parut un moment réveiller
»celle de la Nation. La France entière demanda ven-
»geance de l'attentat du 20 Juin. Mais qu'importaient
»les vœux de la France aux Républicains de l'Assem-
»blée ? Ils donnèrent le signal aux Sociétés populaires ;
»et du sein de ces foyers toujours ardens d'anarchie,
»sortirent une multitude d'adresses qui sollicitèrent les
»Législateurs de prononcer la déchéance de LOUIS XVI.
»Enfin l'Assemblée ne craignit point d'ouvrir une dis-
»cussion sur cet objet ; et anticipant la décision qu'elle
»semblait balancer sur la tête du malheureux Prince,
»elle cessa de le considérer comme Roi. Sur plusieurs
»points de la France, les décrets non sanctionnés s'exé-
»cutaient dans toute leur rigueur.

  »La Charte constitutionnelle n'était donc plus qu'une
»Loi solennellement vouée au mépris par ceux qu'elle-
»même chargeait du soin de sa défense. Un petit nom-
»bre de factieux y substituaient à leur gré les mons-
»trueux essais de leur prétendu Gouvernement Républi-

»cain. Ils étaient maîtres de le proclamer; mais une
»victoire que n'eussent point signalée de sanguinaires
»exécutions n'aurait pu les satisfaire : ils résolurent
»d'attaquer une seconde fois le Monarque dans son Pa-
»lais et de prendre leurs mesures pour que cette nou-
»velle révolte ne se terminât point comme la précé-
»dente.

   »Au jour fixé, l'immense population des fauxbourgs
»de Paris, les vagabonds des villes et des campagnes
»voisines, les fédérés des Départemens, les Gardes
»Nationales que des traîtres étaient parvenus à corrom-
»pre se réunirent, pendant la nuit, au milieu d'un
»formidable appareil de guerre et de tous les signes
»d'alarme. On chercherait en vain, dans l'histoire des
»plus détestables tyrans, l'exemple d'un soulevement
»pareil à celui qui menaçait la vie du meilleur des
»Princes.

   »La défense du Château était faible et équivoque. Au
»dehors, la plûpart des troupes se disposaient à secon-
»der les conjurés. Dans l'intérieur, quatre ou cinq
»cents gardes Suisses qu'il est pénible mais qu'il est
»juste de nommer les premiers; des Gentils-hommes
»français plus nombreux mais presque dénués d'armes,
»accourus au premier signal de détresse dans un désor-
»dre qui attestait à-la-fois leur dévouement et leur im-
»puissance; enfin quelques Gardes Nationaux, incer-
»tains de leurs propres sentimens, tantôt excités au
»combat par l'intérêt qu'inspirait le Roi, tantôt médi-
»tant leur retraite pour ne point mêler leurs efforts à
»ceux d'une Noblesse odieuse à leurs préjugés révolu-
»tionnaires; tels étaient les appuis du trône de *Charle-*
»*magne*, d'*Henri IV* et de *Louis XIV*. Moins heu-
»reuse que son illustre mère, mais non moins héroïque,
»destinée à opposer tous les genres de courage à tous
»les genres de calamités, l'auguste épouse de Louis
»parcourait les faibles rangs de ces guerriers. Ses er-

»gards, ses traits, ses paroles respiraient la majesté
»d'une Reine courageuse, les grâces touchantes d'une
»mère éplorée. Tenant dans ses bras l'héritier de la
»Couronne, lui donnant pour asile l'abri des seules
»armes qu'elle vît briller pour sa cause, elle conjurait
»ses derniers défenseurs d'écarter d'injustes défiances,
»pour n'écouter que les généreux sentimens qui les
»avaient réunis. *Vivons*, leur disait-elle, *ou sachons*
»*mourir fidèles à notre Roi, à notre glorieuse Monar-*
»*chie, à cet antique honneur Français qui en fut si*
»*long-temps le soutien.*

    »Cette ardeur ne se communiquait point à l'infortuné
»Monarque. Ne pouvant voir dans ses plus coupables
»sujets que des enfans égarés, il frémissait d'avoir à les
»combattre. L'horreur de cette extrêmité n'était atté-
»nuée pour lui ni par ses ressentimens (il n'en avait
»jamais connu), ni par les illusions de la gloire (il
»n'aurait pu la placer dans une victoire à remporter
»contre son Peuple). Après avoir constamment immolé
»tous ses intérêts au soin d'empêcher l'effusion du sang
»français, il allait le voir répandre par torrens. Tout
»ce sang coulait déjà sur son cœur.

    »L'Administration du Département de Paris vint
»augmenter son abattement en lui fesant mieux connaî-
»tre le nombre et les résolutions des séditieux. Le Ma-
»gistrat qui servait d'organe à ses collègues lui présenta
»l'Assemblée Législative comme son dernier asile et le
»pressa vivement de s'y réfugier. Cette douloureuse re-
»traite semblait garantir au plus sensible des pères, des
»époux et des frères les jours des dignes objets de ses
»affections domestiques. Elle paraissait même devoir
»prévenir l'attaque du Palais, puisqu'elle en fesait dis-
»paraître le but principal.

    »Ces motifs décidèrent le Roi au plus grand sacrifice
»qu'il eût encore fait à son Peuple et à sa Famille. Vous
»en connaissez, Messieurs, les déplorables suites. On
                                      »n'oubliera

»n'oubliera jamais par quel horrible abus de la force
»tout ce que les grandeurs humaines avaient eu de plus
»respecté, tout ce qu'elles eurent jamais de plus res-
»pectable fut relégué durant trois jours dans un réduit
»étroit et mal sain, pour orner publiquement l'exécra-
»ble triomphe d'une odieuse faction et recevoir d'elle
»et de ses suppôts tous les outrages que la bassesse et
»l'atrocité réunies purent leur inspirer. Enfin ces lâches
»révoltés osèrent enlever provisoirement à leur Maître
»ses fonctions royales et le constituer leur prisonnier.
»L'infame Commune de Paris reçut le dépôt des jours
»sacrés du Monarque et de sa Famille ; et au sein de
»leur Capitale, au milieu d'une population aveuglée
»par le fanatisme ou paralysée par la terreur, la Tour
»du Temple s'ouvrit pour recevoir les illustres captifs.

»Exprimerai-je ici les reproches qu'a inspirés, même
»à des sujets fidèles, cette retraite de LOUIS XVI parmi
»ses plus cruels persécuteurs ? — Un Roi, *disent-ils*,
»n'abandonne point son palais devant des rebelles ar-
»més; il s'arme lui-même ; il éteint la révolte dans le
»sang des traîtres ou s'ensevelit glorieusement dans leur
»triomphe. — Admirateurs passionnés des qualités mi-
»litaires, croyez qu'elles ne sont pas toujours la meil-
»leure défense que la grandeur d'ame puisse opposer aux
»dangers. Gardez-vous de rabaisser l'idée du courage
»au point de ne pas en reconnaître la sublime empreinte
»dans le caractère de LOUIS. Ne rougissez pour lui d'au-
»cune de ses démarches, d'aucun de ses sentimens. Sans
»doute il est affreux de dire qu'en dévouant à la fureur
»des révoltés cette épouse si justement chérie, ces au-
»gustes enfans, cette sœur divine, en conduisant à une
»mort certaine l'élite de ses défenseurs, en périssant lui-
»même dans une horrible mêlée, le Roi aurait à peine
»livré aux chances meurtrières de cette révolution quel-
»ques victimes qu'elle n'ait pas dévorées plus tard. Mais
»l'ame de LOUIS pouvait-elle pressentir l'infernal mys-

» tère de tant de forfaits ; et le sacrifice qu'il fit à la
»nature et à l'humanité en est-il moins réel ? De plus,
»si l'on n'oublie point l'état de faiblesse et d'isolement
»où les conjurés l'avaient réduit, son dénuement absolu
»des seules armes qui puissent dissiper des multitu-
»des (11), l'intelligence déclarée des gardes de l'exté-
»rieur du Palais avec les assaillans, on sentira que la
»seule ressource du Roi consistait à vendre chèrement
»sa défaite. Cette impuissante défense ne pouvait être
»utile qu'à ses ennemis. Quels titres ne leur eût-elle
»point assurés dans l'esprit d'un Peuple pour qui leurs
»précédentes agressions et les attentats de la journée
»même eussent été désormais des preuves indubitables
»de dévouement et de vigilance ? Avec quelle facilité
»ce recours tardif à la voie des armes leur eût livré une
»victime que sa prodigieuse résignation rendit si difficile
»à frapper ? Les crimes que les conjurés méditaient déjà
»et qu'ils furent réduits à commettre avec la dégoûtante
»lâcheté d'une froide scélératesse, la crainte, la ven-
»geance et la victoire en auraient atténué l'horreur.
»C'est dans l'ivresse du triomphe, sur les débris d'un
»Trône renversé à force ouverte, qu'eût été proclamée
»leur odieuse République. Garantie de la turpitude
»qu'elle reçut, en naissant, du vil comédien qui la
»proposa, elle aurait moins excité sans doute l'aversion
»des gens de bien. Elle eût été pour le peuple le gage
»glorieusement conquis de son salut, et les hommes
»bien intentionnés auraient pu la voir eux-mêmes com-
»me un parti devenu nécessaire. Enfin le monde n'au-
»rait pas reçu des derniers momens de Louis XVI
»l'ineffable révélation de toute la sublimité de ses ver-
»tus, de toute l'infamie de ses persécuteurs.

TROISIEME PARTIE.

»Parmi les grandes infortunes dont l'histoire conserve
»le souvenir, aucune ne porte dans l'ame des impres-
»sions plus déchirantes que celles de Louis XVI et de
»son auguste Famille. Pour maîtriser la douleur et l'in-
»dignation qu'inspirent de telles catastrophes, il faut
»parvenir à se pénétrer des sentimens qui élevèrent au-
»dessus des vicissitudes du monde ces grandes victimes
»de la méchanceté des hommes ; il faut soi-même éprou-
»ver quelque chose de cette sublime disposition de la
»vertu qui, déjà pleine de son céleste avenir, en obtient
»une sorte d'anticipation, et voit avec indifférence le
»point d'appui que lui prête un instant la terre.

»Un Roi d'une vertu sans tache, déchu de sa puis-
»sance pour avoir tenté de la partager avec un peuple
»déjà comblé de ses bienfaits ; une Princesse d'une pu-
»reté si merveilleuse, d'une piété si céleste, que l'ad-
»miration publique semblait avoir pour elle le carac-
»tère d'un culte ; une Reine, née pour honorer le
»trône autant que pour l'embellir, souveraine bienfe-
»sante, amie tendre, épouse et mère dévouée, la pre-
»mière dans les affections de Louis, la première dans
»l'amitié d'*Elisabeth* ; enfin, les jeunes et dignes rejettons
»de la tige royale; tels étaient les prisonniers du Temple.

»Je ne peindrai point leur indigne asile, ces murs
»élevés sur des murs, ces ouvrages destinés à arrêter
»l'air et le jour, ces grilles, ces barreaux, ces portes de
»fer multipliées pour ajouter à l'horreur de la sombre
»demeure, plus que pour en augmenter l'isolement et la
»sûreté. Les persécuteurs de l'illustre Famille avaient
»senti que des rigueurs de ce genre opprimeraient fai-
»blement des cœurs qui portaient dans leur mutuelle
»tendresse l'infaillible adoucissement de leurs maux. Ils
»s'étudièrent à tremper de fiel ce baume des plus

»cruelles douleurs. De nombreux commissaires sans cesse
»renouvelés furent placés au milieu des augustes captifs,
»et se chargèrent de les garder à vue ; d'assister à leurs
»repas ; d'être les témoins de leurs conversations , de
»leurs lectures ; d'intercepter leurs paroles, leurs soupirs,
»leurs regards ; en un mot, de se placer entre eux
»comme des barrières malfesantes à la fois destinées à
»séparer et à nuire.

»Quand on se représente l'excès d'insolence et de
»dureté qu'exigeait un pareil ministère , on est porté à
»se rassurer et à croire qu'il ne se sera point trouvé des
»hommes capables de le remplir. On apprend , au con-
»traire , qu'un bien petit nombre parut animé des sen-
»timens qu'un tel spectacle semblait devoir inspirer
»aux cœurs les plus endurcis. A la vérité , ils se redou-
»taient les uns les autres. Dans ce siége même de leur
»tyrannie , ils éprouvaient souvent plus de crainte que
»leurs propres victimes.

»Cette perpétuelle contrainte n'empêcha point les
»illustres Proscrits de suivre les habitudes qui furent
»reglées par le Roi dès le premier jour de leur détention.
»L'auguste père s'occupait avec ardeur de l'éducation de
»son fils. La Reine et Madame *Elizabeth* instruisaient
»MADAME Royale. Mais combien les meilleures leçons
»de ces nobles instituteurs étaient inférieures à leurs
»exemples, à cette résignation calme, à cette inaltérable
»sérénité qui déposaient d'une manière si touchante de
»l'innocence et de la pureté de leurs ames !

»Tant de vertus ne fesaient que provoquer de plus
»en plus les vexations, les outrages , les infamies qu'une
»multitude forcenée de soldats , de geoliers , de commis-
»saires , multipliaient journellement contre la Royale
»Famille. Ces horreurs n'étaient que le préliminaire
»d'un crime plus abominable.

»Captif de la convention et de la commune de Paris ,
»le Roi ne pouvait manquer de périr victime d'un as-

»sassinat. Mais le scandale d'un meurtre public parais-
»sait impossible. En effet, parmi les actes de LOUIS XVI
»que les usurpateurs du pouvoir osaient qualifier *délits*,
»ceux qui avaient précédé l'acte constitutionnel n'étaient
»pas susceptibles de poursuite. Outre qu'aucun droit
»positif ne fixait les bornes de l'autorité royale avant
»l'existence de ce code politique, une loi, rendue le jour
»même où il fut accepté, avait ordonné l'anéantissement
»de toutes les procédures commencées, et avait défendu
»d'en instruire de nouvelles sur des faits relatifs à la
»révolution, quelle qu'en fût la nature. (12)

»Les moyens d'attenter judiciairement aux jours de
»LOUIS ne pouvaient pas non plus être fournis par les
»faits postérieurs à la constitution : Elle déclarait invio-
»lable et sacrée la personne du Monarque et statuait
»que dans les cas même où il aurait personnellement
»commandé et dirigé des armées contre la France, on
»ne pourrait que présumer son abdication et cesser de
»le considérer comme Roi. (13)

»Tous les efforts du sophisme venaient se briser devant
»des lois si précises. Se déclarer juge de LOUIS XVI
»au mépris d'un pareil droit, à moins qu'on ne prît
»cette qualité pour se ménager le pouvoir de le servir,
»c'était embrasser volontairement l'iniquité. Dans un
»attentat si manifeste, la fausseté de l'esprit ne pouvait
»servir de déguisement à la noirceur de l'ame.

»Les meurtriers de LOUIS levèrent ces obstacles en
»hommes qui ne motivaient leurs opérations que pour
»une populace aussi altérée qu'eux-mêmes du sang de
»l'innocence. Ils ne pouvaient nier les dispositions for-
»melles et absolues de la constitution ; et leur propre
»intérêt les forçait à la considérer comme émanée du
»seul souverain qu'ils feignissent de reconnaître, c'est-
»à-dire de la Nation elle-même. Ils osèrent pourtant
»prendre sur eux de l'écarter : ils ne rougirent point de
»soutenir que la Nation n'avait pas le droit de s'engager

»à prononcer la déchéance au lieu de la mort, sous
»prétexte que ce serait renoncer à sa souveraineté. En
»même-temps, ils s'attribuèrent la faculté d'anéantir cet
»engagement et d'ordonner, au nom du peuple, le
»meurtre qu'il s'était interdit. Jamais l'atrocité des mo-
»tifs n'avait été plus clairement dévoilée par l'absurdité
»des prétextes. Les auteurs de ces criminelles inepties
»savaient très-bien qu'on ne les soupçonnerait pas d'y
»croire. Ce fut néanmoins en vertu de cette doctrine
»que vingt-un commissaires soigneusement choisis dres-
»sèrent et firent adopter par l'Assemblée un acte d'ac-
»cusation en trente-huit articles relatifs aux principaux
»événemens politiques des quatre années antérieures.
»Ce travail terminé, un bruyant appareil de guerre
»avertit la capitale du spectacle qu'on lui prépare. Toutes
»les autorités administratives se déclarent en perma-
»nence : des corps nombreux circulent de toutes parts ;
»et Louis XVI, escorté par 1200 soldats et six bouches
»à feu, est conduit des prisons du Temple à la salle de
»la Convention.

»Mêlons-nous un instant à la multitude qui l'en-
»vironne ; voyons-le s'avancer d'un pas ferme vers cette
»enceinte de terreur et de mort. Reposons nos yeux sur
»ces traits dont le malheur n'a pu effacer la douce
»majesté, voyons-le promener lui-même ses nobles et
»calmes regards sur cette multitude de juges.... Qu'ai-
»je dit ? Eux, vos juges !... O mon Roi ! Ils sont là,
»les provocateurs de toutes les journées de sang qui ont
»fait de la révolution l'éternelle honte de la France et
»l'horreur de l'univers : ils sont là les protecteurs des
»assassins d'Avignon ; les spoliateurs du garde-meuble
»de votre couronne ; les créateurs des tribunaux révolu-
»tionnaires ; les meurtriers du 2 septembre ; les auteurs
»des sanguinaires arrêtés de la commune de Paris, sur
»le massacre des prisons ; les usurpateurs de l'autorité
»suprême qui reçurent, dans un silence homicide, la

»communication officielle de ces arrêtés, avant et pen-
»dant leur épouvantable exécution. Il siége avec eux
»cet être infame, effroyable erreur de la nature, qui,
»depuis trois années, suppute par milliers et centaines
»de milliers les têtes qu'il dévoue aux fureurs populaires.
»Encore quelques jours, et ces législateurs qui l'environ-
»nent lui décerneront des honneurs divins, placeront
»ses restes impurs dans la basilique que vos mains
»élevèrent à la vraie religion. Encore quelques jours, et
»ces mêmes hommes établiront un régime auquel rien
»ne pourra jamais être comparé. Pour égaler l'activité
»des juges à celle des bourreaux, on les verra dispenser
»les premiers de toutes les règles relatives à l'examen et
»à la preuve des prétendus délits, et donner le nom
»de *Loi* (14) à cette infernale organisation des massacres
»judiciaires.

» On s'est étonné que l'aspect d'un pareil tribunal n'ait
»point porté LOUIS XVI à refuser toute réponse aux
»chefs d'accusation qu'on eut l'audace de lui communi-
»quer. *Charles Premier* ne daigna point se défendre
»devant ses meurtriers. Pourquoi LOUIS sembla-t-il
»montrer plus de déférence à des hommes mille fois plus
»méprisables ?

»Il est impossible de s'y méprendre. C'est à l'excès de
»leur iniquité que ses accusateurs durent cette distinc-
»tion. Incapables de mettre quelque mesure dans leur
»crime, ils eurent la grossière infamie de représenter
»comme altéré du sang de son Peuple, un Roi qui n'a-
»vait mérité d'autre reproche que celui d'une bonté
»excessive ; ils poussèrent l'oubli de toute pudeur jus-
»qu'à lui imputer et la scène du Champ-de-Mars, exé-
»cutée pendant la suspension de ses fonctions après le
»retour de Varennes, et la journée du 10 août, qu'eux
»mêmes avaient solennellement réclamée comme leur
»propre ouvrage. LOUIS ne put entendre sans émotion
»de si révoltantes calomnies : il ne put se résoudre à les

»laisser sans réponse. La noble chaleur qu'il mit à les
»repousser fit voir que rien n'avait pu effacer de son
»cœur ce besoin de l'affection de son Peuple, qui en
»fut toujours le premier sentiment. Il prit le seul moyen
»qui lui fût laissé d'adresser son apologie non pas à ses
»accusateurs, mais à la Nation et à la postérité. On se
»souvient qu'après avoir, par des réponses d'une sagesse
»et d'une évidence parfaites, anéanti les chefs d'accusa-
»tion proposés contre lui, il demanda un conseil. Les
»trois jurisconsultes qui furent appelés à le composer
»trouvèrent le Roi convaincu du sort qui l'attendait :
»*Ils me feront périr*, leur dit ce Prince ; *mais ce sera*
»*gagner ma cause que de laisser une mémoire sans*
»*tache.* (15)

»La convention n'avait accordé que dix jours au
»conseil de LOUIS pour préparer une défense dont elle
»s'était appliquée à multiplier énormément les objets.
»Par un prodige que le zèle de Monsieur *Deseze* explique
»mieux encore que son rare talent, il put dès le huitième
»jour, soumettre son travail à LOUIS XVI. Pénétré des
»vertus de son Roi, saisi du spectacle d'une telle ruine,
»effrayé des calamités qu'allait entraîner un sort plus
»funeste, l'illustre orateur n'avait pas cru que de pareilles
»images pussent être présentées sans succès à une Assem-
»blée nombreuse. Porté par son dévouement à essayer
»tous les efforts qu'il jugeait utiles à de si précieux in-
»térêts, aux raisons propres à convaincre l'esprit il avait
»joint toutes les considérations qui pouvaient intéresser
»le cœur. LOUIS n'approuva point ce recours à des sen-
»timens qu'il ne voulait point provoquer. Il pensait avec
»raison qu'en face même du sacrilège tribunal dont la
»force le rendait justiciable, aucune bienséance de rang
»ni de caractère ne serait violée de sa part, tant qu'il
»ne s'écarterait point du langage de la raison et de la
»loi, puisque alors il ne comparaîtrait devant ses pré-
»tendus juges que pour les rappeler aux devoirs des

»fonctions qu'ils osaient usurper. Mais il sentit aussi que
»cette situation ne serait plus la même, si on le voyait
»attendre de leur crainte ou demander à leur pitié la
»décision qu'il avait le droit d'imposer à leur cons-
»cience. Il pria donc M. *Deseze* de se borner aux
» moyens purement justificatifs. Non : l'imagination elle-
»même ne conçoit rien de plus admirable que cette hé-
»roïque susceptibilité de la vertu, cette crainte intrépide
»qui appelle, qui brave tous les dangers, pour con-
»server intacts l'honneur du diadême et la dignité de
»l'innocence.

 »Ce fut pendant ces déplorables apprêts d'une lutte
»impie que Louis XVI écrivit ses adieux à un monde
»si peu digne de lui. Le chef de la plus antique et de la
»plus opulente maison de l'univers n'avait à léguer
»aucun des biens de la fortune. Mais les trésors inap-
»préciables de ses vœux, de ses sentimens et de ses vo-
»lontés devaient enrichir tous les siècles. Sublime éma-
»nation d'une ame déjà céleste ! votre place est à jamais
»marquée parmi les trophées de la divine religion qui
» vous inspira. Vous témoignerez à la postérité la plus
»reculée que la nature humaine s'éleva au plus haut
»point de sa grandeur, à l'époque même de sa plus hon-
»teuse dégradation. Si de funestes nuages pouvaient
»encore se former entre le Peuple Français et les augus-
»tes descendans du Roi martyr, soyez aussi comme une
»charte de leurs droits et de leurs devoirs mutuels ;
»garantissez la vertu des uns, l'obéissance des autres ;
»soyez le gage de l'immortelle alliance que réclament
»leur gloire et leur félicité mutuelles.

 »Louis XVI fut une seconde fois conduit devant ceux
»qu'il est si pénible d'appeler ses juges. M. *Deseze* leur
»adressa le langage éloquent et noble qu'adoptaient
»sans doute les premiers orateurs de la Grèce, devant
»le tribunal célèbre où ils étaient contraints de conser-
»ver à la vérité toute la simplicité de son caractère.

»Les membres de l'assemblée lui donnèrent une odieuse
»preuve de la conviction qu'il avait opérée dans leurs
»esprits : aucun d'eux n'osa entreprendre la discussion
»de son plaidoyer. Cependant, après des débats dont les
»circonstances seraient trop longues, sur-tout trop pé-
»nibles à reproduire, l'exécrable sentence fut prononcée.
»La France se couvrit de l'éternelle honte d'avoir pro-
»duit trois cent quatre-vingt-sept individus capables de
»voter la mort du plus vertueux des Rois, du plus
»innocent des hommes.

»Un Ministre, des militaires, des magistrats devaient
»venir, dans une pompe barbare, lire son arrêt à la
»victime. Le vénérable *Malesherbes* s'imposa la tâche de
»les prévenir. O souvenir déchirant ! Introduit dans le
»Temple, il trouva le Roi dans l'attitude d'une profonde
»méditation : *Depuis deux heures*, lui dit ce Prince,
»*je recherche en ma mémoire, si durant le cours de*
»*mon règne, j'ai donné volontairement à mes sujets*
»*quelque juste motif de plainte contre moi. Eh bien !*
»*je vous le jure en toute sincérité. Je ne mérite de la*
»*part des Français aucun reproche : jamais je n'ai*
»*voulu que leur bonheur.* (16)

»Un si beau témoignage dont M. de *Malesherbes*
»connaissait toute la vérité, des consolations si sublimes,
»l'infamie du décret qu'il s'était chargé d'annoncer,
»toutes ces causes d'admiration et d'horreur absorbèrent
»les facultés du sensible vieillard. Il tombe aux genoux
»de son maître, les arrose de ses pleurs, et ne trouve
»que des sanglots pour exprimer l'effroyable nouvelle.
»LOUIS l'entend, le relève, sans surprise, sans douleur,
»le presse contre son sein, et plus occupé de son ami
»que de lui-même, il l'exhorte à la résignation. C'est
»lui qui encourage, lui qui console le sage octogénaire
»venu pour lui apporter des consolations : (17) *Ne*
»*pleurez pas*, lui disait-il, *une meilleure vie nous*
»*réunira.* (18)

»Une épreuve plus cruelle que la mort attendait
»Louis. L'intervalle d'une seule nuit le séparait de son
»dernier instant, et la plus tendre épouse, la plus hé-
»roïque sœur, deux enfans dignes de lui ignoraient son
»sort; c'était lui qui devait les en instruire. La Reine,
»Madame Royale, Madame Elisabeth, le jeune Dauphin
»avertis de descendre chez le Roi se précipitent vers lui.
»Sans oser exprimer la question qui les occupe tous, ils
»interrogent ses traits dans une mortelle anxiété. La
»sérénité de ses regards leur inspire d'abord un moment
»d'illusion; mais bientôt l'apparition de quelques larmes,
»l'expression douloureuse de ses mouvemens annoncent
»l'affreuse vérité. Des plaintes mal étouffées, des embras-
»semens convulsifs la confirment. Cette ame jusqu'alors
»si calme et si forte cède et paraît anéantie. Oh ! qui
»pourra jamais peindre cette réunion de tant de dou-
»leurs ? Qui se représentera sans frémir les trois Princes-
»ses, le jeune Prince, s'attachant étroitement au père,
»au frère, à l'époux adoré, comme pour le disputer à
»sa fin sanglante. Venez, auteurs de tant de maux : les
»cinq victimes que poursuit votre haine s'offrent à vous:
»ce sang si pur ne demande qu'à couler tout entier sous
»vos mains. Contemplez-le au milieu des cœurs qui l'ont
»le mieux connu, cet infortuné dont vous avez fait un
»tyran aux yeux du Peuple stupide que vous abrutissez.
»Entendez ces cris qui vont porter le trouble jusques
»dans les maisons éloignées du Temple. Cet enfant
»Royal, à peine arrivé à sa huitième année, dont les
»traits semblent formés pour attendrir des tigres, voyez-
»le se précipiter à travers vos satellites, tomber à leurs
»genoux, joindre devant eux ses mains suppliantes et
»s'écrier : *Laissez-moi, oh ! laissez-moi sortir… que
»j'aille supplier le Peuple de ne point faire mourir mon
»père.* Cette Princesse adolescente qui n'a reçu que pour
»mieux souffrir les dons les plus précieux de la nature,
»voyez-la se rouler dans la poussière, en appelant sur

»elle les effets de votre barbarie. Cette Reine dont la
»noble fierté humilia souvent votre insolence , jouissez
»de son abattement. Brisée , anéantie par la douleur ,
»elle ne sent plus le sang des Césars bouillonner dans
»ses veines ; elle n'est plus qu'épouse et mère ; elle ne
»sait que gémir et demander la mort.

»Le fidèle serviteur à qui nous devons le journal
»de la captivité de LOUIS nous apprend que cette scène
»de désolation dura sept quarts d'heure. Ce fut là le
»véritable supplice de l'infortuné Monarque. En s'arra-
»chant à cette entrevue, les Princesses se firent promettre
»qu'il les reverrait une fois encore. *Demain matin à
»huit heures*, disait le Roi. — *Pourquoi pas à sept ?*
»répondait la Reine. — *Oui , à sept heures , adieu.*—
»Cet adieu fut le dernier. (19)

»La méditation et la prière retrempèrent l'ame de
»LOUIS et lui rendirent sa sérénité. Il dormit paisible-
»ment. Le matin , après avoir entretenu le fidèle *Cléry*
»de la Reine, de ses enfans, de sa sœur, et lui avoir
»confié le dépôt de ses gages de souvenir , il assista à la
»célébration des saints mystères. Comme on bénit l'effet
»de ces divines consolations , lorsqu'on sait que le Roi
»se sentit animé d'un bien-être dont lui-même ne pou-
»vait se rendre compte, lorsqu'on apprend que le Minis-
»tre de la divinité fut ému d'un si profond respect, à la
»vue de ces signes éclatans de prédestination , qu'il fut
»sur le point d'en honorer l'objet, comme si le triomphe
»du juste avait été déjà proclamé par l'Eglise.

»Bientôt dix portes de fer roulent successivement sur
»leurs gonds. Une nombreuse escorte se présente. *Par-
»tons* , dit le Roi , et il s'avance d'un pas assuré. Une
»double haie de soldats , sur deux et trois rangs , occu-
»pait le long espace qui sépare le Temple de la place
»Louis XV. Une douleur stupide, une crainte plus
»stupide encore glaçaient les ames de cette immense
»population armée. Étranger à ce spectacle de honte et

»plongé dans un doux recueillement, LOUIS semblait
»déjà goûter les fruits de son martyre. Enfin le char
»s'arrête, le Roi descend, se dépouille lui-même et
»reçoit une dernière bénédiction. Cependant l'un des
»exécuteurs vient présenter les liens qui doivent attacher
»les mains royales de la victime. LOUIS ne peut contenir
»un mouvement d'horreur. *Sire*, lui dit le sublime
»ecclésiastique, *c'est ainsi que le Sauveur du monde fut
»conduit à la mort.* A ces mots le saint Monarque tend
»les mains. Le Ministre de la Religion, saisi d'une ins-
»piration toute divine devant cette image si frappante
»de Dieu même, tombe à genoux, et véritable organe du
»Très-Haut, s'écrie: *Fils de St. Louis, montez au Ciel.*
»Sur l'autel du sacrifice, LOUIS, encore occupé de son
»Peuple, lui adresse ces dernières paroles de vérité,
»d'héroïsme et de bonté : *Français, je meurs inno-
»cent .... Je pardonne à mes persécuteurs. Puisse ma
»mort être utile à la France !.... Et toi, Peuple in-
»fortuné .....* Ici un bruit soudain de tambours étouffe
»sa voix ; il se livre à la mort, et le régicide se con-
»somme.

»En un instant Paris prit l'aspect d'un désert livré
»à quelques sauvages. Une centaine de brigands sou-
»doyés le remplissaient de leurs chants de mort et de
»leurs danses barbares, tandis que cent mille hommes
»armés qui détestaient le crime, et qui venaient d'en
»protéger le triomphe, cachaient dans leurs foyers leurs
»lâche indignation et leur ignominie.

»Ce spectacle fut bientôt celui que présenta la
»France entière. Le même Peuple, qui s'était livré,
»sous le meilleur des Princes, à tous les excès de la
»turbulence et de l'insubordination, fut un prodige de
»soumission et de patience sous les plus atroces tyrans.....
»Mais je n'ai, Messieurs, à vous rappeler qu'un autre
»crime du Gouvernement de la République.

»Le fils, l'élève et le présomptif héritier de LOUIS

»XVI avait vu, dès les commencemens, de sa huitième
»année, les portes de la prison du Temple se fermer
»sur lui pour ne plus se r'ouvrir. Un second régicide
»était résolu dès ce moment. On attendit, pour l'exé-
»cuter, que le fils des Rois fût devenu Roi lui-même
»dans l'ordre sacré de sa descendance. Alors, sous pré-
»texte de lui faire oublier l'éclat de son origine et ses
»premières habitudes, on le livra, comme une sorte
»de propriété, à deux gardiens assez infâmes pour s'en-
»gager à mettre en usage contre lui tous les mauvais
»traitemens, toutes les scènes de terreur que pourrait
»imaginer leur brutalité. Lorsqu'ils eurent rempli leur
»promesse au point de corrompre dans l'auguste enfant
»toutes les sources de la vie, leurs commettans feigni-
»rent de n'avoir ni ordonné ni prévu la consommation
»de ce meurtre d'un nouveau genre. Je ne rappelerai
»point, Messieurs, les détails qui sont échappés au mys-
»tère dont les souffrances de l'enfant-Roi furent enve-
»loppées. La seule idée de l'homme occupé à torturer
»l'enfance excède si violemment les forces de l'ame,
»qu'on ne peut s'arrêter à la contempler : l'un des pre-
»miers effets d'une impression si douloureuse est d'en
»repousser l'horreur. Le supplice de Louis XVII fut
»long. Il ne mourut que le 8 Juin 1795, âgé de dix
»ans deux mois et quelques jours. Des témoignages pré-
»coces de sensibilité, de pénétration et de bonté avaient
»fait de ses premières années les délices de son illustre
»Famille et les plus chères espérances de la Nation. Ses
»souffrances et sa mort rappeleront toujours à l'indigna-
»tion des gens de bien l'un des plus grands crimes de la
»Révolution.

»Les lamentables événemens que je viens de retracer
»ne laissaient naguères dans les esprits que la honte,
»l'abattement et le désespoir : nous en subissions en-
»core la peine trop méritée. Aux fureurs convulsives de

(443)

»l'anarchie succédait un despotisme plus humiliant et
»plus destructeur , qui menaçait jusqu'à l'existence po-
»litique de la France , et semblait lui réserver la bi-
»zarre destinée de mourir armée et pourtant de mourir
»esclave.

    »Aujourd'hui , l'horreur même qu'inspire le souve-
»nir de tant d'infortunes n'est ni sans dédommage-
»ment , ni surtout sans utilité. Ces terribles épreuves
»nous font chérir plus vivement les bienfaits de notre
»miraculeuse restauration : elles nous fournissent à la
»fois d'abondantes instructions et de solides garanties
»contre le retour de nos égaremens. O vous , à qui les
»dons du Génie assurent le précieux avantage d'in-
»fluer sur les pensées et sur les sentimens de vos contem-
»porains , permettez à l'organe d'une Société Littéraire
»de recommander à vos efforts ce consolant effet de nos
»calamités. Le sceptre de l'opinion , tenu depuis un
»siècle par les gens de lettres, à long-temps été , dans
»leurs mains , le caducée de la fable qui poussait les
»ames vers les ténèbres de la mort ; qu'il les ramène en-
»fin à la lumière, comme le fesait aussi ce merveilleux
»caducée. Le triomphe des doctrines éternelles que le
»superbe aveuglement de quelques écrivains s'était flatté
»d'anéantir a fait voir combien , pour obtenir des suc-
»cès durables , le talent a besoin de s'unir à la vérité.
»Que cette alliance sacrée soit désormais indissoluble !
»Que pour leur propre gloire et pour la prospérité de
»l'Etat , les lettres françaises se consacrent à jamais au
»culte du vrai Dieu , du vrai Souverain , de la seule mo-
»rale qui puisse convenir à l'homme , de la seule poli-
»tique qui convienne aux Français. Que l'auguste répa-
»rateur de nos maux , le généreux fondateur de nos li-
»bertés goûte la première des jouissances royales dans
»la reconnaissance et l'amour d'un Peuple reconquis et
»sauvé par ses vertus. Ainsi , vingt-cinq ans de désas-
»tres deviendront pour nous un gage de sécurité et de

»bonheur ; ainsi se réalisera l'espoir qui fut la dernière
»pensée, le dernier sentiment du Roi-martyr, lorsque,
»confondant l'horreur de son sacrifice dans la plus hé-
»roïque affection pour son Peuple, il exprima ce vœu
»dont l'accomplissement fut sans doute résolu dès-lors
»par la miséricorde divine : *Puisse ma mort être utile*
»*à la France !*

NOTES.

»(1) Ces paroles de Louis XVI sont rapportées par
»M. l'abbé *Proyart*, au tome 5, pages 194 et 195 de son
»ouvrage intitulé, Louis XVI *aux prises avec la perver-*
»*sité de son siècle.* L'auteur déclare qu'il les tient de
»M. l'abbé *Edgeworth de Firmont* lui-même.

»(2) En se représentant les faits du règne de Louis XVI,
»on est naturellement porté à s'arrêter sur ceux qui pou-
»vaient avoir lieu et qui auraient eu sans doute l'effet de
»conjurer le fléau de la révolution. J'avoue, par exemple,
»que je suis extrêmement frappé de tout le bien qu'aurait
»produit, de tout le mal qu'aurait prévenu la faveur de
»M. *de Machault,* si Louis XVI n'avait pas été détourné
»de l'idée qui le portait à appeler près de lui cet ancien
»Ministre au lieu du Comte *de Maurepas.* M. *de Machault,*
»brouillé avec les Parlemens, qui l'avaient vivement con-
»trarié dans son ministère, aurait partagé avec M. *du*
»*Muy* et M. *Turgot* l'avis d'en perpétuer ou d'en prolon-
»ger la suppression. Dès-lors il aurait repris et exécuté
»sans obstacle son projet d'assujettir à l'impôt des terres
»la Noblesse et le Clergé, réforme dont il avait proposé et
»poursuivi l'exécution avec tant de vigueur sous Louis XV,
»et dont il serait venu à bout, malgré la résistance du
»Parlement et du Clergé, s'il avait pu inspirer à son Roi
»une partie de l'ardeur dont il était animé pour tout ce
»qu'il croyait utile. Cette réforme que *Turgot* avait égale-
»ment placée au premier rang de ses projets aurait enlevé
»au parti révolutionnaire son meilleur prétexte. Tout ce
»qu'un

»qu'un principal Ministre de Louis XVI devait avoir de
»connaissances positives, d'expérience, de fermeté, de
»prévoyance sans précipitation, de hardiesse sans esprit
»de système, de popularité sans esprit de bouleversement,
»M. *de Machault* le possédait et en avait fait preuve. Sa
»gravité et sa sagesse auraient tempéré le zèle trop em-
»pressé de M. *Turgot*. Ces deux hommes d'Etat, M. *de*
»*Malesherbes* et le Maréchal *du Muy* auraient sans diffi-
»culté dirigé et réuni le Conseil. Leurs vues étaient les
»mêmes sur tous les objets importans : on peut ajouter
«que le Roi les partageait puisque, en demeurant attaché,
»comme eux, aux bases essentielles de l'organisation poli-
»tique de la France, il désirait, comme eux, les innovations
»avantageuses au Peuple que paraissaient exiger les chan-
»gemens apportés, dans l'état des hommes et des choses, par
»les progrès de la civilisation. On peut croire, ce semble,
»qu'un tel ministère aurait été durable ; qu'il aurait, par
»conséquent, garanti la France des ministères désastreux
»qui hâtèrent la révolution ; que, sous lui, les réformes
»utiles réclamées par les novateurs bien ou mal intention-
»nés se seraient opérées de manière à satisfaire l'opinion,
»à écarter toute occasion de mouvemens séditieux, et à
»laisser au Gouvernement la force nécessaire pour repous-
»ser avec succès les réformes pernicieuses que provoquait
»l'esprit de faction.

»(3) En juillet 1720, Exil du Parlement au sujet des
»affaires de *Law* et des premiers démêlés causés par la
»bulle *Unigenitus*.

»En mai 1753, Exil du Parlement pour les querelles
»relatives à la bulle *Unigenitus*, aux billets de Confession,
»au refus des Sacremens, etc.

»En décembre 1756, démission de cent quatre-vingts
»membres du Parlement de Paris, c'est-à-dire, de tous,
»à l'exception de dix Présidens et autant de Conseillers,
»après un refus d'enregistrer l'impôt des deux vingtièmes,
»et après deux lits de justice, dans l'un desquels le Roi
»fit lire un édit qui réglait les attributions du Parlement,
»tant par rapport aux matières ecclésiastiques relatives à
»la bulle *Unigenitus*, qu'à l'égard des remontrances et de
»l'enregistrement des Edits.

G g

»Enfin , en janvier et février 1771 , exil et suppression
»des Parlemens après leur refus d'obtempérer à un Edit
»relatif à leurs fonctions.

»(4) L'Assemblée des Notables n'était pas un corps cons-
»titutionnel. Elle existait parce qu'il avait plu au Roi de
»la convoquer ; et elle n'avait d'attributions que celles
»qu'il voulait bien lui conférer. Or , dans l'intention du
»Monarque, elle ne devait s'occuper que du mode à adop-
»ter pour l'assiette et la perception de l'impôt. Néanmoins
»elle débuta par vouloir connaître les causes du *déficit*,
»en vérifier la réalité, et examiner les états du trésor. Elle
»se fit délivrer ces états malgré la résistance de M. *de*
»*Calonne* que le Roi avait d'abord soutenu et dont il finit
»par accorder la disgrace aux poursuites véhémentes de
»cette Assemblée. Dans un moment où le besoin de nou-
»veaux impôts ne pouvait être révoqué en doute , ses ora-
»teurs déclamaient sans ménagement sur l'excès des impôts
»existans , sur les désordres de l'Administration, sur la
»misère et même sur le désespoir prétendu des Peuples.
»Ils demandèrent l'état civil pour les protestans et la réfor-
»mation de presque toutes les grandes Ordonnances de
»Louis XIV, notamment de celles de 1667 sur la procé-
»dure civile , de 1669 sur les eaux et forêts , de 1670 sur
»la procédure criminelle , de 1673 sur le commerce. Ils
»s'occupèrent des moyens d'acquérir la noblesse, de la
»nourriture des soldats , etc. etc. Ils eurent même l'idée
»de s'ajourner à une époque fixe. Cette Assemblée si entre-
»prenante n'eut que trois mois de durée.

»*Voyez les écrits du temps, et parmi les ouvrages plus*
»*récens les* Annales françaises *de M.* Sallier, *ancien*
»*Conseiller au Parlement de Paris , pages* 53 , 77.

»(5) Voyez l'*Arrêt du Conseil* du 15 juillet 1788 ,
»l'*Arrêté du Parlement de Paris* du 5 décembre 1788 ,
»*le résultat du Conseil* du 27 décembre 1788.

»(6) Ils étaient autorisés ou même invités à le faire.
»*J'adopterai avec plaisir*, leur avait dit le Roi, *toute*
»*autre vue de bien public qui sera proposée par les*
»*Etats Généraux.*

»(7) L'attaque du Château coûta la vie à Messieurs

»*Deshuttes* et *de Varicourt*. Messieurs *Durepaire* et *de*
»*Miomandre Ste.-Marie*, blessés très-grièvement dans
»la matinée du 6 sur la porte de l'appartement de la Reine,
»ne moururent point de leurs blessures. Messieurs *de*
»*Savonnières*, *de Lukerque*,. *Moucheron*, *Demier* et
»quelques autres furent également blessés.

»(8) Préface de l'*Esprit des Lois*, page 2.

»(9) Je doute en effet que parmi les absurdités de l'en-
»fance des Nations, aucune fût aussi contraire au bon sens
»que l'opinion de la Souveraineté du Peuple : aucune du
»moins ne se composait aussi manifestement d'élémens
»contradictoires.

»Dans toute Nation quelconque, si près qu'on la sup-
»pose de l'état sauvage, le plus grand nombre se compose
»d'hommes ignorans, voués à des travaux qui perpétuent
»leur ignorance et les rendent inhabiles aux combinaisons
»intellectuelles qu'exige l'exercice des droits politiques.
»Dans toute société où la civilisation a fait des progrès, le
»grand nombre, plus contrarié que favorisé, du moins
»en apparence, par les lois protectrices de la propriété,
»doit se croire intéressé à les détruire plutôt qu'à les main-
»tenir. Existe-t-il un être sensé aux yeux duquel le sort
»des Etats ne fût pas compromis, s'il était livré à une telle
»classe d'individus ? Le maintien des sociétés, qui se fonde
»sur le perfectionnement des facultés intellectuelles et mo-
»rales, peut-il être confié à ceux que la nature immuable
»de l'homme et le cours éternel des choses condamnent à
»demeurer à-peu-près étrangers à ce perfectionnement ?
»Des corps politiques dont l'objet principal est de protéger
»l'acquisition des avantages sociaux peuvent-ils être régis
»par des hommes qui n'ont point fait de pareilles acquisi-
»tions ?

»C'est cependant sur ces idées qui s'excluent, qui se
»repoussent mutuellement, qu'est fondée la souveraineté
»du Peuple. Ce système qui avait pris, pendant nos
»troubles révolutionnaires, le caractère d'une sorte de re-
»ligion politique, n'a pas même des apparences de raison
»qui le rendent susceptibles d'une discussion de quelque
»gravité. Ceux qui pensent en être les partisans s'en déta-
»chent, l'anéantissent eux-mêmes, dès qu'on les presse

»un peu sur ses conséquences essentielles. Ne pouvant nier
»l'incapacité absolue, nécessaire, irrémédiable de la mul-
»titude, obligés de reconnaître qu'une population entière
»ne saurait point se régir elle-même quand elle le vou-
»drait, qu'elle ne voudrait point le faire raisonnablement
»quand elle le saurait, ils se retranchent dans une modi-
»fication dont ils ont fait une partie intégrante de leur
»système.

»Ce n'est point, disent-ils, pour qu'elle pourvoie à ses
»intérêts politiques, ce n'est point pour la revêtir immé-
»diatement des fonctions législatives, que nous appelons
»la multitude à délibérer ; c'est uniquement pour qu'elle
»fasse choix de ceux qui devront la représenter dans ces
»fonctions, ou même de ceux qui auront à choisir ulté-
»rieurement les dépositaires de ce grand pouvoir.

»Raisonneurs inconséquens ! après avoir une fois reconnu
»votre Souverain, à quel titre osez-vous lui interdire les
»seules fonctions qui soient essentielles à cette qualité ?
»Qui vous autorise à établir d'inintelligibles distinctions
»entre le droit virtuel de régler la forme du Gouvernement
»et le droit positif de statuer sur cet objet même ?

»Si cette déviation du premier attribut de la Souverai-
»neté pouvait avoir lieu sans porter atteinte aux principes
»fondamentaux de votre droit politique, n'est-il pas évi-
»dent que suivant ces mêmes principes, elle ne pourrait
»être légitimée que par la volonté pleinement débattue et
»librement exprimée du Peuple lui-même, circonstance
»qui suffirait pour reproduire la difficulté que vous cher-
»chez à éluder ? La doctrine que vous avez à soutenir ad-
»met si peu la délégation que vous tentez d'y introduire,
»que, suivant l'un des principaux axiomes du plus célèbre
»apôtre de ce droit, la Souveraineté du Peuple est pro-
»fanée, violée, anéantie pour faire place à l'esclavage,
»du moment où le Peuple se donne des représentans. (1)

»Qu'importe d'ailleurs cette transformation de votre
»doctrine, qui enlève le sceptre à votre absurde Souverain
»pour le placer aux mains de ses hideux courtisans ? En

____

»(1) Contrat-Social, tom. 2, page 40 et pages 165-6, etc. des œuvres
»de J. J. Rousseau. Edit. in 8.° Lyon 1796.

»dévoilant ainsi le principe intéressé de vos conceptions,
»les rendez-vous plus raisonnables ?

»Evidemment non. Car s'il est insensé de croire que la
»multitude est capable de faire des lois, il ne l'est pas
»moins assurément, il l'est davantage peut-être de lui
»supposer les qualités nécessaires soit pour apprécier les
»facultés intellectuelles et morales qu'exigent de telles
»fonctions, soit pour résister aux diverses espèces de sé-
»ductions par lesquelles ses suffrages seront brigués.

»Les partisans de la Souveraineté du Peuple ont été
»conduits, par ces difficultés ou ces impossibilités de leur
»système, à une seconde modification qui en est une
»abjuration nouvelle. Ce droit qu'ils affectent de qualifier
»sacré, inaliénable, imprescriptible, conferé à tout homme
»par la nature elle-même, après l'avoir anéanti pour le
»transformer en une simple faculté de nommer des Re-
»présentans, ils l'enlèvent à la plupart des particuliers.
»Ce n'est plus à la masse entière du Peuple, à la cohue
»des prolétaires qu'ils attribuent la souveraineté, c'est à
»une portion plus ou moins nombreuse des Nations, aux
»seuls individus qui ont acquis par leur travail, ou reçu
»du hasard de leur naissance, une propriété qui les atta-
»che à l'ordre social. Ces républicains dont les principes
»absolus paraissaient d'abord si inflexibles, élevent ou
»abaissent le tarif des capacités politiques, étendent ou res-
»traignent les droits au sceptre populaire, suivant les rapports
»qu'ils pensent devoir établir entre ces droits et la garantie
»qui naît de la propriété.

»Il faut le dire ; réduite à ces termes, la doctrine de la
»Souveraineté du Peuple conserve à tort cette dénomi-
»nation. Sortie du cercle étroit des principes absolus, pour
»se placer dans la sphère des principes relatifs, elle se
»prête à toutes les vues, à tous les systèmes ; elle admet
»toutes les modifications que commandent, à l'égard des
»différens peuples, les considérations, variées à l'infini,
»qui dérivent de leur situation matérielle, morale et po-
»litique. S'il existe en effet, des Nations dont le caractère et
»les intérêts soient tels, qu'une partie considérable d'elles-
»mêmes puisse recevoir sans danger des attributions po-
»litiques, il en existe aussi chez qui ces droits ne peuvent,

»pour la prospérité du corps social, appartenir qu'à un
»très-petit nombre d'individus. Enfin, du moment que les
»droits politiques cessent d'avoir pour base les droits pure-
»met naturels, du moment où l'on reconnaît qu'ils doivent
»être réglés d'après les convenances sociales, tous les gen-
»res de gouvernement, si ce n'est le despotisme de tous
»ou celui d'un seul, peuvent être légitimes. Car alors,
»tout ce qui convient au bonheur, ou à la gloire d'une
»Nation, peut et doit entrer dans le système de son orga-
»nisation politique.

»Quand on apprécie toute la futilité des conceptions qui
»ont suffi pour aliéner tant de têtes, quand on se repré-
»sente que des chimères qui s'évanouissent au plus léger
»examen, ont suffi pour soulever les Peuples, renverser les
»trônes et bouleverser les Etats, les destinées humaines
»deviennent un objet de terreur et de pitié.

»Mais cette Souveraineté du Peuple, dont la révolution
»Française elle-même n'a pu tenter que d'informes essais,
»avait donné naissance à un abus plus redoutable qu'elle
»même, je veux parler de la confusion de langage et
»d'idées que produisit l'identité du terme qui, dans les
»théories révolutionnaires, servait à désigner l'ensemble
»de la Nation, tandis que dans l'usage ordinaire il ne dé-
»signait le plus souvent qu'un certain nombre d'hommes
»des dernières classes de la société. La populace parisienne
»ou plutôt ses coupables agitateurs se prévalurent sur-tout
»de cette pernicieuse équivoque.

»Ainsi, lorsque la faction dominante avait ordonné un
»crime public à ses sicaires, un usage fort innocent fesait
»dire vulgairement que le *Penple* s'était porté à cet acte
»de violence. Mais, de leur côté, ces hommes qui feignaient
»de voir leur souverain dans le *Peuple*, en appelant ainsi
»la Nation entière, et qui auraient dû, par cette raison,
»veiller attentivement à ne pas donner le nom de *Peuple*
»à quelques séditieux, ces mêmes hommes se hâtaient au
»contraire de consacrer par une perfide locution le crime
»qu'il leur importait de protéger. Dans leur langage officiel,
»ce n'était point quelques malfaiteurs punissables, c'était
»le *Peuple* qui brûlait les barrières, qui renversait la Bas-
»tille, qui immolait les partisans de l'ancienne Monarchie.

»Ce fut le *Peuple* qui , à l'époque désastreuse des 5.ᵉ et
»6.ᵉ Octobre , fut déclaré avoir *conquis son Roi*. Chacune
»des catastrophes de la révolution fournit un exemple de
»ce monstrueux abus de mots qni fut la source de mille
»scandales. Plusieurs notables citoyens vont-ils , sous la
»constitution de 1791 , réclamer l'intervention de l'autorité
»municipale de Paris contre une centaine de malfaiteurs
»qui les empêchaient de se réunir , et d'user , pour le
»maintien de l'ordre et des lois , du droit dont d'autres
»particuliers abusaient dans des vues contraires ? Le Maire
»leur répond : *les lois sont pour vous , mais le* Peuple
»*est contre ; vous ne vous réunirez point*. On sait avec
»quelle audacieuse impudence le *Peuple* fut proclamé l'au-
»teur des attentats du 20 Juin et du 10 Août. Plus tard , des
»forfaits plus abominables , s'il est possible , furent éga-
»lement présentés comme opérés par la colère , ou même
»par la justice du *Peuple*. Hélas ! n'entendîmes-nous pas
»un Ministre déclarer dogmatiquement , au sujet de
»l'infernale catastrophe du 2.ᵉ Septembre ; que l'initiative
»des insurrections appartenait au *Peuple* de Paris......

»(10) Quelques actes importans de l'Assemblée législative
»d'une date très-rapprochée du 10 Août, semblent établir
»que le plus grand nombre de ses membres voulait le
»maintien de la constitution de 1791, qui fut renversée par
»cette Assemblée même. Mais il faudrait n'avoir aucune
»idée de l'histoire des Corps délibérans qui exercèrent le
»pouvoir législatif, pendant nos saturnales républicaines ,
»pour ignorer que le triomphe de la minorité y était un
»scandale habituel, toutes les fois qu'elle avait de plus mau-
»vaises intentions que la majorité. Pour apprécier les forces
»respectives des partis qui divisaient ces Assemblées , il ne
»fallait tenir compte ni du nombre des individus qui les
»composaient, ni de leurs talens, ni de leurs titres à la
»considération, ni même de leur faveur dans l'opinion
»publique. Il y avait un moyen à peu-près infaillible de
»prédire , avant l'événement, auquel de ces partis demeu-
»rerait la victoire ; c'était d'indiquer le plus odieux et le
»plus méprisé. On pouvait prévoir qu'il serait aussi le plus
»audacieux, et l'audace était le gage le plus certain du
»succès. Nous avons vu constamment, sous le régime de

(452)

»ces Assemblées , des hommes nouveaux s'emparer de
»l'autorité , au moment même où ils venaient de s'en mon-
»trer indignes par quelque grand attentat contre les lois de
»l'Etat et les volontés de la Nation. Telles furent les révolu-
»tions des 10 Août, 31 Mai, 13 Vendemiaire, 18 Fructidor,
»etc. Le même spectacle du grand nombre des Citoyens
»honnêtes , opprimés par le petit nombre des séditieux se
»reproduisait périodiquement sur tous les points de la
»France dans les Assemblées primaires et électorales , en-
»sorte que la situation permanente des Français était la plus
»ignominieuse servitude sous les formes dérisoires de la
»liberté. Quand on a été témoin de cet état de choses , il
»est encore possible de croire à la bonne foi de ceux qui
»se disaient républicains. Mais quelle idée se former de
»leurs intentions ?

»(11) Le Roi n'avait point de cavalerie et les canonniers
»eurent l'infamie de tourner leurs pièces contre le Palais
»qu'ils étaient chargés de défendre. Ils avaient accueilli
»Louis XVI par des démonstrations évidentes de trahison
»lorsque ce malheureux Prince fit la revue des postes.

»(12) Loi des 14 et 15 Septembre 1791.

»(13) Constitution de 1791 , chapitre de la Royauté, art.
»2 , 6 , 7 , 8.

»(14) Loi du 22 Prairial an 2.

»(15) Voyez la page 508 de l'intéressant ouvrage de M.
»F. *Hue* , intitulé : *dernières années de Louis XVI.*

»(16) Même ouvrage , page 522.

»(17) Mémoires de *Cléry* , page 160 , édit. de 1814.

»(18) M. *Hue* , page 524.

»(19) *Cléry* , page 181.

TABLE ALPHABÉTIQUE

Des Mainteneurs compris dans cette Biographie.

ERRATA
du second Volume.

Page 9, ligne 20, au lieu du t, mettez un point.

Page 20, ligne 26, 83, lisez 84.

Page 41, ligne 11, effacez cette ligne ondée.

Page 76, ligne 14, 1811, mettez 1812.

           Ligne 17, après le mot année, ajoutez 1738.

           Ligne 20, 1800, mettez 1806.

Page 86, ligne 15, 72. 1756, mettez 73. 1755.

Page 90, ligne 17, 118, lisez 119.

Page 94, ligne 8, 106, lisez 107.

Page 117, ligne 20, après ces mots : cet éloge, ajoutez
celui de M. de Nolet,

Page 140, ligne 4, 1668, lisez 1686.

Page 144, ligne 2, 1811, lisez 1812.

Page 150, ligne 3, 60, lisez 61.

Page 151, ligne 2, 126, lisez 127.

Page 200, ligne 11, glorifiant, lisez gratifiant.

Page 207, ligne 20, aurait paru, lisez paraissait.

Page 210, ligne 32, ce suffrage unanime, lisez ces suffrages unanimes.

Page 213, ligne 32, fait, lisez sait.

Page 282, ligne 13, à la marge, 1088, lisez 1808.

Page 369, ligne 20, Diaman, lisez Diamant.

Page 383, ligne 16, Parais, lisez Paris.

Page 386, lignes 7 et 8, la géographie et la diplomatie
politique, lisez la géographie politique, et la diplomatique.

SUPPLÉMENT A L'ERRATA DU I.er VOLUME.

Page 180, lignes 8 et 9, la champ, lisez les champs.